고정옥과
우리어문학회

고정옥과 우리어문학회

김용찬 지음

보고사
BOGOSA

책 머리에

　일제 강점기에서 벗어나면서 국문학계는 이전과는 전혀 다른 자유로운 분위기가 형성되고, 당시에 새롭게 문을 연 대학들에서 국어국문학과가 본격적으로 개설되었다. 민족문화를 정립하겠다는 목표를 내걸고 각 대학에서 국어국문학과가 설립되면서, 그동안 일부 학자들의 몫으로 여겨졌던 국문학 분야의 연구가 체계적으로 진행될 수 있는 토대는 마련된 셈이었다. 새로운 시대를 맞아 적극적으로 활동에 나섰던 당시 학자들은 국문학에 대한 열의가 높았지만, 그에 반해 연구를 위한 자료의 확보와 연구 성과를 발표할 지면조차 제대로 갖춰지지 못했을 정도로 열악한 상황에 노출되었다. 연구자들이 크게 부족했던 상황에서 서울의 주요 대학에서는 경성제국대학 출신들을 중심으로 교수진이 갖춰지기 시작했으며, 대학 설립 초창기인지라 교육 환경을 비롯한 각종 여건은 절대적으로 미흡한 실정이었다. 학과의 성격을 규정하기 위한 교육 과정이 제대로 정립되지 못했으며, 전공 수업에 활용할 교재도 온전하게 갖춰지지 않아 교육 현장은 적지 않은 어려움을 겪을 수밖에 없었다.

　이런 상황에서 대학에 재직하고 있던 교수들은 개인의 연구와 함께 학생들을 교육하고, 그에 걸맞은 교육 과정과 학과 체제를 구축하기 위해 노력하였다. 새롭게 개설된 국어국문학과의 정체성을 정립하고, 학과의 운영과 교과 과정의 체제를 온전하게 구축하는 일이 무엇보다 시급했던 상황이었다. 당시의 어려움을 극복하기 위하여 일부 학자들이 모여 연구 모임을 조직하였는데, 이들은 개인의 연구 활동을 펼치면서 국문학의 자료를 수집하고 교과 과정의 정립과 교재 개발에 적극적으로 뛰어들었다. 고정옥을 비롯한 당시 대학교수로 재직하고 있던 7명이 조직하여 활발한 연구 활동을 펼쳤던 '우리어문학회'가 대표적인 사례라고 할 수 있다. 이 모임에 참여했던 구성원들은 여전히 초보 단계에 머물러 있던 국어국문학 분야를 체계적으로 연구하면서, 대학의 국어교육을 담당할 교재의 개발을 염두에 두고 1948년에 '동호인적 성격'의 모임을 조직했다고 하겠다.

이들은 애초에 그 명칭을 '국어교육연구회'라고 명명했는데, 아마도 대학 현장에서 제기된 교육의 어려움을 공유하고 이의 해결책을 모색하려는 의도를 지니고 있었던 것으로 파악된다. 이후 구성원들이 수업 교재로 활용하기 위한 『국문학사』를 공동 집필하였고, 이후 본격적인 연구 활동을 전개하기 위하여 모임의 명칭을 '우리어문학회'로 변경하였다. 이들에 의해 조직된 학회는 비교적 활발한 연구 활동을 펼치고 적지 않은 성과를 제출하였음에도, 활동하는 기간 내내 제한된 인원만을 유지하였기에 다소 '폐쇄적'이라고 평가되기도 하였다. 아울러 '한국전쟁'(1950)의 와중에 일부 회원들이 사망하거나 북으로 옮겨 활동하면서, 남아있던 구성원들만으로는 학회 활동을 더 이상 이어갈 수 없어 사실상 해체의 길로 접어들었다. 이후 학회의 존재는 물론 '해방공간'에서 활동했던 그들의 연구 성과가 제대로 검토되지 못한 채, 국문학 연구사에서도 제대로 조명을 받지 못하고 있는 형편이다. 현재 같은 이름인 '우리어문학회'라는 이름을 내걸고 활동하는 학회가 존재하지만, 해방 이후 활동했던 이들과 전혀 연관되어 있지 않은 별개의 단체라고 하겠다.

우리어문학회는 1940년대 후반 약 3년 정도의 짧은 기간 동안 존속했지만, 적지 않은 연구 성과를 제출한 것으로 확인되고 있다. 이들이 제출한 연구 성과들을 꼽아보면 학회의 이름으로 『국문학사』와 『국문학개론』 등 2권의 저서를 출간했고, 모두 3호에 걸쳐 학회의 기관지인 『어문』을 발행하였다. 고전문학 자료의 교주본의 집필 작업도 진행했으나, 그 결과물이 단행본의 출간으로 완결되지 못한 것으로 파악되었다. 학회 활동과는 별개로 회원들이 개별적으로 국어국문학 분야의 연구를 진행하여, 구성원 각자의 연구 성과를 논문과 단행본으로 출간하는 작업을 진행하였다. 이처럼 학문적 토대가 열악한 조건에서 '학회'를 구성하여 연구 활동을 활발하게 전개했으나, 국문학 연구사를 조망하는 작업에서 이들의 활동과 연구 성과는 현재까지 그에 걸맞은 관심을 받지 못하고 있다. 이러한 까닭에는 남북으로 분단되어 연구 성과의 교류가 쉽지 않았던 현실과 함께, 일부의 연구 성과를 제외하고 이른바 '해방 공간'에서 활동했던 학자들의 성과물을 그동안 쉽게 접하기 힘들었다는 상황이 중요한 이유로 거론될 수 있을 것이다.

해방 이후 한국전쟁까지 비교적 짧은 기간 동안 활동했던 '우리어문학회'의 존재를 확인하고 그에 관한 연구를 진행하면서, 무엇보다 그들이 남긴 연구 성과는 물론 활동 양상이 담긴 기록을 쉽게 접할 수 없었던 상황을 거듭 절감할 수 있었다. '한국전쟁' 이후 남북의 대치 상황이 지속되면서, 학회 구성원들 가운데 일부가 북한에서 활동했다는 점이 학회의 활동 양상과 연구 성과를 거론하기 어렵게 만들었던 가장 핵심적인 요인이었다. 이와 함께 해방 이후 대학에 진학한 이른바 '해방 후 세대'가 주축이 된 '국어국문학회'가 1952년에 결성되면서, 이들에 의해 우리어문학회의 활동과 연구 성과들이 비판과 극복의 대상으로 여겨진 것도 또 다른 요인으로 지적할 수 있을 것이다. 국어국문학회가 결성되면서 그 구성원들의 활발한 연구 활동을 통해 이후 국문학 연구를 주도하였고, 자연스럽게 연구자들의 세대교체가 이뤄지게 되었기 때문이다. 더욱이 후속 세대들에 의해 우리어문학회의 활동과 성과들이 극복의 대상으로 지목되면서, 남아있던 사람들은 학회 재건의 꿈을 간직한 채 개인적으로 연구 활동을 지속하였다. 바로 이러한 상황이 그동안 우리어문학회의 연구사적 논의가 제대로 이뤄지지 못한 이유라고 할 수 있다.

그동안 이들의 연구 성과를 꾸준하게 발굴하고 소개했던 연구자로서, 우리어문학회의 존재와 성격은 물론 구성원들의 연구 성과들도 초창기 국문학 연구사에서 충분히 다루어져야만 한다는 것을 강조하고자 한다. 이들의 활동과 연구 성과를 진지하게 검토함으로써, 여전히 많은 부분 공백으로 남아있는 '해방공간'의 국문학 연구사에서 그 빈틈을 채워나갈 수 있다고 믿기 때문이다. 현재의 시각으로 보자면 그 연구 성과에 나타난 관점이나 자료의 한계가 명확하지만, 학회 구성원들이 공동 집필한 『국문학사』와 『국문학개론』은 출판 기록을 검토한 결과 같은 이름으로 출간된 최초의 문헌으로 확인되고 있다. 기관지인 『어문』 역시 3호 발간에 그쳤지만, 구성원들의 학문적 성과를 발표하여 동시대의 연구자들과 공유하려는 의도를 지니고 있었다. 이처럼 이들에 의해 마련된 학문적 성과가 적지 않음에도 불구하고, 기존의 연구사에서는 제대로 다뤄지지 않았다. 바로 이러한 이유로 국문학 연구자로서 이들의 연구 성과와 그 의미를 따져 학계에 보고하는 역할을 자임하기로 한 것이다.

실상 우리어문학회의 활동에 대해 본격적으로 관심을 두고 연구를 진행하게 된 계기는 학회 구성원이었던 고정옥의 연구 성과를 접하면 서부터 비롯되었다. 석사학위 논문의 주제를 사설시조에 관한 연구로 방향을 정하고, 기존의 연구 성과들을 검토하는 과정에서 고정옥이라 는 이름을 처음 접하였다. 사설시조를 '장시조(長時調)'라고 명명하면 서, 50수의 작품을 가려 뽑아 주석과 해석을 붙인 고정옥의 저서『고 장시조선주(古長時調選註)』는 사설시조 연구에 한 획을 그은 저서로 평 가되었다. 그러나 선행 연구들에서 빈번하게 거론이 되었지만, 당시 에는 논문을 쓰기 위해서 꼭 필요한 이 자료를 직접 구해 읽는 일이 쉽지 않았다. 우여곡절을 겪고 나서 대학 도서관에서 앞부분 몇 장이 떨어져 나간 책을 복사할 수 있었고, 석사논문을 쓴 이후에 각 대학의 도서관의 자료를 검색하여 낙장(落張)이 없는 완전한 형태의 사본을 비로소 구할 수 있었다.

이후에도 꾸준히 그의 연구 성과들을 수집하고 검토하면서, 고정 옥이 한국전쟁의 와중에 북으로 간 이후에도 활발하게 연구 활동을 펼쳤다는 사실을 확인할 수 있었다. 1980년대 후반 납·월북 작가들 의 작품이 해금되기 이전에는, 고정옥을 비롯한 학자들의 연구 성과 를 인용하거나 거론하기조차 쉽지 않았다. 그러한 현실적인 조건으로 인해 고정옥을 비롯한 우리어문학회의 연구 성과들을 접하기가 쉽지 않았으며, 자료상의 제약이 그들이 활동했던 시기의 국문학 연구사를 온전하게 조망할 수 없도록 만드는 요인임을 깨닫게 되었다. 자료를 입수한 후에 틈틈이『고장시조선주』의 교주 작업을 진행해, 국문학 연구자들이 쉽게 접할 수 있도록『교주 고장시조선주』(보고사, 2005)를 출간하였다. 아울러 고정옥의 연구 성과들을 섭렵하면서, 그의 관심이 기층민중들의 양식이었던 민요(民謠)에서 비롯되어 고전시가를 비롯한 국문학 전반에 걸쳐 있음을 알게 되었다. 특히 우리어문학회 구성원들이 함께 저술한『국문학개론』의 총론에 해당하는「국문학의 형태」라는 글은 국문학사의 흐름과 각 시기에 존재했던 갈래들의 연관성을 체계적으로 정리하려는 의도를 그대로 보여주고 있다. 이와 함께 기관지인『어문』(창간호)에 기고한「인간성의 해방」은 다채롭게 변화하고 있던 조선 후기의 문학을 역사적 상황에 결부시켜 서술하였다. 고정옥의 문학관을 엿볼 수 있는 이 두 편의 글은『교주 고장시조선주』를 출간하면서, 부록으로 소개한 바 있다. 이후 고정옥의 연구 성과들을 검토하면서, 자연스럽게 그가 속했던 우리어문학회의 존재와 연구 성과들로 관심을 넓혀갈 수 있었다.

　이후 그가 집필했던 국문학 관련 연구 성과들을 꾸준히 수집하는 작업을 진행하면서, 국문학 연구자로서 고정옥의 위치를 정립하는 몇 편의 논문들을 학계에 제출하였다. 짧지 않은 기간 동안 집필했던 고정옥과 우리어문학회에 대한 연구의 성과들을 이제 한 권의 책으로 엮어 세상에 선보이고자 한다. 고정옥을 비롯한 우리어문학회의 구성원들은 학회의 활동을 멈춘 이후에도, 꾸준하게 연구를 진행하여 남과 북에서 중요한 국문학적 성과물들을 제출하였다. 학회가 사실상의 해체 상태가 된 이후 구성원들의 연구 활동까지 추적하여 다루는 것이 필요하다고 생각되지만, 불가피하게 이 책에서는 우리어문학회 구성원으로서 활동했던 기간의 연구 성과에 초점을 맞출 수밖에 없었다. 고정옥을 비롯하여 월북한 이들의 북에서의 활동 양상을 현재 상황에서 온전하게 파악하기가 쉽지 않기 때문이며, 남쪽에 남아서 활동했던 구성원들의 이후 연구 성과들은 이미 국어국문학 연구사에서 충분하게 다뤄지고 있다는 점도 고려했다.

이 책은 크게 3부로 구성되어 있는데, 먼저 '고정옥과 국문학 연구'라는 제목의 1부에서는 월북 이전 고정옥의 생애와 연구 활동의 성과를 다룬 4편의 논문이 수록되었다. 앞서 서술했듯이, 고정옥의 관심은 민중들이 향유했던 민요에서부터 시작되어 사설시조와 국문학사 전반에 걸쳐 있다. 수록된 논문들을 통해 국문학 연구자로서 고정옥의 위상을 짐작할 수 있을 것이라 여겨진다. 이어지는 2부에서는 '우리어문학회의 활동과 연구 성과'를 다룬 3편의 논문들을 수록하였다. 이 논문들을 통해서 학회 구성원들의 참여로 이뤄진『국문학사』와『국문학개론』그리고 기관지『어문』의 면모와 문학적 성과들을 살펴볼 수 있을 것이다. 이상의 논문들을 통해서 독자들은『고정옥과 우리어문학회』의 존재와 연구 성과들의 개략적인 상황을 파악할 수 있을 것이라 기대된다. 이 책에 수록된 논문들은 시기를 달리하여 작성된 것이기에, 불가피하게 일부 겹치는 내용들이 여러 곳에 산재할 수밖에 없음을 밝힌다.

그동안 우리어문학회의 연구 성과물들을 접하기 쉽지 않았던 현실을 감안하여, 3부에서는 '자료편'이라는 항목으로 우리어문학회 기관지인『어문』의 총목차와 '우리어문학회 일지' 등 학회의 활동 양상을 개관할 수 있는 자료들을 수록하였다. 또한 기관지『어문』에 실렸던 해방 이후 출간된 국어국문학 관계 도서 목록은 물론, 서울대와 고려대 그리고 이화여대의 제1회 졸업생들의 졸업논문의 제목과 논문 작성자의 명단도 전재하였다. 이 자료들을 통해 해방 이후 국문학계의 활동 양상과 당시의 문화적 상황들을 어느 정도 파악할 수 있을 것이라 여겨진다. 이와 함께 해방 이후 최초로 '국문학사'라는 이름을 내걸고 출간했던 『국문학사』(수로사, 1948)의 전문을 그대로 수록하였는데, 이는 앞으로 국문학 연구사를 정리하면서 그 존재가 분명히 거론되기를 바라는 연구자로서의 희망을 담고 있다. 특히 이들 자료는 '맞춤법 통일안'이 본격적으로 시행되기 이전에 출간되었기에, 당시의 표기법을 그대로 제시하고 필요한 경우 간단한 주석만을 달았음을 밝혀둔다.

그동안 발표했던 논문들을 책으로 엮으면서, 오랫동안 고정옥과 우리어문학회의 연구 성과들과 씨름하면서 고민했던 순간들이 머릿속에 떠오른다. 이 책의 출간으로 인해 우리어문학회의 존재와 그 성과들이 앞으로의 국문학 연구사에서 충분히 다뤄질 수 있기를 진심으로 기대한다. 무엇보다 『교주 고장시조선주』에 이어 이 책의 출간을 흔쾌히 수락하고, 책의 편집과 교정 과정에 까다로운 주문을 넉넉한 마음으로 수용해주신 보고사의 가족들에게 감사의 말씀을 전한다. 내가 꾸준하게 연구를 지속할 수 있는 원동력은 가족들의 절대적인 응원에 힘입은 바 크다고 하겠다. 여전히 옆에서 묵묵히 응원을 아끼지 않는 아내 심명선, 입대를 앞두고 조금은 여유로운 시간을 보내고 있는 아들 가온이는 곁에 있다는 사실만으로도 든든한 존재들이다. 팔십 후반의 나이에도 새벽마다 운동을 다니시는 어머님께서도 건강을 유지하며, 오래도록 우리 옆에 계시기를 간절한 마음으로 빌어본다. 앞으로도 지치지 않고 묵묵히 연구할 수 있기를 다짐하며, 또 다른 연구 성과물로 독자들과 만날 수 있기를 기대한다.

2022년 11월
순천 죽도봉 자락의 여중재(與衆齋)에서
김용찬

▌2부 우리어문학회의 활동과 연구 성과

3부 자료편

1부

고정옥과 국문학 연구

고정옥의 생애와 월북 이전의 저술 활동

1. 머리말

　지금까지 연구사적으로 그다지 큰 주목을 받지는 못했지만, 고정옥(高晶玉, 1911~1968)이 남긴 연구 성과들은 국문학 연구사에서 매우 중요한 위치를 점하고 있다. 하지만 그의 학문 활동에 대해서는 그동안 학계에서 제대로 다뤄지지 못했던 것이 현실이다. 고정옥의 국문학적 연구 성과가 연구사에서 제대로 이루어지지 않았던 가장 중요한 이유는, 아마도 그가 남긴 저작(著作)들을 쉽게 접할 수 없었기 때문이라고 하겠다. 그가 1950년에 발생했던 '한국전쟁'의 와중에 월북을 했고, 그 이후 북에서 주도적으로 학문 활동을 했다는 사실이 근저에 자리를 잡고 있었던 것이다. 납·월북 문인들에 대한 해금(解禁) 조치가 이뤄지기 이전까지, 해당 인물들의 작품이나 연구 성과들이 문학사에서 거론조차 되지 못했던 상황이었다. 이러한 현실은 결국 남북의 분단이 우리 현대사에 아로새긴 비극적 현실을 적나라하게 보여주었던 반증이라고 하겠다.

　『조선민요연구』[1]를 제외한 고정옥의 다른 저작들은 지금까지도 제

1　고정옥, 『조선민요연구』, 수선사, 1949.

대로 소개되지 못하고 있다고 할 수 있다. 고정옥은 월북하기 이전까지
만 하더라도, 대학의 졸업 논문을 포함하여 적지 않은 연구 성과를
제출하였다. 그러나 1980년대 후반 월북 인사들의 작품이나 저술들이
해금(解禁)되어 소개될 무렵까지, 그의 존재나 연구 성과들은 여전히
연구의 사각지대에 놓여 있었다. 그의 연구 성과가 제대로 다루어질
수 없었던 오랜 시간 동안 고정옥은 남쪽의 국문학 연구사에서 외면되
었고, 그렇게 거론조차 되지 못하고 조금씩 잊혀져 가던 존재였다.
더욱이 해금 조치 이후 월북 학자나 작가들의 저작들을 손쉽게 구할
수 있음에도, 고정옥에 대해서는 여전히 연구자들의 관심이 미약한
편이라 하겠다.[2]

　고정옥의 연구 성과들을 차분히 검토해 보았을 때, 지금까지의 연
구사에서 그는 학문적 성과에 걸맞은 대우를 받지 못하고 있다고 판
단된다. 고정옥은 그의 저서들을 통하여 국문학의 이론적인 체계를
정립하는데 힘을 기울였을 뿐만 아니라, 개별 작품들에 대한 해석 작
업도 병행하였다. 그의 연구 성과들을 살펴보면, 특히 고전시가에 대
한 고정옥의 학문적 관심이 남달랐음을 확인할 수 있다. 민요에 대한
체계적 분류와 이론적 정립을 시도한 『조선민요연구』는 물론, 사설시

2　고정옥의 삶과 학문 활동에 대해서는, 현장 조사 등을 통하여 '열전' 형식의 글로
　신동흔 교수가 이미 상세하게 다룬 바 있다. 그와 비슷한 시기에 고정옥의 연구 성과를
　개관하면서 구비문학의 성과를 다룬 김헌선의 연구가 있었고, 최근 고정옥의 『고장시
　조선주』를 중심으로 '장시조론'을 다룬 김용찬의 연구도 제출되어 있다. 신동흔, 「고정
　옥의 삶과 학문세계」(상)(『민족문학사연구』 7, 민족문학사연구소, 1995); 신동흔, 「고
　정옥의 삶과 학문세계」(하)(『민족문학사연구』 8, 1995); 김헌선, 「고정옥의 구비문학
　연구」(『구비문학연구』 2, 한국구비문학회, 1995); 김용찬, 「고정옥의 '장시조론'과 시
　가 해석의 한 방향」(『시조학논총』 22, 한국시조학회, 2005; 이 책에 재수록되었음)
　등 참조.

조를 선별하여 주석을 행한 『고장시조선주』[3]도 고전시가에 대한 그의 애정이 뚜렷하게 드러난 저서라 하겠다. 이밖에도 『국어국문학요강』[4] 역시 국문학에 대한 그의 관심과 열정을 보여주는 저서로 평가되고 있다. 또한 그는 해방 이후 '우리어문학회'의 회원으로 활동하면서, 학회의 기관지인 『어문』과 학회에서 발간한 저서들의 집필에도 참여하여 국문학에 대한 다양한 견해를 제출하였다.

본고에서는 기존의 연구들을 토대로 하여 고정옥의 생애를 재구하고, 국문학 연구사에서 매우 중요하다고 여겨지는 월북 이전 그의 저서들을 중심으로 학문 활동을 살펴보기로 한다.[5] 특히 당시 일군의 대학 교수들을 중심으로 구성된 '우리어문학회'는 그의 연구 활동을 자극하는 계기로 작용하고 있었다고 판단되기에, 학회의 성격과 그의 역할 등에 대해서도 간략하게 살펴보기로 하겠다.

3　고정옥, 『고장시조선주』, 정음사, 1949. 이 책은 교주본(김용찬, 『교주 고장시조선주』, 보고사, 2005)으로 다시 출간되었다.

4　고정옥, 『국어국문학요강』, 대학출판사, 1949.

5　고정옥이 북에서 활동하면서 적지 않은 연구 성과들을 지속적으로 발표하였으나, 월북 이후의 연구들은 주로 구비분학을 중심으로 진행되었다고 한다. 월북 이후의 저술 목록을 통해 확인했을 때 '속담'이나 '전설' 등 이전에는 다루지 않았던 새로운 주제에 대한 관심도 나타나 있지만, 대체로 이전부터 관심을 기울여 온 민요 연구에서 대상을 확장시킨 것이라고 파악된다. 이밖에도 작가론과 사실주의에 대한 논의 등 다양한 분야에 대한 연구 성과를 제출하고 있는데, 대체로 이러한 작업들은 서울대학교 사범대학 교수 시절의 학문 활동이 심화·확대된 것이라 이해된다. 특히 월북 이후의 연구 성과들에 대해서는 아직까지 제대로 접하지 못한 상태에서 다루는 것은 적절치 않다고 여겨 추후의 과제로 남기고, 여기에서는 월북 이전의 저서들을 중심으로 그의 국문학자로서의 면모를 살펴보기로 하겠다. 월북 이후의 연구 성과들에 대해서는 신동흔, 「고정옥의 삶과 학문 세계」(하)를 참조할 것.

2. 고정옥의 생애와 우리어문학회 활동

고정옥의 생애에 대해서는 이미 신동흔에 의해서 비교적 상세하게 다루어진 바가 있다. 신동흔은 고정옥의 가족·친지들과 지인(知人)들을 직접 방문하여 각종 자료를 폭넓게 수집하고, 그의 생애를 가능한 부분까지 상세하게 재구하였다. 본고에서는 기존 연구들에서 확인된 고정옥의 생애에 대해서 간략하게 정리하고[6], 여기에 덧붙여 그가 주요 구성원으로 활동했던 '우리어문학회'에서의 역할과 활동 상황에 대해서 학회 기관지인 『어문』의 기록을 통해 살펴보고자 한다.

고정옥은 호가 위민(渭民)으로, 1911년 경상남도 함양에서 태어났다. 고정옥의 본관은 제주이며, 대체로 풍족한 생활 환경에서 어린 시절을 보냈다. 그는 1918년 함양공립보통학교에 입학하였고, 보통학교를 졸업한 1924년 서울의 명문인 경성제2고보(현재의 경복고)에 진학하였다. 학적부를 직접 확인한 신동흔에 의하면, 고보 재학 시절 그는 기숙사에서 생활하였고 성적 또한 우수한 편이었다고 한다. 그의 4~5학년 당시 학적부에는 성질이 온화하고 사색적이지만, '비판적'이라는 평가도 덧붙여 있었다. 고보 재학 시절 결석이 모두 34일이나 된다고 하니, 식민지 시절의 그는 결코 학교 공부에만 매달리지 않았던 것으로 보인다. 고정옥은 고보 4학년 무렵부터 신문에 시를 발표하기도 했는데, 이를 통해서 그가 일찍부터 문학에 관심을 기울이고 있었음을 확인할 수 있다.[7]

---

6 신동흔, 「고정옥의 삶과 학문 세계」(상, 하) 참조.
7 고정옥은 고보 시절 모두 13편의 시를 당시의 신문에 발표했다고 하는데, 그의 시에

1929년에 경성제2고보를 졸업한 고정옥은 곧바로 서울대학교의
전신인 경성제국대학 예과(6회)에 진학하였다. 대학 진학 후 학교 근
처에서 하숙을 했던 고정옥은 재학 중 동료·선배들과 어울려 독서회
활동을 했다. 대학 시절 그를 지켜보았던 지인들은 고정옥이 학자적
인 타입이었으며, 본래 조용한 성격으로 공부에 열중하였다고 기억하
고 있었다. 그는 대학 시절에도 신문에 시와 영화 평론 등을 발표했
다.[8] 이 당시 고정옥이 창작한 시들에는 현실에 대한 비판적인 인식과
참여의 의지를 주제로 삼고 있는 것이 많았다. 그의 시들에서는 현실
에 대한 울분과 삶에 대한 의지가 잘 드러나고 있는데, 그만큼 문학적
감성과 열정이 강렬했던 때문일 것이다. 주목할만한 점은 고정옥이
신문에 썼던 영화 평론에서 '스스로 프로예술 진영에 서 있음을 분명
히 하고 있으며, 예술의 공리적 기능을 유난히 강조하는 등 전적으로
사회주의에 경도된 모습을 보이고 있다'는 사실이다.[9]

대학 시절 그는 독서회와 '반제동맹' 활동을 한 것으로 확인되고 있
는데, 이러한 활동을 통해서 사회주의적 관점을 접했음을 짐작할 수
있다. 이러한 사회주의적 관점은 그의 학문 세계에도 적지 않은 영향을
미쳤을 것이라고 파악되어, 고정옥의 저술을 살피는데 매우 중요한

대한 면모와 해석은 신동흔 교수의 글에서 상세하게 다루어져 있다. 신동흔, 「고정옥
의 삶과 학문 세계」(상), 273~278면 참조.

[8] 대학 시절 신문에 발표한 글은 시가 7편이며, 영화평 2편과 영화이론 1편 등이 있다.
고정옥은 대학 시절 영화를 매우 즐겼던 것으로 확인되는데, '어느 영화든 첫 날 첫
회에 혼자 가서 감상하고 작품평을 썼다'고 한다. 그가 대학 시절 신문 지상에 발표한
글들의 목록과 자세한 내용은 신동흔 교수의 글에 자세히 다루어져 있다. 신동흔,
「고정옥의 삶과 학문 세계」(상), 279~285면 참조.

[9] 신동흔, 「고정옥의 삶과 학문 세계」(상), 285면.

단서를 제공하고 있다고 하겠다.[10] 고정옥이 활동했던 독서회는 비밀
결사의 성격을 띠고 있었으며, 독서회를 통하여 맑스의 『자본론』과
부하린의 『유물사관』 등의 사회주의 이론서들을 접했다. 필연적으로
당시의 독서회는 식민지 현실에 대한 비판적 이해를 전제로 하고 있었
던 셈인데, 그렇기에 그들의 활동은 은밀하게 진행될 수밖에 없었을
것이다. 독서회에 참여하고 있는 사람들은 때로 자신들의 활동 방향이
민족운동이냐 혹은 사회주의 운동이냐를 놓고 열띤 토론을 벌이기도
했으나, 쉽게 결론이 나지 않았다고 한다. 여하튼 고정옥은 독서회
활동을 하면서 사회주의적 관점을 받아들였고, 이후의 학문 활동에도
상당한 영향을 끼쳤을 것이라는 점은 충분히 짐작될 수 있다고 하겠다.

　고정옥이 참여했던 독서회는 1931년에 민족독립을 위한 실천 운동
의 성격을 띠는 '반제동맹'으로 발전하였다. 경성제대 학생들을 중심으
로 결성된 반제동맹은 국제반제동맹의 지부 성격을 띠고 있었으며,
일제가 '만주사변'을 일으켰을 때 이 단체가 유일하게 침략을 중단하라
고 목소리를 높였다고 한다. 단체의 회원을 사회인으로까지 확대한
반제동맹은 특히 실천적 활동을 목표로 하고 있었다. 고정옥의 하숙집
도 반제동맹의 모임 장소로 활용되었다고 하니, 이 모임에서 그의 역할

10　고정옥이 우리어문학회의 기관지인 『어문』 창간호에 발표한 「인간성의 해방」이라는
　　논문은 그의 사회주의적 관점을 엿볼 수 있는 중요한 자료라 할 수 있다. 그는 그동안의
　　국문학 연구가 주로 봉건 귀족 문학의 성격을 논의하는데 치중하고 있다고 비판하고,
　　자신은 그간의 연구에서 '무의식적으로 제외'되었던 서민 문학의 근본적 성격을 구명
　　하기 위해 이 글을 썼음을 분명히 밝히고 있다. 특히 조선 후기에 활발하게 진행된
　　서민 문학의 제 양상은 서구의 '문예 부흥'에 비견될 만한 것이며, 기존의 지배 계급의
　　문학에서는 찾아보지 못했던 새로운 양상이 출현한 것은 과히 '인간성의 해방'이라고
　　평가할 수 있다고 논하고 있다. 고정옥, 「인간성의 해방」, 『어문』 창간호, 우리어문학
　　회, 1949.(김용찬, 『교주 고장시조선주』의 부록편에 재수록되어 있다.) 참조.

은 적지 않은 것이라 할 것이다. 이들은 1939년에 '만주사변'이 발발하
자 즉각 행동을 개시하기로 하고, 「반전격(反戰檄)」이란 격문을 작성한
다음 등사하여 9월 28일 극장 등지에 비밀리에 살포하였다. 이 일이
터진 이후에 일제는 관련자 색출에 나서 모두 50여 명을 검거하였고,
고정옥을 비롯한 19명이 최종적으로 공판에 회부되었다. 그해 11월에
고정옥은 이 사건으로 징역 1년 6월과 집행유예 3년 형을 선고받아
풀려났지만, 대학에서는 퇴학 처분을 받고 학업을 중단해야만 했다.

신동흔 교수의 조사에 의하면, 고정옥은 이 사건 이후 집행유예 3년
의 기간 동안 주로 고향에서 생활했으며, 전래 민요에 대한 관심을
갖고 자료를 수집했던 것으로 파악되고 있다. 그는 집행유예가 끝난
뒤 경성제대에 재입학을 한다. 지인들의 전언에 의하면 고정옥은 반제
동맹 사건으로 퇴학하기 이전에는 전공이 영문학이었으나, 재입학하
면서 국문학으로 전공을 바꾸었다고 한다. 퇴학을 당한 이후 짧지 않은
기간 동안 고향에서 지내면서 민요 수집을 하는 등의 활동에서 짐작할
수 있듯, 평소 국문학에 대한 진지한 고민이 있었을 것이라 짐작된다.
우여곡절 끝에 고정옥은 1939년 경성제대를 졸업하게 되는데, 그의
졸업 논문의 제목은 「조선 민요에 대하여」라는 민요에 대한 것이었다.
이 졸업 논문이 후에 그의 저서인 『조선민요연구』(1949년)의 밑바탕이
되었다.[11]

대학을 졸업한 이후의 고정옥의 행적은 자세하게 알려지지 않았으
나, 식민지에서 해방될 무렵까지 춘천사범학교의 교사로 재직하고 있

---

11 이상 고정옥의 대학 시절 독서회와 반제동맹 등과 관련된 부분은 신동흔, 「고정옥의
삶과 학문 세계」(상), 285~289면의 내용을 정리한 것이다.

었다. 반제동맹으로 재판에 회부되어 집행유예의 형을 선고받았던 자신의 전력에 대한 영향인 듯, 이후의 활동에서 고정옥은 처신에 적지 않은 신경을 썼던 것으로 보인다. 해방이 되자 그는 서울대학교 사범대학 교수로 부임하게 되고, 비로소 본격적인 국문학자로서의 길을 걷게 되었다. 서울대 교수로 재직하면서 그는 특별한 사회 활동에 관여하지 않고, 단지 강의와 연구에 열중했던 것으로 알려져 있다. 그는 강의를 통해서 국문학의 다양한 분야에 대해서 학생들과 같이 고민했던 것으로 보이는데, 강의의 결과는 그의 저서에 많이 반영되어 있다. 현재까지 드러난 자료를 통해서 보건대, 고정옥은 식민지에서 해방된 이후 현실 정치에는 일정한 거리를 두고 국문학 연구에만 전념하였던 것으로 확인되고 있다. 이러한 연구 활동의 결과로 1949년을 전후한 무렵에 그는 여러 권의 저서를 출간하였다.

고정옥은 당시 서울대학교 사범대학 교수와 강사들을 중심으로 구성된 '우리어문학회'의 일원으로 활동하였다. 이 학회는 순수한 학술 모임으로 국문학 연구자들의 학문적 발표와 토론을 진행하면서, 그 성과물로 강의에서 사용할 교재를 편찬하는 것이 주된 활동이었다.[12] 우리어문학회는 1948년 6월 10일에 방종현(方鍾鉉) · 김형규(金亨奎) ·

---

12 '우리어문학회'의 취지에 대해서는 이 학회에서 발간한 『국문학개론』(일성당서점, 1949)의 서문에 잘 나타나 있다. 이 서문은 방종현(方鍾鉉)이 썼는데, 학회의 성격에 대하여 논한 부분은 다음과 같다. "국어국문학이라는 학문(學問)의 같은 방면을 공부하고 있는 우리 몇 사람이 서로 시간 있는 대로 한 자리에 앉아서 그 아는 것을 피차(彼此) 토론하고 그 의심(疑心) 있는 데를 공동으로 질정(質正)하여 써 서루의 친목(親睦)된 합력(合力)에 의(依)하여 우리의 학문을 좀 더 효과(效果)있게 전진(前進)의 길로 인도(引導)코자 하는 자연(自然)한 학문심(學問心)의 발로(發露)인 데에 이 모임의 근본 뜻이 있었던 것이다."

손낙범(孫洛範)·정형용(鄭亨容) 등 4인이 모여 '국어국문학과 국어교육에 관한 문제를 토론하고 국어국문학총서와 같은 것을 발간하는 모임이 필요함을 상의'하여, 6월 20일 이들 4인 외에 정학모(鄭鶴謨)·구자균(具滋均)·고정옥(高晶玉) 등 7인의 위원(委員)이 모여 만든 '국어교육연구회'를 그 뿌리로 하고 있다. 연구회의 사업으로 '기관지와 고전문학총서를 발간하기로' 하고, 이후에도 꾸준히 모임을 열어 각 위원들의 논문 발표와 연구회의 활동에 대해서 토의를 진행하였다. 국어교육연구회는 1948년 8월에 '우리어문학회'로 그 명칭을 바꾸고, 그 최초의 성과로『국문학사』[13]를 발간하였다.[14]

고정옥은 학회의 회계를 담당했으며[15], 학회의 정기적인 모임에서는 회원들의 논문 발표와 함께 학회의 활동 방향을 논의하기도 하였다. 학회 차원에서 '고전문학총서'를 발간하기 위한 작업이 계속되었는데, 고정옥은 고전소설인「박씨전」을 담당하여 출간 작업을 진행했던 것으로 확인되고 있다.[16] 이후 우리어문학회의 활동은 꾸준히 지속되었는데, 이듬해인 1948년에는『국문학개론』[17]를 발간하기도 하였다. 학회의 기관지인『어문』은 1949~1950년 사이에 모두 3권이 발간되었으

---

13 우리어문학회,『국문학사』, 수로사, 1948.
14 이상 우리어문학회의 활동 상황에 대해서는 기관지인『어문』창간호(우리어문학회, 1949. 10. 25)의「우리어문학회 일지」(21~25면)를 정리한 것임.
15 "… 13. 동년(1948년) 9월 10일(금)에『국문학사』기증의 건을 결의하고 '우리어문학회' 인(印)을 회계(會計) 고정옥 위원이 보관할 것을 결의하다.",「우리어문학회 일지」,『어문』창간호, 우리어문학회, 1949. 25면.
16 "… 동년(1949년) 동월(12월) 24일(토) 구자균 위원 분담 경판본「춘향전」의 통독 질의와 고정옥 위원 분담 사본(寫本)「박씨전」의 질의를 하다.(於방종현씨댁)…",「우리어문학회 소식」,『어문』제2권 제2호(우리어문학회, 1950), 4면.
17 우리어문학회,『국문학개론』, 일성당서점, 1949.

며[18], 여기에는 회원들의 논문들과 국문학 자료들이 소개되어 있다.

그러나 1950년에 발생한 한국전쟁의 와중에 학회의 회원인 고정옥이 월북한 사실 등으로 인해 더 이상의 학회 활동은 불가능하게 되었다. 전쟁이 종료된 이후 학회의 존재나 활동에 대해서 아무런 기록이 남아있지 않은 것으로 보아, 우리어문학회의 활동은 '한국전쟁'으로 인해 자연스럽게 해소된 것으로 이해된다. 기관지인『어문』의 학회 소식이나 일지 등에 기록된 학회 차원에서 진행된 다양한 '고전문학총서'의 발간 작업 역시 전쟁으로 인해 출간으로 결실을 맺지 못한 것으로 파악된다. 학회 활동이 불가능해짐에 따라 기관지인『어문』의 출간도 더 이상 지속되지 못하고, 모두 3권만을 발간한 상태에서 멈추게 되었다.

고정옥은 우리어문학회에서 발간한『국문학사』와『국문학개론』의 주요 집필자이기도 했는데, 이 두 저서의 그가 집필한 내용을 통해서 국문학에 대한 진지한 문제의식을 구체적으로 확인할 수 있다. 이외에도 고정옥은 우리어문학회의 기관지인『어문』에도 모두 2편의 논문을 싣기도 했다.[19] 그는 학회의 활동에 활발하게 참여하면서도 자신의 연구 성과를 저서로 출간하였는데, 비슷한 시기에 출간된『고장시조선주』와『국어국문학요강』그리고『조선민요연구』등이 바로 구체

---

18 발간된 기관지『어문』의 호수와 발간 시점은 다음과 같다.『어문』창간호, 1949. 10. 25.;『어문』제2권 제1호, 1950. 1. 31.;『어문』제2권 제2호, 1950. 4. 15.『어문』제2권 제2호의 '편집후기'에 의하면, 다음 호에 수록될 자료들이 소개되고 지속적으로 발간될 것을 예고하고 있다. 그러나 그해에 발생한 '한국전쟁'의 영향인 듯, 기관지의 발간과 학회의 활동도 멈추게 되었다.

19 고정옥,「인간성의 해방」,『어문』1권 1호, 1949.10.; 고정옥,「잡감(雜感) – 철자법·단속법(斷續法)·한자 문제·외래어 문제·기타에 관해서」,『어문』2권 1호, 1950.1.

적인 성과물들이다. 이러한 왕성한 저술 활동을 통해서, 우리는 그의
학문적 열정이 매우 컸다는 것을 다시 한번 확인할 수 있을 것이다.

연구자로서 왕성한 활동을 하던 중에 발생한 한국전쟁은 그의 인
생에 결정적인 변화의 계기로 작용한다. 전쟁이 나자 미처 피난을 가
지 못한 그는 가족들과 함께 서울에 남아 은신을 하고 있었으나, 사태
를 파악하기 위해 학교에 들렀다가 곧바로 북으로 향했다고 한다. 당
시 고정옥이 북을 선택했던 이유는 정확하게 알려지지 않았지만, 일
찍부터 사회주의를 받아들였던 그의 사상적 측면도 적지 않은 영향을
끼쳤을 것이라고 짐작할 수 있을 따름이다. 결과적으로 그는 전쟁의
와중에 북으로의 행선지를 택했고, 이후 세상을 뜰 때까지 북한의 저
명한 학자로 활발한 학문 활동을 진행하였다. 북에서도 대학에서 교
수로 재직하면서, 고정옥은『조선 속담집』등 구비문학에 관한 몇 권
의 책을 출간하였다고 한다.[20] 신동흔 교수는, 확인할 수 있는 자료를
통해서 보건대 고정옥의 북에서의 학자적 삶은 대체로 순조롭고 영예
로운 것이었다고 평가한다. 그는 북에서 학자로서 연구 활동을 하다

---

20 신동흔 교수가 조사한 바에 의하면, 고정옥이 북에서 발표한 저서와 논문은 다음과
    같다. 〈저서〉『조선 속담집』(국립출판사, 1954);『전설집』(국립출판사, 1956);『조선
    구전문학 연구』(과학원출판사, 1962). 〈논문〉「조선 민간극 연구 서설」(『조선어문』
    3호, 1957);「판소리에 관하여」(『과학원 창립5주년 기념논문집』, 과학원출판사, 1957);
    「최치원론」(『고전작가론』(1), 조선작가동맹출판사, 1958);「동리 신재효에 대하여」
    (『고전작가론』(2), 조선작가동맹출판사, 1959);「조선의 설화에 관하여-패설문학의
    성격 및 소설의 발생 문제를 중심으로」(『조선어문』 1호, 1959);「조선의 수수께끼에
    대하여」(『조선어문』 2호, 1960);「조선 고전문학에서의 사실주의의 발전단계들」(『조선
    어문』 3호, 1960);「조선문학에서의 사실주의 발전의 첫 단계는 9세기이다」(『우리나
    라 문학에서 사실주의의 발생, 발전』(토론집), 과학원출판사, 1963). 이밖에도 다수의
    평론과 글을 쓴 것으로 확인되고 있다. 고정옥이 발표한 글들의 목록은 신동흔, 「고정
    옥의 삶과 학문 세계」(하), 224~225면을 참조할 것.

가, 1968년 7월에 병으로 세상을 뜨고 만다.[21]

이상 간략하게 고정옥의 생애에 대해서 살펴보았는데, 이 시기를 살았던 사람들의 삶이 대개 그렇듯이 그 역시 삶의 여정이 간단치 않았다고 평가할 수 있을 것이다. 특히 한국전쟁의 와중에서 북으로 갔던 그의 행적은 한동안 남쪽의 학계에서 그를 외면하게 하는 결과를 초래하기도 하였다. 그러나 삶의 행적과 관계없이, 객관적으로 본다면 고정옥은 국문학 연구자로서 탁월한 연구 성과를 적지 않게 제출하였다. 국문학의 전 영역을 섭렵한 그의 국문학에 대한 연구 성과들은 당대 최고의 수준이라고 평가되고 있다. 바로 이런 이유에서 이제부터라도 고정옥에 대한 관심을 환기시켜야 하며, 그의 연구 성과들에 대해 연구사적으로 주목해야만 하는 이유라 하겠다.

3. 월북 이전의 학문 활동과 저서의 특징

앞에서 살펴보았듯 고정옥은 서울대학교 사범대학 교수로 재직 중 '우리어문학회' 활동을 하면서 2권의 저서에 공동 저자로 참여하였으며, 그 자신의 이름으로 저술한 3권의 저서를 남기기도 하였다. 월북 이후에도 그는 꾸준한 학문 활동을 통하여 다수의 논문과 저서를 발표하였다. 여기에서는 월북 이전에 남긴 저서들을 중심으로, 국문학에 대한 그의 인식을 중점적으로 검토해 보기로 한다.

---

21 이상 고정옥의 북에서의 활동에 대해서는 신동흔, 「고정옥의 삶과 학문 세계」(하)의 내용을 정리한 것임.

1) 『국문학사』와 『국문학개론』

고정옥은 우리어문학회의 주요 구성원이었으며, 학회에서 발간한 국문학 교재에 집필자로 참여하였다. 우리어문학회는 당시 서울사대 교수와 강사들을 중심으로 구성된 학술모임의 성격을 지니고 있는데, 국어국문학 교육의 어려움을 극복하기 위하여 국어국문학에 대한 서로의 의견을 나누려는 의도에서 만든 것이었다.[22] 우리어문학회에서는 당시 '대학 강의를 효과적으로 감당하기 위하여', 회원들이 국문학의 여러 분야를 나누어 강의 교재 형태로 모두 2권의 책을 펴내었다. 『국문학사』와 『국문학개론』이 그것인데, 이 책들의 집필에 참여한 '다른 필자들이 대개 평이한 개설 수준에서 내용을 서술한 데 비하여 고정옥은 문제 의식이 수반된 독창적인 견해를 많이 제시하고 있다'[23]고 평가되고 있다. 먼저 이 두 권의 저서의 성격을 살펴보고, 고정옥이 집필을 담당한 부분에 대하여 간략하게 논해보기로 하겠다.

---

22 '우리어문학회'의 활동 방향에 대해서는 기관지인 『어문』 창간호(1949. 10.)의 「우리어문학회」 일지(日誌)'에 잘 나타나 있다. "「우리어문학회」 일지 1. 4281년(서기 1948년) 6월 18일(금) 오후에 방종현(方鍾鉉), 김형규(金亨奎), 손낙범(孫洛範), 정형용(鄭亨容) 4인이(어(於)방종현씨댁) 모이어 국어국문학과 국어교육에 관한 문제를 토론하고 국어국문학총서와 같은 것을 발간하는 모임이 필요함을 상의하고 내(來) 20일(일) 오전에 사범대학 국문과연구실로 집합하기로 하다. / 2. 동년(同年) 6월 20일 오전에 방종현, 정학모(鄭鶴謨), 구자균(具滋均), 김형규, 손낙범, 고정옥(高晶玉), 정형용 7인이 집합하여 '국어교육연구회'를 발기하고 위원이 되는 동시에 아래와 같이 결의하다. (가) 매월 제1 금요일(오후 3시)을 예회일(例會日)로 정하고 집합 장소를 사범대학 국문과 연구실로 하다. (나) 본회의 위원은 위원 중 1인이 위원회에 추천하여 그 결의에 의하여 결정함. (다) 사업으로서는 기관지와 문학총서를 발간하기로 함. ⋯(중략)⋯ / 7. 동년 8월 8일(금). 고정옥 위원이 「문장 기사(記寫)에 있어서의 언어 단속법(斷續法)에 대한 소고」를 발표하고 복합어의 기사에 관하여 토론하다. 본회의 명칭을 '우리어문학회'라 개칭(改稱)하다. ⋯(하략)"

23 신동흔, 「고정옥의 삶과 학문 세계」(상), 294면.

우선 우리어문학회가 펴낸『국문학사』는 '해방 이후의 첫 국문학
사'[24]라고 할 수 있다. 이들은 '적어도 국문학사에 관한 일반적 지식은
우리 국민이 반드시 가져야 할 상식'이기에, '이 국문학의 역사를 알
려고 하는 이에게 아주 단순히 또 다만 상식적으로나마 이것을 사적
으로 통괄하여 보여줄 만한 것이 없는 것이 참으로 유감'스럽게 여겨
『국문학사』 편찬에 나섰다고 밝히고 있다. 국문학사가 '단순하게 작
품이나 작가의 나열에 그칠 수' 없으며, '그것은 반드시 체계가 정연
하고 사관(史觀)이 확립된 저작이어야' 함을 분명히 하고 있다. 그러나
이들은 이러한 최종적인 목표에 도달하기 전에, 국문학에 대한 '한 재
료로서 또는 학교 교재로서나 쓰'기 위해서 이 책을 우선적으로 편찬
했다고 한다.[25] 먼저『국문학사』의 차례를 보자.[26]

---

24 김헌선, 「고정옥의 구비문학 연구」, 326면.
25 이상은『국문학사』의 '서문'의 내용을 정리한 것임.
26 『국문학사』의 '서문'에는 해당 부분의 집필자를 기록하고 있는데, 각 부분의 집필자는
　다음과 같다. "서: 방종현 / 제1장 상고문학: 정형용 / 제2장 중고문학: 김형규 / 제3장
　중세문학: 손낙범 / 제4장 근세문학 제1절 ~ 제3절: 정학모 / 제4절 ~ 제6절: 고정옥
　/ 제5장 현대문학: 구자균". (이 책의 부록에『국문학사』의 내용을 수록하였음)

우선 이 책에서는 국문학사의 시대 구분을 '상고 / 중고 / 중세 / 근세 / 현대'의 5단계로 구분하고 있는 것을 알 수 있다. 목차에 의하건대 '상고문학'은 대체로 국문학의 발생기로부터 향가(鄕歌)가 등장하기 이전의 삼국시대까지를 지칭하고 있다. 향가가 전성을 이루던

통일신라시대의 문학을 '중고문학'으로 다루고 있으며, 고려시대로부
터 훈민정음이 창제되기 이전의 문학을 '중세문학'으로 명명하고 있
다. '근세문학'과 '현대문학'의 기점을 1895년의 '갑오경장(甲午更張)'
으로 설정하고 있는데, 그것은 '갑오경장을 계기로 하여서 그 이전과
그 이후에 창작 의식·문예사조·묘사 방법 등이 판이해지고 있'[27]기
때문으로 설명하고 있다. 이러한 '국문학사의 시대 구분은 문예의 표
현 수단인 언어 문자만을 중심으로 하여'[28] 설정한 것으로, 이것 역시
학회의 토론을 거쳐 마련된 것으로 확인되고 있다.[29]

　고정옥은 『국문학사』에서 '제3장 근세문학'의 제4절 ~ 제6절까지
를 집필하였다. 시대적으로는 조선 후기에 해당하는데, 목차의 내용
을 보면 그가 가지고 있었던 국문학사에 대한 인식을 단적으로 파악
할 수 있을 것이다. 먼저 조선 후기를 '소설의 발흥'이라는 관점에서
파악하고, 영조와 정조 시대의 활발한 문화적 분위기가 이를 가능하
게 했음을 제목에서부터 드러내고 있다. 이와 함께 조선 후기의 시가
문학은 가집의 편찬에서 그 특징을 찾을 수 있다는 것을 분명히 하고
있다. 흥미로운 것은 고정옥이 당시까지 국문학의 주류에서 배제되고
있었던 민요를 문학의 관점에서 전면적으로 다루고 있다는 점이다.
'고정옥이 민요의 가치를 논의하는 관점은 비교적 선명하고, 오늘날

27　우리어문학회, 『국문학사』, 159~160면.
28　우리어문학회, 『국문학사』, 159면.
29　"4. 동년(1948년) 동월(7월) 16일(금). 정학모 위원이 「국문학의 시대 구분」이라는
　　소론(小論)을 발표하고, 이에 관하여 토의하여 아래와 같이 결정하다. 상고(上古)…
　　신라 통삼(統三)까지. / 중고(中古)…신라 말까지. / 중세(中世) … 훈민정음 반포까
　　지. / 근세(近世) … 갑오경장까지. / 현대…이후 금일(今日)까지.", 「우리어문학회 일
　　지」(『어문』 창간호, 우리어문학회, 1949), 22~23면 참조.

에도 찾기 어려운 탁견을 제시'[30]하고 있다고 평가된다.

　다음으로는 뒤이어 편찬된 『국문학개론』을 살펴보기로 하자. 우리 어문학회에서는 '우리 문학이 형태별로 한 번 정리되어야 할 필요'[31] 에 의해서 『국문학개론』을 편찬하게 되었음을 밝히고 있다. 국문학 개론 역시 학회의 회원들이 각 분야별로 나누어 집필하였고, 목차에 는 해당 부분의 집필자를 밝혀 놓고 있다.[32] 고정옥은 『국문학개론』에 서 총론에 해당하는 'Ⅰ. 국문학의 형태'와 그가 가장 관심을 기울이 고 있었던 'Ⅸ. 민요' 부분의 집필을 담당하였다.

　'형태상으로 본 국문학의 유대'란 부제를 달고 있는 'Ⅰ. 국문학의 형태'는 국문학의 각 갈래들에 대한 개괄적 설명과 함께, 문학사의 흐 름을 염두에 두고 각 갈래들에 대한 상호 발전 관계를 명확히 하려는 고정옥의 시각이 잘 드러나 있다. 이 글을 통해서 고정옥이 지니고 있었던 문학 일반에 대한 이론적 안목을 살펴볼 수 있는데, 먼저 『국 문학개론』의 목차에 제시된 'Ⅰ. 국문학의 형태'의 세부 내용을 살펴 보기로 하자. 앞에서 지적했듯이 고정옥이 쓴 'Ⅰ. 국문학의 형태'는 국문학 전반에 대한 총론의 성격을 지니고 있기에, 다루고 있는 범위 는 국문학사 전반에 펼쳐져 있다.

30　김헌선, 「고정옥의 구비문학 연구」, 327면.

31　방종현이 쓴 『국문학개론』의 '서문'에서 인용하였음.

32　『국문학개론』의 목차와 집필자는 다음과 같다. "서: 방종현 / Ⅰ. 국문학의 형태: 고정옥 / Ⅱ. 국어학과 국문학: 김형규 / Ⅲ. 한문학과 국문학: 정학모 / Ⅳ. 향가: 손낙범 / Ⅴ. 가사: 정형용 / Ⅵ. 시조: 정형용 / Ⅶ. 소설: 정형용 / Ⅷ. 연극: 구자균 / Ⅸ. 민요: 고정옥 / Ⅹ. 신문학: 구자균."

장르의 발전 / 국문학과 형태의 문제 / 세칭 향가의 형태상 분석(광·협
양의의 향가) / 쇠잔기의 향가 / 향가 발전의 두 갈래 길 / 고려가요의
성격과 시조의 파생 / 경기하여체가의 성격과 시조와 가사에의 발전 /
장·단가 의식과 양자의 선후 문제 / 가사 형태의 완성과 발전 / 가사와의
역사적 관계 / 평시조와 장시조 / 신문학과 시조 / 소설[33]

고정옥은 국문학의 다양한 갈래(장르)들의 성격에 대해서 비교적
상세히 설명할 뿐만 아니라, 각 갈래 사이의 역사적 관계에 대해 자신
의 문학적 관점에 입각하여 제시하고 있다. 그가 가설적으로 마련한
국문학사의 진행 과정에 대한 입장은 'Ⅰ. 국문학의 형태' 말미에 첨
부한 '국문학 형태 발전표'에 집약적으로 제시되어 있다. 고정옥은 이
에 대하여 '우리 문학을 정통 문학과 민속적 문학으로 이분하고, 거기

---

33 『국문학개론』의 목차. 그러나 본문은 목차와는 다르게 모두 10개의 소항목으로 나누
어 기술하고 있는데, 소항목의 번호만 제시되어 있는 본문 부분의 앞에 각 소항목의
주요 내용을 다음과 같이 간략하게 요약해 두고 있다. "1. 형태와 장르 … 장르의 어의
와 형태 … 브륀티에에르의 「장르의 발전」. 국문학계와 장르의 문제 … 독선적 문학관
의 해독. / 2. 「향가」 이의(異議) … 향가의 완성 정형 … 향가 습작기 문학과 진정 향
가(광·협 양의의 향가). 쇠잔기 향가(광의 향가의 일(一)). / 3. 향가 발전의 두 갈래
길 … 경기하여체가와 고려가요의 상사성과 이질성. 고려가요의 성격 … 시조의 파생.
경기하여체가의 성격 … 가사에의 발전. / 4. 장가·단가의 차별 의식과 그 역사적
관계. 가사의 완성 형태 … 3·4음(三四音)에서 4·4음(四四音)으로의 발전 … 대중적
토대에 선 가사 … 가사와 소설과 창극의 삼각형 … 가사는 중세기의 산문 … 가사 형
태의 신문학에 끼친 유산. / 5. 시조와 가사의 교호 작용. 시조의 정형과 그 발전
… 시조의 두 장르(평시조와 장시조). 신문학에 끼친 시조의 영향. / 6. 소설의 3형태
… 번역적 소설 … 가사체 소설 … 내간체 소설 … 그 발전. / 7. 소설 이외의 내간체
산문 … 수필문학. / 8. 민요의 두 종류 … 민요의 고전적 가치 … 민요의 형태 … 유대
의 관점에서 본 민요. / 9. 연극의 종류(가면극·창극·신파극·신극). / 10. 국문학을
문학과 민속적 문학으로 이분하고 중국·서구 문학의 영향을 고려에 넣은 국문학 발
전상 일람표."

에 중국과 서구의 문학과의 관계를 고려에 넣은, 형태상으로 본 국문
학의 발전상의 일람표'[34]라고 설명하고 있다. 구비문학과 기록문학의
상호 교섭에 의한 문학사의 전개 과정을 설명하고 있는 그의 글은 '아
직 구비문학에 대한 인식이 일천했던 당대의 학문적 풍토에서는 가히
획기적인 것이'[35]라고 평가할 수 있겠다.

이처럼 국문학의 체계를 이해하는데 있어 구비문학을 주요한 바탕
으로 삼고 있는 그의 시각은 민족문학으로서의 민요의 가치에 주목한
내용의 'Ⅸ. 민요'에 잘 반영되어 있다. 고정옥은 '조선 문학의 일부문으
로서의 민요는 최초의 작자가, **불분명**하다기보다도, 도리어 **특정한
작자가 없는 것**이 민요라는 시가 문학의 한 중요한 본질적인 특성'[36]이
라고 설명하고 있다. 이러한 관점에서 민요의 작자와 전승 및 향유,
그리고 그것이 지니고 있는 여러 가지 특징들을 요약적으로 정리하고
있는 것을 알 수 있다. 민요에 대한 고정옥의 관점은 후에『조선민요연
구』에서 보다 체계적으로 심화되어 나타났다고 하겠다.

2)『국어국문학요강』

이 책은 고정옥이 혼자서 저술한 것으로, 서두의 '예언(例言)'에서
그 성격을 '국어학과 국문학의 간략한 개론인 동시에 역대 국문학 직품
의 해독·감상의 방법을 제시한' 것이라 밝히고 있다.[37] 아무래도 이

---

34 우리어문학회, 『국문학개론』, 35면.
35 신동흔, 「고정옥의 삶과 학문 세계」(상), 297면.
36 우리어문학회, 『국문학개론』, 302면.
37 『국어국문학요강』의 '예언(例言)'.

당시 대학의 강의에서 사용할만한 적절한 교재가 많지 않았던 탓에, 고정옥은 『국어국문학요강』을 '국어국문학의 일반 입문서'로 집필하여 대학 등에서 교과서나 참고서로 활용할 목적을 지니고 있었던 듯하다. 특히 국어학과 국문학을 포괄해서 다룸으로써, 당시 채 정리되지 못했던 '국어국문학에 대한 학문적 체계화'를 시도한 것이라 평가할 수 있을 것이다. 흔히 고정옥의 학문적 특징을 '실증적 방법론과 함께 이론적 안목, 문학적 감식안을 겸비'[38]한 것으로 논의되고 있는데, 『국어국문학요강』이야말로 고정옥의 이러한 면모를 유감없이 보여주는 저술이라고 할 수 있다.

고정옥은 이 책을 통해서 '지금까지 비교적 묻혀 왔던 부면(部面)을 밝히'기 위해서 몇몇 갈래들에 대한 배려를 하고 있는데, 이런 이유로 '장시조·민요·연극·신소설 등'을 국문학의 영역 속에서 적극적으로 다루고 있음을 확인할 수 있다.[39] 이러한 태도는 이 책에서뿐만 아니라, 그의 다른 저서들에서도 분명히 나타나고 있다. 이 중에서도 '장시조'와 민요에 대한 관심은 특별한 것이라고 하겠다. '장시조'에 대한 그의 관심은 『고장시조선주』의 발간으로 결실을 맺었고, 민요에 대한 연구는 『조선민요연구』의 출간으로 이어졌다. 그리고 『국어국문학요강』은 '국어학과 국문학을 포괄해서 세부적 실증으로 내용을 채운 것'으로, 이를 통해서 '고정옥의 학문적 가능성을 짐작할 수 있는 사례가 된다'[40]고 논할 수 있을 것이다.

---

38 신동흔, 「고정옥의 삶과 학문 세계」(상), 297면.
39 『국어국문학요강』의 '예언' 참조.
40 김헌선, 「고정옥의 구비문학 연구」, 328면.

『국어국문학요강』은 전체가 모두 3부분으로 구성되어 있는데, '제1
편 고문(古文)'과 '제2편 현대문'은 세부적으로 각각 '시가(詩歌)'와 '문
장'으로 구분하였다. 실제 이 두 부분은 모두 작품을 제시하고, 각각
의 작품에 대한 간략한 주석과 해제를 붙여놓고 있다. 특히 시가는
독립된 항목으로 다루고 있지만, '문장'의 항목에서는 소설과 기타의
갈래들을 포괄적으로 다루고 있음을 알 수 있다. 따라서 이러한 구분
을 통해서, 그가 국문학에서 시가문학을 얼마나 비중있게 다루고 있
었는지를 확인할 수 있다.

고정옥은 향가를 '국문학 최고(最古)의 형태'[41]라고 논한 바 있는데,
'제1편 고문'의 '시가'는 향가인 「제망매가」로부터 시작하고 있다. 여기
에 수록된 갈래들은 향가·고려가요·시조·가사·장시조·내방가사·민
요를 포괄하고 있으며, 「용비어천가」와 「두시언해」를 함께 수록하고
있다. '문장'에서는 「춘향전」을 비롯한 소설들과 「훈민정음」과 「꼭두
각씨」를 포함하고 있으며, 특히 기행문과 제문 등의 수필도 함께 다루
고 있는 것이 주목할만하다. '제2편 현대문' 역시 같은 체제를 취하고
있는데, '시가' 항목에서는 창가 「동심가」와 신체시 「해에게서 소년에
게」, 그리고 현대시 「불노리」 등 3편만을 다루고 있다. 현대문의 '문장'
에서는 신소설 「혈의 누」와 이태준의 소설 「밤길」, 그리고 「3·1운동
독립선언문」 등 모두 3편을 수록하고 있다. 이러한 내용으로 보아,
그의 관심은 현대문학보다 고전문학, 특히 고전시가에 두어져 있음을
확인할 수 있다.

앞의 두 항목이 작품의 소개와 해설에 무게가 두어져 있다면, '제3

---

41 우리어문학회, 『국문학개론』, 7면.

편 어문학(語文學)'은 이론적 고찰인 셈이다. 이는 다시 '어학(語學)'과 '문학'으로 나뉘어 있으며, 각 소항목에 대한 갈래의 정의를 제시하고 이와 함께 이론적 고찰을 펼치고 있다. '어학' 부분은 이두(吏讀) · 훈민 정음 · 언해 · 사전류 · 국자(國字) 발달 과정 · 어학기관 등으로 소항목이 구분되어 있으며, 이들에 대한 상세한 설명을 제시하고 있다. '문학' 에서는 향가(鄕歌) 이래 국문학의 각 갈래들에 대한 이론적 작업을 시 도하였다. 여기에서 다루고 있는 갈래들은 향가 · 고려가요 · 시조 · 가 사 · 소설 · 연극 · 민요 · 신소설 · 신문학 등이다.

3) 『조선민요연구』

이 책은 우리나라의 민요에 대한 본격적인 연구서로서, '우리 민요 연구사의 새 장을 연 기념비적인 성과'[42]라고 평가되고 있다. 앞에서 설명한 바와 같이, 고정옥은 대학 시절부터 민요에 대해 깊은 관심을 지니고 있었고, 민요를 주제로 졸업논문을 쓰기도 했다. 이 책의 서문 을 통해 고정옥은 민요가 '이미 문학이라 호칭하지 못하'고, '민요의 학문적 범주를 찾는다면 그것은 민속학에 포섭될 성질의 것이'라고 서술하고 있다. 그러나 우리의 '문학이 현재와 미래에 있어 민주적인 민족문학의 건설을 지향함에 있어서는, 과거에 있어 가장 서민적이며 가장 향토적이었던 민요 유산의 구명 · 섭취야말로, 새로운 우리 문학 의 길을 개척하는데 불가결의 한 선행 과제라 할 것'[43]이라고 하여 민 요가 국문학의 영역 속에 있음을 분명히 하고 있다.

---

42 신동흔, 「고정옥의 삶과 학문 세계」(상), 301면.
43 이상 『조선민요연구』의 '서'에서 인용하였음.

그는 민요의 개념을 설명하면서, '민(民)'의 성격을 모두 3가지 측면에서 풀어내고 있다. 이를 살펴보면, '1. 개(個)에 대한 민(民)'과 '2. 군(君)·관(官)에 대한 민(民)', 그리고 '국(國)에 대한 민(民)'이 그것이다. 먼저 '개(個)에 대한 민'의 관점은 '문학이 개인의 제작임에 반하여 민요가 문자 그대로 민(집단)의 공동 창작이라는 점에 민요의 본질이 간취'될 수 있다고 보았다. 또한 '군·관에 대한 민'에서는 지배 계급의 양식이었던 시조와의 대비를 통하여, '민요의 향유계급은 통치계급이 아닌 민중이며 인민'이라고 밝히고 있다. 마지막으로 '국에 대한 민'에서는 '정치적 세력 범위가 민요의 단위를 결정하는 것이 아니라, 혈통적 민족정신이 민요의 단위를 형성'한다고 하여, '민요는 국가의 노래가 아니고 민족의 노래'임을 분명히 하고 있다.[44] 이런 관점에서 '집단에 의하여 공동적으로 제작되며, 인민 대중에 의하여 노래 불리우며, 민족의 전통적 피가 맥맥히 물결치는 노래가 민요'[45]라고 그 개념을 정리하였다.

이처럼 고정옥은 '과거에 가장 서민적이고 향토적이었던' 민요의 연구를 통해 국문학의 올바른 면모를 해명할 수 있다고 본 것이다. 『조선민요연구』는 모두 10장으로 구성되어 있는데, 크게 본다면 민요에 대한 이론적 고찰을 시도한 부분(제1~7장)과 개별 작품들을 분류하고 각각의 작품들에 대한 구체적인 설명이 제시된 부분(제8장 조선민요의 분류)으로 구분할 수 있다. 여기에 '조선 민요의 특질'(제9장)과 '조선 민요 수집 연구의 장래를 위하여'(제10장)의 항목을 덧붙여, 민요의

---

44 이상 민요의 개념에 대한 설명은 『조선민요연구』의 10~14면을 참조할 것.
45 고정옥, 『조선민요연구』, 14면.

특질과 민요 연구에 대한 앞으로의 과제를 간략하게 제시해 놓고 있다. 이 책에서 민요에 대한 이론적 고찰은 민요의 개념과 역사, 민요의 형식과 분류 방법, 그리고 민요와 상호 관련을 맺고 있었던 다른 문학 갈래들과의 관계 등 다양한 논의를 펼치고 있다.

이 책의 상당한 분량을 우리 민요를 분류하는데 할애하고 있는데, 대체로 크게는 창자의 성별에 따른 '남요(男謠)'[46]와 '부요(婦謠)'[47]로 나누고 이를 다시 기능과 내용에 따라 다시 하위 항목으로 분류하였다. 고정옥이 시도한 작업들이 '학문적 일관성을 지니고 일률적인 전개를 보인다고 보기 어'려우며, '실제로 명료한 서술이 이루어지지 않'았다고 평가되기도 한다. 그러나 그럼에도 불구하고 '민요의 실상을 최대한 존중하면서 독특한 접근을 꾀한 것은 우리 민요 연구의 획기적 성과로 평가'할 수 있을 것이다.[48]

그는 민요의 '특질을 논의하려면, 완전한 수집이 선결'되어야 한다는 것을 전제하고 있다. 그것은 '일부분의 민요만을 보고 곧 함부로 단안을 내려서 어떠한 관념을 날조하여, 그 관념으로 조선 민요 전체의 특질을 연역해 내려는 태도는 지극한 위험한 것'이기 때문이다. 그렇지만 자신이 다룬 작품들을 대상으로 하여, 민요의 특질에 대해서 '지극히 총괄적인 고찰'을 시도하고자 한다.[49] 그리하여 구체적인 작품에

---

46 '남요'의 하위 항목은 다음과 같다. '1.노동요 / 2.타령 / 3.양반노래 / 4.도덕가 / 5.취락가(醉樂歌) / 6.근대요 / 7.민간신앙가 / 8.만가(輓歌) / 9.경세가 / 10.생활요 / 11.정치요 / 12.전설요 / 13.어희요 / 14.유희요 / 15.정가(情歌) / 16.동남동녀 문답체요'.

47 '부요'의 하위 항목은 다음과 같다. '1.시집살이노래 / 2.작업요 / 3.모녀애련가 / 4.여탄가 / 5.열녀가 / 6.꽃노래 / 7.동녀요(童女謠)'.

48 이상 김헌선, 「고정옥의 구비문학 연구」, 332면 참조.

대한 논의의 결과, '제9장 민요의 특질' 항목에서 우리 민요의 내용적 특질을 다음과 같이 7가지로 들고 있다. 이를 제시하면, ①부요의 양적 질적 우세, ②풍부한 해학성, ③풍류를 해(解)하는 점, ④유교 교리의 침윤(浸潤), ⑤일반 서민의 지배 계급에 대한 순종성과 여성의 남성에 대한 복종성이 규범화, ⑥무상취락적(無常醉樂的) 경향, ⑦생활고의 전면적인 침식 등으로 요약된다. 이밖에도 형식적 특질로는 ①아름다운 운율적인 관용구 내지 애용구가 많음, ②리듬의 장난이 너무나 많음, ③향토적 다양성이 적음, ④무용요의 희귀함 등을 지적하고 있다.[50]

이상에서 간략하게 살펴보았거니와『조선민요연구』는 '민요 연구의 학문적 성격, 우리 민요의 성립과 발전, 우리 민요와 문학의 상관 관계, 우리 민요의 수집사, 우리 민요의 분류, 우리 민요의 특질 등을 체계적으로 다룬 저작'[51]인 것이다. 실로 민요에 대한 고정옥의 관심은 지대하여, 이 책을 비롯하여 그의 모든 저서에는 국문학의 주요 갈래로 민요를 다루고 있음을 확인할 수 있다. 바로 이런 측면에서『조선민요연구』를 고정옥의 대표적인 연구 성과로 평가할 수 있는 것이다.

4)『고장시조선주』

이 책은 사설시조를 지칭하는 '장시조' 50수를 선별하여 주석과 해설을 붙인 것이다. 대체로 고정옥의 연구 성과들을 살펴보면, 국문학의 갈래 중에서 특히 고전시가에 대한 학문적 관심이 남달랐음을 확

---

49 이상 고정옥,『조선민요연구』497면 참조.
50 이상 민요의 특질에 관해서는 고정옥,『조선민요연구』, 497~505면을 참조할 것.
51 김헌선,「고정옥의 구비문학 연구」, 331면.

인할 수 있다. 이런 점에서 민요에 대한 체계적 분류와 이론적 정립을
시도한『조선민요연구』와 함께,『고장시조선주』는 우리의 고전시가
에 대한 그의 애정을 뚜렷하게 드러낸 저서라고 할 수 있다. 이 책은
사설시조 연구 초기의 중요한 성과를 담고 있어 매우 중요한 저서로
평가되고 있지만, 그 내용과 학문적 성과에 대해서 충분히 다뤄지지
못했다.『고장시조선주』는 당시로서는 불모지나 다름이 없었던 사설
시조 연구에 한 획을 그은 저서로, 국문학 연구의 수준을 한 단계 높
였다는 평가를 받기에 충분하다.

　기실 고정옥에 의해 선정되어 이 책에 수록된 작품들은 그 면모로
보아, 오늘날까지 연구자들에 의해 사설시조의 대표적인 것들로 평가
되고 있기도 하다. 특히 이 책의 '서(序)'는 고정옥에 의해 시도된 사설
시조론에 해당되는데, 이 또한 고전시가 연구사에서 매우 중요한 성과
물로 여겨진다.[52] 사설시조의 발생과 문학적 특징을 조선 후기의 문화
적 상황 속에서 주체로 나선 서민들의 문학 정신이 발현된 것이라는
그의 논법은 지금도 유효하다고 평가된다. 물론 내용 중에는 일부 작품
에 대한 해설에서 피상적인 인식이 드러나기도 하고, 실증에 근거하지
않고 다소 무리한 추론이 등장하기도 한다. 그럼에도 불구하고 사설시
조에 대해서 전면적으로 논한 이 책의 성과는 연구사적으로 중요한
위치를 점하고 있다는 것에는 이론의 여지가 없다고 하겠다.

　고정옥은 시조를 '향가의 전통 속에서 우러난 문학'이며, 고려시대
의 문학 양식인 '소위「경기하여가(景幾何如歌)」나「어부가(漁父歌)」의

---

52 『고장시조선주』의 '서'에 대한 분석과 고정옥의 '장시조론'에 대해서는 김용찬,「고
　정옥의 '장시조론'과 작품 해석의 한 방향」(이 책에 재수록되었음)을 참조할 것.

일장(一章)이 분리하여 독립한'[53] 양식이라고 파악하고 있다. 이러한 연원을 지니고 있는 시조는 조선시대의 대표적인 문학 갈래로서 '봉건 관료·양반·귀족·학자의 문학 양식'이며, 우리말을 기반으로 하고 있기에 '국자(國字)의 제정을 계기로 급속한 발전을 진행'[54]하였다고 논하고 있다. 그러나 16~7세기에 있었던 두 차례의 전란으로 인해서 '이를 막지 못하고 그 노쇠를 서민들 앞에 폭로한 양반 계급은 정치에 있어서 뿐 아니라 문화에 있어서도 정체 상태에 빠지지 않을 수 없었다'[55]고 파악하였다. 이러한 역사적 상황에서 조선 후기로 접어들면서 우리의 문학사에는 새로운 담당층이 출현하였으며, 이들에 의해 귀족적 양식이었던 시조는 그 형식과 내용을 바꾸어 서민 계급들에 의해서 이른바 '장시조'로 탈바꿈하게 되었다고 논하고 있다.

이렇게 탄생한 '장시조'의 주요 작가들의 면모를 살펴보면, '신진 중인 작가, 창곡가(唱曲家)[56]·창극가(唱劇家)[57], 부녀자, 기녀, 민요 시창자(始唱者), 몰락한 양반[58] 등으로 나눌 수 있다고 진술하고 있다. 그는 또한 새로운 작가층에 의해 '종래의 전형적인 시조(평시조) 형식은 다음과 같은 변모를 초래하'는 바, 그 형식적 측면으로는 '소설식으로 길어짐, 가사투가 혼입(混入)함, 민요풍이 혼입함, 여상(如上)한 제 경향이 한 작품 속에서도 잡연(雜然)히 혼재함, 대화가 많음, 새로운 종장 문구

---

53 고정옥, 『고장시조선주』, 5면.
54 고정옥, 『고정시조선주』, 6면.
55 고정옥, 『고장시조선주』, 7면.
56 시조를 전문적으로 가창했던 가객과 가창자들을 지칭한다.
57 판소리 창자를 지칭하는 표현이다.
58 고정옥, 『고장시조선주』, 9면.

를 개척'[59] 등으로 지적하고 있다. 이러한 '형식의 이면인 내용상'의 특징으로는 '구체성 내지 형이하적(形而下的)인 성질을 가진 이야기와 비유의 대담한 도입, 강렬한 애정의 표출, 육욕(肉欲)의 기탄(忌憚)없는 영발(詠發), 어희·재담·욕설의 도입, 적나라한 자기 폭로, 비시적(非詩的) 사물의 무사려(無思慮)한 시화(詩化) 기도'[60] 등을 들고 있다.

그러나 고정옥은 기본적으로 새로운 문학 담당층이었던 서민 계급이 '아직 문학적 교양을 쌓을 여유가 없었고', 그들에 의해 향유되었던 장시조도 '서민 계급이 양반 계급의 율문 문학을 상속받아, 그것을 자기네들의 문학으로 만들려고 발버둥친 고민의 문학이며, 실패의 문학이'[61]었다고 평가한다. 결국 장시조란 새로운 문학 담당층이 양반 계급의 문학에서 그 형식을 받아들여 새로운 내용을 시도했지만, 이미 출발부터 형식과 내용의 불균형이 초래될 수밖에 없는 근본적 한계로 인하여 '실패의 문학'으로 귀결될 수밖에 없었다고 파악한다.[62] 그러나 비록 '실패의 문학'이라고 하더라도, '우리는 문학사적으로 이를 중요시하지 않으면 안되는 동시에, 그 가운데에서 주옥같은 몇 편의 노래를 발견하는 기쁨을 또한 갖'[63]게 된다는 의미를 부여하기도 했다.

이 책에 수록된 작품들은 사설시조 가운데 '주옥같은 노래'를 뽑아 주석과 해설을 붙인 것이다. 대상으로 삼은 작품은 최남선 소장본 〈청구영언〉(약칭 '청육', 일명 대학본)에서 가려 뽑은 것인데[64], 이 책을 편찬

---

59   고정옥, 『고장시조선주』, 9~10면.
60   고정옥, 『고장시조선주』, 10면.
61   고정옥, 『고장시조선주』, 15면.
62   김용찬, 「고정옥의 '장시조론'과 작품 해석의 한 방향」, 72~73면.
63   고정옥, 『고장시조선주』, 15면.

할 당시에 고정옥은 〈청구영언 육당본〉을 김천택이 편찬한 원본으로 알고 있었던 것으로 파악된다. 대체적으로 조선진서간행회에서 〈청구영언〉(약칭 '청진')이 출간된 이후에도, 국문학 연구자들 사이에서 〈청육〉을 김천택 편찬본으로 인식하고 있었던 것이다.[65] 『고장시조선주』의 '예언(例言)'에는 수록 작품에 대한 관점이 분명히 드러나는데, 작품의 분석과 해석에 있어서 철저히 '문학적 성격'을 우선시하였다.[66] 이는 당시 시조의 음악적 특성에 대한 연구가 충분치 못한 상태에서 취한 어쩔 수 없는 측면이라고 이해할 수 있을 것이다. 또한 당시로서는 사설시조에 대한 본격적인 연구조차도 되어 있지 않은 상태에서, 개별 작품들에 대한 문학적 분석이 선행되어야 한다는 판단도 고려되었을 것이다.

이 책의 체제는 크게 사설시조의 전반적인 특징을 논한 '서'와 개별 작품들에 대해 주해(註解)를 붙인 '주석부'로 나눌 수 있다. 이 책의 특성상 작품을 다루고 있는 '주석부'가 중심이 될 수밖에 없는데, 이는 다시 간략한 '예언'과 50수의 작품에 대한 '주해'와 말미에 색인을 첨부하고 있다. 각각의 선정 작품들에는 수록 순서에 따라 일련번호를 붙여 띄어쓰기가 전혀 되어 있지 않은 가집 원문 형태의 텍스트(본문1)와, 이를 다시 시조의 3장이나 대화체 형식 등으로 배열하여 당시

---

64 "4. 본서의 본문(1)은 소위 대학본 〈청구영언〉을 대본으로 삼고 연전 등사본 〈청구영언〉과 및 〈해동가요〉, 〈가곡원류〉 등을 참고로 하여 간택 전사한 것이다.", 「예언」, 『고장시조선주』, 18면.

65 〈청구영언〉을 비롯한 가집의 특징과 성격에 대해서는 김용찬, 『18세기의 시조문학과 예술사적 위상』(월인, 1999)을 참조할 것.

66 "5. 우리는 시조를 순전히 문학으로 보는 것이므로, 분장(分章) 기타에 있어 가곡(歌曲)으로서의 시조는 고려 외로 두었다.", 「예언」, 『고장시조선주』, 18면.

철자법에 맞게 표기한 본문(본문2)로 수록하였다. 여기에 각 작품의 어휘나 표현 등에 대해 주석을 덧붙이고, 마지막에는 고정옥 자신의 관점에서 작품을 분석한 '감상·비평'을 기록하고 있다.[67]

이러한 편제를 통해서도 알 수 있듯이, 이 책은 '장시조'에 대한 주석집일 뿐만 아니라 해설서로서의 성격도 아울러 갖추고 있다. 각 작품에 대해서 펼쳐낸 고정옥의 분석을 검토함으로써, 우리는 그가 각각의 작품을 선택한 안목과 시가 작품을 해석하는 관점을 파악할 수 있을 것이다.[68]

4. 맺음말

이상으로 기존 연구를 바탕으로 고정옥의 생애를 검토하고, 월북 이전 그의 저서들의 성격을 살펴보았다. 이미 지적하였듯이 고정옥과 그의 연구 성과들은 아직도 충분히 다뤄지지 못했다는 것이 솔직한 판단이다. 민족의 분단과 그로 인한 이념적 대립이 심화 되었던 우리의 현대사에서, 특정 연구자에 대한 의도적인 기피가 한동안 우리의 문학사를 반쪽으로 만들었던 것이 어쩔 수 없는 현실이었다. 탁월한

---

67 "3.각 편은 다음과 같은 순서로 기술되어 있다. (1) 원전대로의 본문(본문1). (2) 편저자의 주관으로 분장(分章) 또는 분단하고, 현행 철자법으로 고치고, 대화로 된 작품은 대화 급(及) 회화의 시종을 밝히고, 때로는 명확히 오사(誤寫), 오자라고 인정되는 것을 교정한, 알기 쉽게 기사한 본문(본문2). (3) 주(註). (4) 감상·비평.", 「예언」, 『고장시조선주』, 18면.

68 이에 대해서는 김용찬, 「고정옥의 '장시조론'과 작품 해석의 한 방향」(이 책에 재수록 되었음)의 내용을 참조할 것.

연구 성과를 제출하고도 오랫동안 남쪽의 연구사에서 제대로 언급조차 되지 않았던 고정옥 역시 이러한 이념적 대립의 희생물이라고 할 수 있을 것이다. 최근 이러한 금기(禁忌)가 점차 깨어지고 있지만, 자료에 대한 접근이 쉽지 않다는 이유로 고정옥과 그의 저서들에 대한 연구는 여전히 미흡하다고 할 수 있다.

월북 이후 고정옥의 활동에 대해서는 신동혼의 조사가 있었지만, 아직도 많은 부분이 추가적으로 탐색될 필요가 있다고 본다. 하지만 월북 이전 고정옥이 서울대학교 사범대학 교수로 재직하면서 저술한 저서들에 대해서는 이제라도 충분히 연구 검토되어야 한다고 여겨진다. 이 글은 이러한 인식에서 가능한 부분까지 고정옥의 생애를 재구하였고, 본격적인 연구의 기초로 삼기 위하여 월북 이전 저서들의 특징을 검토해 본 것이다. 개략적으로 검토했지만, 고정옥이 이 시기에 남긴 저서들은 당대의 국문학 연구사를 검토하는데 있어 아주 중요한 자료적 가치를 지니고 있다고 할 수 있다.

당대에는 국문학의 주요 갈래로 인정받지 못했던 민요를 중심으로 구비문학에 대한 관심을 기울였고, 문학사를 체계적으로 조망하고자 한 그의 연구들은 지금의 관점에서 보더라도 소중한 성과임이 분명하다. 고정옥은 국문학의 특정 갈래에 치우치지 않고, 그가 연구의 대상으로 삼은 주제를 중심으로 다른 문학 갈래와의 상호 작용을 따지면서 국문학사의 전체적인 지형을 그리고자 하였다. 월북 이전의 연구 성과들이 월북 이후에는 어떠한 모습으로 변화되고 또 심화되어 갔는지에 대해서는, 관련 자료를 보다 더 광범하게 확보하여 검토함으로써 진행되어야 할 것이다. 이 논문은 그러한 장기적인 과제의 일환으로 마련된 것이라는 것을 밝혀둔다.

여전히 고정옥에 대한 연구사적 탐색이 아직도 더 필요하다는 것이 연구자로서의 솔직한 생각이다. 물론 본고에서는 그의 저작들에 대해 개략적으로 살피고 국문학에 대한 전반적인 인식을 검토하는데 그쳤지만, 고정옥과 그의 학문적 성과에 대한 지속적인 관심을 기울여 또 다른 연구 성과물을 제출할 생각이다. 이 글을 통해서 고정옥이 지닌 국문학에 대한 전반적인 인식을 확인하고, 문학사를 파악하는 그의 관점의 일단을 파악할 수 있었으면 한다.

『한민족어문학』 제46집(한민족어문학회, 2005)에 수록된 논문을 일부 수정하였음.

고정옥의 '장시조론'과 시가 해석의 한 방향

『고장시조선주』를 중심으로

1. 머리말

고전시가 연구사에서 고정옥(高晶玉)이 남긴 학문적 성과물들은 연구사적으로 매우 중요한 의미를 지니고 있다. 하지만 지금까지 여러 가지 이유로 고정옥과 그의 연구 성과들에 대한 논의는 제대로 이루어지지 못했다. 이러한 결과에 이르는 가운데 가장 중요한 요인은 아마도 그동안 고정옥의 연구 성과들에 대한 접근이 쉽지 않았기 때문이라고 할 수 있다. 초창기 국문학 연구자들의 연구 성과들에 대해서는 그동안 다각적으로 연구가 이루어져 왔다. 그러나 국문학 연구사에서 고정옥과 그의 학문 세계에 대해서는 여전히 연구가 충분치 못하다고 여겨진다. 이러한 문제의식에서 출발하여, 고정옥과 그의 연구 성과들을 본격적으로 다루는 계기로 삼고자 한다.

고정옥이 오랫동안 국문학 연구사에서 제대로 언급되지 않았던 이유 중의 하나는, 그가 1950년에 발생한 '한국전쟁'의 와중에 월북하여, 이후 북한 학계에서 활발한 활동을 한 학자였다는 점도 무시할 수 없다. 1980년대 후반 월북 학자나 작가들에 대한 해금(解禁)이 이루어진 이후에도, 여전히 그는 연구사에서 소외된 존재로 별다른 주목을 받지 못했다.[1] 신동흔에 의해 적절히 지적되었듯이, '민요에서 출발하여 국문학의 거의 전 영역에까지 뻗친 그의 연구 작업은 장르의 본질에 대한 이론적 안목과 그 형성·변천 과정에 대한 역사적 통찰력, 작품의 문학성을 섬세하게 가려내는 감식안 등에 힘입어 거의 예외 없이 당대 최고의 수준에 이르고 있다'[2]고 평가할 수 있다.

실상이 이렇다면 이제부터라도 고정옥과 그의 연구 성과들에 대해 체계적인 연구를 진행하여, 국문학 연구사에서 그의 업적에 걸맞은 평가가 내려져야 할 것이다. 물론 그의 저서 『조선민요연구』[3]에 주목하여, 민요를 중심으로 한 구비문학 분야에서 고정옥의 학문적 업적을 조명한 선행 연구가 제출되기도 했다.[4] 하지만 이제는 여타 분야에 대한 그의 연구들에 대해서도 연구자들이 관심을 기울여야 마땅하리라고 본다. 앞서 논했듯이 고정옥은 고전시가 분야에 대한 관심이 남

---

1   고정옥의 삶과 학술 활동에 대해서는 신동흔 교수에 의해서 본격적으로 다루어진 바가 있다. 신동흔은 '국문학자 열전'이라는 형식으로 고정옥의 삶을 다루면서, 그의 학문세계에 대해서도 개략적인 소개를 하고 있다. 본고를 준비하는데 있어, 신동흔 교수가 제출한 다음의 글들에 많은 도움을 받았음을 밝혀둔다. 신동흔, 「고정옥의 삶과 학문세계(상)」, 『민족문학사연구』 7, 민족문학사연구소, 1995.: 「고정옥의 삶과 학문세계(하)」, 『민족문학사연구』 8, 1995 등.

2   신동흔, 「고정옥의 삶과 학문세계(상)」, 271면. 신동흔은 같은 글에서 '고정옥의 연구 성과들은 … 그가 우리 국문학 연구사에서 절대 외면되고 잊혀질 수 없는 당당한 주역'으로 자리매김되어야 한다고 역설하고 있다.

3   고정옥, 『조선민요연구』, 수선사, 1949.

4   민요 연구자로서 고정옥의 면모에 대해서는 김헌선, 「고정옥의 구비문학연구」(『구비문학연구』 2, 한국구비문학회, 1995)에서 자세히 다루고 있다. 김헌선의 논문에서도 고정옥이 남긴 저작들에 대해서 간략하게 언급하고 있으나, 서술의 중심은 민요 등 구비문학에 두어져 있다.

달랐으며, 특히 사설시조를 지칭하는 '장시조(長時調)'에 대해서는 독
창적인 이론의 제출과 더불어 작품의 주석을 행하기도 하였다. 본고
는 '장시조'를 대상으로 세밀한 작품 분석을 시도했던 그의 저작인『고
장시조선주』[5]를 검토하여, 그의 '장시조론'과 작품 해석의 면모를 살
펴보기로 한다.

2. 고정옥의 시조관과 '장시조론'

1) 시가사에 대한 인식과 시조관

고정옥은『고장시조선주』의 '서(序)'에서 자신의 시가관에 대해서
간략하게 기술하고 있으며, 여타의 저서들에서도 시가를 비롯한 국문
학 전반에 대한 이론의 체계화를 시도하였다. 여기에서는 그의 '장시
조론'를 본격적으로 살피기 전에, 먼저 고정옥이 제출한 연구들에 나
타난 시가에 대한 인식과 시조관을 점검하기로 한다.『고장시조선주』
에는 대체로 시가에 대한 논의가 매우 소략하게 다루어지고 있기에,
이 책의 내용을 중심으로 그가 남긴 다른 저서들을 참조하면서 논의
를 진행해 나가기로 한다.[6]

5　고정옥,『고장시조선주』, 정음사, 1949.(이 책의 교주본은 김용찬,『교주 고장시조
　선주』, 보고사, 2005.로 출간되었다.)

6　월북 이전 그의 저작으로는 '우리어문학회' 활동을 하면서 남긴 2권의 공동 저서와,
　고정옥 자신의 이름으로 저술한 3권의 저서가 있다. 신동흔의 조사에 의하면, 월북
　이후에도 꾸준하게 활동을 하며 다수의 논문과 저서를 남기기도 했다고 한다. 본고에
　서는 월북 이전에 남긴 그의 저서들을 중심으로 논의를 진행하기로 한다. 그의 저서
　는 해방 이후 고정옥이 서울대 교수로 재직하던 시절에 출간되었는데, 대체로 대학에

　그가 남긴 저서들을 검토하면서, 고정옥이 국문학의 다양한 분야에 대해 관심이 깊었다는 것을 거듭 확인할 수 있었다. 그 중에서도 특히 '전래의 서민가요인 민요[7]에 대한 관심은 남달랐다. 그는 다양한 문학 갈래의 성격과 특징을 논하면서, 늘 민요와의 교섭 관계를 염두에 두고 있었다. 고정옥에 의하면 지배 계급의 문학이었던 시조와 가사는 '중세기 문학'이며, 조선 후기에 이르러 '중인 계급'의 등장으로 다양한 문학 갈래에 민요의 요소가 접합되는 계기가 된다. 따라서 조선 후기에는 귀족계급이 사용하던 기존의 문학 '형식'에 새롭게 등장한 서민 계급의 '내용'이 합쳐지면서, 이 시기 문학의 내용과 형식이 서로 어긋나는 요인이 된다고 파악하였다.

　고정옥은 명시적으로 담당층이라는 용어를 사용하지는 않았지만, 그의 모든 연구들에서 조선 후기의 문학 담당층이 지배 계급에서 중인 계급으로 이동했다는 사실을 매우 중요하게 다루고 있다. 이러한 인식은 이 시기의 문학에서 새롭게 나타나고 있는 향유층의 존재가 바로 '근대문학'으로의 전환 과정에서 중요한 역할을 하고 있음을 전제로 한 것이다. 고정옥은 민요를 비롯한 구비문학 분야는 물론 시조와 가사 등의 시가 문학, 그리고 소설·연극·신문학(현대문학)에 이르기까지 폭

서 행해진 강의의 결과물이라고 평가를 하고 있다. 때문에 그의 저작을 통해 이 시기의 국문학 연구의 면모를 확인할 수도 있을 것이라고 본다. 본고에서 참고로 한 고정옥의 저서는 다음과 같다. 우리어문학회, 『국문학사』, 수로사, 1948.; 우리어문학회, 『국문학개론』, 일성당서점, 1949.; 고정옥, 『국어국문학요강』, 대학출판사, 1949.; 고정옥, 『고장시조선주』, 정음사, 1949.; 고정옥, 『조선민요연구』, 수선사, 1949 등.

7　고정옥, 『고장시조선주』, 6면. 고정옥의 대학 졸업논문이 「조선민요에 대하여」란 제목의 민요에 대한 논문이었으며, 후에 내용을 보완하여 출간한 것이 『조선민요연구』라고 한다. 민요에 대한 그의 관심은 '민족의 삶과 문학의 기층적 동력을 찾아보고자'한 의식의 소산이었다.(신동흔, 「고정옥의 삶과 학문세계(상)」, 288~289면 참조.)

넓게 연구를 진행하였고, 여러 저서에는 그의 이러한 관심이 잘 나타나 있다.

국문학의 다양한 갈래들에 관해 고정옥은 '각 양식의 관계를 역사 적 맥락 속에서 꿰뚫는 방식'[8]으로 서술하고 있다. 향가로부터 자유시 (현대시)에 이르기까지 역사적 갈래들의 상호 관계를 살피면서 시가사 를 서술하는가 하면, 시가 문학의 특징을 설명하면서 소설 등 여타 문학 갈래의 문제까지도 짚어내고 있다. 이러한 관점에서 본다면, 국 문학의 다양한 갈래들은 역사적 변천 과정에서 상호 관련을 맺고, 이 러한 문학사적 특징이 우리 국문학 체계 전체를 구성하고 있다고 할 수 있다.[9] 먼저 고정옥이 시조를 중심으로 한 시가사의 흐름을 어떻게 인식하고 있는지를 살펴보기로 하자.

고정옥에 의하면, '우리 문학은 향가에서 출발한다.'[10] 그러나 향가 (鄕歌)가 탄생하기 이전에 원시종합예술이 '문학의 모태'로 존재했었으 며, 신라 유리왕 대에 지어졌다는 「도솔가(兜率歌)」[11]가 여기에서 발전 한 시가의 최초의 형태라는 것이다. 「도솔가」를 민요풍의 향가 혹은 민요가 정착한 것으로 보고 있으며, 여기에서 일정한 형태를 갖춘 문 학 갈래인 향가로 발전했다고 파악하고 있다. 향가의 형식 또한 4구체

---

8 신동흔, 「고정옥의 삶과 학문세계(상)」, 295면.
9 고정옥은 박지원의 한문소설 등 일부를 제외하고, 국문학의 영역에서 한문학을 전적 으로 배제하고 있다. 이는 '한문(漢文)'을 중국의 문자라고 인식하고 있던 당시 국문 학계의 일반적인 인식과 크게 다르지 않은 것이다. 그렇기에 '한문학'을 제외한다면, 국문학은 구비문학인 민요와 차자문학(借字文學)인 향가(鄕歌)에서 출발하는 것이 당연하다 할 것이다.
10 고정옥, 『국어국문학요강』, 369면.
11 4구체 향가인 「도솔가(兜率歌)」와는 다른 작품이다.

나 8구체는 '미완성의 형태'이며, 10구체에 이르러 그 형식상 도달점에 이르게 된다고 보고 있다.[12] '향가의 말예(末裔)'인 고려 예종의 「도이장가(悼二將歌)」는 다시 '경기체가'나 기타 분장식(分章式) 고려가요의 연원이 되며, '3장 형식의 시조문학의 기원도 여기서 더듬을 수 있'다고 논하고 있다.[13]

> 시조라는 조선 율문 문학 양식의 성립에 관해서 국문학도들 사이에 견해가 구구하다. 그러나, 그것이 향가의 전통 속에서 우러난 문학이란 것은 움직일 수 없는 사실일 것이다.
> 우리는 한 걸음 더 나아가, 새로운 문학사의 자료가 돌현(突現)하지 않는 한, 13세기 전후 즉 고려 고종 시대 전후에 소위 '경기하여가'나 「어부가」의 일장이 분리하여 독립한 것이라고 생각한다. 대체로 '경기하여가'나 「어부가」는 일견 장가(長歌)와 같은 외모를 갖추고 있지만, 사실은 처음부터 분장(分章)하더라도 각 장이 각 장대로 생명을 유지할 수 있는 노래다.[14]

위의 인용에서도 시조는 향가의 전통 속에서 존재 가치가 있으며, 그 형식은 고려 시대에 창작·유통되었던 분장(分章) 형식의 '경기체가'나 「어부가」의 어느 한 장이 독립된 것에서 출발했다고 서술하고

---

12 "우리는 향가에 광·협 양의가 있음을 깨닫게 된다. 즉, 개인의 손으로 된 순수 향가와, 민요가 문자화한 저차적인 향가의 종류가 속칭 향가 속에 포함되어 있는 것을 인정케 된다.", 『국어국문학요강』, 374면. 고정옥은 이처럼 향가 역시 민요와의 교섭 속에서 창작·향유되었음을 지적하고 있다.

13 이상의 논의는 『국어국문학요강』의 369~376면의 내용을 참조하여 정리한 것이다.

14 고정옥, 『고장시조선주』, 5면. 원문은 국한문 혼용으로 표기되어 있으나, 본고에서는 이를 한글로 바꾸어 인용하였다.

있다. 그의 또 다른 저서에서는 '시조는 고려가요의 분장이 독립해서 성립한 것'[15]이라고 말하기도 한다. 그렇기에 분장 형식의 고려가요에서 어느 한 장이 독립하면 시조의 형태가 갖춰지고, 각 장이 서로 연결되면 가사(歌辭)의 형식이 된다는 것이다.[16] 이처럼 고려가요는 그 기원과 형식적 측면에서, 조선 시대의 시가인 시조와 가사의 모태가 된다는 것이 그의 주장이다.[17]

고려가요는 또한 그 형식적 특질이 후렴과 분장에 있으며, 이러한 면모는 바로 민요의 전통적 형식을 도입하여 이루어진 것으로 보고 있다. 따라서 주로 한자어구를 위주로 구성된 '경기체가'는 '중국식 교양에서 우러난 문학'이 되고, 여기에서 분장 형식이 해소되면 바로 가사 양식이 될 수 있다는 것이다. 따라서 '향가는 민요 위에 건설된 상대문학(上代文學)의 주체'이며, 고려시대의 문학 역시 민요적 특질을 지니고 있는 고려가요와 중국식 교양의 영향을 받은 경기체가로 양분될 수 있다고 논하고 있다.[18]

고정옥의 관점에서 시가문학의 흐름은 민요에서 출발하여 상층계

---

15 고정옥, 『국어국문학요강』, 384면.

16 "… 오랫동안 시조와 가사는 그 형식상 차별 외식이 불분명한 채로 세작되어 온 듯하다. 그저 연속적으로 무제한하게 가구(歌句)를 늘어놓은 것이 가사이고, 3장 45자 내외 길이가 제한된 노래가 시조였던 모양이며, 그들은 단지 길이에만 유의하여서 장가·단가로 이것을 불러왔든 듯하다. 사실 시조·가사의 명칭은 아주 후대에 와서 비로소 쓰이게 된 것이다.", 고정옥, 『국어국문학요강』, 389면 참조.

17 고정옥은 『고장시조선주』에서 "여조 시가는 한편으로는 조선말에 애착을 가진 단가(短歌)를 분가시키고, 또 한편으로는 각 장 간의 연결성이 더욱 긴밀해져서, 점차 분장조차 불가능하게 된 한시파(漢詩派)의 가사로 발전해 간 것"(6면)이라고 주장하였다.

18 이상은 『국어국문학요강』의 379~385면의 내용을 요약해서 정리한 것이다.

급에 의해 정착되기도 하며, 그들에 의해서 전혀 새로운 양식으로 탈바꿈되기도 한다. 향가에서 4구체와 8구체는 민요적 영향을 포함하고 있는 양식이며, 여기에서 좀 더 발전하면 10구체 양식의 '상층 문학'으로 정착하게 된다. 고려가요 역시 민요적 특성을 포함하고 있는 고려가요가 오랫동안 구전되어 오다가 조선 초에 이르러 문자로 정착하게 되고, 다른 한편으로는 중국식 교양의 영향을 받아 상층계급의 문학인 '경기체가'가 탄생된다고 파악하였다. 또한 여기에서 탄생한 시조와 가사 양식은 그대로 상층계급의 문학양식으로 자리잡게 되며, 조선 후기에 이르러 비로소 이들 양식에 민요의 영향이 가미되어 '장시조'와 '내방가사' 등의 새로운 양식이 탄생하게 된다. 이러한 논의는 그의 모든 저서에서 공통적으로 등장하는 내용이라 하겠다.

따라서 '시조는 봉건 관료·양반·귀족·학자의 문학 양식'이며, '시조가 급속한 발전을 진행한 것은' 한글이 창제되면서부터 이다.[19] 그리하여 3장 6구의 정연한 형식을 취하고 있는 시조는 '중세기 문학이 창조한 가장 티피칼한 문학 형태로서, 우리 민족의 문학은 시조 있음으로써 세계 각 민족의 문학 가운데서 그 특이한 존재를 확보할 수 있'[20]는 문학 갈래가 된다. 고정옥의 관점에 따르면 '단형문학이란 원래 지극히 엄격한 율조상 제약을 받게 되는 것이니 만치 어느 민족의 문학사에서나 문학이 상당한 수준에 도달한 뒤에야 비로소 형성되'며, '우리 문학에 있어 시조가 잡다한 장가(長歌) 시기를 겪은 뒤에야

---

19 고정옥, 『고장시조선주』, 6면. 고정옥은 시조가 우리의 언어로 창작한 시가 양식이라는 점을 높이 평가하고 있다.
20 고정옥, 「국문학의 형태」, 『국문학개론』, 22~23면.

비로소 그 형성이 가능했다'고 파악하고 있다.[21]

고정옥의 언술에 의하면, 시조문학이야말로 우리 시가의 가장 뛰어난 수준을 말해주는 양식이라고 할 수 있을 듯하다. 다른 갈래와 마찬가지로, 그는 시조와 민요와의 관계를 설명하는 것을 잊지 않는다. 즉 시조의 형식에서 '장단(長短)의 관계로 보면 시조는 향가와 민요의 단형을 계승했고, 사상사적으로는 경기하여체가류의 귀족적 유한성을 보다 많이 받아'들인 것이며, 이러한 '사상적 내용은 시조 형식으로 하여금 영구히 상층 관료계급에 예속케' 했다는 것이다.[22] 이를 정리하면 시조는 그 형식에는 향가를 비롯하여 민요의 영향을 받은 고려가요 등이 관여되었으나, 그 내용적 측면만큼은 상층계급에 의해 향유된 '봉건 귀족문학'이다.

이처럼 엄격한 형식을 지닌 시조는 그 형식이 내용과 불가분의 관계가 있기 때문에, 조선 후기의 새로운 담당층에 의해 창작·향유될 때에는 필연적으로 새로운 내용으로 인해서 그 형식마저 깨뜨려지게 된다. 고정옥의 관점에 의하면, 시대가 변해 새로운 담당층이 출현했다면 마땅히 새로운 문학 형식이 탄생해야만 한다. 하지만 조선 후기의 새로운 문학 담당층은 시조의 형식과 자신들이 표현하려고 하는 내용이 맞지 않음을 느꼈음에도 불구하고, '끝끝내 시조 형식에 매여 달렸으니, 여기서 형식의 파열은 필연지세(必然之勢)'가 되는 것이다.[23]

시조 형식의 파괴는 곧 '장시조'의 출현을 의미하며, 조선 후기에

---

21 고정옥, 「국문학의 형태」, 『국문학개론』, 18면.
22 고정옥, 『조선민요연구』, 54면.
23 고정옥, 『고장시조선주』, 9면.

이르러 '봉건적 정치 체제의 붕괴에 따라, 양반을 대신하여 새로 일어
난 서민계급(중인·서얼·서리·평민·천민)에 의해서, 민요의 소재·정신 내
지 운율을 양반 계급의 독점적 시가였던 시조에 도입함으로써, 새로운
노래의 장르를 형성'[24]했는데, 이 새로운 갈래가 바로 '장시조(長時調)'
인 것이다. 따라서 한글 창제 이후 이 시기까지 양반 계급에 의해 독점
적으로 향유되던 문학 갈래에, 다시 민요적인 요소가 결합되었다는
것이다. 따라서 장시조는 비록 그 형식은 양반 계급의 갈래인 시조에서
빌려왔지만, 담당층이 바뀜에 따라 형식과 내용의 부조화가 초래되어
파생된 문학 갈래라 할 것이다.[25]

　지금의 관점에서 보자면, 고정옥의 이러한 문학사적 인식은 다소
무리한 점이 없지 않다. 하지만 고전시가의 흐름을 '하나의 발전적 맥
락 속에서 이해하는 시각'을 갖추고, 각 '시가 장르 간의 길항 관계를
설정하며, 민요의 흐름과 중국 시가의 영향이라는 또 다른 축을 설정하
여 시가사의 구도를 입체적으로 이해하고자'[26] 시도한 것이라 평가되기
도 한다. 다소 거칠기는 하지만 시가사에 흐름에 관한 이러한 견해는,
그의 여러 저서에서 고전시가 작품에 대한 세밀한 분석을 통해서 뒷받
침되고 있다. 고정옥의 문학 연구 방법론은 당시 학계의 일반적 경향이
었던 '실증주의'라고 논의되는데, 그의 저서들을 살펴보면 '실증'을 바

24　고정옥, 『조선민요연구』, 2면.
25　이런 측면에서 고정옥은 '장시조의 대부분을 '파형(破型)노래'라고 불렀'으며, '진정
　　한 시조 문학 양식은 평시조에 있는 것이요, 이조 중엽 이후에 발달한 서민시조는
　　시조의 전통적 양식을 파괴하고 새로운 시가도(詩歌道)를 개척하려는 의욕에서 제작
　　된 것'이라고 밝히고 있다.(『고장시조선주』, 16면 참조)
26　신동흔, 「고정옥의 삶과 학문세계(상)」, 309면 참조.

탕으로 이론적 안목과 구체적 문학 작품의 분석에 기초한 탄탄한 분석력이 두드러지게 나타나고 있다는 것을 확인할 수 있다.

2) '장시조론'과 그 특징

이제 본격적으로 고정옥의 '장시조론'에 대해서 살펴보기로 하자. '장시조'는 일단 그 길이가 전형적인 평시조보다 길다는 이유로 붙여진 명칭이다. 하지만 단순히 그 길이 때문에 붙여진 것만은 아니다. 조선 전기의 평시조가 새로운 담당층의 출현으로 내용과 형식에서 변화를 겪으면서 새롭게 탄생한 양식이 바로 '장시조'이다. 따라서 고정옥이 말하는 '장시조'는 사설시조를 포함한다. 이미 앞에서 지적했지만 '장시조'란 '대체로 말하면 영정(英正) 이후 서민 계급이 자기네들의 생활 감정을 담고저 종래의 양반 계급이 써오던 시조(평시조)의 형을 개조한 것'이다.[27] 그렇기에 '장시조'는 우선 그 형식적 측면에서, 평시조에서 벗어난 엇시조와 사설시조를 포함하고 있다. 무엇보다도 시조 형식의 변화는 당시의 시대적 분위기와 문학 담당층의 변화로 인해 야기된 것이기 때문이다.

즉 '귀족 시조의 형식이 흔들리기 시작한 것은 … 임병란 후 양반사회가 몰락하기 비롯한 뒤의 일이며, 민요·가사·소설 등의 정신과 형태가 잡연(雜然)히 시조 속에 혼입(混入)함으로서였'다. 그리하여 조선 전기 시조문학의 주제는 곧 '적나라한 연정, 방약무인의 폭소, 추잡한 일상 생활 등 르네상스적 인간성의 해방으로 대치되었으며, 그 당연

---

27 고정옥, 『국어국문학요강』, 395면.

한 결과로서 종래 시조 형식은 파괴되었'던 것이다. 따라서 조선 후기 시조의 특징은 '그 길이가 길어졌다는 점'을 들 수 있고, '세칭 엇시조는 평시조에서 장시조로 이행하는 과도적 형태일 것이고, 사설시조의 대부분은 장시조에 속'한다. 그러나 엇시조와 사설시조는 그 율조에서 유래한 것이기 때문에, 고정옥은 '귀족시조는 평시조, 서민시조는 장시조라고 이대분해서 시조문학의 장르를 명백히' 구분하고자 하였다.[28] 다시 말하자면 '장시조'는 그 형식적인 측면 뿐만 아니라, 평시조와는 다른 내용적인 요소를 고려하여 명명된 것이다.

고정옥은 조선 후기에 이르러 지배 계급의 양식이었던 '중세기 문학은 점차 중인 계급의 손에 떨어졌다'[29]고 파악하고 있다. 새로운 문학 담당층이었던 '중인 계급'은 기존의 사대부들이 향유하던 시조문학을 그대로 물려받게 되었으나, '그 귀족적 양식이 그들의 생활 감정을 담는 그릇으로는 거북하기 짝이 없는 것'이었다고 주장한다. 이는 마치 '상놈이 사대부의 관복(官服)을 빌려 입은 격이었'으며, 이들은 '그렇다고 해서 자기네들의 비위에 맞는 새 율문 양식을 창조하기에는 너무나 교양이 부족했'다는 것이다.[30] 이러한 인식은 새로운 문학 담당층의 문학적 식견이 충분치 못하다는 것을 전제로 하고 있다. 결과적으로 문학적 소양이 부족한 이들이 기존의 시조 양식에 새로운 내용을 소화하기 위해서는, 민요 등 기층민들의 양식을 흡수할 수밖에 없다는 논거로 작용하고 있다.

---

28 이상의 내용은 고정옥, 「국문학의 형태」, 『국문학개론』, 23~24면의 내용을 요약한 것이다.
29 고정옥, 『고장시조선주』, 7면.
30 고정옥, 『고장시조선주』, 8면.

따라서 기존의 지배 계급의 양식이었던 시조 갈래는 '창작이 전면적으로 부진상태'[31]에 빠져들었으며, 창작을 대신해서 '창곡(唱曲)'이 유행하게 되었다고 지적한다. 고정옥의 관점에 의하면, 이 시기 가창자(歌唱者)들에 의한 '창곡' 활동은 시가에서뿐만 아니라 소설 등 여타의 갈래에까지 확산되어, 조선 후기에 이르면 '계급의 구별 없이 그 문학 생활은 '창생활(唱生活)'로 화한 감이 있게 되었'다고 보고 있다.[32] 여기에는 필연적으로 담당층의 확대가 거론되기 마련인데, '청구영언서'에 당시까지의 시조 작자들을 열거한 '여정(閭井)·규수(閨秀)·무명씨(無名氏)'들이야말로 바로 '장시조'의 작자들이라고 규정했다. 고정옥은 『고장시조선주』에서 조선 후기 새롭게 등장한 작가들의 면모를 다음과 같이 구체적으로 적시하였다.

1. 신진 중인 작가, 2. 창곡가(唱曲家)·창극가(唱劇家), 3. 부녀자,
4. 기녀, 5. 민요 시창자(始唱者), 6. 몰락한 양반[33]

물론 고정옥은 새로운 작가층을 이렇게 규정하는데, 구체적인 논거를 제시하고 있지는 않다. 다만 시조문학 뿐만 아니라 조선 후기의 전반적인 문화적 상황에서, 이들이 조선 전기의 문학 담당층이었던 사대부들을 대신해서 창작과 향유를 주도한 새로운 계층이라고 파악

---

31 고정옥, 『고장시조선주』, 8면. 이것은 조선 후기 시조의 창작과 유통 상황이 채 밝혀지기 전인, 고정옥 활동 당시의 국문학계의 일반적인 인식이기도 했다.
32 고정옥, 『고장시조선주』, 8면. 이러한 '창곡'의 유행은 결과적으로 오늘날의 판소리를 지칭하는 '창극(唱劇)'의 유행으로 이어지게 되었다는 것이 고정옥의 관점이다.
33 고정옥, 『고장시조선주』, 9면.

하여 구체적으로 열거하고 있다. 또한 시조문학의 작가층이 변해가면
서 다양한 문학 갈래에서 '형식과 내용의 불일치'로 인한 현상이 광범
위하게 나타나고, 장시조 또한 여타 문학 갈래와의 교섭이 진행되었
다는 사실을 염두에 두고 서술한 것이라고 파악된다. 위에 열거한 작
가층에는 민요(민요 시창자), 내방가사(부녀자), 판소리(창극가), 소설(몰
락한 양반) 등 조선 후기 여타 문학 갈래의 담당층들이 다 포함되어 있
기 때문이다. 고정옥은 이중에서도 특히 장시조에 끼친 민요의 영향
을 주목하고, 실제 작품을 분석하는 과정에서도 다양한 측면에서 이
를 거듭 강조한다.

이 결과 기존의 시조 형식은 다음과 같은 변화를 초래하게 된다.

1. 소설식으로 길어졌다.
2. 가사투가 혼입(混入)했다.
3. 민요풍이 혼입했다.
4. 여상(如上)한 제 경향이 한 작품 속에서도 잡연(雜然)히 혼재하고
   있다.
5. 대화가 많다.
6. 새로운 종장 문구를 개척했다.[34]

이러한 특징에서도 이미 소설·(내방)가사·민요와의 교섭이 전제
되어 있다고 하겠다. 고정옥은 이러한 형식적 특징 중에서도 장시조
에 빈번히 등장하는 '대화체의 도입'에 주목하고, '댁드레…'로 시작하
는 '댁드레 노래'에서 장시조의 '신형식 탐구의 정신'을 뚜렷하게 볼

---

34 고정옥, 『고장시조선주』, 10면.

수 있다고 논한다. 이 작품군은 장사꾼과의 대화를 그 내용으로 하는
데, 이러한 형식의 노래가 만들어진 데에는 '사회적으로 상인 계급의
득세'에 그 원인이 있음을 지적한다. 따라서 이러한 노래들이 문학적
으로 성공했느냐 여부는 중요하지 않고, 새로운 담당층의 혁신적 노
력이 새로운 형식을 창조했다는 것에 대해서 더 큰 관심을 기울여야
한다고 강조한다.

이와 함께 '새로운 종장 문구의 개척'에 대해서도 지적하고 있는데,
비록 형식의 파괴가 이루어졌다고 해도 '장시조란 대체로 그 종장 형
식으로 말미암아 겨우 시조가 되는'[35] 문학 갈래이다. 따라서 '장시조'
라고 일컬어지는 작품들이 만약 종장 형식마저 제대로 갖추고 있지
못하다면, 시조가 아닌 전혀 다른 양식의 노래가 될 것이라고 지적한
다. 따라서 어떤 작품이 비록 가집(歌集)에 수록되었다고 해도, 종장
의 형식이 제대로 갖추어지지 않았다면 그것은 '장시조'가 될 수 없다
는 것이다. 그러나 기존 사대부 시조의 종장을 그대로 수용하지 않고,
그들 나름대로의 새로운 내용에 걸맞은 새로운 형식을 개척한 것에서
더 큰 의의를 부여할 수가 있는 것이다.[36]

다음으로 형식의 변화는 필연적으로 내용의 변화를 수반하기 마련
인데, 고정옥은 형식의 이면인 내용상의 변화로 다음과 같은 장시조

---

35 고정옥, 『고장시조선주』, 11면.
36 고정옥이 지적하는 장시조 특유의 종장 형식의 예는 다음과 같은 것들이 있다. "맞츰
　　에(맞초아) ⋯만정 행혀 ⋯런들 ⋯번 하괘라. / 오날은 ⋯시니 ⋯가 하노라. / 글로사
　　⋯이라(인지) ⋯일락패락 하여라. / ⋯ ⋯ 하시오(하시소). / ⋯ ⋯다 하데. / 아마도
　　⋯ 대사−로다. / 아마도 ⋯값 없은가 하노라. / 우리도 ⋯노라."(『고장시조선주』,
　　12~13면 참조.)

의 특징들을 열거하고 있다.

    1. 구체성 내지 형이하적(形而下的)인 성질을 가진 이야기와 비유의
       대담한 도입
    2. 강렬한 애정의 표출
    3. 육욕(肉欲)의 기탄(忌憚)없는 영발(詠發)
    4. 어희(語戲), 재담(才談), 욕설의 도입
    5. 적나라한 자기 폭로
    6. 비시적(非詩的) 사물의 무사려(無思慮)한 시화(詩化) 기도.[37]

    이상의 내용들은 우리가 사설시조에서 쉽게 확인할 수 있는 것들이
다. 하지만 이 중에서 특히 구체적인 이야기와 비유를 사용했다는 점에
대해서는, 장시조 갈래의 문학적 성패를 논할 만큼 중요한 것으로 지적
한다. 사대부 시조의 특징이 관념적인 표현과 내용이라고 한다면, 이
에 대해서 장시조에 보이는 구체적인 묘사는 새로운 담당층의 표현
방식으로 지적할 수가 있다고 하였다.[38] 그러나 이러한 경향은 '속되고
잡스런 사실적인 비문학에 빠지고 말았'으며, 내용과 형식의 괴리에서
시작한 장시조의 문학적 실험은 끝내 실패의 문학으로 귀결될 수밖에
없었다고 논한다. 결과적으로 장시조가 겪어야만 했던 문학적 실패는
'장시조가 걷지 않으면 안 되었던 필연적 노정이었'다는 것이다.
    하지만 그 성과가 전혀 없었던 것은 물론 아니다. 비록 장시조의

---

37 고정옥, 『고장시조선주』, 10면.
38 고정옥은 장시조에 새롭게 등장하는 표현들이 '구체적인 묘사'에 근거하고 있다는
    사실을 들어, 장시조 담당층들이 근대 '시민계급의 선발대였던 증좌(證左)라'고까지
    평가하고 있다. 고정옥, 『고장시조선주』, 13면 참조.

실험적 모색이 실패로 끝나버렸지만, 다양한 작품들을 통해 나타났던 내용상의 특징은 충분히 그 가치를 인정받을 수 있었던 점도 지적할 수 있겠다. 특히 장시조에 나타난 표현과 주제 구현의 방식 등은 우리 '문학사상 처음으로 시에 있어서의 리얼리티의 문제에 봉착'한 것이며, 현대시에 나타난 '장편서사시 운동의 전통을 여기에서 찾을 수 있'을 것이라고 평가한다. 따라서 비록 장시조는 '실패의 문학'이지만, 그 전통이 현대시로 이어질 수 있도록 만들어주는 역할을 수행하고 있다고 평가할 수 있다는 것이다.

또한 장시조의 담당층들은 '문학적 교양을 갖지 못했기 때문에', 애초부터 작품의 소재가 될 수 없는 것들을 취하여 작품 속에 끌어들인 것이 문제였다는 것이다.[39] 물론 모든 소재가 다 문학적 소재가 될 수 있지만, 문제는 그 시화(詩化)의 기술이나 그러한 소재를 바라보는 안목을 장시조 담당층에게는 애초부터 기대하기 힘들었기 때문에 이러한 결과를 초래한 것이라고 역설한다. 이러한 경향 역시 형식과 내용의 불일치에서 오는 장시조의 필연적인 결과라고 해석된다. 고정옥은 이러한 면모에 대해서 장시조 담당층들이 '문학적 교양을 쌓을 여유가 없었고, 미래를 투시할 능력이 아직 부여되지 않았던' 탓으로 평가를 내리고 있다.

고정옥은 장시조의 형식과 내용적 특징을 검토하면서, 결론적으로 다음과 같은 평가를 내리고 있다.

---

39 "그들은 시가 될 수 있는 사물인지 여부를 판단할 문학적 교양을 갖지 못했기 때문에, 검버섯이나 뼈새 바위 같은 것을 노래하고, 상평통보를 노래하고, 심한 것으로는 이, 벼룩, 모기까지 노래했던 것이다.", 『고장시조선주』, 14면.

이로써, 장시조의 형식과 내용에 걸쳐 그 현저한 조건을 들어서 검토해왔거니와, 요컨대 장시조란 서민 계급이 양반 계급의 율문 문학을 상속받아, 그것을 자기네들의 문학으로 만들려고 발버둥친 고민의 문학이며, 실패의 문학이다. 그러나 우리는 문학사적으로 이를 중요시하지 않으면 안되는 동시에, 그 가운데에서 주옥같은 몇 편의 노래를 발견하는 기쁨을 또한 갖는 것이다. 그것은 주로 민요적인 내방가사의 성격을 띤 노래들이다. 이들은 주로는 장시조라고 볼 성질의 노래들이지만, 때로는 이미 시조가 아닌 노래인 경우도 있다.[40]

요약하자면 새로운 담당층들에 의해 자기화하지 못한 상태에서, 사대부들의 문학에서 그 형식을 받아들여 내용을 채워나간 것이 바로 장시조라는 것이다. 따라서 장시조는 이미 출발부터 형식과 내용의 불균형이 초래될 수밖에 없는 근본적 한계를 안고 있었으며, 그 결과 '실패의 문학'으로 귀결될 수밖에 없었다 하겠다. 비록 '실패의 문학'이라고 평가될 수밖에 없을지라도, 장시조 중에는 '주옥같은 노래들'도 또한 포함되어 있다. 이러한 작품들에 의해서 장시조의 문학적·문학사적 위치가 규정될 수 있으며, 이를 통해서 조선 후기의 문학적 상황을 진지하게 따져 볼 수가 있게 되는 것이다.

고정옥의 사설시조에 대한 논의는 이후 연구자들에게 지대한 영향을 끼쳤으며, 사설시조의 발생과 특징을 조선 후기 서민정신의 발흥과 연결시켜 설명하는 논법이 일반화되기도 했다. 그러나 다른 관점에서 보자면 과연 장시조(사설시조)를 그저 간단하게 '실패의 문학'이라고 평가하는 것이 옳은가 하는 점이다.[41] 최근 연구자들의 시각은 사설시조

---

40 고정옥, 『고장시조선주』, 15면.

의 문학사적 위치를 높이 평가하는 것은 물론이고, 그 작품성이나 문학
적 성격에 대해서도 적극적인 의미를 부여하고 있다. 하지만 비록 사설
시조에 대한 다소 '인색한' 평가를 내렸음에도 불구하고, 고정옥이 논
한 사설시조의 다양한 특질과 성격에 대해서는 지금도 여전히 연구사
적으로 유효한 부분이 적지 않다고 평가할 수 있을 것이다.

3. 작품 분석의 실제

이상으로 고정옥의 시가에 대한 인식과 장시조에 대한 논의에 대
해서 살펴보았다. 여기에서는 고정옥이 선정하여 분석한 작품들의 상
황에 대해서 간략하게 점검하고, 나아가 작품 해석의 구체적인 면모
의 일단을 따져보기로 한다. 『고장시조선주』에는 모두 50수의 장시
조 작품들이 수록되어 있고, 주석과 아울러 작품의 해설이 함께 제시
되어 있다. 여기에 수록된 작품들은 〈청구영언〉(육당본)[42]에서 '문학적

---

41 김홍규 교수는 고정옥이 사설시조의 특징으로 '비시적(非詩的) 사물의 무사려(無思
   慮)한 시화(詩化)'라고 지적한 것을 두고서, 구체적인 작품 분석을 통해 '(사설시조
   작품 속에 등장하는) 이 여인의 품성이 고상하지 못하고, 그 행태가 우아하지 못하니
   비시적(非詩的)이라든가 문학적 가치가 떨어진다는 논법은 매우 편협한 예술관의 산
   물'이라고 지적하기도 한다. 김홍규, 「사설시조의 애욕과 성적 모티프에 대한 재조명」
   (『한국시가연구』 13, 한국시가학회, 2003), 191면 참조.
42 고정옥은 당시까지 〈청구영언〉(육당본; 일명 대학본)을 김천택 편찬본으로 알고 있었
   던 듯하다. 그러나 〈청육〉은 김천택 편찬본이 아닌, 그것을 저본으로 19세기 중엽에
   편찬된 가집으로 성격이나 편제가 전혀 다른 문헌이다. 이는 당시에 김천택이 편찬한
   〈청구영언〉(진본)이 당시에는 학계에 제대로 소개되지 않았기 때문에 발생한 오해에
   서 비롯된 것이다. 18세기 초반 김천택이 편찬한 〈청구영언〉(진본)은 1948년 조선진서
   간행회에서 활자본으로 출간되면서부터 비로소 알려지기 시작했다. 〈청구영언〉(육당

가치'를 기준으로 선택한 것이다. 고정옥에 의해서 선정된 작품들은 그 면모로 보아 가히 '장시조'의 대표적인 작품들이라 할 수 있으며, 실제 그의 다른 연구들에도 장시조를 언급하거나 인용하는 범위는 이를 넘지 않음을 확인 할 수 있다.[43]

　　이 책에는 가사맥(歌辭脈)을 끄은 한구(漢句)가 많이 쓰인 장시조는 전연히 싣지 않았으니, 이는, 설혹 서민 작가가 지은 작품이라 치더라도, 거기에 아무런 현실 타개 정신이 엿보이지 않으므로 그런 것이다. 또 그 반대로 상류 계급의 작품이라고 추단되는 작품일지라도, 거기에 새로운 기도가 엿보이는 노래라면 서슴지 않고 넣었다. 또 교실에서 읽을 수 없는 **이야기적인** 노래도 여기에는 몇 수 넣었으며, 대체로는 모든 장시조 군의 대표가 될만한 것을 망라하려 애썼고, 그것을 뽑는데 있어서는 물론 문학적 가치를 첫째 기준으로 삼았다.[44]

고정옥의 작품 선택 기준은 명백하다. 비록 그 형식에 있어서 '장시

본)의 성격과 특징에 대해서는 김용찬, 「〈청구영언 육당본〉의 성격과 시가사적 위상」 (『조선 후기 시가문학의 지형도』, 보고사, 2002)을 참고할 것. 김천택이 편찬한 것으로 추정되는 〈청진〉의 원본은 최근 국립한글박물관에서 영인되어 출간되었다.(『청구영언』(영인편), 국립한글박물관, 2017 참조.)

43 현재 사설시조의 전체 규모는 대략 500여 수를 상회하는 것으로 파악되고 있다. 따라서 고정옥이 선택한 50수의 작품만으로 사설시조의 성격을 모두 아우를 수 있는가 하는 의문이 제기될 수 있다. 고정옥은 특정 부류의 작품군을 애초부터 배제했다는 것을 분명하게 밝히고 있다. 따라서 『고장시조선주』의 논의가 사설시조의 성격을 전체적으로 포괄할 수 없다는 한계는 있지만, 적어도 수록 작품들이 조선 후기적인 특징을 가장 전형적으로 보여주는 것이라는 점은 분명하다고 하겠다. 따라서 사설시조에 대해 전면적으로 논한 초창기 연구성과라는 점을 감안하면서, 고정옥과 그의 '장시조론'의 연구사적 위치를 점검할 필요가 있다.

44 고정옥, 『고장시조선주』, 16면.

조'가 분명하더라도, 그 내용이 적절치 않다면 취하지 않는다는 원칙이었다. 따라서 자연히 한문구 위주로 된 작품은 배제되고, 우리말을 사용한 작품이 우선적으로 선택되게 된다.[45] 비록 서민 작가의 작품이라하더라도 그 내용이 서민적이지 못할 경우에는 제외시키며, 반대로 상류 계급의 작품이라도 그 내용에 따라 선택되기도 한다. 즉 위의 인용문에서 언급된 바와 같이 '현실 타개 정신'이 나타나거나, 내용이나 형식상으로 '새로운 기도'가 시도된 작품들은 우선적으로 검토 대상이 되는 것이다. 여기에 사설시조의 가장 특징적인 면모인 '이야기적인 노래' 역시 포함되어, 고정옥이 언급한 장시조의 대표적인 특징을 지니고 있는 작품들이 두루 망라될 수 있도록 하였다.

고정옥은 장시조를 다루면서, 음악적인 면을 고려하지 않고 철저히 문학 텍스트로서 분석하고자 하였다.[46] 대상으로 선정된 작품들이 음악으로 향유되었던 것은 엄연한 사실이고, 작품의 성격이나 미의식을 논할 때 이러한 측면이 중요하게 고려되어야 하는 것은 분명하다. 그러나 당시에는 아직 음악으로서의 시조 예술의 성격에 대해 충분한 논의가 이뤄지지 않았음은 물론, 장시조의 문학적 의미에 대해서도 제대로 다뤄지지 않았다. 따라서 시조 갈래를 둘러싼 이러한 현실적인 여건이 고정옥으로 하여금, 장시조를 문학적 분석에 집중하도록

---

45 고정옥은 한문투의 표현이 우세한 작품을 '가사맥을 끄은(이은)' 것으로 파악하고 있다. 이러한 인식은 암묵적으로 서민 시가인 '장시조'에조차 지배 계급의 영향이 어느 정도 작용했다는 것을 전제로 하고 있다고 파악된다. 그리하여 '장시조'는 '서민 시가'라는 전제로, 이러한 성격을 가장 잘 보여주는 작품만을 대상으로 선정했다는 것을 알 수 있다.

46 "우리는 시조를 순전히 문학으로 보는 것이므로, 분장·기타에 있어 가곡으로서의 시조는 고려 외로 두었다.", '예언', 『고장시조선주』, 18면 참조.

만드는 요인이 되었을 것이다. 그렇기에 역시 작품 선택의 가장 중요한 기준은 '문학적 가치'가 있느냐의 여부를 들 수밖에 없었을 것이라고 하겠다.

우선 본문의 체제를 간략하게 살펴보기로 하자. 고정옥은 전체 50수의 작품에 수록 순서에 따라 번호를 붙이고, 각각의 작품에 대해서 주석을 달고 그 뒷부분에 작품의 분석도 시도하였다.[47] 그리하여 대상으로 선정된 작품은 띄어쓰기가 전혀 되어 있지 않은 가집 원문 형태의 텍스트(본문1)와, 이를 시조의 3장 또는 대화체 형식 등으로 다시 정리하여 당시 철자법에 맞게 표기한 본문(본문2)으로 재구성하여 나란히 수록하였다. 여기에 작품의 주요 어휘나 표현 등에 대한 주석을 수록하고, 뒷부분에는 저자가 자신의 관점으로 작품을 분석한 '감상·평' 항목을 배치하였다. 이러한 편제에서 보듯 이 책은 단순한 작품 주석집이 아니라, 일종의 해설서 역할을 겸하고 있다. 따라서 그 내용을 상세히 분석함으로써 수록된 작품을 선택한 안목과 그 작품을 해석하는 저자의 관점을 확인할 수 있게 된다.

이러한 체제에서 가장 특징적으로 지적할 수 있는 것은 '편저자의 주관으로 분장 또는 분단'하여 재정리한 '본문2'라는 항목이다. 대상 작품들을 '본문2'로 재구성할 때, 보통 시조의 3장 형식으로 구분하여 수록하고 있는 것이 일반적이다. 그러나 일부 작품의 경우에는 대화체로 여겨지는 것은 대화체의 형식으로, 민요나 가사로 추정되는 작

---

47 『고장시조선주』에는 저본인 〈청구영언 육당본〉 소재 사설시조 작품들을 앞부분에서부터 차례대로 가려서 순서대로 수록하였다. 따라서 작품 수록의 순서에 대해서는 특별한 기준이나 의미를 부여하지 않았던 것으로 파악되고 있다.

품은 그러한 시가의 형태로 배열하여 수록하고 있다. 몇몇 예를 들어
보기로 하자.

> (홀거사)　「어흠아, 긔 뉘 오신고.」
> (동녕승)　「건너 불당에 동녕승이외러니.」
> (홀거사)　「홀거사의 홀로 자시난 방안에 무스 것 하려 와 계신고.」
> (동녕승)　「홀거사님의 노감탁이 벗어서 거난 말 곁애 내 고깔 벗어
> 　　　　　걸라 왔읍네.」[48]

> 수박 겉이 두렷한 임아,
> 참위 겉은 단 말슴 마소.
> 가지가지 하시난 말이,
> 말마다 왼 말이로다.
> 구시월 씨동아겉이,
> 속 성긴 말 말으시소.[49]

> 어제런지 그제런지 밤이런지 낮이런지
> 어드러로 가다가 눌이런지 만났던지
> 오날은 너랄 만났이니, 긔 네런가 하노라.[50]

---

48 이 작품의 원문은 다음과 같다. "어흠아 긔 뉘오신고 건너 佛堂에 동녕僧이외러니
/ 홀거ᄉ의 홀노 자시ᄂᆞ 房안에 무스 것 ᄒ려 와 계신고 / 홀거사님의 노감탁이 버셔
서 거ᄂᆞ 말곗테 너 곳갈 버셔 걸나 왓슴네", (선주1 / 청육*302/ 대전#3053.1). 작품
을 인용할 경우 원문을 3장 형식으로 제시하고, 말미에『고장시조선주』작품 번호와
원전인 〈청육〉 및『고시조대전』(김홍규 외, 고려대학교 민족문화연구원, 2012)의 가
번을 함께 제시하기로 한다.
49 "슈박것치 두렷한 님아 ᄎᆞ뮈것튼 단말슴 마소 / 가지가지 ᄒ시ᄂᆞ 말이 말마ᄃ 왼말이
로다 / 九十月 ᄲᅥ동아것치 속 셩긴 말 마르시소", (선주25/ 청육*863/ 대전#2788.1).
50 "어제런지 그제런지 밤이런지 낮지런지 / 어드러로 가다가 눌이런지 맛낫던지 / 오날

첫 번째 작품은 '문답식 노래'로서, 작품의 이러한 '희곡적·소설적 구성은 시조의 산문학적 경향을 말'[51]하고 있다고 서술하고 있다. 대화체의 도입은 고정옥이 장시조의 형식적 특징 중에 가장 두드러진 면모로 지적했던 사항이기도 하다. 어쨌든 고정옥이 재구성한 위의 인용문만을 본다면, 이 작품이 시가라고 단정적으로 말할 수 없을 것이다. 더욱이 각각의 대화에 인용부호를 넣고, 그 대화의 주체를 괄호 안에 집어넣는 등 자못 파격적인 형식을 취하고 있다. 고정옥은 조선 후기 장시조에는 '일상 회화를 대담하게 시조 속에 집어 넣'은 것이 적지 않은데, 그러한 형식을 취하고 있는 작품들 중에서 '노래가 되지 않고 심한 것은 문학에 도달하지 못한 것이 많다'고 평가한다. 하지만 이 노래의 경우 '종장의 동냥중의 회화가 묘하여 훌륭히 문학이 된 것이라고 할' 수 있다고 해석하고 있다.[52]

두 번째 작품은 '민요적 가사'라고 지칭되고 있다. 내용은 분명 민요 쪽에 가깝지만, 그 기교나 품격으로 보아서 내방가사라고 단언하고 있다. 비록 '비시적 사물'이라고 할 수 있는 '수박·참외·호박' 등이 소재로 등장하지만, '훌륭히 문학이 된 이 작품은 가사와 민요가 혼연히 융합된 전대 말기 가요의 일품(逸品)의 하나'라고 극찬하고 있다. 『고장시조선주』에는 '민요' 또는 '민요적 가사'라고 평가되는 작품이 모두 4수가 수록되어 있는데, 대체로 이들 작품은 가족 관계의 문제를 여성의 목소리로 다루고 있어 '민요적 내방가사'라고 지칭된다.[53]

은 너를 만나시니 긔 네런가 ㅎ노라", (선주49/ 청육*689/ 대전#3257.1).

51 고정옥, 『고장시조선주』, 20면. 전체 50수 중에서 대화체로 재구성할 수 있는 작품은 모두 9수에 달한다.

52 고정옥, 『고장시조선주』, 20면.

특히 이 부류의 작품들은 장시조가 어떻게 민요와 교섭하여, 새로운 내용을 담아내고 있는가를 잘 보여주고 있다.

마지막 작품은 그 형식으로 보아 전형적인 평시조임이 분명하다. 하지만 고정옥은 이를 평시조가 아닌 장시조로 다루고 있다. 고정옥에 의하면 이 작품은 '일종의 재담식(才談式) 어희시(語戲詩)라 할' 수 있으며, 그런 까닭에 평시조의 형식을 취하고 있음에도 불구하고 장시조로 분류하였다. 이미 앞에서 지적했듯이 고정옥의 관점에 따르면, 평시조는 그 내용과 형식에서 '봉건 귀족 문학'이다. 하지만 이 작품은 전형적인 평시조에서는 좀처럼 볼 수 없는 내용으로 이루어져 있다. 따라서 형식과 내용의 부조화를 이루고 있는 작품이라 할 수 있으며, 그 내용적 측면으로 보아 '서민 시조' 곧 장시조로 분류할 수 있는 것이다.

이 작품 외에도 보통의 음보보다 약간 많은 음절들로 구성된 음보가 존재하고 있지만, 그 형식은 4음보 3행시의 평시조로 보아도 무리가 없을 작품들이 장시조로 분류되고 있는 경우를 확인할 수 있다.[54] 장시조를 평시조와 구별하는 것이 형식 뿐만 아니라, 내용적인 측면도 고려했다는 것을 확인할 수 있다. 고정옥은 그만큼 조선 후기의 문화적 변화의 추이에 대해서 민감하게 주시하고 있었다. 그 결과 비록 일부이기는 하지만 그 형식이 전형적인 평시조임에도 불구하고, 내용이 '서민

---

53 이 가운데『고장시조선주』의 19번 작품은 김소운의『언문 조선구전민요집』에 수록된 성진 민요와 흡사하여, '감상·비평'의 항목에서도 철저하게 민요에 초점을 맞추어 설명하고 있다.

54 이러한 작품들은 모두 5수인데, 대체로 이들은 조선 전기 사대부 시조에서는 볼 수 없는 새로운 내용과 주제를 다루고 있다.

시가'로 평가될 수 있기에 과감하게 장시조로 분류하기도 했다.

이상 개략적으로 몇몇 작품들의 예를 들어 『고장시조선주』에서 행한 작품 분석의 실제적 면모를 살펴보았다. 물론 작품을 분석한 내용을 세세한 부분까지 검토한다면, 분석되어야 할 사항이 더 많을 것이라 여겨진다. 특히 개별 작품들에 대해서 예리하게 해석하는 안목을 곳곳에서 드러나고 있는데, 이 글에서는 그러한 면모가 충분히 거론되지 못한 점이 다소 아쉽게 느껴진다. 그의 '작품의 문학성을 섬세하게 가려내는 감식안'[55]에 대해서는 별도의 연구를 통해서 그 성과와 한계에 대하여 검토하기로 하겠다. 하지만 이상에서 간략하게 논의된 측면만을 보더라도, 고정옥이 장시조에 대한 작품 해석의 수준이 비록 한계는 있을지라도 근래의 연구들에 비해서도 전혀 뒤지지 않는다고 평가할 수 있을 것이다.

4. 맺음말

지금까지 『고장시조선주』를 중심으로, 고정옥의 '장시조론'과 작품 해석의 면모를 검토해 보았다. 이상의 작업을 통해서 고정옥의 연구 성과에서 드러나는 다양한 측면을 어느 정도 확인할 수 있었다고 생각한다. 그리하여 그의 국문학에 대한 인식, 특히 시가를 바라보는 시각을 보다 구체적으로 확인할 수 있었다. 특히 장시조에 대해서는 조선 후기 새로운 담당층에 의해 시도된 문학 현상으로 주목하고 있

---

55 신동흔, 「고정옥의 삶과 학문세계(상)」, 271면.

으며, 이를 '실패의 문학'이라고 결론을 내리고 있음에도 그 문학사적 의미에 대해서는 높이 평가하고 있다. 결론적으로 고정옥이 바라보는 장시조는 귀족 문학이 아닌 서민의 문학이며, 평시조가 지니고 있었던 중세 시가문학의 관념성을 깨뜨리고 민요 등 기타 갈래와 교섭하면서 새로운 형식을 개척한 갈래라고 평가할 수 있다. 특히 고정옥은 장시조의 내용적 측면에서 '인간성의 해방'을 적출해 내었으며, 이러한 성격은 구체적인 작품 분석을 통해 뒷받침되고 있다.

앞으로의 연구를 통해 보다 자세히 따져야 하겠지만, 50편에 이르는 장시조의 주석과 분석에서는 작품을 보는 고정옥의 안목과 시가관이 상세히 피력되어 있다. 고정옥이 선정한 작품들은 사설시조의 전형적인 성격을 지니고 있는 것들로 평가할 수 있으며, 고정옥의 작품 해석 역시 오늘날의 관점에서도 결코 뒤지지 않을 정도의 수준을 보여주고 있다. 대체로 그의 작품 해석은 내용적 측면이나 표현상의 문제를 지적하는 것이 주류를 이루고 있기는 하지만, 간혹 구체적인 검토를 통해 실증적인 작업의 결과를 반영하기도 한다. 예컨대 『고장시조선주』의 3번 작품[56]에 주석을 하면서, 사설시조 종장의 첫 음보(두어라~)와 마지막 음보(~ᄒ노라)에 대해서 구체적인 조사 수치를 제시하고 장시조에 나타나는 종장 문구의 상투적 표현을 설명하기도 하였다.

또한 어떤 작품의 경우 그 연원을 살피고, 장시조 작자층에 대한 저자 나름의 관점을 제시하기도 한다. 비록 작품 분석을 시도하면서

---

56 "귀돌이 져 귀돌이 어엿부다 뎌 귀돌이 / 어인 귀돌이 지는 달 시는 밤에 긴 소리 져른 소리 절절(切切)이 슬흔 소리 제 홈즈 우러예어 사창(紗窓) 여왼 잠을 살뜰이 찌오는제고 / 두어라 졔 비록 미물(微物)이나 무인동방(無人洞房)에 닉 뜻 알니는 져 뿐인가 ᄒ노라", (선주3/ 청육*611 / 대전#0465.1).

단편적으로 언급되고 있기는 하지만, 고정옥이 행한 다양한 분석 작업을 통해서 장시조를 바라보는 그의 관점을 보다 명확히 정리할 수 있었다. 따라서 그의 장시조에 대한 이론적 작업은 작품 검토를 통해 마련된 것임을 확인할 수 있게 된다. 앞으로는 그의 저서들을 세밀히 살펴, 장시조를 포함한 시가 갈래에 대한 고정옥의 관점을 보다 정밀하게 검토할 수 있기를 기대한다.

『시조학논총』 제22집(한국시조학회, 2005)에 수록된 논문을 일부 수정하였음.

고정옥의 시조관과 『고장시조선주』

1. 머리말

국문학 연구사를 검토하기 위해서, 일제 강점기 시절부터 활동했던 초창기 학자들의 연구 성과를 확인하는 것은 매우 중요하다. 초창기 학자들에 의해 국문학 연구의 기초가 확립되었고, 그들이 남긴 연구 성과들은 국문학 연구자들이 검토할 필요가 있는 중요한 자료로서의 가치를 지니고 있기 때문이다. 일제 강점기 이후 활동했던 국문학자들의 학술적 성과에 대해서는 그동안 다양한 학회와 연구자들에 의해 다각적으로 연구가 진행되었다. 비슷한 시기에 활동했던 다른 학자들과는 달리, 지금까지 학계에서 고정옥(高晶玉)이 남겼던 연구 성과에 대한 검토는 여러 가지 이유로 충분하게 다뤄지지 못했다.

그동안 고정옥은 국문학 분야 가운데에서 특히 민요와 사설시조에 주된 관심을 기울였는데, 기존의 논문들에서는 그가 이룬 문학사적 성취에 대해서 대체로 높은 평가를 내리고 있다. 이처럼 문학적 성과에 대한 호의적인 평가에도 불구하고, 고정옥과 그의 연구 업적들에 대해서는 아직 체계적이고 종합적인 접근은 크게 부족한 실정이다.[1] 대체로 앞선 연구에서의 평가가 후속 논문들에서 유사하게 반복되면서, 고정옥의 연구 업적이 지닌 실상에 대한 진지한 접근이 제대로 이뤄지지 않는 것도 엄연한 현실이다. 그렇기에 이제부터라도 고정옥의 저술에 기반한 체계적인 연구가 이뤄져야 한다. 여기에서는 이러한 작업의 일환으로 마련된 것이며, 특히 조선 후기에 우리 문학사에 새롭게 등장했던 사설시조를 다룬 글들을 중심으로 그의 '시조관'에 대해서 살펴보고자 한다.

고정옥은 일제 강점기로부터 해방된 이후 본격적인 학문 활동을 시작하였고, 민요와 고전시가를 중심으로 국문학의 전 영역에 걸쳐 많은 관심을 기울였다. 특히 '해방공간'에서 진행되었던 그의 연구 성과들은 당시의 관점에서 매우 탁월한 업적으로 평가되고 있다. 그렇기에 국문학 연구사에서 여전히 미답(未踏)의 영역으로 남겨져 있는, 고정옥과 그의 학문적 성과에 대한 검토를 이제부터라도 서둘러야 하는 이유가 너무도 자명하다. 주지하다시피 고정옥은 1950년 발생한 '한국전쟁'의 와중에 월북하였고, 이후 세상을 떠날 때까지 북에서도 학문 활동을 계속하여 적지 않은 성과를 제출하였다.[2] 1980년대 후반 월북 작가들의 작품들이 해금(解禁)될 무렵까지, 고정옥을 비롯한 학자와 작가들의 저작을 남쪽에서는 제대로 접할 수 없었다. 그동안 연구자들에게는

---

1 1990년대 중반 이후에 비로소 고정옥의 학문적 성과에 대한 체계적인 접근이 시도되고 있다. 고정옥과 그의 연구 성과에 대한 최근의 연구들은 다음과 같다. 신동흔, 「고정옥의 삶과 학문세계」(상)(『민족문학사연구』 7, 민족문학사연구소, 1995); 신동흔, 「고정옥의 삶과 학문세계」(하)(『민족문학사연구』 8, 1995); 김헌선, 「고정옥의 구비문학 연구」(『구비문학연구』 2, 한국구비문학회, 1995); 김용찬, 「고정옥의 '장시조론'과 시가 해석의 한 방향」(『시조학논총』 22, 한국시조학회, 2005; 이 책에 재수록되었음.); 김용찬, 「고정옥과 『고장시조선주』에 대하여」(『교주 고장시조선주』, 고정옥 저, 김용찬 교주·해설, 보고사, 2005) 등 참조.
2 고정옥의 학문 활동에 대해서는 신동흔, 「고정옥의 삶과 학문 세계」(하)를 참조할 것.

그들의 작품 등이 조심스럽게 인용이 되기도 하였으나, 납·월북 작가들의 작품은 여전히 연구의 사각지대에 묶여있었던 것이다.

고전시가를 국문학의 주류로 인식해 각 갈래들의 형성과 변천에 대한 체계적인 이론화를 시도한 고정옥의 저작들은 당시의 관점에서는 매우 뛰어난 성과라 할 수 있다. 당시까지 국문학의 주요 영역에 포함시키지 않았던 민요를 비롯한 구비문학에 깊은 관심을 보이고, 이들 분야에 대한 다양한 성과물을 제출한 것도 주목할 만하다. 이 글에서는 고정옥의 월북 이전 저서를 중심으로 시조문학에 대한 인식을 짚어보고, 사설시조를 지칭하는 '장시조(長時調)'[3]에 대한 독창적인 이론과 함께 작품 분석을 시도했던『고장시조선주(古長時調選註)』[4]의 성격과 특징들을 살펴보기로 한다.

2. 고정옥의 시조관과 사설시조에 대한 인식

고정옥이 월북 이전에 남긴 저서들을 보면, 고전 시가 특히 시조에 대한 관심이 남달랐음을 확인할 수 있다.[5] 그것은 시조가 '중세기 문학

---

3 '장시조'는 조선 후기에 새롭게 등장한 사설시조의 다른 명칭이다. 대체적으로 사설시조는 평시조에 대립되는 개념으로, '대개의 경우 종장은 평시조와 비슷한 틀을 유지하되 초·중장 혹은 그 중 어느 일부가 4음보 율격의 정제된 구조에서 현저하게 이탈하여 장형화'된 시조를 일컫는다.(김흥규,『한국문학의 이해』, 민음사, 1986, 48면 참조) 고정옥의 경우 '장시조'란 갈래가 단순히 '장형화된 시조'라는 의미뿐만 아니라, 조선 후기의 새로운 문화적 환경에서 등장한 문학 갈래라는 것을 분명히 하고 있다. 이러한 내용에 대해서는 이 글의 본문에서 상세히 검토될 것이다.
4 고정옥,『고장시조선주』, 정음사, 1949.(이 책의 교주본은 김용찬,『교주 고장시조선주』, 보고사, 2005.로 출간되었다.)

이 창조한 가장 티피칼한 문학 형태로서, 우리 민족의 문학은 시조 있음으로써 세계 각 민족의 문학 가운데서 그 특이한 존재를 확보할 수 있다[6]는 평가에서 그것이 단적으로 드러나고 있다. 그에 의하면 고려가요의 '한 분장(分章)이 분리·독립해서 한 개의 노래를 형성한 것이 시조'[7]인 것이다. 여타의 시가 장르와는 다른 독특한 종장 형식이야말로 '시조란 문학 쟝르를 국문학 속에서 결정함에 있어 그 근본적·제일의적 조건'[8]이 되며, '이 시조의 종장 기구(起句)가 한 상투어로 굳어지기는 시조문학의 난숙기(爛熟期)서부터'[9] 라고 파악하고 있다.

고정옥은 시조와 가사가 애초에 같은 뿌리를 두고 있다고 주장하였다. 그는 4음보 형식[10]이 무제한 반복되면 가사가 되며, 3장 형식으로 꽉 짜여진 노래는 시조가 된다고 보았던 것이다.[11] 이러한 시조가 조선

5 고정옥이 저술하였거나, 집필에 참여했던 저서는 다음과 같다. 우리어문학회, 『국문학사』, 수로사, 1948.; 우리어문학회, 『국문학개론』, 일성당서점, 1949.; 고정옥, 『국어국문학요강』, 대학출판사, 1949.; 고정옥, 『고장시조선주』, 정음사, 1949.; 고정옥, 『조선민요연구』, 수선사, 1949.

6 고정옥, 「국문학의 형태」, 『국문학개론』, 우리어문학회, 22~23면.

7 고정옥, 『국어국문학요강』, 388면.

8 고정옥, 『국어국문학요강』, 390면.

9 고정옥, 『국어국문학요강』, 389면.

10 당시 대부분의 연구자들과 마찬가지로, 시조 율격에 대한 고정옥의 인식도 '음수율'에 기초하고 있다. 예컨대 시조의 한 장을 이루는 음보의 구성을 '3·4 3·4'로 규정하고 있는데, 이 역시 시조의 한 장이 4음보로 이루어졌다는 것을 인정한 것이라 할 수 있다. 따라서 이 글에서는 이를 '4음보 형식'으로 지칭하기로 하겠다.

11 "… 오랫동안 시조와 가사는 그 형식상 차별 의식이 불분명한 채로 제작되어 온 듯하다. 그저 연속적으로 무제한하게 가구(歌句)를 늘어놓은 것이 가사이고, 3장 45자 내외로 길이가 제한된 노래가 시조였던 모양이며, 그들은 단지 길이에만 유의하여 장가·단가로 이것을 불러왔던 듯하다. 사실 시조·가사의 명칭은 아주 후대에 와서 비로소 쓰이게 된 것이다.", 고정옥, 『국어국문학요강』, 389면.

시대에 활발하게 창작되고 불리면서, 비로소 '봉건 관료·양반·귀족·학자의 문학 양식'[12]으로 자리를 잡게 된다. 대체로 한 문학 양식의 형태는 '시형(詩形)의 소유 계급의 사상에 좌우되지 않을 수 없게 되'는데, '시조란 시는 종장 형식의 특이성으로 말미암아 비로소 시조란 쟝르를 형성하게 되는 것인 동시에, 그 종장 형식은 시조의 소유 계급인 양반 지식 계급의 생활 의식에 짙게 물들어 있'[13]다고 논의된다. 그리하여 '시조 문학은 중세기 문학의 전형적인 자로서 주자학(朱子學)을 노래하고 강호 시정(江湖詩情)을 읊고 군주를 찬송함에 가장 적당한 문학의 종류'[14]라고까지 평가되고 있다.

고정옥은 가집 등 다양한 문헌의 근거를 들어 정몽주(鄭夢周)의 「단심가(丹心歌)」를 그 초기작으로 들고 있으나, 대체로 '훈민정음(訓民正音)'이 창제된 이후에 창작된 작품들에 대해서는 분명히 신뢰할 수 있다는 견해를 밝힌다. 특히 주세붕(周世鵬)·이현보(李賢輔) 등에 의해서 창작된 이른바 '연시조(連時調)'[15]들에 대해서는 '가사와 시조의 형식상 구별이 뚜렷하지 못했던' 것으로 다루면서, '시조가 국어 문학으로서 완성되고 또 그 독특한 장르가 형성되기는 임·병란(壬丙亂) 전후 즉 정철·박인로·윤선도에 이르러서'였다고 지적하고 있다. 특히 시조문학의 정점에는 윤선도라는 작가가 자리를 잡고 있으며, '윤선도 이후

---

12 고정옥, 『고장시조선주』, 6면.
13 고정옥, 『국어국문학요강』, 389~390면.
14 우리어문학회, 『국문학사』, 129면.
15 좀더 확인해 보아야 하겠지만, 그의 저서를 살펴보건대 '연시조(連時調)'라는 용어는 고정옥이 처음으로 사용한 듯하다. "… 주세붕·이현보·송순·이황·이이·권호문 등에 이르기까지도 그들의 시조가 대부분 나의 소위 '연시조(連時調)'이어서, 가사와 시조의 형식상 구별이 뚜렷하지 못했든 듯하다.", 고정옥, 『국어국문학요강』, 392면.

시조의 소유 계급의 몰락과 함께 시조의 운수도 기울어' 숙종 조에
이르면 시조문학의 정리기(整理期)에 접어든다고 파악하였다.[16]

이 시기에 활동했던 작가들 가운데 '정철과 윤선도가 이 양대 전란
중에 출몰하고, 이후 한 사람도 이들을 능가하고, 또는 이들과 비견될
가사 작가, 시조 작가가 나지 못'[17]했다고 평가한다. 시조 작가로서 윤선
도를 높이 평가하는 태도는 작품 해설에서도 그대로 드러나고 있다.
윤선도의 '연시조'「오우가(五友歌)」를 평한 다음의 글을 보기로 하자.

> 고산 윤선도(1578~1671)의 가집 『고산유고(孤山遺稿)』(단가 77수 수
> 록) 중 「산중신곡(山中新曲)」 속에 들어 있는 노래다. 56세 때(1642) 금쇄
> 동에서 된 작품이다.
>
> 윤선도가 시조문학의 최고봉이란 것은 이미 움직일 수 없는 사실이다.
> 그런 중에서도 여기 수록한 「오우가」는 가장 우수한 작품으로서 시조
> 문학의 에쎈스라고 할만 하다.
>
> 「오우가」는 6수로 된, 자기의 다섯 벗을 읊은 것으로, 첫째는 그 서곡이
> 오, 다음에 한 벗을 한 노래 속에 담았다. 몇 개의 시조가 한 묶음이 되어
> 전체가, 수 절로 된, 가사같은 형태를 갖춘 것으로는 이 외에도 퇴계의
> 「도산십이곡」, 율곡의 「고산구곡가」 등을 필두로 많이 있다. 이런 시가의
> 형식은 윗 시대로 올라갈수록 각 노래 사이의 관계가 밀접해진다. 드디어
> 는 고려 때 별곡(別曲)같은 수 절로 된 장가(長歌)에 도달한다.
>
> 「오우가」 같은 형식의 노래를 무어라 불러야 할지 아직 적당한 이름이
> 붙지 않았다. '연시조(連時調)'라고나 하면 좋을지도 모르겠다.[18]

---

16 이상의 언급은 고정옥, 『국어국문학요강』, 392~393면의 내용을 정리한 것임.
17 고정옥, 『고장시조선주』, 7면.
18 고정옥, 『국어국문학요강』, 92~93면.

　이처럼 '조선 시가는 윤선도에 이르러 정점에 달하고, 임진·병자 양란을 계기로 양반 사회가 점차 무력하게 됨에 따라 쇠잔해 갔다'는 것이 고정옥의 진단이다. 이후에도 양반 작가들이 시조사에서 출현하지만, 이후에는 '전대 시가의 수집 정리와 그 가창으로써 시가사를 이어온 것'[19]으로 파악하고 있다. 따라서 시조사에 대한 그의 관심은 자연스럽게 조선 후기의 가객과 가집의 출현, 그리고 사설시조인 '장시조'의 출현에 대해 집중되게 된다.

　고정옥은 이 시기에 이르러 문학 담당층이 지배 계급에서 서민 계급으로 이동했다는 사실을 매우 중요하게 생각하고 있었다. 고정옥은 당시의 국문학 연구에서 '봉건 귀족 문학이 언제나 조선 문학의 주체'가 되고 있었다고 파악하고, 자신은 '이것과는 대척적인 봉건 시대 서민 문학의 근본적인 성격을 구명'[20]하고자 하였다. 다시 말하자면 온전한 국문학사는 '봉건 귀족 문학'뿐만 아니라 '서민 문학'까지를 아우른 상태에서 연구가 이뤄져야 한다고 파악했던 것이다. 문학사에 대한 그의 이러한 인식에 의해서 우선적으로 선택된 갈래가 바로 민요와 '장시조' 등이었다.[21] 고정옥은 '우리의 역사에 있어서는 단적으로 말하면 임·병란(壬丙亂)이 중세기가 서민기(庶民期)로 이행하는 역사적 모멘트이며, 양란 이후 갑오경장까지가 곧 서민문학기(庶民文學期)'[22]라

19　이상 인용은 우리어문학회, 『국문학사』, 147면.
20　고정옥, 「인간성의 해방」(『어문』 창간호, 우리어문학회, 1949), 12~13면.
21　서민 문학에 대한 관심은 자연적으로 『조선민요연구』와 『고장시조선주』의 저술로 이어졌고, 월북 이후에도 『조선속담집』(국립출판사, 1954), 『전설집』(국립출판사, 1956), 그리고 구비문학의 성과를 개괄한 『조선 구전문학 연구』(과학원 출판사, 1962) 등으로 이어졌다고 파악된다.
22　고정옥, 「인간성의 해방」, 13면.

고 규정했다.

고정옥은 서민 문학이 지닌 긍정적인 측면만큼이나, 그렇지 못한 점에 대해서도 인지하고 있었다. 예컨대 '서민 문학이 내포하는 사상 가운데서는 반봉건적인 것도 때로는 발견할 수 있는 것이며, 또 그 반대로 양반을 부러워해서 하로 바삐 출세를 해서 영화를 누리고 싶다는 사실에 있어 도처에 발견'된다고 보았다. 따라서 '봉건 문학의 성격은 양반 계급이 점차 몰락함에 따라 오랫동안 주자학적 억압 정치의 굴레에 얽매여온 서민들이 인간으로 복귀하고, 눌렸던 인간성이 산문의 세계로 그 자기 표현의 길을 발견한 데서 구해야 할 것이'[23]라고 파악했다. 특히 서민 문학이 추구했던 이러한 특징을 '인간성의 해방'이라 평가하고, '이 해방된 인간성은 본능의 기탄(忌憚)없는 노출이며, 하늘을 우러러 힘차게 쏟아놓는 속시원한 웃음'이라고 보았다. 그리하여 '본능적인 남녀 애정의 적나라한 표출과 통쾌한 해학이야말로, 우리 서민 문학의 근본적인 성격'[24]이라는 것이다.

시조는 조선 전기부터 양반 계급에 의해서 활발하게 창작·향유되고 있었지만, 조선 후기에 접어들면서 담당층의 변화와 함께 자연스럽게 그 내용과 형식도 달라졌다. 따라서 시조에 대한 그의 관심이 조선 후기에 새롭게 등장한 '장시조' 즉 사설시조에 집중되는 것이 당연하다고 하겠다. 고정옥에 의하면 '장시조'는 '대체로 말하면 영·정(英正) 이후 서민 계급이 자기네들의 생활 감정을 담고저 종래의 양반 계급이 써오던 시조(평시조)의 형을 개조한 것'[25]이다. 이전까지 양반들에 의해

---

23 고정옥, 「인간성의 해방」, 15면.
24 이상의 인용은 고정옥, 「인간성의 해방」, 15면.

향유되었던 엄격한 형식을 지니고 있던 시조 양식은 조선 후기에 새로운 담당층이 출현함으로써, 필연적으로 새로운 내용과 형식으로 바뀌게 된다는 것이다. 따라서 시조 형식의 파괴란 곧 '장시조'의 등장을 의미하는 것이다. 다음의 기록들을 통해서 고정옥이 새롭게 출현한 '장시조'에 대해서 어떻게 인식하고 있었는지를 살펴보기로 하자.

> 조선에 있어서도 이조 말에 이르러 봉건적 정치 체제의 붕괴에 따라, 양반을 대신하여 새로 일어난 서민 계급(중인·서얼·서리·평민·천민)에 의해서, 민요의 소재·정신 내지 운율을 양반 계급의 독점적 시가였던 시조에 도입함으로써, 새로운 노래의 장르를 형성하였으니, 이조 말의 시가집 『청구영언』·『가곡원류』·『해동가요』 등에 수록된 소위 장시조 혹은 엇시조·사설시조가 이것이다. 봉건 사회의 관료들이 길러낸 시조가 그 주인을 잃고, 점점 여위어 가든 것을 신흥 서민 계급이 이를 이용하여, 그들도 비로소 글자로 쓴 그들의 노래를 여기에다 담은 것이다. 이 노래들은 그러므로 형식과 내용의 저어(齟齬), 형식의 불통일(不統一), 소재 문학화, 기술의 치졸 급(及) 내용의 추잡(醜雜) 등등의 대혼란을 이르키고 있는 한편, 소박하고 인간적이고 명랑한 신국면을 조선 시가 가운데 투영하였다.[26]

> 장별(章別)의 불명료, 가사 또는 민요 운율의 도입, 새로운 종장 형식의 창조, 이야기의 침입 등은 그 가장 두드러진 특성인데, 이들을 총괄해서 종래의 시조 형태와 근본적으로 다른 점을 꼬집어 낼진댄 그것은 그 길이(長)가 길어졌다는 점이다. 그래서 나는 종래 시조를 '평시조'라고 하고, 여상(如上)한 근세 시조를 '장시조'라고 불러 시조를 이대분(二大分)하는

---

25 고정옥, 『국어국문학요강』, 395면.
26 고정옥, 『조선민요연구』, 2~3면.

것이다. 세칭 엇(旕)시조는 평시조에서 장시조로 이행하는 과도적 형태일 것이고, 사설시조의 대부분은 장시조에 속할 것이나, 이러한 명칭은 그 율조(律調)에만 치중한 이름이고, 시조 문학의 역사적 발전상은 도외시했거나 불연(不然)이면 거기에 생각이 미치지 못한 데서 온 것이므로, 나는 귀족 시조는 평시조, 서민 시조는 장시조라고 이대분해서 시조 문학의 장르를 명맥히 하고저 하는 바다.[27]

위의 인용문에서 확인할 수 있듯이, 고정옥은 기본적으로 문학사를 바라보는 관점이 '문학과 사회의 관계를 중시하고 역사의 발전을 전제로 삼고 있다'[28]고 할 수 있다. 고정옥은 '단형 문학이란 원래 지극히 엄격한 율조 상 제약을 받게 되는 것이니만치 어느 민족의 문학사에서나 문학이 상당한 수준에 도달한 뒤에야 비로소 형성되는 것'[29]이라고 주장한다. 비교적 엄격한 정형성을 지니고 있는 단형 문학인 시조는 '조선말에 애착을 가진' 문학 갈래로서, '국자(國字)'인 한글의 '제정을 계기로 급속한 발전을 진행한 것은 당연한'[30] 결과라 할 것이다. 기본적으로 양반 계급의 문화적 식견을 바탕으로 하고 있던 '이 귀족 시조의 형식이 흔들리기 시작한 것은 … 임병란(壬丙亂) 후 양반 사회가 몰락하'[31]면서부터 이다.

외적(外敵)에 의해 두 차례의 전란이 발생했을 때, '이를 막지 못하고 그 노쇠를 서민들 앞에 폭로한 양반 계급은 정치에 있어서 뿐 아니라

27 고정옥, 「국문학의 형태」, 우리어문학회, 『국문학개론』, 24면.
28 신동흔, 「고정옥의 삶과 학문 세계」(상), 298면.
29 고정옥, 「국문학의 형태」, 18면.
30 고정옥, 『고장시조선주』, 6면.
31 고정옥, 「국문학의 형태」, 23면.

문화에 있어서도 정체 상태에 빠지지 않을 수 없었'[32]다고 단언한다. 그 결과 '봉건적 정치 체제가 붕괴'하고, 이전의 '양반을 대신하여 새로 일어난 서민 계급'이 새로운 문학 담당층으로 자리를 잡게 된다는 것이다. 첫 번째 인용문에서는 새로운 문학 담당층을 '중인·서얼·서리·평민·천민'들로 구성된 '서민 계급'으로 설정하고 있지만, 『고장시조선주』에서는 '1. 신진 중인(中人) 작가, 2. 창곡가(唱曲家)·창극가(唱劇家), 3. 부녀자, 4. 기녀, 5. 민요 시창자(始唱者), 6. 몰락한 양반'[33] 등으로 이를 보다 구체화하고 있다.

기존의 사대부들이 향유하던 시조문학을 그대로 물려받게 된 이들 새로운 담당층들은 '자기네들의 비위에 맞는 새로운 율문 양식을 창조하기에는 너무나 교양이 부족했고, 그보다는 앞을 내다보는 눈이 없었'[34]다고 주장한다. 그리하여 서민 계급은 기존의 시조에 '가사 또는 민요의 운율'을 도입한다든지, '민요의 소재와 정신'을 도입함으로써 '장시조'라는 양식을 찾아내게 되었다고 파악하고 있다. 고정옥도 이러한 과정을 거쳐 문학사의 지평에 나타난 '장시조'에 대해서는 문학적·문학사적 의의를 인정하고 있다. 사설시조에 대한 고정옥의 긍정적 인식이 사설시조만을 가려 뽑아 주석과 해설을 붙인 책을 저술하는 것으로 나타난 것으로 이해할 수 있다.

그러나 구체적인 작품을 평가한 부분에 이르면, 대상 작품에 따라 긍정적인 평가와 부정적인 평가가 공존하고 있는 것을 발견할 수 있

---

32 고정옥, 『고장시조선주』, 7면.
33 고정옥, 『고장시조선주』, 9면.
34 고정옥, 『고장시조선주』, 8면.

다. 예컨대 『고장시조선주』의 4번 작품에 대해서는 '소위 장시조도 이
에 이르면 과연 시조라 부를 것인가 의심된다'[35]는 평가가 있는 반면,
다른 작품에 대해서는 '사설시조 가운데서 드물게 보는 역작(力作)'[36]이
라는 진술도 볼 수 있다. 이러한 평가는 사설시조의 문학사적 평가에
서도 그대로 드러나고 있다. 고정옥은 결론적으로 '교양이 부족'한 서
민 계급들에 의해 형식과 내용 면에서 새로운 시도가 다양하게 이루어
졌지만, 끝내 사설시조는 '형식과 내용의 저어(齟齬)'에서 비롯한 한계
를 극복하지 못하고 '실패의 문학'[37]으로 귀결될 수밖에 없었다는 것이
다. 그가 사설시조를 '실패의 문학'이라 했지만, 그것이 사설시조가
지닌 문학적 성과 모두를 낮게 평가하는 것은 물론 아니다. 그렇지만
'그 중에는 고전적인 완성미를 보여주는 작품들도 가끔 있으며, 그렇
지 않더라도 이는 문학사적으로는 의미있는 유산(遺産)'[38]이라고 할 수

---

35 해당 작품은 다음과 같다. "일으랴보즈 일으랴보즈 니 아니 일으랴 네 서방(書房)드려
/ 거즛거스로 물 깃는 체하고 통(桶)으란 느리와 우물젼에 노코 쏘아리 버셔 통(桶)조
지에 걸고 건넌 집 겨근 김서방(金書房) 눈 금젹 불너너야 두 손[목] 마조 덤셕 쥐고
숙은숙은 말하다가 삼밧트로 드러가셔 무음 일 ᄒ던지 존 숨은 쁘러지고 굴근 숨째
즛만 나마 우즑우즑하더라고 니 아니 일으랴 네 서방(書房)드려 / 져 아희 입이 보도라
와 거즛말 마라스라 우리도 마을 지어미 견츠로 실슴 키려 갓더니라.", (션주4 / 쳥육
*637 / 대전#3770.1). 앞으로 작품을 인용할 경우 원문을 3장 형식으로 구분하여
제시하고, 한문은 한글을 내어쓰고 괄호 안에 병기하기로 한다. 또한 작품 말미에
『고장시조선주』의 작품 번호와 원전인 〈쳥육〉의 가번(歌番) 및 『고시조대전』(김흥규
외, 고려대학교 민족문화연구원, 2012.)의 가번을 함께 제시하였다.
36 "나무도 바히돌도 업슨 뫼히 믹게 휘좃친 갓토리 안과 / 대천(大川) 바다 혼가운듸
일천 석(一千石) 시른 비혜 노도 일코 닷도 근코 용총도 것고 키도 빠지고 바람 부러
물결 쳐서 안개 뒤섯겨 ᄌᄌ진 날에 갈 길은 천리 만리(千里萬里) 남고 사면(四面)이
거머 어득 져뭇 천지 적막(天地寂寞) 가티놀 쩌 잇는 듸 수젹(水賊) 맛난 도사공(都沙
工)의 안과 / 엇그졔 님 여흰 나의 안이샤 엇다가 가홀 하리오.", (션주22 / 쳥육*850
/ 대전#0738.1).
37 고정옥, 『고장시조선주』, 15면.

있다.[39]

고정옥은 시조문학이 '양반 관료의 손에서 중인 창곡가를 주체로 한 서민 계급의 장중(掌中)으로 넘어'갔으며, '연군·도덕·강호 시정· 은일·무상 등 귀족 사회 특유의, 종래의 보편적 시조문학의 주제는 적나라한 연정·방약무인(傍若無人)의 폭소·추잡한 일상생활 등등 르네상스적 인간성의 해방으로 대치'되었다고 파악했다. 따라서 '그 당연한 결과로서 전래 시조의 정형은 파괴되'[40]어 '장시조' 즉 사설시조가 새로이 출현하게 된 것이다. 이러한 인식은 결국 사설시조가 사대부들에 의해 향유되던 평시조의 형식적 틀을 크게 벗어나지 못했다는 것을 전제로 한 것이다. 그의 관점에 의하면, 시조 형식은 그 전개 과정에서 이미 그 형식과 내용의 어긋남이 예고되어 있었던 셈이다. 아마도 고정옥은 문학사에서 새로운 담당층이 출현했으면, 그 내용과 형식도 기존의 문학 갈래와는 다른 것이 탄생했어야 한다고 믿고 있었던 것으로 보인다.

두 번째 인용문에서 볼 수 있는 것처럼, '장시조'가 종래의 평시조와 근본적으로 다른 점은 바로 길이가 길어졌다는 점이다. 평시조에서 파생된 것들로는 엇시조와 사설시조가 있지만, 이러한 명칭은 역사적 발전상을 제대로 반영하지 못한 율조(律調)에만 치중한 명칭이라

---

38 우리어문학회, 『국문학사』, 150면.

39 그렇게 본다면 고정옥의 사설시조관은 대단히 착종된 형태로 나타나고 있다고 파악할 수 있다. 내용이나 형식상으로 그렇게 큰 차이를 발견할 수 없음에도, 각 작품들에 대해서 상반된 평가를 내리고 있는 것이 그 예라고 하겠다. 이에 대해서는 그의 문학관을 통해서 보다 정밀하게 고찰될 필요가 있는 바, 여기에서는 일단 이러한 면모에 대해서만 지적하기로 한다.

40 이상의 인용은 고정옥, 「국문학의 형태」, 24면.

고 주장한다. 따라서 고정옥은 역사적 발전상과 그 내용 및 형식을 종합적으로 고려하여, 시조 문학을 '귀족 시조는 평시조, 서민 시조는 장시조'로 분명하게 구분하고 있다. 시조의 갈래를 이처럼 구분한 것은 일차적으로 그 형식에서 비롯되었지만, 시대 변화에 따른 역사적 관점에서의 내용의 변화도 중요한 요인이 되는 것이다. 바로 이런 측면에서 율격상으로는 평시조에 근접한 작품들까지도, 그 내용에 주목해서 '장시조'로 다루고 있다는 것을 알 수 있다.

그러나 '장시조' 혹은 사설시조라는 명칭은 분명히 그 형식에서 평시조보다 '그 길이가 길어졌다는 점' 때문에 붙여진 것이다. 하지만 '장시조'를 규정하는 이러한 기준이 모든 작품에 철저하게 적용되지는 않는다. 실제로 『고장시조선주』에는 그 형식상 평시조임이 분명한 작품들도 '장시조'로 다루고 있기도 하다. 그러한 작품들을 '장시조'로 분류한 것은 아마도 조선 전기의 사대부 시조와는 그 내용적 측면이 뚜렷하게 구분되고 있기 때문인 듯하다. 그러나 조선 후기의 시조사를 다룬 최근의 연구들에서도 적절히 지적되고 있듯이, 같은 평시조라 하더라도 조선 전기와 조선 후기의 작품들 사이에는 질적인 차이가 존재한다는 것이 일반적인 평가이다. 사설시조의 문학사적 위상을 정립하고자 하는 의도에서 나온 발언이기는 하나, '여상(如上)한 근세 시조를 장시조'라고 평하겠다는 그의 언술이 지닌 문제점에 대해서는 충분히 지적하고, 현재의 관점에서 바로잡아져야 하리라고 본다.

예를 들면 그가 '장시조'라고 분류한 다음의 작품들은 형식상으로는 평시조임이 분명하고, 그 내용상으로도 조선 후기의 다양한 작품들 가운데 하나라고 볼 수 있다.

각씨(閣氏)네 하 어슨 체 마쇼 고와로다 조랑마쇼
자네 집 뒷 동산(東山)에 산국화(山菊花)롤 못 보신가
구시월(九十月) 된셔리 마즈면 검부남기 되느니.(선주28/ 청육*878/
대전#0066.1)

스랑이 엇더터니 둥구더랴 모나더랴
기더랴 져르더랴 밤고 나마 조일러랴
후 그리 긴 줄은 모르되 굿간 듸룰 몰너라.(선주43/ 청육*991/ 대전
#2260.3)

고정옥은 인용된 두 작품 모두 당연히 '장시조'라고 분류하였다. 그
러나 각 작품의 해설 항목에서는 이 작품들이 왜 '장시조'인지에 대해
서는 아무런 설명도 없다. 다만 앞의 작품은 '형식으로나 내용으로나
별로 신기할 것은 없되, 전부터 내려오는 무상 향락적 사상에 전대
말기 음란한 풍조가 더하여 된 노래'[41]라고 평하고 있다. 뒤의 작품도
'그들은 사랑의 깊이를 밝히지 않으면 안심할 수 없었고, 또 사랑의
길이를 재어 보지 않으면 마음이 가라앉지 않았'기에, 이 작품을 통해
서 '중세기적 관념철학에서 실증주의로 이동하는 시민 정신의 발달
과정을'[42] 볼 수 있을 것이라고 하였다. 따라서 이 작품들이 형식적으
로는 분명히 평시조임에도 불구하고, 그 내용이 서민들의 생활이나
사상을 담아내고 있는 '서민 시조이기에 장시조'라고 추론할 수밖에
없었다고 하겠다.

---

41 고정옥, 『고장시조선주』, 73면.
42 고정옥, 『고장시조선주』, 100면.

이처럼 조선 후기의 시대적 상황 속에서 사설시조가 지닌 문학사적 성격에 대해서 강조를 하다 보니, 작품 분류와 해석의 측면에서 종종 무리한 평가가 시도되고 있기도 한 것이다. 앞에서 언급했듯이, 고정옥은 우리의 문학사를 '봉건 귀족 문학'과 '서민 문학'의 두 축으로 나누어 파악하고 있다. 그리고 시조문학 중에서 '서민 문학'의 성격은 조선 후기의 '장시조'를 통해서 적절히 파악될 수 있다고 보았다. 그러나 본래 봉건 귀족 계급의 문학이었던 시조의 형식을 빌어 만들어진 '장시조'는 새로운 내용을 담아냈음에도 불구하고, '형식과 내용의 저어(齟齬)'가 발생할 수밖에 없었다는 것이다.

이상 간략하게 고정옥의 저술에 드러난 시조관과 사설시조에 대한 인식을 살펴보았다. 그는 시조 중에서도 특히 조선 후기에 출현한 사설시조, 즉 '장시조'에 대한 관심이 지대하였다. 앞에서도 설명했지만, 그것은 시조가 상층 귀족의 문학에서 서민의 문학으로 바뀌어 갔다는 것을 증명하는 문학 양식이기 때문이다. 특히 문학사의 연속성을 중요시하였던 고정옥에게 있어, 장시조는 또한 근대 '자유시의 선편(先鞭)'[43]으로 인식되기도 했다. 예컨대 '평시조는 이미 양반 계급의 실세(失勢)와 함께 봉건 말기에 시들어버린 문학이므로 그것이 시민 문학에 영향을 줄 수는 없'지만, '시민 문학에 계승된 것은 장시조의 정신과 형태'[44]라고 강조하였다. 사설시조가 근대 문학에 끼친 구체적인 양상에 대해서는 더 이상 자세히 언급되지는 않았으나, 이를 통해 문학사를 바라보는 그의 인식의 일단을 엿볼 수 있다고 하겠다.

---

43 고정옥, 『국어국문학요강』, 397면.
44 고정옥, 「국문학의 형태」, 25면.

3. 『고장시조선주』의 성격과 그 특징

『고장시조선주』는 고정옥이 가장 사설시조다운 작품 50수를 선정하여 주석과 함께 작품 해설을 붙여 펴낸 것이다. 여기에 실린 작품들은 19세기에 편찬된 〈청구영언〉(육당본; 일명 대학본)에서 가려 뽑았다. 고정옥은 이 책을 편찬할 당시에, 〈청구영언〉(육당본)을 김천택이 편찬한 원본으로 알고 있었던 듯하다.[45] 몇몇 작품에 대한 해설을 하면서, 김천택의 기록을 근거로 〈청구영언〉과의 관련성을 논의하고 있으며, 특히 '사설시조론'이라고 할 이 책의 '서(序)'에서는 '청구영언서'의 기록을 근거로 사설시조의 작가군을 이끌어 내고 있기도 하다. 그러나 결론적으로 말하면, 〈청구영언〉(육당본)은 김천택이 편찬한 〈청구영언〉(진본; 1728)보다 약 1세기 뒤에 편찬된 별개의 가집이다.[46] 조선진서간행회에서 〈청구영언〉(진본)[47]이 활자본으로 소개된 이후에도, 고정옥을 비롯한 연구자들까지도 〈청구영언〉(육당본)을 김천택 편찬본으로 잘못 알고 있었던 듯하다.

이제 아래의 인용문을 통해서, 『고장시조선주』에 수록된 작품 선

---

45 이는 다음과 같은 언급에서 단적으로 드러나고 있다. "가집 편찬의 시초는 평민 출신 가객 남파(南坡) 김천택(金天澤)에 의한 〈청구영언〉이다. 이는 영조 3년(1727년)에 최초의 성립이란 것이 거의 의심 없는 것으로, 수 종의 이본이 있으나 그 가장 방대한 것은 여말(麗末) 이래의 가사 17수와 장·단시조 근 천수, 도합 천십여 수를 곡조별로 분류한 것인데, 문학적으로 유의할 것은 그것이 이미 일종의 가곡본이라는 것과 그 속에 다량으로 들어있는 무명씨 작의 장시조이다.", 우리어문학회,『국문학사』, 148면.

46 〈청구영언〉(육당본)의 성격과 특징에 관해서는 김용찬, 「〈청구영언 육당본〉의 성격과 시가사적 위상」, 『조선 후기 시가문학의 지형도』, 보고사, 2002.를 참조할 것.

47 〈청구영언〉(진본)의 원본이 되는 필사본이 최근 국립한글박물관에서 영인되어 출간되었다.(『청구영언; 영인편』, 국립한글박물관, 2017)

택의 기준을 살펴보기로 하자.

> 이 책에는 가사 맥(歌辭脈)을 끄은 한구(漢句)가 많이 쓰인 장시조는
> 전연히 싣지 않았으니, 이는, 설혹 서민 작가가 지은 작품이라 치더라도,
> 거기에 아무런 현실 타개 정신이 엿보이지 않으므로 그런 것이다. 또 그
> 반대로 상류 계급의 작품이라고 추단되는 작품일지라도, 거기에 새로운
> 기도가 엿보이는 노래라면 서슴지 않고 넣었다. 또 교실에서 읽을 수 없는
> <u>이야기적인</u> 노래도 여기에는 몇 수 넣었으며, 대체로는 모든 장시조 군의
> 대표가 될만한 것을 망라하려 애썼고, 그것을 뽑는 데 있어서는 물론 문학
> 적 가치를 첫째 기준으로 삼았다.[48]

인용문에서 보듯이 고정옥의 작품 선택 기준은 비교적 명확하다.
그 형식이 비록 기존의 평시조에서 벗어난 '장시조'라 하더라도, 작품
의 내용이 '새로운' 것이 아니라면 취하지 않는다는 것이다. 아울러
한문구 위주로 된 작품은 배제되고, 가급적 고유어 위주로 구성된 작
품이 우선적으로 가려지게 되는 것이다. 그렇기에 서민 작가가 창작
한 작품일지라도 그 내용이 적절하지 못한 경우는 제외되지만, 상류
계급의 작품이라도 그 내용에서 새로운 시도가 엿보이는 노래는 선택
되게 된다. 모든 작품에 대해서 음악적인 측면을 고려하지 않고, 철저
히 문학 텍스트로 분석한다는 것을 밝히고 있다. 물론 이러한 관점이
오늘날의 기준으로 보건대 자의적인 부분이 없지 않다고 할 수 있겠
으나, 사설시조 연구에 대한 기반이 척박했던 당시로서는 불가피한
측면이었다고 이해할 수 있을 것이다.[49]

---

48 고정옥, 『고장시조선주』, 16면.

고정옥은『고장시조선주』에서 전체 50수의 작품을 수록 순서에 따라 번호를 붙이고, 각 작품에 상세한 주석과 감상을 아울러 적어두고 있다. 먼저 각각의 작품은 띄어쓰기가 전혀 되지 않은 가집 원문 형태의 작품(본문 1)과, 이를 시조의 초·중·종장 혹은 대화체나 가사 형식으로 배열하여 당시 표기법에 맞게 고친 작품(본문2)으로 재구성하여 수록하고 있다. 이렇게 작품의 배치가 이루어지면, 그 뒤에 작품의 이해를 돕기 위해서 주요 어휘나 표현 등에 대해서 주석을 붙였다. 여기에 다시 저자의 관점에서 작품을 분석한 '감상·비평' 항목을 배치하였다. 이렇듯 이 책은 단순히 작품의 주석집이 아닌, 작품의 감상까지를 망라한 해설서의 역할도 겸비하고 있다는 것을 알 수 있다. 작품에 대한 주석이나 감상을 펼치면서도, '장시조'의 일반적인 특징에 대해서 언급하는 것을 잊지 않고 있다.

예를 들면 고정옥은 이 책의 서문에서 '장시조'의 형식적 특징으로 '새로운 종장 문구를 개척했다'[50]는 사실을 매우 중시하며 언급하고 있다. 이에 대해 '귀돌이 져 귀돌이…'로 시작하는『고장시조선주』3번 작품의 종장 첫구인 '두어라'에 대한 주석을 붙이면서, 다음과 같이 시조 종장 형식에 대한 일반론으로 확대하여 설명하고 있는 것을 볼 수 있다.

---

49 『고장시조선주』의 체제나 특징에 대해서는 김용찬,「고정옥의 '장시조론'과 작품 해석의 한 방향」(이 책에 재수록되었음)을 참조할 것.

50 고정옥은 '장시조'의 형식적 특징으로 다음과 같이 지적하고 있다. "1. 소설식으로 길어졌다. 2. 가사투가 혼입(混入)했다. 3. 민요풍이 혼입했다. 4. 여상(如上)한 제 경향이 한 작품 속에서도 잡연(雜然)히 혼재하고 있다. 5. 대화가 많다. 6. 새로운 종장 문구를 개척했다.", 고정옥,『고장시조선주』, 10면.

두어라 : '아마도…', '아희야…' 등과 같이 제3장(종장) 모두(冒頭)에 쓰이는 상투어다. 이러한 말들은 종장 말미에 쓰이는 상투어 '…하노라', '…로라' 등과 시종 연결되는 것인데, 이것은 시조가 다른 율문과 구별되는 결정적인 형식적 조건이 되는 것이다. 시조의 점잖고 으젓한 귀족성, 언연하고 고답적인 강호 시정은 이 독특한 종장의 형식에 의거하여 여실히 형상화되었던 것이며, 또 이 형식은 필연적으로 그러한 귀족적 한일성을 그 내용으로서 요구했던 것이다.

이조 말엽 평민 시조작가들이 자기네들의 평민적 생활 감정을 담는 그릇으로 역시 종래의 시조 형식을 빌어 왔을 때, 그들이 가장 거북스럽게 느낀 것도 이 종장 형식이 가진 귀족성이었을 것이다. 그 결과 상놈이 사대부의 의관을 걸친 것 같은 기이한 형식과 내용의 저어를 낳았던 것이다. 그래서 그들은 이 사대부의 거북스런 옷을 아주 벗어버리고 그들의 비위에 맞는 새로운 옷을 꿰매 보려고 애를 썼던 것이다.

저자가 관계하고 있는 대학의 국문학 전공 학생이 조사한 바에 의하면, 〈청구영언〉 소수 약 1천 수의 시조 중, 종장 기구 상투어로서 가장 많은 것은 '아마도…'이고, 다음 많은 것이 '아희야…'이다. …(중략)…

이것으로 보면 '아마도 …… 하노라'가 그 전형적인 기결 형태인 것을 알 수 있다.[51]

---

51 고정옥, 『고장시조선주』, 23~25면. 중략된 부분은 고정옥이 조사한 '장시조' 종장 첫 구와 마지막 구의 분포를 기록하고 있는데, 참고로 이를 적시하면 다음과 같다. "다음에 말과 수를 들어 보기로 하자. 아마도 … 81 / 아희야 … 52 / 두어라 … 26 / 우리도 … 24 / 어즈버 … 14 / 하물며 … 13 / 묻노라 … 6. / 다음에 결구 상투어는 이러하다. 하노라 … 324 / 로라 … 158 / 하리라 … 160 / 하여라 … 76 / 나니 … 70 / 하리오 … 75 / 더라 … 65 / 세라 … 32."

이렇듯 고정옥은 작품의 주석과 감상을 제시하면서, 단지 특정 작품뿐만이 아니라 시조 일반에까지 관심을 환기시키고 있다. 위의 인용문에서의 설명은 '〈청구영언〉 소수 약 1천 수의 시조' 즉 평시조와 사설시조를 망라한 시조 종장 형식의 일반적인 특징을 지적한 것이다. 따라서 그가 결론으로 제시한 '아마도 …… 하노라'라는 시조 종장은 장시조만의 특유한 형식이 아닌 것이다. 고정옥에 의하면 '장시조란 대체로 그 종장 형식으로 말미암아 겨우 시조가 되는'[52] 문학 양식이다. 어떤 작품일지라도 일단 종장 형식을 제대로 갖추지 못하면 그 작품은 마땅히 '장시조'가 될 수 없다는 것이다. 시조의 성격을 결정짓는 요소인 '독특한 종장 형식'은 사대부들이 그들의 '귀족적 한일성(閑逸性)'을 담고자 마련한 시적 장치였다고 설명한다. 따라서 '두어라 …… 흥노라'로 끝맺는 이 작품 역시 명백히 '장시조'임에도 불구하고, 종장 형식으로만 보자면 '귀족적 한일성'을 담고 있는 평시조 작품들과 크게 다르지 않다고 할 수 있을 것이다.

하지만 '장시조'의 향유층인 서민 계급은 '이 사대부의 거북스런 옷을 아주 벗어버리고 그들의 비위에 맞는' 종장 형식을 새롭게 찾아야만 했다. 위의 인용문에서 조사한 사항은 형식과 내용의 불일치를 겪은 '장시조' 작자층이 애써 찾은 그들 나름의 새로운 종장 형식에 대한, 고정옥의 실증적 탐색 작업의 보고서인 셈이다. 그러나 애써 마련한 작업의 결과는 '장시조'만의 것이 아닌, 시조문학 일반의 것과 크게 다르지 않게 나타난 것이다. 아마도 가집 전체의 수록 작품을 대상으로 한 실증적인 작업의 결과를, 이후 '장시조' 작품만으로 적용시킨

---

52 고정옥, 『고장시조선주』, 11면.

듯하다. 고정옥은 사설시조의 형식적 측면에서의 두드러진 특징 중의 하나를 '새로운 종장 문구의 개척'[53]이라고 지적하고 있다. 사설시조의 향유층이었던 서민 계급은 '종래의 종장 형식과 그들이 개척한 새로운 초·중장 형식이 한 작품 속에 들어있음으로 해서 노출된 형식의 불균형에 대한 그들의 자각을 의미하는 것이'[54]란 평가를 내리고 있다.

그래서 찾아낸 '장시조' 특유의 종장 문구의 예를 다음과 같이 제시하였다.

> 맞츰에(맞초아) ……만정 행혀 …런들 ……번 하괘라(하여라). / 오날은 ……시니 ……가 하노라. / 글로사 ……이라(인지) ……일락패락 하여라. / …… …… 하시오(하시소). / …… ……다 하데. / 아마도 …… 대사─로다. / 아마도 …… 값 없은가 하노라. / 우리도 ……노라.
> 이들 중에서도 가장 뚜렷한 자는 '맞츰에(맞초아) ……'와 '글로사 ……'일 것이다.[55]

고정옥이 이처럼 사설시조의 종장 형식에 대하여 지속적인 관심을 표하고 있는 것은, 새롭게 등장한 서민 계급이 기존의 시조 형식을 수용하면서도 그들 나름대로 새로운 내용에 걸맞은 종장 형식을 개척한 것에 더 큰 의의를 부여할 수가 있기 때문이라 하겠다. 이처럼 개별 작품들에 대한 주석이나 감상을 펼치면서도, 그 내용이 시가사 전반으로까지 관심이 확대되어 있는 것을 곳곳에서 확인할 수 있을 것이다.

---

53 고정옥, 『고장시조선주』, 11면.
54 고정옥, 『고장시조선주』, 12면.
55 고정옥, 『고장시조선주』, 12~13면.

고정옥은 형식의 변화는 반드시 내용의 변화를 가져온다고 보고 있으며, 특히 내용상의 변화 중에서도 '구체적인 이야기와 비유를 대담하게 도입했다'는 측면에 대해서는 '장시조'의 문학적 성패를 논할 만큼 중요한 것으로 지적한다.[56] 몇몇 작품의 평가를 들어, 사설시조에 대한 고정옥의 관점을 보다 상세히 살펴보기로 하자.

> 농민의 채신행(採薪行)을 여실히 그린 서사 가사다. … 이 노래는, 순객관적으로 초부(樵夫)의 일일 행정(行程)을 현실 그대로 서술한 것이다. 대단히 건실한 신소재 탐구의 정신을 여기에서 보는 것이다. 그와 동시에 근대적 리얼리즘의 싹을 우리는 여기에서 보는 느낌이 있다.[57]

> 연애 감정의 고뇌를 구체적인 비유로 영발(詠發)한 노래는 이 외에도 여기저기 보이는데, 이러한 구상도 말기 평민 문학에 있어서의 리얼리티의 추구 정신의 한 발로라 할 것이다. 그들은 무어나 눈에 보이는 형체를 그리지 않고는 만족하지 않았고, 또 그렇게 함으로서만 자기네들의 비위에 맞는 표현의 길을 찾은 것이다.[58]

---

56 고정옥은 '장시조'의 형식의 변화에 따른 내용상의 변화로 다음과 같은 특징들을 적시하고 있다. "1. 구체성 내지 형이하적(形而下的)인 성질을 가진 이야기와 비유의 대담한 도입, 2. 강렬한 애정의 표출, 3. 육욕(肉欲)의 기탄없는 영발(詠發), 4. 어희(語戲), 재담(才談), 욕설의 도입, 5. 적나라한 자기 폭로, 6. 비시적(非詩的) 사물의 무사려(無思慮)한 시화(詩化) 기도.", 고정옥, 『고장시조선주』, 10면.

57 고정옥, 『고장시조선주』, 44면. 여기에 해당하는 작품은 다음과 같다. "논밧 가라 기음 미고 뵈잠방이 다임 쳐 신들메고 낫 가라 허리에 츠고 도끠 벼러 두러메고 / 무림산중(茂林山中) 드러가셔 삭짜리 마른 섭흘 뷔거니 버히거니 지게에 질머 집팡이 밧처 노코 시옴을 츠즈 가셔 점심(點心)도슭 부시이고 곰방디롤 툭툭 써러 닙담비 퓌여 물고 코노리 조오다가 / 석양(夕陽)이 지 넘어 갈 졔 엇찌롤 추이즈며 긴 소리 져른 소리 ᄒᆞ며 어이 갈고 ᄒᆞ더라.", (선주11 / 청육*728 / 대전#1079.1).

58 고정옥, 『고장시조선주』, 53면. 여기에 해당하는 작품은 다음과 같다. "창(窓) 너고

전 시대 말기의 평민 문학의 길이 결국 이러한 경지에 떨어지고 만다는 것은 그들을 위하여 애석한 일이나, 그들이 미구(未久)에 당도할 새 시대에 대한 투시력을 갖지 못했고, 또 문학할 교양을 쌓지 못했음을 생각할 때, 양반들이 물려 준 시조 형식을 그것이 자기네들의 생활 감정을 담기에 적당한지 여부를 고려할 여지도 없이, 그것을 그대로 이용하여, 일상생활의 이모저모를 아무런 선택도 없이 되나 개나 글로 써보았던 것에 불과한 결과가, 간혹 이러한 비문학(非文學)을 낳았다는 것은 차라리 당연하다 할 것이다. 이것은 사설시조가 싫어도 거느리지 않을 수 없는 한 천한 일가친척이라 할 것이다.[59]

위의 인용문들에서 대상으로 삼고 있는 작품들은 지금도 사설시조의 가장 전형적인 것들로 평가되고 있다. 특히 한 초부(樵夫)가 산으로 들어가 나무를 하는 모습을 그린 첫 번째 작품을 '서사 가사'라고 지칭하며, 이 작품에서 사설시조의 '신소재 탐구의 정신'을 확인할 수 있다고 주장한다. 더욱이 이를 '근대적 리얼리즘(realism)의 싹'으로까지 평가하는 것에서, 사설시조에 대한 그의 긍정적 인식을 엿볼 수가 있을 것이다. 하지만 그의 다른 저술에서는 이 작품을 '서민 문학에 특유한 인생의

져 창(窓) 니고져 이 닉 가슴에 창(窓) 니고져 / 들장자(障子) 열장자(障子) 고모장자(障子) 세살장자(障子) 암돌적지(乭赤只) 슈톨적지(乭赤只) 쌍 배목(雙排目) 외 걸식를 크나큰 쟝도리로 쑥싹 박아 이 닉 가슴에 창(窓)니고져 / 임(任) 그려 하 답답(畓畓) 홀 제면 여다져나 볼 가 흐노라.", (선주17 / 청육*782 / 대전#4522.1).

59 고정옥, 『고장시조선주』, 82~83면. 여기에 해당하는 작품은 다음과 같다. "일신(一身)이 사쟈 흐니 물 것 계워 못 살리로다 / 피껴又튼 가랑니 보리알갓튼 슈퉁니 잔 벼룩 굴근 벼룩 쮜는 놈 긔는 놈에 비파(琵琶)又튼 빈덕삿기 사령(使令)가튼 등에어이 갈짜귀 스뮈약이 셴 박휘 누른 박휘 바금이 거져리 부리 쑈족흔 모긔 다리 기다흔 모긔 살진 모긔 야윈 모긔 그리마 쑈록이 주야(晝夜)로 뷘 틈 업시 물거니 샐거니 쏫거니 쏘거니 심(甚)한 당(唐)비루에 어려왜라 / 그 중(中)에 참아 못 견딀슬 오뉴월(五六月) 복(伏)더위에 쉬파린가 흐노라.", (선주32 / 청육*888 / 대전#4004.1).

희화화(戲畵化)에 빠진' 것으로 평가하고 있으며, 더욱이 '여기서 또한 주목할 것은 노래에 흐르는 산문 정신이'[60]라고 서술하고 있다. 나아가 이 작품을 통해서 '시 정신에서 산문 정신으로 옮아가는 서민 문학의 양상'[61]을 살필 수 있다고까지 논하고 있다. 결국 '근대적 리얼리즘의 싹'이란 바로 이 작품의 특징이 산문적이라는 것을 염두에 두고 한 지적인 셈이다. 그렇게 본다면 산문 문학의 특징을 논하는 '리얼리즘론'을 사설시조 작품에 적용시키는 것이 과연 옳은가 하는 중요한 문제를 안고 있는 셈이다.[62] 특히 종장 마지막 구의 '~ 하더라'는 초부 자신이 아니라, 작중 인물을 바라보는 제3의 화자에 의해 진술되었음을 분명히 알 수 있다.

또한 화자가 느끼는 '연애 감정을 고뇌를 구체적인 비유로 영발(詠發)한' 두 번째 작품 역시, 고정옥의 관점에서는 '리얼리티(reality)의 추구 정신의 발로'로 높이 평가할 수 있다. 이처럼 추상적인 소재를 구체적인 사물을 들어 표현하는 것을 '눈에 보이는 형체를 그리지 않고는 만족하지 않았고, 또 그렇게 함으로써 자기네들의 비위에 맞는 표현의 길을 찾은 것'으로 인정하게 된다. 고정옥은 '장시조의 이 구체성에의 지향이 오로지 무의미하게 실패로 돌아갔다고는 보지 않'으

---

60 고정옥, 『국어국문학요강』, 113~114면.
61 고정옥, 『국어국문학요강』, 114면.
62 고정옥의 문학 작품에 대한 해석이나 평가의 문제는 별도의 논문을 통해서 보다 정밀하게 따져져야 하리라고 본다. 특히 사설시조 작품을 평가하는 데 있어 '리얼리티'의 문제는 종종 볼 수 있으나, 그것이 '리얼리즘론'과는 분명히 구분되어야 한다. 이 작품에서 '근대적 리얼리즘의 싹'이라 평가한 것에 대해서는 그가 지닌 문학관과의 연관성 속에서 해명되어야 할 것으로 여겨진다. 여기에서는 다만 작품의 분석이나 해석에 대한 고정옥의 관점이 지닌 문제들을 지적하는 것에 그치기로 하겠다.

며, 오히려 '이러한 경향에서, 문학사상 처음으로 시에 있어서의 리얼리티의 문제에 봉착하는 것'[63]이라고 파악했다. 바로 이런 점에서 사설시조가 지닌 문학사적 의미를 찾을 수 있다고 본 것이다.

앞의 두 작품에 대한 평가가 비교적 긍정적이라고 한다면, 세 번째 인용문은 대상 작품에 대한 부정적 평가를 보여주는 사례라고 할 수 있겠다. 실제 작품의 형상화 측면에서 본다면, 세 번째 인용문의 대상 작품이 앞의 두 작품에 비해서 딱히 차이가 나는 점을 발견하기 어렵다. 단지 작품에서 다루고 있는 제재가 앞의 두 작품과는 달리, 고정옥의 관점에서 보자면 '비시적(非詩的) 사물'들의 나열로 이루어졌기 때문이라고 짐작될 따름이다. 우리가 선입견을 거두고 작품을 살펴본다면, 이 작품 역시 다른 작품들과 마찬가지로 '구체적인 이야기와 비유를 대담하게 도입'했다고 논할 수 있다. 오히려 새로운 소재를 찾으려는 작가의 시도를 '참신한' 것을 받아들여질 수도 있을 것이다.

그러나 고정옥은 이러한 시도 자체를 '일상생활의 이모저모를 아무런 선택도 없이 되나 개나 글로 써보았던 것에 불과'하며, 결과적으로 이러한 작품들은 '비문학(非文學)'으로 평가할 수밖에 없다고 주장한다. 여타의 작품에서도 이러한 평가는 적지 않게 발견된다. 예컨대 '문학이 될 수 있는 하층인의 생활의 일 단면을 잘 포착했으나, 그것을 문학화 함에 있어 역량이 모자랐'[64]다거나, '안사돈 사이에 주고받

---

63 고정옥, 『고장시조선주』, 14면.
64 여기에 해당하는 작품은 다음과 같다. "물 우희 사공(沙工) 물 아레 사공(沙工)놈들이 삼·사월(三四月) 전세 대동(田稅大同) 실너 갈 제 / 일 천 석(一千石) 싯는 대중선(大中船)을 자귀 더혀 꿈혀닐 제 삼색 실과(三色實果) 머리 가즌 것 갓쵸와 피리 무고(巫鼓)를 둥둥 치며 오강 성황지신(五江城隍之神)과 남해 용왕지신(南海龍王之神)께 손 고초

은 비속한 대화를 노래처럼 서술한 것인데, 이 역 문학이 되기에는
거리가 있는 야비한 부녀자의 욕지거리의 한 토막'[65]에 불과하다는 등
의 작품 평가가 그것이다. 대체로 부정적 평가가 내려진 작품들은 기
존의 사대부 시조에서는 절대 다루어질 수 없는 제재가 사용되고 있
으며, 작품의 형상화에 있어서도 서민들의 일상 용어가 적나라하게
사용되고 있다는 특징이 있다. 결국 고정옥의 이러한 작품 해석의 관
점 뒤에는 문학에 대한 '교양주의적 태도'가 자리잡고 있었던 때문이
라고 판단된다.

사설시조의 내용적·형식적 특징 중에서 고정옥이 주목하고 있는
것은 또한 민요 혹은 가사의 운율이나, 민요의 소재나 정신을 도입한
작품들이다. 특히 민요에 대한 적극적인 평가와 함께 이의 형식을 도
입한 작품들에 대해서는 예외 없이 긍정적인 평가가 내려진다는 점을
확인할 수 있다.[66] 예를 든다면 한 작품을 '민요적 가사'라고 평가하

와 고사(告祀) 홀 제 전라도(全羅道)−라 경상도(慶尙道)−라 울산(蔚山)바다 나주(羅
州)−바다 칠산(七山)바다 휘도라 안흥(安興)목이라 손돌(孫乭)목 강화(江華)−목 감도
라 들 제 평반(平盤)에 믈 담은 드시 만리 창파(萬里滄波)에 가는 듯 도라오게 고스리
고스리 소망(所望) 일게 흐오소셔 / 어어라 져어라 이어라 빗즈여라 지국총(地菊叢)
나무아미타불(南無阿彌陀佛).", (선주6 / 청육*655 / 대전#1749.1).
65 여기에 해당하는 작품은 다음과 같다. "직 넘어 막덕(莫德)의 어마네 막덕(莫德)이
쟈랑 마라 / 밤 중(中)만 품에 드러 돌계잠 쟈고 니 갈고 코 고으고 방기(放氣) 쒸고
오좀 쁜다 춤아 모진 니 못기도 하 즈즐ㅎ고나 어셔 다려 니거라 막덕(莫德)의 어마
/ 막덕(莫德)의 어미 대답(對答)ㅎ되 이 나의 아기딸이 비 앏피고 고름증과 잇다감
제증 외(外)에 연의 잡병(雜病)은 처녀(處女)적부터 업셰라.", (선주34 / 청육*890
/ 대전#4221.1).
66 이러한 태도는 그가 사설시조의 문학사적 평가를 내리고 있는 다음의 기록을 통해서
도 쉽게 확인할 수 있다. "이로써, 장시조의 형식과 내용에 걸쳐 그 현저한 조건을
들어서 검토해 왔거니와, 요컨댄 장시조란 서민 계급이 양반 계급의 율문 문학을 상
속받아, 그것을 자기네들의 문학으로 만들려고 발버둥친 고민의 문학이며, 실패의

고, '수박·참외·호박 – 이런 누구에게나 친압(親押)한 식물에 비겼음에도 불구하고 조금도 부엌 냄새가 풍기지 않고 훌륭히 문학이 된 이 작품은, 가사와 민요가 혼연히 융합한 전대 말기 가요의 일품(逸品)의 하나임에 틀림'[67]이 없다는 해석이 그것이다. 물론 그 작품이 형상화의 측면에서 비교적 잘된 작품임에는 분명하나, 이 작품이 어떤 측면에서 민요나 가사와 연결될 수 있는지는 분명히 설명하지는 않는다. 단지 작품의 제재나 다루고 있는 소재가 민요의 그것과 유사하다는 측면에서 이런 평가가 내려진 듯하다.

　이처럼 고정옥은 각각의 작품에 대한 상세한 해석을 덧붙이고 있는데, 이러한 서술을 통하여 '장시조'에 그의 이론이 반영되어 있다고 파악할 수 있다. 물론 작품 해석에 있어서 다소 인상적으로 흐른 면이 종종 발견되기도 하지만, 대체로 작품의 내용과 표현의 측면에 주목해서 탐색한 결과가 그의 저서 곳곳에 '장시조론'의 형태로 구현되어 있다고 해석된다. 결론적으로 작품을 통한 치밀한 실증적 작업의 바탕 위에서, 문학적 감식안과 문학에 대한 이론적 안목이 적절히 어우러져 완성된 것이 바로 『고장시조선주』라고 할 수 있겠다.

　마지막으로 『고장시조선주』의 체제에서, '편저자의 주관으로 분장 또는 분단'하여 재정리한 '본문2'이 항목을 간략하게 살펴보기로 하자.

　문학이다. 그러나 우리는 문학사적으로 이를 중요시하지 않으면 안되는 동시에, 그 가운데에서 주옥같은 몇 편의 노래를 발견하는 기쁨을 또한 갖는 것이다. 그것은 주로 민요적인 내방가사의 성격을 띤 노래들이다.", 고정옥, 『고장시조선주』, 15면.

67　여기에 해당하는 작품은 다음과 같다. "슈박 것치 두렷한 님아 추뮈 것튼 단 말슴 마소 / 가지가지 흣시는 말이 말마듸 윈말이로다 / 구시월(九十月) 쩨동아 것치 속 성컨 말 마르시소.", (선주25 / 청육*863 / 대전#2788.1)

일단 대부분의 작품들은 시조의 3장 형식에 맞추어 수록하는 경우가 일반적이다. 하지만 몇몇 작품의 경우 대화로 여겨지는 것은 대화체로, 민요나 가사로 파악하는 작품은 해당 시가의 형식으로 재배열하고 있다. 이러한 작품 배열의 특징을 살펴봄으로써, 고정옥이 파악하고 있었던 사설시조에 대한 인식의 일단을 확인할 수 있기 때문이다.

(장사) 「댁들에 동난지들 사오.」
(주인) 「네 황우 긔 무엇이라 외나니, 사자.」
(장사) 「외골 내육에 양목은 향천하고, 대아리 이족으로 능착 능방하며, 소아리 팔족으로 전행 후행 하다가 청장 흑장 아스삭하난 동난지들 사오.」
(주인) 「장사야 하 거북히 외지 말고 『궤젓 사소』 하야라.」[68]

어이려뇨 어이려뇨,
이랄 어이려뇨.
시어머니 소대남진
밥 담다가 놋주걱 잘를
부르질러꾀야.
이랄 어이려뇨.
시어머니 「저 악아 하 걱정말아.
우리도 졈어서

---

68 이 작품의 원문은 다음과 같다. "댁(宅)드레 동난지들 스오 뎌 장사(匠事)-야 네 황우 긔 무어시라 웨느니 스즈 / 외골 내육(外骨內肉)에 양목(兩目)은 향천(向天)ᄒ고 대(大)아리 이족(二足)으로 능착 능방(能捉能放)하며 소(小)아리 팔족(八足)으로 전행 후행(前行後行)하다가 청장 흑장(靑醬黑醬) 아스삭 ᄒᄂᆫ 동난지들 사오 / 장사(匠事)야 하 거북이 웨지 말고 궤젓 사쇼 하야라.", (선주9 / 청육*714 / 대전#1328.1)

　　많이 걱어 보았노라.」[69]

　　첫 번째는 이른바 「댁들에 노래」의 한 작품이다. 고정옥은 조선 후기 가집들에 이와 유사한 형식의 노래가 다수 존재하는 것에 주목하여, 이를 '장사꾼과 주인의 문답에 착안하여' 만들어진 문답체 작품으로 파악하고 있다. 비록 이러한 형식의 '「댁드레 노래」는 문학으로서 훌륭히 결실하지 못한 채 희시(戱詩)로 타락하고 말았'지만, '그 양식이 종래의 모든 율문 문학 양식을 완전히 무시하고 출발한 데 평민 작가의 대담한 문학 혁신 정신'[70]이 있다고 보았다. '장시조'에서 이러한 대화체의 도입은 고정옥이 그 형식적 특징 중에 가장 두드러진 측면으로 지적했던 사항이다. 우리가 위의 인용문만을 두고 본다면, 결코 시가라고 생각할 수 없을 정도이다. 그러나 고정옥은 사설시조의 다양한 형식적 실험의 사례를 드러내기 위하여 굳이 이러한 방식으로 작품을 재구성하였다. 각각의 대화에 인용부호를 붙이고, 해당 대화의 주체를 괄호 안에 표기하는 등 상당히 파격적인 형식을 취하고 있다. 『고장시조선주』에 수록된 50수 중 이렇게 대화체로 재구성한 작품은 모두 9수나 되는데, 이러한 수치에서 확인할 수 있듯이 사설시조에서 대화체의 도입은 매우 중요한 비중을 차지하고 있었던 셈이다.

　　두 번째 작품은 '시조와 가사와 민요의 제 요소가 혼연히 섞인 전형적인 작품'이라고 논하고 있다. 시조와 민요적인 요소를 지적하고, 그

69　이 작품의 원문은 다음과 같다. "어이려뇨 어이려뇨 이롤 어이려뇨 싀어머니 / 소뎌 남딘 밥 담다가 놋쥬걱 잠늘 부르질너뫼야 이롤 어이려뇨 싀어머니 / 져 아가 ᄒ 걱졍 마라 우리도 졈어서 만이 것거 보앗노라.", (선주18 / 청육*813 / 대전#3233.1)
70　고정옥, 『고장시조선주』, 41면.

럼에도 '이 작품이 결정적 성격은 가사 – 특히 내방가사적인데 있다'
고 단언한다. 또한 '이 노래에 있어서는 이조 말엽 평민 문학이 가진
도덕적 혼란을 반영한 노래의 하나란 점에 있어, 민요적 요소가 많음
에도 불구하고 보다 더 말기 시조에 가까운 것이 되고 말았다'[71]라고
평가하고 있다. 『고장시조선주』에는 '민요' 혹은 '민요적 가사'라고 평
가되는 작품들이 모두 4수가 수록되어 있는데, 이 부류의 작품들은
사설시조가 어떻게 민요와 교섭하여 새로운 내용을 담아내고 있는지
를 잘 보여주고 있다고 하겠다.

이상 고정옥의 『고장시조선주』를 통하여 사설시조에 대한 인식과
구체적인 작품 분석의 일단을 살펴보았다. 고정옥은 대상으로 삼고
있는 '장시조' 작품들과 그 갈래에 대해서 비교적 긍정적 평가가 내려
지고 있음을 확인할 수 있었다. 물론 여기에서 거론되지 못한 개별
작품들까지 논의를 확장한다면, 고정옥의 문학관에 대해서 보다 풍부
한 해석을 내릴 수 있을 것이다. 작품을 평가하는 문학적 식견은 그의
여타 저서들에서도 쉽게 발견할 수 있는데, 지속적인 관심을 가지고
그가 지니고 있었던 문학관에 대해 검토해 보기로 하겠다.

4. 맺음말

어떠한 연구 성과라도 그것이 연구자들의 관심 밖에 놓여있을 때,
그것이 지니는 연구사적 가치는 분명하게 드러나지 않을 것이다. 특

---

71 고정옥, 『고장시조선주』, 55~56면.

히 분단이라는 비극적 현대사를 지니고 살아야 하는 우리 민족에게 있어서, 해당 연구자가 서 있는 위치가 어디인가에 따라 그동안 한쪽의 문학사에서 선택되거나 배제되는 경우가 엄연히 존재하고 있었다. 이 글에서 다루었던 국문학 연구자인 고정옥의 경우가 여기에 해당된다. 1980년대 후반부터 납·월북 작가들에 대한 해금이 단행되면서, 그동안 제대로 다루지 못했던 작가나 연구자들이 비로소 학문적 탐구의 대상이 되었다. 하지만 오랜 기간의 연구사적 공백은 고정옥의 국문학 연구에 대해 정당한 평가를 내리는데 적지 않은 어려움을 안겨주고 있다.

무엇보다도 고정옥이 남긴 연구 성과들을 접하는 것이 쉽지 않았기 때문이다. 해당 자료에 대한 접근이 쉽지 않다는 것은, 연구자들에게 그것을 연구하고자 하는 의욕을 저하시키는 요인이 될 수밖에 없다. 더욱이 우리가 살펴본 고정옥의 연구 성과는 당대의 국문학 연구사를 조망하는데 반드시 거쳐야 할 정도로 중요한 것들이었다. 민요를 중심으로 한 구비문학에 대한 관심과 문학사에 대한 체계적인 인식은 지금 따져보아도 매우 중요한 성과임이 분명하다. 고정옥은 어느 문학 갈래를 연구의 대상으로 하더라도, 큰 틀에서 여타 갈래와의 연관성을 고려하면서 문학사의 지형을 그려나갔다. 그렇기에 이제라도 그의 연구 성과들을 보다 체계적으로 검토하여, 실제적인 학문적 성과에 걸맞은 대우를 해 주어야 마땅하다고 생각한다.

이 글은 이러한 관점에 기반하여, 월북 이전 저서들을 중심으로 그의 시조문학에 대한 인식을 점검하고, 조선 후기 사설시조를 집중적으로 다룬 그의 저서『고장시조선주』의 성격과 특징을 살펴본 것이다. 사설시조에 대한 이론적 고찰과 함께 작품 분석을 시도한『고장시조선주』

는 그의 문학관을 살피는데 있어 매우 중요한 자료임이 분명하다. 고정옥은 '장시조'의 연원을 살피면서, 삼국시대의 향가로부터 당대의 민요까지 폭넓게 고려하는 자세를 보여주고 있다. 단순히 특정 시기에 등장한 문학 갈래가 아닌, 여타 갈래와의 문학사적 교섭을 통하여 탄생한 것임을 끊임없이 강조하고 있다. 따라서 그의 논의를 따라가다 보면, 어느 갈래를 대상으로 하고 있더라도 문학사 전반에 대한 고정옥의 인식들과 맞닥뜨리게 된다.

여전히 고정옥에 대한 연구사적 탐색이 더 필요하다는 것이 연구자로서의 솔직한 생각이다. 물론 여기에서는 그의 저작들에 대해 개략적으로 살피고 사설시조에 대한 전반적인 성과를 검토하는데 그쳤지만, 고정옥과 그의 학문적 성과에 대한 지속적인 관심을 기울여 또 다른 연구 성과물을 제출할 것이다. 이 글을 통해서 고정옥이 지닌 고전시가에 대한 전반적인 인식을 확인하고, 문학사를 파악하는 그의 관점의 일단을 파악할 수 있었으면 한다.

『고전문학연구』 제27집(한국고전문학회, 2005)에 수록된 논문을 일부 수정하였음.

고정옥의 국문학 갈래 인식과 민요론

1. 머리말

일제 강점기로부터 해방이 된 이후, 대학들이 새롭게 체제를 갖춰 나가면서 비로소 국어국문학 연구가 본격적으로 이뤄지게 되었다. 해방 이전부터 민족주의적 시각으로 국어국문학을 연구했던 국학자들의 연구 성과도 그 의미가 적지 않지만, 그 진행 과정이나 결과물들이 긴밀하고 체계적으로 공유되기는 쉽지 않았던 것이 현실이다.[1] 다른 한편으로 1926년 예과를 개설하면서 설립된 경성제국대학[2]의 '조선문학' 전공을 통해 '조선문학'에 대한 연구가 진행되었는데, 그것은 일본의 제국주의적 시각과 필요에 의해 이뤄졌다는 것을 부인할 수 없

---

[1] 일제 강점기 '국학파'들의 연구 활동과 그 성과에 대해서는 정출헌, 「국학파의 '조선학' 논리 구성과 그 변모 양상」(『열상고전연구』 제2집, 열상고전연구회, 2008)을 참고할 것.

[2] 당시 조선의 학제는 일본의 그것과 달랐기 때문에 경성제대에 진학하기 위해서는 2년의 예과 과정을 수료해야만 했다. 경성제대의 예과에 합격하면 별도의 입시를 거치지 않고 학부에 진학할 수 있는 자격이 주어졌기에, 예과 합격이 곧 경성제대에 합격한 것으로 여겨졌다. 정근식 외, 『식민권력과 근대지식: 경성제국대학 연구』, 서울대학교 출판부, 2011, 467면.

다.[3] 경성제대의 교과 과정은 교과목들이 명확하게 규정된 것이 아니라, 각각의 강좌를 담당했던 교수의 관심에 따라 임의적으로 강의의 개설과 수업이 진행되었다고 한다.[4]

따라서 교수가 개설한 교과목을 중심으로 학습과 연구가 진행될 수밖에 없었기에, 당시 경성제대에서의 '조선문학'에 대한 체계적인 연구는 쉽지 않았다. 따라서 일본인 교수들의 지도 아래에서 이뤄졌던 연구 활동에는 어느 정도의 한계가 있을 수밖에 없었다. 하지만 조선문학을 전공했던 학생들에 의해, 조선인으로서의 정체성을 획득하기 위한 노력이 진행되었던 것도 사실이다. 경성제대에서 조선문학을 전공했던 고정옥(高晶玉)은 민요를 주제로 한 졸업논문을 제출했으며, 해방 이후 서울대학교 국어교육과의 교수로 재직하면서 국문학 전반에 걸친 해박한 지식을 바탕으로 민요와 고전시가 분야를 중심으로 다양한 연구 성과를 제출하였다. 특히 국문학의 전개 과정을 체계적으로 정리한 그의 시도는 서구의 문예이론을 '우리 문학사의 구체적 실상에 창조적

---

3 경성제대의 조선문학 담당 교수로 처음 부임했던 다카하시 토오루(高橋亨)와 오쿠라 신페이(小倉進平)는 모두 임용되기 이전에 조선총독부의 관료를 역임했으며, 이밖에도 총독부와 밀접한 관계가 있었던 인물들이 교수로 임용된 사례가 다수 확인된다. 이들의 교수 임용은 총독부의 정책을 효율적으로 펼치기 위한 방편으로 파악되고 있다.(정근식 외, 『식민권력과 근대지식』, 325~332면 참조.)

4 김형규는 경성제대의 교과 과정과 수업에 대해 다음과 같이 기억하고 있다. "더구나 그 당시는 오늘과 같이 조직적이요 체계적인 카류크램이 있는 것도 아니요, 교수가 자기 뜻대로 강의 제목을 내놓고 강의를 하였으니, 그들에게서 배운 것은 연구하는 방법론이나 있었지 실속은 우리가 스스로 개척할 수밖에 없었다."(김형규, 「'우리어문학회' 그리고 개정된 '한글 맞춤법'에 대하여」, 『국어학』 21, 국어학회, 1991, 5면). 경성제대를 비롯한 일본의 제국대학은 공식적인 칙령으로 학부와 강좌만을 규정하고, 학과 및 전공은 대학 내부의 학칙으로 규정되어 있었다. 따라서 교수들은 칙령에 의해 공식적으로 보장받은 강좌의 전임으로서, 교과목의 개설과 수업의 진행에 대해서 전권을 행사할 수 있었다. 정근식 외, 위의 책, 309~314면.

으로 적용한 것으로서 총체적 시야가 돋보인다고 평가'하기도 한다.[5]

고정옥은 경성제대 출신 연구자들과 함께 '우리어문학회'를 조직하여 활동하였는데, 학회의 구성원들은 대학에서의 교육과 국문학의 체계를 세우기 위한 연구를 당시의 시급한 과제로 여겼다.[6] 그리하여 학회 구성원의 공동 집필로『국문학사』와『국문학개론』을 출간했으며, 학회의 기관지인『어문』을 통해 연구의 결과물과 국문학 관련 자료들을 소개하는 등 연구 활동을 활발하게 전개하였다. 한국전쟁(1950)의 와중에 구성원들의 진로가 남과 북으로 갈리면서 학회 활동을 계속 이어가지는 못했지만, 그들이 남긴 학문적 성과는 연구사적으로도 무시할 수 없는 의미를 지니고 있다 할 것이다.[7] 이 당시 고정옥의 연구 작업도 우리어문학회와의 긴밀한 연계를 가지고 진행되었다.

고정옥의 연구에 대한 학문적 평가는 민요 분야를 제외하면,[8] 아직

---

5 임형택, 「한국문학사의 서술 방향과 체계」, 『한국문학사 어떻게 쓸 것인가』, 한길사, 2001, 36면.

6 우리어문학회는 당시 서울대학교 문리대 국문과 교수였던 방종현과 서울대학교 사대 국어교육과 교수였던 정학모·고정옥·정형용·손낙범, 그리고 고려대학교 국문과 교수였던 구자균과 김형규 등 7명이 조직한 '동인 모임과 같은 성격'을 지닌 연구 단체이다. 이들은 대학 강의에 필요한 교재로서『국문학사』(수로사, 1948)와『국문학개론』(일성당서점, 1949)을 공동 집필하여 출간했고, 학회의 기관지인『어문』을 통권 3호까지 엮어내기도 했다.

7 우리어문학회의 활동과 연구 성과 등에 대해서는 다음의 논문들에서 상세히 다루고 있다. 김용찬, 「'우리어문학회'의 활동 양상과『국문학사』」, 『남도문화연구』 26, 순천대학교 남도문화연구소, 2014.(이 책에 재수록되었음); 김용찬, 「우리어문학회의 구성원과 학술 활동-기관지『어문』을 중심으로」, 『민족문학사연구』 통권59호, 민족문학사학회, 2015(이 책에 재수록되었음) 등.

8 민요 연구자로서의 고정옥의 연구 성과에 대해서는 다음의 논문들을 참고할 것. 김헌선, 「고정옥의 구비문학 연구」, 『구비문학연구』 2, 한국구비문학회, 1995.; 강등학, 「고정옥의 민요 연구에 대한 검토」; 임경화, 「식민지기 '조선문학' 제도화를 둘러싼 접촉지대로서의 '민요' 연구-고정옥의 졸업논문을 통해 본 경성제대 강좌의 성격」,

까지 충분히 이뤄지지 못했다고 할 수 있다. 그의 생애를 비롯하여 학술적 성과와 그 의미에 대해서는 선행 연구들에 의해 어느 정도 밝혀진 바 있다.[9] 그의 연구 성과들을 일별해 보면 국문학 전반에 대한 체계를 세우려는 의도가 뚜렷이 드러나고 있다. 이러한 면모에 대해서는 '민요에서 출발하여 국문학의 전 영역에까지 뻗친 그의 연구 작업은 장르의 본질에 대한 이론적 안목과 그 형성·변천 과정에 대한 역사적 통찰력, 작품의 문학성을 섬세하게 가려내는 감식안 등에 힘입어 거의 예외 없이 당대 최고의 수준에 이르고 있다'[10]는 평가가 내려지기도 했다.

이 시점에서 민요와 고전시가 뿐만 아니라 국문학의 전 영역으로 확장해 논의를 전개했던, 고정옥의 연구 성과들을 검토하여 그 의미를 점검하는 것이 요구된다고 하겠다. 그는 고전시가 갈래들을 국문학의 주류적인 흐름으로 간주했으며, 문학사의 전개 과정을 논하면서 국문학 전반에 대한 이론화를 시도하기도 했다. 당시의 일반적인 경향과는 달리, 민요를 비롯한 구비문학을 문학사의 흐름에 중요한 요

『동방학지』 177, 연세대학교 국학연구원, 2016.; 김영희, 「고정옥의 〈조선민요연구〉: 탈식민적 전환의 모색과 언어-경성제국대학 학부 졸업논문(1938년)과 수선사 발간본(1949년)의 비교」, 『온지논총』 49, 온지학회, 2016. 등.

9 민요 분야에 대한 평가를 제외하고, 고정옥의 생애와 학술적 성과를 다룬 논문들은 다음과 같다. 신동흔, 「고정옥의 삶과 학문 세계(상)」, 『민족문학사연구』 통권7호, 민족문학사연구소, 1995.; 신동흔, 「고정옥의 삶과 학문 세계(하)」, 『민족문학사연구』 통권8호, 민족문학사연구소, 1995.; 김용찬, 「고정옥의 '장시조론'과 작품 해석의 한 방향-『고장시조선주』를 중심으로」, 『시조학논총』 22, 한국시조학회, 2005.(이 책에 재수록되었음); 김용찬, 「고정옥의 시조관과 『고장시조선주』」, 『고전문학연구』 27, 한국고전문학회, 2005.(이 책에 재수록되었음); 「고정옥의 생애와 월북 이전의 저술 활동」, 『한민족어문학』 46, 한민족어문학회, 2005(이 책에 재수록되었음) 등.

10 신동흔, 「고정옥의 삶과 학문 세계(상)」, 271면.

소로 인식했던 점도 주목할 필요가 있다. 이러한 그의 가설은 '오늘날의 시각에서 보면 당연한 관점일지 모르나, 아직 구비문학에 대한 인식이 일천했던 당대의 학문적 풍토에서는 가히 획기적인 것'[11]이라 평가할 수 있을 것이다. 여기에서는 먼저 선행 연구들을 참고하여, 한국전쟁 이전에 제출된 연구 성과들을 중심으로 고정옥이 국문학을 어떻게 분류하고 있는지 살펴보고자 한다. 이를 통해 문학사에 대한 총체적인 관점에서 개별 갈래[12]들의 존재 양상과 상호 영향 관계들에 대한 고정옥의 관점이 부각될 수 있을 것이라 여겨진다. 아울러 그의 주된 관심사이자 학문적 출발점이라고 할 수 있는 '민요론'의 성격과 그 의미에 대해서도 검토해 보기로 하겠다.

2. 고정옥의 국문학 갈래 인식과 그 의미

고정옥은 국문학 갈래들의 상호 연관을 고려하여 문학사의 전개 과정을 논하면서, 민요를 비롯한 구비문학의 중요성을 강조하였다. 이러한 관점은 우리어문학회의 『국문학개론』의 내용 중 그가 집필했던 「국문학의 형태」라는 글에서, 국문학의 갈래와 그 특징을 도표로 정리한

---

11 신동흔, 「고정옥의 삶과 학문 세계(상)」, 297면.
12 갈래는 '작가·작품·독자를 매개하면서 인간 경험의 예술적 형상화를 인도하는 여러 층위의 관습들이 일정한 연관을 갖추고 다수의 작품에 공통적으로 나타나는 것'을 구분하기 위해서 설정한 개념이다. (김흥규, 『한국문학의 이해』, 민음사, 1986, 30면) 일반적으로 '장르(genre)'라는 용어로 지칭되고 있으며, 고정옥은 서구의 장르 이론을 차용하면서 이를 '형태'라는 용어를 대치하고 있다. 그러나 이 글에서는 교육 현장에서 일반적으로 통용되는 '갈래'라는 용어로 통일시켜 사용하기로 하겠다.

'국문학 형태 발전표'에 명확하게 나타나고 있다.[13] 본고는 그가 가설로 제시했던 '국문학 형태 발전표'를 중심으로, 고정옥의 국문학에 대한 관점과 갈래 인식을 살펴보기로 한다.[14] 이를 통해 국문학사를 바라보는 관점과 개별 문학 갈래들의 교섭 양상들을 어떻게 인식하고 있는지를 파악할 수 있을 것이다. 나아가 그의 이론적 체계가 지닌 의미와 한계 등에 대해서도 명확히 살펴볼 수 있을 것이라 기대된다.

이 표에서는 향가와 고려가요 등 국문학에서 주류적 위치를 점하고 있는 기록문학 갈래들을 '국문학 Ⅰ'로, 민요·설화·연극(가면극과 인형극) 등 구비문학을 지칭하는 갈래들을 '국문학 Ⅱ'로 구분하여 '국문학의 범주'를 논하고 있다. 또한 국문학에 영향을 주었던 '중국문학'과 '서구문학'을 설정하여, '외래문학'과 '구비문학'이 주류 갈래였던 기록문학에 어떻게 영향을 끼쳤는가를 제시하고 있다. 이러한 가설은 문학사의 흐름을 '진화론적 발전 논리'에 치우쳐 논하고 있다는 점이 한계로 파악되지만, 당시의 국문학 연구 수준을 고려하여 '고금

---

13 우리어문학회, 『국문학개론』, 35면과 36면 사이에 첨부된 별지. 고정옥이 집필한 「국문학의 형태」는 이 책의 총론에 해당한다고 할 수 있는데, 이 글에서 국문학의 범주와 갈래들의 전개 양상을 포함한 문학사의 구도에 대한 가설을 제시하고 있다. 특히 말미에 첨부된 '국문학 형태 발전표'를 통해 문학사에 존재했던 각 갈래들의 영향 관계를 포함한 문학사의 흐름을 일목요연하게 정리하였다.

14 당시 고정옥은 문학사의 흐름을 염두에 두고, 국문학에 대해 폭넓은 관심을 보이고 있다. 그가 제출했던 연구들에서는 구체적인 작품의 해석과 자료적 상황에 대한 적지 않은 오류가 나타나고 있다. 이러한 오류는 고정옥 개인의 문제라기보다, 각종 문헌과 작품들에 대한 수집이 충분치 못했던 당시 국문학계의 열악한 자료적 상황과 그로 인해 국문학 연구 수준이 전반적으로 미비했던 점을 고려할 필요가 있다. 따라서 본고에서는 구체적인 연구 성과에서 드러나는 오류들을 구체적으로 지적하기보다, 고정옥의 국문학에 대한 포괄적인 관점과 갈래 인식 등에 초점을 맞추어 논의를 진행하기로 한다.

과 내외를 종합적으로 고려하면서 우리 문학의 양식사적 변화·발전을 체계화시킨 결산표'로서의 의의를 지닌다고 평가되기도 한다.[15]

한문학을 배제하고 국문 문학만을 위주로 펼쳐낸 그의 가설에서, 특히 훈민정음 창제(1446) 이전의 국문학사는 그 자료적 상황이 매우 빈약할 수밖에 없다. 국문소설이 등장하기 이전에는 오로지 시가문학만이 문학사의 영역을 채우고 있으며, 대부분의 기록문학은 한문을 향유했던 지배권력층의 산물이기에 중국문학에 의해서 직·간접적으로 영향을 받았다고 보았다. 국문학사의 흐름에서 조선 후기에 '서민계급'의 영향력이 확대되었다고 보고 있으며, 이 시기에 창작·향유됐던 사설시조(장시조)와 판소리(창극) 등의 갈래[16]들은 중국문학의 영향력에서 벗어나고 있다고 판단하고 있다. 또한 판소리(창극)를 제외하고, 시가와 소설을 포함하여 조선 후기까지의 거의 모든 문학 갈래들은 민요와의 교섭 속에서 형성되었다고 이해하는 것도 특징이라 하겠다. 반면에 근대 이후의 문학에서는 거의 모든 갈래에서 서구문학으로부터 영향을 받은 것으로 논하고 있다.

고정옥은 국문학의 특정 분야에 초점을 맞추어 연구를 진행하면서도, 항상 국문학사의 전체적인 흐름과 구도를 염두에 두고 있었다.

---

15 임형택, 「한국문학사의 서술 방향과 체계」, 36~38면.

16 고정옥은 사설시조를 '장시조(長時調)'로, 판소리를 '창극(唱劇)'으로 명명하고 있다. 하지만 '창극'은 '1인창으로 불리던 판소리가 다수 창자들의 배역 분담과 행동적 실연(實演)에 의해 무대에 올려지면서 판소리와는 별도의 예술로 파생된 창악(唱樂) 연극'으로 규정되고 있다.(김흥규, 『한국문학의 이해』, 105면) 고정옥은 이를 '현대극(現代劇)'의 앞선 단계의 연극이라는 의미로 '구극(舊劇)'이라고 명명하였다. 따라서 이 글에서는 현재 사용되고 있는 일반적인 갈래 명칭을 제시하고, 필요할 경우 괄호 안에 고정옥이 규정한 갈래명을 병기하도록 하겠다.

예컨대 민요를 다룬 그의 졸업논문에서 「조선민요에서의 민요의 위치」라는 항목으로 '조선문학의 범주'를 제시하고 있는데, 국문학의 갈래들을 나열하면서 민요를 그 가운데 하나로 분류하고 있다.[17] 졸업논문에 수록된 〈조선문학 분류표〉에 의하면, 고정옥은 '조선문학'의 범주를 크게 한문학과 국문문학으로 구분하고, 이를 다시 시가와 산문으로 나누어 하위 갈래들을 열거하고 있다.[18] 이 가운데 '국문 문학'의 하위 분류에는 신화·전설·야담 등이 포함된 '민담'이나 가면극·인형극 등이 포함된 '희곡', 그리고 '민요'와 같은 구비문학 갈래들을 포괄하여 다루고 있다는 것이 특징이다. 국문학의 범주에 대한 고정옥의 관점은 해방 이후에는 크게 달라지는데, 가장 큰 변화는 한문학을 국문학의 범주에서 배제하고 구비문학 갈래들을 '국문학 Ⅱ'라는 별도의 범주로 설정하고 있다는 점이다.

---

17 일문으로 작성된 고정옥의 졸업논문을 직접 확인하지 못했기에, 이 글에서는 임경화의 선행 연구에서 제시된 '조선문학 분류표'를 참고로 하여 논의를 전개하기로 한다. 임경화, 「식민지기 '조선문학' 제도화를 둘러싼 접촉지대로서의 '민요' 연구」, 51면. 아울러 단행본으로 출간된 『조선민요연구』에서는 국문학의 범주를 전제한 민요의 위치를 논한 졸업논문의 해당 항목은 포함되지 않았다. 아마도 우리어문학회 구성원들에 의해 출간된 『국문학사』에서 그 내용이 충분히 다뤄졌기 때문이라 파악된다.

18 고정옥의 졸업논문에서는 조선문학의 범주를 크게 한문학을 뜻하는 '지나사상 및 지나문자의 조선문학'과 국문문학을 뜻하는 '조선사상 및 조선문자의 조선문학'으로 분류하고 있다. 또한 한문학과 국문문학을 다시 '산문'과 '시(가)'로 나누었는데, 한문학의 하위 분류는 다음과 같다. 1. 산문: ①의론, ②서발(序跋), ③주소(奏疏), ④서장(書狀), ⑤기사. 2. 시: ①명잠(銘箴), ②사부(詞賦), ③송찬(頌讚). 이와 함께 국문문학의 산문과 시가에 포함된 갈래들은 다음과 같다. 1. 산문: ①고대소설, ②민담─신화, 전설, 우화, 야담, 미언(謎言), ③수필, ④평론, ⑤희곡─가면극, 인형극, 창극, 현대극, ⑥현대소설. 2. 시가: ①향가, ②시조, ③가사─경기체가 등의 중간 형식, 창작 가사, 구전 가사, 속가, ④민요─극적 민요, 가사적 민요, 순수 민요(서정민요, 서사민요), 동요, 유행가, 무가, ⑤신시 등.

고정옥을 포함한 우리어문학회의 구성원들은 『국문학사』를 집필하기 위해서 2차례의 발표와 토론을 통해, 국문학의 범위와 문학사의 시기 구분에 관한 합의를 도출하였다.[19] 이에 따라 '국어로 표현된다는 것은 국문학에 있어서 필수의 조건'이며, 우리나라 사람들이 지은 작품이라고 해도 '한문학이나 한시는 국문학이라고 말할 수 없'다는 원칙을 정하였던 것이다.[20] 한문학을 배제하고 '국문 문학=국문학'이라고 규정했던 것은 비단 우리어문학회 구성원들뿐만 아니라, 이른바 '해방공간'에서 활동했던 연구자들에게 지배적인 견해로 받아들여졌다고 한다.[21] 고정옥은 이러한 관점에 입각해서 국문학의 범주를 설정하고, 각 갈래들의 특징과 문학사의 흐름을 연관시켜 논하고 있다.

고정옥은 국문학의 하위 갈래(장르)를 '형태'라는 용어로 지칭했는데, '형태는 장르란 말로 대치되어도 좋으나, 장르는 형태보다는 더 넓은 말'[22]이라고 규정하였다. '장르(갈래)'와 '형태'의 차이를 설명하기 위해 장르에 관한 서구의 문예이론을 소개하고, 국문학의 갈래들을 포괄하기 위해서는 서구의 이론에서 도출된 '장르'와는 구별되는 '형태'라는 용어를 사용할 수밖에 없음을 밝히고 있다.[23] 또한 '국문학 형

---

19 우리어문학회의 『국문학사』 편찬 과정에 대해서는 김용찬, 「'우리어문학회'의 활동 양상과 『국문학사』」(이 책에 재수록되었음)를 참조할 것.

20 김형규, 「국어학과 국문학」, 『국문학개론』, 46면.

21 김동식, 「한국문학 개념 규정의 역사적 변천에 관하여」, 『한국현대문학연구』 30, 한국 현대문학회, 2010, 37~41면. 이러한 견해는 당시의 시대적 분위기와 무관하다 할 수 없는데, 해방이 되던 해인 1946년에 한글 반포 5백주년을 기념하는 한글날이 최초로 지정되었던 것도 주목할 필요가 있다. 이와 함께 일제 강점기로부터 해방되어 한글을 되찾았다는 의미를 강조하면서, 한문을 배제하고 한글을 우선시하는 관점이 당시의 연구자들에게 지배적인 견해로 채택되었다고 한다.

22 고정옥, 「국문학의 형태」, 『국문학개론』, 5면.

태 발전표'는 '발전'이라는 관점에서 국문학의 주요 갈래들의 상호 영
향 관계를 파악하고 있는데, 이는 '진화론적 사유'에 입각한 것이라고
해석할 수 있다.[24] 즉 그는 국문학사를 서로 다른 갈래와의 교섭을 통
해서 시간이 지남에 따라 지속적으로 '발전'하는 것으로 파악하고 있
었다.

　이상의 논의를 통해서 알 수 있듯이, 고정옥이 국문학사를 바라보
는 관점은 다음의 두 가지를 전제로 한 것이라 이해할 수 있다. 한글
로 이뤄진 작품들만을 국문학이라 보는 관점이 그 하나이고, 문학사
의 흐름은 하위 갈래들의 상호 연관을 통해서 발전한다는 진화론적
사유가 나머지 하나이다. 그러나 한글로 향유되었던 작품들만을 우선
적으로 고려하고 있지만, 실제 문학사의 흐름을 서술하는 내용은 한
문으로 기록된 각종 문헌들이 참고자료로 활용되고 있다. 예컨대 고
정옥이 '국문학 최고(最古)의 형태'[25]라고 했던 향가(鄕歌)는 한문으로
기록된『삼국유사』와『균여전』등에 포함된 작품을 대상으로 하고 있
다.[26] 이처럼 한국문학의 범주에서 개별적인 한문학 작품들은 논의에
서 제외되지만, 문학사의 흐름을 논하기 위해서는 한문으로 기록된
문헌을 참고할 수밖에 없는 이율배반적인 상황이 발생하게 된다.[27] 또

23　서구의 장르 이론은 크게 서정·서사·희곡으로 나누고 각각의 개별 작품들을 여기에
　　귀속시키는 것이 일반적인데, 국문학사에 존재했던 일부 갈래들의 경우 그러한 장르
　　의 틀에 대응시키는 것이 쉽지 않아 '형태'라는 용어를 사용한 것으로 이해된다.
24　고정옥은 프랑스 비평가인 브륜티에르의 장르론에 입각하여 '국문학의 형태'를 논하
　　고 있는데, 브륜티에르는 다윈의 영향을 받아 '생물학상의 진화론을 문학의 장르론에
　　도입'한 인물로 평가되고 있다. 문덕수 외,『문학개론』, 시문학사, 1985, 26~28면
　　참조.
25　고정옥,「국문학의 형태」, 7면.
26　해당 작품들에 대한 해석도 역시 그에 부수된 한문 기록을 통해 이뤄지고 있다.

한 한문학이 배제되면서 한국문학사의 실상을 제대로 반영할 수 없다
는 반론에 부닥치고, 결국 이러한 입장은 후속 세대들의 비판을 받는
요인이 되었던 것이다.[28]

이제 이러한 가설로 제시된, 국문학의 개별 갈래들에 대한 그의 논의
들을 검토해 보기로 하겠다. 고정옥은 향가가 등장하기 이전에 '상대
(上代) 민요의 정착'이 선행되었고, 향찰(鄕札)[29]이라는 '향가 발전에 결
정적인 표현 수단상 조건이 부여'됨으로 인해서 '향가의 완성 정형'이
이루어졌다고 파악하고 있다. 특히 '다량의 작품이 동일한 형식으로
남아있는 균여의 「보현시원가(普賢十願歌)」'를 위시하여 10구체 향가를
그 '완성 정형(定型)'으로 논하였다. 하지만 「원왕생가」나 「도천수대비
가」를 포함한 10구체 향가 일부, 4구체와 8구체의 모든 작품, 그리고
각종 문헌에 이름만 전하는 작품들은 '민요의 정착인 것으로 확고한

---

27 예컨대 『삼국유사』에 수록된 향가 작품들은 한자의 음과 훈을 빈 형태의 '향찰(鄕札)'
로 표기되어 국문학에 포함되었다. 반면에 같은 문헌에 수록된 「구지가」는 우리말로
향유되었던 '국문학'이지만, 단지 한문으로 번역되어 기록되었다는 이유로 논의에서
배제되었다.

28 국문학의 범주에서 한문학을 배제하는 논의에 대해서는, 그들의 학문 후속 세대라
할 수 있는 정병욱에 의해 비판되고 있다. 정병욱은 한문학 배제론을 주장한 김형규
와 구자균 등 '우리어문학회'의 입장에 대해서 비판적으로 검토하면서, 그들의 논의
가 우리 문학사의 실상을 제대로 반영할 수 없음을 논하였다. 정병욱의 관점은 한문
학도 국문학에 포함시켜야 한다는 주장이며, 결국 '한문학 포용론'은 이후 국문학 연
구자들의 토론을 거쳐 보편적인 학설로 자리를 잡게 되었다. 정병욱, 「국문학의 개념
규정을 위한 제언」, 『자유세계』 1952년 8월호.(본고에서는 『국문학산고』, 신구문화
사, 1959.에 재수록된 것을 참고하였음)

29 고정옥은 향찰(鄕札)을 이두(吏讀)의 하위 개념으로 인식하여 '이두문자'로 지칭하고
있는데, 이는 당시의 학자들에게 보편적으로 받아들였던 관점이라 할 수 있다. 다만
국어학자인 김형규는 이를 분명하게 구분해서 사용하고 있다. 그동안의 연구에 의하
면 향찰과 이두는 서로 구분되어야 한다는 견해가 일반적이기에, 이 글에서는 이를
구별해서 사용하기로 한다.

문학인 향가와는 본질적으로 다른 문학'이라고 규정하였다. 아울러 이
들을 '정착 민요'로 파악하여 '향가 습작기 문학'으로 파악하여 '광의의
향가(1)'라 명명하였으며, 고려시대의 작품인「도이장가」와「정과정」
을 '쇠잔기의 향가'인 '광의의 향가(2)'로 분류하였다.[30]

가장 늦게까지 존재했던 '쇠퇴기 향가'로부터 고려시대의 주요 갈
래들인 경기체가와 고려가요, 그리고 '어부가' 등이 파생되었다는 구
도를 제시하였다. 이 가운데 '경기하여체가'는 중국문학으로부터 간
접적인 영향을 받았으며, 고려가요는 '민요'의 직접적인 영향으로 형
성된 것으로 설명하고 있다. 이 두 갈래의 영향으로 '어부가' 계열이
등장했는데, 고려시대에 향유되었던 갈래들은 모두 향가의 발전 형태
라고 파악하는 점이 특징이다. 이들 세 갈래들의 영향으로 연시조가
먼저 등장하였고, 평시조는 그에 뒤이어 등장한 갈래라고 논하고 있
다. 고려말에 등장한 가사 역시 '경기하여체가'와 '고려가요'의 영향
아래 파생된 것으로 보고 있다.[31] 그러나 고려시대에 향유되었던 이들
세 양식을 향가의 발전된 형태로 볼 수 있을 것인지 의문이다. 아울러
'어부가'를 독립적인 갈래로 파악하는 것에 대해서도 논란의 여지가
있다고 하겠다.[32]

이밖에도 가사는 조선 후기에 '가창가사'와 '내방가사'로 발전했으

---

30 이상은 고정옥,「국문학의 형태」, 7~12면의 내용을 정리한 것이다
31 이상은 고정옥,「국문학의 형태」, 12~17면.
32 고정옥은 '어부가'를 하나의 갈래로 설정하여 논의를 하였다. 이것은 아마도 고려말
　　의「어부가」를 토대로 이현보의「어부단가」로의 개작(改作)이 이뤄졌으며, 다시 윤선
　　도의「어부사시사」가 창작된 것을 고려한 갈래 설정이라 여겨진다. 하지만 시가문학
　　에서 '어부가 계열'이라는 범주를 설정하는 것은 가능하겠지만, '어부가' 자체를 독립
　　된 갈래로 논할 수는 없다고 하겠다.

며, 평시조 역시 '가창시조'와 '장시조'를 파생시킨 것으로 파악하고
있다.[33] 특히 이러한 파생 갈래들은 조선시대에 접어들면서 '중세기
귀족 문학의 압력에 눌려 문학의 세계에서 배제되었다가 서민 계급의
대두에 따라 다시금 보다 더 강대한 세력을 문학의 세계에서 잡게 된,
민요의 정신과 운율을 그 초석으로 삼고 있다'고 논하고 있다. 나아가
'민요의 정신과 운율'은 소설과 판소리(창극)에까지 영향을 미친 것으
로 파악하면서, '가사가 헤게모니를 갖는, 가사와 소설과 창극(판소리)
과의 삼각 관계에 착목(着目)하는 것은 우리 중세기 문학을 정당하게
이해하는 한 방법'이라고 주장하고 있다.[34]

　그의 논의에서 가장 주목할 부분은 바로 '소설'과 '판소리(창극)'에
대한 인식으로, 판소리(창극)의 선행 양식으로서 소설을 설정하고 있
다는 점이다. 그 근거로 들고 있는 것이 주로 판소리계 소설들이라
하겠는데, 소설의 등장 이후 이를 낭송하던 이들이 판소리(창극) 창자
로 정착하였다는 구도를 설정하고 있다. 고정옥은 소설이 가사와 설
화의 영향으로 임병 양란이 발생한 이후인 조선 후기에 비로소 출현
한 갈래이며, 소설의 낭독으로 인해서 '소설의 운율을 결정한 것은 민
요적 세력'이라고 주장한다. 또한 판소리를 지칭하는 '창극(唱劇)은 소
설 낭독자가 전문가화하고 직업화하고, 낭독의 억양이 악곡화한 것'

33　주지하듯이 조선시대까지의 시가 작품들은 모두 가창(歌唱)을 전제로 창작된 것이
다. 하지만 고정옥의 관점에서 시조를 비롯한 가사는 모두 문학 작품으로서만 의미를
지니고 있기에, 조선 후기에서야 비로소 '가창가사'와 '가창시조'가 등장했다고 파악
한 것이라 이해된다. 고정옥의 시조관과 사설시조에 대한 인식은 다음의 논문을 참고
할 것. 김용찬, 「고정옥의 '장시조론'과 작품 해석의 한 방향」; 김용찬, 고정옥의 시조
관과 『고장시조선주』 등. (두 편의 논문은 모두 이 책에 재수록되었음.)
34　이상 고정옥, 「국문학의 형태」, 20면.

으로, '창극은 소설보다 더욱 가사에 가까우며 창극 즉(卽) 가사라 해
도 과언이 아니다'라는 결론을 도출한다. 또한 판소리계 소설을 '민족
설화가 정착된 소설'로 파악하여, 이들 소설로 인해 판소리(창극)이 발
생했다는 주장을 펼치기도 한다.[35]

　이러한 고정옥의 주장은 조선 후기의 소설 문체가 운문투로 이뤄진
것이 많다는 것에 착안하여, 그 문체상의 특징을 무리하게 추단한 결과
에서 비롯된 것이라 이해된다. 이는 아마도 당시의 국문학의 자료가
영성하고 또한 연구 수준이 미흡한데서 야기된 주장이라 할 수 있다.
특히 음수율에 기반한 문체적 특징만을 중시하여, 선행 양식으로서
판소리계 소설이 등장한 이후에 이를 대본으로 삼아 공연한 것이 판소
리(창극)라고 파악했기 때문이다. 이처럼 문학사의 구도를 설정하는데,
고정옥은 자료의 해석과 갈래들 사이의 상호 연관 관계에 대해 지나치
게 인상적으로 접근하는 내용들이 적지 않게 발견되고 있다. 아울러
(고전)소설과 판소리(창극)의 직접적인 영향으로 파악하고 있는 연극
갈래들을 제외하고, 현대문학의 주요 갈래들인 현대시와 현대소설 등
은 서구문학의 직접적인 영향으로 등장한 것으로 파악하고 있다.[36]

　고정옥의 연구에서 드러난 특징으로 '연구 대상을 다룸에 있어 실
증적 방법론과 함께 이론적 안목, 문학적 감식안을 겸비해 보여주고
있다는 점'[37]을 들기도 한다. 국문학사의 흐름 속에 존재했던 다양한

35　이상 고정옥, 「국문학의 형태」, 19~21면 참조.

36　'국문학 형태 발전표'에서 갈래 사이의 영향 관계를 설명하기 위해, 고정옥은 직접적
　　인 영향 관계는 실선으로, 간접적인 영향 관계는 점선으로 구분하여 도표로 제시하였
　　다. 연극을 제외한 시와 소설 갈래들에서는 전통 갈래들과는 점선으로 연결되어, 간
　　접적인 영향을 받은 것으로 파악하고 있다.

문학 갈래들을 검토하면서, 각 갈래들의 형성과 쇠퇴 그리고 선후 갈
래들의 교체에 대해 체계적인 접근을 시도했다는 점에서 그의 '이론
적 안목'을 확인할 수 있을 것이다. 그리고 이러한 이론을 집약해서
도출한 '국문학 형태 발전표'는 '해방 이후 활발하게 열린 국문학이
도달한 인식 논리를 축약한 도표'[38]라고 평가되고 있다. 그러나 한편
으로는 문학사의 흐름을 오로지 '발전'이라는 진화론적 시각에서 접
근함으로써, 오히려 문학사의 실상에 어긋나는 진단이 내려지기도 했
다. '문학 현상이 생물학적 진화론에 대입될 수 있을지부터 의문이지
만, 주조를 이룬 발전 논리는 지금의 관점에서 비판을 받'을 수밖에
없다 할 것이다.[39]

3. 고정옥의 '민요론'에 나타난 특징과 의미

국문학에 대한 고정옥의 관심은 민요에서 비롯되었던 것으로 파악되
고 있다. 그는 경성제2고보를 졸업하던 해인 1929년에 경성제대 예과

---

37 신동흔, 「고정옥의 삶과 학문 세계(상)」, 297면.
38 임형택, 「한국문학사의 서술 방향과 체계」, 36면.
39 구체적으로 임형택은 고정옥의 도표에서 발견되는 특징인 동시에 문제점들을 다음의
    세 가지 항목으로 정리하고 있다. ①장르 이론의 적용으로 문학 현상의 전개 과정을
    계보화할 수 있었으나, 이처럼 생물학적 진화론에 입각한 발전 논리는 지금의 관점에
    서 비판을 받아야 한다. ②민요·설화 같은 구비전승과 가면극·인형극의 연극에 관심
    을 둔 점은 평가할 수 있지만, 그것을 '국문학Ⅱ'로 분류하여 문학사 본류에 편입할
    길을 원천적으로 차단했다. ③중국문학과 서구문학을 고려한 점 역시 평가할 수 있으
    나, 정작 한문학을 제외하여 자국의 방대한 문학 유산을 완전히 무시해버린 셈이다.
    임형택, 「한국문학사의 서술 방향과 체계」, 36~38면.

6회로 입학했지만, 대학 재학 중 사회주의 운동 단체인 '반제동맹'(1932) 사건에 연루되어 집행유예의 형을 받고 퇴학을 당했다. 집행유예의 기간이 끝나자 1936년에 재입학을 하여, 조선문학 전공 11회(1939)로 뒤늦게 졸업을 하였다. 졸업 이후에는 춘천사범학교에 재직하면서 학생들을 가르쳤으며, 해방이 되면서 서울대학교 사범대학 교수로 자리를 옮겼다. 그는 경성제대 입학 당시에는 영문학을 전공으로 선택했지만, 재입학을 하면서 전공을 조선문학으로 바꾸었다고 한다. 퇴학을 당하고 재입학을 하기까지 고향인 경상남도 함양에서 지냈던 약 3년의 기간 동안, 고정옥은 전래 민요에 대해 관심을 갖고 자료를 수집하였던 것으로 알려졌다. 이후 영문학에서 조선문학으로 전공을 바꾸고 졸업논문의 주제를 민요로 선택한 것 등의 예에서 볼 수 있듯이, 국문학에 대한 그의 관심은 민요로부터 시작되었음을 짐작할 수 있다.[40]

앞서 살펴보았듯이, 고정옥의 민요 연구는 국문학사를 바라보는 구도와 밀접히 관련되어 있다 할 것이다. 그리고 해방 이전에 발표했던 그의 연구 목록에서도 민요에 대한 관심은 중심적인 위치를 차지하고 있다.[41] 당시 경성제대에 재직하고 있던 다카하시 토호루(高橋亨)는 조선 민요에 대한 관심이 적지 않았으며,[42] 고정옥이 졸업논문을 작성하

---

40 이상 고정옥의 생애에 대해서는 신동흔, 「고정옥의 삶과 학문 세계(상)」을 참조하여 정리하였다.

41 민요를 대상으로 다룬 고정옥의 연구 성과들은 다음과 같다. 「조선민요에 대하여(상·하)」, 경성제대 졸업논문, 1939.; 「조선민요의 분류」, 『춘추』, 1941.(『조선의 민요』, 정음사, 1984.에 재수록); 「민요」, 『국문학개론』, 일성당서점, 1949.; 『조선민요연구』, 수선사, 1949. 이밖에도 그의 다른 글들에는 국문학의 여타 갈래들과 '민요'와의 관계가 반드시 서술되어 있음을 확인할 수 있다.

42 그는 경성제대 교수로 재직하는 동안 모두 6편의 논문을 발표하는 등 조선민요에 대해 활발한 연구를 진행했다. 당시 그가 발표했던 조선민요에 대한 논문 6편은 모두

면서 지도교수인 다카하시의 직·간접적인 도움을 받은 것으로 확인되고 있다.[43] 고정옥은 졸업논문을 가다듬어 해방 이후에 단행본으로 출간했으며,[44] 이러한 연구 성과를 토대로 그동안 민요연구사에서 '우리 민요의 체계를 세운 연구자'[45]라는 평가를 받고 있다. 즉 그는 민요를 비롯한 국문학의 각 분야에 대한 다양한 연구 성과들을 발표하였고, '민요를 문학이라는 시각에서 접근하면서 민요의 문학적 위상을 확실히 자리매김'[46]했던 것이다. 이 글에서는 '우리 민요 연구사의 새 장을 연 기념비적 성과'[47]라고 평가를 받는 그의 저서 『조선민요연구』를 중심으로 검토하기로 한다.

『조선민요연구』의 '서문'에서 민요는 '오늘날 우리가 가지고 있는 개념으로서의 문학으로서는 볼 수 없는 것'으로써, 굳이 '민요의 학문적 범주를 찾는다면 민속학에 포섭될 것'이라고 규정하고 있다. 하지만 기록문학에서 여성들이 향유한 '규수문학(閨秀文學)의 빈약'에 대비되는 민요에서 '부요(婦謠)의 우수성'을 무시할 수 없기에, 민요를 '조선문학 복판에 가지고 오는 것이' 당연한 것이라고 주장하였다. 즉 자신이

　『민요의 연구』(최철·설성경 엮음, 정음사, 1984.)에 재수록되어 있어, 그 구체적인 내용을 확인할 수 있다.

43　최근 이윤석에 의해 다카하시의 장서에 포함되어 있던 고정옥의 졸업논문이 발견되어 학계에 소개되면서, 졸업논문과 단행본(『조선민요연구』)을 비교 분석한 연구들이 제출되었다. 이에 대해서는 다음의 논문들을 참고할 것. 임경화, 「식민지기 '조선문학' 제도화를 둘러싼 접촉지대로서의 '민요' 연구 - 고정옥의 졸업논문을 통해 본 경성제대 강좌의 성격」; 김영희, 「고정옥의 〈조선민요연구〉: 탈식민적 전환의 모색과 언어」.

44　고정옥, 『조선민요연구』, 수선사, 1949.

45　강등학, 「고정옥의 민요 연구에 대한 검토」, 『한국민요학』 4, 한국민요학회, 1996, 25면.

46　강등학, 「고정옥의 민요 연구에 대한 검토」, 27면.

47　신동흔, 「고정옥의 삶과 학문 세계(상)」, 301면.

민요를 연구하는 이유를 '현존 조선민요를 주로 내용을 기준으로 세분하여 그 정신과 형식을 검핵(檢覈)함으로써 문학으로서의 조선민요의 성격을 밝히'고자 함이며, 나아가 '현재 급(及) 장래할 조선문학을 풍성하게 하고 비옥케 할 역량을 내장한 훌륭한 전통적인 서민(庶民) 시문학이란 것'에서 찾고 있다.[48]

'민요의 개념'을 '민(民)'이란 한자의 뜻을 규정하면서 논의를 펼치고 있는데, 그는 다음의 세 가지 측면에서 그 개념을 도출하고 있다. 첫 번째는 '개(個)에 대한 민(民)'으로서 '개인 대 집단'의 차원에 초점을 맞추고 있다. 두 번째는 '군(君)·관(官)에 대한 민'으로 '민요의 향유계급이 통치계급이 아닌 민중이며 인민'이라는 사실에 주목하고 있다. 마지막으로 '국(國)에 대한 민'으로 '민요는 국가의 노래가 아니고 민족의 노래'라는 점을 강조하고 있다. 이러한 논의를 거쳐 그는 '집단에 의하여 공동적으로 제작되며, 인민 대중(人民大衆)에 의하여 노래 불리우며, 민족의 전통적 피가 맥맥(脈脈)히 물결치는 노래가 민요'라는 정의를 내리고 있다.[49] 따라서 '조선 문학이 현재와 미래에 있어 민주적인 민족문학의 건설을 지향함에 있어서는, 과거에 있어 가장 서민적이며 가장 향토적이었던 민요'를 연구하는 것이 '불가결한 선행 과제'라는 것을 강조했다.[50]

이제 『조선민요연구』의 목차를 통해, 고정옥의 민요에 대한 인식을 보다 구체적으로 점검해 보기로 하겠다.

---

48 고정옥, 「서」, 『조선민요연구』, 1~3면. 이 책은 '서'와 '목차'에 별도의 면수가 표기되어 있으며, 본문 역시 새롭게 1면으로부터 시작되고 있다.

49 고정옥, 『조선민요연구』, 10~14면.

50 고정옥, 「서」, 『조선민요연구』, 3면.

〈조선민요연구 목차〉

서(序)

예언(例言)

제1장, 민요 연구 수집의 동기

제2장, 민요의 개념

제3장, 민요의 성립

제4장, 민요의 발전

제5장, 조선문학과 민요

제6장, 조선민요의 형식

제7장, 조선민요 수집 연구

제8장, 조선민요의 분류

제9장, 조선민요의 특질

제10장, 조선민요 수집 연구의 장래를 위하여

이상에서 볼 수 있듯이 모두 10개의 항목으로 구성된 목차를 통해서, 자신이 민요 연구에 나서게 된 동기로부터 민요의 개념과 역사 및 분류에 이르기까지 상세하게 서술하고 있다.[51] 목차를 통해서 파악

---

51 이 책의 저본이라고 할 수 있는 대학의 졸업논문의 목차와는 적지 않게 달라졌다고 한다. 최근 발견된 고정옥의 졸업논문은 전·후편의 두 권으로 분철되어 있는데, 선행 연구에 제시된 졸업논문의 목차는 다음과 같다. "서 / 예언 / **(전편: 조선민요론)** 제1장, 민요의 수집과 연구의 동기 / 제2장, 민요의 학문적 범주 / 제3장, 민요의 개념 / 제4장, 민요의 발생과 발전 / 제5장, 종합예술체로서민요와 예술의 분화 / 제6장, 민요의 기능 / 제7장, 조선문학에서 민요의 위치 / 제8장, 조선민족성과 조선민요의 형식 / 제9장, 조선민요의 수집과 연구의 역사 / 보유(補遺) / **(후편: 조선민요의 분류)** 제1장, 나의 조선민요 분류법 / 제2장, 영남민요를 중심으로 한 조선민요의 내용상의 분류 / 제3장, 조선민요의 특징 / 제4장, 조선민요의 제(諸) 과제 / 참고문헌." 목차의 비교만으로도 적지 않은 차이가 엿보이고 있지만, 두 저작 사이의 구체적인 비교는 김영희, 「고정옥의 〈조선민요연구〉: 탈식민적 전환의 모색과 잉여」를 참고하기 바람.

할 때, 이 책은 크게 두 부분으로 구분할 수 있다. 즉 우리 민요에 대한 이론적 논의가 펼쳐지는 항목(1~7장)과 구체적인 자료를 통해 민요를 분류하고 그 특징을 해설하는 항목(8장)이 그것이다. 여기에 구체적인 작품 분석을 통해 추출한 '조선민요의 특질'(9장)을 요약적으로 제시하고, 마지막 장에서 지속적인 민요자료의 수집과 연구의 필요성을 논한 내용을 덧붙이고 있다.

그러나 실제 서술 분량으로 따지면, 민요에 대한 이론적 논의보다 민요를 분류하여 소개한 부분의 비중이 압도적이라는 것을 확인할 수 있다.[52] 이러한 저서의 체제를 통해서 짐작할 수 있듯이, 고정옥은 민요 연구에 있어 자료를 수집하고 분류하는 것이 가장 중요하다는 인식을 드러내고 있다. 앞부분의 이론적 고찰을 펼친 항목들에서는 민요의 개념과 역사는 물론 민요의 형식과 분류 방법, 국문학의 여타 갈래들과 민요와의 교섭과 연관 양상 등에 대해 다양한 논거를 통해 서술하고 있다. 이러한 구성을 취하고 있는 '이 책은 이론과 실제가 어우러진 종합적인 민요 연구서'로서, 구체적인 '서술에 있어 두 방향의 논의는 서로 긴밀한 연관을 맺'고 있다고 평가되고 있다.[53]

고정옥은 '민요의 분류'에 대해서 많은 관심을 기울였는데, 특히 자신이 확보한 자료들의 분류에 대해서 그 기준을 마련하고자 모두 11가지의 항목을 제시했다.[54] 그 가운데 자신은 모두 3가지의 기준을 결

---

52 이론적 논의에 해당하는 1장~7장의 분량은 모두 96면에 불과하지만, 「8장, 조선 민요의 분류」는 그 4배가 넘는 400면(96~495면)에 달하는 압도적인 비중을 차지하고 있다. 여기에는 이미 출간된 민요집의 작품들은 물론, 자신이 수집한 자료들을 포함하여 모두 360편 이상의 작품이 수록되어 있다.

53 신동흔, 「고정옥의 삶과 학문 세계(상)」, 302면.

합한 분류법을 채택하여 민요를 분류하였는데, 그 가운데 '가창자의
성별·연령별 기준'을 최상위 기준으로 적용하고 있다.[55] 따라서 『조선
민요연구』에서는 민요의 분류를 크게 남요(男謠)·부요(婦謠)로 나누고
있으며,[56] 그 하위 항목을 설정하면서 각각의 작품의 내용과 기능에
따른 분류법을 시행하고 있다.[57] 먼저 남요를 모두 16개의 하위 항목
으로 구분하고 있으며,[58] 부요에는 그보다 적은 7개의 하위 항목들이
포함되어 있다.[59] 고정옥은 여성들이 향유했던 부요(婦謠)가 양적인 면

---

54 고정옥이 제시한 민요 분류의 기준은 다음과 같다. ①내용상 차별에 의한 것, ②가자
(歌者)의 성(性)·연령상 차별에 의한 것, ③가창되는 지역상 차별에 의한 것, ④노래
의 시대성(新古)의 차별에 의한 것, ⑤노래와 민족생활의 결합면의 차별에 의한 것,
⑥노래의 형태상 차별에 의한 것, ⑦곡조 우(又)는 명칭상 차별에 의한 것, ⑧장단(길
이)의 차별에 의한 것, ⑨성립 조건의 차별에 의한 것, ⑩운율상 차별에 의한 것, ⑪표
현상 경향의 차별에 의한 것 등. 고정옥, 『조선민요연구』, 97~98면.

55 그가 채택한 기준은 ①내용상 분류, ②가창자의 성별·연령별 분류, 그리고 ③노래와
민족생활의 관련성에 의한 분류이다. 실제 분류에서는 ②가창자의 성별·연령별 분류
가 상위 분류의 기준으로 적용되었고, 나머지 두 항목은 하위 분류에 적용시켜 다루
고 있다.

56 이러한 분류는 고정옥의 졸업논문과 크게 달라지지 않은 것으로 보인다. 졸업논문의
분류법을 구체적으로 확인하지는 못했지만, 그가 졸업논문을 제출한 직후에 고위민
(高渭民)이란 필명으로 발표한 「조선민요의 분류」(『춘추』, 1941)에는, 민요를 남요(男
謠)·동남동녀문답체요·부요(婦謠)·동녀요 등 4개로 분류하고 있다.(최철·설성경 엮
음, 『조선의 민요』, 220~233면에 재수록된 것을 참고하였음.) 이 가운데 『조선민요연
구』에서는 '동남동녀문답체요'를 '남요'의 하위 항목에, 그리고 '동녀요'를 '부요'의 하
위 항목으로 설정하여 전체적으로 그 틀을 유지하고 있음을 확인할 수 있다.

57 고정옥은 「제8장, 조선민요의 분류」 항목을 마무리하면서, 그의 분류 항목들을 일목
요연하게 볼 수 있도록 '조선민요 분류 일람표'를 제시하였다. 고정옥, 『조선민요연구』,
495면.

58 '남요'의 하위 항목들은 다음과 같다. 노동요, 타령, 양반노래, 도덕가, 취락가(醉樂
歌), 근대요, 민간신앙가, 만가(輓歌), 경세가(警世歌), 생활요, 정치요, 전설요, 어희
요(語戱謠), 유희요, 정가(情歌), 동남동녀문답요 등.

59 '부요'의 하위 항목들은 다음과 같다. 시집살이노래, 작업요, 모녀애련가(母女愛戀
歌), 여탄가(女歎歌), 열녀가, 꽃노래, 동녀요 등.

은 물론 질적인 차원에 있어서도 모두 남요(男謠)보다 뛰어나기 때문에, '부요는 조선민요의 참된 주인'이라고 단언하고 있다.[60] 또한 민요를 제대로 연구하려면 자료의 '완전한 수집이 선결 문제'[61]라는 것을 강조하면서, 우리 민요의 특질에 대해서 내용적인 측면[62]과 형식적인 측면[63]을 구별하여 논하고 있다.

 이상 『조선민요연구』를 중심으로, 고정옥의 민요론이 지닌 특징들을 개략적으로 살펴보았다. 이미 지적했듯이, 『조선민요연구』를 비롯하여 거의 모든 연구 성과들에서 민요는 그의 핵심적인 관심 사항이었음을 확인할 수 있다. 그러나 근본적으로 고정옥은 민요의 개념이나 그 향유자들을 매우 협소하게 바라보고 있다는 점을 지적할 수 있다. 예컨대 '우리의 민요 연구는 우리 민족 중 소박한 농민 사이에 보존되어있는 가요가 곧 그 대상'[64]이며, '민요는 농촌 서민의 음악이며 문학'[65]이라고 규정하기도 한다. 이와 함께 고정옥 자신이 수집한 영

---

60 고정옥, 『조선민요연구』, 293면. 특히 민요의 주된 향유층이라고 할 수 있는 조선시대 하층 여성들은 남녀 차별적인 제도와 관습 하에서 사회적 처지가 열악했기 때문에, 그러한 조건이 '부요를 발달시키고, 풍성하게 하고, 잘 간수하게 한 원동력'이었다고 논하고 있다.

61 고정옥, 『조건민요연구』, 297면.

62 고정옥이 지적한 우리 민요의 내용적 특질은 모두 7가지로, 다음과 같다. ①부요(婦謠)의 양적·질적 우세, ②풍부한 해학성, ③풍류를 해(解)하는 점, ④유교 교리의 침윤(浸潤), ⑤일반 서민의 지배계급에 대한 순종성과 여성의 남성에 대한 복종성이 규범화되어 있음, ⑥무상취락적(無常醉樂的) 경향, ⑦생활고의 전면적인 침식 등.

63 형식적 특질로는 다음의 4가지를 열거하고 있다. ①아름다운 운율적인 관용구 내지 애용구가 많음, ②리듬의 장난이 너무나 많음, ③향토적 다양성이 적음, ④무용요의 희귀함 등.

64 고정옥, 『조선민요연구』, 7면.

65 고정옥, 「민요」, 『국문학개론』, 310면.

남지역의 민요들이 주된 분석 자료로 활용되고 있어, '자료 및 연구 결과의 지역적 편중성'이 문제점으로 지적되기도 한다.[66] 그 '학문적 접근 방법이나 분석틀이 지금까지 유효한 가치를 지니지 않'다고 평가되고 있지만, 당시의 상황에서 '민요의 실상을 최대한 존중하면서 독특한 접근을 꾀한 것은 우리 민요 연구의 획기적 성과'로 인정될 수 있을 것이다.[67]

4. 맺음말

지금까지 고정옥의 연구 성과들을 대상으로, 그가 설정한 국문학 사에 대한 가설 속에서 구체적인 갈래들이 어떻게 인식되고 있는지를 살펴보았다. 지금의 관점에서는 고정옥이 제시했던 문학사의 구도가 매우 단순하고 거칠게 설정되었다고 논할 수 있다. 그러나 국문학 자료가 미비하고 연구 수준이 그리 높지 않았던 당시의 상황을 고려한다면, 국문학의 이론적 체계를 세우기 위해 문학사에 존재했던 '각 양식의 관계를 역사적 맥락 속에서 꿰뚫는 방식'[68]을 택한 것은 불가피했을 것이다. 이를 통해 다양한 문학 갈래들의 상호 관계를 연관시키면서는 문학사의 흐름을 살필 수 있다고 파악했기 때문이다. 또한 '민요 연구는 고정옥 자신의 학문적 출발점'이며, '민요 연구를 통해 우

---

66 강등학, 「고정옥의 민요연구에 대한 검토」, 34면.
67 김헌선, 「고정옥의 구비문학 연구」, 332면.
68 신동흔, 「고정옥의 삶과 학문 세계(상)」, 295면.

리 문학의 전체상을 올바르게 해명'하고 '나아가 우리 문학의 나아갈 길을 새롭게 개척할 수 있다고 보았'다.[69]

이러한 그의 연구 성과들은 당시의 국문학 연구사를 조망하기 위해서는 반드시 검토되어야만 한다. 특히 '국문학 형태 발전표'를 통해 일목요연하게 정리했던 문학사에 대한 체계적인 인식은 연구사적으로 적지 않은 의미를 지니고 있다. 그는 민요로부터 비롯된 국문학에 대한 관심을 다양한 갈래들로 확대시키면서, 기본적으로 큰 틀에서 문학사의 지형을 설계해 나가고자 했던 것이다. 이 과정에서 '발전'의 측면만을 강조하면서 문학사의 흐름을 파악했던 '진화론적 시각'은 그 실상을 파악하는데 한계로 작용하기도 했다. 그렇지만 당시 국문학 연구에서 주목받지 못했던 민요를 비롯한 구비문학을 문학사의 구도 속에 위치시키고, 다양한 갈래들의 교체 현상을 체계적으로 이해하려고 한 이론적 안목은 긍정적으로 평가할 수 있을 것이다.

무엇보다 국문학에 대한 그의 관심이 민요로부터 시작되었다는 점은 강조할 필요가 있다. 경성제대를 입학할 당시에는 영문학을 선택했지만, 사회주의 단체인 '반제동맹'에 연루되어 퇴학을 당한 이후 재입학을 하면서 그는 조선문학으로 전공을 바꾸었다. 그 사이 약 3년의 기간 동안 고향인 경남 함양에 머물면서, 경남 지역의 민요를 직접 수집하는 활동을 했던 것이 전공을 바꾸는 계기가 되었을 것으로 짐작된다. 경성제대에 재입학을 하고 민요를 주제로 한 졸업논문을 발표했으며, 이후 민요는 항상 그의 연구 주제의 중심에서 벗어나지 않았다. 마침내 그 결과물로『조선민요연구』를 출간하면서, 고정옥은

---

69 신동흔, 「고정옥의 삶과 학문 세계(상)」, 301면.

'우리 민요의 체계를 세운 선구자'라는 평가를 받게 되었던 것이다.

'한국전쟁'의 와중에서 북으로 향했던 문인과 학자들에 대해서는, 이념적 문제로 인해서 한동안 언급조차 금기시되었다. 고정옥도 그 가운데 한 사람으로, 이른바 '해방공간'에서 탁월한 연구 성과를 남겼음에도 오랜 기간 논의의 대상에서 제외될 수밖에 없었다. 앞으로 고정옥을 비롯한 납·월북 학자들의 연구 성과와 그 의미를 진지하게 검토할 필요가 있다. 이제는 고정옥의 저서들을 어렵지 않게 구할 수 있지만, 여전히 그의 연구 성과에 대한 논의들은 활발하게 진행되지 못하고 있다. 고정옥의 저작물들에 대한 연구가 보다 활발하게 진행되어, 국문학 연구사에서 그의 위치가 정당하게 자리매김이 될 수 있기를 기대한다.

『인문학술』 제3호(순천대학교 인문학술원, 2019)에 수록된 논문을 일부 수정하였음.

2부

우리어문학회의 활동과 연구 성과

우리어문학회의 구성원과 학술 활동

기관지 『어문』을 중심으로

1. 머리말

국문학 연구사에서, 지금까지 활동했던 학자들의 활동과 연구 성과를 점검하는 일은 매우 유용하다 할 것이다. 국문학의 주요 분야에 대한 활동 양상을 점검하고 평가하는 작업은 학문의 발전에 긴요한 일이기에, 그동안 여러 학회와 다양한 연구자들에 의해 지속적으로 이뤄져 왔다.[1] '모든 학문은 주기적으로 스스로의 과거를 회고하고 현재의 위치를 점검해야 할 필요성'이 있는데, 이는 무릇 '지나간 연구사를 돌이켜보면서 계승·극복되어야 할 양상들을 정리함으로써 오늘의 과제는 더 확실해지고 학문의 발전에도 적극적으로 기여할 수 있'[2]

---

1 국문학 분야의 활발한 연구사 검토 작업에 대해서, 최원식은 "국문학 연구의 양적 축적 과정을 반영하는 것이지만, … 국문학계가 심각한 자기 반성기에 들어섰다는" 것을 보여준다고 평가하였다. 최원식, 「한국문학 연구사」, 『한국문학 연구 입문』, 지식산업사, 1982, 52면.

2 김흥규, 「국문학 연구방법론과 그 이념 기반의 재검토」, 『한국 고전문학과 비평의 성찰』, 고려대학교 출판부, 2002, 289면.

기 때문이다. 우리의 국문학 연구는 일제 강점기인 1920년대에 시작되었다. 해방을 맞이하면서 각 대학에 국어국문학과가 개설되어 연구 인력이 보다 확충되었고, 한국전쟁이 끝난 후에는 '국어국문학회'가 창립되어 그 구성원들이 활발하게 활동함으로써 국문학 연구는 새로운 전기를 맞게 되었다.[3] 여기에서는 1948년에 조직된 '우리어문학회'[4] 구성원들의 학술 활동을 중점적으로 검토하는 것을 목적으로 하는 바, 먼저 국문학 연구사의 초기적 면모와 그 특징에 대해 간략하게나마 살펴보기로 한다.

우리의 국문학 연구사를 일별할 때, 식민지와 분단이라는 객관적 상황이 중대한 난관으로 작용해 왔다. 그러나 국문학 연구는 '민족적 가치가 안팎으로 억압되는 상황 아래서 자기 존재를 관철해 오며 멈추지 않았'[5]고, 이 과정에서 초창기 연구자들의 국문학에 대한 열정과 노고가 학문 역량의 축적에 큰 몫을 했다. 국문학 연구의 이른바 제1세대 학자들은 주로 일제 강점기 시절 경성제대의 조선어문학과 졸업생들이 주축을 이룬다. 여기에 연희전문대학과 보성전문대학 등 사학에 재직하고 있던 학자들이 '식민지 관학(官學)에 맞서 민족 전통을 중시하는 학풍 수립에 진력'을 다한 것도 결코 간과할 수 없을 것이다.[6]

3   최원식, 「한국문학 연구사」; 김흥규, 「국문학 연구방법론과 그 이념 기반의 재검토」; 박연희, 「1950년대 '국문학 연구'의 논리-〈국어국문학〉 세대를 중심으로」, 『사이 間 SAI』, 제2호, 국제한국문학문화학회, 2007 등 참조.
4   현재 '우리어문학회'라는 명칭의 학회가 활동하고 있지만, 본고에서 연구 대상으로 삼은 '우리어문학회'는 한국전쟁으로 이미 소멸된 전혀 별개의 학회임을 밝혀둔다.
5   최원식, 「한국문학 연구사」, 52면.
6   염무웅, 「자연의 가면 뒤에 숨은 역사의 흔적들」, 『분화와 심화, 어둠 속의 풍경들』, 민음사, 2007, 12면.

이들과 함께 이른바 '국학파(國學派)'라 칭했던 제도권 밖에서 활동한 일군의 학자들은, 자신들의 학문 활동을 일제 강점기 독립운동의 일환으로 여기며 민족 문화에 대한 자각과 그 의의를 적극적으로 개진하기도 했다.[7] 이렇듯 해방 이전에 활동했던 제1세대 국문학자들은 학문적 방법론과 그 성격이 서로 달랐지만, 일제 강점기의 암울한 현실에서 각자에게 주어진 역할을 수행하기 위해 노력을 경주했다.[8]

이들 중 상당수는 해방 이후에도 국문학 연구를 지속했으며, 이들과 함께 각 대학의 국어국문학과 교수로 재직하면서 활동을 한 일군의 학자들이 국문학 연구의 제2세대에 해당한다. 해방 이후에 수도인 서울을 중심으로 공·사립대학이 활발하게 설립되기 시작하였고, 각 대학에는 당연히 국어국문학과가 설치되었다. 당시 서울대를 비롯하여 각 대학의 교수진은 경성제대 출신들이 주축을 이루고 있었으며, 여기에서 다룰 '우리어문학회'의 구성원들도 제2세대 학자들로 분류된다. 그러나 1950년에 일어난 '한국전쟁'으로 인해, 학회의 활동은 더 이상 이어지지 않고 사실상 해체의 길을 맞게 되었다. 특히 한국전

---

7   최원식은 "안확·신채호·정인보·문일평·최남선·권상로 등으로 대표되는 국학파는 실학파의 국학적 경향을 계승하면서 본격적 국문학 연구의 출발을 매기하고 있다"고 평가하였다. 최원식, 앞의 논문, 53면. 아울러 국학파 학자들의 학술적 성과와 의의에 대해서는 정출헌, 「국학파의 '조선학' 논리 구성과 그 변모 양상」(『열상고전연구』 제27집, 열상고전연구회, 2008.)을 참조할 것.

8   김흥규는 해방 이전에 활동했던 제1세대 학자들의 학문적 지향에 따라 다음의 세 가지 유형으로 분류했다. ①전통적인 학문적 기반에서 출발한 이른바 '국학자'들, ②일본을 통한 근대적 문헌학의 훈련을 받은 실증주의자들, ③문화·예술의 사회 역사적 관련을 중시하면서 때로는 유물사관에 기울기도 하였던 사회역사주의자들. 이들 중 경성제대 출신의 학자들은 대체로 '②실증주의자들'로 평가하고 있다. 김흥규, 「국문학 연구방법론과 그 이념 기반의 재검토」, 292면.

쟁은 국문학 연구에 있어서도 적지 않은 영향을 초래했는데, 가장 큰
문제는 역시 학문적 공백이 발생했다는 점이다. 다행스럽게도 한국전
쟁의 와중인 1952년 9월에 피난지인 부산에서 새로운 세대의 학자들
을 중심으로 '국어국문학회'가 창립되어 국문학 연구의 진로를 모색
하게 되었다. 제3세대 학자라 할 수 있는 이들의 주축은 해방 이후에
대학을 졸업했다는 공통점을 지니고 있다. 이들은 스스로를 '해방 후
졸업생'이라 칭하며, 주로 경성제대 출신의 앞선 세대 학자들을 대타
적인 존재로 인식하고 있었다.[9] 결국 '우리어문학회'는 한국전쟁이 발
발하자 일부 구성원들의 납·월북과 사망으로 인해서 자연스럽게 소
멸되어, 제3세대 학자들이 극복의 대상으로 삼았던 이들의 학문적 성
과에 대해서는 지금껏 제대로 조명을 받지 못하고 있는 실정이다.

　이상 간략하게 국문학 연구사에서 초창기에 해당하는 연구 경향에
대해서 살펴보았다. 국문학의 연구사에 대한 정리 작업은 현재 진행형
이라 할 수 있으며, '국어국문학회'를 비롯한 주요 학회들과 그곳을
기반으로 활동했던 국문학자들의 저작과 활동 양상에 대해서도 그 문
학사적 의의를 점검하는 작업이 다양하게 진행되고 있다.[10] 그러나 해
방 이후 한국전쟁이 발생하던 때까지의, 이른바 '해방공간'에 활동했던
제2세대 학자들의 연구 성과는 상대적으로 조명을 받지 못하고 있다.
물론 '민족사관'을 내세우며『국문학사』를 집필하고, 한국전쟁 이후에

9　이상 '국어국문학회' 결성 전후의 상황은 박연희, 「1950년대 '국문학 연구'의 논리」,
　　197~203면 참조.
10　대표적으로 '국어국문학회'는 학회 창립 50주년을 맞은 2002년에, 창립 당시의 회고
　　담으로부터 당시까지의 활동 내역에 이르기까지 다양한 기록을 엮어『국어국문학회
　　50년』(국어국문학회 엮음, 태학사, 2002)이라는 책자를 출간한 바 있다.

도 활발하게 연구 활동을 했던 조윤제의 학문적 성과와 의의에 대해서
는 다각도로 검토가 이뤄진 바 있다.[11] 그러나 '해방공간'에서 학술 모
임을 만들어 가장 활발하게 연구와 출판 활동을 벌였던 '우리어문학회'
에 대해서는 여전히 연구자들의 관심이 매우 미약한 형편이다. 초창기
국문학 연구사를 정리하는 가운데, '우리어문학회'의 존재와 활동에
대해서 간략하게 언급되는 정도였을 따름이다. 다만 학회 활동을 했던
구성원들의 회고담 형식을 통해 '우리어문학회'의 존재가 거론되었으
며,[12] 최근에서야 비로소 그들에 의해 간행된 『국문학사』를 중심으로
학회의 활동 양상이 조명된 바 있다.[13]

　여기에서는 기왕에 논의된 연구 성과를 바탕으로, '우리어문학회'의
성격과 그들의 활동 양상을 살펴 국문학 연구사에서의 위상을 점검하
고자 한다. 아울러 주요 구성원들에 대해 학회를 조직하기 전후의 저술
활동의 면모를 살펴보고, 학회 활동의 결실이라 할 수 있는 기관지
『어문』[14]을 통해 그 학문적 성과를 따져보기로 한다. 그동안 '우리어문
학회'의 활동과 그들이 남긴 성과에 대해서는 단편적으로 거론되었을
뿐, 아직까지 연구사적 위상에 대해서는 제대로 다뤄진 바가 없다.

11　조윤제의 아호를 딴 '도남학회'에서 그의 저작을 모아 전 6권으로 『도남 조윤제 전집』
　　(태학사, 1988)을 발간하였고, 그의 문학사관과 학문적 성과의 공과(功過)를 논한 다
　　양한 연구가 제출되어 있다.
12　김형규, 「'우리어문학회' 그리고 개정된 '한글 맞춤법'에 대하여」, 『국어학』 21, 국어
　　학회, 1991.; 김형규, 「우리어문학회와 일사 선생」, 『어문연구』 통권 76호, 한국어문
　　교육연구회, 1992.
13　김용찬, 「'우리어문학회'의 활동 양상과 『국문학사』」, 『남도문화연구』 26, 순천대학
　　교 남도문화연구소, 2014.(이 논문은 이 책에 재수록되었음)
14　학회의 기관지인 『어문』은 모두 3권이 발간되었으며, 여기에는 구성원들의 학술 논
　　문을 수록하면서 국문학 관련 자료도 꾸준히 소개하였다.

특히 한국전쟁 이후 조직된 '국어국문학회'의 성립과 활동에 적지 않은 영향을 끼쳤다고 판단되기에, 이에 대한 검토도 진행하기로 한다. 해방 이후부터 한국전쟁까지의, 이른바 '해방공간'에 해당되는 시기의 국문학 연구사는 아직 연구가 미진한 채로 남아있는 부분이 적지 않다. 따라서 이러한 논의를 통해, 국문학 연구사에서 해방 이후 국문학계의 동향을 파악하는데 유용한 역할을 할 수 있을 것이라 기대한다.

2. 우리어문학회의 성격과 연구사적 위상

해방 이후 우리의 역사는 분단 상태에서 출발하였고, 그러한 와중에서도 일제 강점기 동안 '억압되었던 민족적 정열의 자연스런 분출로서 국문학계도 왕성한 창조력을 발휘'했다.[15] 이 시기는 '국문학의 전문 연구와 교육의 기지로 대학에 국어국문학과를 창설해야 했고, 각급 학교의 교사 양성과 교재 편찬도 시급했다.'[16] 이후 여러 대학에 국어국문학과가 개설되었지만, 국문학계의 상황은 강의할 과목이나 교재 등이 제대로 갖춰지지 않아 적지 않은 곤란을 겪고 있었다. 그럼에도 '해방 직후의 국문학계는 그 짧은 기간에도 불구하고 연구사적으로 극히 중대한 업적들을 내놓았는데, 그것은 자기 연구의 현실성에 대한 자각이 높은 단계로 고조되었음을 반증하는 것'이라 평가되기도 한다.[17]

---

15 최원식, 「한국문학연구사」, 55면.
16 임형택, 「분단시대의 국문학」, 『한국문학사의 시각』, 창작과 비평사, 1984, 467면.
17 최원식, 「한국문학연구사」, 56면.

이 시기에 국문학 연구 활동을 주도하였던 학자들은 '일제하에서 국문학을 개척하였던 조윤제·이병기·양주동 등과 그 뒤를 이은 우리어문학회 회원들'이었으며, 당시의 학술적인 성과로 꼽을 수 있는 것 중 '하나는 국문학의 체제를 세운 작업이었고, 다른 하나는 민족의 문화유산을 정리 해석하여 그것을 일반 국민의 교양으로 제공한 일이었다.'[18] 이 당시 활동했던 학자들은 대부분 일제 강점기에 경성제대를 졸업했으며, 해방 이후 각 대학 국어국문학과의 교수로 재직하고 있었다. 특히 『국문학사』와 『국문학개론』 등의 개설서를 출간하고 고전문학 작품에 대한 주석서를 기획하는 등, '우리어문학회' 구성원들이 펼친 다양한 활동은 이 시기의 국문학 연구의 한 축을 담당하고 있었다. 국문학 연구사에서 이들의 역할이 정당하게 평가되어야 함에도 불구하고, '우리어문학회'의 성격과 학회 구성원들의 활동에 대해서는 아직 충분히 밝혀지지 않았다. 여기에서는 먼저 '우리어문학회'의 성격을 살펴보고, 그들의 활동이 국문학 연구사에서 어떠한 위상을 점하는지에 대해 논해보기로 한다.

'우리어문학회'는 당시 각 대학에서 교수로 재직하던 학자들에 의해 만들어졌던 연구 단체이다. 방종현을 비롯한 7명의 학회 구성원들은 모두 경성제대 조선어문학과를 졸업하였으며, 당시 서울대에서 교수와 강사를 지냈던 인연으로 학술 모임을 만들었다.[19] 무엇보다 서울대

---

18 임형택, 「분단시대의 국문학」, 467면.

19 "이들이 모두 서울대학교 사범대학의 교수 아니면 강사로 인연을 가진 사람들이었다. 방종현은 서울대 문리과대학 그리고 구자균과 나(김형규)는 고려대학에 있었다. …… 그리고 앞에서 말한 7명 중 남은 네 사람은 사범대학에 정학모·고정옥·정형용, 여자사대에 손낙범이 교수로 있었다.", 김형규, 「'우리어문학회' 그리고 개정된 '한글

를 비롯한 각 대학에서 국어국문학과가 개설되었지만, 당시에는 이를 뒷받침할 수 있는 교과 과정이나 교재 등이 제대로 갖춰지지 않았다. 이처럼 열악한 처지에 놓여있었기에, 이를 타개하기 위한 목적으로 1948년 6월에 뜻을 같이하는 학자들이 모여 '국어교육연구회'라는 단체를 조직하였다. 이들이 이러한 모임을 만든 것은, 당시 신설된 대학의 국문과 교수로 재직하면서 '국어교육'에 대한 현실적 어려움이 그만큼 컸다는 것을 반증하는 것이라 하겠다.[20] 연구 모임을 만들면서 내세웠던 명분도 '국어국문학과 국어교육에 관한 문제를 토론하고 국어국문학총서와 같은 것을 발간하는 모임이 필요'[21]하다는 것이었다.

이를 위해 매월 1회의 모임을 개최하고, 기관지와 고전문학총서의 발간을 목표로 활동을 펼쳐나가기로 계획했다.[22] 실제로도 이들은 월 1회 이상의 모임을 열고, 학술발표회와 학회 차원의 저서 출간을 위한 활동을 활발하게 전개했다. 그리하여 대학에서 사용할 교재로 시급하

맞춤법'에 대하여」, 4면.

20 김형규는 우리어문학회의 설립 동기에 대해서 다음과 같이 진술하였다. "처음부터 우리어문학회라 하여 시작한 것은 아닙니다. 해방 후 대학에서 강의를 하는데, 준비를 하면서 스스로의 의문을 품고, 서로 도움을 받기 위해, 주로 을지로에 있는 사범대학에서 한 달에 한 번 정도씩 모였습니다. …… 그러니까 처음부터 어떤 학회의 목표를 설정한 것이 아니라 결국 같은 필요를 느끼는 사람들이 모여서 시작한 것이 우리어문학회였습니다.", 「일사 방종현 선생의 국어학 연구(대담)」, 『국어학』 12, 국어학회, 1983, 238면.

21 「우리어문학회 일지」, 『어문』 창간호, 우리어문학회, 1949, 21면.

22 "2. 동년(1948년) 6월 20일 …… 7인이 집합(集合)하여 「국어교육연구회」를 발기하고 …… 아래와 같이 결의하다. (가) 매월 제1 금요일(오후 3시)을 예회일(例會日)로 정하고 집합 장소를 사범대학 국문과 연구실로 하다. (나) 본회의 위원은 위원 중 1인이 위원회에 추천하여 그 결의에 의하여 결정함. (다) 사업으로서는 기관지와 고전문학총서를 발간하기로 함.", 「우리어문학회 일지」, 『어문』 창간호, 21~22면.

다고 여겼던『국문학사』를 가장 먼저 공동으로 집필하여 출간하기로
결정하고, 구성원들의 역할 분담을 거쳐 두 달도 되지 않는 기간에
발간까지 마칠 수 있었던 것이다. 이들에 의해 출간된『국문학사』는
해방 이후 정식으로 출간된 최초의 문학사이며, '조선문학사'가 아닌
'국문학사'라는 제목이 붙은 최초의 저서이기도 하다.[23] 이 과정에서
모임의 명칭을 같은 해 8월 '우리어문학회'로 바꾸게 된다.[24] 이어서
구성원들의 공동 집필로『국문학개론』의 출간을 이듬해 5월에 완료하
였고,[25]「흥부전」등 고전소설에 대한 교주본 출간 작업을 꾸준하게
진행하였다. 그러나『국문학사』와『국문학개론』을 제외하고, 고전소
설 교주본 등을 출간하려는 계획은 제대로 이뤄지지 않았다. 특히 교주
본의 경우 작품에 대한 교주 작업과 구성원들의 통독(通讀)을 거쳐 원고
가 출판사에 넘겨지기도 했으나, 아마도 출판 사정이 여의치 않았던
듯 실제 출간으로 이어지지는 못한 것으로 짐작된다.[26]

　'우리어문학회'는 비록 학회라는 명칭을 사용하고 있었지만, 활동했
던 상황을 고려해 보면 '같은 뜻을 공유하는 일종의 동인(同人) 모임과
같은 성격'[27]을 지니고 있었다. 당시 경성제대 졸업생들은 유대감이

23　이상『국문학사』(우리어문학회, 수로사, 1948)의 발간 경위와 그 성격에 관해서는
　　김용찬,「'우리어문학회'의 활동 양상과『국문학사』」(이 책에 재수록되었음)를 참조
　　할 것.
24　「우리어문학회 일지」,『어문』창간호, 23~24면.
25　『국문학개론』(우리어문학회, 일성당서점, 1949.)은 1948년 12월에 구성원들의 협의
　　를 시작하였고, 원고를 분담하여 집필을 시작한 지 약 6개월 만인 1949년 5월에 출간
　　을 완료하였다.
26　이상 학회의 활동 상황에 대해서는 기관지『어문』(1~3호)에 수록된「우리어문학회
　　일지」의 내용을 정리한 것이다.
27　김용찬,「'우리어문학회'의 활동 양상과『국문학사』」, 211면.(이 책에 재수록되었음)

강했던 것으로 보이는데, '우리어문학회'의 구성원들 역시 서로 다른
대학에 근무하면서 필요한 경우 서로 강사로 초빙하여 강의를 맡기기
도 했다.[28] 이들이 모임을 만든 이유는 대학 교수로서 제반 여건이 제대
로 갖춰지지 않은 상태에서 강의와 연구를 진행하는 것에 어려움을
느껴, 이를 타개하기 위한 정보 교류의 목적이 가장 컸을 것이다. 그러
나 모임을 진행하면서 교과 과정에 따른 교재 개발과 각자의 학문 연구
에 대한 필요성을 절감했고, 이러한 목적을 이루기 위해 다양한 활동을
펼쳐나갔다. '우리어문학회' 구성원들의 규모는 한국전쟁으로 학회가
자연적으로 소멸될 때까지 전혀 변동이 없었다. 때문에 학연으로 이뤄
진 '우리어문학회'의 성격이 '초보적인 형태의 집단적인 학문 운동'[29],
혹은 '본격적인 학회라기보다는 폐쇄적 구조의 학술 모임'[30]이라는 평
가를 받기도 한다.

그런데 '우리어문학회'의 성립 및 활동 내용 등과 관련하여, 일제
강점기 동안 경성제대 조선어문학과 출신들을 중심으로 결성되었던
'조선어문학회'를 주목할 필요가 있다. 두 단체 모두 경성제대 출신들
로만 구성되었으며, 정기적인 모임과 잡지의 발간을 통한 학문적 성과
를 공유하기로 하는 등 활동 양상에서 서로 유사한 면모가 많다고 판단
되기 때문이다. 일제 강점기에 '조선어문학과 졸업생에게는 학교에 남

---

28 "사대 계통에 있는 사람은 모두가 문학을 전공하는 사람들이라 국어학을 하는 방형(방
    종현)이 사범대학을, 내가 여자 사대에 나가 강의를 맡았고, 구자균도 학교가 가깝고
    교수가 모자라는 여자 사대에 나가 강의를 맡게 되어 이렇게 인연이 맺어진 것이다.",
    김형규, 「'우리어문학회' 그리고 개정된 '한글 맞춤법'에 대하여」, 4면.
29 염무웅, 「자연의 가면 뒤에 숨은 역사의 흔적들」, 13면.
30 김용찬, 「'우리어문학회'의 활동 양상과 『국문학사』」, 212면.(이 책에 재수록되었음)

아서 계속 공부하거나 관립의 사범학교나 중등학교 교원이 되는 길이
열려있었다.[31] 그러나 초창기의 경성제대에서 조선어문학을 전공한
학생들은 소수에 불과했고, 이들은 졸업 후 대학원에 진학한다고 하더
라도 교수가 아닌 강사나 조수를 담당해야만 했다. 이러한 현실에서
경성제대 조선어문학과 출신들이 중심이 되어 1931년에 '조선어문학
회'가 설립되었는데,[32] 이 모임은 '우리어문학회'와 마찬가지로 소수의
회원들에 의해 운영되었던 동인회 성격의 학술모임이었다.

조선어문학회는 '조선어학과 조선문학의 연구를 목적'으로 하고 있으
며, 구체적으로 '회보 발간과 서적 출판'은 물론 '담화회와 강연회 등'의
활동을 내세웠다.[33] 실제 이들의 활동은 회보와 총서의 발간에 초점이
맞춰져 있었고, 회원들의 글을 엮어 만든 『조선어문학회보』는 약 3년에
걸쳐 모두 7호까지 발간되었다.[34] 이들은 또한 학회의 총서로 김태준의
『조선소설사』와 김재철의 『조선연극사』를 출간하였다.[35] 그러나 회보

---

31 이준식, 「일제 강점기의 대학 제도와 학문 체계-경성제대의 '조선어문학과'를 중심
    으로」, 『사회와 역사』 61, 한국사회사학회, 2012, 212면.
32 조선어문학회는 당시 조선어문학을 전공한 조윤제(1회)·이희승(2회)·김재철(3회)·
    이재욱(3회)·이숭녕(5회)·방종현(5회) 등 6명과 일문학을 전공한 서두수(2회), 그리
    고 중문학을 전공한 김태준(3회) 등 8명으로 조직한 모임이었다. 이들 중 이숭녕과
    방종현은 당시 경성제대에 재학 중이었으며, 나머지 회원들은 모두 경성제대를 졸업
    하고 대학원 재학 혹은 관립학교 교원의 신분이었다. 이충우, 『경성제국대학』, 196면
    참조.
33 '조선어문학회'의 규약은 모두 7개조로 이뤄져 있으며, 학회의 사업을 규정한 제4조의
    내용은 다음과 같다. "제4조, 본회는 그 목적을 달하기 위하여 좌기(左記)의 사업을
    행함. 1. 회보 간행과 서적 출판, 2. 담화회(談話會)·강연회 등, 3. 기타에 필요한 사
    항.", 「조선어문학회 규약」(『조선어문학회 회보』 제1호, 조선어문학회, 1931. 7, 11면)
34 『조선어문학회 회보』는 제1호(1931년 7월)부터 제7호(1933년 7월)까지 발행되었다.
35 총서는 이 2권을 끝으로 더 이상 이어지지 못했는데, 그 이유는 출간 경비의 문제에
    따른 것이었다. 이충우, 『경성제국대학』, 198면.

는 『조선어문』으로 이름을 바꾼 7호를 끝으로 더 이상 출간되지 못하였으며,[36] 학회 활동도 자연스럽게 종료되었던 것으로 확인된다.[37] 이상에서 살펴보았듯이 '조선어문학회'는 경성제대의 조선어문학과의 재학생과 졸업생들이 주축이 되어, 일제 강점기에 조선어문학에 대한 지속적인 연구 기반을 확보할 목적으로 만들어진 학술모임이었다.

흥미로운 사실은 '조선어문학회'가 설립될 당시, '우리어문학회'의 구성원 모두가 경성제대에 재학하고 있었다는 점이다.[38] 이들 중 방종현은 조선어문학회 회원으로도 활동하였으며, 나머지 구성원들도 모두 경성제대의 조선어문학과 혹은 예과에 다니고 있었다.[39] 때문에 비록 회원으로 활동하지는 않았더라도, 다른 구성원들 또한 '조선어문학회'의 존재와 그들의 활동에 대해서 인지하고 있었을 것이다. 두 단체의 명칭인 '조선어문학회'와 '우리어문학회'가 지닌 함의는 사실상

---

36 회보를 발간하는 경비 충당이 어려워 더 이상 이어지지 못했는데, 이충우는 당시 '학회 경비를 많이 보조하던 김재철의 요절(1933년 1월)이 결정적 원인이기도 했다'고 평가하였다. 이충우, 『경성제국대학』, 198면.

37 '조선어문학회'의 성격과 활동 양상에 대해서는 『조선어문학회 회보』(영인본, 도서출판 역락, 2004)의 검토를 통해서 정리했다.

38 경성제대의 학제는 예과 2년을 다닌 후에, 본과에 들어가 4년 동안의 전공을 이수해야 했다. 입학 연도로 따져 학회의 구성원들 중 방종현이 예과 5회(1928년 입학)였으며, 고정옥(예과 6회, 1929년 입학)과 정학모(예과 7회, 1930년 입학)의 순이었다. 나머지 정형용·김형규·손낙범·구자균은 모두 예과 8회(1931년 입학)로 입학한 동기동창들이었다. 이들 중 고정옥은 '반제동맹 사건'(1932년)에 연루되어 퇴학 처분을 당한 후, 나중에 복학을 하여 11회(1939년)로 졸업을 하였다. 이충우, 『경성제국대학』, 다락원, 1980, 195~200면 참조.

39 당시 조선어문학과에 다니던 고정옥이 '조선어문학회'의 회원으로 활동하지 않았던 것은, 아마도 그가 대학 재학 시절에 학회 활동보다 사회주의적 색채가 짙은 '독서회' 활동에 더 주력했기 때문이 아닌가 여겨진다. 고정옥의 대학 시절 활동에 대해서는 신동흔, 「고정옥의 삶과 학문 세계(상)」(『민족문학사연구』 7, 민족문학사연구소, 1995, 272~289면)을 참조할 것.

동일하다고 볼 수 있으며, '학회'라는 명칭을 내걸었으면서도 실질적
으로는 경성제대 출신들로 구성원을 한정하는 등 그 성격과 활동 양
상이 매우 유사하다고 판단된다. 특히 '우리어문학회'의 설립에 '대표
격'으로 참여했던 방종현이,[40] 일제 강점기에 존재했던 '조선어문학
회'의 회원으로도 활동했다는 사실은 매우 시사적이라 하겠다. 새롭
게 설립된 '우리어문학회'의 활동 방향을 정하는데 있어, 회원 중 누
군가가 참여했던 기존의 학회 활동을 참고로 하는 것은 매우 자연스
럽기 때문이다.

  실제 이 두 단체의 활동이 모두 학술 발표회와 회지 및 총서의 출간
등에 집중되었으며, 이들이 발간한 『조선어문학회보』와 『어문』의 체
제나 형식이 매우 유사하다는 것도 하나의 방증 자료가 될 수 있을
것이다. '조선어문학회'는 일제 강점기에 조선어문학을 전공하는 학
자들의 불안한 현실과 불투명한 미래를 스스로 개척해보겠다는 절박
한 염원을 담아 만들어진 소규모의 학술 단체라는 특징을 지닌다. 이
에 비해 '우리어문학회'는 해방 이후 새롭게 출발하는 국어국문학과
에서 안정적 기반을 지닌 교수들이 교육과 연구를 위해 조직한 학술
모임이라는 성격을 띠고 있다. 따라서 두 단체의 성격과 활동 내용에
대해서는 유사한 점이 발견되기도 하지만, 활동 당시의 시대적 상황
이나 연구사적 의의라는 측면에서는 구별되는 점도 분명히 존재한다

---

40 김형규의 다음 진술을 통해서 방종현이 학회의 설립에 주도적인 역할을 했을 것이라
    짐작할 수 있다. "참가자를 보면 방종현씨가 대표격이었고, 정학모·고정옥·정형용·
    손낙범·구자균·김형규 등인데, 방종현씨와 저만이 국어학을 했고, 나머지 분들은
    모두 문학을 하던 분들이었습니다.", 「일사 방종현 선생의 국어학 연구(대담)」, 237~
    238면.

고 하겠다.[41] 구성원들이 명시적으로 밝히지는 않았지만, 학회의 활동 방향이나 성격에 대해서는 앞서 존재했던 '조선어문학회'와의 관련성 도 충분히 인정될 수 있는 것이다.

우리어문학회 구성원들은 한국전쟁으로 인해 모임이 와해될 때까 지, 약 3년간에 걸쳐 각자의 연구 발표는 물론 공동으로 교재를 출간하 고 기관지를 발간하는 등 활발한 활동을 펼쳤다.[42] 임형택은 '해방공간' 의 시기를 국문학 연구사에서 '짧지만 어수선했던 중에도 다른 어느 시기보다 활발한 움직임을 나타냈던 시대'로 평가했는데,[43] 그러한 국 문학 연구자들의 '활발한 움직임'의 중심에 '우리어문학회'가 존재했다 는 사실을 기억할 필요가 있다고 하겠다. 한국전쟁이 끝나고, 국문학 연구의 흐름은 이른바 '해방 후 졸업생'들이 주축이 되어 설립된 '국어 국문학회'에 의해 주도되었다. 김형규는 '우리어문학회'가 '국어국문학 회의 전신과 같은 존재'[44]라 규정했으나, 오히려 초창기 '국어국문학회' 를 주도했던 연구자들은 그들을 극복 대상으로 생각했다. 이들은 '졸업 이후 대학 강단에 서는 일조차 해방 전 졸업생에 비해 차별 대우를

41 일제 강점기에 설립된 '조선어문학회'에 대해서도 아직 체계적인 연구가 이뤄지지 않고 있어, 국문학 연구사에서 이들의 역할 및 성과에 대해서는 별도의 고찰을 요한다.

42 때문에 『국문학개론』의 '개정판'은 발간 주체를 '우리어문학회'가 아닌 당시에 남아 있던 3인(구자균·손낙범·김형규)의 이름을 내세워 출간하기도 했다. 이들은 개정판 의 '서문'을 덧붙이면서 "우리어문학회가 재건될 날이 일른 오기를" 기대하는 진술을 남겨, 시대 상황에 따른 구성원들의 부재로 인해 학회 활동이 지속되지 못하게 된 것을 아쉬워하기도 했다. 「재판 서」, 『국문학개론』(개정판, 구자균·손낙범·김형규 공저, 일성당서점, 1955), 2면.

43 임형택은 그 이유로 '첫째 일제의 억압 하에 잠재 축적되어 있던 힘이 해방되어 자유 롭게 발휘되었고, 둘째 혼돈과 진로를 모색하는 창조적·진취적 분위기가 팽창되었던 데 있'었다고 논하였다. 임형택, 「분단시대의 국문학」, 467면.

44 김형규, 「'우리어문학회' 그리고 개정된 '한글 맞춤법'에 대하여」, 4면.

받'고 있다고 생각했는데, 여기서 말하는 '해방 전 졸업생'은 불특정한 전 세대이기보다는 경성제대 출신'들의 기성학자들이었다.[45] 구체적으로는 당시에 소수의 학자들에 의해 폐쇄적으로 운영되었던 '우리어문학회'의 구성원들을 겨냥한 것으로 이해되고 있다.[46] '국어국문학회'는 출발 당시부터 각 대학의 국어국문학을 전공하는 국문학 학도들의 학문적 연대를 지향하고 있었다. 국어국문학회의 창립을 주도했던 이들은, 자신들을 일제 강점기에 대학을 다녔던 선배 세대들과는 달리 "국가가 엄연히 존재하는 상황에서 구축된 '국어국문학'을 본격적으로 전공했다는 강한 세대적 자의식"을 공유하고 있었다.[47]

'국어국문학회'가 설립될 당시(1952년)에 이미 '우리어문학회'는 더이상 실재하지 않는 조직이었으나, 후배 세대들에 의해 극복의 대상으로 논해졌다는 것은 국문학 연구사에서 결코 간과할 수 없는 부분이라 하겠다. '우리어문학회'의 활동이 후배 세대들에게 학문적 자극을 주어, '국어국문학회'를 결성하는데 어느 정도 영향을 주었을 것이라 추정할 수 있기 때문이다. '우리어문학회'는 소수의 구성원들에 의해 운영되면서 비교적 의사소통이 활발하게 이뤄졌고, 이로 인해 그들의 학문적 역량을 발휘하는데 긍정적인 역할을 했을 것이다. 그러나 학회 운영의 '폐쇄적 성격'으로 인해, 후속세대의 학문적 역량을 성장시키는

---

45 박연희, 「1950년대 '국문학 연구'의 논리」, 199~201면 참조.
46 당시 30대 소장 학자였던 장덕순은 「어정대는 40대 국문학」(『신태양』, 1958년 10월호)을 발표하고, '우리어문학회'의 회원이었던 손낙범·구자균 교수의 논문을 대상으로 선배 학자들의 학문 태도를 신랄하게 비판하면서 이른바 '세대논쟁'이 시작되었다. 권오문, 『말 말 말』, 삼진기획, 2004, 113~118면.
47 박연희, 「1950년대 '국문학 연구'의 논리」, 203면.

역할에는 매우 제한적일 수밖에 없었다.[48] 때문에 이들의 학문 후속세대들에 의해 극복의 대상으로 여겨지면서, 새롭게 만들어진 '국어국문학회'는 다수의 연구자들이 참여할 수 있는 '개방적 성격'의 학회를 지향했다. '국어국문학회' 세대들에게 앞서 활동한 학자들의 연구 성과는 점차 의도적으로 논의에서 배제되고, 그 결과 '우리어문학회'의 존재와 그들의 연구 업적들은 서서히 잊혀가기 시작했던 것이다.[49]

3. 구성원들의 학술 활동과 기관지『어문』의 학문적 성과

일제 강점기부터 국문학 연구자들에게 있어 국문학의 연구 대상은 주로 '현재적인 것이 아니라 과거로부터 넘겨진 문학 유산의 분류와 체계화, 즉 역사적 연구'[50]를 의미하는 것이었다. '해방공간'에서 활동

---

48 '조선어문학회'는 설립 당시 7개 조항의 '규약'을 만들어 활동 방향에 대해서 명확히 규정했으나, '우리어문학회'는 실제 활동에 중점을 두고 특별히 '규약'을 마련하지 않은 것으로 확인된다. 일제 강점기에 활동했던 '조선어문학회'의 '규약'은 당시 회원들을 결속시킬 최소한의 장치로 여겨졌을 것이다. 그러나 '우리어문학회' 회원들은 해방 이후 대학 교수로서 안정된 사회적 지위를 확보하고 있었기에, 최소한의 지침만으로 활동했던 것으로 파악된다. 이러한 학회의 성격이 '조선어문학회'는 물론, '국어국문학회' 등 이후에 설립된 본격적인 학회들과도 구별되는 면모이다. 또한 학회의 '폐쇄적인 성격'으로 인해 한국전쟁 이후 회원의 추가적인 확보를 통한 학회의 복원을 꾀하지 않고, 남은 회원들은 자연적으로 학회가 소멸되는 길을 택한 것으로 여겨진다.

49 국문학 연구사에서 '우리어문학회'의 위상을 논하기 위해서는, 먼저 일제 강점기와 해방 이후에 활동했던 다양한 학술 집단들의 성격과 동향이 파악되어야 할 필요가 있다. 이러한 작업은 해방 전·후 시기의 다양한 학술 운동의 실상에 관한 현황과 자료 수집이 선행되어야 하는 바, 본고에서 감당할 수 있는 역량을 벗어나기에 추후의 과제로 남겨두기로 하겠다.

50 염무웅, 「분단의 심화와 어둠 속의 풍경들」, 14면.

했던 '우리어문학회'의 구성원들 역시 이러한 생각을 지니고 있었는데, 동시대의 문학적 성과에 대해서는 '평론가의 평론 대상으론 될지언정' 본격적인 국문학의 연구 대상으로 삼기에 적합하지 않다고 여겼다.[51] 당시의 학자들에게 국문학 연구는 곧 고전문학을 대상으로 한다는 생각이 일반적이었기에, '우리어문학회'의 구성원들은 정치적인 입장에 따라 이념적 대립이 격화되었던 '해방공간'의 문단 상황[52]과는 어느 정도 거리를 두고 있었다. 따라서 이들의 주요 활동은 과거의 문학 작품들을 정리한 『국문학사』와 『국문학개론』의 출간, 그리고 고전문학 총서 등 주로 고전문학의 연구에 초점이 맞춰져 있었다.

국문학 연구사에서 우리어문학회의 구성원들을 포함한 해방 이후 활동했던 경성제대 출신의 학자들을 일컬어, '일본을 통한 근대적 문헌학의 훈련을 받은 실증주의자들'[53]로 분류하기도 한다. 이들이 공동으로 저술한 『국문학사』에 대해서도 '뚜렷한 사관도 제시되지 않았'으며, '서로 다른 전공과 시각을 가진 연구자들이 공통으로 참여해만'들었다는 평가를 내리기도 하였다.[54] 실제 이들이 학회 활동을 하면서 남긴 연구 성과들은 통일된 방법론을 지향하는 것이 아니라, 구성원 개개인의 입장을 존중하는 입장을 취한 것이라 해석된다. 하지만 이들의 연구 성과들을 일별해 보면, 구성원들이 취한 학문적 지향

---

51 우리어문학회, 『국문학사』, 160면.
52 해방공간의 문단 상황에 대해서는 장사선, 「해방문단의 비평사」(『한국현대문학사; 증보판』, 현대문학, 1994)를 참조할 것.
53 김흥규, 「국문학 연구방법론과 그 이념 기반의 재검토」, 292면.
54 정하영, 「고전문학사 기술의 성과와 과제」, 『한국문학사 어떻게 쓸 것인가』, 한길사, 2001, 73면.

과 연구 방법론에서 적지 않은 차이를 발견할 수 있다. 예컨대 고정옥
과 구자균의 연구 성과에서, 조선 후기 문학에 대한 관심을 표면하고
이른바 '평민문학'에 대한 연구에 집중하면서 상대적으로 '진보적인
관점'을 취했던 것으로 확인된다. 이런 까닭에 학회 구성원들 각자의
연구 성과들을 점검하면서, 당시 그들의 연구방법론이 지닌 특징에
대해서 비교할 필요가 있다 할 것이다.

　이 시기에 활동했던 학자들은 일제 강점기의 문학적 유산을 청산
하고, 새로운 시대에 걸맞은 국문학의 체계를 정립하는 것이 무엇보
다 시급하다고 여겼다. 많은 학자들이 문학사의 집필에 힘을 기울였
는데, '해방공간'에서 저술되었던 다양한 문학사들[55]은 '국문학에 대
한 관점을 역사적으로' 정리함으로써 '국문학의 학문적인 체계'를 세
우고자 하는 국문학 연구자들의 학문적 성과라 할 수 있을 것이다.
특히 '우리어문학회'에서 공저로 출간된 『국문학개론』은 이 시기에
출간된 '유일한 개설서였'으며, '이 저작은 당시의 국문학 연구를 높
은 수준으로 정리한 것'이라는 평가를 받기도 한다.[56] 일제 강점기 동
안 제대로 펼치지 못했던 학자들의 학문적 역량이 적극적으로 발휘되
고 있었는데, 그 중에서도 학술 모임을 만들어 체계적으로 연구 활동
을 전개한 '우리어문학회'의 존재는 국문학 연구사에서 결코 적지 않
은 비중을 차지하고 있었다.

55　해방 이후부터 한국전쟁 이전까지 출간된 문학사는 다음과 같다. 권상로, 『조선문학
　사』(프린트물), 1947년 11월.; 우리어문학회, 『국문학사』, 수로사, 1948년 8월.; 이명
　선, 『조선문학사』, 조선문화사, 1948년 11월.; 김사엽, 『조선문학사』, 정음사, 1948년
　12월.; 조윤제, 『국문학사』, 동방문화사, 1949년 5월 등.

56　이상 임형택, 「분단시대의 국문학」, 467~469면 참조.

약 3년 여에 걸쳐 활동했던 '우리어문학회'의 활동에 따른 성과물
은 앞서 논했던『국문학사』와『국문학개론』의 출간, 그리고 구성원들
의 학문적 성과를 발표했던 기관지『어문』에 집적되어 있다. 이들은
학회 활동을 통해서 다양한 학문적 성과를 이루기도 했지만, 학회와
무관하게 자신의 연구 성과를 책으로 출간하기도 했다. 여기에서는
학회 구성원들의 개인적인 연구 활동을 점검하고, 이와 함께 기관지
『어문』을 통해서 학회의 연구 성과를 검토해보기로 한다. 이를 위해
먼저 학회 구성원들의 경성제대 졸업논문을 살펴보는 것으로부터 논
의를 시작해 보자.

> 방종현(方鍾鉉) : 'ㅎ'자음에 대하여(1933년 졸업)
> 고정옥(高晶玉) : 민요에 대하여(1939년 졸업)[57]
> 정학모(鄭鶴謨) : 주요 시조의 작가에 대하여(1935년 졸업)
> 정형용(鄭亨容) : 조선 고대소설의 분류 및 중국소설의 수입과 그
> 영향(1936년 졸업)
> 김형규(金亨奎) : 조선어에서 소유 종속을 나타내는 조사(1936년 졸업)
> 손낙범(孫洛範) : 목은 이색에 대하여(1936년 졸업)
> 구자균(具滋均) : 이서 시인을 중심으로 본 근대 위항문학(1936년
> 졸업)[58]

학회의 구성원 중 방종현과 김형규는 국어학을 전공하였고, 나머지

---

57 고정옥은 대학 재학 시절 '반제동맹' 사건에 연루되어 퇴학 처분을 당했고, 나중에
재입학하여 뒤늦게 졸업했기 때문에 입학(1929년)과 졸업 연도가 일치하지 않는다.
58 이상 학회 구성원들의 경성제대 졸업논문의 주제에 대해서는 다음의 논문들을 참고로
정리했다. 이준식, 「일제 강점기의 대학 제도와 학문 체계-경성제대의 '조선어문학과'
를 중심으로」; 이충우, 『경성제국대학』; 신동혼, 「고정옥의 삶과 학문 세계(상)」 등.

구성원들은 모두 국문학을 전공한 학자들이었다. 당시의 활동이 주로 고전문학을 대상으로 한 연구와 자료의 정리에 치중되어 있었기에, 국어학을 전공하는 이들의 역할은 상대적으로 제한적이었던 것으로 생각된다. 특히 구성원 중 가장 선배였던 방종현(1905~1952)은 학회의 설립에 주도적인 역할을 했지만, 학회 결성 초기에 출간된『국문학사』와『국문학개론』의 집필에는 참여하지 않았다.『국문학사』에서는 '서문'만을 작성하였으며,『국문학개론』에서는 '시조론의 집필을 담당하기로 했으나 건강상 관계로' 실제 집필에서는 빠지고 역시 '서문'만을 작성했다.[59] 그러나 기관지『어문』에서는 논문(1편)을 게재하고, 자신이 소장하고 있던 고전문학 자료를 제공하여 수록하는 등 학회 구성원으로서 적극적인 역할을 했다.『어문』창간호(1949년 10월)에「해방 후 국어국문학 관계 도서목록(1)」이 4면에 걸쳐 수록되어 있는데,[60] 이 목록과 학회 출판물들을 통해 확인한 방종현의 당시 연구 성과들은 다음과 같다.

> 「〈용가〉와 〈월곡〉의 형식에 대한 편견(片見)」,『어문』창간호, 1948.
> 「백상루별곡」 해제와 원문 제공,『어문』창간호, 1949.
> 「태평한화골계전」 해제와 원문 제공,『어문』제2호, 1950.
> 「조선 희서(稀書) 전관회」 소식,『어문』제2호, 1950.

---

59 우리어문학회,「서」,『국문학개론』, 일성당서점, 1949, 2면.
60 이 목록은 정학모에 의해 정리되어 수록된 것으로, '해방 전 출판으로 재판 서적도 포함'시키고 있다. 목록의 끝 부분에 '이하 계속'이라는 표기와 함께, '빠진 것이 있는 것을 아시는 분은 늘 알려주시옵기를 바라옵니다'라고 기록하였다. 그러나 창간호에 실렸던 도서목록은 그 이후로 나타나지 않는다. 이 목록에 저자명만 있고 출판사가 제시되지 않은 경우, 이를 확인하여 보완했다.

「태평한화골계전」(승편), 『어문』 제3호, 1950.

『조한영(朝漢英) 속담집』, 연학사, 1946.

『문학독본』, 방종현·김형규, 동성사, 1946

『고어 재료사전』(전집·후집), 동성사, 1947.

『조선문화총설』, 방종현 외, 동성사, 1947.

『세시풍속집』, 일성당서점, 1948.

『훈민정음통사』, 일성당서점, 1948.

『송강가사』, 정음사, 1948.

『조선민요집성』, 방종현·김사엽·최상수, 정음사, 1948.

『고시조정해』, 일성당서점, 1949.

『속담대사전』, 김사엽·방종현, 교문사, 1949.

　방종현은 '우리어문학회' 구성원들 중에서 가장 많은 연구 성과를 남겼는데, 자신의 주 전공이었던 국어학은 물론 고전문학과 민속학 분야에까지 걸쳐있다. 그의 연구 목록에서도 『송강가사』나 『고시조정해』 등의 고전시가 분야의 자료 정리[61]와 함께, 『세시풍속』과 『조선민요집성』 등의 민속학 분야에 대한 관심을 확인할 수 있다. 고전문학과 현대문학 작품을 엮어 만든 『문학독본』은 당시 대학 교재에 사용하기 위한 용도로 만든 책이라 파악된다. 이와 함께 방종현이 엮은 『조선문화총설』에 참여한 6명의 필진은 모두 경성제대 출신이면서, 또한 '조선어문학회'와 '우리어문학회'의 구성원들이라는 것이 특징이다.[62] 그는

61　『어문』 창간호에 수록한 가사 〈백상루별곡〉의 해제와 원문도 이에 해당한다.

62　전체 3부로 구성된 이 책의 서문은 송석하가 썼으며, 참여 필진은 '조선어문학회' 출신의 이희승·이재욱·이숭녕·방종현 등과 '우리어문학회'에 참여했던 구자균·김형규 등이다.

이 책에 2편의 글을 수록했는데, 「속담연구」와 「제주도의 방언」이라는 제하의 국어학 관련 논문이다.

방종현의 주된 관심 분야는 역시 국어학 관련 연구라 하겠는데, 일제 강점기부터 그는 주로 '고서의 수집과 연구, 고어(古語) 즉 국어사 연구, 방언 연구'[63]에 힘을 기울였다고 한다. 『어문』 제2호에 수록된 「조선 희서 전관회」는 자신이 참여하고 있던 '서지학회'의 회원들이 소장하고 있던 고서 전시회의 소식을 전하는 내용이다. 위의 목록에서도 국어사 관련 자료집과 속담집 등 국어학 관련 논문과 저서가 그의 연구 분야의 중심을 차지하고 있음을 보여주고 있다.[64] 함께 학회 활동을 했던 구자 균은 "국어학 연구 특히 문헌학·서지학·주석학의 방면에 주로 노력을 경주했던 고 일사 방종현 교수는 결코 재기환발(才氣煥發)의 사람이 아니라, 꾸준히 정력을 한 곳으로 쏟았던 노력가였음을 상기할 필요"[65]가 있다고 평가하기도 했다. 방종현은 국문학과 국어학을 섭렵하면서, 특히 자료의 정리와 집적에 치중하는 등 실증주의적 연구 태도를 견지했음을 확인할 수 있다. 그러나 그는 애석하게도 한국전쟁의 와중에서 피난처인 부산에서 병사함으로써, 학문 활동이 지속되지 못했다.[66]

---

63 이기문, 「일사 방종현 선생님의 생애와 학문」, 『어문연구』 30(4), 한국어문교육연구회, 2002, 6면.

64 방종현은 '우리어문학회'의 학술모임에서 '어청도의 일야(一夜)'(1949년 11월 4일)라는 주제의 발표도 했다. 「우리어문학회 소식」, 『어문』 3, 4면.

65 구자균, 「고전 연구의 방법과 태도 –국문학과 학생들에게 주는 글」, 『국문학』 7, 고려대학교 국어국문학과, 1963, 18면.

66 방종현의 사후에 유고(遺稿)를 모은 『일사 국어학논집』(민중서관, 1963)이 출간되었으며, 그의 학문적 업적에 대해서는 다음의 연구들이 제출되어 있다. 국어학회, 「일사 방종현 선생의 국어학 연구」(대담); 김형규, 「'우리어문학회'와 일사 선생」; 이기문, 「일사 방종현 선생님의 생애와 학문」; 이호권, 「일사 방종현 선생과 국어사 자료」,

고정옥은 '우리어문학회'의 회원 중 그동안 국문학 연구에서 가장 주목을 받았던 인물이다.[67] 그는 자신의 대학 졸업논문이었던 민요에 대한 관심을 확대시켜, 해방 이후에 『조선민요연구』라는 책으로 출간하기도 하였다. '민요에서 출발하여 국문학의 거의 전 영역에까지 뻗친 그의 연구 작업은 장르적 본질에 대한 이론적 안목과 그 형성·변천 과정에 대한 역사적 통찰력, 작품의 문학성을 섬세하게 가려내는 감식안 등에 힘입어 거의 예외 없이 당대 최고 수준에 이르고 있다'[68]고 평가되기도 한다. 학회 구성원들 중에서 가장 '진보적'인 연구방법론을 취했던, 고정옥이 월북 이전의 남긴 연구 성과들은 다음과 같다.

> 「근세문학」 제4절~제6절, 『국문학사』, 1948.
>
> 「국문학의 형태」, 『국문학개론』, 1949.
>
> 「민요」, 『국문학개론』, 1949.
>
> 「인간성의 해방」, 『어문』 창간호, 1949.
>
> 「잡감—철자법·단속법·한자 문제·외래어 문제·기타에 관해서」, 『어문』 제2호, 1950.

『어문연구』 30(4), 한국어문교육연구회, 2002 등.

67 고정옥의 삶과 학문적 성과에 대해서는 다음의 논문들이 제출되어 있다. 신동흔, 「고정옥의 삶과 학문 세계」(상·하), 『민족문학사연구』 7, 민족문학사연구소, 1995.; 김헌선, 「고정옥의 구비문학연구」, 『구비문학연구』 2, 한국구비문학회, 1995.; 강등학, 「고정옥의 민요연구에 대한 검토」, 『한국민요학』 4, 1996.; 김용찬, 「고정옥의 '장시조론'과 작품 해석의 한 방향—『고장시조선주』를 중심으로」, 『시조학논총』 22, 한국시조학회, 2005.(이 책에 재수록되었음); 김용찬, 「고정옥의 생애와 월북 이전의 저술 활동」, 『한민족어문학』 46, 한민족어문학회, 2005.(이 책에 재수록되었음); 김용찬, 「고정옥의 시조관과 『고장시조선주』」, 『고전문학연구』 27, 한국고전문학회, 2005 (이 책에 재수록되었음) 등.

68 신동흔, 「고정옥의 삶과 학문 세계(상)」, 271면.

『고장시조선주』, 정음사, 1949.

『조선민요연구』, 수선사, 1949.

『국어국문학요강』, 대학출판사, 1949.

　고정옥은 공동 집필한 『국문학사』와 『국문학개론』에도 참여했으며,
기관지 『어문』에도 모두 2편의 글을 남겼다. 위의 목록을 통해서도
확인할 수 있듯이, 고정옥은 '국문학의 체계를 이해함에 있어 구비문학
을 중요한 바탕으로 삼고 있'었다. '그의 연구는 기본적으로 소수의
지식층이 산출한 문학보다 일반 민중이 창조한 문학에 더 중점을'[69]
두었기에, 자연스럽게 고정옥은 문학사에서 조선 후기에 대한 관심이
남달랐다고 하겠다. 『국문학사』에서도 조선 후기에 해당하는 「근세문
학」의 후반부 집필을 담당했다. 그는 또한 문학사의 체계를 정립하는
것에도 관심을 기울였는데, 우리 문학사에서 존재했던 '각 양식의 관계
를 역사적 맥락 속에서 꿰뚫는 방식으로' 조망하는 작업의 결과가 바로
『국문학개론』에 수록되었던 「국문학의 형태」라는 글이다.[70]

　특히 『어문』 제2호에 수록한 「잡감(雜感)」에서는 당시에 다양한 의
견이 제시되었던, 철자법과 띄어쓰기(단속법)는 물론 한자와 외래어
표기 등에 관한 사항에 대해 학자로서의 의견을 표명하였다.[71] 이와
함께 국어학과 국문학의 주요 자료들을 엮어 만든 『국어국문학요강』

69　신동흔, 「고정옥의 삶과 학문 세계(상)」, 297~299면.

70　신동흔, 「고정옥의 삶과 문학 세계(상)」, 295면.

71　이 글은 '우리어문학회'의 모임에서 발표되었던 내용을 수정하여, 기관지에 수록한
　것이다. "동년(1948년) 8월 6일(금). 고정옥 위원이 「문장 기사에 있어서의 언어단속
　법에 대한 소고」를 발표하고 복합어의 기사에 관하여 토론하다.", 「우리어문학회 일
　지」, 『어문』 창간호, 23~24면.

은, 다양한 고전문학 작품들에 대한 해석과 감상의 방법을 제시한 개
론서의 성격을 지닌다. 그의 졸업논문 주제이기도 한 민요에 대한 연
구는 『국문학개론』에서 「민요」 단락의 집필과 『조선민요연구』라는
책의 출간으로 이어졌다. 고정옥의 연구방법론 역시 기본적으로 실증
주의적 관점에서 출발하고 있지만, '연구 대상을 다룸에 있어 실증적
방법론과 함께 이론적 안목과 문학적 감식안을 겸비'하고 있었다.[72]
아울러 '그가 국문학의 발달 과정을 해석함에 있어 사회주의적 발전
모델을 염두에 두고 있'으며, 이러한 연구 태도는 대학 재학 시절부터
'사회주의 이론의 영향'을 받았기 때문이라고 논해지기도 한다.[73] 고
정옥이 한국전쟁 기간에 북으로 가서 활발하게 활동하면서, 이후 남
한에서 그의 연구 업적에 대한 논의는 한동안 금기시되었다.[74]

  '우리어문학회' 활동을 하면서 남긴 정학모(1910~?)[75]의 연구 성과
는 다음과 같다.

> 「근세문학」 제1절~제3절, 『국문학사』, 1948.
> 「한문학과 국문학」, 『국문학개론』, 1949.

---

72 신동흔, 「고정옥의 삶과 학문 세계(상)」, 297면.
73 신동흔, 「고정옥의 삶과 학문 세계(상)」, 298면. 그의 연구 성과를 기반으로, 앞으로
   고정옥의 연구방법론에 대한 정밀한 탐색이 이뤄질 필요가 있다고 하겠다.
74 고정옥의 북에서의 활동에 대해서는 신동흔, 「고정옥의 삶과 학문 세계(하)」를 참조
   할 것.
75 정학모와 정형용은 한국전쟁 시기에 고정옥과 함께 북으로 갔다. 정형용의 이후 행적
   에 대해서는 찾기가 힘들지만, 정학모의 경우 다음과 같은 두 권의 고전소설 교주본을
   출간하였다. 따라서 정학모는 적어도 1960년까지는 북에서 학자로서의 활동을 한
   것으로 확인된다. 정학모·윤세평, 『춘향전』, 조선작가동맹출판사, 1954. ; 정학모,
   『숙향전』, 국립문학예술서적출판사, 1960 등.

「해방 후 국어국문학 관계 도서목록」(정학모 제공), 『어문』 창간호,
  1949.
「조윤제 저 〈국문학사〉 독후감」, 『어문』 제2호, 1950.
「고전적 문예와 교육」, 『어문』 제3호, 1950.

  주지하듯이 '우리어문학회'가 결성되고 가장 먼저 시작한 일이 바로
『국문학사』의 편찬이었다. 문학사를 편찬하는 과정에서, 정학모는 당
시 문학사의 시기 구분에 관한 이론적 기반을 마련하는 작업을 담당한
것으로 보인다. 학회를 결성하고 두 번째 학술 모임에서 정학모는 「국
문학의 시대 구분」이라는 제목으로 발표를 했는데,[76] 그의 발표는 학회
구성원들의 토론을 거쳐 『국문학사』의 체계를 구축하는데 중요한 역할
을 하였다. 『국문학사』에서는 조선 전기에 해당하는 「근세문학」 전반
부의 집필을 담당하였고, 『국문학개론』에서는 「한문학과 국문학」 부
분을 분담하여 국문학과 한문학의 관계에 대해서 서술하였다.
  『어문』 창간호에 그가 조사하여 제공한 「해방 후 국어국문학 관계
도서 목록」은 '해방공간'에서 출간되었던 153종의 국어국문학 관련
도서목록인데, 이를 통해 당시 연구자들의 학문적 성과를 확인할 수
있다는 점에서 연구사적으로도 의미가 있다고 하겠다. 이와 함께 조
윤제의 『국문학사』가 발간된 이후 기존의 문학사와 비교하여 평가하
는 글을 제2호에 남겼으며, 제3호에 수록한 「고전적 문예와 교육」은

---

76 "동년(1948년) 7월 16일(金) 정학모 위원이 「국문학의 시대구분」이라는 소론(小論)
  을 발표하고 이에 관하여 토의하고 아래와 같이 결정하다. 상고…신라 통삼까지, 중
  고…신라말까지, 중세…훈민정음 반포까지, 근세…갑오경장까지, 현대…이후 금일
  (今日)까지.", 「우리어문학회 일지」, 『어문』 창간호, 21~22면.

교육 현장에서 자신이 느꼈던 고전문학 교육의 방법에 대한 진지한
고민을 담고 있는 글이다. 이처럼 당시 정학모의 연구 성과는 전적으
로 학회 활동과 연관되어 있는데, 그 역시 기본적으로 실증주의적 연
구 태도를 지니고 있었던 것으로 파악된다.

정형용(1911~?)의 연구 성과는 다음과 같다.

> 「상고문학」, 『국문학사』, 1948.
> 「가사」, 『국문학개론』, 1949.
> 「시조」, 『국문학개론』, 1949.
> 「소설」, 『국문학개론』, 1949.
> 「8·15 이후의 국문학사 총평」, 『어문』 창간호, 1949.
> 「국문학이라는 성어의 개념」, 『어문』 제2호, 1950.
> 「유원십이곡」 해제 및 원문 제공, 『어문』 제3호, 1950.

해방 직후에는 '조선문학'이라는 용어가 일반적으로 사용되고 있었
고, 일제 강점기의 영향으로 때로는 '국문학'이란 단어에서 '일본문학'
을 떠올리는 경우가 적지 않았다. 그런 상황에서 학회 구성원들은 『국
문학사』를 집필하기 위해서, 먼저 '국문학'에 대한 개념 정립을 정확히
할 필요가 있었다. 이런 이유로 학회의 학술모임에서 정형용이 '「국어
와 조선어, 국문학과 조선문학」이라는 소론(小論)을 발표하고, 이어서
국어와 민족과의 관계를 토론하고 순수 조선문학의 개념을 규정'하는
기반을 마련하였다.[77] 이러한 작업이 '국문학 연구자로서의 자기 정체
성을 확립하는 것이라 판단했으며', 이후 '조선문학' 대신 '국문학'이라

---

77 「우리어문학회 일지」, 『어문』 창간호, 22면.

는 용어를 취하여 『국문학사』 집필에 착수했다.[78] 이후 이 발표는 기관지 『어문』에 「국문학이라는 성어(成語)의 개념」이라는 제목으로 수록되었고, 『국문학사』에서는 「상고문학」의 내용을 집필하였다.

『국문학개론』에서는 다른 구성원들보다 많은 3개 항의 목차를 담당하였는데, 그중에서 『소설』은 그의 대학 졸업논문 주제와 연관된다고 하겠다. 또한 「시조」는 애초 방종현이 분담했던 것을 대신 집필한 것이며, 여기에 「가사」까지 담당했다. 『어문』 창간호에는 해방 이후 우리어문학회에서 발간한 『국문학사』에 이르기까지 문학사에 대해 평가한 글을 수록하였고, 제3호에는 안서우의 「유원십이곡」을 포함한 시조 작품과 해제를 기고했다.[79] 연구 성과들을 통해서 볼 때, 정형용은 국문학 중에서 특히 고전시가에 대한 관심이 지대했던 것으로 확인된다. 이와 함께 국문학의 개념을 정립하기 위한 이론적 작업에 앞장서기도 했지만, 그 역시 기본적으로 실증주의적 학풍을 지니고 있었던 것으로 파악된다. 정형용도 한국전쟁의 와중에 북으로 갔는데, 그의 연구 성과들은 우리어문학회의 활동에서 산출된 것들이 가장 큰 비중을 차지하고 있었다.

김형규(1911~1996)는 방종현과 함께 국어학을 전공한 학자이며, '우리어문학회'에서의 활동이 비교적 활발했던 것으로 파악되고 있다. 그의 연구 성과는 다음과 같다.

---

78 김용찬, 「'우리어문학회'의 활동 양상과 『국문학사』」, 213면.(이 책에 재수록되었음)
79 안서우의 시조 작품들이 수록된 『양기재산고』는 한때 행방이 묘연했다가 최근 그 소재가 발견되었다. 그동안의 연구에서 「유원십이곡」과 안서우의 시조 작품들의 정확한 면모를 파악할 수 있는 중요한 자료적 가치를 지니고 있다고 평가된다. 『양기재산고』의 영인본은 다음의 서지를 참고하라. 「안서우의 〈양기재산고〉」, 『한국한문학연구』 78, 한국한문학회, 2020.

「중고문학」, 『국문학사』, 1948.

「국어학과 국문학」, 『국문학개론』, 1949.

「해방 후의 국어학 서평」, 『어문』 창간호, 1949.

「〈용가〉와 〈월곡〉에 있는 '니'에 대해서」, 『어문』 제2호, 1950.

「한자 폐지론」, 『어문』 제3호, 1950.

『문학독본』, 방종현·김형규, 동성사, 1946.

『조선문화총설』, 방종현 외, 동성사, 1947.

『국어학개론』, 백영사, 1949.

김형규는 『국문학사』에서 이른바 '남북국시대'에 해당하는 신라 통일기의 문학사 서술을 담당했는데, 그의 전공이 국어학이기에 특히 향가의 해독에 관심을 기울였다. 『국문학개론』의 「국어학과 국문학」 항목에서는 국어학과 국문학의 관계에 대해서 서술하였으며, 『어문』 창간호에 수록된 「해방 후의 국어학 서평」은 당시에 출간된 5종의 국어학 관련 서적에 대한 서평이다. 또한 제2호에서는 국어사의 중요한 자료인 〈용비어천가〉와 〈월인천강지곡〉에 사용된 특정 어미에 대한 연구 논문을 수록하였다. 제3호에 수록한 「한자 폐지론」은 한자 폐지의 입장에서 한자의 학습과 사용상 불편함에 대한 의견을 제시하기도 했다.

『국어학개론』은 자신의 단독 저서로, 학회에서 엮은 『국문학개론』과 함께 대학 교재로 사용하기 위해 만든 것이라 여겨진다.[80] 이밖에 『문학독본』과 『조선문화총설』은 모두 방종현의 주도로 출간된 책인데, 『조선문화총설』에는 김형규의 글은 2편이 수록되었다.[81] 일부 국

---

[80] 학회의 학술 모임(1949년 7월)에서 「가족관계의 고어」라는 제목으로 발표하기도 했다. 「우리어문학회 소식」, 『어문』 제3호, 4면.

문학과 관련된 연구 성과들을 남기기도 했지만, 김형규는 대체로 자신의 주 전공이었던 국어학 분야에 대한 연구에 집중했던 것으로 확인된다. 때문에 국어학 연구자로서 당시 논쟁의 대상이 되었던 '한자폐지론'에 대한 적극적인 입장을 표명하기도 했으며, 김형규 역시 실증주의적 관점을 지닌 학자로 파악할 수 있을 것이다.

다음은 손낙범(1911~1984)의 연구 성과를 살펴보기로 하자.

> 「중세문학」, 『국문학사』, 1948.
> 「향가」, 『국문학개론』, 1949.
> 「시가 제서 주석 독후감」, 『어문』 창간호, 1949.
> 「문장과 띄어쓰기에 대한 소고」, 『어문』 제3호, 1950.

우리어문학회의 다른 회원들과 비교해 봐도, 손낙범의 연구 성과는 상대적으로 소략하다. 『국문학사』에서 집필을 담당한 「중세문학」은 고려시대로부터 훈민정음 창제 이전까지의 문학사를 서술한 내용이다. 『국문학개론』에서는 「향가」 항목을 맡아, 향가의 정의로부터 형식과 작품 내용을 소개하는 정도에 그치고 있다. 『어문』 창간호에서는 당시에 발간되었던 시가 주석서 『고시조정해』와 『농가월령가』에 대한 소개와 감상을 곁들인 글을 수록하였다. 제3호에 기고한 「문장과 띄어쓰기에 대한 소고」에서는 당시에 통일성이 없었던 띄어쓰기에 대한 저자 나름의 방안을 제시하고, '한글맞춤법 통일안'의 문제점을 지적하면서 문장 구성의 원칙에 대해 의견을 밝히고 있다.

---

81 「자음동화의 연구」와 「조선어의 과거와 미래」라는 제목의 국어학 관련 논문들이다.

구자균(1912~1964)은 '해방공간'에서는 물론, 한국전쟁 이후에도 활발한 학문 활동을 전개했다.[82] 특히 대학 졸업논문이었던 「이서(吏胥) 시인을 중심으로 본 근대 위항문학」은 그 내용을 보강해『조선평민문학사』로 출간되기도 했다. 당시로서는 국문학의 연구 영역에서 소외되고 있었던 조선 후기 '위항문학(委巷文學)'에 대해 집중적인 관심을 기울였는데, 이는 당시로서는 선구적인 연구 주제라 평가될 수 있을 것이다. 때문에 학회 구성원들 중에서 상대적으로 '진보적인 관점'을 취하고 있었던 것으로 파악되는데, 이 시기 구자균의 연구 성과는 다음과 같다.

> 「현대문학」, 『국문학사』, 1948.
> 「연극」, 『국문학개론』, 1949.
> 「신문학」, 『국문학개론』, 1949.
> 「국문학 분류 서론」, 『어문』 창간호, 1949.
> 「평민문학고」, 『어문』 제2호, 1950.
> 『조선평민문학사』, 문조사, 1948.
> 『조선문화총설』, 방종현 외, 동성사, 1947.

학회에서 공동으로 집필한 두 권의 저서에서, 구자균은 모두 현대문학 분야를 담당했다. 『국문학사』에서는 「현대문학」 항목을 집필했으며, 갑오경장 이후 해방까지의 시기를 모두 5기로 구분해 그 특징을 서술하였다. 『국문학개론』의 「신문학」도 결국 '현대문학'의 다른

---

82 구자균의 생애와 학문적 성과를 다룬 논문들은 다음과 같다. 박성의, 「고 구자균 박사의 학문 -고인의 회갑을 맞이하여」, 『어문논집』 14, 안암어문학회, 1973.; 소재영, 「일오 선생의 삶과 학문」, 『어문논집』 33, 민족어문학회, 1994.; 장효현, 「구자균의 국문학 연구, 그 의의와 과제」, 『한국문학논총』 50, 한국문학회, 2008 등.

명칭이라 할 수 있는데, 여기에서는 고전문학과 다른 '신문학'의 특징
에 대해서 다루고 있다. 또한 「연극」 항목은 '가면극·인형극·창극(판
소리)·구극' 등 주로 근대 이전의 우리 문학에서 존재했던 연극적 전
통의 특징에 대해서 논하고 있다. 『어문』 창간호에 실린 「국문학 분류
서론」은 문학사의 큰 갈래(genre)를 서구의 분류 기준에 의해서 서정
시·서사시·극시로 구분할 것을 제안하는 내용이다.

제2호의 「평민문학고」는 학회의 모임에서 발표한 것을 기관지에
수록한 것이며,[83] 방종현이 엮은 『조선문화총설』에는 필자 중에서 가
장 많은 4편의 글을 수록하였다. 그중에서 「근대 평민문학 개관」과
「문학과 평민」은 평민문학에 대한 그의 관심을 보여주는 글이며, 『조
선 평민문학사』를 출간하기 위한 기초 작업이라 할 수 있겠다. 이밖
에도 같은 책에 실린 「상식을 위한 시조론」은 시조의 기원과 형식에
대한 개론적인 성격의 글이며, 「국문학과의 성격」에서는 대학이 국어
학과 국문학을 연구하기 위한 성격을 지녔다는 의견을 피력하였다.
구자균 역시 기본적으로 실증주의적 학풍을 견지하고 있었지만, 조선
후기 '평민 한문학'에 대한 적극적인 연구를 통해 문학사의 지평을 넓
힌 연구자로 기억되고 있다. 때문에 그에 대해서는 '근대 선행기의 평
민문학의 역할에 주목하'였으며, '계급적 관념에 입각하여 민중의 역
사적 가치를 중시'한 학자로 평가하기도 한다.[84]

이상으로 '우리어문학회' 구성원들의 학회 결성 전후의 연구 성과
를 살펴보았다. '우리어문학회'의 기관지 『어문』은 대체로 구성원들

---

83 「우리어문학회 소식」, 『어문』 제3호, 4면.
84 장효현, 「구자균의 국문학 연구, 그 의의와 과제」, 264면.

의 글로만 엮어졌는데, 특이하게도 제2호와 제3호에는 각각 비회원
인 이숭녕과 석주명의 논문이 수록되었다.[85] 이와 함께 제3호에서는
서울사대 국문학회연구부에서 조사하여 제공한 일제 강점기 시절 사
학(史學) 잡지에 수록되었던 「국어국문학 관계 연구논문 목록」이 실려
있다.[86] 이어서 1949년의 3개 대학 4개 학과의 대학 졸업논문 목록이
제시되어 있는데, 이 자료도 당시 연구자들의 연구 동향을 파악할 수
있는 자료로써 연구사적으로 의미가 적지 않다고 판단된다.[87] 무엇보
다 매 호마다 「우리어문학회 소식」이라는 난을 만들어, 자신들의 학
회 활동을 기록하였다는 것도 당시의 상황을 파악할 수 있게 하는 중
요한 자료이다.[88] 이러한 자료를 바탕으로 앞으로 보다 상세하게 우리
어문학회 구성원들의 활동에 담긴 의미를 따져보고, 『어문』에 수록된
여러 자료들의 면모를 살펴 '해방공간' 국문학 연구사의 일면모를 파
악할 수 있을 것이라 생각된다.

---

85 이숭녕, 「우랄·알타이어의 공통 특질론」(제2호); 석주명, 「제주도 방언과 마래어 –
    조선어와 마래어와의 공통어 수개」(제3호) 등의 글은 모두 국어학 관련 논문들이다.
    학회를 운영하면서 구성원의 규모를 확대하려는 시도로 해석되나, 이후 학회가 해체
    되고 기관지의 출간이 멈춰지면서 그 실상을 확인할 수 없게 되었다.

86 이 목록에는 강윤호(康允浩)의 간략한 해제가 붙어 있고, '총론·국어학·국문학' 등
    크게 3개의 분류에 따른 논문 목록이 5면에 걸쳐 제시되어 있다. 『어문』 제3호, 38~
    42면.

87 「4282년도 각 대학 국문과 졸업논문 제목」이라는 표제 하에, 고려대학(8명)·문리과
    대학(5명)·사범대학(11명)·이화대학(9명) 등 33명의 졸업논문 제목이 제시되어 있
    다. 여기에서 문리과대학과 사범대학은 서울대학의 단과대학을 일컫는다. 『어문』 제
    3호, 43면.

88 『어문』의 제3호에는 1949년 12월까지의 학회 소식이 기록되어 있다. 따라서 이후의
    학회 활동 상황은 『어문』 제2~3호의 내용을 통해서 파악할 수밖에 없었다.

4. 맺음말

해방 이후부터 한국전쟁까지의 이른바 '해방공간'의 국문학 연구사
는 아직도 많은 부분이 해명되지 못한 채로 남아있다. 특히 이 시기에
활동했던 '우리어문학회'의 성격과 그 구성원들의 연구 성과에 대해
서는, 그동안 연구자들의 관심 밖에 놓여있는 경우가 많았다. 본고에
서는 이들의 학회 결성 과정과 그 성격에 대해서 살펴보고, 나아가
각 구성원들의 연구 성과를 구체적으로 확인하고자 했다. 이를 통해
우리어문학회의 국문학 연구사에서의 위상을 점검하고, 해방 이후 국
문학계 동향의 일단을 확인할 수 있었다. 비록 활동 기간 내내 학연에
의한 '폐쇄적 성격'을 지닌 학술모임을 벗어나지 못했으나, 그들이 편
찬한 『국문학사』와 『국문학개론』 그리고 기관지 『어문』에 수록된 성
과들은 당시 연구자들의 학문적 활력을 대변하고 있다고 하겠다.

우리어문학회의 구성원들은 모두 경성제대 조선어학과 출신이며,
당시 각 대학에서 국어국문학과 교수로 재직하고 있었다. 해방 이후
제대로 된 교과과정이나 교재도 갖춰지지 못한 상황에서, 이들은 이
러한 타개하기 위해 처음에 '국어교육연구회'라는 모임을 만들었다.
그들이 학술모임을 만들고 처음으로 착수한 작업은 당시 대학의 교과
과정에서 주요 과목이었던 『국문학사』와 『국문학개론』을 공동 집필
하는 것이었다. 그 과정에서 모임의 명칭을 '우리어문학회'로 개칭(改
稱)한 것이다. 이외에도 고전문학총서 작업의 일환으로 「춘향전」 등
고전소설 작품의 교주본을 발간하려는 계획을 세우기도 했으나, 실제
출판에는 이르지 못하였다. 대신 학회 구성원들의 학문적 성과를 수
록할 수 있는 기관지 『어문』을 창간하여, 창간호부터 제3호에 이르기

까지 발간하였다. 기관지에는 구성원들의 연구 성과는 물론, 당시에 출판되었던 국어국문학 논저 목록을 싣기도 하였다. 더욱이 자신들의 학회 활동의 면모를 꼼꼼히 기록하여, 당시 국문학 연구단체로서의 구체적인 면모를 확인할 수 있었던 것이다.

하지만 우리어문학회는 한국전쟁의 와중에 구성원 중 일부가 납·월북되고, 일부는 병사(病死)하는 등의 이유로 끝내 소멸되고 말았다. 한국전쟁 이후 남쪽에서는 오랫동안 반공을 내세운 정권이 권력을 담당하고 있었기에, 납·월북자가 포함된 우리어문학회의 존재에 대해 거론조차 하지 못했었다. 더욱이 구성원들의 학연에 의한 '폐쇄적 성격' 때문에, 학문 후속세대라 할 수 있는 '국어국문학' 세대들에게 극복의 대상으로 여겨지기도 했다. 그 결과 우리어문학회의 존재와 구성원들의 학문적 성과는 연구자들의 관심에서 벗어날 수밖에 없었던 것이다. 1980년대 후반에 이르러서야 납·월북자의 저작물이 해금되어 읽힐 수 있게 되었고, 고정옥을 비롯한 우리어문학회 구성원들의 활동 양상도 비로소 연구의 대상이 되었던 것이다. 본고를 통해서 우리어문학회의 성격과 구성원들의 활동 양상에 대해서 어느 정도 윤곽을 그려볼 수 있게 되었다. 따라서 앞으로는 이를 토대로 우리어문학회를 포함한, '해방공간'의 국문학 연구사에 대한 상세한 면모가 밝혀질 수 있기를 기대한다.

『민족문학사연구』 통권59호(민족문학사학회, 2015)에 수록된 논문을 일부 수정하였음.

우리어문학회의 활동 양상과『국문학사』

1. 머리말

일제 식민지라는 암흑기를 거쳐 해방된 이후, 그동안 주변적 학문으로 치부되었던 '조선어문학'은 비로소 독립된 국가의 언어와 문학을 주체적으로 인식할 수 있는 '국어국문학'이라는 이름을 획득하게 되었다. 때문에 해방과 함께 대학이 설립되고, 각 대학에는 '국어국문학과'를 설치하는 것이 당연시되었다. 이후 '한국전쟁'이 발발한 1950년까지의 '해방공간'에서 국어국문학의 다양한 학문적 모색이 이뤄졌는데, 대체로 여러 대학의 국어국문학과를 중심으로 그에 대한 논의가 진행되었다. 이 당시 활동했던 국문학 연구자들은 새로운 시대에 맞는 국문학의 개념과 범주를 설정하려는 노력을 경주했다. 식민지 시절의 잔재를 청산하면서, 새로운 학문으로서 국문학의 체계를 정립하는 것이 시급했기 때문이다. 나아가 기반이 튼실하지 못한 국문학에 대한 이론적 모색을 진행함과 아울러, 이를 교육 현장에서 적용시킬 수 있는 틀을 세워나가야만 했다.

이 시기 각 대학의 교단에서 자리를 잡았던 이들은 주로 식민지 시절 경성제대 조선어문학과를 졸업한 학자들이었고, 그들은 '우리나라 국어국문학 연구 제1세대의 핵심을 구성'한다고 평가되고 있다. 이들에 의해 '국어국문학 연구는 근대적 학문으로서의 기본 골격을 갖추게 되었'고, 대학 강단에서 후속 세대의 양성에 나설 수 있게 되었다.[1] 그러나 당시 각 대학의 국어국문학과에서는 강의할 과목이나 교재 등이 제대로 갖춰지지 않아, 학문 연구는 물론이고 수업의 운용에 있어서도 적지 않은 곤란을 겪고 있었다. 이러한 문제점을 인식하고 나름의 해결책을 모색하고자, 이들 중 일부 학자들이 모여 1948년에 만든 모임이 바로 본고에서 살펴볼 '우리어문학회'이다.[2]

이 모임의 구성원들은 모두 식민지 시절 경성제대 조선어문학과를 졸업하고 해방 이후 서울대학교에서 교수와 강사를 지내던 인연을 공유하고 있는데, 대표격이었던 방종현(方鍾鉉) 등 7인이 이 학술모임의 주축이었다.[3] 구성원의 한 사람이었던 김형규 스스로도 '정식 단체라고 말할 수 없고, 같은 직장에 인연을 가진 동창생들의 모임에 지나지 않았다'고 술회한 바 있다.[4] 비록 제한된 구성원들에 의해 2년 남짓한

---

1 염무웅, 「자연의 가면 뒤에 숨은 역사의 흔적들」, 『분화와 심화, 어둠 속의 풍경들』, 민음사, 2007, 12~13면.

2 김형규의 기억에 의하면, "해방 후 대학에서 강의를 하는데 준비를 하면서 스스로의 의문을 풀고 서로 도움을 받기 위해 주로 을지로에 있는 (서울대) 사범대학에서 한 달에 한 번 모"여 학술 모임을 가졌다고 한다. 김형규, 「방종현 선생의 학회 활동」(대담, 「일사 방종현 선생의 국어학 연구」, 『국어학』 12, 국어학회, 1983), 238면. 현재 같은 이름의 학회가 존재하고 있지만, '해방 공간'에서 활동했던 '우리어문학회'와는 전혀 별개의 단체이다.

3 구성원들은 모두 경성제대 출신으로 '방종현씨가 대표격이었고, 정학모·고정옥·정형용·손낙범·구자균·김형규 등'이 참여하였다. 이들은 '처음부터 어떤 학회의 목표를 설정한 것이 아니라 결국 같은 필요를 느끼는 사람끼리 모여서 시작한 것이'라 한다. 김형규, 「방종현 선생의 학회 활동」, 237~239면.

4 "이들이 모두 서울대학교 사범대학의 교수 아니면 강사로 인연을 가진 사람들이었

짧은 기간 활동했지만, 이들이 국어국문학계에 남긴 학문적 성과는 적지 않다고 하겠다. 이들에 의해 편찬된 『국문학사』와 『국문학개론』은 당시에 국문학의 개념과 범주를 정리하고, 이를 대학 교육에 적용시키고자 한 노력의 산물이었다. 더욱이 학술모임을 통해 구성원들의 연구 발표와 토론을 진행하면서, 앞서 거론한 2권의 공동 저서와 함께 학회의 기관지인 『어문』을 모두 3차례에 걸쳐 펴내기도 하였다. 기관지인 『어문』에는 구성원들의 학술 논문을 주로 발표하면서, 국문학 관련 고전 자료를 꾸준히 소개하였다. 이처럼 그들은 정례적인 학술모임을 개최하였고, 그 성과를 기관지에 발표함으로써 학회의 연구 기반을 다지는 장으로 활용하였다.

그러나 1950년 발발한 한국전쟁의 와중에서 학회의 주축을 이루던 고정옥·정학모·정형용 등 3인이 납·월북되었고, 이후 활동이 이어지지 않아 자연적으로 해체의 길을 밟게 되었다. 학회의 대표격이었던 방종현 역시 1952년 피난지였던 부산에서 병사(病死)함으로써, 남은 성원들만으로는 더 이상 학회를 유지할 수 없었던 것이다. 우리 역사에 크나큰 상처를 남긴 '한국전쟁'은 국문학 연구 분야에 있어서도 큰 변화를 가져왔는데, 그것은 '전쟁으로 인한 학문적 세대의 구조가 붕괴되고 공백의 지점이 드러'난 것이라 하겠다.[5] 한국전쟁이 휴전으로 마무리된

다. 방종현은 서울대 문리과대학 그리고 구자균과 나(김형규)는 고려대학에 있었다. …… 그리고 앞에서 말한 7명 중 남은 네 사람은 사범대학에 정학모·고정옥·정형용, 여자사대에 손낙범이 교수로 있었다.", 김형규, 「'우리어문학회' 그리고 개정된 '한글맞춤법'에 대하여」(『국어학』 21, 국어학회, 1991), 4면.

5 박연희, 「1950년대 '국문학 연구'의 논리–〈국어국문학회〉 세대를 중심으로」, 『사이間 SAI』 2, 국제한국문학문화학회, 2007, 198면.

후 우리어문학회 구성원 일부가 남쪽에 남아 학문 활동을 지속했지만, 더 이상 학회의 이름을 걸고 활동을 하는 것이 쉽지 않았다. 전쟁이 끝난 후 학회의 주축을 이뤘던 주요 구성원들의 공백은 쉽게 메울 수 없을 정도였으며, 새로운 학술 단체인 '국어국문학회'가 1952년에 창립되어 활동을 시작했던 것도 어느 정도 영향을 미쳤다고 하겠다.[6]

종전 이후 한반도의 남과 북에서는 서로 다른 이념적 지향의 정권이 등장하여, 지금까지 대립적 구도가 지속되고 있다. 남쪽에서는 반공을 내세운 정권이 권력을 담당했던 까닭에, 납·월북자가 포함된 '우리어문학회'의 존재를 거론하는 것조차 쉽지 않았다. 납·월북 인사들의 작품과 저서가 해금(解禁)된 1988년 무렵에서야, 비로소 납·월북 작가들과 연구자들의 작품이나 연구 성과에 대해 논의가 진행될 수 있었다. 이러한 역사적 상황으로 인해, 납·월북자가 포함된 '우리어문학회'의 활동이나 그들의 저작에 대해 본격적으로 연구하는 것은 그 이전까지 쉽게 생각할 수 없었다. 그래서인지 몇몇 연구자들에 의해 이 모임의 존재가 단편적으로 거론되기도 했으나, 아직까지 학계에서 '우리어문학회'나 그들의 활동에 대한 보고나 평가가 본격적으로 이뤄지지 않았다.

하지만 이들의 활동이 이후 국문학계에 끼친 영향이 적지 않다고 판단되기에, 학회의 활동 양상과 그들이 남긴 저작에 대한 연구가 필요한 시점이라 하겠다. 그리하여 여기에서는 학회의 기관지로 총 3호가 발간되었던 『어문』을 통해서 그들의 활동 양상과 학회의 성격을 살펴보고, 구성원들의 공동 집필로 이루어진 『국문학사』의 체제와 내

---

6 '국어국문학회'의 창립과 활동 양상에 대해서는 박연희, 앞의 논문을 참조할 것.

용을 분석해서 그 학문적 성과를 짚어보고자 한다. 국문학 관련 학회로서는 해방 이후 최초로 결성된 것이 바로 우리어문학회인데, 그들은 당시 대학이 편제되는 과정에서 국문학의 체계를 정립하기 위한 연구자들 모임이라는 성격을 지니고 있었다. 따라서 학회의 성격과 활동 양상을 살펴, 국문학 연구사에서 그들의 위상을 짚어볼 필요가 있다. 아울러 그들이 편찬한 『국문학사』의 체제와 성격 및 국문학 연구사에서의 위치를 점검하고, 필요하다면 비슷한 시기에 출간된 여타의 국문학사들과의 비교를 통해 그 특징을 살펴보도록 하겠다.

2. 우리어문학회의 성립과 활동 양상

식민지 시절 '조선문학'이라 칭했던 우리의 문학을 당당히 '국문학'이라 명명할 수 있었던 것은, '해방공간'에서 활동했던 국문학 연구자들에게 적지 않은 의미를 안겨주었다. 주지하듯이 일제 강점기에 '국문학'은 당연히 일본문학을 의미했고, '조선문학'은 그저 주변적 학문으로 취급되었을 뿐이다. 해방 이후에도 서울대학교를 비롯한 여러 대학에서 국어국문학과가 개설되었지만, 국어국문학에 대한 체계적인 연구와 강의는 제대로 진행되기 힘든 상황에 처해 있었다. 다음의 진술을 통해서, 식민지 시절 대학 교육의 실상을 어느 정도 짐작할 수 있을 것이다.

> 일제시대 조선어문학과를 전공했다고 해서 대학 교단에 섰으나, 참으로 어려움이 많았다. 우리가 가르칠 준비가 돼 있지 않기 때문이다. ……

경성제대의 조선어문학과에는 문학에 다카하시(高橋) 교수, 어학에는 오쿠라(小倉) 교수 두 사람이 있었다. 다카하시(高橋) 교수는 한문학을 중심으로 하여서 우리 순수 문학 연구에는 도움이 되지 못했다. 오쿠라(小倉) 교수는 연구가 깊은 사람이지만 우리가 대학에 들어갔을 때는 동경대학 언어학과 교수로 가서 여기에는 1년에 9~10월 2개월 동안만 와서 집중 강의를 하고 돌아갔으니, 미흡한 점이 많았다. 더구나 그 당시는 오늘과 같이 조직적이요 체계적인 카류크램이 있는 것이 아니요, 교수가 자기 뜻대로 강의 제목을 내놓고 강의를 하였으니, 그들에게서 배운 것은 연구하는 방법론이나 있었지 실속은 우리가 스스로 개척할 수밖에 없었다.[7]

우리어문학회의 구성원 중 한 사람이며, 경성제대 조선어문학과 출신으로 당시 고려대학교 교수였던 김형규는 자신들이 배웠던 대학의 상황에 대해 이렇게 회고하고 있다. 경성제대의 조선어문학과에는 문학과 어학을 담당한 교수가 각 1인씩 있었으며, 체계적인 교과 과정(curriculum)도 없이 교수가 임의로 개설한 과목을 수강하는 형식이었다. 더욱이 어학의 경우에는 교수의 사정으로 '1년에 2개월 동안 집중 강의를 하는' 경우도 있었다고 한다. 경성제대의 이러한 환경에서 수학했던 초창기 국문학 연구자들은 학문의 방법과 내용을 온전히 자신들의 노력으로 채워나갈 수밖에 없었던 것이다. 그런 의미에서 '해방공간'에서 각 대학의 교수로 자리를 잡은 이들에게 닥친 가장 큰 문제는 바로 체계적인 국어국문학 교육을 위한 교과 과정의 정립과 그에 적합한 교재를 확보하는 것이었다. 본고에서 살필 '우리어문학회'가 설립된 것도 학회 구성원들의 이러한 현실적인 고민에서 비롯

---

7 김형규, 「'우리어문학회' 그리고 개정된 '한글 맞춤법'에 대하여」, 5면.

되었다고 하겠다.

그럼 구체적으로 우리어문학회의 결성 과정과 학회의 성격, 그리고 그들의 활동 상황에 대해서 살펴보기로 하자. 우리어문학회의 기관지인『어문』에 '일지(日誌)' 형식으로 기록을 남겨, 다행스럽게도 학회의 결성 과정과 활동 상황에 대해서는 비교적 상세히 파악할 수 있었다.[8] 우리어문학회는 1948년 6월 방종현 등 7인이 '국어교육연구회'라는 이름으로 발족하였으며, 후에 개칭하여 비로소 '우리어문학회'라는 명칭을 사용하였다.『어문』의 창간호에 수록된「우리어문학회 일지」에는, 사전에 한 차례의 예비 모임을 거쳐 1948년 6월 20일 '국어교육연구회'를 발기하여 7인의 참여자가 위원이 된다고 밝히고 있다. 이들은 그해 8월 학회의 공동 작업으로『국문학사』를 발간하면서, 모임의 명칭을 '우리어문학회'로 개칭(改稱)하게 된다.[9] 이들은 '국어국문학과 국어교육에 관한 문제를 검토하고 국어국문학총서와 같은 것을 발간하'기 위한 취지로 모임을 결성했다.[10] 즉 "해방 이후 국

---

8   『어문』은 모두 3차례에 걸쳐 발간되었는데, '창간호'에「우리어문학회 일지」라는 제하에 1948년 6월 18일부터 9월 10일까지의 활동 상황이 모두 13개 항에 걸쳐 기록되었다. '제2호'에는「우리어문학회 소식」이라는 제목으로 1948년 10월 8일부터 12월 24일까지의 활동이 5개항, '제3호'에는 1949년 3월 15일부터 12월 30일까지의 활동 상황이 12개 항목으로 기록되어 있다. 창간호의 기록자는 밝혀져 있지 않으나, 2호와 3호의「우리어문학회 소식」항목 말미에 정형용(鄭亨容)의 이름이 기입되어 있다. 따라서 '우리어문학회'의 활동에 대한 서술은, 기록으로 남은 1948년 6월 ~ 1949년 12월 사이 약 1년 6개월 동안의 내용이 주가 될 것이다. 이밖에도 2권의 공동 저술과『어문』에 남긴 글을 통해서, 각 구성원들의 구체적인 관심사를 추적해 볼 수 있을 것이다.

9   1948년 6월 20일(일) '국어교육연구회'를 발기하고, 이후 여러 차례 구성원들의 학술 발표를 개최하였다.『국문학사』의 출간을 앞둔 8월 6일(금) 회합에서 비로소 '우리어문학회'라 개칭하여 활동하였다.(「우리어문학회 일지」,『어문』창간호, 21~25면)

10 "1. 4281년(1948년) 6월 18일(金) 오후에 방종현, 김형규, 손낙범, 정형용 4인이(於方

어국문학 학회로서는 처음 결성된 '우리어문학회'는 대학이 편제되는 과정에서, 달리 말하자면 '조선어문학'이 '국어국문학'으로 이행되는 과정에서 '강의를 하는데 있어 학문적 체계를 어떻게 구축할 것인가' 라는 문제의식 아래 창립"[11]된 것이다.

'우리어문학회'는 학회라는 명칭을 사용하고는 있었으나, 실제로는 같은 뜻을 공유하는 일종의 동인(同人) 모임과 같은 성격[12]을 지닌 '초보적인 형태의 집단적인 학문 운동'[13]이었다. 경성제대 조선어문학과 출신의 학회 구성원들이 여러 대학의 국어국문학 관련 과목을 담당하게 되었지만, 강의를 할 수 있는 교재는 물론 그동안 이뤄졌던 연구 성과의 정리가 채 이뤄지지 못한 상태였다. 따라서 이들은 "서로가 연구하고 강의하면서 부닥치는 어려움을 서로 같이 해결해 보자"[14]는 취지에서 학회를 결성했고, 모임을 통해 교재 발간과 강의에 대한 정보 교류

鍾鉉氏宅) 모이어 국어국문학과 국어교육에 관한 문제를 토론하고 국어국문학총서와 같은 것을 발간하는 모임이 필요함을 상의하고 래(來) 20일(日) 오전에 사범대학 국문과 연구실로 집합하기로 하다.", 「우리어문학회 일지」, 『어문』 창간호, 21면. 원문은 한자로 표기되어 있으나, 편의상 한글로 바꾸어 표기하고 필요할 경우 한자를 괄호 안에 병기하기로 한다.

11 박연희, 「1950년대 '국문학 연구'의 논리」, 201면. 이들이 학회라는 명칭을 사용했으나, 실제 활동은 학회라기보다 몇몇 연구자들의 '소모임'에 불과했다는 평가도 가능하다.

12 이들은 경성제대 출신으로서의 유대감이 깅했던 것으로 파악되는데, 서로 다른 대학이나 학과에 근무하면서도 필요한 경우 서로 강사로 초빙하기도 했다. 김형규의 다음 진술을 통해서 그러한 실상을 확인할 수 있다. "사대 계통에 있는 사람은 모두가 문학을 전공하는 사람들이라 국어학을 하는 방형(방종현)이 사범대학을 내가 여자사대에 나가 강의를 맡았고, 구자균도 학교가 가깝고 교수가 모자라는 여자사대에 나가 강의를 맡게 되어 이렇게 인연이 맺어진 것이다.", 김형규, 「'우리어문학회' 그리고 개정된 '한글 맞춤법'에 대하여」, 4면.

13 염무웅, 「자연의 가면 뒤에 숨은 역사의 흔적들」, 13면.

14 김형규, 「'우리어문학회' 그리고 개정된 '한글 맞춤법'에 대하여」, 5면.

를 진행했다. 창립 당시 그들이 밝힌 결의 사항은 다음과 같다.

> 2. 동년(1948년) 6월 20일 오전에 방종현·정학모·구자균·김형규·손
> 낙범·고정옥·정형용 7인이 집합(集合)하여 「국어교육연구회」를 발기하
> 고 위원(委員)이 되는 동시에 아래와 같이 결의하다.
> (가) 매월 제1 금요일(오후 3시)을 예회일(例會日)로 정하고 집합 장소
> 를 사범대학 국문과 연구실로 하다.
> (나) 본회의 위원은 위원 중 1인이 위원회에 추천하여 그 결의에 의하여
> 결정함.
> (다) 사업으로서는 기관지와 고전문학총서를 발간하기로 함.[15]

이들의 결의한 사항을 보면, 매월 한 차례 개최하는 예회일에 학회의
활동 방향을 정하는 모임을 갖거나 간혹 구성원들이 준비한 논문을
발표하기도 했다.[16] 그밖에도 기관지와 고전문학 총서를 발간하기로
하였는데, 이는 후에 『어문』의 창간과 『국문학사』·『국문학개론』 등
2권의 공동 저서로 결실을 맺게 되었다. 처음 '국어교육연구회'라는
명칭을 사용했던 것으로 보아, 그 출발은 본격적인 학회라기보다 애초
에 '위원회'의 성격을 지닌 소규모의 동인 모임을 지향했던 것으로 파악

---

15 「우리어문학회 일지」, 『어문』 창간호, 21~22면.
16 『국문학사』·『국문학개론』의 출판 관련 모임과 고전문학 작품의 교주본 작업을 위한
　회합을 제외하고, 구성원들의 학술 발표는 1년 6개월 동안 모두 6차례 있었다. 『어문』
　에 기록된 회원들의 발표 일시와 제목을 들면 다음과 같다. ① 정형용, 「국어와 조선
　어, 국문학과 조선문학」(1948. 7. 9), ② 정학모, 「국문학의 시대 구분」(1948. 7. 16),
　③ 고정옥, 「문장 기사에 있어서의 언어 단속법에 대한 소고」(1948. 8. 6), ④ 김형규,
　「가족 관계의 고어」(1949. 7. 1), ⑤ 구자균, 「평민문학고」(1949. 9. 2), ⑥ 방종현,
　「어청도의 일야(一夜)」(1949. 11. 4) 등. 아울러 학회의 회계(會計)는 고정옥이 담당
　했다.(「우리어문학회 일지」, 『어문』 창간호, 25면.)

된다. 그러다 보니 애초 7인으로 시작된 위원의 수효는 변동이 없었으며, 학회의 활동이 종료될 때까지 새로운 구성원은 충원되지 않았다.[17] 이러한 모임의 성격은 자칫 '폐쇄적'이라는 느낌을 지울 수 없는데, 일정한 자격 기준을 두고 그 기준이 충족되면 제한 없이 회원으로 가입할 수 있는 요즘의 학회의 회원 규정과 비교해 볼 수 있을 것이다. 또한 학회의 회칙이 존재하는가 여부는 확인되지 않으나, 기관지인 『어문』의 '학회 일지'에 그 문제와 관련된 별도의 기록이 남아있지 않다. 따라서 위에 제시한 결의 사항이 회칙의 역할을 대신하고, 학회의 운영은 회원들의 토론과 합의에 의해 이끌어나갔던 것이라 해석된다.

학회의 구성원 중에서 방종현과 김형규는 어학을 전공했으며, 다른 이들은 모두 전공 분야가 문학이었다. 그들이 학회를 조직하고 제일 먼저 시작한 사업이 『국문학사』를 집필하는 일이었는데, 그것은 '국문학사'가 국문과의 강의 중 가장 기본적인 과목이었기 때문이었다. 이미 식민지 시절 발간된 문학사[18]도 있었지만, 국문학 연구자로서 해방된 조국의 상황에 걸맞은 새로운 문학사를 만들어 학생들에게 가르치고자 하는 욕구를 갖는 것은 너무도 당연했을 것이다. 주지하듯이 당시에는 식민지 시절의 영향으로 '국문학'은 '일본문학'을 연상하게 했으며, 여전히 '조선문학'이라는 용어가 자연스럽게 사용되고

---

17 『어문』의 2호에는 이숭녕의 글(「우랄·알타이어의 공통 특질론고」)이 실리고, 3호에는 '나비박사'로 알려진 석주명의 글(「제주도 방언과 마래어(馬來語)」)도 수록되어 있다. 기관지에 학회의 구성원이 아닌 다른 사람들의 글을 실었던 것은 점차 구성원들을 확대하기 위한 시도 중 하나라 파악되나, 한국전쟁으로 기관지의 발간이 멈추게 되어 그 결실을 맺지 못한 것으로 추정된다.

18 식민지 시절 발간된 문학사는 안확의 『조선문학사』(한일서점, 1922)를 들 수 있다.

있었다. 때문에 그들은 학회의 첫 번째 정례 모임을 열어, 정형용이
"「국어와 조선어, 국문학과 조선문학」이라는 소론을 발표하고 이어서
국어와 민족과의 관계를 토론하고 순수 조선문학의 개념을 규정하"고
자 했다.[19] 이들은 그러한 작업을 당시 국문학 연구자로서의 자기 정
체성을 확립하는 것이라 판단했으며, 학회 구성원들은 그러한 토론의
결과를 공유하여 이후 학문 활동의 준거로 삼았다.

이러한 발표와 토론의 과정을 거쳐, 학회의 구성원들은 종래의 '조
선문학'이라는 용어를 대신하여 '국문학'이라는 개념을 채택하고 본격
적인 『국문학사』의 집필에 나섰다. 초창기 학회의 활동은 온전히 『국
문학사』의 집필 활동에 맞춰져 있었는데, 책이 출간된 8월까지 2개월
남짓한 기간 동안 모두 8차례에 걸쳐 관련 모임을 개최했다. 앞서 살펴
본 정형용의 발표는 '국문학사'의 개념과 그 범주를 설정하는데, 학회
구성원들에게 중요한 지침으로서의 역할을 하는 사전 작업이었다. 아
울러 7월 16일에 이뤄진 정학모의 「국문학의 시대 구분」이라는 두 번째
의 발표[20] 역시, 집필자들이 공유해야할 '국문학사'의 체제를 구성하는
핵심적인 내용이었다. 학회의 정례 모임을 통해서 두 차례의 연구 발표
가 진행된 이후, 본격적인 문학사 발간 작업이 착수되었다.

학회 구성원들 사이에 문학사의 내용과 방향에 대한 어느 정도의
공감대가 형성된 듯, 원고의 집필과 출간 작업은 매우 빠른 속도로
진행되었다. 문학사의 체제와 각자 집필할 부분에 대한 분담을 한 후
약 10여 일 만에 초고가 완성되었으며, 이에 구성원들이 만나 3일 동안

---

19 「우리어문학회 일지」, 『어문』 창간호, 22면.
20 「우리어문학회 일지」, 『어문』 창간호, 22~23면.

원고를 통독(通讀)하면서 '연호 기사법(年號記寫法)' 등에 관한 검토를
진행했다.[21] 이들은 초고를 검토한 지 이틀 만에 다시 만나, 수정 원고
를 재차 통독하여 집필 작업을 마무리하였다. 즉 1948년 7월 16일 학회
구성원들이 공동으로 『국문학사』의 발간을 결의한 이래, 원고 집필과
7월 31일 최종 검토에 이르기까지 보름 남짓한 기간이 소요되었다.
그리고 3일 후인 8월 3일에는 손낙범의 책임 아래 출판사에 최종 원고
가 넘겨졌다.[22] 이 과정에서 모임의 이름이 '우리어문학회'로 개칭(改稱)
되었는데, 이것 역시 『국문학사』의 출간과 관계가 있는 것으로 파악된
다.[23] 완성된 원고를 토대로 방종현이 '서문'을 집필하여 구성원들이
모여 통독을 한 후 일부 수정을 거쳤으며, 색인에 대한 교정까지 끝낸
후 1948년 8월 31일에 온전한 모습으로 『국문학사』가 출간되었다.[24]

여기에서 학회의 명칭인 '우리어문학회'의 의미에 대해 잠시 짚어보
기로 하자. 학회의 명칭에 주체로서의 의미를 지니고 있는 '우리'라는
용어를 사용했다는 사실은 그 시사하는 바가 적지 않다. 주지하듯이
식민지에서 벗어나 독립된 국가에서 주체적 학문으로서의 '국어국문
학'이라는 명칭을 회복한 것은 매우 중요한 의미를 지닌다. 하지만 소

---

21 「우리어문학회 일지」, 『어문』 창간호, 23면.
22 「우리어문학회 일지」, 『어문』 창간호, 23면.
23 방종현은 『국문학개론』의 서문에 그 이유를 다음과 같이 기술하고 있다. "작년에 우연
히 우리는 공동으로 『국문학사』를 처음으로 출판하게 되매, 거기서 비로소 책을 내게
된 것이고, 또 이 모임의 이름까지도 아니 가질 수 없어서 '우리어문학회'라는 이름이
처음으로 생겨나게 된 것이다.", 방종현, 「서」, 『국문학개론』, 일성당서점, 1949, 1면.
24 「우리어문학회 일지」, 『어문』 창간호, 24~25면. 『국문학사』의 판권란에는 간행일이
1948년 8월 31일로 되어 있다. 그렇다면 출판사인 수로사에서 그해 9월 1일 색인에
대한 교정이 이뤄졌다는 일지의 기록은 착오이거나, 아니면 판권에 기재된 출간일보
다 조금 뒤늦은 시기에 인쇄되었기 때문이라 이해된다.

수의 제한된 인원으로 구성된 모임의 특성상, 자신들이 만든 학회의 이름으로 '국어국문학회'와 같은 포괄적 의미를 지닌 용어를 붙이기는 쉽지 않았을 것이다. 그래서 모임의 명칭을 '우리어문학회'라 명명했는데, '우리'라는 용어는 크게 다음의 두 가지 의미를 지니고 있다.

일차적으로 독립된 국가의 일원으로서, 자신들의 주체성을 뚜렷이 드러내고자 '우리'라는 명칭을 사용한 것이라고 생각된다. 다른 어느 나라의 어문학이 아닌, 바로 '우리'의 어문학이라는 의미를 강조하고자 한 것이다. 즉 달라진 시대의 위상을 정립하고, 해방 이후 자국어와 자국 문학에 대한 정체성을 드러내려는 의도에서 명명된 것이라 이해할 수 있다. 다음으로 '우리'라는 용어의 사용은 학회 구성원들의 동질감을 공유하기 위한 측면도 고려한 것이다. 비록 소수의 인원에 의해 조직된 학회이지만, 당시 대학 교육의 일선에 서 있던 그들로서는 국문학에 대한 열정과 자부심이 매우 강했을 것임은 자명하다. 따라서 '국어국문학'을 포괄할 수 있으며, 소수로 구성된 회원들의 동질감을 강조하기 위해 '우리어문학회'라는 명칭을 사용했다고 파악된다.[25]

『국문학사』를 발간한 이후, 학회 구성원들은 정례 모임을 통한 고정옥의 논문 발표[26]와 아울러 고전문학 작품에 대한 교주본을 출간하기

---

25 이는 다른 시각에서 경성제대 출신이라는 구성원들의 엘리트 의식이 작용한 결과라는 해석이 가능하며, 활동 기간 내내 새로운 구성원의 영입이 없었다는 사실도 모임의 폐쇄성과 연관된다고 할 수 있겠다.

26 『국문학사』의 원고 검토를 마친 후, 8월 6일의 정례 모임에서 고정옥의 「문장 기사에 있어서의 언어단속법에 대한 소고」라는 논문 발표가 이뤄졌다.(「우리어문학회 일지」, 『어문』 창간호, 23~24면.) 이 글은 『어문』 제2호에 「잡감(雜感)」이란 제목 아래, 다른 내용들을 포함시켜 수록된다. 이후 회원들의 모임은 주로 고전소설의 교주집 출간, 『국문학개론』의 집필, 그리고 기관지 발간 등에 관한 의견을 교환하는 성격으로 운영되었다. 구성원의 논문 발표는 고정옥의 발표가 있은 지 11개월 후인 1949년 7월 김형

위한 작업을 진행했다. 고전소설의 교주본을 출간하는 작업은 학회 창립 당시 결의한 '고전문학총서' 발간의 일환으로 진행되었으며, 가장 먼저 판소리계 소설인 「흥부전」과 「변강쇠전」에 대한 작업을 진행하였다.[27] 이들이 학회 차원에서 '고전문학총서' 발간을 서둔 것은 아마도 대학 교재로 사용하기 위한 목적 때문이었을 것이다. 『어문』 창간호에 「국어국문학 관계 도서 목록(1)」을 수록해 놓았는데, 여기에는 정학모가 조사하여 파악한 1945년부터 1949년까지 출간된 153종의 책 제목과 저자 등을 제시하였다.[28] 목록 중 고전문학 관련 서적은 고전시가 분야가 다수를 차지하고, 고전소설 분야는 상대적으로 많지 않은 것으로 확인된다. 따라서 대학 강의에서 고전시가 관련 강의의 교재로 기존에 출간된 서적들을 이용할 수 있었으나, 고전소설 관련 자료집은 크게 부족했을 것이다. 특히 이미 출간된 고전소설 자료집도 대학 교재로서 사용하기에 적절치 않다고 판단했기 때문에, 학회의 구성원들은 고전소설 교주본을 총서의 대상으로 우선적으로 기획했던 것이다.

이밖에도 앞서 거론했던 「흥부전」·「변강쇠전」은 물론 「춘향전」·「심청전」 등의 판소리계 소설[29]과 「박씨전」[30] 등 고전소설에 대한 교주본을

규의 빌표로 속개되었다.(「우리어문학회 소식」, 『어문』 제3호, 제4면.)

27 「우리어문학회 일지」, 『어문』 창간호, 24면.

28 정학모 제공, 「국어국문학 관계 도서목록(1)」, 『어문』 창간호, 26~29면. 목록의 첫 부분에 '해방 전 출판으로 재판 도서도 포함함', 그리고 끝 부분에 '이하 계속'이라는 내용이 기록되어 있다. 하지만 『어문』의 2호와 3호에는 이러한 제목의 기록이 보이지 않는다. 이 목록에서 국어학 서적이 가장 많은 비중을 차지하는데, 아마도 식민지 시절부터 활발하게 활동했던 '조선어학회'의 연구 성과를 반영하고 있기 때문일 것이다.

29 「우리어문학회 소식」, 『어문』 제2호, 27~28면.

30 「우리어문학회 소식」, 『어문』 제3호, 4면.

출간하기 위한 작업은 계속되었다. 「변강쇠전」은 구성원들의 공동 집
필로 원고를 완성해서 처음으로 출판사에 넘겨졌다.[31] 「홍부전」 등 나
머지 고전소설의 교주본 원고도 출판사로 넘어갔으나, 출판에까지는
이르지 못했던 것으로 확인된다.[32] 『어문』에 수록된 '학회 일지'의 내용
에서도 원고가 출판사로 넘겨졌다는 내용은 있지만, 총서가 출간되었
다는 관련 기록은 찾아볼 수 없기 때문이다. 이후 출판사를 바꿔 '고전
주석본 출판 계획'을 다시 수립하였지만, 이 역시 출간으로의 결실을
맺지는 못한 것으로 파악된다.[33]

총서와 관련된 작업과 병행하여, 이들은『국문학개론』의 출간을
계획하고 논의를 진행하였다.[34]『국문학개론』은 출판에 관한 협의를
한지 5개월만인 1949년 5월에 원고가 완성되어 출판사에 건네졌으
며, 그해 10월에 출간이 완료되었다.[35] 우리어문학회의 명의로 출간
된『국문학개론』은 이러한 제목으로 출간된 최초의 저서이며, 국문학
연구사에서 적지 않은 의미를 지니고 있다고 하겠다. '국문학개론'은
'국문학사'와 마찬가지로 대학의 국어국문학과 강의에서 핵심적인 과

---

31 「우리어문학회 일지」, 『어문』 창간호, 24~25면.
32 6개월 만에『국문학사』의 재판이 발간되는데, 출판사는 수로사에서 신흥문화사로
   변경되었다. 아마도 초판이 소진된『국문학사』의 재판도 찍지 못할 정도로 출판사의
   경제 사정이 악화된 때문으로 생각된다. 이들 총서의 원고를 수로사에 넘겼으나, 출판
   사의 사정으로 인해 발간에까지는 이르지 못했던 것이다. 이 당시 검토했던 원고를
   기반으로 한 것인지는 확인할 수 없지만, 이중에서「홍부전」(문헌사, 1957)과「박씨부
   인전」(풍국학원, 1956)은 손낙범에 의해, 「춘향전」(민중서관, 1970)은 구자균에 의해
   훗날 출간되었다.
33 "동년(1949년) 12월 2일(金) 방종현 위원으로부터 현대사(現代社)의 고전 주석본(註
   釋本) 출판 계획에 대한 보고가 있었다.", 「우리어문학회 소식」, 『어문』 제3호, 4면.
34 「우리어문학회 소식」, 『어문』 제2호, 28면.
35 「우리어문학회 소식」, 『어문』 제3호, 4면.

목이었기에, 학회 구성원들의 공동 집필에 의해 출간에까지 이를 수 있었던 것이다. 방종현은 책의 서문에서 『국문학개론』의 집필 경위와 의미에 대해서, 다음과 같이 밝혀놓았다.

> 지금 국문학을 공부하는 도중(途中)에 있는 우리로서, 더욱이 아직까지 우리가 가져보지 못한 『국문학개론』을 처음으로 편찬하게 되는 만큼 여러 점으로 우리들 스스로가 그 모자람을 깊이 느끼는 바이다. 그리고 이 『국문학개론』은 우리 문학이 형태별로 한번 정리되어야 할 필요를 따라서 여러 가지 형태별의 제목이 설정되었으나 여러 제목을 제가끔 다른 사람이 분담 집필케 된 만큼 한 독립한 소론(小論)이 될 수 있는 동시에 각 필자의 견해가 자연히 들어나게 되는 다른 일면이 있음도 역시 피치 못할 일이라 하겠다.[36]

이 책의 집필에는 서문을 쓴 방종현을 제외한 6명이 참여하였다.[37] 『국문학개론』은 '우리 문학이 형태별로 한번 정리되어야 할 필요'에 의해 기획되었으며, 이에 따라 구성원들의 협의에 의해 책의 편제가 정해졌다. 일관된 체재와 방법론에 입각해서 서술되어야만 될 『국문학사』와는 달리, 『국문학개론』의 내용은 각 항목이 독립적인 구성을 취하고 있어 집필자 개인의 견해가 드러나는 것이 허용될 수밖에 없다. 상세하게 그 과정을 밝혀놓고 있는 『국문학사』의 출간 당시와는 달리, '학회 일지'에는 『국문학개론』의 기획과 출간에 대한 소식만이 간략하

---

36 방종현, 「서」, 『국문학개론』, 일성당서점, 1949, 2면.
37 방종현은 서문에서 『국문학개론』의 '시조론' 항목의 집필을 담당하였으나, 건강상의 이유로 그 부분을 정형용이 대신하였다고 밝히고 있다.

게 소개되어 있다. 이미 학회의 구성원들은 『국문학사』를 집필하면서, 문학사를 바라보는 입장과 개별 갈래(genre)의 특징 등에 대해 입장을 공유한 바가 있었다. 따라서 『국문학개론』에 있어서는 이미 공유한 원칙을 견지하면서 각자 분담한 내용을 집필하면 되었기에, 구성원들 사이의 복잡한 협의 과정을 생략할 수 있었던 때문이라고 해석된다.

고정옥이 집필한 「국문학의 형태」는 사실상 이 책의 총론에 해당되는데, '형태상으로 본 국문학의 유대(紐帶)'란 부제로 문학사의 흐름 속에 존재했던 다양한 갈래들 사이의 상호 연관성을 밝히고자 하였다. 특히 글의 말미에 이러한 내용을 일목요연하게 확인할 수 있도록, 도표로 만들어 '국문학 형태표'[38]로 정리해 놓은 것이 특징이다. 뒤이어 수록된 김형규의 「국어학과 국문학」 및 정학모의 「한문학과 국문학」의 내용은 국문학의 영역을 어떻게 설정할 것인지에 대한 학회의 고민을 담고 있다. 그밖에 「향가」를 비롯한 국문학의 개별 갈래들에 대한 내용과 20세기 이후의 '현대문학'을 다룬 「신문학」 등 『국문학개론』은 모두 10개의 장으로 이뤄져 있다.[39] 이러한 책의 편제는 당시의 국문학 연구 성과를 반영하고 있으며, 아울러 학회 구성원들의 관심 분야도 포괄하고 있다고 평가할 수 있겠다.[40]

---

38 우리어문학회, 『국문학개론』, 35면.

39 이 책은 전체 10개의 항목으로 목차를 구성하고 있는데, 집필자와 대상 항목은 다음과 같다. 고정옥(1. 국문학의 형태, 9. 민요), 김형규(2. 국어학과 국문학), 정학모(3. 한문학과 국문학), 손낙범(4. 향가), 정형용(5. 가사, 6. 시조, 7. 소설), 구자균(8. 연극, 10. 신문학) 등. 「연극」과 「민요」는 당시 국문학의 주변적 갈래로 여겨졌던 분야인데, 목차의 하나를 차지하고 있는 것이 특징이다.

40 『국문학개론』은 발행 주체가 우리어문학회가 아닌, 구자균·손낙범·김형규 등 3인의 공저로 1955년 같은 출판사에서 재판이 발행된다. 재판의 서문에서 그 이유를 '부득이한 사정' 때문이라고 하였지만, 역시 학회 구성원 중 일부의 납·월북과 관련이

　다음으로 우리어문학회의 기관지인 『어문』에 대해서 간략하게 살펴
보도록 하자. 기관지의 출간은 학회를 발족할 당시의 결의 사항 중
하나였으며, 구성원들의 연구 성과를 대외적으로 알릴 수 있는 장을
확보한다는 의미를 지니고 있다. 『국문학사』가 발간되고 총서 작업이
진행되면서, 학회의 구성원들은 기관지 『어문』의 발간과 집필 계획에
대해서도 함께 논의하였다.[41] 그 결과 1949년 10월 기관지로서 『어문』
의 창간호가 출간되기에 이른다.[42] 모두 3호가 발간된 기관지 『어문』에
는 주로 학회 구성원들의 논문과 각종 서평 그리고 고전 원문 자료
등을 수록하였고, 학회 소식을 비롯한 당시 학계의 동향 등을 소개하기
도 하였다.[43]

　『어문』의 창간호를 출간한 이후, 학회 구성원들은 기관지의 지속적
인 발간을 염두에 두고 정기간행물 출판 허가까지 얻어냈다.[44] 특히
다음 호인 제2호(제2권 제1호)부터는 1950년 1월호부터 월간지로 발간할
계획을 세웠던 것으로 파악된다.[45] 하지만 학회의 바람과는 달리, '2월

있을 것이다. 또한 "사변(事變)에 희생을 당한 몇몇 동지를 다시 만나 '우리어문학회'
　가 재건될 날이 얼른 오기를 빌"고 있음을 밝혀 놓았다.(「재판서」, 『국문학사』 재판,
　일성당서점, 1955, 1~2면) 이러한 면모를 포함해서 『국문학개론』의 체제와 구성, 그
　리고 그 연구사적 의미 등에 대해서는 별도의 연구를 통해서 다뤄질 필요가 있다.

41　「우리어문학회 소식」, 『어문』 제3호, 4면.

42　기관지를 발간하겠다는 계획은 1949년 여름부터 시작되었으나, 여러 가지 사정으로
　인해 창간호는 1949년 10월 25일에 발간되었음을 「편집 후기」에 밝혀놓고 있다. '학
　회 일지'에는 창간호 출간에 대한 사항은 보이지 않는데, 이미 책의 출간으로 판권란
　에 해당 사항이 기재되어 있기 때문이라 해석된다.

43　학회 구성원들의 연구 활동과 기관지인 『어문』의 내용 등에 관해서는 별도의 후속
　작업을 통해서 그 결과를 제출할 예정이다.

44　"동년(1949년) 동월(12월) 13일 부(附)로 「어문」의 정기간행물 출판 허가가 나오다.
　허가번호 30호.", 「우리어문학회 소식」, 『어문』 제3호, 4면.

호'라 표기된 3호(제2권 제2호)는 4월 15일에 발간되었다. 기관지의 출간이 지연된 '여러 가지 사정' 중에 아마도 수록될 원고의 수합이 쉽지 않았다는 점과 함께, 학회지 발간 비용도 문제가 되었을 것이라 여겨진다.[46] 어쨌든 월간으로 발행하겠다는 4호는 다음 달인 5월에도 정상적으로 발행되지 못했다. 결국 그해 6월에 발발한 한국전쟁으로 인해 새로운 기관지의 출간은 지속되지 못했으며, 구성원들의 이탈로 인해 학회도 역사의 뒤편으로 사라지는 운명을 맞이했기 때문이다.

이상 '우리어문학회'의 결성 과정과 활동 양상에 대해서 살펴보았다. 학회의 구성원들은 식민지 시절 경성제대에서 조선어문학을 전공했던 경력을 공유하고 있으며, 해방 공간에서 대학 교단에 자리를 잡고 있었던 방종현 등 7인이 주축이었다. 구성원들의 관계가 긴밀하여 일종의 동인 모임의 성격을 지녔다고 할 수 있으며, 해방 이후 국문학 관련 연구 모임으로서는 처음으로 성립된 학회이다. 김형규는 자신들이 만들었던 우리어문학회를 '국어국문학회의 전신과 같은 존재'[47]라고 의미를 부여했지만, 국어국문학회 결성 당시 오히려 후배 세대에게 대타적 존재로 여겨졌다.[48] '국어국문학회'는 한국전쟁 이후 1952

---

45 2호와 3호의 출판 사항은 그 표지에 각각 '제2권 제1호(1월호)'와 '제2권 제2호(2월호)'라고 기재되어 있다. 2호의 경우 출간일이 1950년 1월 31일이며, 3호는 1950년 4월 15일에 발간되었다.

46 3호의 「편집 후기」에 "이번 호도 여러 가지 사정으로 지연되어 독자 제위에게 미안합니다마는 이번부터는 현대사의 특별한 도움을 얻어 월간으로서의 본지의 사명을 다하여 볼까" 한다는 내용이 기재되어 있다.(『어문』 3호, 44면)

47 김형규, 「'우리어문학회' 그리고 개정된 '한글 맞춤법'에 대하여」, 4면.

48 국어국문학회의 창립 멤버였던 김동욱은 당시 대학 교단에 자리잡고 있던 '해방 전 졸업생'을 대타적인 존재로 인식하면서, 해방 이후 대학 교육을 받은 '해방 후 졸업생'들인 자신들이 상대적으로 불리한 처지에 놓여있음을 역설하였다. 김동욱, 「해방 후

년에 주로 '해방 후 졸업생'들이 주축이 되어 창립되는데, 우리어문학
회와 그 구성원들은 이들에 의해서 극복의 대상으로 인식되었던 것이
다.[49] 후배 세대들에게 이렇게 인식되었다는 것은, 달리 말하면 '우리
어문학회'가 당대의 학문 공간에서 어느 정도의 위상을 확보하기 있
었던 사실을 반증하고 있다고 해석할 수 있다.

3. 『국문학사』의 체제와 서술 태도

문학사는 '하나의 역사·문화 공동체가 시간을 따라서 이룩한 문학
현상의 여러 실적을 총괄해서 종적으로 정리한 형식'[50]이라 정의할 수
있다. 아울러 문학사에 대한 관심은 '문학을 인간 정신의 표현 형식
가운데 하나로 변별하고 민족국가를 역사적 유기체로 사고하는 데서
성립'하는 것으로서, 곧 '문학사는 근대적 산물의 일종'[51]이다. 따라서
문학사는 문학과 역사를 비춰보는 '거울'의 역할을 하는 바, 국문학
연구사에서 초창기의 문학사를 살펴보는 일은 매우 긴요하다 하겠다.
문학사에 대한 관심은 대체로 당대의 학교 교육과 밀접한 관계가 있는

졸업생」, 『사상세』, 1955년 4월호.(박연희, 「1950년대 '국문학 연구'의 논리」, 198~
203면에서 재인용)

49 경성제대 출신들의 학문적 성격과 업적에 대한 비판적 분석이 행해진 후, 이들 중
일부에 의해 만들어진 '우리어문학회'의 활동과 '해방 후 세대'가 주축을 이룬 '국어국
문학회'의 그것과 비교 연구가 보다 심층적으로 이루어질 필요가 있다고 하겠다. 이
에 대해서는 앞으로의 과제로 남겨두기로 한다.

50 임형택, 「한국문학사의 서술 방향과 체계」,『한국문학사 어떻게 쓸 것인가』, 한길사,
2001, 35면.

51 임형택, 「한국문학사의 서술 방향과 체계」, 29면.

데, 해방 이후 대학은 물론 중·고등학교에서도 국문학 과목은 핵심적
인 부분을 차지하고 있었다.[52] 학교 교육의 국문학 분야에서 '국문학사'
는 주요 과목으로 여겨졌다. 이 시기에는 주로 경성제대 조선어문학과
출신들이 대학 교단에 자리를 잡게 되는데, 이들은 '국문학 연구의 초
창기를 담당하면서 특정한 문제에 관심을 기울이기보다는 국문학의
통사적 파악이나 개설적 이해에 주력하여 성과를 쌓'았다.[53]

이른바 '해방공간' 시기에 발간된 문학사들은, 과거 식민지의 기억
에서 벗어나 스스로의 문화적 자존을 확인하기 위한 목적을 지니고
있다고 평가된다. 우리의 국문학 연구는 식민지 시기로부터 본격화되
었고, 그 시기에 이미 선구적 학자들에 의해 문학사가 서술되기 시작했
다.[54] 해방 이후 각 대학에 국어국문학과가 설립되면서, 국문학 연구자
들은 '민족 교육의 요구에 부응하고 민족문화를 재인식하고 계승하기
위해서 문학사 출간을 서둘'렀다.[55] 그리하여 1950년까지의 '해방공간'
에서 다양한 방법론을 적용한 문학사들이 집필되었다.[56] 이 시기의 '국

---

52 정하영, 「고전문학사 기술의 성과와 과제」, 『한국문학사 어떻게 쓸 것인가』, 71면.

53 김흥규, 「국문학 연구 방법론과 그 이념 기반의 재검토」, 『한국 고전문학과 비평의
　　성찰』, 고려대학교 출판부, 2002, 296면.

54 자산 안확의 『조선문학사』(한일서점, 1922)가 최초의 문학사이며, 김태준의 『조선소
　　설사』(학예사, 1932)와 조윤제의 『조선시가사강』(박문출판사, 1937)은 각각 소설과
　　시가에 초점을 맞춘 '문학사'라 평가할 수 있을 것이다. 이들 초기의 저술들은 해방
　　이후의 출간된 문학사들에 직·간접적으로 영향을 끼쳤다.

55 조동일, 『동아시아 문학사 비교론』, 111면.

56 해방 이후 최초로 발간된 권상로의 문학사는 대학 교재로 사용하기 위한 프린트물이
　　며, 그 명칭을 『조선문학사』(1947년 11월)라 하였다. 우리어문학회의 『국문학사』(수
　　로사, 1948년 8월) 발간 이후, 이명선(『조선문학사』, 조선문화사, 1948년 11월)과 김사
　　엽(『조선문학사』, 정음사, 1948년 12월) 그리고 조윤제(『국문학사』, 동국문화사,
　　1949) 등의 저작이 '해방공간'에서 출간된 문학사들이다.

문학 연구자들은 개별 장르를 자신의 주전공으로 선택했으나, 궁극적으로 통합문학사의 기술을 그들의 이상이나 목표로 삼았다.'[57]

문학사에 대한 관심이 높아지면서, 기존에 출간된 문학사의 검토 및 새로운 시대에 걸맞은 문학사의 전망을 다룬 연구 성과들이 지속적으로 제출되었다.[58] 여기에서는 문학사에 대한 기존의 연구 성과를 수렴하면서, 우리어문학회의 구성원들이 공동으로 집필한『국문학사』를 대상으로 그 체제와 서술상의 특징에 대해서 살펴보기로 한다. 1947년 11월에 권상로에 의해『조선문학사』가 해방 이후 최초로 집필되었으나, 권상로의 저작은 정식 출판물이 아닌 프린트로 찍은 것으로 그 내용도 소략한 것이라 평가되고 있다.[59] 따라서 1948년 8월에 출간된

---

57 정하영, 「고전문학사 기술의 성과와 과제」, 67면. 이 글에서의 '통합문학사'란, 시가나 소설 등 특정 갈래(genre)에 국한하지 않고 문학사에 존재했던 모든 갈래를 포괄하여 기술한 문학사를 지칭한다.

58 정형용, 「8·15 이후의 국문학사 총평」,『어문』창간호, 우리어문학회, 1949.; 박지홍 외, 「국문학사 시대 구분 문제(공개 토론)」,『국어국문학』20, 국어국문학회, 1959.; 김윤식, 「국문학의 방법론·문제점 및 업적비판의 연구」,『국어교육』4, 한국언어교육연구회, 1962.; 이광국, 「한국문학사 서술의 비교 연구」, 건국대학교 석사학위논문, 1979.; 홍기삼, 「한국문학사 시대 구분론」,『한국문학연구』12, 동국대학교 한국문학연구소, 1989.; 조동일,『동아시아 문학사 비교론』, 서울대학교 출판부, 1993.; 김열규 외,『한국문학사의 현실과 위상』, 새문사, 1996.; 토지문화재단 엮음,『한국문학사어떻게 쓸 것인가』, 한길사, 2001.; 김현양, 「민족주의 담론과 한국문학사」,『민족문학사연구』19, 2001.; 임성운,『문학사의 이론』, 소명출판, 2012 등. 하지만 기존의 연구들에서 본고에서 논할 우리어문학회의『국문학사』는 간략하게 언급되거나, 혹은 아예 연구 대상에서 제외되어 있는 경우가 많다.

59 "권상로 씨 저『조선문학사』는 해방 후 선편(先鞭)을 친 저작이나, 프린트로 전 59장 중 이씨 왕조 초기부터 현대까지에는 겨우 12장 밖에 없고 따라서 고려 이전에 치중하였으나 그것도 문화 제도와 한문학에 치우쳤고, 도솔가의 해명에 역량을 기우려 신견해를 발표하였으나 우리의 기대와는 좀 거리가 멀다고 하겠고, ……", 정형용, 「8·15 이후의 국문학사 총평」, 17~18면.

우리어문학회의『국문학사』는 '조선문학사'가 아닌 '국문학사'라는 명칭이 붙은 최초의 저작이며, 해방 이후 '정식으로 출판된 최초의 한국문학사'라는 의미를 지닌다. 비록 시간상으로는 짧은 기간 동안 집필이 이뤄졌지만,『국문학사』는 당시 대학 교재가 절실했던 학회 구성원들의 역량을 집중시켜 결실을 맺은 소중한 성과였다.[60]

대체로 기존에 출간되었던 문학사 중 일부는 뚜렷한 사관과 방법론을 제기하기도 했지만, 우리어문학회의『국문학사』를 비롯하여 '대부분의 문학사는 특정한 사관이나 이론적 배경을 내세우지 않고, 중요 작품을 시대적 순서에 따라 제시하는 단순한 연대기적 서술을 따르고 있'는 경우가 일반적이다.[61] 특히 한국전쟁 이후 출간된 문학사의 경우, 분단과 그로 인한 이념적 대립 등 근·현대사의 특수한 상황이 서술상의 제약으로 작용하기도 하였다. 그런 의미에서 '해방공간'에서 집필되었던 문학사들은 정치적 상황이나 이념적 문제로부터 상대적으로 자유로울 수 있었던 것이다. 우리어문학회의『국문학사』에 뒤이어 출간된 이명선의『조선문학사』가 유물사관에 입각한 방법론에 의해 집필되었고,[62] 조윤제의『국문학사』는 민족주의 사관에 토대로 두고 있다고 논의된다.[63] 우리어문학회의『국문학사』는 뚜렷한 사

---

60 우리어문학회의『국문학사』는 6개월 만인 1949년 3월에 수로사가 아닌 다른 출판사(신홍문화사)에 의해 재판이 출간되었다. 이 책의 뒤를 이어 이명선과 조윤제의 문학사가 출간되는데, 당시 국문학 연구자들 사이에 문학사 집필에 대한 의욕이 강했던 때문이라 여겨진다.

61 정하영, 「고전문학사 기술의 성과와 과제」, 83~84면.

62 고미숙, 「이명선의 국문학 연구 방법론과 유물사관」,『어문론집』28, 고려대학교 국어국문학연구회, 1989.

63 "문학의 유기체적 총체성은 문학이 민족의 삶을 표현하고 민족정신을 구체화했기 때문에 인정된다 하면서, 문학사가 곧 민족사라고 하는 민족사관을 제시했다.", 조동

관을 내세우지는 않았지만, 집필자들은 자신들의 저작이 그 '체재(體
裁)만은 국문학사의 상식에 어그러지지 않은 것'이라고 자부하였다.
나아가 그들은 뒤이어 출간된 이명선의『조선문학사』가 뚜렷한 '사관
과 방법론'을 지닌 저작이라고 의미를 부여했다.[64]

여기에서 다룰 우리어문학회의『국문학사』는 비록 '뚜렷한 사관도
제시되지 않았고 각 시기의 균형도 잡히지 않았지만, 광복 이후 서로
다른 전공과 시각을 가진 연구자들이 공통으로 참여해 만든 문학사였
다는 점에 그 의의가 있다.'[65] 앞서 논했듯이 학회가 발족한 뒤, 구성
원들이 첫 번째 사업으로 진행한 일이 바로『국문학사』의 집필과 출
간이었다.[66] 그리하여 학회의 초창기 활동은 '국문학사'를 만들기 위
한 구성원들의 입장을 공유하는 사항으로 채워졌다. 공동 집필로 이
루어지는 작업이기에, 저작의 전 영역에 걸쳐서 논점의 일관성을 유

일,『동아시아 문학사 비교론』, 122면.

64 "우리들의 국문학사는 첫째 그 양이 엷어 세상에 자랑할 만한 저작은 아니었으나,
하여간 체재만은 국문학사의 상식에 어그러지지 않은 것이어서, 널리 교과용 서(敎科
用書)로 쓰인 듯하나, 물론 이것으로 만족할 성질의 것은 결코 아니다. 사관(史觀)과
방법론이 확립하고, 재료 상으로도 풍부한 국문학사가 응당 뒤를 이어야 할 것이다.
이러한 의미에서 그 뒤에 이명선 씨의『조선문학사』가 나타난 것은 반가운 일이다.
씨(氏)의 문학사는 국문학도가 갈망하던 사관과 방법론의 방면에 첫 발길을 들여놓았
기 때문이다.", 고정옥,「재판 서」,『국문학사』, 신흥문화사, 1949. 본격적인 문학사
연구를 위해서는 식민지 시절에 출간된 문학사와 해방 이후에 출간된 각종 문학사를
비교 검토할 필요가 있으나 추후의 과제로 남기고, 여기에서는 우리어문학회의『국
문학사』의 체제와 특징을 중심으로 논하기로 하겠다.

65 정하영, 앞의 논문, 73면.

66 학회의 공동 저서인『국문학사』의 집필자와 해당 부분은 다음과 같다. 서: 방종현,
제1장 상고문학: 정형용, 제2장 중고문학: 김형규, 제3장 중세문학: 손낙범, 제4장
근세문학 제1절~제3절: 정학모, 제4장 근세문학 제4절~제6절: 고정옥, 제5장 현대
문학: 구자균.

지하고 입장을 공유하는 작업은 반드시 선결되어야만 했었다. 때문에 본격적인 집필에 앞서 2차례에 걸친 발표를 통해, 국문학의 범위와 문학사의 시기 구분에 관한 토론과 합의를 이끌어 내었다.[67]

학회의 구성원들은 우리의 문학사를 객관적인 기준에 입각하여 정리하고, 시대 구분과 갈래(genre)의 정리 등에 관해서는 서구의 문예이론을 원용하여 우리 문학사에 적용하고자 했다. 문학사의 시대 구분을 크게 '고대–중세–근세'로 구분한 사학계의 입장을 받아들여 정리하였고, 한국문학의 큰 갈래를 '시가·소설·희곡'이라는 3분법을 기조로 분류한 것[68] 등은 그 실례라 하겠다. 또한 국문학의 범위를 국문 문학을 위주로 다룰 것이라고 전제하며, 한문학은 부수적인 차원에서 다루고 있기도 하다. 이러한 사항들은 문학사 서술의 방향을 설정하는데 긴요한 문제라 할 수 있다. 따라서 구성원들이 각자 역할을 분담하여 초고(草稿)를 집필한 이후에도, 서로 만나 지속적으로 통독하면서 수정 작업을 했던 것이다. 그래서인지 공동 집필임에도 『국문학사』의 서술 태도와 논점은 전체적으로 서로 크게 어긋나지 않고, 비교적 구성의 체계성과 서술의 일관성을 확보하고 있다고 평가할 수 있다.

문학사의 체제와 구성은 결국 시기 구분의 문제에 크게 좌우될 수밖

---

67 앞서 지적했듯이, 「우리어문학회 일지」에 제시된 정형용의 「국어와 조선어, 국문학과 조선문학」(1948. 7. 9)과 정학모의 「국문학의 시대 구분」(1948. 7. 16)이라는 발표와 구성원들의 토론을 가리킨다.

68 "이러한 의미에서 여기선 전술(前述)한 서정시·서사시·극시의 3분류에 비치어 우리 국문학의 분류를 잠간 생각해 보기로 하자.", 구자균, 「국문학 분류 서설」, 『어문』 창간호, 10면. 이 글에서 서정시(시가)·서사시(소설)·극시(희곡)의 분류법은 서구의 문예이론을 원용한 것이며, 이러한 기준에 따라 국문학의 다양한 갈래들을 분류하고 있다. 이러한 기준은 그대로 『국문학사』에서도 적용되고 있다.

에 없다. '문학적 현상의 역사적 시간의 연쇄를 일정한 방법에 의거해서 연대기적으로 질서를 부여하는 작업을 문학사라고 규정'할 수 있다면, 문학사의 시대 구분은 '문학적 현상의 범주 문제와 일정한 질서를 부여하기 위한' 가장 중요한 문제이다.[69] 때문에 '시대 구분론은 한국문학사에서 특별한 위상을 차지해 왔다. 그것은 시대를 어떻게 구분하느냐가 문학사 서술 주체의 사관을 반영할 뿐만 아니라 각각의 텍스트를 평가하는 해석의 준거로 작용했기 때문'이었다.[70] 아마도 문학사를 집필하는데 있어, 시대 구분의 문제는 우리어문학회의 구성원들에게도 가장 중요한 주제였을 것이다. 그리하여 학회의 정례적인 발표 모임에서 정형용은 「국문학의 시대 구분」이라는 논문을 발표했고, 이를 기반으로 구성원들의 토의 과정을 거쳐 '상고-중고-중세-근세-현대'의 5단계로 구분하였다.[71] 이러한 시대 구분법은 안확의『조선문학사』에서 이미 시도되었으며,[72] 현재까지도 문학사의 시대를 구분할 때, 왕조사별 분류와 함께 가장 일반화된 분류법이라 할 수 있다.[73]

---

69 홍기삼, 「한국문학사 시대 구분론」, 151면.

70 고미숙, 「고전문학사 시대 구분에 관한 몇 가지 제언」, 『한국문학사 어떻게 쓸 것인가』, 122면.

71 "4. 동년(1948년) 동월(7월) 16일(金) 정학모 위원이 「국문학의 시대 구분」이라는 소론(小論)을 발표하고 이에 관하여 토의하고 아래와 같이 결정하다. 상고(上古)…신라 통삼(統三)까지 / 중고(中古)…신라 말까지 / 중세(中世)…훈민정음 반포(頒布)까지 / 근세(近世)…갑오경장까지 / 현대(現代)…이후 금일까지. 다음으로 「국문학사」 발간을 결의하고 그 체재와 집필 분담을 결정하다.", 「우리어문학회 일지」, 『어문』 창간호, 22~23면.

72 안확의 『조선문학사』는 '상고-중고-근고-근세-최근'으로 시대 구분을 하였다. 고대를 '상고-중고-근고'로 세분화하였으며, '중세'를 별도로 설정하지 않고 '근세'와 '최근'으로 분류한 것이 특징이다.

73 우리어문학회의 『국문학사』를 토대로, '고등학교 및 사범학교 국어과의 국문학사 교

다음 『국문학사』의 목차를 통해, 그 체제와 서술상의 특징에 대해
서 살펴보기로 하자.

　서

　제1장 상고문학(上古文學)

　　제1절 국문학의 발생

　　제2절 삼국 문학

　제2장 중고문학(中古文學)

　　제1절 중고시대의 문학

　　제2절 향가

　제3장 중세문학(中世文學)

　　제1절 고유 문학의 위축과 한문학의 침투

　　제2절 장가(長歌)의 발달

　　제3절 시조의 발생

　　제4절 한문학에 포섭된 고려문학

　　제5절 나례와 처용가

　　제6절 한양 조 초기의 문학

　제4장 근세문학(近世文學)

　　제1절 훈민정음의 반포와 국문학

재로' 사용하기 위해 엮은 구자균의 『국문학사』(박문출판사, 1956)에서는 그 시대 구
분을 약간 달리하여 제시하였다. 구자균은 국문학사에서 "1.상고문학–삼국의 정립까
지(신라·백제·고구려), 2.중고문학–신라 통일 이후 고려 창건까지, 3.근고문학–고
려 초부터 훈민정음 반포까지, 4.중세문학–훈민정음 반포 이후 임병양란까지, 5.근세
문학–임병양란 이후 갑오경장까지, 6.신문학–갑오경장 이후"로 시대를 구분하였다.
구자균이 저술에 참여한 두 저작에서 중세와 근세의 기점이 달리 나타나고 있으며,
현대문학을 신문학이라 명명했음을 확인할 수 있다. 문학사의 시기 구분에 관한 적절
성 여부를 따지는 것은 별도의 논의를 필요로 하는 바, 여기에서는 각각의 저작에
드러난 차이와 그 특징만을 적시하기로 한다.

　목차에서 확인할 수 있듯이, 이 책에서는 국문학사의 시대 구분을 크게 '고대(상고/중고)-중세-근세-현대'로 구분하고 있다. 각 시대의 분기점은 대체로 왕조의 교체와 일치하고 있으며, 다만 근세문학은 훈민정음의 반포를 시점으로 하고 있다. 예컨대 고대는 신라의 삼국통일을 기점으로 '상고'와 '중고'로 구분되며,[74] 그 하한선은 고려의 건국 이전까지이다. '중세'는 고려시대로부터 훈민정음이 창제된 시기까지를 가리키고, 이후 조선시대를 '근세'로 명명하여 언어와 분자가 비로소 일치를 이룬 것을 그 특징으로 삼고 있다. 따라서 '국문 문학이 곧 국문학'이라는 것을 표방한 이들의 『국문학사』에서는 근세로 설정된 조선시대의 문학에 대한 서술이 가장 많은 비중을 차지하고 있으며,[75]

74　현재 대다수의 국문학사에서는 고대국가 성립기를 기점으로 그 이전을 '원시 문학'이라 하고, 고대국가가 성립된 때로부터 '고대문학'으로 구분하는 것이 일반적이다.

이는 다시 '임·병 양란'을 기점으로 문학사적 변환이 이뤄지는 것으로 기술되어 있다.[76] '갑오경장(1894)'을 근세와 현대의 기점으로 설정하는 것 역시 당대의 일반적인 관점을 수용한 것이라 하겠다.[77] 현대문학은 '갑오경장을 계기로 하여서 그 이전과 그 이후에 창작 의식·문예사조·묘사 방법 등이 판이해지고 있'기 때문에, '진정한 국문학사는 갑오 이후에 비롯'된다고 주장한다.[78]

학회의 구성원들이 문학사의 집필에 착수하기에 앞서, '국어'와 '국문학'의 개념을 정립하는 것이 시급했던 것으로 파악된다. 당시까지만 해도 '국문학'이라는 용어를 사용할 때, 과거 식민지 시절의 기억을 떠올리는 것이 일반적이었다.[79] 이전까지 '조선어'나 '조선문학'이라는 용어가 익숙했던 터라 새로운 시대의 '국어'와 '국문학'이라는 개념을 정의하고, 나아가 그 의미를 명확히 규정할 필요가 있었기 때문이다.

---

75 『국문학사』에서 각 시대의 서술이 차지하는 면수는 다음과 같다. 상고문학(14면), 중고문학(24면), 중세문학(37면), 근세문학(80면), 현대문학(23면) 등.

76 시대 구분에서는 별도의 입장을 밝히지 않았지만, 실제 서술은 '근세문학'을 두 사람이 나눠 집필하고 있다. '근세문학'의 제1절~3절은 조선 전기에 해당하며 정학모가 집필했는데, 양반 지배계급의 시가문학을 중심으로 문학사적 특징을 서술하고 있다. 이에 반해 조선 후기에 해당하는 제4절~6절은 고정옥이 집필했으며, 서민 정신의 발흥과 그들의 문학적 성과에 초점을 맞추어 기술하고 있음을 확인할 수 있다.

77 제5장 「현대문학」의 서두에 기술된 구자균의 다음 언급은 국문학사의 시대 구분에 대한 당대의 일반적인 관점을 잘 보여주고 있다고 생각된다. "국문학사의 시대 구분은 문예의 표현 수단인 언어 문자만을 중심으로 하여 볼 때에 훈민정음 제정(1443) 이전과 그 이후로부터 갑오경장(1894)까지와 및 갑오경장 이후로부터 현재에 이르기까지와의 3기로 나눌 수도 있을 것이다.", 『국문학사』, 159면.

78 『국문학사』, 159~160면.

79 "… 우리가 과거 한동안 자국어를 국어라 부르고 자국문학을 국문학이라고 부르며 사용하는 것을 금지 당하였던 것도 나라를 빼앗겼던 민족의 쓰라림의 하나였던 것으로 아직도 우리의 기억에 새로운 바가 있다.", 정형용, 「국문학이라는 성어의 개념」, 『어문』 제2호, 14면.

국문학 연구자로서 '국문학'이라는 용어에서 '일본문학'을 연상했던 식
민지 시절의 기억과 결별하면서, '국문학'을 '조선문학'의 개념과 동일
시하는 작업이 선행될 필요가 있었다.

사실 '국문학의 개념'을 규정하는 것은 문학사에서 국문학의 범위
및 서술 방향을 정하는데 있어 선행되어야 할 가장 중요한 작업이기도
하다. 학회의 첫 번째 정례 모임에서 정형용은 「국어와 조선어, 국문학
과 조선문학」이라는 제목의 발표를 했다. 그는 이 글을 다듬어 기관지
인 『어문』(제2호)에 「국문학이라는 성어(成語)의 개념」이라는 논문으로
수록했다.[80] 그는 이 글에서 독립된 국가에서의 '국문학이란 자국 문학
에 대한 자국인의 호칭이라고 규정하며, 따라서 조선문학과 동의로
사용하여 외국문학이라는 일반 개념과 대립적 개념에서 사용하는 국문
학을 그 제일의(第一義)로 한다'고 규정하였다. 그리고 '조선 사람이 조
선말로 표현한 작품을 순수 조선문학이라고 규정하는 한편 과거 우리
문화의 역사적 특수성을 고려하여 과거 조선 사람이 한자(漢字)로 표현
한 한문학을 2차적 조선문학으로 다'룬다고 하였다.[81]

이상의 논의를 거쳐 '한글문학만이 국문학'이라는 원칙은, 학회 구
성원들의 토론을 거쳐 『국문학사』를 집필하는데 하나의 지침으로 역할
을 했다. 국문학의 범주를 한글로 된 국문 문학(國文文學)으로 한정하는

---

80 정형용, 「국문학이라는 성어의 개념」, 14~16면.
81 나아가 '국문학'이라는 용어의 분석을 거쳐, '국문학이라는 성어(成語)에는 1. 조선문
    학 2. 조선문학을 대상으로 하는 학문 3. 우리 글자(이두를 포함함)로 기록된 고대의
    문헌이라는 세 가지 의미가 있음을' 밝히고, '국문학'이라는 용어가 과거의 '조선문학'
    과 동일한 의미라는 것을 분명히 하였다. 아울러 대학의 학과로서의 '국문학(조선문
    학)'은 '예술로서의 작품'만이 아니라, '조선문학을 대상으로 하는 학문'이라는 의미를
    포함하고 있다고 하였다. 정형용, 앞의 논문, 15~16면.

것은 당시 학자들에게 일반적인 경향이었던 바, '그것은 조선 왕조의
지배 질서와 긴밀하게 맺어져 있던 한학(漢學)과 유가적(儒家的) 이념이
19세기 말~20세기 초의 시대적 격류 앞에서 대응의 길을 찾지 못하고
무력하게 붕괴되고 만 데 대한 비판적 의식의 소산[82]에서 비롯된 것이
라 하겠다. 이러한 경향은 식민지화의 질곡을 겪으면서 더욱 확고하게
되었으며, 해방 이후에도 여전히 '우리 문학의 참다운 실체는 국문 문
학이어야 한다는 명제가 당연한 것으로 정립되었'던 것이다. [83]

우리어문학회의 『국문학사』에서는 '자기 말을 적을 수 있는 문자로
작품을 창작하거나 적어도 민족의 문예적 유산들을 기록할 수 있음으
로서 문학은 성립된다'고 보았다. [84] 다만 신라시대의 이두[85]만큼은 비
록 한자의 음과 훈을 빌려 쓴 것이지만, 한글 창제에 비견되는 '우리
민족의 문자에 대한 한 개의 창조라고 볼 수 있'다고 하였다. [86] 바로
이런 관점에서 향가야말로 '문학다운 문학이 형성된 시초[87]로 평가할
수 있는 것이다. 이에 따라 한문은 외국어인 중국어라는 극단적인 인
식을 드러내기도 했다. [88] 그렇기에 훈민정음 창제 이후의 국문으로 이
뤄진 작품들, 그 이전의 향찰로 이뤄진 향가, 그리고 한글로 정착된

---

82 김흥규, 『한국문학의 이해』, 민음사, 1986, 18면.

83 김흥규, 『한국문학의 이해』, 18면.

84 『국문학사』, 84면.

85 이 책에서 이두(吏讀)는, 향가를 표기했던 향찰(鄕札)을 포함한 넓은 의미로 사용했다.

86 『국문학사』, 20면.

87 『국문학사』, 16면.

88 "그보다도 패관문학이 조선 소설의 권외로 방축(放逐)되는 가장 근본적인 이유는 그
    것이 한문(漢文) 즉 중국어로 쓰여졌다는 데 있으니, 본격적인 소설이 국자(國字) 제
    정 후에야 비로소 기대되는 이유도 역시 여기에 있는 것이다.", 『국문학사』, 128면.

고려가요 등이 국문학사 서술의 주요 대상이 되는 것은 너무도 당연한 결과였다. 그리하여 한국문학사에서 '소설의 효시'도 한글로 지어진 「홍길동전」이며, 진정한 소설의 시작은 김만중으로부터 비롯된다고 주장한다.[89]

따라서 이 책에서 국문학사의 서술 대상으로서 한문학은 매우 제한적으로 다루어질 수밖에 없다. 그리하여 '고유한 우리 글자도 없었고, 또 중국서 들어온 한문자도 잘 이용되지 못하던 삼국시대 중간까지는 완전한 우리 문학을 이루었다고 말할 수 없'으며, 우리나라에 한문이 도입된 이래 '한문학을 숭배하고 그를 주로 하는 상류 문학과 그것을 모르고 우리말과 글로 읊으며 지은 평민 문학의 두 조류로 나누게 되는 계기'가 되었다고 하였다.[90] '중고문학'에서는 향가가 주요 대상이며, 한문학은 제1절의 하위 항목 중 하나로 다뤄지면서 주요 작가들을 거론하는 정도에 그치고 있다. 고려시대가 대상인 '중세문학'에서는 '한문화(漢文化)가 보급되어 귀족 문화가 발달하는 반면에 우리의 고유문화를 토대로 한 대중문학은 점차 부진한 상태에 이르고 말았다'는 진단을 내린다.[91] 반면 조선시대의 문학을 다루고 있는 '근세문학'에서는 한문학을 지칭하는 항목조차 보이지 않으며, 소설을 다룬 제4절의 소항목 중 '박지원과 그의 한문소설'만이 거론되고 있을 정도이다.[92]

---

89 『국문학사』, 122~125면. 「홍길동전」을 소설의 효시로 삼고 있지만, 그것이 '원래 국문본이냐 아니었느냐는 판단키 어렵다'고 하였다. 또한 김시습의 「금오신화」 역시 '확실히 조선이 낳은 한문소설로서 중대한 것이나 국문으로 쓰여진 소설과는 근본적인 상위점(相違點)을 가지고 있다'고 평가하고 있다.

90 『국문학사』, 23면.

91 『국문학사』, 41면. 제3장 중세문학의 항목 중 '제1절 고유문학의 위축과 한문학의 침투'와 '제4절 한문학에 포섭된 고려문학'은 이러한 양상을 단적으로 보여주고 있다.

국문 문학만을 국문학의 주요 범주로 인정하는 우리어문학회의 입장에 대하여, 한국전쟁 이후 비판적인 재해석의 과정을 거치게 된다. 이에 선편을 잡은 이는 국어국문학회의 창립 회원인 정병욱이다. 정병욱은 「국문학의 개념 규정을 위한 제언」이란 글에서, '과거 몇몇 학자들에 의하여 이루어진 국문학의 개념을 검토 비판하고 좀 더 새로운 관점에서 문제를 제기'하였다. 그의 주장은 우리 문학사에서 '한문 문학의 가진 바 그 역사적인 특수성'을 인정하고, '문학 형태의 영향이란 오늘날 이미 상식화한 이상 중국문학의 형태를 한국 사람이 쓴데도 불구하고 국문학의 영역에서 꼭 추방할 필요는 없'다고 하였다. 그리하여 그 결론으로 '국문학의 범위를 그 표기 문자에 의하여 설정할진대, 첫째로 정음 문학 즉 국어로 표현된 모든 문학적인 재보(財寶), 둘째로 차자 문학(借字文學) 즉 훈민정음 반포 이전의 이두식 문자에 의하여 전승되어온 모든 문학적인 유산, 셋째로 한문문학 한문을 통하여 이루어진 과거의 모든 문학적인 노작(勞作)의 3종으로 나눌 수 있'다고 하였다.[93] 이러한 정병욱의 입장은 이후 한국문학의 범주를 설정하는데 있어, 한문학을 바라보는 관점에 대해 중요한 시사점을

---

92 "대체로는 한문소설은 한시나 산문 한문과 마찬가지로 우리 문학의 일부분이라기보 다는 중국문학의 일 방계(一傍系)로 밖에 간주되지 않는다. 「금오신화」나 「화사」나, 한문본 「옥루몽」이나 「창선감의록」 등은 그러한 이유로 우리 문학 행세를 못하는 것이 다. 그러면 왜 유독 박지원의 소설만이 우리 문학일 수 있는가. 그것은 그의 작품이 언어가 중국어라는 단 한 개의 조건을 제하고는 국문소설 이상으로 절실한 당시 현실 의 반영인 까닭이며, 나아가서는 역사의 앞길에 대한 예리한 눈을 가졌기 때문이다.", 『국문학사』, 140면.

93 이상 정병욱, 「국문학의 개념 규정을 위한 제언」, 『국문학산고』, 신구문화사, 1959, 16~27면. 이 글은 원래 1952년(『자유세계』, 홍문사)에 발표되었던 것을, 이 책에 재 수록한 것이다.

제공해주었다.

결국 '문학에 있어서 언어의 문제가 제1의적인 중요성을 가진다고 해도 그것은 각 시대에 있어서의 문화적 조건과 관련하여 파악되어야' 한다. 그 이유는 '한문문학을 일률적으로 배제할 때 야기되는 난점은 19세기까지의 문학 유산 중 상당 부분이 버려질 뿐 아니라 우리문학의 전개 양상과 내부적 관련의 전체상을 온전하게 설명할 수 없'기 때문이다.[94] 비록 우리어문학회의 국문학에 대한 입장이 후대의 비판을 받기는 했지만, 한문학을 국문학사의 서술 대상에서 제외한 것은 학회 구성원들과 동시대 학자인 조윤제의 『국문학사』에서도 동일하게 나타나고 있다.[95] 어쩌면 한글문학만이 곧 국문학이라는 이들의 관점은, 식민지 시기라는 특수한 상황에서 제기된 그들의 인식에서 비롯된 현상이라 파악할 수 있을 것이다. 이후 국문학의 범위에 한문학을 포함해야 한다는 논의가 지속적으로 논의되었으며, 그 결과 현 단계에서 '한국문학이란 한민족(韓民族)의 경험·사고·상상이 역사상의 각 단계마다의 생활 방식과 문화적 조건에 상응하는 표현 언어를 통하여 형상적(形象的)으로 창조된 문학의 전체라고 규정'되고 있다.[96] 이제는 학계에서 한문문학 포용론의 관점에서 한국문학의 범위를 폭넓게 인정하고 있다.

우리어문학회의 구성원들은 '문학을 대별(大別)하여 시가·소설·희

---

94 이상 김흥규, 『한국문학의 이해』, 18~19면.

95 "조윤제의 문학사는 '국어로 표현된 문학의 역사'이다. …… 엄밀히 말해서 국어가 형성되기 이전인 통삼 이전 시기는 '국문학사'의 서술 대상이 아니며, 국문학이 아닌 것 역시 서술 대상이 아니게 된다. …… 조윤제의 『국문학사』는 '배제'의 문학사인 셈이다.", 김현양, 「민족주의 담론과 한국문학사」, 42면.

96 김흥규, 『한국문학의 이해』, 22면.

곡으로'[97] 구분하여, 한국문학사의 역사적 갈래들을 정리하였다. 따라서 『국문학사』의 전반적인 구성과 목차도 이에 따라 배치되어 있다. 그리하여 우리 문학의 시원을 '원시 문학'에서 찾고 있으며, 그 특징을 '노래와 춤과 음악이 융합되어 있어서, 모든 예술이 분립하지 못한 원시 형태로서의 민요 무용'[98]으로 추정하였다. 이로부터 서서히 「영신가(迎神歌)」[99]와 같은 시가문학과 「단군신화」와 같은 서사문학으로 분화되었다고 파악하였다.[100] 또한 구체적인 기록을 찾을 수 없는 시기의 희곡문학에 대해서는 거론하지 않았지만, '중세문학'에서 '나례(儺禮)와 처용가'를 별도의 절로 설정한 것은 희곡문학의 실례로 제시하려는 의도가 전제되어 있다.[101] 그러나 주지하듯이 우리 문학사에서 다른 갈래에 비해 희곡의 전승은 매우 소략한 편인데, 이는 과거에 '유교의 엄격한 규범이 전사회적 통제력을 발휘하게 됨에 따라 연극의 발전은 크게 제약받았'던 상황과 관련이 있다.[102] 따라서 문학의 갈래를 '시가·소설·희곡'으로 대별하려는 의도에도 불구하고, 문학사에서는 전반적으로는 시가문학과 소설문학이 위주가 되어 서술되는 것이다.

---

97 『국문학사』, 13면.

98 『국문학사』, 4면.

99 가락국 시조인 김수로왕의 탄생을 주 내용으로 하는 「구지가(龜旨歌)」를 지칭한다.

100 "…… 시가의 원시형은 원시 문학이 육성되고 전승되던 분위기에서 구할 성질의 것이니, ……. 이 신화(단군신화)를 가장 오래된 서사문학으로 다루어서 원시 문학의 내용을 고찰하는 자료로 삼는다.", 『국문학사』 6~7면.

101 훈민정음 반포 이후의 문학을 다룬 '근세문학'에서 '제3절 소설의 발족과 연극의 전통'을 설정한 것도 역시 이와 무관치 않다. 그러나 이 책에서는 '소설의 창극화'라는 입장을 견지하고 있어, 소설의 활발한 창작과 유통이 창극(판소리)의 출현을 이끌었다는 주장을 펼치고 있다.

102 김흥규, 『한국문학의 이해』, 98면.

시가문학이 '원시 문학'으로부터 각 시기마다의 주요 갈래[103]들을
포괄하여 다루고 있는데 비해, 소설문학은 주로 조선시대의 작품들을
위주로 다루고 있다. 특히 소설의 선행 형태로써 고려시대까지의 설
화와 패관문학[104] 등에 주목하였는데,[105] 그 이유는 바로 이들이 한문
으로 기록되어 있음에도 후대 소설문학으로의 연관 속에서 문학사적
의미를 획득하기 때문이다. 조선 후기에 활발하게 창작·향유된 '소설
은 진정한 산문의 세계를 개척하여 시민 문학의 주체가 되었다'[106]는
주장에 이른다. 이와 함께 기존에는 국문학의 주류에서 배제되어 있
던 '민요'가 문학의 관점에서 전면적으로 다루어지고 있다는 점도 특
기할 만하다.[107]

현대문학은 '갑오 이후 국어와 국자(國字)의 중요성을 인식했고 언
문일치(言文一致)의 문예가 생성한' 시기를 대상으로 하고 있기에, 그
이전과는 새로운 기준으로 제시된 '문학의 정의에 비치어 너무도 진
정한 문학과의 상거(相距)가 멀다 아니 할 수 없다'고 주장한다. 이러
한 입장은 기본적으로 고전문학과 현대문학의 전통 단절론을 전제로

---

103 향가의 경우 '상고문학'의 시기에 창작된 작품이 있다는 사실을 적시하면서도, 이들
    작품을 편의적으로 '중고문학'의 '제2절 향가' 항복에서 송합석으로 나누고 있다. 이
    밖에도 시가의 주요 갈래들은 고려속요와 '경기체가', 그리고 시조와 가사를 포괄하
    고 있다.
104 고려 후기의 시화집과 가전체 작품들이 패관문학의 주요 대상이다.
105 "소설은 설화를 선구(先駆)로 하는 것으로, 문학에서 다루는 때는 이를 서사문학에
    소속시키는 것이니, ……"(13면), "패관문학이 한문학 세력에 이끌이어, 시화류로 쏠려
    갔다고 하지만 그것은 패관문학의 정상적 발달이 아니고, 패관문학이 소설로 발달하
    여 가는 것이 정당한 발전 과정이라 하겠다."(70~71면).
106 『국문학사』, 154면.
107 '근세문학'의 마지막 항목인 '제5절 문학으로서의 민요'에서 이를 상세히 논하고 있다.

하고 있으며, 서구로부터 수입한 문예이론을 통해서 새로운 문학이 태동할 수 있었다고 보았다.[108] 물론 갑오경장 이후 『국문학사』의 집필까지의 기간이 '겨우 50여년 밖에는 안 되'기에, 현대문학은 '평론가의 평론 대상으론 될지언정 이것을 문학사적으로 체계 세'우기는 쉽지 않다고 전제하였다. 그러나 짧은 기간에 서구의 다양한 문예사조가 '압축하여 경험해 나왔기 때문에 문학적 시기를 확실히 구획(區劃)할 수 있는 특수성을 가지고 있다'고 보았다.[109]

그 결과 현대문학사를 모두 5기로 구분하여 논하고 있다.[110] 본격적인 신문학의 출발을 '새로운 문학 창건을 맡고 나타난' 이인직의 신소설에서 찾고 있으며, 그의 소설이 '훨씬 현대소설에 가까워지고 있다'고 평가한다.[111] 최남선과 이광수의 초기 활동을 각각 신시(新詩)와 소설에서 문학사적 공로를 획득할 수 있다고 보았으나, 이광수의 후기 활동에 대해서는 혹평을 남기고 있기도 하다.[112] '현대문학'의 서술에서 주목할 점은 카프(KAFP)가 결성되어 활동한 시기를 '기성문단과 신흥문단의 대립기'로 설정하여, 당시의 작가들의 활동과 작품들에

---

108 "곳곳에 학교와 많은 학술 연구기관과 및 언론기관이 생겼으니 이것은 문화 형태가 그 이전의 전통을 버리고 새로운 문명운동·계몽운동이 힘있게 일어나서 문예사조에 있어서도 획시기적(劃時期的)인 전환을 하고 희망에 넘치는 문예개혁이 싹트게 하는 계기가 되었다.", 『국문학사』, 162~163면.

109 이상 『국문학사』, 159~161면.

110 현대문학사를 다음과 같이 구분하고 있다. 제1기(1894~1919)-신문학 태동 발흥기, 제2기(1920~1935)-기성문단과 신흥문단 대립기, 제3기(1936~1941)-순수문학기, 제4기(1942~1945. 8)-암흑기, 제5기(1945. 8~1948 현재)-신출발기.

111 그러면서 또한 신소설을 '고대소설과 현대소설과의 사이에 개재하여 있는 중간적 존재'라고 논하고 있다. 『국문학사』, 164~165면.

112 『국문학사』, 166~167면.

대해서 상세히 기술하고 있다는 사실이다.[113] 1942년 이후의 '암흑기'
를 서술하면서 당시에 활동했던 조선문인보국회 소속의 '매판적 민족
반역을 감행하는 문인'들과, 일본어로 발간된『국민문학』등의 문예
지를 '이른바 일본정신에 입각한 작품을 실었으니 치욕의 기념이 될
잡지'라는 사실을 분명하게 적시하기도 하였다.[114] 마지막으로 해방
이후 남쪽의 문단 상황에 대해서 개괄적으로 소개하면서, 문학사의
서술을 마무리하였다.

4. 맺음말

이상으로 우리어문학회의 성립과 활동 양상, 그리고 그들에 의해
출간된『국문학사』의 체제와 특징에 대해서 살펴보았다. 이들의 학술
활동은 초창기 국문학 연구에 있어 적지 않은 역할을 했다고 평가되
지만, 아직 그들의 활동 양상과 저술이 지니는 의미에 대해서 본격적
인 연구 성과가 제출되지 않았다. 구성원 중 일부가 한국전쟁 당시
납·월북되어 학회의 활동이 급작스럽게 정지되었던 까닭에, 한국전
쟁 이후 이들의 활동이나 저작에 대해서 논의하기가 쉽지 않았던 것
도 그 이유 중의 하나라 할 수 있다.

학회의 주축이었던 방종현이 한국전쟁의 와중에 병사하였고, 구자

---

113 이 당시 활동했던 작가들 중에 이른바 '경향파' 작가들과 '여류 작가'의 활동을 각각
　한 항목으로 설정하여 긍정적인 측면에서 상세하게 기술하고 있는데, 이는 '해방공
　간'에서는 문학사의 집필에 있어 이념적 제약이 심하지 않았기 때문이라 해석된다.
114『국문학사』, 179~180면.

균도 젊은 나이로 1964년에 세상을 떠나게 된다. 이후 구성원 중 김형규와 손낙범만이 남게 되어, 그들이 희망했던 '우리어문학회의 재건'[115]은 더욱 요원하게 되었다. 더욱이 1952년에는 이른바 '해방 후 졸업생'[116]들에 의해 국어국문학회가 창립되면서, 이후에는 이 학회의 회원들이 국문학 연구의 주축을 이루게 되었다. 초창기 국어국문학회 회원 일부는 자신들의 연구 활동의 대타적인 존재로, 우리어문학회 구성원들을 비롯한 경성제대 조선어문학과 출신들로 상정하기도 하였다. 하지만 이후 국어국문학회가 국문학 연구에서 확고한 위치를 다져나감으로써, 우리어문학회의 존재는 점점 잊혀졌던 것이다. 또한 우리어문학회의 존재 역시 몇몇 연구자들의 논문 속에서 단편적으로 거론될 정도였다.

그러나 우리어문학회 구성원들의 활동이나 연구 성과가 국문학 연구에 끼친 영향은 결코 적지 않기에, 더 늦기 전에 학회의 면모에 대해서 정리할 필요가 있다고 판단된다. 해방 이후 초창기 국문학 연구 단체로서의 우리어문학회의 활동을 검토함으로써, 이후 국문학 관련 학회들과 비교할 수 있는 논거를 마련할 수 있을 것이라 여겨진다. 이러한 작업을 토대로 식민지 시절 국문학 연구자들의 활동과 연관성을 고찰할 필요가 있으며, 특히 '해방 후 졸업생'이라 칭했던 '국어국문학회'의 초창기 활동과 국문학 연구사에서의 위상을 함께 고려해야만 할 것이다. 그러나 여기에서는 우리어문학회의 성립과 활동 양상

---

115 「재판서」, 『국문학개론』(구자균·손낙범·김형규, 일성당서점, 1955), 2면.
116 김동욱, 「해방 후 졸업생」, 『사상계』, 1955년 4월호.(박연희, 「1950년대 '국문학 연구'의 논리」에서 재인용)

에만 초점을 맞춰 논하다보니, 애초 의도했던 전·후 시기의 국문학 연구자들과의 비교 연구는 충분히 이뤄지지 못했다. 하지만 국문학 연구사에서 그동안 미개척의 영역으로 남아있었던 '해방공간'의 상황을, 우리어문학회의 활동을 통해 거칠게나마 그려보았다는 데에 의미를 두고자 한다.

아울러 우리어문학회의 『국문학사』를 중심으로 그 체제와 특징을 논하는 것에 그쳐, 전·후 시기에 출간된 여타의 문학사와의 비교도 제대로 이뤄지지 않았다. 『국문학사』가 지닌 국문학 연구사에서의 위상을 제대로 짚어내기 위해서는, 여타 문학사들과의 비교 연구는 꼭 필요하기 때문이다. 특히 '유물사관'에 입각하여 기술한 이명선의 『조선문학사』, 그리고 민족주의 사관에 입각하여 문학사를 유기체적으로 파악한 조윤제의 『국문학사』 등은 동 시기에 편찬된 문학사로써 연구사적으로 중요한 성과로 꼽힌다. 학회의 구성원들은 여타의 문학사들에 대한 관심이 적지 않았고, 새로운 문학사가 출간될 때마다 기관지 『어문』 등에 서평을 게재하기도 하였다.[117] 이러한 문제를 포함해 전·후 시기에 출간된 문학사들과의 비교를 통한 기술 방법과 사관, 그리고 시대 구분 등 여러 주제에 대한 탐구는 앞으로의 과제로 남겨두기로 한다.

『남도문화연구』 제26집(순천대학교 남도문화연구소, 2014)에 수록된 논문을 일부 수정하였음.

---

117 정형용, 「8·15 이후의 국문학사 총평」, 『어문』 창간호. ; 정학모, 「신간평—조윤제 저 『국문학사』 독후감」, 『어문』 제2호. 이밖에도 1964년에 출간된 조윤제의 『한국문학사』 개정판에 대한 구자균의 서평도 이러한 관심의 연장선 속에서 파악할 수 있다.(구자균, 「조윤제 저, 『한국문학사』」, 『아세아연구』 통권 13호, 고려대학교 아세아문제연구소, 1964.)

우리어문학회의 국문학 인식

『국문학개론』을 중심으로

1. 머리말

일제 강점기로부터 해방이 된 이후 서울을 중심으로 대학 설립이
활발하게 이뤄졌고, 민족문화를 새롭게 정립하기 위한 목적으로 각
대학에 국어국문학과가 개설되기 시작했다. 서울대학교를 비롯한 주
요 대학의 초창기 국어국문학과 교수진은 일제 강점기에 경성제대를
졸업한 연구자들이 주축을 형성했다. 당시에는 국문학 연구사에 대한
체계적인 검토가 진행되지 못했을 뿐만 아니라, 국문학 자료의 수집
도 전반적으로 미진한 상태에 놓여있었다. 해방 직후의 대학에서는
국문학과의 교과 과정은 물론 교재도 미비했으며, 교수들 역시 본격
적인 교육에 나설 수 있는 여건이 충분치 않은 상황이었다.[1] 따라서

---

1   해방공간의 대학 제도를 구상하면서, 유진오는 당시의 '대학 자체가 가지고 있는 대
    학 위기를 재정·교수진·서적(연구 자료)의 결핍에 있다'고 진단하였다. 유진오, 「대
    학의 위기」, 『조선교육』 1948년 1·2월호.(박광현, 「'문리과대학'의 출현과 탈식민의
    욕망」, 『한국 인문학의 형성』, 한길사, 2011, 388면에서 재인용) '우리어문학회'의
    구성원이었던 김형규 역시 당시의 상황을 '일제시대 조선어문학과를 전공했다고 해서

국문학계로서는 그에 걸맞은 학문적 체계를 새롭게 수립하는 것이 절
실한 문제로 인식되었고, 대학에서의 교과 과정을 마련하는 것도 시
급히 해결해야 할 과제였다.[2]

이러한 상황에서 국문학과의 운영 체계를 새롭게 정립하고, 이를
대학 교육에 적용하기 위해 일군의 학자들이 1948년에 만든 모임이
바로 '우리어문학회'이다. 처음에는 '대학에서 강의를 준비하면서 스
스로의 의문을 풀고 서로 도움을 받기 위해', 당시 서울대와 고려대의
교수로 재직하고 있던 방종현 등 7인이 '국어교육연구회'라는 명칭으
로 모임을 시작하였다.[3] 구성원들은 모두 일제 강점기에 경성제대 조
선어문학과를 졸업하였으며, 처음에는 본격적인 학회라기보다 현실
적인 필요에 의해 '동인적인 성격'[4]을 지닌 모임으로 출발하였다. 애
초에 내걸었던 목표는 '국어국문학과 국어교육에 관한 문제를 토론하
고 국어국문학 총서와 같은 것을 발간하는 모임'이었다.[5]

대학 교단에 섰으나, 참으로 어려움이 많았다. 우리가 가르칠 준비가 돼 있지 않았기
때문이다.'라고 증언하였다. 김형규, 「'우리어문학회' 그리고 개정된 '한글 맞춤법'에
대하여」, 『국어학』 21, 국어학회, 1991, 5면.

2 대학에서 국어국문학과의 세부 전공에 대한 학적 구성이나 교과 과정의 확립은 대체
로 "1950년대 이후 한국의 대학이 재정비되는 과정에서 '제도'로서의 국문학의 징제
성이 구축된 상황과 긴밀한 역사적 관계를 맺고 있"다.(최기숙, 「국어국문학 과목 편
제와 고전문학 강독」, 『한국 인문학의 형성』, 한길사, 2011, 22면) 따라서 대학에서
처음 국문과가 개설되었던 초창기에는 교과 과정을 비롯한 학과 운영을 꾸려나가는
단계에서 적지 않은 시행착오를 거쳤을 것이다.

3 김형규, 「일사 방종현 선생의 학회 활동」, 「일사 방종현 선생의 국어학 연구(대담)」,
『국어학』 12, 1983, 235~236면.

4 임형택, 「분단시대의 국문학」, 『한국문학사의 시각』, 창작과비평사, 1984, 467면.

5 이러한 취지는 학회를 처음 만들 때의 의도를 정리한 '일지'에 기록되어 있다. 「우리
어문학회 일지」, 『어문』 창간호, 1949, 21면.

그리고 대학 교재로 사용할 『국문학사』를 출간하면서 '우리어문학
회'라는 명칭을 사용하기 시작했고, 이어서 『국문학개론』도 학회 구성
원들의 공동 집필로 저술되었다.[6] 학회 구성원들에 의해 출간된 두
권의 저서는 모두 대학의 국문과 수업에 사용할 교재를 염두에 두고
기획된 것이다. 이밖에도 학회지인 『어문』[7]을 발간하면서 개별 논문을
발표하고 국문학 관련 자료를 소개하는 등 다양한 학문적 성과를 제출
하였다. 구성원들은 활발한 학술 활동을 통해 모임의 체계를 서서히
갖추어 나갔다. 이 당시 이뤄진 우리어문학회의 학문적 성과와 구성원
들의 역할은 국문학 연구사에 끼친 영향이 적지 않다.[8]

　각 대학에 처음으로 국문학과가 개설되면서, 학과의 정체성을 형
성하고 교과과정의 틀을 정립하는 것이 무엇보다 시급한 문제였다.
당시 대학에 재직하고 있던 연구자들은 이러한 과제를 해결하기 위해
적지 않은 노력을 기울였다. 비록 활동 기간이 그리 길지 않았지만,
우리어문학회의 구성원들은 대학 교육을 담당하는 당사자로서 국문
과의 교과과정은 물론 국문학의 학문적 체계를 구축하기 위한 활동에

6　이 두 권의 서지 사항은 다음과 같다. 우리어문학회, 『국문학사』, 수로사, 1948.;
　　우리어문학회, 『국문학개론』, 일성당서점, 1949.

7　우리어문학회의 기관지인 『어문』은 모두 세 차례 발간되었다. 애초에 월간지를 염두
　　에 두고 기획되었지만, 발행 경비나 원고 수합 등의 어려움으로 인해 출간 일자가
　　일정하지 않은 것으로 확인된다. 이후 '한국전쟁'으로 인해 학회가 사실상 해체되면
　　서, 기관지는 더 이상 발간될 수 없었다. 당시 출간된 기관지의 호수와 발행 일자는
　　다음과 같다. 1권(창간호): 1949년 10월 25일, 2권 1호(정월호): 1950년 1월 31일,
　　2권 2호(2월호): 1950년 4월 15일.

8　'우리어문학회'의 학술 활동에 대해서는 다음의 논문들을 참조할 것. 김용찬, 「'우리어
　　문학회'의 활동 양상과 『국문학사』」, 『남도문화연구』 26, 순천대학교 남도문화연구
　　소, 2014.(이 책에 재수록되었음); 김용찬, 「'우리어문학회'의 구성원과 학술 활동」,
　　『민족문학사연구』 통권 59호, 민족문학사학회, 2015(이 책에 재수록되었음) 등.

적극적으로 참여했다. 해방 이후 각 대학의 교과과정 등 국문과의 구체적인 운영 상황을 확인할 수 있는 주요 자료들은 '한국전쟁(1950)'으로 대부분이 사라지고 남아있지 않아, 당시의 상황을 복원하는 것은 현재로서는 쉽지 않은 일이다. 초창기 국문학과 설립의 경과나 교과 과정 등을 밝힐 수 있는 자료는 당시 출판되었던 문헌에 수록된 일부 기록이나 몇몇 학자들의 증언만이 남아있을 뿐이다. 그렇기에 당시 활동했던 '우리어문학회'의 활동과 구성원들의 연구 성과를 검토함으로써, 초창기 국문학 연구사의 빈틈을 어느 정도 메울 수 있을 것이라 하겠다. 이에 이 글에서는 그들이 남긴 각종 기록을 통해 우리어문학회의 활동 내용을 보다 정밀하게 탐색하기로 한다. 이를 통해 당시 학자들의 국문학에 대한 연구 경향을 개략적으로 파악하고, 나아가 국어국문학과의 교과 과정이 정립되어 가는 상황들에 대해서도 어느 정도 추정해 볼 수 있을 것이다.

우선 기관지인 『어문』에 수록된 '우리어문학회 일지'[9]와 기타 관련 기록 등을 통해 학회의 활동 내역과 학술 활동의 성과를 살펴보기로 하겠다. 이를 통해 부분적이나마 '해방공간'에서 활동했던 이들의 연구 활동과 그 성과를 점검할 수 있을 것이다. 또한 대학 교재로 출간했던 『국문학개론』의 체제와 내용의 분석을 통해 우리어문학회 구성원들의 국문하 인식의 양상을 따져보기로 하겠다. 여기에서는 교재로

---

9 기관지인 『어문』에는 각 권의 말미에 '우리어문학회 일지(소식)' 항목을 두어, 1948년 6월 18일의 학회 구성을 위한 예비 모임으로부터 1949년 12월 30일까지의 활동 내용을 수록하였다. 곧이어 출간될 4권에는 1950년의 활동 내용을 수록할 예정이었지만, 한국전쟁으로 기관지가 더 이상 발간이 되지 않으면서 학회의 활동 상황은 1949년까지만 확인할 수 있다. 이후의 학회 활동은 1950년에 발간된 2권의 기관지를 통해서 부족한 대로 재구할 수 있을 것이다.

편찬했던 『국문학개론』의 출간 경위를 추적하고, 나아가 저서의 성격
과 체제를 검토함으로써 학회 구성원들이 지향했던 국문학 인식의 양
상을 파악할 수 있을 것이다. 특히 문학사에 존재했던 다양한 문학
갈래들에 관한 서술들이 『국문학개론』에 어떻게 반영되어 있는지를
논해보기로 하겠다. 이를 통해 『국문학개론』 출간의 의미는 물론 이
책이 지니는 연구사적 위상도 정립할 수 있을 것이다.

2. 우리어문학회의 연구 활동과 그 의미

연구사를 검토하는 가장 중요한 목적은 기존의 연구들을 면밀하게
살펴, 그 가운데 계승하거나 극복되어야 할 양상들을 체계적으로 정
리할 수 있다는 점이다. 기존의 연구 성과들을 검토함으로써, 연구자
들이 추후 연구의 방향을 새롭게 설정하기 위한 지침을 마련할 수 있
기 때문이다. 그런 의미에서 많은 부분이 공백으로 남아있는 해방 이
후 국문학 연구사에 대한 검토는 여전히 필요하다고 하겠다. 흔히 '해
방공간'이라고도 일컫는 해방 직후부터 한국전쟁(1950) 이전까지, 국
문학 분야에서는 연구의 열기가 '다른 어느 시기보다 활발한 움직임
을 나타냈던' 기간이었다. 당시는 '일제의 억압 하에 잠재 축적되어
있었던 힘이 해방되어 자유롭게 발휘되었고', 또한 '혼돈과 갈등 속에
서 진로를 모색하는 창조적·진취적 분위기가 팽창되었던' 것으로 평
가되고 있다.[10]

---

10 임형택, 「분단시대의 국문학」, 467면.

이러한 상황을 반영하듯 각 대학에서 본격적으로 국어국문학과가 설립되었고, 이는 국문학 분야에서 '식민지라는 과거를 털어내고 민족국가로서 우리의 전통성을 확립해야 하는 사명을 달성하기 위한 것'이라는 의미를 지닌다.[11] 이러한 결과는 바로 식민지에서 벗어났다는 감격과 새로운 국가를 만들어야 한다는 열망이 동시에 작용했기 때문에 가능했다. 경성제대 조선어문학과 출신들로 구성된 '우리어문학회'는, 방종현 등 7인의 국문학자들이 1948년 6월에 '국어교육연구회'라는 명칭으로 만든 모임에서 비롯되었다.[12] 이들은 당시 서울대의 교수와 강사로 출강하고 있었으며, 가장 먼저 대학 수업에서 사용할 수 있는 교재 개발을 염두에 두고 '연구회' 활동을 시작하였다. 모임의 구성원들은 '방종현이 대표 격이었고, 정학모·고정옥·정형용·구자균·손낙범·김형규' 등이 참여하고 있었다.[13] 김형규는 당시 서울대에 출강을 하던 학자들이 '처음부터 어떤 학회의 목표를 설정한 것이 아니라 같은 필요를 느끼는 사람끼리 모여서 시작'했음을 회고하였다.[14] 각 대학에서 국어국문학과는 개설되었으나 전반적인 교육 여건이 여전히 미비한 상황이라, 교수들은 학과 운영의 방향을 결정하는 것과 함께 교육의 체계나 교과 과정을 정립하는 것 등을 온전히 감당

---

11 최병구, 「현대문학사 서술의 경과」, 『문학사를 다시 생각한다』, 소명출판, 2018, 399면.
12 「우리어문학회 일지」, 『어문』 창간호, 21면.
13 고려대 교수의 신분으로 서울대에 출강했던 구자균과 김형규를 제외하고, 나머지 구성원들은 모두 서울대 문리대와 사범대 교수로 재직하고 있었다. 모임에는 애초에 대표 등의 임원을 따로 두지 않고, 고정옥이 회계 역할을 담당했다. 「우리어문학회 일지」, 『어문』 창간호, 25면.
14 김형규, 「일사 방종현 선생의 학회 활동」, 235~236면.

해야만 했다.

이들이 연구회를 결성한 가장 중요한 이유 중의 하나가 바로 국문학과의 교과과정을 수립하고, 그에 부합하는 교재를 개발하는 일이었다. 자료가 제대로 전해지지 않아 당시의 국어국문학과의 구체적인 교과과정을 확인할 수는 없지만, '국문학사'와 '국문학개론' 그리고 '국어학개론'은 필수 교과목으로 채택되었을 것으로 파악된다.[15] 모임의 구성원들은 해당 과목의 교재를 염두에 두고 『국문학사』와 『국문학개론』, 그리고 고소설을 대상으로 한 총서의 출간 작업에 가장 먼저 착수하였다.[16] 구체적으로 매월 1회의 모임을 통해서 '기관지와 고전문학 총서를 발간'할 것을 논의하여, 정기적인 모임과 함께 가장 먼저 '「국문학사」 발간을 결의하고 그 집필 분담까지 결정'하'였다.[17]

구성원들은 그 해 8월에 『국문학사』를 출간하면서 비로소 모임의 명칭을 '우리어문학회'로 바꾸게 된다. 아마도 책을 출간하면서 '국어교육연구회'라는 명칭보다 '우리어문학회'라는 이름을 내걸고 본격적으로 학회 활동에 나설 필요성을 절감했기 때문일 것이다.[18] 이후에도

---

15 당시 국어국문학과의 교과과정이나 교재 등에 대해서는 구체적인 자료가 확인되지 않아, 산발적으로 남아있는 기록이나 몇몇 사람들의 기억에 의존할 수밖에 없는 형편이다. 그나마 1950년대 이후에 대학이 재정비되는 과정에서 '국어국문학과에서의 세부 전공에 대한 학적 구분이나 강좌 구성' 등이 확립되었고, 주요 대학들의 당시 교과목 등의 자료가 남아있어 일부나마 확인할 수 있다. 최기숙, 「국어국문학 과목 편제와 고전강독 강좌」 참조.

16 비록 공동 작업의 성과는 아니지만, 『국어학개론』은 학회 구성원이자 국어학 전공자였던 김형규에 의해 『국문학개론』과 비슷한 시기에 출간되었다.(김형규, 『국어학개론』, 백영사, 1949.) 따라서 우리어문학회 회원들에 의해, 국어국문학과의 주요 교과목에 대한 교재의 출간이 가장 먼저 이뤄졌음을 알 수 있다.

17 「우리어문학회 일지」, 『어문』 창간호, 22~23면.

18 모임의 명칭을 바꾼 이유에 대해서 방종현은 다음 해에 출간된 『국문학개론』의 서문

지속적인 학문 활동을 위해 고소설의 교주본을 기획하고, 이와 병행하여『국문학개론』의 출간과 학회의 기관지인『어문』을 총 3회에 걸쳐 발간하였다.[19]『어문』에는 학회 구성원들의 학술 논문은 물론 국문학 관련 원문 자료를 수록하여 소개하고, 당시에 출간되었던 국어국문학 관련 저서들의 목록을 제시하는 등 국문학계의 동향을 파악하려는 노력이 반영되어 있다. 학회의 기관지『어문』은 구성원들이 연구 활동을 지속적으로 펼칠 수 있도록 하는 장으로서 역할을 담당했다.

이제 '우리어문학회 일지'와 기관지『어문』에 수록된 다양한 자료들을 통해, 우리어문학회의 학술 활동을 상세히 조망하면서 그 의미를 검토하기로 한다.『어문』에 수록된 '일지'에 의하면, 구성원들은 그 필요성을 인식하고 불과 이틀 만에 본격적인 학술모임을 조직하였다. 방종현 등 4인이 일차적으로 만나 '국어국문학과 국어교육에 관한 문제를 토론하고 국어국문학총서와 같은 것을 발간하는 모임이 필요함을 상의하'였으며, 이틀 후에 7명의 구성원들이 모두 모여 '국어교육연구회'를 발족했다.[20] 당시 이들이 결의한 사항은 매월 1회 정기

에 다음과 같이 언급하고 있다. "작년에 우연히 우리는 공동으로『국문학사』를 처음으로 출판하게 되매, 거기서 비로소 책을 내게 된 것이고, 또 이 모임의 이름까지도 아니 가질 수 없어서 '우리어문학회'라는 이름이 처음으로 생겨나게 된 것이다.", 방종현,「서」,『국문학개론』일성당서점, 1949, 1면.

19 처음 우리어문학회를 만들기로 결의(1948년 6월 18일)한 이후, 구성원들의 협의와 집필 분담을 통해 약 2개월이 조금 더 지난 시점(1948년 8월 31일)에『국문학사』가 구체적인 성과로 출간되었다. 또한 교재로 사용하기 위한 고소설의 교주 작업을 진행하면서, 다음 해(1949년 10월 30일)에는 학회의 두 번째 성과물인『국문학개론』을 출간하였다. 기관지『어문』의 창간호가 비슷한 시기(1949년 10월 25일)에 발간되었는데, 이는 학회원들의 연구 성과를 발표하고 공유하려는 목적에서 기획되었다.

20 1948년 6월 18일에 방종현·김형규·손낙범·정형용 등이 방종현의 집에서 모여 모임의 필요성을 상의하고, 이틀 후인 6월 20일에 이들 4인 외에 정학모·구자균·고정옥

적으로 학술 모임을 갖고, 각 구성원들이 새로운 회원을 추천하면 위원회의 결의에 의해 받아들일 것인지를 결정한다는 내용이었다. 이밖에도 구체적인 사업 내용으로 기관지와 '고전문학총서'를 발간하는 것을 목표로 삼았다. 모임 구성을 완료하기까지 매우 빠르게 진행된 것처럼 보이지만, 구성원들은 사전에 공동의 학술 활동에 대한 필요성을 공감하고 충분히 의견을 교환했을 것으로 짐작된다.[21] 무엇보다 새롭게 창설된 국문학과의 교수로서 구성원들이 각자 '강의를 하면서 부족한 점을 많이 느껴 이를 보완해야겠다는 욕구'[22]가 컸던 것도 모임 결성의 주요한 동기로 작용했을 것이다.

구성원들은 모두 일제 강점기에 경성제대의 조선어문학과를 졸업했지만, 대학에서의 경험이 해방 이후 교수로서의 연구 활동과 수업을 운영하는 것에 그다지 큰 도움이 되지 않았던 것으로 파악된다. 경성제대는 기본적으로 학부와 강좌만을 '칙령'으로 규정하고, 각 학과와 전공의 운영에 대해서는 해당 강좌를 담당하는 전임 교수에 의해 교과목의 개설과 수업 진행의 전권이 부여되는 형식을 취하고 있었다.[23] 당시

등이 참석하여 '국어교육연구회'라는 모임을 발기하고 동시에 위원이 되기로 결의했다. 「우리어문학회 일지」, 『어문』 창간호, 21~22면.

21 방종현은 우리어문학회의 결성 의도에 대해 "국어국문학이라는 학문의 같은 방면을 공부하고 있는 우리 몇 사람이 서로 시간 있는대로 한 자리에 앉아서 그 아는 것을 피차 토론하고 그 의심 있는 데를 공동으로 질정하여 써 서루의 친목된 합력에 의하여 우리의 학문을 좀더 효과있게 전진의 길로 인도코자 하는 자연한 학문심의 발로"에 있다고 밝혔다. 방종현, 「서」, 『국문학개론』, 1면.

22 김형규, 「우리어문학회와 일사 선생」, 『어문연구』 76, 한국어문교육연구회, 1992, 373~374면.

23 정근식 외, 『식민권력과 근대 지식: 경성제국대학』, 서울대학교 출판부, 2011, 309~314면. 강좌 담당 교수의 수는 칙령에 의해 규정되어 있으며, 이러한 '강좌제'는 일본 제국대학만의 독특한 운용 방식이었다.

조선어문학과의 수업은 일정한 교과 과정이 없이 담당 교수에 의해서 개설 과목이 자의적으로 정해졌다고 한다.[24] 따라서 경성제대 출신으로서 해방 이후 각 대학의 국문과 교수가 되었지만, 대학 운영의 체계는 이전과 전혀 다른 상황에 놓여있었다. 여전히 미흡한 채로 남아있던 국문학과의 교과과정을 마련하고, 이에 걸맞은 국문학의 체계를 정립하는 동시에 그 내용을 채우는 것이 당면 과제로 여겨졌다.

학회 설립 취지에도 잘 드러나 있듯이, 이러한 상황을 타개하기 위해 일련의 학자들이 만든 모임이 바로 우리어문학회의 전신인 '국어교육연구회'였다. 이들은 '연구회'를 결성한 직후에 두 차례의 논문 발표를 연속으로 개최하였다. '국어와 조선어, 국문학과 조선문학'이라는 정형용의 주제 발표와 구성원들의 토론을 통해, '국어와 민족과의 관계를 토론하고 순수 조선문학의 개념을 규정'하려는 작업이 제일 먼저 진행되었다.[25] 이어서 정학모가 '국문학의 시대 구분'이라는 주제의 두 번째 발표와 토론을 거쳐, 국문학사의 시대 구분에 대해 구성원들의 의견을 확정하였다. 그리고 같은 자리에서 곧바로 「국문학사」 발간을 결의하고, 그 체제와 집필 분담까지 결정하'였다.[26]

---

24 경성제대의 수업에 대해 김형규는, '그 당시는 오늘과 같이 조직적이요 체계적인 카류크램이 있는 것도 아니요, 교수가 자기 뜻대로 강의 제목을 내놓고 강의를 하였으'며, '그들에게서 배운 것은 연구하는 방법론이١ 있었지 실속은 우리가 스스로 개척할 수밖에 없었'던 것으로 기억하고 있다. 김형규, 「'우리어문학회' 그리고 개정된 '한글 맞춤법'에 대하여」, 『국어학』 21, 국어학회, 1991, 5면.
25 이 발표는 모임을 결성한 3주 후인 1948년 7월 9일에 학회 차원에서 처음 기획된 발표이다. 「우리어문학회 일지」, 『어문』 창간호, 22면. 이 발표문은 토론의 결과를 반영하여 나중에 기관지 『어문』에 「국문학이란 성어의 개념」(『어문』 2, 1950, 14~16면)이란 제목으로 수록되었다.
26 이 발표는 7월 16일에 진행되었고, 당시 토론을 통해 구성원들 사이에 합의된 국문학

주지하듯이 일제 강점기에는 '국문학'이 '일본문학'과 동의어로 사
용되었다. 따라서 새롭게 『국문학사』를 집필하기 위해서는, 가장 먼
저 '국문학'을 '한국문학'이라는 의미로 명확하게 규정해야만 했다.
이러한 의미 규정은 또한 국문학 용어 속에 깃들어 있던 일제 강점기
의 잔재를 청산하려는 의도가 전제된 것으로 파악된다. 문학사를 편
찬하기 위해서는 무엇보다도 용어에 대한 정확한 의미 규정과 '시대
구분'이 선행되어야 했기에, 연구회 차원에서 진행된 두 차례의 주제
발표는 사실상 『국문학사』 발간을 위한 예비 작업이었던 셈이다. 이
러한 예비 작업을 마친 후에 구성원들은 '국문학사'의 원고 집필을 분
담하고, 불과 열흘 남짓한 기간에 초고를 완성하였다. 이어서 두 차례
에 걸쳐 구성원들이 함께 원고를 통독(通讀)하며 교열 작업을 끝마친
후, 최종 원고를 출판사에 넘겼다.[27]

　이후 방종현이 쓴 '서문'을 검토하고 색인 작업까지 완료하면서, 구
성원들은 채 50일도 되지 않은 기간에 첫 번째 연구 성과를 출간하게
되었다.[28] 또한 『국문학사』의 원고를 검토하는 와중에 고정옥이 「문

　사의 시대 구분은 다음과 같다. "1.상고-신라통삼까지 / 2.중고-신라말까지 / 3. 중
　세-훈민정음 반포까지 / 4.근세-갑오경장까지 / 5.현대-이후 금일까지." 이후 같은
　날(7월 16일) 곧바로 학회 차원에서 교재인 「국문학사」를 발간하기로 결의하였다.
　「우리어문학회 일지」, 『어문』 창간호, 22~23면.

27　7월 27일부터 3일 동안 집필이 완료된 원고를 구성원들이 통독하여 검토 작업을 진
　행하면서, 특정 사건의 연대를 기록하는 '연호 기사법'을 통일하는 원칙을 정했다.
　이후 수정된 원고를 대상으로 7월 31일에 거듭 통독하면서 검토 작업을 마무리하였
　다. 「우리어문학회 일지」, 『어문』 창간호, 23면.

28　방종현이 쓴 '서문'의 검토와 수정 작업은 8월 10일에 진행되었다. 책의 발행일은
　8월 31일로 기록되어 있지만, 일지에 의하면 색인에 대한 교정 작업은 9월 1일에 이뤄
　진 것으로 확인된다. 따라서 발행일과 출간일이 일치하지 않는 것은 아마도 출간 과
　정에서 일정이 조금 지체되었기 때문일 것이다. 「우리어문학회 일지」, 『어문』 창간

장 기사에 있어서의 언어 단속법에 대한 소고」라는 논문을 발표하여 '복합어의 표기'에 대한 토론을 진행하고, 모임의 명칭을 '우리어문학회'로 개칭(改稱)하기로 결정하였다.[29] 『국문학사』의 원고 검토 과정에서 철자법과 띄어쓰기에 관한 구성원들의 의견을 통일할 필요를 절감하고, 이를 위해 고정옥에게 이러한 주제의 발표를 맡겼을 것으로 파악된다. 『국문학사』의 출간 작업이 이처럼 빠르게 진행될 수 있었던 데에는, 기본적으로 그 내용을 채울 수 있었던 구성원 각자의 학문적 역량이 뒷받침되었기에 가능했다고 하겠다.

이와 함께 '1세대 학자'들로 칭해지는 일제 강점기 연구자들의 각 갈래에 대한 문학사가 이미 책으로 출간되었다는 사실을 염두에 둘 필요가 있다. 아울러 학회의 조직과 활동에 대해서는, 일제 강점기에 활동했던 '조선어문학회'의 존재가 주목된다. '조선어문학회'는 경성제대 출신 연구자들이 일제 강점기인 1931년에 결성한 학술 단체로, '우리어문학회'와 마찬가지로 소수의 구성원만으로 운영되었다. 조선어문학회는 모임 결성과 함께 7개조로 이뤄진 규약을 제정했으며, 구체적으로 '조선어학과 조선문학의 연구를 목적'으로 하고 그 방안으로

호, 24~25면. 당시 초판의 발행 부수를 확인할 수는 없지만, 이듬해 3월 15일에 『국문학사』의 재판(2쇄)이 발간될 정도로 대학 현장에서의 수요가 적지 않았던 것으로 짐작된다.

29 '단속법(斷續法)'은 곧 '띄어쓰기'를 의미한다. 당시에는 맞춤법과 띄어쓰기에 대해 다양한 견해들이 공존하고 있었기 때문에, 학회 차원에서 이를 정리할 필요성을 느껴 이 주제로 발표를 했던 것으로 이해된다. 고정옥의 발표와 '우리어문학회'로의 개칭(改稱)은 모두 1948년 8월 6일에 이뤄졌다. 「우리어문학회 일지」, 『어문』 창간호, 23~24면. 이때 발표된 고정옥의 논문은 후에 철자법과 한자 표기 등의 문제를 포함하여, 『어문』 2호에 「잡감 –철자법·단속법·한자 문제·외래어 문제·기타에 관하여」라는 제목으로 수록되었다.

'회보 발간과 서적 출판'은 물론 '담화회와 강연회' 등의 활동을 내세웠
다.[30] 조선어문학회의 실제 활동 내용도 7차례의 회보 발간과 함께 회
원들의 저서를 총서 형태로 발간하는 것에 초점이 맞춰져 있었다. 우리
어문학회의 구성원들 가운데 방종현은 '조선어문학회'의 회원으로도
활동했으며, 나머지 구성원들 모두 당시 경성제대에 재학하고 있었다.
따라서 학술 모임으로 우리어문학회를 만들면서, 조선어문학회의 활
동 방식을 참조했을 것이라는 합리적인 추론이 가능하다.

우리어문학회 구성원들은 서구의 문예이론을 적극적으로 받아들여
우리의 문학사에 적용시켰는데, 『국문학사』를 집필하면서 '문학을 대
별(大別)하여 시가·소설·희곡'[31]으로 구분하는 3분법을 채택하였다.
국문학을 이처럼 크게 3분법으로 분류한 연구 성과는 이미 조선어문학
회 구성원들의 연구 성과로 제출된 바 있다. 조선어문학회의 총서로
출간된 김태준의 『조선소설사』(1933)와 김재철의 『조선연극사』(1933)
는 각각 소설과 희곡을 대상으로 하고 있다. 총서는 아니지만, 같은
모임의 구성원이었던 조윤제의 『조선시가사강』(1937)은 시가를 대상으
로 한 문학사라고 할 수 있다.[32] 비록 이들이 연구 대상으로 삼은 문학사
의 자료는 현재의 시각으로, 그 내용은 '너무나 빈곤하고 축적된 작품

---

30 「조선어문학회 규약」, 『조선어문학회 회보』 1, 1931, 11면.

31 우리어문학회, 『국문학사』, 수로사, 1948, 13면. 학회의 구성원인 구자균의 「국문학
분류 서설」(『어문』 창간호, 1949, 10면.)이라는 논문 역시 『국문학사』와 『국문학개론』
의 집필을 염두에 두고 발표한 것으로 파악되는데, 기본적으로 '서정시·서사시·극시
의 3분류에 비치어 우리 국문학의 분류'를 하는 것으로 정리하고 있다.

32 조윤제는 해방 이후 문학사를 하나의 '유기체'에 입각하여 『조선문학사』(1949)를 저
술한 바 있지만, 대체로 그를 포함해 일제 강점기에 활동했던 경성제대 출신 학자들
은 '일본을 통한 근대적 문헌학의 훈련을 받은 실증주의자들'로 평가되고 있다. 김흥
규, 「국문학 연구방법론과 그 이념 기반의 재검토」, 292면.

량 또한 너무도 빈약'한 수준이라고 할 수 있다. 그러나 당시의 학문적 과제는 '과거로부터 넘겨진 문학 유산의 분류와 체계화, 즉 역사적 연구일 수밖에 없었'다.[33] 따라서 이들의 연구 성과는 당시에 활용할 수 있는 국문학 자료를 토대로, 각각 소설과 연극 그리고 시가 분야에 대한 문학사를 일차적으로 정리했다는 것에 의미를 둘 수 있다.

'문헌 고증학적 실증주의'에 기반하고 있었던 경성제대 조선어문학과 교수들의 연구 방식에서 크게 벗어나지는 않았지만, 경성제대 출신들이 집필한 이 책들은 한국문학을 대상으로 하여 '장르사에 기반한 국문학 분류 체계를 스스로 정립한 것'이라고 평가할 수 있다.[34] 즉 우리 문학사를 크게 시·소설·연극이라는 3대 갈래로 정리하여 문학사의 구도를 정립하고, '국문학 연구의 체계를 확립하는데 크게 공헌'한 연구 성과들이다.[35] 우리어문학회에서는 『국문학사』를 집필하면서, 국문학의 분류 체계를 정립하기 위해 앞선 연구 성과들을 적극적으로 수용했다. 대학 교재로 활용하고자 했던 『국문학사』의 집필과 교정이 마무리 단계에 이르자, 이들은 곧바로 '고전문학총서'의 기획 사업으로 고소설의 교주본을 출간하기 위한 작업을 병행하였다.

교주본의 대상으로 선정된 작품들은 주로 조선 후기 국문 소설들이었는데, 가장 먼저 선정된 작품은 판소리계 소설인 「흥부전」과 「변강쇠전」 등 두 작품이다.[36] 학회 구성원들은 「변강쇠전」을 출간하기로

---

33 염무웅, 「자연의 가면 뒤에 숨은 역사의 흔적들」, 『분화와 심화, 어둠 속의 풍경들』, 14면.

34 이상우, 「한 식민지 국문학자가 마주친 '동양 연구'의 길」, 『분화와 심화, 어둠 속의 풍경들』, 민음사, 2007, 308면.

35 이상우, 「한 식민지 국문학자가 마주친 '동양 연구'의 길」, 299면.

하면서, 총서로 발간되는 교주본에 대한 집필 분담까지 결정하였다.[37] 국어국문학과의 교과 과정에서 국문학은 고전문학 분야 위주로 편성되었고, 특히 '교수의 지도나 안내로 텍스트를 읽는 강독 수업'이 '고전문학 전공 분야에 편성되는 주요한 과목으로 자리하게 되었다.'[38] 이들은 기본적으로 현대문학은 '평론가의 평론 대상으론 될지언정 학자의 연구 대상이 되기 어려울 것'[39]이라는 관점을 취하고 있었기에, 당시에는 국문학 분야의 교과목들이 고전문학 위주로 편성되는 것이 당연하게 받아들여졌다.

초창기 대학에서 '문학 관련 전공 분야의 고유한 능력으로 간주되었던 '텍스트 해석'은 번역과 해석의 문제로 양분되어 강독이나 이론 강좌를 통해 교육되었'다. 그 가운데에서도 '특히 국어국문학과의 고전문학 분야는 강독 강좌를 통해 고유한 세부 전공으로서의 학적 정체성을 형성하며 정전의 형성과 인문 교양으로서의 고전에 대한 인식을 확산하는 역할을 담당했다.'[40] 따라서 총서로 기획된 고전소설의 교주본은 일차적으로 대학에서의 강독 수업을 위한 교재로 활용하기 위한 텍스

---

36 '일지'의 기록에 의하면, 고소설 교주본의 출간 논의는 『국문학사』의 원고를 출판사에 넘겨준 이후 곧바로 착수하였다. 「흥부전」의 발간에 대한 토의는 8월 10일에 한 차례 있었으며, 얼마 후인 8월 22일에는 「변강쇠전」을 발간하기로 결정하였다.

37 교주분의 집필 분담 방식에 대해서는 분명한 기록은 없지만, 구성원들이 각각 한 작품씩 맡아 진행했던 것으로 추정된다. 예컨대 '일지'의 1949년 12월 24일의 항목에 "구자균 위원 분담 경판본 「춘향본」" 운운의 기록이 존재한다. 그밖에 다른 작품들의 경우 집필 분담자가 누구인지 정확하게 기록되어 있지 않아, 현재로서는 작품별 분담자를 특정할 수 없는 형편이다.

38 최기숙, 「국어국문학 과목 편제와 고전강독 강좌」, 『한국 인문학의 형성』, 23면.

39 우리어문학회, 『국문학개론』, 327면.

40 최기숙, 「국어국문학 과목 편제와 고전강독 강좌」, 23면.

트로서의 의미를 지닌다. 하지만 교주본의 체제에 있어서 '본문은 전부
국문'으로 표기하며 '현대식 철자법'을 준용한다는 원칙[41]을 세운 것으
로 보아, 고전소설을 읽고자 하는 일반 독자들에게 '인문 교양으로서의
고전'을 제공하려는 의도가 전제된 것으로 파악된다.

　『국문학사』가 발간될 무렵에는 벌써 「변강쇠전」의 원고가 출판사
에 넘겨졌고, 곧바로 「춘향전」과 「심청전」을 대상으로 한 교주본 작
업이 시작되었다.[42] 그로부터 1년 후에는 출판사를 옮겨 「박씨전」의
교주본 작업이 진행되었는데,[43] 현재까지의 출판물 목록을 보면 구성
원들이 교주를 진행했던 고전소설의 원고들은 실제 출판으로 이어지
지는 못했던 것으로 확인되고 있다.[44] 학회 차원에서 '고전문학총서'

41　「변강쇠전」 교주본을 출간하기로 결정하면서, 구성원들은 교주본의 체제에 대해 다
　　음과 같은 4개의 결의 사항을 채택했다. "(가)본문은 전부 국문으로 할 것. (나)국문은
　　현대식 철자법으로 할 것. (다)주(註)의 번호는 한자 숫자로 할 것. (라)한시구는 띄어
　　쓰지 말 것.", 「우리어문학회 일지」, 『어문』 창간호, 24면. 이후 「변강쇠전」 교주본의
　　완성 원고를 3일에 걸쳐 통독하면서, "주해의 방법에 관하여 주해 속에 나타나는 본문
　　의 어구(語句)에는 그 어구의 우측에 방점을 찍을 것과 사본(寫本)의 본문을 정정하였
　　을 때에는 주에서 명시할 것"이라는 항목이 첨가된다. 교주본 작업은 「흥부전」과 「변
　　강쇠전」이 비슷한 시기에 시작했으나, 원고의 완성은 「변강쇠전」이 먼저 이뤄졌다.
　　이에 완성된 원고를 8월 26일과 27일 그리고 29일의 3일간에 걸쳐 통독하면서 검토
　　했다.
42　'일지'의 기록에 의하면 「변강쇠전」의 원고는 8월 30일에 수로사에 원고를 보냈고,
　　「흥부전」과 「춘향전」의 경우 12월 상순에 같은 출판사에 넘겨주기로 결정하였다. 또
　　한 「심청전」도 연내(1948)에 원고를 건네는 것으로 기록되어 있다.
43　고정옥이 담당한 「박씨전」의 교주본에 대한 검토는, 「심청전」의 원고를 출판사에
　　넘긴 시점보다 정확히 1년 후인 1949년 12월 24일에 실시되었다. 아마도 『국문학개론』
　　의 집필과 출간 작업이 진행되면서, 한동안 고전소설 교주본 작업은 미뤄졌기 때문이
　　라 추정된다.
44　다만 이 당시의 원고를 기반으로 한 것인지는 분명치 않으나 후에 손낙범 의해 『흥부
　　전』(문헌사, 1957)과 『박씨부인전』(풍국학원, 1956)이, 구자균에 의해 『춘향전』(민중
　　서관, 1970)이 출간되었음을 확인할 수 있다.

의 대상으로 조선 후기의 판소리계 소설에 주목했던 이유는 그것이 지닌 문학사적 의미를 중시했기 때문이다. 이들은 조선 후기의 국문소설을 '서민의 문학'이라고 규정하였다.[45] 특히 판소리계 소설은 '민간에서 전승되어 오던 설화'가 소설로 정착된 것으로, 그것이야말로 '가장 조선적인 문학'이라고 파악하였다.[46] 그러한 문학사적 평가를 고려하여, 학회 차원에서 조선 후기의 판소리계 소설을 위시한 국문본 작품들을 고전문학총서의 대상으로 선정하여 교주본으로 출간하려고 했던 것이다.

학회 구성원들은 새로운 사업으로『국문학개론』의 집필과 기관지『어문』을 발간하기 위한 계획을 추진하였다.[47] 주지하듯이 지금도 여전히 '국문학개론'은 '국문학사'와 더불어 국문과의 핵심 과목 가운데 하나로 자리를 잡고 있다. 이미『국문학사』의 집필과 출간을 성공적으로 마무리하였기에, 학회 차원에서『국문학개론』의 출간도 충분히 가능하다고 생각했을 것이다. 흥미로운 것은『국문학사』와 다르게, '일지'에는『국문학개론』의 발간할 것을 결의하는 내용과 완성된 원고를 출판사에 넘기고, 약 11개월 후에 출간되었다는 사실 이외의 기록이 전혀 남아있지 않다.[48]『국문학사』의 진행 과정은 집필 계획에서

---

45 우리어문학회,『국문학사』, 129~130면.
46 우리어문학회,『국문학사』, 141면.
47 『국문학개론』의 출판 계획은 이미 1948년 12월 24일의 모임에서 협의를 했으며, 1949년 3월 15일에는 기관지『어문』을 발간하기로 하고 구체적인 문제에 대해 토의를 진행했다.
48 『국문학개론』의 원고가 1949년 5월 23일 완성되어 일성당서점에 넘기는 것으로 기록되어 있어, 실제 집필 기간은 6개월이 소요되었다. 그리고 약 5개월이 지난 10월 30일에『국문학개론』이 발간되었다는 사실만이 간략하게 기록되어 있다.

부터 출간까지 채 두 달이 걸리지 않았지만, 원고 검토를 거듭하고 색인 작업과 기증 계획에 이르기까지 '일지'에 매우 자세하게 정리한 것과는 상반된다고 하겠다.

홍미롭게도 '일지'에는 기관지『어문』의 창간호 발간 기록이 남아있지 않다.[49] 1949년 하반기에는 구성원들의 발표가 모두 3차례에 걸쳐 진행되었고,[50] 고전문학총서로 기획하고 있는 고소설 집필과 검토 그리고 기관지『어문』과 관련된 내용 등이 간략하게 기재되어 있다. 학회의 초창기에는 구성원들의 활동 내용이 매우 상세하게 기재되고 있지만, 시간이 지나면서 '일지'의 내용이 점차 간략하게 나타나고 있다.[51] 활동 기록이 간략하게 제시되는 것은 기관지인『어문』이 출간되면서, 구성원들의 학술 활동이 자연스럽게 기관지의 집필과 편집에 초점이 맞춰졌기 때문이었다. 즉 학회의 정례적인 학술모임을 통해 연구 발표

---

49 『어문』창간호는 1949년 10월 25일에 발간된 것으로 기록되어 있는데,『국문학개론』이 출간되기 불과 5일전이다. 그러나 '일지'에는 어문 발간 계획(1949년 3월 29일)과 창간호의 집필에 관한 토의 사항(1949년 10월 14일)은 있지만, 창간호 발간 일자에 관한 기록은 누락되어 있다. 창간호가 발간된 이후 12월 13일에 정기간행물 출판허가가(허가번호 30호)에 대한 항목, 그리고 2호에 대한 '『어문』편집 계획을 토의'(12월 24일)한 내용이 기록되어 있다. 참고로『어문』2호의 발간 일자는 1950년 1월 31일이다.

50 발표자와 발표 일정, 그리고 주제 등은 다음과 같다. 김형규,「가족관계의 ᄂᆞ어」(1949년 7월 1일); 구자균,「평민문학고」(1949년 9월 2일); 방종현,「어청도의 일야(一夜)」(1949년 11월 4일) 등. 이 가운데 구자균의「평민문학고」는 기관지 2호에 수록되었다.

51 모임을 만들기 위한 예비모임을 열었던 1948년 6월부터 9월까지 약 3개월 동안의 학회 활동은『어문』창간호의 '일지'에 모두 13건이 기록되어 있다. '우리어문학회 소식'이라고 밝힌『어문』2호에는 3개월(1948년 10월~12월) 동안 5건이 기록되었으며,『어문』3호에는 1949년 3월부터 12월까지 모두 12건의 항목이 기재되어 있다. 기록의 내용도 초창기에는 비교적 그 내용을 상세히 전하고 있는데 반해, 2호와 3호의 '소식'은 간략한 사항만이 기재되고 있음을 확인할 수 있다.

와 토론의 결과물을 기관지에 게재하고, 이를 통해 학회의 연구 기반을 다지는 장으로서 기관지를 활용하는데 중점을 두었다.

기관지로 출간된 『어문』의 가장 중요한 역할은 국어국문학과 관련된 구성원들의 학술 논문을 수록하는 것이었다. 이와 함께 국문학계의 현황을 살필 수 있는 다양한 내용들도 기관지에 수록했으며, 이를 통해 당시의 국어국문학과 관련된 자료 상황과 연구 경향을 파악할 수 있을 것이라 여겨진다. 구체적으로 당시에 출간된 국어국문학 관련 서적들에 대한 서평들을 수록하였는데,[52] 이는 동시대 학자들의 연구 성과를 공유하려는 노력으로 파악된다. 특히 『어문』 창간호에는 '국어국문학 관계 도서 목록'[53]을 제시하였는데, 이는 해방 이후 국어국문학 관련 도서의 출간 상황을 구체적으로 확인할 수 있는 자료라고 하겠다. 해방 이전 '사학(史學) 잡지'에 수록되었던 국어국문학 관련 논문들의 목록도 5면에 걸쳐 『어문』 3호에 수록하였으며,[54] 이와 함께 1949년 서울대의 문리대와 사범대를 비롯한 3개 대학의 국문과 졸업논문의 작성자와 제목도 확인할 수 있다.[55]

---

52 『어문』에 수록된 서평들은 다음과 같다. 정형용, 「8.15 이후의 국문학사 총평」(창간호); 손낙범, 「시가 주석 제서 독후감」(창간호); 김형규, 「해방 후의 국어학 서평」(창간호); 정학모, 「신간평」(2호) 등.

53 정학모 제공, 「국어국문학 관계 도서 목록(1)」, 『어문』 창간호, 26~29면. 여기에는 1945년부터 1949년까지 출간된 국어국문학 관련 도서 153종의 목록이 제시되어 있는데, 국어학과 고전시가 분야의 책들이 다수를 차지하고 고전소설은 상대적으로 많지 않다.

54 서울사범대학 국문학회 연구부 편, 「사학 잡지 소재 국어국문학 관계 연구논문 목록」, 『어문』 3호, 38~42면. 여기에 소개된 목록들은 대부분 일본어로 작성된 논문들이다.

55 「4282년도 각 대학 국문과 졸업논문 제목」, 『어문』 3호, 43면. 여기에는 1949년에 졸업한 고려대학 8명, 서울대 문리과대학 5명, 서울대 사범대학 11명, 이화대학 9명의 대학 졸업논문 작성자와 제목이 수록되어 있다. 시기로 보아 이들은 각 대학에서

기관지의 발간이 이어지지 못하면서 연재가 중간에 끊겼지만, 서거정의 「태평한화골계전」의 원문과 해제를 두 차례에 걸쳐 『어문』에 연재하였다.[56] 그리고 한때 행방이 묘연했던 안서우의 연시조 작품인 「유원십이곡」 전문을 게재한 것도 주요한 성과로 꼽을 수 있다. 정형용이 국립도서관에 소장되어 있던 안서우의 필사본 문집 『양기재산고』에 수록된 시조들을 발굴하여 원문 그대로 수록한 자료인데, 이는 국문학 연구사에 적지 않은 역할을 하고 있다고 하겠다.[57] 또한 이현(李俔)의 문집인 『교취당집』에 수록된 가사 「백상루별곡」의 전문도 수록되어 있다.[58] 이밖에도 『어문』의 2호에는 '서지학회'에서 주관한 「조선 희서(稀書) 전관회」 소식과 함께 당시에 전시되었던 희귀도서 40종의 목록이 제시되어 있는데,[59] 이러한 기록은 서지학회 회원이었던 방종현의 고전 자료에 대한 애착을 보여주는 것으로 이해된다.[60] 이처럼 구성원들의 논문을 수록하는 것을 기본으로 하고, 당시에 출간된 국어국문학

배출한 첫 졸업생이었을 가능성이 크다.

56 방종현 제공, 「태평한화골계전(서거정 원저)」, 『어문』 2호, 27~34면.; 「태평한화골계전(承前)」, 『어문』 3호, 32면~37면. 서거정의 「태평한화골계전」은 방종현이 소장한 희귀본 자료였는데, 『어문』에 원문 전체를 공개할 예정이었다. 그러나 한국전쟁(1950)으로 인해 기관지가 더이상 발간되지 못하고, 방종현 역시 일찍 병사(病死)하여, 앞부분을 수록한 것에 그치고 말았다.

57 안서우의 문집인 『양기재산고』는 국립도서관에 소장되었다가 분실된 것으로 파악되었으나. 그 원문 자료를 확보하여 다시 국립도서관의 소장 자료로 편입되었다고 한다. 최근 『한국한문학연구』 78(한국한문학회, 2020.)에 영인본과 '해제'가 수록되어, 연구자들이 『양기재산고』의 체제와 수록 작품 등을 구체적으로 확인할 수 있게 되었다.

58 방종현 제공, 「백상루별곡」, 『어문』 창간호, 17~20면.

59 방종현, 「조선 희서 전관회」, 『어문』 2호, 24~27면.

60 방종현은 일제 강점기부터 방대한 고전자료를 수집했는데, 그가 죽은 후 소장 도서들은 서울대학교 도서관에 기증되어 그의 호를 딴 '일사문고'라는 명칭으로 보존되고 있다.

관련 도서들을 소개함은 물론 귀중한 국문학 관련 고전 자료들도 기관
지에 수록하여 연구자들이 활용할 수 있도록 하였다.

이 모임에 참여했던 구성원들은 해방 이전에 활동했던 국문학 제1
기 학자에 이어 '해방 이후 우리어문학회를 만들'고 활동했던 제2기의
연구자들이다.[61] 그러나 1950년에 발발한 한국전쟁의 와중에서 절반
이 넘는 회원들의 납·월북을 하거나 사망하면서, 결국 우리어문학회
의 활동은 지속되지 못하고 사실상 조직이 해체되는 결과가 빚어졌
다.[62] 이후에는 새롭게 결성된 '국어국문학회' 소속 연구자들의 활동
이 활발해지면서, 자연스럽게 국문학 연구자들의 세대교체가 이루어
지게 되었다.[63] 하지만 후속 세대는 이들을 극복의 대상으로 여겼기
에, 이후 국문학계에서 '우리어문학회'의 학문적 성과에 대한 검토가
제대로 이뤄지지 못했다. 한국전쟁 이후 이 모임에 참여했던 학자들
은 학문의 주도권을 새로운 세대에게 넘겨준 채, 남쪽에 남아있던 사
람들을 중심으로 학회 재건의 꿈을 간직한 채 개인적인 학술 활동에
전념하였다.[64] 당시 대학 교수로 재직하고 있던 우리어문학회 구성원

---

61 김흥규, 「국문학 연구 방법론과 그 이념 기반의 재검토」, 『한국 고전문학과 비평의
    성찰』, 고려대학교 출판부, 2002, 295면. 김흥규는 국문학 연구사를 개관하면서 "해
    방 이후 '우리어문학회를 만들고 동분서주하였던 제2기의 학자들이 잠시 활동한 뒤
    1950년대 초부터 대거 나타난 제3기의 학자들에 와서 실증주의가 거의 유일한 방법
    론"으로 자리를 잡았다고 논하고 있다.
62 회원들 중 고정옥·정형용·정학모는 납·월북한 것으로 확인되었고, 방종현은 한국
    전쟁의 와중에 병사(1952)를 해서 7명 가운데 3명의 회원만이 남아 우리어문학회는
    사실상 해체의 길로 접어들었다.
63 국어국문학회의 결성 과정과 활동 양상에 대해서는 박연희, 「1950년대 '국문학 연구'
    의 논리-〈국어국문학〉 세대를 중심으로」(『사이 間 SAI』 2, 국제한국문학문화학회,
    2007)를 참조할 것.
64 1955년에 구자균 등 3인의 이름으로 출간된 『국문학개론』 개정판의 서문(재판 서)에

들의 활동은 국문과 창설 초기의 교과 과정을 정립하는데 적지 않은 역할을 했다. 따라서 이들의 학술 활동의 면모를 상세하게 따져보는 것은 충분한 의미가 있다 할 것이며, 구체적으로 국문학 연구사에서 아직도 많은 부분 공백으로 남아있는 '해방공간'의 빈자리를 채워나가는 과정이 될 것이라고 여겨진다.

3. 『국문학개론』을 통해 본 국문학 인식의 양상

해방 이후 교육 현장에서는 '국문학자들의 전문 지식을 필요로 하는 일들이 많았'으며, 당면한 과제로써 '국문학의 전문 연구와 교육의 기지로 대학에 국어국문학과를 창설'하는 것이 중요할 수밖에 없었다. 각 대학에 국문과가 창설되자, 이에 발맞추어 '국어교육을 위한 교사 양성과 교재 편찬도 시급'한 문제로 대두되었다.[65] 이를 위해 각 대학의 교수로 재직하고 있던 학자들은 '후속 세대의 양성에 힘'쓰고, 아울러 활발한 연구 활동으로 국어국문학을 '근대적 학문으로서의 기본 골격을 갖추'기 위해 노력했다.[66] 우리어문학회의 구성원들 역시 대학 교수로서 전공과목의 수업에 활용하기 위한 교재를 만들기 위해 적지 않은 노력을 기울였다. 그러한 결실의 하나로 꼽을 수 있는 것이

서 "고 일사 방종현 형의 명복을 빌고, 아울러 사변(事變)에 희생을 당한 몇몇 동지를 다시 만나 '우리어문학회'가 재건될 날이 얼른 오기를" 기대한다는 희망을 피력하고 있다.

65 임형택, 「분단시대의 국문학」, 467면.

66 염무웅, 「자연의 가면 뒤에 숨은 역사의 흔적들」, 13면.

바로 구성원들의 공동 집필로 출간된 『국문학사』와 『국문학개론』이
라 하겠다.[67]

이들은 『국문학사』의 집필과 출간을 가장 먼저 완료하였고, 계속
해서 대학의 교재로 사용할 『국문학개론』의 기획에 착수했다. 기획
단계부터 출간에 이르기까지 약 10개월 정도가 소요되었지만, 집필
과정에서 개별 구성원들의 구체적인 역할이 무엇인지에 대한 '일지'
의 상세한 기록은 전해지지 않는다.[68] 실질적으로 『국문학사』와 『국
문학개론』은 책의 성격이나 구성의 측면에서 적지 않은 차이를 보일
수밖에 없다. 집필 과정에서 집필자들끼리 의견을 통일하거나 조율할
필요가 있는 『국문학사』와는 달리, 『국문학개론』은 개별 항목을 담당
한 집필자의 학문적 개성을 존중하는 체제로 구성되어 있다. 즉 『국
문학개론』은 그 체제상 목차의 하위 항목들이 '독립한 소론(小論)이 될
수 있는 동시에 각 필자의 견해가 자연히 드러나게 되는'[69] 형식이라
할 것이다. 그래서인지 집필자들 사이의 시각을 공유하고 통일하려고
노력했던 『국문학사』의 경우와는 달리, 이 책의 내용에는 집필자들
사이에 이견이 그대로 노출되는 경우도 발견된다.[70]

---

67 실상 학회 구성원들의 국문학에 관한 인식과 논리 체계는 이들에 의해 저술된 책들에
    널리 포진되어 있다. 따라서 이 글에서는 『국문학개론』을 중심으로 구성원들의 국문
    학 인식을 개관하면서, 『국문학사』와 『어문』 등을 통해 학회가 이룩한 성과와 의미
    등을 종합적으로 검토할 것이다.
68 '일지'에는 '「국문학개론」 출판에 관한 협의'(1948.12.24), '「국문학개론」의 원고를
    일성당에 수교(手交)'(1949.5.23), '「국문학개론」이 발행'(1949.10.30) 등 3건의 기록
    이 남아있다.
69 방종현, 「서」, 『국문학개론』, 일성당서점, 1949, 2면.
70 이 역시 구성들의 공동 집필로 이뤄졌지만 일관된 시각과 사관(史觀)을 견지해야
    하는 '문학사'와는 다른, 집필자 개인의 입장을 존중할 수밖에 없는 '개론서'가 지닌

이와 함께『국문학개론』에 수록된 내용 중에서도, 지금의 관점으로 보자면 작품에 대한 해석이나 구체적 자료 상황에 대해 잘못 기술한 부분이 적지 않게 발견된다. 하지만 당시에 출간된 저작에서 확인되는 오류에 관한 책임을 온전히 연구자 개인의 몫으로 돌릴 수만은 없다. 국문학 관련 작품이나 자료의 수집이 충분히 이뤄지지 못했고, 이로 인해 국문학에 대한 기존 연구사 정리는 물론 전반적인 연구 수준이 미흡했던 당대의 현실적 상황을 고려할 필요가 있다. 이러한 부분은 오히려 당시 국문학계가 처했던 연구 수준의 전반적인 한계로 지적할 수 있을 듯하다. 즉 이들에 의해 출간된『국문학사』와『국문학개론』의 주요 내용들은 대체로 당대 학계의 일반적인 연구 수준이 반영되어 서술된 것이라 할 수 있다. 따라서 이들 저작에 나타나는 오류를 구체적으로 지적하며 따지기보다는, 당대의 국문학에 관한 인식에 관한 포괄적인 시각에 초점을 맞춰 그 의미를 짚어볼 필요가 있다 하겠다.

'해방 후 한국의 대학에서는 한국문학의 기원과 고유성, 개별 장르의 형성 및 발전 과정 등을 다루는 국문학개론이라는 강좌'를 개설했는데, 그 내용은 주로 '고전문학에 초점을 맞춘 커리큘럼'이라는 성격을 지니고 있었다.[71] 우리어문학회에서 출간한『국문학개론』은 유사한 명칭으로 출간된 교재 중 최초의 것으로 확인되고 있다.[72] 이 책은 '해방공

특징으로 이해할 수 있다.

71 서은주, 「문학개론과 '지'의 표준화」,『한국인문학의 형성』, 143면.

72 우리어문학회에서 출간한『국문학개론』과의 영향 관계를 구체적으로 따져볼 필요가 있지만, 필자가 확인한 1950년대에 출간되었던 '국문학개론' 류의 저서들은 다음과 같다. 이능우,『입문을 위한 국문학개론』, 국어국문학회, 1954.; 조윤제,『국문학개설』, 동국문화사, 1955.; 김기동,『국문학개론』, 대창문화사, 1957.(개정판, 저자 서문에 의하면 초판은 1956년으로 추정됨.)

간'에서 출판된 '유일한 개설서'이며, 그 내용 또한 '당시의 국문학 연구
를 높은 수준으로 정리한 것이'라는 평가를 받고 있다.[73] 대체로 '국문
학개론'의 교재로 활용되는 개론서들은 목차의 '첫머리를 으레 국문학
의 영역(범주)이나 갈래에서 시작하고 있다는 점'[74]을 특징으로 들 수
있는데, 이 책 역시 그러한 체제를 전형적으로 보여주고 있다.

구성원들은 『국문학사』를 출간하면서 문학사에 대한 관점을 정리
하고, 문학사에 존재했던 역사적 갈래들에 대한 시각을 어느 정도 공
유한 바 있었다. 방종현은 책의 '서문'을 통해 '우리 문학이 형태별로
한 번 정리될 필요'[75]를 느껴, 『국문학개론』의 편찬에 나서게 되었음
을 밝히고 있다. 이들이 '형태'[76]로 규정한 것은 국문학의 역사적 갈래
를 지칭하는데, '갈래란 문학사를 바라보는 통시적·공시적 관점을 그
무엇보다 명확하게 드러내는'[77] 표지라 할 수 있다. '시간의 흐름에 따
른 갈래의 생성에서부터 소멸·변형의 과정과 이런 변화를 야기하는
일련의 계기들을 추적하는 과정'[78]은 한국문학을 거시적으로 관찰하

---

73 임형택, 「분단시대의 국문학」, 468면.
74 정출헌, 「한국문학사 편찬을 위한 갈래 체계 정립의 모색」, 『한국문학사 어떻게 쓸
    것인가』, 한길사, 2001, 157면.
75 방종현, 「서」, 『국문학개론』, 2면.
76 고정옥은 「국문학의 형태」라는 글을 통해서, 서구의 장르(genre)이론을 수용하면서
    이를 '형태'라는 용어로 대치하여 사용하고 있다. 아마도 국문학사에 존재했던 다양
    한 역사적 갈래들이 서구의 장르이론을 적용하여 서술하기에는 만만치 않은 문제가
    있다는 것을 인식했기 때문일 것이다. 『국문학개론』에서는 일관되게 '형태'라는 용어
    를 사용하고 있지만, 이 글에서는 현재 교육 현장에서 통용되고 있는 '갈래'라는 용어
    를 사용하기로 한다. 고정옥, 「국문학의 형태」, 『국문학개론』 참조.
77 정출헌, 「한국문학사 편찬을 위한 갈래 체계 정립의 모색」, 『한국문학사 어떻게 쓸
    것인가』, 한길사, 2001, 175면.
78 정출헌, 「한국문학사 편찬을 위한 갈래 체계 정립의 모색」, 157면.

기 위해 매우 유효한 시각을 제공할 것이다. 이와 함께 한국문학의
갈래를 어떻게 구분할 것인가의 문제는, 실질적으로 대학에서 전공
교과목의 명칭과 내용을 결정하는 준거로 작용할 수밖에 없다는 점도
고려되어야 할 것이다.

  이와 관련해서『어문』창간호에 기고한 구자균의「국문학 분류 서
설」이라는 논문을 주목할 필요가 있다.[79] 그는 이 글에서 국문학의 분
류법이 당시까지 본격적으로 시도되지 않았던 상황임을 전제하고, 기
존에 존재하던 다양한 문학 분류법을 제시하면서 각각의 분류법이 지
닌 문제점에 대해서 상세히 지적하고 있다.[80] 구자균은 국문학에 적용
할 수 있는 분류법의 대안으로 '형식과 내용의 측면을 모두 고려하여
서정시·서사시·극시(희곡)'로 구분하는 것이 가장 효과적임을 강조하
였다. 이어서 3분법으로 구분될 수 있는 갈래들의 특징들을 설명하
고, '서정시·서사시·극시의 삼분법에 비치어 우리 국문학의 분류'를
시도하였다.[81]

---

79 구자균,「국문학 분류 서설」,『어문』창간호, 7~11면. 이 글의 작성 경위와 학회 활동
    과의 관계가 분명하게 밝혀지지 않았지만, 그 내용으로 보아 우리어문학회 구성원들
    에게 국문학의 갈래 이론의 틀을 공유하기 위한 기초 작업으로서의 성격을 지닌다고
    이해된다.
80 저자는 이 글에서 주로 서구의 관점에서 제기되었던 문학 분류법을 들고 있는데,
    각각의 분류법은 다음과 같다. ①유산계급의 문학과 무산계급의 문학, ②경향문학과
    순수문학, ③합리주의적 문학과 비합리적인 문학, ④서구의 다양한 유파들(고전주
    의, 낭만주의, 인상주의, 사실주의, 자연주의, 표현주의, 사회주의적 사실주의 등),
    ⑤자연문학과 기교문학, ⑥아포로형 문학과 디오니쏘스형 문학 등.
81 문학의 요소 가운데 '형식과 내용과의 양 방면을 고려하여 비교적 실제적이요 합리적
    인 것으로 서정시·서사시·극시(희곡)의 세 가지로 나누는 분류법'을 제시하면서, 이
    러한 방법이 플라톤과 아리스토텔레스의 시대로부터 현대에 이르기까지 '가장 보편
    성 타당성을 가지고 통용되고 있'기 때문이라고 설명하고 있다. 구자균,「국문학 분류

그러나 국문학의 역사적 갈래들을 이러한 분류법으로 구분할 때, '가사'를 비롯한 몇몇 갈래들의 경우 이들 가운데 어느 하나로 귀속시키기 어렵다는 점을 구체적으로 적시하고 있다. 이러한 이유로 우리의 고전문학을 '서양적 의미를 내포한 문예관을 가지고 통일체로서 재인식하고 이것을 다시 서양적 문예관을 가지고 분류한다는 것은 곤란할 일일 뿐 아니라 불가능하다'는 결론에 도달하였다.[82] 이처럼 구자균을 비롯한 우리어문학회의 구성원들은 서구 문예에서 통용되는 '서정시·서사시·극시'의 갈래 이론을 수용하면서도, 이러한 분류법을 국문학에 그대로 적용하기에는 적지 않은 난점이 있다는 사실을 충분히 인지하고 있었다. 따라서 구성원들은 『국문학개론』을 집필하면서, 국문학의 역사적 갈래들에 대해 '갈래(장르)'라는 명칭 대신에 그와 유사한 함의를 지니는 '형태'라는 용어로 대체했다고 파악된다.

이제 구체적으로 이 책이 지닌 특징과 국문학에 대한 인식에 대해 살펴보기로 하자. 먼저 출간한 『국문학사』에서도 일관된 기조로 강조하고 있듯이, 이들은 '한글 문학만이 곧 국문학'이라는 원칙을 견지하고 있었다. 따라서 '국문문학'을 위주로 전개한 국문학의 범주는 한글이 창제된 이후의 문학에 치중될 수밖에 없다는 한계를 지니게 된다. 그러나 「한문학과 국문학」이라는 항목을 설정하여, 국문학에서 차지하는 한문학에 대한 비중과 실질적인 역할을 무시할 수만은 없다는 고민의 일단이 드러나기도 한다. 이밖에도 민요와 인형극 등 구비문학의 일부 갈래들이 국문학의 범주에 포함되어 있다는 점도 주목할 필요

서설」, 8면.

[82] 구자균, 「국문학 분류 서설」, 10면.

가 있다. 비록 '현대문학은 학자의 연구 대상이 될 수 없다'는 입장을
전제하고 있지만, 고전문학과의 연관 속에서 현대문학(신문학)에 접근
하는 구성원들의 관점에 대해서도 그 의미를 따져볼 필요가 있을 것이
다. 『국문학개론』의 구체적인 목차와 각 항목의 집필자는 다음과 같다.

> 서(방종현)
> Ⅰ. 국문학의 형태(고정옥)
> Ⅱ. 국어학과 국문학(김형규)
> Ⅲ. 한문학과 국문학(정학모)
> Ⅳ. 향가(손낙범)
> Ⅴ. 가사(정형용)
> Ⅵ. 시조(정형용)
> Ⅶ. 소설(정형용)
> Ⅷ. 연극(구자균)
> Ⅸ. 민요(고정옥)
> Ⅹ. 신문학(구자균)

애초 학회의 구성원 모두 『국문학개론』의 집필에 참여하기로 했으
나, '시조론'을 담당했던 방종현은 '건강상 관계로' 빠지고 정형용이
그 역할을 대신하게 되었다.[83] 방종현을 제외한 6명의 구성원 모두가
이 책의 집필에 참여하였는데, 이상의 목차 구성을 통해서 구성원들의
국문학에 대한 인식의 면모를 파악할 수 있을 것이다. 먼저 고정옥이
집필한 「국문학의 형태」는 이 책의 총론에 해당하는 내용으로, 국문학

---

83 방종현, 「서」, 『국문학개론』, 2면.

사에서 존재했던 다양한 갈래들 사이의 상호 연관성을 일목요연하게 정리하고자 하였다. 고정옥은 '갈래(장르)'라는 용어 대신에 '형태'라는 용어를 사용하고 있는데, 이에 대해 '형태는 장르란 말로 대치되어도 좋으나, 장르는 형태보다 더 넓은 말'이라고 의미를 규정하였다.[84] 이미 『국문학사』를 출간하면서, 구성원들은 서구의 문예이론에서 도출된 '장르'의 개념이 국문학의 역사적 갈래들에 적용하기에는 어려움이 있다는 것을 인지하고 있었다. 따라서 고정옥은 '갈래(장르)'라는 용어보다, '형태'라는 용어를 선택해 국문학의 역사적 갈래들에 대한 상호 영향 관계를 파악하고자 한 것이라 이해된다.

고정옥은 이 글에서 '형태상으로 본 국문학의 유대(紐帶)'라는 부제로, 문학사에 존재했던 다양한 갈래들 사이의 연관성을 '발전'이라는 측면에 주목하여 논하고 있다. 특히 글의 말미에 첨부한 '국문학 형태 발전표'를 통해, 국문학사의 흐름과 각 갈래들 사이의 연관성을 일목요연하게 정리해 놓았다. 이와 같은 인식은 '진화론적 사유'에 입각한 것으로 이해되고 있는데, 국문학의 다양한 갈래들이 상호 교섭을 통해서 점차 발전하는 것으로 파악하고 있다는 점이 특징이다. 나아가 고정옥의 관점은 『국문학개론』의 다른 항목들에서도 적용되고 있어, 다른 구성원들이 원고를 집필할 때에 일종의 지침으로써의 역할을 하였다. 물론 문학사를 바라보는 이러한 구도는 비단 고정옥만의 견해가 아닌, 우리어문학회 구성원들의 토론과 합의를 통한 결과물이라고 할 수 있다.[85]

---

84 고정옥, 「국문학의 형태」, 『국문학개론』, 5면,

85 고정옥의 국문학의 주요 갈래들에 관한 인식과 그 의미에 대해서는 김용찬, 「고정옥

김형규의 「국어학과 국문학」과 정학모가 집필한 「한문학과 국문학」
은 국문학의 범주와 영역을 어떻게 설정할 것인가에 대한 구성원들의
고민을 담고 있는 내용이라 하겠다. 김형규는 '국어로 표현된다는 것은
국문학에 있어서 필수의 조건'[86]이라는 전제를 내세우고 있다. 이러한
관점에서 '국문학'과 '국어학'의 기본 자료가 서로 공유될 수밖에 없기
에, 특히 고전 자료의 문학적 연구가 국어학 연구에 도움을 주는 것은
물론 '국어학과 국문학은 상부상조해 나아가는 동반자'임을 강조하고
있다.[87] 정학모는 한글이 창제되기 이전은 물론 그 이후에도 한문으로
문학 활동을 했던 작가들이 적지 않았음을 적시하면서, 국문학의 범주
에 한문학이 포함되어야 한다고 주장하였다. 학회 구성원들은 원칙적
으로 한문학을 국문학의 범주에서 배제하는 것으로 규정했지만, '국문
학은 한문학에 의하여 형성되고 또 한문에 말미암아 발전'했다는 점을
고려되어야 한다고 주장하였다.[88] 정학모는 특히 소설과 한문학과의
관계를 논하면서, 『삼국사기』와 『삼국유사』의 서사물에 주목하여 '소
설의 남상(濫觴)은 삼국시대에 있었다'[89]는 주장을 제기하였다. 이는 분
명 국문학의 범주에서 한문학을 배제하기로 한 학회 차원의 원칙과는
구별되는 주장이지만, 문학사의 실질을 고려하여 연구한 결과물이라

의 국문학 갈래 인식과 민요론」(『인문학술』 제3호, 순천대학교 인문학술원, 2019.;
　　이 책에 재수록되었음)을 참조할 것.

86　김형규, 「국어학과 국문학」, 『국문학개론』, 41면.

87　김형규, 「국어학과 국문학」, 43면. 이러한 관점에서 고정옥의 『국어국문학요강』(대
　　학출판사, 1949) 역시 '고문/현대문/어문학'의 체제로, 국어학과 국문학의 자료들을
　　망라하여 제시하고 이에 관한 간단한 해제를 첨부한 형식을 취한 저서이다.

88　정학모, 「한문학과 국문학」, 『국문학개론』, 96면.

89　정학모, 「한문학과 국문학」, 94면.

할 수 있다. 아울러 문학사에서 한문학 영역을 전적으로 배제한다면, 근대 이전 국문학사의 전모가 빈약하게 구성될 수밖에 없다는 현실적 고민도 작용했을 것이다.[90]

이어지는 항목들은 국문학의 하위 갈래들의 분류와 그 특징에 관해서 다루고 있다. 먼저 손낙범은 「향가」를 '신라 가요의 총칭'으로 규정하고, 기존의 향가 연구에 관한 다양한 견해들을 종합적으로 수용하여 정리하고 있다. '향가 이전'의 상황에 대해서는 중국의 기록들을 전제하면서 현전하는 고대가요들이 '주술적 의미로 사용'되었음을 논하였고, 그 형식이 향가에 영향을 끼쳤을 것이라고 추론하였다.[91] 한자의 음(音)과 훈(訓)을 빌어 표기하는 '향찰(鄕札)'[92]을 향가의 가장 중요한 특징으로 들었으며, 그 형식이 4구체와 8구체 그리고 10구체로 구분될 수 있다고 하였다. 당시 고전시가 분야에서 향가의 연구가 가장 활발하게 진행되었기에, 손낙범은 기존의 연구 성과를 충실하게 수용하여 정리하고 있다. 다만 이 글에서는 향가의 형식을 논하면서 개별 작품들의 음절수를 따지는 자수율(字數率)을 견지하고 있는데, 현재 음수율론은 '한국 시가의 율격을 해명하기에는 부적절함'[93]이 판명되었기에 이에 대해서는 별도의 평가를 보류하고자 한다.

---

90 조선 후기 중인층의 한문학을 역사적으로 개관한 구자균의 『조선평민문학사』(문조사, 1948)도 이러한 고민의 산물이라 할 수 있다.

91 손낙범, 「향가」, 『국문학개론』, 127면.

92 김형규는 "우리 글자는 신라시대의 향찰과 다음 이두, 그리고 이조에 와서 세종대왕이 만든 훈민정음의 세 가지로 나누어 볼 것이다."(「국어학과 국문학」, 46면)라고 하여, 향찰과 이두는 분명히 구별하였다. 그러나 다른 구성원들은 향찰을 일관되게 '이두(吏讀)'라고 지칭하고 있는데, 이는 아마도 당시 연구자들은 일반적으로 '향찰'을 이두 표기의 하나로 인식하고 있었기 때문이라고 이해된다.

93 김흥규, 『한국문학의 이해』, 148면.

　갈래 이론의 측면에서 '가사'는 지금까지도 여전히 갈래 특성과 귀속성에 대한 논란이 해결되지 않은 상태이다. 현재에는 '가사의 양식적 요건은 극히 단순하여 4음보 율격의 연속체 시가는 모두 그 범위에 포함될 수 있다'[94]는 것이 보편적으로 받아들여지는 개념이다. 그러나 정형용은 「가사」의 범위를 고려가요와 경기체가까지 포괄하여 다루고 있음을 알 수 있다. 즉 고려가요에서 가사의 기원을 찾고, 경기체가와 악장을 비롯하여 조선시대의 가사 및 잡가를 아우르는 범주를 설정하고 있다. 가사의 개념과 형식 및 범주 등에 관한 '본격적인 연구가 아직 되어 있지 않'다는 것을 전제하면서, '가사의 개념조차 안정되지 못한' 현실임을 토로하고 있다.[95] 즉 '가사'의 개념과 범주에 대해 명확하게 규정하지 않고, 향가와 시조를 제외한 모든 시가 작품들을 '가사'라는 개념으로 포괄하여 다루고 있다.[96]

　'시조'는 고전시가 가운데 가장 많은 작품이 현전하고 있는 갈래로써, 일찍부터 그 형식과 특징에 대해 집중적으로 연구되었다. 정형용은 「시조」라는 항목에서, 그 명칭의 유래와 기원에 대한 기존 연구들을 정리하는 것으로 논의를 시작하고 있다. 그 음악적 형식으로 인해 5장으로 연창되는 가곡창과 3장 형식의 시조창으로 구분할 수 있음을 논하고, 역시 자수율에 입각한 시조의 정형을 제시하고 있는 것이 특징이다.[97] 이와 함께 자수율을 기반으로 한 '45자 내외의 3장 구조의

94　김흥규, 『한국문학의 이해』, 118면.

95　정형용, 「가사」, 『국문학개론』, 162면.

96　이 글에서는 가사를 크게 '고려가사'(고려가요)와 '궁정가사'(경기체가와 악장), 그리고 '이조가사'(가사)로 구분하였다. 특히 '이조가사'를 중점적으로 다루면서, 이를 다시 '양반가사'와 '내방가사' 그리고 '평민가사' 등으로 분류하였다.

단형시조'와 '51자 이상의 장형시조'로 분류하여, 그 형식과 특징을 간략하게 정리하고 있다. 다만 정형용은 '3장이 분립(分立)한다는 점에서 장단(長短) 양형의 시조는 모다 정형시(定型詩)라고 불러서 장가(長歌)인 가사에 대립시키는 것이 시가 분류의 전통에도 맞는다'[98]라고 주장하였다.[99]

또한 정형용은 「소설」항목에서 '소설(小說)'이라는 용어의 출처를 제시하고, 서구 문예이론에서의 소설과 관련된 용어들의 용례와 그 의미를 비교하는 것으로부터 논의를 전개하고 있다. 특히 '신소설'과 '고대소설'과의 차이점을 논하면서, '우리 문학은 국자(國字)로 정착되어서 비로소 국민문학이' 되기 때문에 '국문소설'만을 대상으로 소설사를 다루어야 한다는 점을 강조하였다.[100] 때문에 '「금오신화」는 창작 의식에 입각한 것으로 우리 소설의 효시(嚆矢)로 삼'을 수 있지만, '한문으로 기록되었다는 이유로 고대소설에서 제외'된다고 주장하였

---

97 일찍이 조윤제가 발표한 「시조 자수고」(『신흥』 제4호, 1931)를 통하여 자수율을 선보인 이래, 고전시가 전반에서 그 형식을 음절 수로 헤아리는 것이 보편적인 경향으로 받아들여졌다. 조윤제의 '이 연구는 조선어와 일본어의 어음 형식상 판연한 구별이 있어서 정확한 의미로의 자수 제한을 하기 어렵다고 전제하면서도 일본 정형 시가에서 자수 통계를 내는 방법론을 원용'한 것이다.(박광현, 「경성제대와 『신흥』」, 『한국문학연구』 26, 동국대학교 한국문학연구소, 2003, 257면. 이후 한국 시가의 율격론이 음보율로 정립될 때까지, 음수율은 지속적으로 시가 율격을 헤아리는 방법으로 활용되었다.

98 정형용, 「시조」, 『국문학개론』, 214면.

99 이와 달리 고정옥은 이들을 각각 평시조와 장시조라고 칭하였으며, '장시조'가 평시조 형식의 파괴에 의해 출현했음을 주장하였다. 고정옥의 '장시조론'에 대해서는 김용찬, 「고정옥의 '장시조론'과 작품 해석의 한 방향」(『시조학논총』 22, 2005; 이 책에 재수록되었음)을 참조할 것.

100 정형용, 「소설」, 『국문학개론』, 245면.

다.[101] 이러한 관점은 학회의 기본적인 원칙에 입각한 것이라 할 수 있는데, 앞서 한문소설을 국문학의 범주로 적극적으로 수용해야 한다는 정학모의 입장과는 뚜렷하게 구별된다고 하겠다.

『국문학개론』에서 국문학사를 바라보는 가장 특징적인 부분이 바로 '연극'과 '민요'를 주요 갈래로 수용했다는 점이다. 구자균은 「연극」이라는 항목에서 연극의 기원을 고대의 종교적 제사 의식에서 찾고 있으며, 그것이 음악과 시가 그리고 무용이 융합된 '종합 예술'의 성격을 지니고 있다고 정리하였다.[102] 그러나 실질적으로 연극이 국문학에서 차지하는 비중이 그리 높지 않기 때문에, 그 내용은 상대적으로 빈약할 수밖에 없다. 주로 '가면극'과 '인형극' 그리고 판소리를 달리 지칭하는 '창극(唱劇)'과 판소리의 연극적 형태인 '구극(舊劇)' 등으로 분류하여, 그 특징과 당시에 전해지고 있었던 현황에 대해서 개략적으로 서술하고 있다. 고정옥은 일찍이 '민요'를 주제로 대학의 졸업논문을 작성한 바 있으며, 그것을 토대로 해방 이후 『조선민요연구』[103]라는 단행본으로 출간했다. 이러한 연구 결과를 토대로 '민요'가 국문학 갈래 가운데 하나로 정립된 것이라 하겠는데, 『국문학개론』에 수록된 「민요」 항목은 고정옥의 기존 연구 성과들을 요약하여 정리한 내용으로 파악된다. 고정옥은 '민요는 농촌 서민의 음악이며 문학'[104]이라는 관점에서, 민요의 성격과 특징을 다양한 측면에서 고찰하고 있다.

마지막으로 구자균은 「신문학」이라는 항목에서, 현대문학을 대상

---

101 정형용, 「소설」, 246면.
102 구자균, 「연극」, 『국문학개론』, 275면.
103 고정옥, 『조선민요연구』, 수선사, 1949.
104 고정옥, 「민요」, 『국문학개론』, 310면.

으로 세부 갈래들을 구분하지 않고 시대순으로 간략하게 정리하고 있다. '고전문학'과 '신문학'을 가르는 기준을 여전히 보편적으로 통용되고 있는 기점인 '갑오경장(1894)'으로 잡고 있으며, 이광수가 활동하던 시대의 문학을 '역사시대'라 칭하며 '춘원시대까지의 문학은 오히려 한 고전으로 간주'할 수 있다고 주장한다.[105] 이와 함께 '현대문학 특히 최근의 현대문학은 평론가의 평론 대상은 될지언정 학자의 연구 대상이 어려울 것'이라고 하여, '현대문학 속에서 가장 고전문학과 관계가 깊다고 생각되는' 내용들을 간략하게 정리하였다.[106] 이를 통해 고전문학과 뚜렷이 구별되는 '신문학'의 특징을 다양한 측면에서 제시하고 있다.[107]

지금까지『국문학개론』의 내용을 검토함으로써, 우리어문학회 구성원들의 국문학 인식의 면모를 확인할 수 있었다. 목차를 통해서도 확인할 수 있었듯이, 앞부분에 총론에 해당하는「국문학의 형태」를 배치하여 문학사의 흐름을 중심으로 국문학사에 존재했던 역사적 갈래들의 교체와 상호 영향 관계를 논하고 있다. 또한「국어학과 국문학」및「한문학과 국문학」이라는 글들에서는, 인접 학문과의 관계는 물론 국문학의 범주와 위상에 대한 고민의 일단을 확인할 수 있었다. 이후 시가 갈래인「향가」·「가사」·「시조」에 대해서 갈래별 특징과 갈

---

105 구자균,「신문학」,『국문학개론』, 324면.

106 구자균,「신문학」, 327면.

107 구자균은 대해 고전문학의 특징을 '낭만정신'으로 규정하고, 이에 비해 신문학은 '현실주의'로 설명하고 있다. '현실주의'의 구체적인 항목으로 '자연주의'와 '인간 중심' 그리고 '20세기 문화의 반영'이라는 특징을 제시하였다. 이외에도 '설화형식과 묘사형식', '공식적인 문학과 생동하는 문학'이라는 내용으로 고전문학과 신문학의 특징을 구별하고 있다.

래 사이의 영향 관계에 대해서 논하고 있으며, 「소설」과 「연극」에 대해서도 별도의 장을 할애하고 있다. 아마도 이 책의 가장 큰 특징으로 「민요」를 별도의 항목으로 설정하여 다룬다는 점을 들 수 있을 것이다. 아울러 현대문학에 해당하는 시기의 문학은 「신문학」이라는 표제를 내세우고 서술되고 있다.

일반적으로 문학사나 개론서에서 다루어지는 내용에는 당대 학계의 연구 수준이나 학문적 관행이 반영되기 마련이다. 특히 국문학사를 구성하는 방법과 작품을 해석하는 시각은 연구 수준이나 자료의 선택에 따라 얼마든지 달라질 수 있다는 점을 고려해야만 한다. 『국문학개론』에서 행했던 갈래 구분이나 구체적인 작품 해석의 경우, 이후 연구자들에 의해서 오류로 판정되었던 경우가 적잖게 발견되고 있다. 특히 '한글문학이 곧 국문학'이라는 원칙은 곧바로 후속 세대들에 의해 비판을 받기도 했다.[108] 따라서 이 책의 내용들도 그러한 한계를 고려하여 논할 필요가 있으며, 여기에서 시도된 갈래 구분도 역시 연구사적인 과정의 한 면모로 이해할 필요가 있다고 하겠다.

4. 맺음말

이상으로 해방 이후 조직되었던 우리어문학회의 활동 양상과 그들의 연구 성과들에 대해서 살펴보았다. 비록 한국전쟁(1950)으로 인해 학회로서의 활동은 멈추게 되었지만, 이들은 국문학 연구가 아직 본

---

108 정병욱, 「국문학의 개념 규정을 위한 제언」, 『국문학산고』, 신구문화사, 1959.

격적인 토대를 갖추기 전에 학회를 조직하여 연구 활동에 나섰다는 것을 주지할 필요가 있다. 해방 이후부터 한국전쟁까지의 이른바 '해방공간'의 국문학 연구사는 아직도 많은 부분이 해명되지 못한 채로 남아있다. 특히 이 시기에 활동했던 '우리어문학회'의 성격과 그 구성원들의 연구 성과에 대해서는, 그동안 연구자들의 관심 밖에 놓여있는 경우가 많았다. 이 글에서는 학회의 기관지로 출간된 『어문』의 내용을 토대로 학회 활동의 구체적인 양상을 살펴보았다. 아울러 구성원들이 공동으로 집필했던 『국문학개론』을 검토함으로써 우리어문학회의 국문학 인식이 어떠했는가를 살펴보고자 하였다.

이들은 대학 교재로 사용하기 위해서, 구성원들의 공동 집필로 『국문학사』와 『국문학개론』을 출간하였다. 우리어문학회에서 출간한 두 권의 저서는 대학 교육에서 같은 이름으로 개설된 교과목의 교재를 염두에 둔 기획이었다. 지금도 마찬가지이지만, 당시 국어국문학과의 교과과정에서 '국문학사'와 '국문학개론'은 국문학 분야에서 가장 핵심적인 과목이었다. 이 가운데 『국문학사』가 포괄적인 시각에서 한 국문학의 역사적 흐름을 정리하는 것에 주안점을 두고 있다면, 『국문학개론』은 국문학사에 존재했던 개별 갈래들의 특징과 의미에 대해 개략적으로 다루고 있다는 점이 특징이다. 비록 출간에까지는 이르지 못했지만, 우리어문학회에서 '고전문학총서'로 기획되었던 고소설 교주본들도 대학에서의 강독 수업을 염두에 둔 교재로 파악되고 있다.

고정옥이 집필한 「국문학의 형태」는 사실상 이 책의 '총론'에 해당되는 내용으로, 학회 구성원들에 의해 공유된 국문학사와 역사적 갈래들에 대한 전반적인 특징을 기술하고 있다. 아마도 그 내용은 구성원들이 『국문학개론』을 집필하기 위한 지침으로써의 역할을 했을 것이다. 그

럼에도 목차의 하위 항목들이 독립적인 체제를 취하고 있는 책의 성격
으로 인해, 집필자들 사이의 이견들이 적지 않게 나타난다는 점이 특징
이라고 할 수 있다. 또한 현재의 관점으로 보자면, 책의 내용이나 작품
의 해석 등에 대한 논의도 오류로 확인되기도 한다. 그러나 그러한
오류는 집필자 개인의 몫으로 돌릴 수는 없다고 이해된다. 달리 말하자
면, 개론서의 특성 상 당시의 연구 성과를 반영할 수밖에 없다는 한계
가 있기 때문이다. 때문에 이 글에서도 『국문학개론』에 나타나는 오류
에 대해서 구체적으로 따지기보다는, 당시의 국문학 연구 수준을 고려
하여 학회 구성원들의 국문학 인식의 면모에 대해서 초점을 맞추어
논의를 진행하였다.

　우리어문학회의 『국문학개론』은 동일한 과목의 교재로 출간되었
는데, 이후 다른 연구자들에 의해서 유사한 체제의 개론서들이 출간
되었음을 확인할 수 있다. 실상 후속 개론서들과의 비교 검토를 통해,
이 책이 지닌 의미와 성과를 정확히 자리매김할 수 있다 하겠다. 그러
나 이 글에서는 여타의 개론서들과 비교하는 단계에까지 이르지 못했
고, 그 작업을 차후의 연구 과제로 남겨둘 수밖에 없었다. 우리어문학
회가 활동하던 시기는 각 대학에서 국어국문학과가 개설되어 체제를
정비하는 과정에 있었으며, 학회 조직은 '한국전쟁'으로 인해 자연적
으로 소멸될 수밖에 없었다. 특히 후속 세대들에 의해 주도된 '국어국
문학회'의 성립과 운영 과정에서도 우리어문학회 구성원들은 철저히
소외되어, 이후 국문학 연구사에서조차 제대로 언급되지 않았던 것이
현실이다. 이제부터라도 우리어문학회가 지닌 학문적 정체성과 연구
사적 위상이 올바로 정립될 수 있어야 하며, 이 글이 그러한 과정에
일말의 보탬이 될 수 있었으면 좋겠다. 여전히 미완의 영역으로 남아

있는 '해방공간'의 국문학 연구사가 보다 많은 연구자들의 관심을 통해서, 앞으로는 보다 활발하게 조명될 수 있기를 기대한다.

『민족문학사연구』 통권 73호, 민족문학사학회, 2020에 수록된 논문을 일부 수정하였음.

3부

자료편

[자료 1] 기관지 『어문(語文)』의 총 목차 및 편집후기

전체 3권이 발간된 우리어문학회 기관지에 수록된 내용을 확인할 수 있도록, 『어문』의 총 목차와 편집후기의 내용을 그대로 전재했다. 아울러 목차에는 포함되지 않았으나, 『어문』의 각 호에 수록된 광고와 기타 글들도 함께 소개하기로 한다.

1. 창간호(1949년 10월 25일 발행/ 계몽사)

〈목차〉

- 용가(龍歌)와 월곡(月曲)의 형식(形式)에 관(關)한 편견(片見) - 방종현(方鍾鉉)
- 국문학(國文學) 분류 서설(分類序說) - 구자균(具滋均)
- 인간성(人間性)의 해방(解放) - 고정옥(高晶玉)
- 8.15(八. 一五) 이후(以後)의 국문학사(國文學史) 총평(總評) - 정형용(鄭亨容)
- 시가주석 제서(詩歌註釋諸書) 독후감(讀後感) - 손낙범(孫洛範)
- 해방(解放) 후(後)의 국어학서평(國語學書評) - 김형규(金亨奎)
- 백상루별곡(百祥樓別曲) - 방종현(方鍾鉉) 제공(提供)
- 해방(解放) 후(後) 국어국문학(國語國文學) 관계(關係) 도서목록(圖書目錄) - 정학모(鄭鶴謨) 제공(提供)
- 우리어문학회 일지(日誌)
- 편집후기(編輯後記)

〈수록 광고 목록〉

– 학술연구 계간 회보 『언어』, 조선언어학회 / 근간 예고

– 도서출판 우리사 / 축 창간

– 동양활석광업공사 / 축 창간

– 다방 서라벌(서울, 종로)

– 초등 글짓기, 계몽사 / 국민학교 국어과 열독본

〈한글송(頌)〉

한글을 지으시던 그 날 그 아침

임께서 세우신 공 귀신과 같으셔라!

이 나라, 천만년 길고 긴 어둠에서

첫 새벽 밝은 빛이 환하게 비치었네.

(一朝制作侔神功 大東千古開朦朧)

〈편집후기〉

낙산(洛山) 모퉁이에서 은은히 비치오는 달빛과 정원(庭園)의 코스모스와 벌레 소리는 어느 듯 단풍을 재촉하여 가며 앞뒤 거리에서는 장작(長斫)을 만재(萬載)한 우마차(牛馬車)가 채축 소리와 함께 시끄럽게 쿵쿵거리는 요지음의 정서(情緖)는 가을이면서 가을이 아닌 '겨울의 준비(準備)'로 일로매진(一路邁進)하는 적막감(寂漠感)을 금(禁)할 수 없다.

　　　　*　　　*　　　*

아침 저녁으로 견디기 좋은 독서(讀書)의 시-즌을 맞이하여 독서가(讀書家) 제현(諸賢)과 동호(同好) 제위(諸位)에게 변변하지 못하나마 '우리어문학회'의 초산(初産)인 『어문(語文)』을 홀홀히 그 고고(孤孤)의 성

(聲)과 함께 첫 모습을 보내드리게 되었음을 무한(無限)한 영광(榮光)으로 생각하는 바이다. 원래(元來)가 간얇은 태생(胎生)이라 요(要)ㅎ건데 이의 육성(育成)과 발전(發展)에 대(對)하여는 앞으로 많은 편달(鞭撻)을 바라 마지않는 바이다.

       *   *   *

지난 여름부터 『어문(語文)』을 발간(發刊)코저 구슬땀을 씨서가며 위원(委員) 제씨(諸氏)가 원고(原稿) 정리(整理)를 하여 출간(出刊)을 도모(圖謀)하여 왔던 바 제 사정(諸事情)으로 지지(遲遲)하게 늦게 공간(公刊)ㅎ게 되었음을 적으기 유감 천만(遺憾千萬)으로 생각하는 바이다.

       *   *   *

또한 5(五)백 3(三)년 전 세종대왕께서 '한글'을 만드시어 우리의 글을 깨우쳐 주신 거룩한 기념할 날에 이 소책자(少冊子)가 사회(社會)에 첫걸음을 드디게 된 후(後)로부터는 더욱 의의(意義)있게 잘 자라나게 됨을 기약(期約)하며 각필(擱筆)하는 바이다.

기축(己丑) 9월(九月) 초(初) 1일(一日)

2. 제2권 제1호(1월호: 1950년 1월 31일 발행/계몽사)

〈목차〉

래 문제(外來問題) 기타(其他) — 고정옥(高晶玉)

- 조윤제(趙潤濟) 저(著) 「국문학사(國文學史)」 독후감(讀後感) — 정학모(鄭鶴謨)

- 태평한화골계전(太平閑話滑稽傳): 서거정(徐居正) 원저(原著) — 방종현(方鍾鉉) 제공(提供)

- 조선희서전관회(朝鮮稀書展觀會)

- 우리어문학회 소식(消息)

- 편집후기(編輯後記)

〈수록 광고 목록〉

- 초등 글짓기(수정 재판), 계몽사 / 국민학교 국어과 열독본

- 다방 서라벌(서울 종로)

- 대한단추공사 / 남녀 중등 대학생의 단추는 대한단추공사로!

- 태평양동지회 경기도지부 / 축 창간

- 저술출판 문성사 / 축 창간

- 은화미강원(서울시 서대문)

- 도서출판 우리사 / 축 창간

- 병사필수요람, 계몽사 / 요정집자 필독의 서

- 중학강의록, 중앙통신중학교

- 대동서림 / 신간도서

- 한일공인사 / 조판 인쇄 전문

〈도서 기증〉

다시 없는 귀중한 책을 주시와 깊이 감사하나이다.

– 제주도문헌집, 석주명 저, 4282(1949) 11월 발행

– 한글, 한글학회, 4282(1949) 12월 발행

– 국어학개론, 김형규 저, 4282(1949) 12월 발행

　(우리어문학회 도서부: 圖書部)

〈편집후기〉

　이번에 이숭녕(李崇寧) 씨(氏)가 주신「우랄 알타이어(語) 공통 특질 논고(共通特質論攷)」는 실(實)로 이 방면(方面)에 새로운 제의(提議)라고 믿어지는 것이며, 회로서 깊이 감사(感謝)하는 바이다.

　　　　＊　　　＊　　　＊

　그리고『어문(語文)』의 원고 중 구자균(具滋均) 씨의「평민문학고(平民文學攷)」는 논박에 대한 해답의 하나로 되었으나 우리가 가진 평민문학(平民文學)은 유롭이나 일본의 그것과 근본적으로 달은 길을 걸었음을 알려주는 시사있는 것이오, 김형규(金亨奎) 씨의 논술은 전호 방종현(方鐘鉉) 씨의 그것과 아울러 훈민정음(訓民正音) 초창기의 작품에 대한 구명의 첫 거름을 내디딘 것으로 학계에 돌을 던지는 셈이 된다고 하겠다.

　　　　＊　　　＊　　　＊

　다음으로 방종현(方鐘鉉) 씨가 제공한 사가(四佳) 서거정(徐居正) 저(著)의 〈태평한화골계전(太平閑話滑稽傳)〉은 소위 패관문학의 백미라고 할만하여 또달은 곳에서는 볼 수 없는 것으로 이『어문(語文)』의 면모를 갖추는데 도움이 되었음을 말해둔다.

*   *   *

끝으로 이 『어문(語文)』 출판에 있어서 물심양면으로 진지한 태도
를 가지고 대해주는 계몽사(啓蒙社) 조종하(趙鍾夏) 씨에게 사의를 표
하여 마지 않는다.

(편집실: 編輯室)

3. 제2권 제2호(2월호: 1950년 4월 15일 발행/ 현대사)

〈목차〉

〈수록 광고 목록〉

- 옛글 독본, 유열, 현대사

- 우리말 사전, 유열, 현대사

- 4283(1950)년도 검인정 교과서 안내, 조선과학문화사(16종 도서
  수록)

〈도서 기증〉

다시 없는 귀중한 책을 주시와 깊이 감사하나이다.

- 서백리아 제 민족의 원시 종교, 니오랏체 원저, 이홍식 역, 4282
  (1949) 9월 발행

- 풀이한 농가월령가, 유열 지음, 1948 2월 발행

〈편집후기〉

이번 호(號)에 석주명(石宙明) 씨(氏)가 「제주도방언(濟州道方言)과 마
래어(馬來語)」라는 옥고(玉稿)를 투고(投稿)하여 주시어 제주도방언(濟
州道方言)에 마래계 방언(馬來系方言)의 혼효 현상(混淆現象)이 있음을
보여주심은 우리 국어학계(國語學界)에 대(對)하여 한 자극(刺戟)이 되
리라고 생각된다.

다음으로 정학모(鄭鶴謨) 씨(氏)의 「고전적 문예(古典的文藝)와 교육
(敎育)」은 세대(世代)가 다른 예전 작품(作品)을 교수(敎授)하는 실제(實
際)에 있어서 어떻게 다룰 것인가 하는 일단(一端)을 예시(例示)하여 교
재(敎材)를 당위성(當爲性)에까지 끌어올려서 다루어야 하며 따라서 교
수법(敎授法)이 과학적(科學的)으로 연구(硏究)되어야 한다고 주장(主張)
하는 것으로 국어교육(國語敎育)의 근본문제(根本問題)에까지 언급(言

及)하였다고, 손낙범(孫洛範) 씨(氏)의 「문장(文章)과 띄어쓰기에 대(對)한 소고(小考)」는 씨(氏)의 문법체계(文法體系)의 관점(觀點)에서 현용기사법(現用記寫法)의 시정(是正)을 주장(主張)한 것이나, 다시 씨(氏)가 다음 기회(機會)에 미루고 있는 문법론(文法論)은 멀지 않아서 본지(本誌)에 발표(發表)될 것입니다.

다음으로 김형규(金亨奎) 씨(氏)의 「한자(漢字) 폐지론」은 현하(現下) 우리가 한자(漢字)를 어째서 폐지(廢止)하여야 하느냐 하는 이유(理由)를 논술(論述)하고 그를 폐지(廢止)하는 것이 정당(正當)한 것이면 시급(時急)히 실시(實施)하여야 한다고 주장(主張)하여 국자문제(國字問題) 국어정책(國語政策)의 일단(一端)을 표명(表明)한 것이다.

희본(稀本)〈태평한화골계전(太平閑話滑稽傳)〉은 다음 호(號)까지 계속(繼續)될 것이며, 이번에 서울 사범대학(師範大學) 국문학회(國文學會)에게 국어국문학(國語國文學) 관계(關係) 논문(論文)의 목록(目錄)을 제공(提供)하도록 종용한 것은 널리 사계(斯界)에 재료(材料)를 제공(提供)하고자 함에 있었다. 그리고 이번 호(號)에 특별(特別)히 재경(在京) 각 대학(各大學) 국문과(國文科) 졸업생(卒業生)의 졸업논문(卒業論文)의 제목(題目)을 게재(揭載)한 것은 젊은 학도(學徒)들의 사학(斯學)에 대(對)한 정진(精進)의 일단(一端)을 엿보기에 충분(充分)하리라고 생각된 까닭에서이다.

끝으로 이번 호(號)도 여러 가지 사정(事情)으로 지연(遲延)되어 독자(讀者) 제위(諸位)에게 미안합니다마는 이번부터는 현대사(現代社)의 특별(特別)한 도움을 얻어 월간(月刊)으로서의 본지(本誌)의 사명(使命)을 다하여 볼까 하오니 많은 성원(聲援)이 있기를 빌어 마지 않습니다.

(편집자: 編輯子)

[자료 2] 우리어문학회 일지

우리어문학회의 기관지인 『어문』에 수록된 활동 기록을 소개하는 내용이다. 1948년 6월 18일부터 1949년 12월 30일까지 학회의 활동 상황이 『어문』의 3권에 나누어 기록되어 있다.

1) 『우리어문학회』 일지(日誌)(『어문』 창간호, 우리어문학회, 1949. 10. 25.)

1. 4281년(四二八一年:1948) 6월(六月) 18일(十八日:金) 오후(午後)에 방종현(方鍾鉉), 김형규(金亨奎), 손낙범(孫洛範), 정형용(鄭亨容) 4인(四人)이(방종현 씨 집에서: 於方鍾鉉氏宅) 모이어 국어국문학(國語國文學)과 국어교육(國語敎育)에 관(關)한 문제(問題)를 토론(討論)하고 국어국문학총서(國語國文學叢書)와 같은 것을 발간(發刊)하는 모임이 필요(必要)함을 상의(相議)하고 내(來) 20일(二十日:日) 오전(午前)에 사범대학(師範大學) 국문과연구실(國文科硏究室)로 집합(集合)하기로 하다.

2. 동년(同年: 1948) 6월(六月) 20일(二十日) 오전(午前)에 방종현(方鍾鉉), 정학모(鄭鶴謨), 구자균(具滋均), 김형규(金亨奎), 손낙범(孫洛範), 고정옥(高晶玉), 정형용(鄭亨容) 7인(七人)이 집합(集合)하여 「국어교육연구회(國語敎育硏究會)」를 발기(發起)하고 위원(委員)이 되는 동시(同時)에 아래와 같이 결의(決議)하다.

(가) 매월(每月) 제1 금요일(第一金曜日: 午後 三時)을 예회일(例會日)

로 정(定)하고 집합 장소(集合場所)를 사범대학(師範大學) 국문과연구실 (國文科研究室)로 하다.

(나) 본회(本會)의 위원(委員)은 위원(委員) 중(中) 1인(一人)이 위원회 (委員會)에 추천(推薦)하여 그 결의(決議)에 의(依)하여 결정(決定)함.

(다) 사업(事業)으로서는 기관지(機關誌)와 고전문학총서(古典文學叢書)를 발간(發刊)하기로 함.

3. 동년(同年: 1948) 7월(七月) 9일(九日:金) 정형용(鄭亨容) 위원(委員) 이 「국어(國語)와 조선어(朝鮮語), 국문학(國文學)과 조선문학(朝鮮文學)」 이라는 소론(小論)을 발표(發表)하고 이어서 국어(國語)와 민족(民族)과 의 관계(關係)를 토론(討論)하고 순수 조선문학(純粹朝鮮文學)의 개념(槪念)을 규정(規定)하다.

회비(會費)에 관(關)한 결정(決定)을 하다.

4. 동년(同年: 1848) 동월(同月;7 월) 16일(十六日 : 金) 정학모(鄭鶴謨) 위원(委員)이 「국문학(國文學)의 시대 구분(時代區分)」이라는 소론(小論)을 발표(發表)하고 이에 관(關)하여 토의(討議)하고 아래와 같이 결정(決定) 하다.

상고(上古)⋯신라 통삼(新羅統三)까지.

중고(中古)⋯신라 말(新羅末)까지.

중세(中世)⋯훈민정음(訓民正音) 반포(頒布)까지.

근세(近世)⋯갑오경장(甲午更張)까지.

현대(現代)⋯이후(以後) 금일(今日)까지.

다음으로 「국문학사(國文學史)」 발간(發刊)을 결의(決議)하고 그 체재

(体裁)와 집필 분담(執筆分擔)을 결정(決定)하다.

5. 동년(同年: 1948) 동월(同月: 7월) 27일(二十七日: 火), 28일(二十八日: 水), 29일(二十九日: 木)의 3일간(三日間)에 각 위원(各委員)이 분담 집필(分擔執筆)한 「국문학사(國文學史)」 원고(原稿)를 통독(通讀)하고 연호 기사법(年號記寫法)을 통일(統一)하다.

6. 동년(同年: 1948) 동월(同月: 7월) 31일(三十一日: 土)에는 「국문학사 (國文學史)」 원고(原稿)를 재차(再次) 통독(通讀)하고 손낙범(孫洛範) 위원 (委員)이 내(來) 8월(八月) 3일(三日)에 수로사 사장(秀路社社長) 이태우 (李泰雨) 씨(氏)에게 원고(原稿)를 수교(手交)할 책임(責任)을 지기로 하고 산회(散會)하다.

7. 동년(同年: 1948) 8월(八月) 6일(六日: 金), 고정옥(高晶玉) 위원(委員)이 「문장 기사(文章記寫)에 있어서의 언어 단속법(言語斷讀法)에 대(對)한 소고(小考)」를 발표(發表)하고 복합어(複合語)의 기사(記寫)에 관 (關)하여 토론(討論)하다.
본회(本會)의 명칭(名稱)을 「우리어문학회」라 개칭(改稱)하다.

8. 동년(同年: 1948) 동월(同月: 8월) 10일(十日: 火)에 수로사(秀路社)에 모이어 「국문학사(國文學史)」의 서(序)를 통독(通讀)하고 일부(一部)를 수정(修正)하고 「흥부전(傳)」 교주본(校註本) 발간(發刊)에 대(對)한 토의(討議)를 하다.

9. 동년(同年: 1948) 동월(同月: 8월) 21일(二十一日: 土)에 「변강쇠전
(傳)」 교주본(校註本) 출판(出版)에 대(對)한 토의(討議)를 하고 집필 분
담(執筆分擔)을 결정(決定)한 뒤에 그 체재(體裁)에 관(關)하여 아래와 같
이 결의(決議)하다.

　(가) 본문(本文)은 전부(全部) 국문(國文)으로 할 것.

　(나) 국문(國文)은 현대식 철자법(現代式綴字法)으로 할 것.

　(다) 주(註)의 번호(番號)는 한문 숫자(漢文數字)로 할 것.

　(라) 한시구(漢詩句)는 띄어쓰지 말 것.

10. 동년(同年: 1948) 동월(同月: 8월) 26일(二十六日: 木), 27일(二十七
日), 29일(二十九日: 日)의 3일간(三日間) 「변강쇠전(傳)」의 교주본 원고
(校註本原稿)를 통독(通讀)하고 주해(註解)의 방법(方法)에 관(關)하여 주
해(註解) 속에 나타나는 본문(本文)의 어구(語句)에는 그 어구(語句)의 우
측(右側)에 방점(傍點)을 찍을 것과 사본(寫本)의 본문(本文)을 정정(訂正)
하였을 때에는 주(註)에서 명시(明示)할 것을 결의(決議)하다.

11. 동년(同年: 1948) 동월(同月: 8월) 30일(三十日: 月)에 방종현(方鍾
鉉) 위원(委員)이 「변강쇠전(傳)」 원고(原稿)를 수로사(秀路社)에 수교(手
交)하다.

12. 동년(同年: 1948) 9월(九月) 1일(一日: 水)에 수로사(秀路社)에 모이
어 「국문학사(國文學史)」의 색인(索引)을 교정(校正)하다.

13. 동년(同年: 1948) 9월(九月) 10일(十日: 金)에 「국문학사(國文學史)」 기증(寄贈)의 건(件)을 결의(決議)하고 「우리어문학회」 인(印)을 회계(會計) 고정옥(高晶玉) 위원(委員)이 보관(保管)할 것을 결의(決議)하다.

2) 우리어문학회 소식(消息)(『어문』 제2권 제1호, 1월호, 우리어문학회, 1950. 1. 31)

4281년(四二八一年: 1948) 10월(十月) 8일(八日: 金) 교주(校註) 「흥부전(傳)」에 대(對)한 질의(質疑)가 있었고 「춘향전(傳)」 출판(出版)에 관(關)한 협의(協議)를 하다.

동년(同年: 1948) 11월(十一月) 5일(五日: 金) 동(同: 11월) 7일(七日: 日) 동(同: 11월) 14일(十四日: 木) 교주(校註) 「춘향전(傳)」 완판본(完版本)을 통독(通讀)하다.

동년(同年: 1948) 동월(同月: 11월) 25일(二十五日: 木) 교주(校註) 「흥부전(傳)」과 교주(校註) 「춘향전(傳)」의 출판(出版)을 출판사(出版社) 수로사(秀路社)와 교섭(交涉)할 것을 협의(協議)하여 12월(十二月) 상순(上旬)에 수로사(秀路社)에 넘기기로 하다.

동년(同年: 1948) 12월(十二月) 20일(二十日: 月) 교주(校註) 「심청전(傳)」 완판본(完版本) 출판(出版)에 관(關)한 협의(協議)를 하다.

동년(同年: 1948) 동월(同月: 12월) 24일(二十四日) 교주(校註) 「심청전(傳)」 원고(原稿)를 연내(年內)로 출판사(出版社)에 넘기기로 결정(決定)하

고「국문학개론(國文學槪論)」출판(出版)에 관(關)한 협의(協議)를 하다.

(정형용: 鄭亨容)

3) 우리어문학회 소식(消息)(『어문』 제2권 제2호, 2월호, 우리어문학회, 1950. 4. 15.)

4282년(四二八二年: 1949) 3월(三月) 15일(十五日) 재판(再版)「국문학사(國文學史)」가 발간(發刊)되다.

동년(同年: 1949) 동월(同月: 3월) 29일(二十九日: 金)「어문(語文)」발간(發刊)의 계획(計劃)을 토의(討議)하다.

동년(同年: 1949) 5월(五月) 23일(二十三日: 月)「국문학개론(國文學槪論)」의 원고(原稿)를 일성당(一成堂)에 수교(手交)하다.

동년(同年: 1949) 7월(七月) 1일(一日: 金) 김형규(金亨奎) 위원(委員)이「가족 관계(家族關係)의 고어(古語)」를 발표(發表)하다.

(일성당에서: 於一成堂)

동년(同年: 1949) 9월(九月) 2일(二日: 金) 구자균(具滋均) 위원(委員)이「평민문학고(平民文學考)」를 발표(發表)하다.

동년(同年: 1949) 10월(十月) 14일(十四日: 金)「어문(語文)」집필(執筆)에 관(關)하여 토의(討議)하다.

동년(同年: 1949) 10월(十月) 30일(三十日) 「국문학개론(國文學槪論)」이 발행(發行)되다.

동년(同年: 1949) 11월(十一月) 4일(四日: 金) 방종현(方鍾鉉) 위원(委員)이 「어청도(於靑島)의 일야(一夜)」를 발표(發表)하다.

동년(同年: 1949) 12월(十二月) 2일(二日: 金) 방종현(方鍾鉉) 위원(委員)으로부터 현대사(現代社)의 고전 주석본(古典註釋本) 출판 계획(出版計劃)에 대(對)한 보고(報告)가 있었다.

동년(同年: 1949) 동월(同月: 12월) 13일(十三日) 부(附)로 「어문(語文)」의 정기간행물(定期刊行物) 출판허가(出版許可)가 나오다. 허가 번호(許可番號) 30호(三○號).

동년(同年: 1949) 동월(同月: 12월) 24일(二十四日: 土) 구자균(具滋均) 위원(委員) 분담(分擔) 경판본(京板本) 「춘향전(春香傳)」의 통독 질의(通讀質疑)와 고정옥(高晶玉) 위원(委員) 분담(分擔) 사본(寫本) 「박씨전(朴氏傳)」의 질의(質疑)를 하다. (방종현 씨 집에서:於方鍾鉉氏宅)

동년(同年: 1949) 동월(同月: 12월) 30일(三十日: 金) 「어문(語文)」 편집 계획(編輯計劃)을 토의(討議)하다.

(정형용: 鄭亨容)

[자료 3] 국어국문학 관계 도서 목록(『어문』 창간호)

「어문」 창간호에 수록된 목록으로, 해방 이전부터 1949년 당시
까지 출간된 책들 가운데 제공자(정학모)에 의해 조사된 153권의
책 제목과 저자가 기록되어 있다. 다양한 확인 과정을 거쳐 정확
한 서지 사항을 괄호 안에 정리하여 수록하였다. 다만 아직 확인
되지 않은 서지 사항은 괄호 안에 '미확인'으로 표시하여 두었다.

1. 국어국문학(國語國文學) 관계(關係) 도서목록(圖書目錄)(1)

해방(解放) 전(前) 출판(出版)으로 재판 서적(再版書籍)도 포함(包含)함.

- 한글의 바른길, 최현배, 1945.(한글의 바른길, 최현배, 조선어학회, 1937)
- 중굴 조선만본, 최현배.(중등 조선말본, 최현배, 동광당서점, 1935)
- 우리말본, 최현배.(우리말본, 최현배, 연희전문학교출판부, 1937)
- 한글갈, 최현배.(한글갈, 최현배, 정음사, 1940)
- 정음발달사(正音發達史), 홍기문(洪起文), 1946.(정음발달사, 홍기문,
  서울신문 출판국, 1946)
- 국어입문, 장지영.(국어입문, 장지영, 정음사, 1946)
- 한글 역대선(歷代選), 신태화(申泰和).(한글 역대선, 신태화, 삼문사,
  1945)
- 국자신론(國字新論), 송필수(宋珌秀).(국자신론, 송필수, 금강문화연구
  소, 1946)

- 수정증보(修正增補) 조선어사전(朝鮮語辭典), 문세영(文世榮).(수정 증보 조선어사전, 문세영, 영창서관, 1940)

- 조선문자 급 어학사(朝鮮文字及語學史), 김윤경(金允經).(조선문자 급 어학사, 김윤경, 조선기념도서출판관, 1938)

- 학생(學生) 조선어사전(朝鮮語辭典), 을유문화사(乙酉文化社).(학생 조선어사전, 을유문화사, 1946)

- 국어사전(國語辭典), 조선도서간행(朝鮮圖書刊行).(국어사전, 조선도 서간행회 편, 정문사, 1946)

- 신어사전(新語辭典), 민조사(民潮社).(신어사전, 민조사 출판부, 1946)

- 한자(漢字) 안쓰기 문제(問題), 정태진(丁泰振).(한자 안쓰기 문제, 정 태진, 어문각, 1946)

- 한글맞춤법 교빈, 장하일(張河一).(한글맞춤법 교본, 장하일, 고려문화 사, 1946)

- 한글문법, 이규방(李奎昉).(한글문법, 이규방, 근흥인서관 출판부, 1946)

- 조선어문주(朝鮮語文注), 주시경(周時經).(조선어문법, 주시경, 정음사, 1946)

- 한글맞춤법통일안 강의(講義), 이희승(李熙昇).(한글맞춤법통일안 강 의, 이희승, 박문출판사, 1946)

- 한글통일 조신어 철자법(朝鮮語綴字法), 신태화(申泰和).(한글통일 조선어 철자법, 신태화, 삼문사 출판부, 1946)

- 한글 바로 읽고 바로 쓰는 법, 정열모(鄭烈模).(한글 바로 읽고 바로 쓰는 법, 김근수, 연학사, 1947)

- 개정한 한글맞춤법통일안, 조선어학회(朝鮮語學會).(개정한 한글맞 춤법통일안, 조선어학회, 1946)

- 쉬운 조선말본, 박창해.(쉬운 조선말본, 박창해, 계문사, 1946)
- 한글맞춤법 해설(解說), 김병제(金炳濟).(한글맞춤법 해설, 김병제, 정음사. 1946)
- 한글 문예독본, 한글문화보급회.(한글문예독본, 한글문화보급회, 신흥국어연구회, 1946)
- 조선문학연구초(朝鮮文學硏究抄), 이희승(李熙昇).(조선문학연구초/국문학연구초, 이희승, 을유문화사, 1946/1949)
- 조선시가사강(朝鮮詩歌史綱), 조윤제(趙潤濟).(조선시가사강, 조윤제, 박문출판사, 1937)
- 용비어천가(龍飛御天歌), 이상춘(李常春).(용비어천가, 이상춘, 동화출판사, 1946)
- 조선고가연구(朝鮮古歌硏究), 양주동(梁柱東).(조선고가연구, 박문서관, 1942)
- 향가여요신석(鄕歌麗謠新釋), 지헌영(池憲英).(향가여요신석, 지헌영, 정음사, 1947)
- 조한영(朝漢英) 속담집(俗談集), 방종현(方鐘鉉).(조한영 속담집, 방종현, 연학사, 1946)
- 조선속담집(朝鮮俗談集), 김원표(金源表).(조선속담집, 김원표, 정음사, 1946)
- 시골말케기잡책, 최현배(崔鉉培).(시골말 캐기 잡책: 방언채집수첩, 최현배, 조선어학회, 1936)
- 애송(愛誦) 통송집(通誦集), 한용선(韓鏞善).(애송 시조집, 한용선, 영문사, 1946)
- 조선시조집(朝鮮時調集), 최영해(崔暎海).(조선시조집, 최영해, 정음사,

1946)

- 시조집(時調集), 신명균(申明均).(시조집, 신명균, 삼문사, 1945)

- 조선고전가시집(朝鮮古典歌詩集), 박기수(朴奇秀).(조선고전가사집 권

  일, 박인수 편, 낙동서관, 1946)

- 역대시조정해(歷代時調精解), 려영호(廬永鎬).(역대시조정해, 노영호,

  대한교육사, 1946)

- 국문학선(國文學選), 박장희(朴章熙).(국문학선, 박장희, 대동사, 1946)

- 한글통일 조선어문법(朝鮮語文法), 신태화(申泰和).(한글통일 조선어

  문법, 신태화, 삼문사, 1945)

- 조선어사전(朝鮮語辭典), 문세영(文世榮)(조선어사전, 문세영, 조선어

  사전간행회, 1942)

- 사회용어집설(社會用語集說), 김윤국(金允國).(사회용어집설, 김윤, 발

  전사출판부, 1946)

- 한문신옥편(漢文新玉篇), 덕흥서림(德興書林).(국한문신옥편, 덕흥서

  림, 1946)

- 민족문화독본(民族文化讀本) 상·하(上下), 양주동(梁柱東).(민족문화

  독본, 양주동, 청년사, 1946)

- 문학독본(文學讀本), 방종현(方鐘鉉) 김형규(金亨奎).(문학독본, 방종

  현·김형규, 동성사, 1946)

- 역대조선문학정화(歷代朝鮮文學精華), 이희승(李熙昇).(역대조선문학

  정화, 이희승, 인문사, 1938)

- 청구영언(靑丘永言), 주왕산(周王山).(청구영언: 육당본, 통문관, 1946)

- 인현왕후전(仁顯王后傳), 이병치(李秉峙)(인현왕후전, 이병기, 박문출

  판사, 1947)

- 가집권(歌集卷), 박인수(朴寅秀).(조선고전가사집 권일, 박인수, 자가본, 1946)

- 조선전설집(朝鮮傳說集), 조선출판사(朝鮮出版社).(조선전설집, 조선출판사, 1944)

- 조선고대소설총서(朝鮮古代小說叢書), 경성서적조합(京城書籍組合). (미확인)

- 원본 국문정음풀이, 유열, 1947.(원본 훈민정음풀이, 유열, 보신각, 1947)

- 음성학(音聲學), 이극로(李克魯).(음성학, 이극로, 아문각, 1947)

- 글자의 혁명, 최현배.(글자의 혁명, 최현배, 조선교학도서 주식회사, 1947)

- 고어독본(古語讀本), 정태진(丁泰鎭).(고어독본, 정태진, 연학사, 1947)

- 고어재료사전(古語材料辭典) 전집/후집(前集/後集), 방종현(方鐘鉉). (고어 재료사전, 방종현, 동성사, 1947)

- 제주도방언집(濟州道方言集), 석주명(石宙明).(제주도방언집, 석주명, 서울신문사 출판부, 1947)

- 조선말본사전 제1권, 조선어학회(朝鮮語學會).(조선말큰사전 제1권, 을유문화사, 1947)

- 표준 조선말큰사전, 이윤재(李允宰) 저(著), 김병제(金炳濟) 편(編), 1947.(표준 조선말사전, 이윤재, 아문각, 1948)

- 국어소사전, 문세영(文世榮).(국어소사전, 문세영, 국어소사전, 1947)

- 조선어학논약(朝鮮語學論約), 이희승(李熙昇).(조선어학논고, 이희승, 을유문화사. 1947)

- 중등 새말본, 장하일.(중등 새말본, 장하일, 교재연구사, 1947)

- 국어교육(國語教育)의 당면문제(當面問題), 조윤제(趙潤濟).(국어교

육의 당면한 문제, 조윤제, 문화당, 1947)

- 조선문법연구(朝鮮文法研究), 홍기문(洪起文).(조선문법연구, 홍기문, 서울신문사, 1947)

- 중등 국어문법, 김근수(金根洙).(중학 국문법책, 김근수, 문교당출판부, 1947)

- 틀이기 쉬운 말, 이영철(李永哲).(틀리기 쉬운 말, 을유문화사, 1947)

- 고등국어문법, 정열모(鄭烈模).(고등국어문법: 신편, 정열모, 한글문화사, 1933)

- 표해식(表解式) 국어문법(國語文法) 국어풀이씨가름, 유재헌(柳在軒).(표해식 국어문법 국어풀이씨가름: 국어용어분류, 유재헌, 국학사, 1947)

- 고문신석(古文新釋), 신영철(申瑛徹).(고문신석, 신영철, 동방문화사, 1947)

- 조선문학사(朝鮮文學史), 권상로(權相老).(조선문학사, 권상로, 유인본, 1947)

- 조선문화총설(朝鮮文化叢說), 방종현(方鐘鉉) 외(外) 수인(數人).(조선문화총설, 방종현 외, 동성사, 1947)

- 여요전주(麗謠箋註), 양주동(梁柱東).(여요전주: 조선고가연구 속편, 양주동, 을유문화사, 1947)

- 조선민족설화(朝鮮民族說話)의 연구(研究), 손진태(孫晋泰).(조선민족의 설화, 손진태, 을유문화사. 1947)

- 한글소리본, 정인승.(한글소리본, 정인승, 정음사, 1947)

- 조선가요선주(朝鮮歌謠選註), 윤곤강(尹崑崗).(근고 조선가요선주, 윤곤강, 생활사, 1947)

- 춘향전(春香傳), 을유문화사(乙酉文化社).(춘향전, 을유문화사, 1947)

- 조선문학연구(朝鮮文學研究), 이인로(李仁魯).(조선문학연구, 이강로,

동방문화사, 1947)

- 한글 바로 읽고 바로 쓰는 법, 김근수(金根洙).(한글 바로 읽고 바로
  쓰는 법, 김근수, 연학사, 1947)

- 신어사전(新語辭典), 한용선(韓鏞善), 1947.(신어사전, 한용선, 숭문
  사, 1948)

- 신자전(新字典), 최우선(崔宇善).(신자전, 최남선, 신문관, 1947)

- 중국한신옥편(中國漢新玉篇), 문세영(文世榮).(국한문신옥편, 문세영,
  세창서관, 1949)

- 북학의(北學議), 금련(金聯).(북학의, 박제가, 조선금융조합연합회, 1947)

- 허생전(許生傳), 채만식(蔡萬植).(허생전, 채만식, 조선금융조합연합회,
  1946)

- 조선고전문학독본(朝鮮古典文學讀本), 이명선(李明善).(조선고전문학
  독본, 이명선, 선문사출판부, 1947)

- 고등국어(高等國語), 김근수(金根洙).(고등국어: 국문학고전편, 김근수,
  문교당, 1948)

- 병자록(丙子錄), 윤영(尹瑛).(병자록, 윤영 역, 정음사, 1947)

- 옛글, 장지영(張志暎).(가려뽑은 옛글, 장지영, 정음사, 1949)

- 이춘풍전(李春風傳), 금련(金聯).(이춘풍전, 김영석, 조선금융조합연합
  회, 1947)

- 양반전(兩班傳), 금련(金聯).(양반전, 박지원, 조선금융조합연합회, 1947)

- 홍길동전(洪吉童傳), 금련(金聯).(홍길동전, 박태원, 조선금융조합연합
  회, 1947)

- 열하일기(熱河日記), 김성칠(金聖七).(열하일기, 박지원, 김성칠 역주,
  정음사, 1948)

- 춘향전(春香傳), 정희준(鄭熙俊).(춘향전, 박루월 편, 신흥서관, 1945)
- 흥부전(興夫傳), 최영해(崔暎海).(미확인)
- 조선현대문학사(朝鮮現代文學史), 구자섭(具滋燮).(국문학, 구자균 편집 겸 발행, 등사본, 1946)
- 한중록(恨中錄), 이병기(李秉岐).(한중록, 이병기 역주, 백양당, 1947)
- 세시풍속집(歲時風俗集), 방종현(方鐘鉉).(세시풍속집, 방종현, 연학사, 1946)
- 국어의 참두루미, 문면훤, 1948.(국어의 참두루미, 문명훤, 한미프린트사, 1948)
- 훈민정음통사(訓民正音通史), 방종현(方鐘鉉).(훈민정음통사, 방종현, 일성당서점, 1948)
- 가로쓰기 새 교본, 옥치정.(가로쓰기 새교본, 옥치정, 정음사, 1948)
- 한자(漢字) 안 쓰기의 이론, 문교부, 1948.(한자 안 쓰기 이론, 대한민국 문교부, 조선교학도서, 1948)
- 우리말 도로 찾기, 문교부.(우리말 도로 찾기, 대한민국 문교부, 조선교학도서, 1948)
- 조선말본, 최현배.(조선말본, 최현배, 정음사, 1948)
- 통일국어입문, 장지영.(국어입문, 장지영, 정음사, 1946)
- 중등국어문법, 이영철.(중등국어문법, 이영철, 을유문화사, 1948)
- 고급용 나라말본, 김윤경.(고급용 나라말본, 김윤경, 동명사, 1948)
- 수험준비에 꼭 필요한 알기 쉬운 맞춤법, 김학배.(미확인)
- 조선신문학사조사(朝鮮新文學思潮史), 백철(白鐵).(조선신문학사조사, 백철, 신구문화사, 1947)
- 국문학사(國文學史), 우리어문학회.(국문학사, 우리어문학회, 수로사,

1948)

– 조선평민문학사(朝鮮平民文學史), 구자균(具滋均).(조선평민문학사, 구
자균, 문조사, 1948)

– 용비어천가(龍飛御天歌), 김성칠(金聖七).(주해 용비어천가, 김성칠 역
주, 향문사, 1948)

– 풀이한 농가월령가, 유열.(풀이한 농가월령가, 유열, 한글사, 1948)

– 조선시가(朝鮮詩歌)의 연구(硏究), 조윤제(趙潤濟).(조선시가의 연구,
조윤제, 을유문화사, 1948)

– 한글, 이극로(李克魯).(한글, 이극로, 한글사, 1948)

– 고시조 오백선주해(古時調五百選註解), 김종식(金鐘湜).(고시조 오백
선 주해, 김종식, 대동문화사, 1948)

– 고시조(古時調) 풀이, 곽병주(郭柄周).(고시조 풀이, 곽병주, 산악사,
1948)

– 노계가집(蘆溪歌集), 신영철(申瑛徹).(노계가집, 신영철 교주, 정음사,
1948)

– 김립시집(金笠詩集), 박오양(朴午陽).(김립시집, 박오양 편, 동진문화
사, 1948)

– 송강가사(松江歌辭), 방종현(方鐘鉉).(송강가사, 방종현 역, 정음사, 1947)

– 시조집(時調集), 신태화(申泰和).(시조집, 신태화, 삼문사, 1945)

– 시조해석(時調解釋), 여영호(廬永鎬), 1948.(시조해석, 노영호 편, 동
방문화사, 1948)

– 시조시작법(時調詩作法), 김종식(金鐘湜).(시조시작법: 수사 급 감상,
김종식, 대동문화사, 1948)

– 나라말본, 김윤경.(고급용 나라말본, 김윤경, 동명사, 1948)

- 한글중등말본, 김윤경(金允經).(중등말본, 김윤경, 동명사, 1948)

- 회중신옥편(懷中新玉篇), 김송규(金松圭).(회중신옥편, 김송규, 광한서림, 1948)

- 숙어사전(熟語辭典), 유창순(劉昌淳).(숙어사전, 유창돈, 경성인서사, 1948)

- 상주(詳註) 국문학고전독본(國文學古典讀本), 양주동(梁柱東).(상주 국문학고전독본, 양주동, 박문서관, 1948)

- 고대문감(古代文鑑), 조윤제(趙潤濟).(고등국어 고대문감, 조윤제, 세기과학사, 1948)

- 임진록(壬辰錄), 이명선(李明善).(임진록, 이명선 교주, 국제문화관, 1948)

- 문학독본(文學讀本), 이병기(李秉岐).(문학독본, 이병기, 상문당, 1948)

- 옥루몽(玉樓夢), 삼문사(三文社).(옥루몽, 삼문사, 1943)

- 조선유람가(朝鮮遊覽歌), 최남선(崔南善).(조선유람가: 부별곡, 최남선, 동명사, 1947)

- 청구영언(靑丘永言), 오한근(吳漢根).(청구영언: 진본, 조선진서간행회, 1948)

- 의유당일기(意幽堂日記), 이병기(李秉岐).(의유당일기, 이병기 주, 백양당, 1948)

- 녹수청산(綠水靑山), 김근수(金根洙).(녹수청산, 김근수, 출판사 미상, 1948)

- 박씨부인전(朴氏夫人傳), 강하형(姜夏馨).(박씨부인전, 태화서관 편, 태화서관, 1948)

- 시조 가요 민요선집(時調歌謠民謠選集), 이시억(李時億).(시조·가요·민요선집, 동명여자중학교 편, 협신인서사, 1947)

- 조선민요집성(朝鮮民謠集成), 방종현(方鐘鉉) 외 2인(外二人).(조선

민요집성, 방종현·김사엽·최상수, 정음사, 1947)

- 한양가(漢陽歌), 송신용(宋申用).(한양가, 송신용 교주, 정음사, 1949)

- 고장시조선주(古長時調選註), 고정옥(高晶玉).(고장시조선주, 고정옥, 정음사, 1949)

- 고산가집(孤山歌集), 윤곤강(尹崑崗), 1948.(고산가집, 윤곤강 찬주, 정음사, 1948)

- 문학독본(文學讀本), 양주동(梁柱東).(문장독본, 양주동, 수선사, 1949)

- 시조집(時調集), 삼문사(三文社).(시조집, 신명균·이병기 교열, 삼문사, 1945)

- 가사집(歌詞集), 삼문사(三文社).(가사집, 신태화, 삼문사, 1948)

- 소설집(小說集), 삼문사(三文社).(소설집, 신태화 편, 삼문사, 1948)

- 민요(民謠)와 향토악기(鄕土樂器), 장사훈(張師勛).(민요와 향토악기, 장사훈, 상문당, 1948)

- 조선문학사(朝鮮文學史), 이명선(李明善), 1949.(조선문학사, 이명선, 조선문화사, 1948)

- 조선문학사(朝鮮文學史), 김사엽(金思燁).(조선문학사, 김사엽, 정음사, 1948)

- 교육(敎育) 조선문학사(朝鮮文學史), 조윤제(趙潤濟).(교육 국문학사, 조윤제, 동방문화사, 1950)

- 조선민요연구(朝鮮民謠硏究), 고정옥(高晶玉).(조선민요연구, 고정옥, 수선사, 1949)

- 국어국문학요강(國語國文學要講), 고정옥(高晶玉).(국어국문학요강, 고정옥, 대학출판사, 1949)

- 고시조정해(古時調精解), 방종현(方鐘鉉).(고시조정해, 방종현, 일성당

서점, 1949)

- 조선고어사전, 정희준.(조선고어사전, 정희준, 동방문화사, 1948)
- 국문학해설(國文學解說) 시가소설 편(詩歌小說篇), 조선고전문학연
  구회(朝鮮古典文學硏究會).(국문학 현대적 해설: 시가·소설 편, 조선고전
  문학연구회, 문조사, 1949)
- 고어(古語)의 음운(音韻)과 문법(文法), 이숭녕(李崇寧).(고어의 음운
  과 문법, 이숭녕, 문화당, 1948)

(이하 계속: 以下繼續) 빠진 것이 있는 것을 아시는 분은 늘 알려주
시옵기를 바라옵니다.

[자료 4] 1949년도 각 대학 졸업논문 제목(『어문』 제3호)

해방 이후 입학한 3개 대학 4개 학과 국문과 졸업생들의 졸업논
문의 제목과 작성자들의 목록이다. 아마도 각 대학 1회 졸업생들로
여겨지는데, 자료적 가치를 고려하여 이곳에 게재하여 소개하기로
한다.

1. 4282년도(四二八二年度: 1949) 각 대학(各大學) 국문과(國文科) 졸업논문제목(卒業論文題目)

〈고려대학(高麗大學)〉

- 에 · 애 · 의 음가(音價)의 역사적(歷史的) 고찰(考察)

　　　　　　　　　　　　　　　　　박도희(朴道熙)

- 문장변천론(文章變遷論)　　　　　정한숙(鄭漢淑)

- 시조(時調)의 형태고(形態考)　　　조섭구(趙燮九)

- 이조소설사연구(李朝小說史研究)　오균태(吳均泰)

- 염상섭론(廉想燮論)　　　　　　　정동환(丁東煥)

- 성귀신(性鬼神)과 문학(文學)　　　김응룡(金應龍)

- 신소설론(新小說論)　　　　　　　송민호(宋敏鎬)

- 윤선도론(尹善道論)　　　　　　　박성의(朴晟義)

〈문리과대학(文理科大學)〉〈서울대〉

- 'ㅿ'음고(音考)　　　　　　　　　최학근(崔鶴根)

- 야담고(野談考)   최진원(崔珍源)

- 방점고(傍點考)   남광우(南廣祐)

- 시조형태론(時調形態論)   이태극(李泰極)

- 운영전연구(雲英傳研究)   이정자(李晶子)

〈사범대학(師範大學)〉(서울대)

- 퇴계연구(退溪研究)   김규용(金圭容)

- 국어교육(國語敎育)의 근본과제(根本課題)   박신건(朴信健)

- 난숙기(爛熟期)의 이조문학(李朝文學)   이두현(李杜鉉)

- 교양어(敎讓語)의 연구(研究)   조건상(趙健相)

- 국어교육(國語敎育)의 실천론(實踐論)   홍승항(洪承恒)

- 우리말의 표현방법론(表現方法論)   홍양보(洪陽寶)

- 불란서인(佛蘭西人)의 조선어연구(朝鮮語研究)   박상일(朴相一)

- 고대소설(古代小說)에 나타난 여성(女性)   박영자(朴英子)

- '쓰'받침론(論)   윤양춘(尹良春)

- '원어(原語)'론(論)   정기옥(鄭冀玉)

- 국어교육론(國語敎育論)   석진영(石鎭榮)

〈이화대학(梨花大學)〉

- '이상화(李相和)'론(論)   김복희(金福姬)

- 한중록연구(恨中錄研究)   송관호(宋寬鎬)

- 고려가요(高麗歌謠)에 나타난 낭만성(浪漫性)

                                                   임혜자(林惠子)

- 훈민정음기원설(訓民正音起源說)   김영래(金榮俫)

- 춘향전(春香傳)에 나타난 여성(女性)의 지위(地位)

　　　　　　　　　　　　　　　　　　전순희(全筍姬)

- 이조평민시조문학고(李朝平民時調文學考)　　이정주(李貞珠)
- 현대여류작가(現代女流作家)의 작품(作品)에 나타난 시대성(時代性)

　　　　　　　　　　　　　　　　　　윤기숙(尹己淑)

- 현대소설(現代小說)에 있어서의 사실주의(寫實主義)의 발전(發展)

　　　　　　　　　　　　　　　　　　이인순(李仁順)

- 연극사상(演劇史上)의 이인직론(李人稙論)　　홍성숙(洪聖淑)

[자료 5] 우리어문학회, 『국문학사』, 수로사, 1948.

앞으로도 연구사에서 긴요하게 활용될 수 있다고 판단되어, 우리어문학회에서 출간한 『국문학사』를 자료로 제시하기로 한다. 수로사에서 출판한 초판본을 원전으로 하여, 독자들의 가독성을 고려하여 국한문으로 표기된 원문의 경우 한글을 내어 쓰고 한자는 괄호 안에 기록하였다. 아울러 당시 맞춤법 통일안이 제시되어 있었으나, 그것이 사용자들에게 확고하게 시행되지는 않았던 듯하다. 이 책의 내용에서도 맞춤법통일안에 어긋나는 것들이 산견(散見)되고 있는 바, 자료적인 특성을 고려하여 띄어쓰기를 제외한 표기는 원문 그대로 두는 것을 원칙으로 했다. 다만 띄어쓰기의 경우 현재의 맞춤법에 의거하여 정리했다. 초판본이 출간된 이듬해(1949) 출판사를 옮겨 신흥문화사에서 '재판'이 출간되었으나, 그 내용은 동일하다. 다만 새롭게 덧붙인 '재판 서'를 초판본의 '서'와 함께 나란히 수록했다. 아울러 본문의 주석은 현재의 국문학 연구에 필요한 최소한의 정보를 제공하기 위해, 편집 과정에서 덧붙인 것임을 밝혀 둔다.

국문학사(國文學史)

우리어문학회 저(著)

서(序)

이제 '우리어문학회' 편찬(編纂)으로 『국문학사(國文學史)』한 책을 내
놓기로 한다.

물론(勿論) 우리는 우리의 똑똑한 '국문학사(國文學史)' 한 책쯤은 벌
써 가졌어야 할 것이지마는, 여러 가지 사정(事情)과 또 간단치 않은
이유(理由)로 말미암아 이렇다 할 저작(著作)이 아직까지 없었음은 다
같이 한탄하여 마지않는 바이다.

적어도 국문학사(國文學史)에 관(關)한 일반적(一般的) 지식(智識)은 우
리 국민(國民)이 반드시 가져야 할 한 상식(常識)으로서, 실(實)로 이것은
소홀(疎忽)히 못할 것이라고 믿는다. 이제 이 국문학(國文學)의 역사(歷
史)를 알려고 하는 이에게 아주 간단(簡單)히 또 다만 상식적(常識的)으
로나마, 이것을 사적(史的)으로 통괄(統括)하여 뵈어줄 만한 것이 없는
것은 참으로 유감 되는 일이다. 그러나 '국문학사(國文學史)'라고 하면
이것이 어찌 단순하게 작품(作品)이나 작가(作家)의 나열(羅列)에서만 그
칠 수 있으리요, 반드시 그것은 체계(體系)가 정연(整然)하고 사관(史觀)
이 확립(確立)된 한 우수(優秀)한 저작(著作)이어야 할 것이다. 그렇지만
이와 같은 요청(要請)이 어찌 그리 쉽게 이루어질 수 있으리요.

여기서 국문학(國文學)을 공부하는 도중(途中)에 있는 우리들은 당연
(當然)히 '국문학사(國文學史)'가 가져야 할 고차적(高次的)인 문제(問題)
를 아직 좀 두고, 다만 한 재료(材料)로서 또는 학교 교재(學校敎材)로서
나 쓰힐 수 있을까 해서 위선 이것을 편찬해 본 것이다. 더군다나 이

책은 한 개인(個人)의 통일(統一)된 생각 밑에서 이루어진 것이 아니고 각(各) 시대(時代)를 제가끔 떼어 맡아 쓰게 된 점(點)에서, 각(各) 집필자(執筆者)의 견해(見解)가 자연(自然) 들어나 있을 것이나, 전체(全體)로서의 통일(統一)을 기(期)하기 위(爲)하여 노력(努力)했다.

이 변변치 않은 책을 보아주는 이는 오직 국문학(國文學)의 향상 발전(向上發展)을 위(爲)하여 많은 편달(鞭撻)이 있기를 충심(衷心)으로 바라는 바이다.

끝으로 이 책이 구분(區分)해 본 시대(時代)와 또 그 내용(內容)을 분담(分擔)하여 집필(執筆)한 이의 이름을 적으면 아래와 같다.

서(序): 방종현(方鍾鉉)

제1장(第一章), 상고문학(上古文學): 정형용(鄭亨容)

제2장(第二章), 중고문학(中古文學): 김형규(金亨奎)

제3장(第三章), 중세문학(中世文學): 손낙범(孫洛範)

제4장(第四章), 근세문학(近世文學)

　　　　제1절(第一節) ~ 제3절(第三節): 정학모(鄭鶴謨)

　　　　제4절(第四節) ~ 제6절(第六節): 고정옥(高晶玉)

제5장(第五章), 현대문학(現代文學): 구자균(具滋均)

서기(西紀) 1948년(一九四八年) 8월(八月) 상완(上浣)

우리어문학회

재판 서(再版序)

객년(客年) 초(初)가을에 '우리어문학회'에서『국문학사(國文學史)』를 낸 지 반년(半年)도 채 못 되어 이제 판(版)을 거듭하게 된 것은, 우리 당사자(當事者)는 물론(勿論), 학계(學界)를 위(爲)해서도 경하(慶賀)할 일이다.

우리가『국문학사(國文學史)』를 내기 전(前), 이 방면(方面) 저작(著作)으로는 8·15(八·一五) 전(前)에 이미 안자산(安自山) 씨(氏)의『조선문학사(朝鮮文學史)』가 있었고, 8·15(八·一五) 후(後)에도 권상로(權相老) 씨(氏)의『조선문학사(朝鮮文學史)』가 나왔었다. 우리들의『국문학사(國文學史)』는 이들의 뒤를 이은 것이었다. 우리들의『국문학사(國文學史)』는 첫째 그 양(量)이 엷어 세상(世上)에 자랑할 만한 저작(著作)은 아니였으나, 하여간(何如間) 체재(體裁)만은 '국문학사(國文學史)'의 상식(常識)에 어그러지지 않은 것이어서, 널리 교과용서(敎科用書)로 쓰인 듯하나, 물론(勿論) 이것으로 만족(滿足)할 성질(性質)의 것은 결(決)코 아니다. 사관(史觀)과 방법론(方法論)이 확립(確立)하고, 재료상(材料上)으로도 풍부(豊富)한 '국문학사(國文學史)'가 응당(應當) 뒤를 이어야 할 것이다.

이러한 의미(意味)에서 그 뒤에 이명선(李明善) 씨(氏)의『조선문학사(朝鮮文學史)』가 나타난 것은 반가운 일이다. 씨(氏)의 문학사(文學史)는 국문학도(國文學徒)가 갈망(渴望)하던 사관(史觀)과 방법론(方法論)의 방면(方面)에 여하간(如何間) 첫 발길을 들여놓았기 때문이다.

이제 우리어문학회의『국문학사(國文學史)』가 대부분(大部分) 오자(誤字)를 철저(徹底)히 고쳤을 뿐 초판(初版)의 모습을 그대로 세상(世

上)에 나감에 있어, 회원(會員) 일동(一同)은 심(甚)히 그 태만(怠慢)을
부끄러워하는 바이다. 그러나 창졸간(倉卒間)에 어떻게 할 도리(道理)
가 없어 부끄러움을 무릅쓰고 감(敢)히 시급(時急)한 수요(需要)에 응
(應)하게 된 것이니, 널리 양해(諒解)가 있기를 바라는 바이다.(고정옥
기: 高晶玉 記)

서기(西紀) 1949년(一九四九年) 1월(一月) 상완(上浣)
우리어문학회

차례

서(序)

학제 제정(學制制定)과 과거제도(科擧制度) / 한문학(漢文學)의

발달(發達) / 고유문학(固有文學)의 위축(萎縮)

제2절(第二節), 장가(長歌)의 발달(發達)

「도이장가(悼二將歌)」 / 「정과정곡(鄭瓜亭曲)」 / 경기하여가

(景幾何如歌) / 고려가요(高麗歌謠)

제3절(第三節), 시조(時調)의 발생(發生)

시조(時調)의 기원(起源) / 시조(時調)의 성립(成立)

제4절(第四節), 한문학(漢文學)에 포섭(包攝)된 고려문학(高麗文學)

한역가(漢譯歌) / 설화문학(說話文學)의 발전(發展) / 패관문학

(稗官文學)

제5절(第五節), 나례(儺禮)와 「처용가(處容歌)」

나례(儺禮) / 「처용가(處容歌)」

제6절(第六節), 한양조(漢陽朝) 초기(初期)의 문학(文學)

시대(時代)의 개관(槪觀) / 송영가(頌詠歌)

제4장(第四章), 근세문학(近世文學)

제1절(第一節) 훈민정음(訓民正音) 반포(頒布)와 국문학(國文學)

훈민정음(訓民正音)의 국문학사적(國文學史的) 의의(意義) / 악

세(樂制)의 정리(整理) / 「용비어천가(龍飛御天歌)」와 「월인천

강지곡(月印千江之曲)」 / 『악학궤범(樂學軌範)』과 『악장가사(樂

章歌詞)』

제2절(第二節), 시가(詩歌)의 발전(發展)

경기하여가(景幾何如歌)의 잔류(殘流) / 「어부가(漁夫歌)」 / 육

신(六臣)의 시조(時調) / 정극인(丁克仁) / 이현보(李賢輔) / 이황

제1장(第一章), 상고문학(上古文學)

제1절(第一節), 국문학(國文學)의 발생(發生)

고기록(古記錄)

'국문학사(國文學史)'는 우리 민족사(民族史)와 동시(同時)에 시작(始作)될 것이나, 민족사(民族史) 그것이 고고학(考古學)의 힘을 빌리는 시대(時代) 이전(以前)에까지 올라가는 것이므로, 여기저기 우리 민족(民族)이 부족국가(部族國家) 생활(生活)을 하던 시대(時代)에 관(關)한 기록(記錄)으로부터 출발(出發)하여, 그 다음의 발전단계(發展段階)인 삼대(三大) 귀족왕국(貴族王國)이 정립(鼎立)한 시대(時代)에 이르는 동안의 문학(文學)을 보려 한다. 이 동안은 국문학사상(國文學史上) 그 발생기(發生期)로부터 민족문학(民族文學)의 형성(形成)으로 지향(志向)하는 시기(時期)에 속(屬)하는 것이니, 이에 내려갈 수 있는 연대(年代)는 우리 민족(民族) 통일(統一)의 결정적(決定的) 계기(契機)인 신라(新羅)의 통삼(統三; 西668)에 두려 한다. 그러나 상고문학(上古文學)에 관(關)하여서는 그 기록(記錄)이 단편적(斷片的)이오, 그 단편적(斷片的) 기록(記錄)도 중국(中國) 사람이 쓴 사적(史籍)을 보고서 논술(論述)의 제일보(第一步)를 내디디게 되고, 또 우리의 기록(記錄)을 보아도 전후(前後)에 연락(連絡)이 있는 것이 아니다. 그러므로 논술(論述)의 전개(展開)에는 독단(獨斷)이 많이 들어갈 것을 면(免)치 못할 것이다.

신석기시대(新石器時代)로부터 남북(南北)에는 구족(九族)이 할거(割據)하였었으니, 그중에서 부여족(夫餘族)은 길을 다닐 때에 노인(老人)이나 젊은이나를 막론(莫論)하고 주야(晝夜)로 노래를 불러 종일(終日)

부절(不絶)하는 습속(習俗)을 가진 종족(種族)으로 음력(陰曆) 12월(十二月)에 '영고(迎鼓)'라는 제천의식(祭天儀式)을 거행(擧行)하였었는데, 이때 국중(國中)이 대회(大會)하여 연일(連日) 음식가무(飮食歌舞)하고, 또 전쟁(戰爭)이 있을 때에도 제천(祭天)하였다. 다음에 고구려족(高句麗族)은 부여족(夫餘族)의 별종(別種)이니, 가무(歌舞)를 질기어 국중(國中)과 읍락(邑落)에서 모야(暮夜)에 남녀(男女)가 군취(群聚)하여 가희(歌戲)하던 종족(種族)으로 귀신(鬼神)과 사직(社稷)과 영성(零星)을 제사(祭祀)하며, 10월(十月)에는 국중(國中)이 대회(大會)하여 '동맹(東盟)'이라는 제천의식(祭天儀式)을 거행(擧行)하고, 그리고 국동(國東)에 있는 대혈(大穴)로부터 수신(隧神)[1]을 맞어서 제사(祭祀)하며, 송사(送死)에 고무작악(鼓舞作樂)하였고, 동옥저족(東沃沮族)은 식음거처(食飮居處)와 의복예절(衣服禮節)이 고구려(高句麗)와 비슷하였고, 예족(濊族)은 고구려족(高句麗族)과 같이 10월(十月)에 '무천(儛天)'이라는 제천의식(祭天儀式)을 거행(擧行)하였는데, 그때에는 여러 사람이 주야(晝夜)로 음주(飮酒)하며 가무(歌舞)하였다 한다.

위에서 보아온 것은 북방계(北方系) 종족(種族)의 생활(生活)의 일면(一面)이나, 후세(後世)에 우리 민족(民族)의 근간(根幹)이 된 남방계(南方系) 한족(韓族)은 어떠하였는가. 먼저 마한(馬韓)은 5월(五月)에 하종(下種)이 끝나면 귀신(鬼神)을 세사(祭祀)하는데, 주야(晝夜)로 군취(群聚)하여 가무(歌舞)하며 음주(飮酒)하고 10월(十月)에 농공(農功)이 끝난 때에

---

1 고구려에서 신성시하던 신의 하나. 동굴이 생명의 모태를 상징한다는 점에서 '지모신(地母神)'으로 여겨지고, 고구려 시조 주몽의 어머니인 '유화(柳花)'와 동일시되는 신으로 파악하기도 한다.

도 동일(同一)하였고, 특(特)히 귀신(鬼神)을 믿어 국읍(國邑)이 각각(各各) 한 사람을 세워 천신(天神)을 주제(主祭)하고 천군(天君)이라 불렀고, 진한(辰韓)은 가무(歌舞)와 음주(飮酒)를 좋아하며 음곡(音曲)을 이룰 수 있는 슬(瑟)이라는 악기(樂器)를 사용(使用)하였고, 변진(弁辰)은 진한(辰韓)과 비슷하였으며, 다시 마한(馬韓)에서는 춤을 추는 때에 수십인(數十人)이 구기상수(俱起相隨)하여 답지저앙(踏地低昂)하고 수족(手足)이 상응(相應)하며, 절주(節奏)는 탁무(鐸舞)와 비슷하였다고 한다.

중국(中國) 사적(史籍)의 하나인 『위서(魏書)』·『후한서(後漢書)』·『수서(隋書)』에서 볼 수 있는 우리 선조(先祖)들의 생활(生活)은 위에서 소개(紹介)한 바와 같이, 문학(文學)을 고구(考究)하는데 관계(關係)가 깊은 편모(片貌)를 뽑아 본 것인데, 역사(歷史)의 교시(敎示)하는 바에 의(依)하면, 이 시대(時代)는 벌써 금석기(金石器)를 병용(倂用)하던 원시 농경시대(原始農耕時代)에 속(屬)하는 것이니, 고구려(高句麗)에서나 예(濊)에서 10월(十月)에 있는 제천의식(祭天儀式)은 마한(馬韓)의 신앙습속(信仰習俗)과 그 성질(性質)이 동일(同一)한 것으로 추측(推測)되며, 또 부여족(夫餘族)의 제천의식(祭天儀式)은 신석기시대(新石器時代)의 수렵생활(狩獵生活)의 유습(遺習)으로 볼 수 있는 것은 물론(勿論)이나, 역사(歷史)의 발전 과정(發展過程)에서 보면, 벌써 원시 다신교적(原始多神敎的) 종교생활(宗敎生活)에서 일보(一步) 전진(前進)한 것으로 볼 수 있으며, 그 전진(前進)은 원시적(原始的)이나마 농경생산(農耕生産)에서 기인(起因)한 것이라고 할 수 있으니, 결국(結局) 마한(馬韓)의 습속(習俗)과 동일(同一) 성질(性質)의 것이라고 하겠다. 그리고 마한(馬韓)의 습속(習俗)은 하종기(下種期)에는 오곡(五穀)의 풍등(豊登)을 기원(祈願)하고, 추수기(秋收期)에는 풍양(豊穰)에 대(對)한 감사(感謝)를 받치는 종교적(宗敎的)

의식(儀式)이니, 이에 고대(古代) 조선 제족(朝鮮諸族)의 종교적(宗敎的) 의식(儀式)은 집단적(集團的) 제천의식(祭天儀式)이 그 주간(主幹)을 이루는 것이오, 그 의식(儀式)에서는 가무(歌舞)와 음악(音樂)으로써 천신(天神)을 질겁게 하였던 것으로 추측(推測)된다.

원시 문학(原始文學)의 내용(內容)

무릇 문학(文學)의 발생(發生)을 역사적(歷史的)으로 예술발생학적(藝術發生學的) 견지(見地)에서 고구(考究)하는 때에는 원시 민족(原始民族)의 사이에 있었던 것과 또 현재(現在)의 미개인(未開人) 사이에 남아있는 것을 당면 문제(當面問題)로 보고, 객관적(客觀的) 사실(事實)을 근거(根據)로 하여서 구체적(具體的)으로 논증(論證)하는 방법(方法)을 취(取)하는 것이나, 이에도 다시 모든 예술(藝術) 속에서 문학(文學)은 어떤 순서(順序)로 발생(發生)하느냐와 문학(文學) 속에서는 어떤 종류(種類)의 것이 선행(先行)하느냐가 문제(問題)되고, 또 후자(後者)에 있어서도 인간(人間)의 의식 발전(意識發展) 단계(段階)에서 보아 서사문학적(敍事文學的)인 것이 선행(先行)한다고 하며, 또는 감정(感情)의 영탄(詠嘆)이 문학(文學)의 원동력(原動力)이니 서정문학적(抒情文學的)인 것이 선행(先行)한다고 주장(主張)하는가 하면, 또 '민요무용(民謠舞踊; Ballad Dance)'은 원시적(原始的)·자연발생적(自然發生的) 문학 형태(文學形態)이니, 여기서 다른 형태(形態)가 발생·분화(發生分化)한다고 주장(主張)하는 사람도 있다.

그러나 우리가 앞에서 보아 온 옛사람들의 생활(生活)을 보면, 우리는 집단적(集團的) 종교의식(宗敎儀式)에서 영위(營爲)되었던 예술적(藝術的) 생활(生活)을 상기(想起)할 수 있는 동시(同時)에, '가무(歌舞)'니

'가희(歌戲)'니 '고무작악(鼓舞作樂)'이니 하는 어구(語句)에서 추정(推定)할 수 있는 그네들의 예술(藝術)은 노래와 춤과 음악(音樂)이 융합(融合)되어 있어서, 모든 예술(藝術)이 분립(分立)하지 못한 원시 형태(原始形態)로서의 '민요무용(民謠舞踊)'이리라고 볼 수 있다.

다음에 제천의식(祭天儀式)이 거행(擧行)되던 시기(時期)가 대개(大槪) 음력(陰曆) 10월(十月)이니, 이미 추수(秋收)가 끝난 때다. 고래(古來)의 우리 유습(遺習) 중(中)에서는 10월(十月)을 상달이라 하여 집집에서 집을 지키는 귀신(鬼神)에게 액운(厄運)이 없어지고 행운(幸運)이 오도록 떡을 만들어 제사(祭祀)하는 '고사'의 습속(習俗)이 있었으니, 이는 옛날로부터 전래(傳來)하는 '굿'·'풀이'·'막이' 들과 같은 무술(巫術)의 하나일 것이다. 고대(古代)에는 '샤-마니즘(Shamanism; 巫覡信仰)'이 원시 종교(原始宗敎)로서 그네들의 신앙생활(信仰生活)을 지배(支配)하였었으니, 원시적(原始的) 농경시대(農耕時代)에 행(行)하여지던 제천의식(祭天儀式)과 제단(祭壇)을 둘러싸고 표출(表出)되던 원시 예술(原始藝術)은 고대(古代)의 무술(巫術)과의 관련(關聯) 밑에서 이해(理解)되어야 할 것이다.

대저(大抵) '샤-마니즘'에서는 무축(巫祝)은 인간(人間)은 물론(勿論) 신계(神界)까지 통(通)할 수 있고, 현전(現前)만을 알 뿐 아니라 숙세(宿世)까지 알며, 인사(人事)와 천지자연(天地自然)을 마음대로 할 수 있는 존재(存在)로 믿어졌었으니, 집단적(集團的)으로 거행(擧行)되던 제천의식(祭天儀式)은 무축(巫祝)이 주관(主管)하는 것으로, 제단(祭壇)을 둘러싸고 행(行)하여지던 예술적(藝術的) 표현(表現)은 그 집단(集團)의 마음을 지배(支配)하며 또 그 집단(集團)의 전 성원(全成員) 사이에 공통(共通)되는 것이었다고 볼 수 있으니, 이에 그 예술(藝術) 중(中)에서 추출(抽

出)하여서 보려 하는 문학적(文學的)인 것은 신령(神靈)의 전지전능(全知全能)을 기리는 '송축사(頌祝詞)'와 액운(厄運)을 물리치기 위(爲)한 '주원사(呪願詞)'이었었을 것이요, 따라서 서사적(敍事的)인 것으로 추측(推測)된다.

「영신가(迎神歌)」

고려(高麗) 문종(文宗; 西1075~1083) 말기(末期)에 되었다는 「가락국기(駕洛國記)」를 보면, 신라(新羅) 유리왕(儒理王) 19년(十九年; 西42) 3월(三月)에 가락(駕洛)의 구간(九干)과 중서(衆庶) 2~3백명(二三百名)이 구지봉(龜旨峯)에서 군장(君長)을 맞이하기 위(爲)하여 봉정(峯頂)을 파헤치고 '환희용약(歡喜勇躍)'하며, "거붑아 거붑아, 머리를 나타내어라, 시혹 나타내지 않으면, 굽고 구어서 먹으리"의 뜻을 가진 「영신가(迎神歌)」[2]를 불렀다고 한다. 이 노래의 내용(內容)은 일종(一種)의 주문(呪文)으로 명령적(命令的)이오, 위압적(威壓的)이다. 이 주문적(呪文的) 가요(歌謠)가 군장(君長)을 맞이하는 노래었다고 하니, 가락(駕洛)의 「영신가(迎神歌)」는 원시 종교생활(原始宗敎生活)에서 볼 수 있는 원시적(原始的) 기도(祈禱)로서의 '주원사(呪願詞)'였었던 것이다.

「영신가(迎神歌)」와 같은 노래는 후세(後世) 신라인(新羅人)에게 전승(傳承)된 듯하니, 신라(新羅) 성덕왕대(聖德王代: 西702~737)에 순정공(純貞公)의 부인(夫人) 수로(水路)가 해룡(海龍)에게 납치(拉致)되었을 때, 한 노인(老人)의 교시(敎示)를 쫓어서 해룡(海龍)을 위압(威壓)하여 부인(夫人)을 구출(救出)하기 위(爲)하여 "거붑아 거붑아 수로(水路)를 내놔라,

---

2 「구지가(龜旨歌)」를 달리 지칭하는 명칭이 바로 「영신가(迎神歌)」이다.

부인(婦人)을 앗는 죄(罪)가 얼마나 큰지 아느냐, 시혹 말을 거슬려 내어 드리지 않으면, 그물로 잡어 구어먹으리"의 뜻을 가진 「해가사(海歌詞)」³를 제창(齊唱)하였다고 하니, 이것이 「영신가(迎神歌)」와 동철(同轍)임은 누구나 쉽게 알 수 있다. 그리고 「영신가(迎神歌)」는 신성(神聖)한 때와 처소(處所)에서 불리워졌고, 「해가사(海歌詞)」는 단순(單純)히 주술(呪術)의 효험(效驗)을 얻으려고 한 때와 처소(處所)에서 불리워졌음이 다를 뿐이니, 이는 역사(歷史)가 발전(發展)한 때문이라 하겠다.

그런데 학자(學者) 중(中)에는 「영신가(迎神歌)」와 「해가사(海歌詞)」에서 시가(詩歌)의 원시형(原始形)을 모색(摸索)하는 사람이 있다. 그러나 이 두 노래는 우리 원시 문학(原始文學)의 내용(內容)을 증언(證言)하는 중요(重要)한 재료(材料)이오, 시가(詩歌)의 원시형(原始形)은 원시 문학(原始文學)이 육성(育成)되고 전승(傳承)되던 분위기(雰圍氣)에서 구(求)할 성질(性質)의 것이니, 군중(群衆)이 집단적(集團的)으로 율동(律動)과 음악(音樂)에 맞추어서 불리워졌던 사실(事實)을 망각(忘却)하여서는 무의미(無意味)한 것이다.

「단군신화(檀君神話)」

『삼국유사(三國遺事)』가 인용(引用)한 '고기(古記)'를 보면 옛날도 옛날에 환인(桓因)의 서자(庶子) 환웅(桓雄)께서 인간 세상(人間世上)을 탐(貪)하여 태백산정(太白山頂)에 있는 신단수(神檀樹) 아래에 나려와 신시(神市)를 열고 웅녀(熊女)로 더부러 단군(檀君)을 낳았다고 한다. 이

---

3 「해가(海歌)」를 가리키며, '해가사(海歌詞)'는 '「해가」의 가사는~'이라고 해석하는 것이 일반적으로 통용되는 견해이다.

이야기는 누구나 다 아는 단군성조(檀君聖祖)의 탄생신화(誕生神話)이니, 우리 신화(神話)에서는 오랜 것으로 앞에서 본 원시 제단(原始祭壇)의 신앙생활(信仰生活)에서 전승(傳承)되고 육성(育成)하였다고 이해(理解)하는 것이 가장 타당(妥當)할 것이다. 부족장(部族長)으로서의 신이(神異)하고 신성(神聖)하고 또 존엄(尊嚴)한 연유(緣由)를 말하기 위(爲)하여, 웅녀(熊女)를 어머니로 하고 다시 하늘을 종가(宗家)로 한 것이라고 해석(解釋)할 수 있으니, 이 신화(神話)를 가장 오래된 서사문학(敍事文學)으로 다루어서 원시 문학(原始文學)의 내용(內容)을 고찰(考察)하는 재료(材料)로 삼는다.

제2절(第二節), 삼국문학(三國文學)

삼국(三國)의 정립(鼎立)과 한문화(漢文化)의 수입(輸入)

북방(北方)에서는 고구려(高句麗)가 흥기(興起)하고 남방(南方)에서는 백제(百濟)와 신라(新羅)가 발흥(勃興)하여 주위(周圍)의 제 부족(諸部族)을 병탄·흡수(併呑吸收)하여 삼대(三大) 귀족왕국(貴族王國)이 정립(鼎立)하였으니, 그 처음은 서력(西曆) 기원전(紀元前) 1세기(一世紀)라고 전(傳)한다. 이에 신라(新羅)의 통삼(統三)까지 실(實)로 700여 년간(七百餘年間)의 문학(文學)을 사적(史的)으로 보려 한다. 그러나 전기(前期)와 같이 문학적(文學的) 유산(遺産)은 서의 없고, 남어있는 것도 대부분(大部分)이 한문학(漢文學)에 속(屬)하는 것이다.

우리와 중국(中國)과의 교섭(交涉)은 역사(歷史)에서 그 시기(時期)를 확실(確實)히 할 수는 없다. 그러나 '기자(箕子)의 동래설(東來說)'을 믿지 않는다면, 연인(燕人) 위만(衛滿)이 왕준(王準)을 물리치고 평양 지방(平壤地方)을 중심(中心)으로 나라(西前194)를 세웠고, 이에 계속(繼續)하여

한무제(漢武帝)가 4군(四郡)을 둔 시대(時代; 西前108)에 시작하였다 할 것이니, 이에 한문화(漢文化)와의 접촉(接觸)은 서력(西曆) 기원전(紀元前) 2세기(二世期)부터라고 말할 수 있다. 『삼국사기(三國史記)』를 보면 고구려(高句麗)는 국초(國初)로부터 한자(漢字)를 사용(使用)하여 영양왕(嬰陽王) 11년(十一年; 西600)에는 『유기(留記)』라는 100권(一百卷)의 사기(史記)가 있었고, 백제(百濟)는 근초고왕(近肖古王) 30년(三十年; 西375)에 비로소 한자(漢字)로 국사(國事)를 기록(記錄)하였고, 신라(新羅)는 진흥왕(眞興王) 6년(六年; 西541)에 국사(國史)를 수찬(修撰)하였다고 하니, 이에 한문화(漢文化)가 고구려(高句麗)·백제(百濟)·신라(新羅)의 순서(順序)로 수입(輸入)되고 소화(消化)되었음을 알 수 있다. 그러면 한문화(漢文化)는 어느 부문(部門)이 수입(輸入)되었는가, 이는 확인(確認)할 수 없고, 고구려(高句麗)는 소수림왕(小獸林王) 2년(二年; 西372)에 '태학(太學)'을 세워서 자제(子弟)를 교육(敎育)하였고, 백제(百濟)는 『서기(書記)』의 집필자(執筆者)인 고흥(高興)의 직명(職名)으로 『삼국사기(三國史記)』 '근초고왕(近肖古王) 30년조(三十年條)'에 인용(引用)한 '고기(古記)'에 박사(博士)가 보이며 왕인(王仁)의 도일(渡日)도 실(實)은 근초고왕(近肖古王) 시대(時代)로 추정(推定)되고 있으니, 이에 한적(漢籍)이 수입(輸入)되어 당시(當時)까지 중국(中國)에 있었던 유교(儒敎)와 도교(道敎)가 수입(輸入)되었음을 추측(推測)할 수 있을 따름이다. 그리고 고구려(高句麗) 소수림왕(小獸林王) 2년(二年)에 수입(輸入)된 불교(佛敎)는 요원(燎原)의 기세(氣勢)로 신라(新羅)·백제(百濟)에 유포(流布)되어 재래(在來)의 '샤—마니즘'적(的) 종교생활(宗敎生活)이 쇠퇴(衰退)하여 가고, 신라(新羅)에서는 진흥왕대(眞興王代; 西540~579)로부터 유·불·선(儒佛仙) 3교(三敎)를 포섭(包攝)한 풍월(風月)·국선(國仙)·화랑(花郞)이라는 청년 집단(靑年集

團)이 성립(成立)하여, 가악(歌樂)으로 상열(相悅)하고 도의(道義)로써 상
마(相磨)하며 국가(國家) 유사시(有事時)에는 국난(國難)에 치신(致身)하
였고, 향가(鄕歌)의 작가(作家)로서 화랑(花郞)이 있었다.

그러나 이 동안의 문학(文學)에 관(關)하여서는 이렇다 할 기록(記錄)
을 얻어 볼 수 없고, 통일신라(統一新羅)의 진성왕(眞聖王) 2년(二年; 西
888)에 향가(鄕歌)를 수집(修集)한『삼대목(三代目)』이 있었다는 소식(消
息)이 전(傳)할 뿐으로, 삼국문학(三國文學)도 여전(如前)히 구비문학(口
碑文學)이며 '표박문학(漂迫文學)'이었었다.

「도솔가(兜率歌)」

『삼국사기(三國史記)』 '유리이사금(儒理尼師今) 5년(五年; 西28)조(條)'
를 보면 "이 해에 민속(民俗)이 환강(歡康)하여 비로소「도솔가(兜率
歌)」[4]를 지으니 이는 가악(歌樂)의 비로솜이다"라고 있고,『삼국유사(三
國遺事)』를 보면 동왕대(同王代) 소작(所作)인「도솔가(兜率歌)」에는 '차
사사뇌격(嗟辭詞腦格)'이 있다고 하였으니, 이에 양서(兩書)가「도솔가
(兜率歌)」에 대(對)하여 특기(特記)한 것은 재래(在來)의 노래와 다른 곳
이 있었기 때문이겠으나, 그 내용(內容)은 전(傳)치 않는다. 그러나『삼
국사기(三國史記)』의 문면(文面)으로 보아 민속(民俗)의 환강(歡康)을 노
래한 것으로 추측(推測)할 수는 있다. 그러면 재래(在來)의 노래와 어떻
게 달랐기 때문에 양서(兩書)가 특기(特記)하였느냐 하는 의문(疑問)이
일어날 것이다. 그러나 이 의문(疑問)을 석명(釋明)할 재료(材料)는 없다.

---

4   이「도솔가」는 4구체 향가인「도솔가(兜率歌)」와는 다른 작품이며, 현재 그 가사는
    전하지 않는다.

그리하여 여기서는 「도솔가(兜率歌)」가 가진 문학사상(文學史上)의 지위(地位)를 추정(推定)하기 위(爲)하여 아래에 추론(推論)하랴 한다.

부족국가(部族國家)로부터 귀족 왕국(貴族王國)으로 전환(轉換)한 시기(時期)에 대(對)하여는 역사(歷史)에서 적확(的確)히 단정(斷定)하기는 곤란(困難)하나, 그러한 역사적(歷史的) 발전 단계(發展段階)로서의 과도기(過渡期)가 유리왕대(儒理王代)가 아니었었을까. 이렇게 봄으로 인(因)하여 얻는 결론(結論)은 아래와 같다.

신령(神靈)이나 액귀(厄鬼)에 대(對)한 '송축사(頌祝詞)' 또는 '주원가(呪願歌)'이었던 서사문학적(敍事文學的)인 것이 민속(民俗)의 환강(歡康)을 노래한 것으로 발전(發展)한 것이겠고, 따라서 송축(頌祝)의 사의(詞意)가 내용(內容)을 이룬 듯하다. 당시(當時)의 신라(新羅)는 아직 '샤-마니즘'적(的) 종교생활(宗敎生活)이 지배(支配)하였었는 듯하니, 유리왕(儒理王)의 부왕(父王)인 남해차차웅(南解次次雄)의 '차차웅(次次雄)'은 '자충(慈充)'이라고도 하여 '무(巫)'의 뜻이었었고, 또 남해왕(南解王)은 시조(始祖) 혁거세묘(赫居世廟)의 '사시제(四時祭)'를 친매(親妹)인 아로(阿老)로 하여금 주제(主祭)케 하였다고 하는 기록(記錄)은 그 증언(證言)으로 충분(充分)할 것이다. 이런 분위기(雰圍氣) 속에서 제정(制定)된 「도솔가(兜率歌)」에 송축(頌祝)의 사의(詞意)가 있었으리라고 추측(推測)하는 것은 차라리 당연(當然)할지언정 과언(過言)은 아닐 것이다.

다음으로 신라(新羅)에서의 서정시(抒情詩)의 기록(記錄)을 통(通)하여 보면, 내해왕대(奈解王代; 西196~230)의 소작(所作)인 「물계자가(勿稽子歌)」는 그 작가 동기(作歌動機)로 보아서 확실(確實)히 서정시(抒情詩)에 속(屬)하는 것이니, 이에 「도솔가(兜率歌)」가 후세(後世) 사람의 주목(注目)을 끌게 한 이유(理由)를 대략(大略) 이해(理解)할 수 있을 것이다. 그는 위에서 시론(試論)한 추론(推論)으로도 「도솔가(兜率歌)」는 문학사상(文學史上) 집단적(集團的)인 서사문학(敍事文學)과 개인적(個人的)인 서정시(抒情詩)와의 교량적(橋梁的) 존재(存在)를 이루고, 또 민속(民俗)의 환강(歡康)을 노래하는 송축(頌祝)의 사의(詞意)가 있었던 까닭이었었으리라고 추측(推測)된다.

신라(新羅)의 시가(詩歌)

신라(新羅)의 시가(詩歌)는 『삼국사기(三國史記)』·『삼국유사(三國遺事)』·『증보문헌비고(增補文獻備考)』 등(等)에 역대(歷代) 소작(所作)과 연대 미상(年代未詳)의 가명(歌名)이 보이어, 상당(相當)한 수(數)에 달(達)하나 그 내용(內容)이 전(傳)치 않아서 사적(史的) 전개(展開)를 논(論)할 수는 없고, 내해왕대(奈解王代)의 「물계자가(勿稽子歌)」를 위시(爲始)하여 작자(作者)와 작가 동기(作歌動機)를 알 수 있는 것으로는 눌지왕(訥祗王; 西417~458)이 지은 「우식곡(憂息曲)」, 자비왕대(慈悲王代; 西458~479) 백결 선생(百結先生)이 지은 「대악(碓樂)」, 진평왕대(眞平王代; 579~632)의 「서동요(薯童謠)」·「혜성가(彗星歌)」·「실혜가(實兮歌)」·「원사(怨詞)」와 태종무열왕대(太宗武烈王代; 西654~661)의 원효(元曉)가 지은 「무애가(無㝵歌)」들이 있으니, 신라(新羅)의 이 시대(時代)에 속(屬)하는 시가(詩歌)들이다. 그 중(中)에서 「서동요(薯童謠)」와 「혜성가(彗星歌)」는 향가(鄕歌)에서 처리(處理)될 것이나, 통삼 사업(統三事業)의 전야(前夜)인 진평왕대(眞平王代)에 작품(作品)이 군출(群出)함은 우리의 주목(注目)을 끌고 있다.

다음으로 『삼국사기(三國史記)』 '악지(樂志)'에 군악(郡樂)으로 '내지(內知)'·'백실(白實)' 외(外) 3종(三種)을 열거(列擧)한 것은, 당시(當時) 지방 특유(地方特有)의 민요적(民謠的) 가요(歌謠)가 존재(存在)하였었음을 보여주는 재료(材料)이오, 또 '악지(樂志)' 중(中)에서 현금곡(玄琴曲)으로 옥보고(玉寶高)의 소제곡(所製曲)과, 가야금곡(加耶琴曲)으로 우륵(于勒)과 그 제자(弟子) 이문(尼文)의 소제곡(所製曲)을 열거(列擧)한 것은 음악사상(音樂史上) 중요(重要)한 재료(材料)이겠으나, 우리말로 된 가사(歌詞)가 수반(隨伴)한 것이 대부분(大部分)인 듯하다. 그리고 우륵(于勒)이 지은 악곡(樂曲) 중(中)에는 「사자기(獅子伎)」라는 것이 있으니, 「사자기(獅子伎)」는 틀림없이 '사자무(獅子舞)'에 사용(使用)되던 악곡(樂曲)일 것이오, '사자무(獅子舞)'는 최치원(崔致遠)이 고대 연극(古代演劇)인 '오기(五技)'를 읊은 「향악잡영(鄕樂雜詠)」 5수(五首) 중(中) '산예(狻猊)'에서 노래되어 있으니, '사자무(獅子舞)'는 진흥왕대(眞興王代; 西540~579)에도 유행(流行)한 듯하다 함을 붙여 말해둔다.

「정읍사(井邑詞)」

고구려(高句麗)와 백제(百濟)의 문학(文學)은 이렇다 할 작품(作品)은 볼 수 없고, 다만 고구려(高句麗)에는 유리왕(瑠璃王; 西前19~後18)의 「황조가(黃鳥歌)」가 한문(漢文)으로, 을지문덕(乙支文德)의 오언한시(五言漢詩)가 한 수(首) 전(傳)할 뿐이오, 백제(百濟)에는 「정읍사(井邑詞)」가 『악학궤범(樂學軌範)』에 수록(收錄)되어 있다. 『고려사(高麗史)』 '악지(樂志)'를 보면, 정읍현(井邑縣) 사람이 행상(行商)을 갔다가 오래도록 돌아오지 아니하므로, 그 부인(夫人)이 산(山)에 올러가서 멀리 바라보며 자기(自己) 남편(男便)이 밤길에 범해(犯害) 입을가 두려워하여 불른 노래가 「정읍사(井邑詞)」라 하였다. 이에 그 노래를 적으면 아래와 같다.

(전강; 前腔)	둘하 노피곰 도드샤 어긔야 머리곰 비취오시라
	어긔야 어강됴리 아으 다롱디리
(후강; 後腔)	전(全) 져재 녀러신고요 어긔야 즌디롤 드디욜셰
	라 어긔야 어강됴리
(과편; 過篇)	어느이다 노코시라
(금선조; 金善調)	어긔야 내가논디 졈그롤셰라 어긔야 어강됴리
(소엽; 小葉)	아으 다롱디리

그러나 이 「정읍사(井邑詞)」가 백제(百濟) 당시(當時)의 노래였느냐 하는 점(點)에 대(對)하여는 의심(疑心)을 품을 수가 있다. 그리고 요새 볼 수 있는 가집(歌集) 중(中)에 고구려(高句麗)의 을파소(乙巴素)와 백제 (百濟)의 성충(成忠)이 지었다는 시조(時調)가 각(各) 한 수(首) 식(式) 전 (傳)하나, 이는 믿을 수가 없다.

설화문학(說話文學)

대저(大抵) 문학(文學)을 대별(大別)하여 시가(詩歌)·소설(小說)·희곡 (戲曲)으로 한다. 그 중에서 소설(小說)은 설화(說話)를 선구(先驅)로 하는 것으로, 문학(文學)에서 다루는 때는 이를 서사문학(敍事文學)에 소속(所 屬)시키는 것이니, 소위(所謂) 구비문학(口碑文學)으로 그 특징(特徵)이라 고 할 것은 집단적(集團的)이오 유동적(流動的)이다. 우리 설화문학(說話文 學)은 현존(現存)하는 재료(材料)에서 보면 그 형성 과정(形成過程)으로 보 아 「단군신화(檀君神話)」가 오랜 것이겠기로, 전기(前期)에서 언급(言及) 하였다.

삼국시대(三國時代)는 역사(歷史)의 발전 단계(發展段階)로 보아서 귀 족국가(貴族國家)로 돌입(突入)하여 육성(育成)하여 가던 시대(時代)로,

국내(國內)에서 최고 지위(最高地位)에 있는 국왕(國王)은 신성(神聖)하고 존귀(尊貴)한 것이니, 그 신성(神聖)과 존귀(尊貴)를 보존(保存)하기 위(爲)하여 먼저 각자(各自)의 건국신화(建國神話)가 이야기되고 기록(記錄)되었을 것이오, 또 당시(當時)는 '샤-마니즘'이라는 종교생활(宗敎生活)의 의식(儀式)에 놓여 있었던 시대(時代)이었으니, 국가(國家)에서 영위(營爲)하는 종교적(宗敎的) 의식(儀式)에서 무축(巫祝)의 입으로부터 흘러나오는 동안에 신성감(神聖感)이 누가(累加)되며, 다시 청중(聽衆)의 흥미(興味)를 끌도록 이야기되었을 것으로 추측(推測)된다. 그러나 우리가 『삼국사기(三國史記)』나 『삼국유사(三國遺事)』에서 볼 수 있는 고구려(高句麗)·신라(新羅)·가락(駕洛)의 건국신화(建國神話)의 근간(根幹)은 '난생설화(卵生說話)'일 것이니, 「단군신화(檀君神話)」에서 볼 수 있는 하늘을 종가(宗家)로 삼는 생각과 일맥상통(一脈相通)하는 것이라 할 수 있다.

삼국시대(三國時代)의 설화(說話)는 고구려(高句麗)의 『신집(新集)』·백제(百濟)의 『서기(書記)』·신라(新羅)의 『국사(國史)』 등(等) 각 국(各國)에서 흠정(欽定)한 사적(史籍)에 수록(收錄)되었으리라고 추측(推測)되나, 그러한 사적(史籍)은 벌써 인멸(湮滅)되어 버렸고, 고려 중엽(高麗中葉)에 편찬(編纂)된 『삼국사기(三國史記)』와 『삼국유사(三國遺事)』가 최고문헌(最古文獻)의 자리를 차지한다. 전자(前者)는 유가(儒家)의 안목(眼目)으로 엄선(嚴選)된 것이니 사실(史實)에 충실(充實)하려 하였고, 후자(後者)는 불가(佛家)의 소한(消閑)으로 저술(著述)된 것이니 재미있는 설화(說話)가 많이 들어있는 책(冊)이오 설화문학(說話文學)의 최고 유일(最古唯一)한 보전(寶典)이라 할 수 있다. 『삼국유사(三國遺事)』는 현존 판본(現存板本)을 보면 '왕력(王曆)'·'기이(紀異)'·'흥법(興法)'·'의해(義解)'·'신주(神呪)'·'감통(感通)'·'피은(避隱)'·'효선(孝善)' 등(等)의 유목(類目)을 가지고 있고, 삼국시대(三國時代)의 설화(說話)는 '기이(紀異)'·'감통(感通)'에서 볼 수 있다. 이에 당시(當時) 발생(發生)하여 전승(傳承)되었으리라고 추측(推測)되는 몇 개의 설화(說話)를 들면, '귀토(龜兎)의 설화(說話)'는 고구려(高句麗)로부터 유포(流布)된 듯하고, '연오랑(延烏郎)'·'죽엽군(竹葉軍)'·'비형랑(鼻荊郎)'·'사금갑(射琴匣)'·'선도산성모(仙桃山聖母)' 등(等)에 관(關)한 전설(傳說)은 신라(新羅)에서 전승(傳承)되던 것이오, 기타(其他) 불교(佛敎)와 결탁(結托)한 설화(說話)와 화랑(花郎)의 전설(傳說) 등(等)은 통일신라(統一新羅)에서 성행(盛行)하였을 것이다.

제2장(第二章), 중고문학(中古文學)

제1절(第一節), 중고시대(中古時代)의 문학(文學)

이 시대(時代)와 문학(文學)

신라(新羅)가 삼국(三國)을 통일(統一)한 제30대(第三十代) 문무왕(文武王) 8년(八年)부터 그 나라가 멸(滅)할 때(西658~935)까지, 약(約) 280년간(二百八十年間)의 문학(文學)을 여기서 중고문학(中古文學)이라고 부른다. 우리 문학(文學)이 그 민족 발생(民族發生)의 역사(歷史)와 아울러 심(甚)히 오래다고 할 것이나, 삼국시대(三國時代) 중엽(中葉)까지는 아직 안정(安定)되지 못한 유동(流動)의 상태(狀態)에 있어서 입으로 부르고 전(傳)하는 구비문학(口碑文學)에 그치었고, 정착(定着)된 참된 문학(文學)은 되지 못하였다. 문학(文學)이라고 하면 여러 가지 조건(條件)이 있겠으나, 그 필수 조건(必須條件)의 하나로 그것을 기록(記錄)할 문자(文字)가 요구(要求)되는 것이다. 그렇다면 고유(固有)한 우리 글자(字)가 없었고, 또 중국(中國)서 들어온 한문자(漢文字)도 잘 이용(利用)되지 못하던 삼국시대(三國時代) 중간(中間)까지는 완전(完全)한 우리 문학(文學)을 이루었다고 말할 수는 없다. 그러나 문학(文學)은 유동 상태(流動狀態)에서 벗어나 점점(漸漸) 어떠한 정형(定型)으로 발전(發展)하여 가고, 또 거기에 따라 이것을 기록(記錄)할 글자(字)를 찾게 된다. 그러므로 제1장(第一章)의 고대(古代)는 우리 문학(文學)이 이제부터 나오려고 하는 태동시대(胎動時代)라고 한다면, 신라(新羅)의 삼국통일(三國統一)을 전후(前後)해서부터 신라말(新羅末)까지를 우리 문학(文學) 형성시대(形成時代)라고 할 것이다. 그것은 첫째, 이 시대(時代) 이전(以前)의 문학적(文學的) 작품(作品)을 오늘날 직접(直接) 찾아볼 수 없을 뿐 아니라, 또 간접(間接)으로도 그 내용(內容)을 미루어 알 수 있는 문학 작품(文學作品)도 드문 것이다.

둘째, 이 시대(時代)에 나온 향가(鄕歌) 25수(二十五首)를 보면, 그것은 대개 훌륭한 문학적(文學的) 가치(價値)를 갖추고 있는 것이다.

이런 점(點)으로 미루어 이 시대(時代)에 나온 향가(鄕歌)는 비록 한자(漢字)의 음(音)과 뜻을 빌려 쓴 이두문자(吏讀文字)[5]이나마 그것을 표현(表現)하는 글자(字)를 가지게 된 점(點)으로나, 또는 그것에 나타난 사상적(思想的) 내용(內容)으로 보아서 문학(文學)다운 문학(文學)이 형성(形成)된 시초(始初)라고 말할 것이다.

이것을 역사적(歷史的) 사실(事實)과 비교(比較)해 보면, 신라(新羅)의 통일(統一) 이전(以前)은 삼국(三國)이 대립(對立)하여 서로 힘을 다투던 때이라 자연(自然) 무(武)에 힘쓰고 문(文)을 가볍게 여겼을 것이나, 신라(新羅)가 삼국(三國)을 통일(統一)한 뒤로부터는 밖으로 외적(外敵)이 침입(侵入)할 걱정이 적어졌고, 또 이 삼국통일(三國統一)은 분열(分裂)되었던 한족(韓族)의 통일(統一)을 가져왔으므로 국내(國內)도 불안(不安)을 느끼지 않게 되어 자연(自然) 나라의 상하(上下)가 무사태평(無事太平)을 즐기게 되었으니, 거기에 따라 문화(文化)의 꽃은 피고 문학(文學)도 성(盛)하게 된 것은 마땅한 일일 것이다.

---

5 한자의 음과 훈을 빌어서 쓰는 향가의 표기법을 현재는 향찰(鄕札)이라고 하여, 주로 조사와 어미 등을 표기하는 이두(吏讀)와 구별하고 사용되고 있다. 하지만 이 책에서는 향찰과 이두를 구분하지 않고 이들을 모두 '이두문자(吏讀文字)'로 지칭하고 있음을 알 수 있다.

종교(宗敎)와 문학(文學)

그 나라의 문학(文學)과 종교(宗敎)를 떼서는 생각할 수 없을 것이다. 우리 민족(民族)의 발생(發生)과 아울러 생겼다고 할 무주(巫呪)의 사상(思想)은 오늘까지 우리들 속에 숨어 있으니, 이때는 더욱 강(强)하게 그들의 생활(生活)을 지배(支配)하고 있었을 것이다. 그러나 이때는 이미 부족국가시대(部族國家時代)를 버서나 귀족통치시대(貴族統治時代)에 들어갔으며, 또 그들 정치(政治)를 유지(維持)할 수 있는 문무수양(文武修養)과 단체 생활(團體生活)에서 화랑도(花郎道)가 생겼으니, 이때의 문학(文學)에서 우리는 화랑(花郎)의 정신(精神)이 뿌리 깊이 숨어 있는 것을 알 수 있다.

그러나 그보다도 더 큰 영향(影響)을 준 것은 불교(佛敎)일 것이다. 불교(佛敎)가 중국(中國)땅에서 고구려(高句麗)를 지나 신라(新羅)에 전(傳)한 지는 이미 오랠 것이나, 제23대(第二十三代) 법흥왕(法興王) 시대(時代)부터 더욱 성(盛)하여 국교(國敎)와 같은 지위(地位)를 차지하게 되었다. 원시(原始) 무주종교(巫呪宗敎)를 경유(經由)한 이 시대(時代)의 화랑도(花郎道)가 그때 사람들에게 생신(生新)한 정신적(精神的) 영향(影響)을 주었겠지만, 그보다 훨씬 심오(深奧)한 교리(敎理)를 가진 외래(外來)의 종교(宗敎) 불교(佛敎)는 그 시대(時代) 사람들에게는 지배적(支配的) 힘을 가졌을 것이다. 이같이 종교(宗敎)가 가져오는 정신 생활(精神生活)의 풍부(豊富)가 문학 생산(文學生産)의 원동력(原動力)의 하나가 될 것이니, 우리는 오늘날 신라(新羅)의 문학(文學)에서 그것을 엿볼 수가 있어서 이 시대(時代)의 노래 향가(鄕歌)에는 화랑정신(花郎精神)도 나타나 있으나, 그보다도 이것은 불교(佛敎)의 신앙생활(信仰生活)에서 나왔다고 하리만치 불교사상(佛敎思想)이 절대적(絶對的)이여서 속에 숨은 원동력(原動力)이 되어 있는 것이다. 그뿐 아니라 『삼국유사(三國遺事)』 등(等)에 남아 있는 설화문학(說話文學)을 보아도 그 내용(內容)이 '미륵선화(彌勒仙花)'와 같은 화랑도(花郎道)에 관(關)한 것은 물론(勿論) 그 외(外)에도 여러 방면(方面) 것이 있으나, 그보다도 법흥왕(法興王) 때 자기(自己)의 생명(生命)을 바쳐 영험(靈驗)을 나타내 신라(新羅) 불교(佛敎)를 흥성(興盛)하게 한 '이차돈(異次頓)의 성(聖)스러운 이야기', 또는 '황룡사(皇龍寺) 이야기' 같은 불교(佛敎)에 관(關)한 이야기가 절대적(絶對的) 지위(地位)를 차지하고 있다. 이들 이야기의 내용(內容)은 통삼(統三) 이전(以前)에 속(屬)한 것이 많으나, 아마도 설화문학(說話文學)으로서 완성(完成)된 것은 통삼(統三) 이후(以後) 시대(時代)에 둘 것이다.

그래서 고대(古代)에 우리 민족(民族)의 발생(發生)과 함께 움트기 시작(始作)한 우리 문학(文學)도 이때를 당(當)하여 비로소 꽃이 폈으니, 그것은 곧 우리가 오늘날 찾을 수 있는 우리 최고(最古)의 문학(文學) 향가(鄕歌)다. 신라(新羅)가 삼국(三國)을 통일(統一)한 뒤에 빛나던 문화(文化)의 자취를 오늘날 경주(慶州)땅 고적(古跡)에서 찾아볼 수 있듯이, 이때의 문학(文學)을 우리는 『삼국유사(三國遺事)』와 『균여전(均如傳)』에 남아 있는 향가(鄕歌) 25수(二十五首)와 설화문학(說話文學)에서 넉넉히 엿볼 수 있는 것이나. 그러나 향가(鄕歌)는 신라(新羅)의 이 시대(時代)를 지나서는 점점(漸漸) 좋은 것을 찾아보기 어렵게 되었다. 그것은 향가(鄕歌)가 비록 한자(漢字)를 빌려 썼으나 고대(古代) 우리 민족(民族)이 가졌던 고유문학(固有文學)의 꽃이였으니, 그것이 다음에 밀려오는 외래(外來) 한문화(漢文化)에 눌리워 그만 서리 맞은 꽃과도 같이 시들어지기 시작(始作)했던 것이다. 그러나 이 땅에 다시 핀 문학

(文學)의 꽃 즉(卽) 고려시대(高麗時代)의 노래나 한양조(漢陽朝) 시대(時代)에 성(盛)한 시조(時調)나 가사(歌辭)와 일맥(一脈) 통(通)하는 핏줄이 전연(全然) 없다고도 말할 수 없을 것이다.

이두문학(吏讀文學)

그러면 향가(鄕歌)를 표기(表記)한 '이두(吏讀; 吏道, 吏頭, 吏吐) 문자(文字)'라는 것은 어떤 것인가. 고대(古代) 이 땅에 고유(固有)한 문자(文字)가 있었느냐 하는 문제(問題)는 여러 가지 의론(議論)이 있으나, 대개(大概) 없었는 것 같다. 그러므로 한자(漢字)가 처음 이 땅에 들어왔을 때 우리 민족(民族)은 비로서 문자(文字)라는 것에 대(對)하게 되었을 것이다. 그리고 한자(漢字)는 중국(中國)말을 쓰기 위(爲)해서 만들어진 글자(字)이지만, 이것은 표음문자(表音文字)가 아니라 세계(世界)에서도 수(數)가 드문 뜻을 나타내는 표의문자(表意文字)의 성질(性質)을 가지고 있으므로, 외국(外國) 사람들도 중국(中國)말은 몰라도 이 글자(字)를 가지고 자기(自己)의 사상·감정(思想感情)을 기록(記錄)할 수 있는 것이다. 그러나 우리 민족(民族)이 이 한자(漢字)를 처음 보았을 때 그것의 본성(本性)인 표의문자(表意文字)의 성질(性質)을 살려서 한문(漢文)을 짓던가 한시(漢詩)를 읊은 것이 아니요, 도로혀 이것을 표음문자(表音文字) 같이 만들어 우리말을 직접(直接) 기록(記錄)할려고 하였다.

그것은 우리 고유문화(固有文化)의 힘이 강(强)하였다는 것도 원인(原因)이 되겠지마는, 또 이때까지 중국(中國)의 강(强)한 문화(文化)에 접(接)하지 않았던 까닭도 있을 것이다. 어떻든 남의 글자(字)인 한자(漢字)를 가지고 우리말을 기록(記錄)해 보겠다고 노력(努力)하였으니, 더구나 우리 한민족(韓民族)의 근간(根幹)이라고 할 신라(新羅)에서 더욱 그러하였다. 이같이 한자(漢字)의 음(音)과 뜻을 빌려서 표음문자식(表音文字式)으로 만들어 우리말을 직접(直接) 기록(記錄)한 글자(字)를 '이두(吏讀)'라고 한다. 그래서 한자(漢字)가 비로소 이 땅에 들어와 우리 민족(民族)이 글자(字)라는 것을 처음 만나게 된 것도 우리 어학(語學)이나 문학사상(文學史上) 중요(重要)한 문제(問題)이지만, 또 그것을 표음문자화(表音文字化)해서 우리말을 쓰게 된 것은 한양조(漢陽朝) 시대(時代)에 세종(世宗)께서 '훈민정음(訓民正音)'을 만든 것과 같이 우리 민족(民族)의 문자(文字)에 대(對)한 한 개(個)의 창조(創造)라고 볼 수 있을 것이다.

그러면 이 이두문자(吏讀文字)는 어느 때, 누가 만든 것인가? 옛날 문헌(文獻)을 보면 신라(新羅)의 통삼(統三) 후(後) 얼마 되지 않은 제31대(第三十一代) 신문왕(神文王) 때 사람 설총(薛聰)이 이두문자(吏讀文字)를 만들었다고 하나, 그러나 이 글자(字)의 제작(製作)을 한 사람의 공(功)에 돌릴 것이 아니요, 민족(民族) 전체(全體)가 그 전(前)부터 써 나려오던 것을 설총(薛聰)은 그 당시(當時) 유명(有名)한 학자(學者)라 중국(中國)의 경서(經書)나 사적(史籍)을 우리말로 해독(解讀)하여 이두문자(吏讀文字)로 기록(記錄)하고, 또 그 문자(文字)를 어느마치 합리적(合理的)으로 정리(整理)한 것이라고 볼 것이다. 그것은

첫째, 신라(新羅) 초기(初期)의 왕명(王名)은 비록 한자(漢字)로 기록(記錄)되었으나, '박혁거세(朴赫居世)'·'유리이사금(儒理尼師今)'·'눌지마립간(訥祗麻立干)'과 같이 제21대(第二十一代) 임금까지는 순(純) 우리말로 해석(解釋)하지 않을 수 없으며, 또 제35대(第三十五代) 경덕왕(景德王)이 지명(地名)을 고친 것을 보아도, '청풍현(淸風縣) 본 고구려(本高句麗) 사열이현(沙熱伊縣)'·'도동현(道同縣) 본 도동화현(本刀冬火縣)'이라고 하여 그 전(前)은 순(純) 우리말로 불리워졌음을 짐작할 수 있다.

이것으로 미루어 인명(人名)·지명(地名)·관직명(官職名) 같은 것은 이두문자(吏讀文字)로 쓰인 것은 이미 오랜 것을 알 수 있으니, 아마도 이두문자(吏讀文字)의 시작(始作)은 한자(漢字)의 수입(輸入)과 그리 멀리 뒤떨어진 것은 아니라고 볼 것이다.

둘째로 오늘 남은 향가(鄕歌)의 기록(記錄)을 보아도 표기법(表記法)이 일정(一定)하지 못하여 해독(解讀)하기에 곤란(困難)을 느끼는 것으로 미루어, 이것은 한 사람의 창조(創造)가 아니고 여러 사람이 무통일(無統一)하게 쓴 것이 쌓이고 쌓여서 만들어진 것이 분명(分明)하다.

그러나 다음에 신라(新羅)가 삼국(三國)을 통일(統一)한 뒤로는 중국(中國)과의 교섭(交涉)이 잦아지고 자연(自然)히 한문화(漢文化)는 물밀듯이 이 땅에 들어오게 되매 따라, 그보다 약(弱)한 우리 문화(文化)는 거기에 눌리워, 상류 계급(上流階級) 사람들은 이두식(吏讀式)의 글자(字)를 버리고 한자(漢字)를 그대로 쓰게 되었으니, 아까 본 왕명(王名)이나 지명(地名)이 '문무왕(文武王)' 또는 '청풍현(淸風縣)' 등(等)으로 변(變)한데서 그것을 알 수 있고, 또 문학(文學)도 향가(鄕歌)를 버리고 직접(直接) 한시·한문(漢詩漢文)을 읽고 또 짓게 되었다. 그뿐 아니라 이때 당(唐)나라서는 빈공과(賓貢科)를 두어 외국 학생(外國學生)을 우대(優待)하므로, 멀리 당(唐)까지 유학(留學)하는 학생(學生)이 많아져서 한문학(漢文學)은 더욱 성(盛)하게 된 것이다. 그러나 이두문자(吏讀文字)는 이후(以後) 아주 없어진 것이 아니라, 기후(其後)도 「도이장가(悼二將歌)」·'경기하여가(景幾何如歌)' 들에 그 여명(餘命)을 남기고 있다.

한문학(漢文學)

그러면 다음에 이때의 한문학(漢文學)을 본다며는, 한자(漢字)가 이 땅에 들어온 지는 이미 오랬으나 문학(文學)다운 한문학(漢文學)은 이때까지 없었다고 하여도 과언(過言)이 아니다. 즉(卽) 우리 민족(民族)은 한자(漢字)를 가지고 우리 문자화(文字化)해서 향가(鄉歌)라는 훌륭한 우리 문학(文學)을 만들었으나, 그것이 삼국(三國)을 통일(統一)하고 중국(中國)과 교섭(交涉)이 많아짐에 따라 한문학(漢文學)이 성(盛)하게 되었으니, 초기(初期)에 한문학자(漢文學者) 강수(强首)는 당(唐)나라와의 외교(外交)에 있어서 문장(文章)으로 삼국통일(三國統一)에 이바지한 바 크며, 다음 신문왕(神文王) 때 사람 설총(薛聰)은 경사(經史)에 널리 통(通)하였고 재주가 훌륭하여 이두(吏讀)의 발명(發明)을 그의 공(功)으로 돌리고져 하는 사람도 있는 것이다. 그러나 한학자(漢學者)로 기억(記憶)할 것은 고운(孤雲) 최치원(崔致遠)이다. 그는 신라 말(新羅末)에 나서 12세(十二歲)에 당(唐)나라에 유학(留學)하여 18세(十八歲)에는 벌써 과거(科擧)에 급제(及第)하여서, 그 후(後) 10년간(十年間) 벼슬을 받아 문필(文筆)로 이름을 날리고 고국(故國)에 돌아와서는 저서(著書)와 후배 교육(後輩教育)으로 여생(餘生)을 마친 사람이다. 그의 유저(遺著)로 『계원필경(桂苑筆耕)』 20권(二十卷)과 그 외(外)에도 좋은 시문(詩文)이 많이 전(傳)하여서, 오늘날 학자(學者)들은 우리 한문학(漢文學)의 시조(始祖)라고 일컫는다. 더구나 그의 제자(弟子)들은 고려(高麗) 시초(始初)에 문신(文臣)이 되어 새 나라 건국(建國)에 공(功)과 세력(勢力)은 커서, 그후(後) 한문학(漢文學)이 더욱 성(盛)하게 되는 원동력(原動力)이 되었던 것이다.

그러므로 이 시대(時代)는 고대(古代)부터 태동(胎動)하던 우리 문학(文學)이 이때에 이르러 완성(完成)된 이두문자(吏讀文字)의 힘을 빌려서 향가(鄉歌)라는 우리 고대문학(古代文學)의 꽃이 폈다면, 또 그 반면(反面)에 이때부터 한문학(漢文學)은 비로소 성(盛)하여져서 고려(高麗)에 들어와서는 고유 문학(固有文學)은 완전(完全)히 눌리워 향가(鄉歌)와 같은 것도 그 후(後) 차차 소멸(消滅)의 길을 밟아, 한양조(漢陽朝)에 세종대왕(世宗大王)이 우리 글자(字) '훈민정음(訓民正音)'을 만들었으나 그것 역시(亦是) 천대(賤待)를 받고 한문(漢文)만을 숭배(崇拜)하게 되어, 오늘날 우리 문학(文學)의 빈곤(貧困)을 탄(嘆)하게 되는 시초(始初)가 이 시대(時代) 말기(末期)에 있었던 것을 잊어서는 아니 될 것이다. 그뿐 아니라 향가(鄉歌)의 작자(作者)를 보면 승려(僧侶)·화랑(花郎)과 같은 상류 계급(上流階級) 사람은 물론(勿論)이고, 아래로는 이름 없는 농부(農夫)나 사비(寺婢)의 여인(女人)까지 상하 남녀(上下男女)의 구별(區別) 없이 모두가 즐기는 문학(文學)이였으나, 이때부터 한문학(漢文學)을 숭배(崇拜)하고 그를 주(主)로 하는 상류 문학(上流文學)과 그것을 모르고 우리말과 글로 읊고 지은 평민문학(平民文學)의 두 조류(潮流)로 나누게 되는 계기(契機)가 이때 있었던 것이다.

제2절(第二節), 향가(鄉歌)

향가(鄉歌)의 뜻

향가(鄉歌)라 함은 본래(本來) 중국시가(中國詩歌)에 대(對)해서 우리의 시가(詩歌)를 의미(意味)한 말이다. 과거(過去)에 중국(中國)말에 대(對)해서 우리말을 향언(鄉言), 또 중국 음악(中國音樂)에 대(對)해서 우리 음악(音樂)을 향악(鄉樂)이라고 한 것과 같이, 향가(鄉歌)라 함은 중국(中國)에 대(對)하여 우리 노래를 낮추어 부른 말이다. 이 향가(鄉歌)라는 한자어(漢字語) 외(外)에 '사뇌가(詞腦歌)'라는 명칭(名稱)도 있다고 하는 설(說)도 있으나, 보통(普通) 향가(鄕歌)라고 부르고 있다.

그리고 향가(鄕歌)로서 오늘날 남아 있는 것은 『삼국유사(三國遺事)』
에 실린 14수(十四首)와 균여대사(均如大師)의 작(作) 11수(十一首), 합(合)
하여 25수(二十五首)만이다.

『삼국유사(三國遺事)』

『삼국유사(三國遺事)』는 고려 후기(高麗後期)에 승(僧) 일연(一然)의 작
(作)으로, 김부식(金富軾)이 지은 『삼국사기(三國史記)』를 나라에서 만든
삼국시대(三國時代)의 정사(正史)라고 하면, 『삼국유사(三國遺事)』는 거
기에 빠진 삼국시대(三國時代)부터 민간(民間)에 전(傳)해 나려오는 이야
기 또는 노래 같은 것을 모아서 잡연(雜然)히 수필체(隨筆體)로 기록(記
錄)해 놓은 것이다. 그러므로 이 책(冊)은 역사 연구(歷史硏究)에 중요(重
要)하다기보다는 우리 고대문학(古代文學)에 귀중(貴重)한 가치(價値)를
가지고 있으니, 그 중(中)에도 향가(鄕歌) 14수(十四首)는 모래 속의 주옥
(珠玉)과 같이 우리 고문학도(古文學徒)에게는 귀(貴)한 존재(存在)가 되
는 것이다. 이 책(冊)의 편자(編者) 일연(一然)은 속성(俗姓) 김씨(金氏)로
초명(初名)이 견명(見明)이며 죽은 후(後) 보각국사(普覺國師)라 하니, 고
려(高麗) 제21대(第二十一代) 희종(熙宗) 2년(二年; 西紀1206年)에 나서 제
25대(第二十五代) 충렬왕(忠烈王) 15년(十五年; 西紀1289年)에 죽었으니,
수(壽) 84(八十四)이였다. 『삼국유사(三國遺事)』 편집(編集)의 연대(年代)
는 분명(分明)치 않으나, 대략(大略) 사(師)의 70세(七十歲) 이후(以後)
6~7년간(六七年間)의 기록(記錄)임을 짐작할 수 있으니, 지금부터 약
(約) 670년(六百七十年) 전(前)에 만들어진 책(冊)이다.

균여(均如)

다음 균여대사(均如大師)의 작(作)「보현시원가(普賢十願歌)」11수(十一首)는「대화엄수좌원통양중대사균여전(大華嚴首座圓通兩重大師均如傳)」에 실려 있는 것으로, 이것은 고려(高麗) 제11대(第十一代) 문종(文宗) 29년(二十九年; 西紀1075年)에 전 진사(前進士) 혁련(赫連)이 편(編)한 책(冊)이다. 대사(大師)는 속성(俗姓) 변씨(邊氏)로 균여(均如)는 그 이름이다. 신라(新羅) 제53대(第五十三代) 신덕왕(神德王) 6년(六年; 西紀917年)에 황주(黃州)땅에 나서, 그 후(後) 출가(出家)하여 학덕(學德)이 높아 고려(高麗) 제4대(第四代) 광종(光宗)에게 많은 존경(尊敬)을 받다가 광종(光宗) 24년(二十四年; 西紀973年)에 입적(入寂)하였으므로, 그의 작(作)은 만년(晩年)의 작(作)이라 고려시대(高麗時代)에 속(屬)하게 되나, 그러나 그의 출생(出生)이 신라시대(新羅時代)요 또 대사(大師) 뒤에 향가(鄕歌)의 작품(作品)이 거진 없으므로, 이것을 신라시대(新羅時代)의 연장(延長)으로 보아『삼국유사(三國遺事)』의 작(作)과 함께 처리(處理)한다.

『삼대목(三代目)』

그리고『삼국사기(三國史記)』를 보면 신라(新羅) 제51대(第五十一代) 진성여왕(眞聖女王) 2년(二年)에 위홍(魏弘)과 대구화상(大矩和尙)에게 명(命)하여『삼대목(三代目)』이라는 고금 향가(古今鄕歌)를 집대성(集大成)한 가집(歌集)을 만들게 하였다고 하나, 오늘날 그 원서(原書)가 전(傳)하지 못하는 것은 아까운 일이다.

향가(鄕歌)의 내용(內容)

다음에 향가(鄕歌) 내용(內容)을 보면 균여대사(均如大師)의 작(作)은 중이 불(佛)에 대(對)하여 지은 찬가(讚歌)라 더 말할 것도 없거니와, 『삼국유사(三國遺事)』 14수(十四首)도 중의 편집(編輯)한 것이라 그런지 불교(佛教) 색채(色彩)가 농후(濃厚)하다. 그러나 여기에는 작가(作家)를 보아도 승려(僧侶)·화랑(花郞) 또는 여인(女人) 각계 각층(各界各層)이 있으며, 그 내용(內容)도 연모(戀慕)의 정(情)·애원(哀怨)의 슬픔 또는 치국(治國)의 이상(理想)까지 인간 생활(人間生活)의 모든 면(面)을 그리지 않은 것이 없다. 그리고 사상적(思想的) 경향(傾向)을 보면 현재(現在) 우리가 문학(文學)을 감정(感情)의 미적(美的) 표현(表現)으로만 보는 것과 달라서, 이때 사람들은 향가(鄕歌)를 읊는 그것으로써 자기(自己)의 소원(所願)하는 바를 이룰 수 있다고 하는 한 신성(神聖)한 것으로 대(對)하였다. 즉(卽) 우리 민족(民族)의 고대 신앙(古代信仰)인 '샤만'적(的) 사상(思想)이 이 향가(鄕歌) 속에는 아직 숨어 있는 것이다.

　그러면 『삼국유사(三國遺事)』에 있는 향가(鄕歌)를 작자·연대순(作者年代順)으로 들어보면

가명(歌名)	작자(作者)	연대(年代)	형식(形式)
서동요(薯童謠)	백제(百濟) 무왕(武王)	26대(二六代) 진평왕(眞平王)	4구체(四句體)
혜성가(彗星歌)	융천사(融天師)	동(同)	10구체(十句體)
풍요(風謠)	양지(良志)	27대(二七代) 선덕왕(善德王)	4구체(四句體)
원왕생가(願往生歌)	광덕 처(廣德妻)	30대(三〇代) 문무왕(文武王)	10구체(十句體)
모죽지랑가 (慕竹旨郞歌)	득오(得烏)	32대(三二代) 효소왕(孝昭王)	8구체(八句體)

헌화가(獻花歌)	실명 노인(失名老人)	33대(三三代) 성덕왕(聖德王)	4구체(四句體)
원수가(怨樹歌)[6]	신충(信忠)	34대(三四代) 효성왕(孝成王)	10구체(十句體)
도솔가(兜率歌)	월명사(月明師)	35대(三五代) 경덕왕(景德王)	4구체(四句體)
제망매가(祭亡妹歌)	동(同)	동(同)	10구체(十句體)
안민가(安民歌)	충담사(忠談師)	동(同)	동(同)
찬기파랑가 (讚耆婆郎歌)	동(同)	동(同)	동(同)
천수대비가 (千手大悲歌)[7]	희명(希明)	동(同)	동(同)
우적가(遇賊歌)	석 영재(釋永才)	38대(三八代) 원성왕(元聖王)	동(同)
처용가(處容歌)	처용(處容)	49대(四九代) 헌강왕(憲康王)	8구체(八句體)

이것을 보면 최고(最古) 「서동요(薯童謠)」의 진평왕(眞平王; 西紀六世
紀末) 때부터 최후(最後)의 「처용가(處容歌)」 헌강왕(憲康王; 西紀九世紀
末) 때까지 있고, 거기에 고려 초(高麗初)의 균여대사(均如大師)의 작
(作)까지 합(合)하면 약(約) 370년간(三百七十年間)의 노래다. 그리고 형
식(形式)을 보면 4구체가(四句體歌) 4수(四首), 8구체가(八句體歌) 2수(二
首), 나머지 8수(八首)와 균여대사(均如大師)의 작(作)은 전부(全部) 10구
체가(十句體歌)다. 그리고 4구체가(四句體歌)는 동요·민요(童謠民謠)에
많고, 이것이 곱친 8구체가(八句體歌) 그리고 10구체가(十句體歌)의 뒤

---

6 현재 통용되는 명칭은 「원가(怨歌)」이다.
7 「도천수대비가(禱千手大悲歌)」를 달리 이르는 명칭이다.

2구(二句)는 '후구(後句)'·'탄왈(嘆曰)' 등(等)이라고 분명(分明)히 적혀 있으므로, 처음 4구체가(四句體歌)서부터 생기어 이것이 곱친 8구체가(八句體歌) 여기에 후렴을 붙인 10구체가(十句體歌)로 발달(發達)해 간 것 같다.

다음에 향가(鄕歌)에 쓰인 한자(漢字)의 용법(用法)을 보면 다음 세 가지로 나눌 수 있을 것이다.

> 음독(音讀): 吾隱去內如. / 善花公主主隱.
> 　　　　　나는가는다 / 선화공주님은
> 훈독(訓讀): 去隱春. / 心未筆留.
> 　　　　　가는봄　마슴의붇으로
> 뜻: 今日此矣. 何如爲理古.
> 　　오늘이에　엇디ᄒ릿고

그리고 향가(鄕歌)를 해독(解讀)하는 것은 고어(古語)에 대(對)한 연구(硏究)가 완전(完全)하지 못한 오늘날 대단(大端)히 곤란(困難)하나, 대개(大槪) 이 방면(方面) 학자(學者)들의 연구(硏究)를 종합(綜合)하여 몇 수(首) 먼저 고어(古語)로 읽고, 다음 현대(現代)말로 해석(解釋)하고 끝에 그 노래와 내력(來歷)을 설명(說明)하기로 하자.

향가(鄕歌)의 예(例)

> 「헌화가(獻花歌)」　　실명 노인(失名老人)
> 紫布岩乎邊希
> 執音乎手母牛放敎遣
> 吾肹不喩慚肹伊賜等

花肹折叱可獻乎理音如

붉은 바회 ㄱ시
자ㅂ온손 암쇼 노히시고
나홀 안디 붓그리 샤돈
곶홀 것거 받ㅈ보리이다

붉은 바윗 가에
잡고 있는 암소 놓아 하시고
나를 아니 부끄러워하신다면
꽃을 꺾어 바치겠읍니다.

　성덕왕(聖德王) 시대(時代) 순정공(純貞公)이 강릉 태수(江陵太守)가 되어서 부임(赴任)하던 도중(途中) 바닷가에서 점심을 먹자니, 마침 바다 옆에 천장(千丈)이 넘는 큰 돌 절벽(絶壁)이 솟아 있고, 그 위에는 철쭉(躑躅)꽃이 아름답게 피어 있었다. 공(公)의 부인(夫人) 수로부인(水路夫人)이 이것을 보고 좌우(左右) 사람들에게 그 꽃을 꺾어오기를 원(願)하였으나, 누구 하나 감(敢)히 그 험(險)하고 높은 곳에 올라가는 사람이 없었다. 그때 마침 소를 끌고 가던 한 노인(老人)이 이 말을 듣고 그곳에 올라가 꽃을 꺾어다 이 노래를 지어 꽃과 함께 바치었으나, 그 노인(老人)이 누구인지 알 길이 없었다고 한다.

　　「처용가(處容歌)」　　처용(處容)
東京明期月良
夜入伊遊行如可
入良沙寢矣見昆

脚烏伊四是良羅

二肹隱吾下於叱古

二肹隱誰支下焉古

本矣吾下是如馬於隱

奪叱良乙何如爲理古

셔볼 불기 드래

밤드리 노니다가

드러사 자리에 보곤

가르리 네시러라

둘흔 내해엇고

둘흔 뉘해언고

본더 내해다마론

아사눌 엇디ᄒ릿고

서울 밝은 달에

밤들도록 놀라 다니다가

들어와서 자리를 보니

다리가 넷이도다

둘은 내 것이었으나

둘은 뉘 것인고

본대 내 것이지마는

빼앗긴 것을 어찌할 것인고

제49대(第四十九代) 헌강왕(憲康王) 때 동해(東海) 중(中)의 용(龍)의 아들이라고 하는 처용(處容)이 경주(慶州)에 들어와 벼슬을 받고, 또 아름다운 안해를 갖게 되었다. 그런대 처용(處容) 안해를 탐내던 역신(疫神)

이 사람으로 변화(變化)하여, 밤에 몰래 그 집에 들어가 처용(處容)의 안해와 동숙(同宿)하게 되었다. 처용(處容)은 밖에 나가 놀다가 밤이 깊어서 집에 들어와 보니 두 사람이 한 곳에서 자고 있는지라, 그만 이 노래를 부르며 도로 나가려 하였다. 그런데 이때 부른 노래가 바루 이 「처용가(處容歌)」이다. 그때 역신(疫神)은 본형(本形)을 나타내 가지고 처용(處容)의 앞에 꿇어 엎디여 사죄하는 말이 '내가 공(公)의 안해를 탐내여 이에 이르렀으매 무엇이라 할 말이 없거늘, 공(公)이 조곰도 노색(怒色)을 나타내지 않음을 보고 실(實)로 감복(感服)됨이 큰지라, 이 후(後)로는 공(公)의 형용(形容)을 그린 것을 보고라도 그 안에는 안 들어가리라'는 맹서를 하였다. 이 일이 있은 후(後)로 국인(國人)이 문(門) 밖에 처용(處容)이 형상(形狀)을 그려 붙이어 가지고 사귀(邪鬼)를 물리치는 방요를 삼게 되었다고 한다.

「제망매가(祭亡妹歌)」　　월명(月明)
生死路隱
此矣有阿米次肹伊遣
吾隱去內如辭叱都
毛如云遣去內尼叱古
於內秋察早隱風未
此矣彼矣浮良落尸葉如
一等隱枝良出古
去奴隱處毛冬乎丁
阿也 彌陀刹良逢乎吾
道修良待是古如

생사로(生死路)는
예 이샤매 저히고
나는 가ᄂᆞ다 말ㅅ도
몯다 닏고 가ᄂᆞ닛고
어느 ᄀᆞᅀᆞᆯ 이른 ᄇᆞᄅᆞ매
이에 뎌에 ᄠᅥ러딜 닙다이
ᄒᆞᆫ 가재 나고
가논곧 몯아온뎌
아으 미타찰(彌陀刹)애 맛보올 내
도(道) 닷가 기드리고다

생사(生死)의 길은
이 세상(世上)에 있으므로 두려워저서
나는 간다는 말도
못다 말하고 저 세상(世上)으로 가는가
어느 가을 이른 바람에
여기 저기 떨어지는 잎과 같이
너와 나는 한 가지에 나서도
너 가는 곳을 모르겠고나
아으 미타찰(彌陀刹)에서 만나볼 나는
불도(佛道)를 닦아서 그때를 기다릴 것이다

월명사(月明師)가 죽은 누이동생을 위(爲)하여 재(齋)를 지낼 때 이 향가(鄕歌)를 지어서 불렀더니, 갑자기 바람이 부러 지전(紙錢)을 서(西)쪽으로 날라 보냈다고 한다.

「천수대비가(千手大悲歌)」   희명(希明)
膝肹古召旅
二尸掌音毛乎支內良
千手觀音叱前良中
祈以支白屋尸置內乎多
千隱手叱千隱目肹
一等下叱放一等肹除惡支
二于萬隱吾羅
一等沙隱賜以古只內乎叱等邪
阿邪也 吾良遺知支賜尸等
放冬矣用屋尸慈悲也根古

무르플 고초며
둘숛바당 모호누아
천수관음(千手觀音) 알픠
비술볼 두누오다
즈믄손 즈믄눈흘
ㅎ나흘 노ㅎ ㅎ나흘 더웁디
둘업는 내라
ㅎ나사 그스시 고티누옷다라
아으으 나애 기티샬든
노ㅎ디 쁠 자비(慈悲)여 큰고

무릎을 꿇고
두 손바닥을 모아
천수관음(千手觀音) 앞에
빌어 말슴을 들입니다

천(天)이나 되는 가지고 계신 손과 눈을
하나를 덜어 내놓아
둘 없는 나에게
하나를 남모르게 고쳐주시요
아! 나에게 남겨주신다면
내놓아도 그 쓴 자비(慈悲)는 얼마나 클고

경덕왕(景德王) 때 한기리(漢岐里)에 사던 여인(女人) 희명(希明)이라
는 이의 아이가 다섯살 되자 갑자기 눈이 멀거늘, 하로는 그 어미 아
이를 안고 분황사(芬皇寺)에 가서 벽(壁)에 걸린 천수대비(千手大悲) 그
림 앞에서 이 향가(鄕歌)를 지어 아이에게 불리고 기도(祈禱)를 올렸더
니, 눈이 뜨여서 앞을 보게 되었다고 한다.

「예경제불가(禮敬諸佛歌)」　　균여(均如)
心未筆留
慕呂白乎隱佛體前衣
拜內乎隱身萬隱
法界毛叱所只至去良
塵塵馬洛佛體叱刹亦
刹刹每如邀里白乎隱
法界滿賜隱佛體
九世盡良禮爲白齊
歎曰 身語意業无疲厭
此良夫作沙毛叱等耶

ᄆᅀᆞ미 부드루
그리ᄉᆞᆯ본 부텨 알픠

절누온 모문
법계(法界) 못도록 니르거라
진진(塵塵)마락 부텻찰(刹)이
찰찰(刹刹) 마다 뫼시리슬본
법계(法界) 츠샨 부톄
구세(九世) 다아 예(禮)ᄒ숣져
아으 신어의업무피염(身語意業无疲厭)
이에 브즐 ᄉ못다라

마음의 붓으로
그립게 생각하는 부처님 앞에
절하는 이 몸은
법계(法界) 끝까지 이르기를 빈다
이 세상(世上)의 티끌에도 부처님이 머물러 있고
국토(國土)가 모두 뫼시고 섬기는
법계(法界)에 가득 찬 부처님을
구세(九世)에 가도록 예(禮)하고져 합니다
아! 신어의업무피염(身語意業无疲厭)
이것을 부지런히 밟아가고져 한다.

제3장(第三章), 중세문학(中世文學)

제1절(第一節), 고유문학(固有文學)의 위축(萎縮)과 한문학(漢文學)의 침투(浸透)

학제 제정(學制制定)과 과거제도(科擧制度)

고려(高麗) 건국 초(建國初)로부터 이조(李朝) 세종 조(世宗朝) 훈민정음(訓民正音) 반포(頒布)까지 약(約) 520여년(五百二十餘年) 간(間)의 문학(文學)을 여기서는 중세문학(中世文學)이라고 한다.

신라(新羅)가 당(唐)나라의 힘을 빌려 삼국(三國)을 통일(統一)한 것은 문화상(文化上)으로 보면, 한문화(漢文化)가 우리 문화(文化)를 지배(支配)하는 계기(契機)가 되었다.

이로부터 한문화(漢文化)는 일대 조류(一大潮流)를 이루어 밀고 들어오니, 우리 선조(先祖)는 무의식(無意識) 중(中)에 받어드리었다. 우리의 문화(文化)가 중국화(中國化)했건 말건 그 수준(水準)이 높아진 것은 사실(事實)이지만, 이것을 다른 각도(角度)에서 본다면 한문화(漢文化)가 보급(普及)되어 귀족 문화(貴族文化)가 발달(發達)하는 반면(反面)에 우리의 고유문화(固有文化)를 토대(土臺)로 한 대중문학(大衆文學)은 점차(漸次) 부진(不振)한 상태(狀態)에 이르고 말았다.

고려(高麗) 태조(太祖)는 국초(國初)의 민심(民心)을 안정(安定)케 하랴는 국책(國策)으로 특(特)히 불교(佛敎)를 가호(加護)하였다. 또 한편으로는 서경(西京)에 행행(行幸)하여 학교(學校)를 창설(創設)하고 문치(文治)에 힘쓴 이후(以後)로는, 역대(歷代)의 제왕(帝王)도 이에 따라 학문(學問)을 장려(獎勵)한 결과(結果) 한문학(漢文學)은 점점(漸漸) 발달(發

達)하여 갔다.

그중에도 제4대(第四代) 광종(光宗) 9년(九年)에는 쌍기(雙冀)·왕융 (王融) 등(等)의 건의(建議)로 과거제도(科擧制度)를 실시(實施)하여 많은 선비를 뽑았고, 당학(唐學)의 제도(制度)를 완전(完全)히 채용(採用)하였 으며, 과거(科擧)를 숭상(崇尙)하였다. 제6대(第六代) 성종(成宗)은 한층 (層) 더 중국문화(中國文化)의 수입(輸入)에 힘써, 국자감(國子監)을 확충 (擴充)하여 유위(有爲)한 청년(靑年)을 수학(修學)시키며, 서경(西京)에는 수서원(修書院)을 두어 사적(史籍)을 초장(抄藏)할 뿐 아니라, 준재(俊 才)를 뽑아 중국(中國)에 유학(留學)케 하는 동시(同時)에 문신(文臣)에게 는 월과법(月科法)을 실시(實施)한 결과(結果) 한문화(漢文化)는 급속도 (急速度)로 발전(發展)하여 갔다.

한문학(漢文學)의 발달(發達)

학문(學問)을 장려(獎勵)한 고(故)로 문종(文宗)·숙종(肅宗) 사이에는 최충(崔沖)·이자연(李子淵)·김근(金覲) 등(等)의 삼대 문벌(三代門閥)이 났으며, 예종(睿宗)·인종(仁宗) 사이에는 곽여(郭輿)·이자현(李資玄)·김 황원(金黃元)·김부식(金富軾)·정지상(鄭知常) 등(等)의 한학자(漢學者)가 배출(輩出)하였다.

이와 같이 사회(社會)의 이면(裏面)은 불교(佛敎)가 지배(支配)하고 표 면(表面)은 유교(儒敎)가 성행(盛行)하여, 문학(文學)은 시사(詩詞)만 숭 상(崇尙)하며 밖으로는 금·원(金元)의 외환(外患)이 그치지 않고, 안으 로는 무사(武士)의 발호(跋扈)가 심(甚)하여 문예(文藝)의 원천(源泉)은 고갈(枯渴)하여 버리고 사상(思想)의 조류(潮流)는 혼돈(混沌)되어 갔다.

그러나 이때 정신계(精神界)·신앙계(信仰界)를 지배(支配)한 것은 불교(佛敎)이다. 불력(佛力)으로 외환(外患)을 격퇴(擊退)코저 하는 욕망(慾望)이 생기어, 현종(顯宗)·고종(高宗) 때에는 대장경(大藏經)의 전각(鐫刻)을 시작하여, 고종(高宗) 21년(二十一年)에는 '조완예문(詔完禮文)' 인쇄(印刷)의 길이 열려 세계적(世界的)으로 활자(活字)의 효시(嚆矢)를 일었으며, 불공(佛供)의 기구(器具)로서의 고려자기(高麗磁器)는 도료(塗料)의 신비(神秘)와 수법(手法)의 신묘(神妙)로써 그 성가(聲價)를 세계(世界)에 알리고 있다. 대저(大抵) 국초(國初)로부터 불교(佛敎)를 국교(國敎)로 정(定)하고 승려(僧侶)를 문관(文官)과 같이 대우(待遇)하였을 뿐 아니라, 대사(大師)·국사(國師)에 이르러서는 문신(文臣)보다도 상좌(上座)를 차지하게 하니, 사문(沙門) 중(中)에도 한학자(漢學者)가 배출(輩出)하였다. 원감(圓鑑)·선탄(禪坦)·천인(天因)·진정(眞靜)·일연(一然) 등(等)이 시문(詩文)을 지었으며, 그중 일연(一然)은 『삼국유사(三國遺事)』의 작자(作者)로 유명(有名)하다. 그러나 내외(內外)의 환란(患難)이 첩출(疊出)하여, 사람마다 투안(偸安)을 구(求)하니 상류계급(上流階級)의 생활(生活)은 호사(豪奢)를 다하며, 기악(伎樂)·가면극(假面劇)·격구(擊毬)의 오락(娛樂)과 팔관회(八關會)·연등(燃燈)의 의식(儀式)을 성대(盛大)히 하였다. 이 모든 것이 문인(文人)의 생활 문학(生活文學)의 제재(題材)에 반영(反映)되었다. 유교(儒敎)의 진흥(振興)도 상류사회(上流社會)의 견고(堅固)한 지위(地位)를 가졌으나 최씨 일족(崔氏一族)의 무력 집권(武力執權) 후(後)는 문신(文臣)의 수난기(受難期)로, 그들은 정권(政權)을 잃고 야(野)에 자복(雌伏)하여 '죽림칠현(竹林七賢)'을 사모하며 한일(閑逸)한 세월(歲月)을 보내는 시기(時期)니, 이규보(李奎報)·진한(陳漢)[8]·김양경(金

---

8 원문에는 '진한(陳漢)'으로 표기되었으나, '진화(陳澕)'의 오기(誤記)로 보인다.

良境)· 유승단(兪升旦)· 최자(崔滋)와 같은 문인(文人)도 나며, 고려 말엽
(高麗末葉)에는 이제현(李齊賢)· 최해(崔瀣)· 안유(安裕)· 이색(李穡)· 정몽
주(鄭夢周) 같은 유현(儒賢)들이 송(宋)· 원(元)의 유교(儒敎)를 고취(鼓吹)
함에 이르러, 아연(俄然)히 유교(儒敎)의 전성(全盛)을 보게 되어 부패(腐
敗)하여 온 불교(佛敎)에 대(對)한 억압 정책(抑壓政策)이 싹트게 되었다.
이러한 상태(狀態)로 문학(文學)은 시부(詩賦)에 한(限)하며, 처음에는 육
조(六朝)의 부화(浮華)를 배우다가 점점(漸漸) 당인(唐人)의 원숙(圓熟)한
시미(詩味)를 전(專)허하게 되었다.

고유문화(固有文化)의 위축(萎縮)

신라(新羅)는 당문화(唐文化)에 접(接)하여 이것을 숭상(崇尚)하였으
나, 그 건국(建國)의 유래(由來)가 멀고 고유문화(固有文化)의 전통(傳統)
이 있어 외래문화(外來文化)의 모방(模倣)이 용이(容易)치 않았고, 설총
(薛聰)· 최치원(崔致遠) 같은 거유(巨儒)가 있다 하여도 국가 전체(國家全
體)로 보면 일부(一部) 특수 계급(特殊階級)에 유한(有限)되었고, 대대(代
代) 귀족(貴族)이라 하여도 넓이 그 문화(文化)를 향유(享有)할 수 없었다.
그러나 고려시대(高麗時代)가 되면, 신라(新羅)의 문화(文化)를 계승(繼
承)하였다고 하지만 신흥 국가(新興國家)인만큼 과거(過去)의 문화적(文
化的) 전통(傳統)을 받을 구속(拘束)도 없고, 신라(新羅) 때 한문학(漢文學)
을 숭봉(崇奉)하던 최치원(崔致遠)의 제자(弟子)들이 송경(松京)에 뛰어
들어 문사(文詞)를 다투었을 뿐 아니라, 정부(政府)가 중국 학자(中國學
者)의 귀화(歸化)를 환영(歡迎)하며 한문학(漢文學)을 장려(獎勵)한 고(故)
로 한문학(漢文學)은 더욱 발전(發展)하였다. 이렇게 되니 고유문화(固有
文化)는 심각(深刻)한 영향(影響)을 받지 않을 수 없었다. 원래(元來) 한문

학(漢文學)이니 고유문학(固有文學)이니 하는 것은 그 표현(表現)하는 문자(文字)에 달인 문제(問題)인데, 신라(新羅)의 이두문자(吏讀文字)가 발명(發明)되어, 그것이 문학(文學)에 이용(利用)되어, 향가문학(鄕歌文學)이 형성(形成)된 것은 오로지 민족정신(民族精神)의 발로(發露)이며 신라문화(新羅文化)의 큰 발전(發展)이라 하겠다. 만일(萬一) 거기에 절실(切實)한 표현욕(表現慾)이 있다면 한 거름 더 나가, 우리말을 자유(自由)로 표시(表示)할 수 있는 표음문자(表音文字) 같은 우리 문자(文字)의 발명(發明)까지 이르렀을 것이나, 한문학(漢文學)의 발전(發展)으로 인(因)하여 저지(阻止)되었고, 그에 따라 민족정신(民族精神)의 반발력(反撥力)도 도리어 쓸데없게 되고, 비록 향가문학(鄕歌文學)의 표현(表現)이 일시(一時) 성공(成功)하였다 하지만 그것은 한문학(漢文學)의 미숙기(未熟期)에 발달(發達)한 것이지, 한문(漢文)이 자유자재(自由自在)하게 사용(使用)된 후(後)에는 그다지 필요성(必要性)을 느끼지 않았을 것이며, 또 그 내용(內容)이 대중적(大衆的)이라 하여도 그 표현법(表現法)을 해득(解得)하랴면 상당(相當)히 한문학(漢文學)에 대(對)한 조예(造詣)가 있어야 하니, 그 표현법(表現法)은 벌서 특수 계급(特殊階級)의 소유물(所有物)이 되지 않을 수 없게 되었다.

여기에 향가문학(鄕歌文學) 즉(卽) 고유문학(固有文學)은 큰 타격(打擊)을 받아, 바야흐로 국문학(國文學)이 형성(形成)되어 발전(發展)하랴다가 불의(不意)의 서리를 맞으니 일시(一時) 위축(萎縮)하지 않을 수 없었다. 균여대사(均如大師)가 「보현시원가(普賢十願歌)」 11수(十一首)의 향가(鄕歌)를 지었다 하지만 그것은 신라(新羅)의 계통(系統)을 이은 것이고, 그 후(後)는 향가문학(鄕歌文學)이 차차 자취를 감춘 듯하다. 그렇다 하여 국문학(國文學)이 소멸(消滅)한 것은 아니지마는 국문학(國文學)이 그

나마의 표현 방법(表現方法)을 잃은 후(後)로는 건전(健全)한 발전(發展)을 하지 못하였다. 오늘날 남아 있는 약간 수(若干首)의 고려 시가(高麗詩歌)라 할지라도, 대부분(大部分) 구전(口傳)하여 오던 것이 이조(李朝)의 국자(國字)를 기다려서 고정(固定)된 것이며, 그렇지 않으면 한문(漢文)으로 번역(飜譯)되어서 겨우 그 명맥(命脈)을 유지(維持)하여 온 것이다. 요(要)컨대 국문학(國文學)은 한문학(漢文學)의 압력(壓力)으로 인(因)하여 부자연(不自然)한 발달(發達)을 하여 왔고, 한문학(漢文學)이 힘차게 발전(發展)하는 반면(反面)에 국문학(國文學)은 힘도 써보지 못하고 겨우 그 명맥(命脈)만을 후세(後世)에 이어 갔다고 볼 것이다. 이 중세문학(中世文學)은 국문학사상(國文學史上)으로 보면 국문학(國文學)의 위축시대(萎縮時代)라 할 것이다. 그리고 고려(高麗)의 극소수(極少數)의 문헌(文獻)을 계승(繼承)하여 보존(保存)할 책임(責任)이 있는 한양조(漢陽朝) 학자(學者)들은 그대로 보관(保管)하지 못하고, 단순(單純)한 자기(自己)들의 방편(方便)에 의(依)하여 마음대로 취사(取捨)한 결과(結果) 그들의 마음에 맞지 않는 것은 제거(除去)하여 버렸다. 『고려사(高麗史)』의 '사리부재(詞俚不載)'란 문구(文句)는 모다 그 주의(主義)에 희생(犧牲)된 것을 증명(證明)하는 것이다. 이 제거(除去)된 것이야말로 고려문학(高麗文學)의 특색(特色)일지도 모른다.

제2절(第二節), 장가(長歌)의 발달(發達)

「도이장가(悼二將歌)」

신라(新羅)의 향가문학(鄕歌文學)이 쇠퇴(衰退)한 후(後) 고려(高麗)의 시가(詩歌)는 정상적(正常的) 발달(發達)을 이루지 못하였다. 그렇다 해

서 시가문학(詩歌文學)의 발달(發達)이 전연(全然) 정지(停止)된 것은 아
니다. 다만 자유(自由)롭게 표현(表現)할 수 있는 문학(文學)을 가지지
못하여 그 발달(發達)에 많은 지장(支障)이 있었고, 그것이 후세(後世)에
전(傳)하지 못하였을 뿐이었다. 그 당시(當時)의 작품(作品)이 구전(口傳)
하여 오다가, 후세(後世) 국문자(國文字)의 제정(制定)을 기다려 문자상
(文字上)에 고정(固定)된 것이 있는 것을 보아 알 수 있다.

고려(高麗) 제16대(第十六代) 왕(王) 예종(睿宗)은 시가 방면(詩歌方面)
에 상당(相當)한 소양(素養)이 있었던 듯하여 문헌(文獻)에 전(傳)하는 것
으로 만도 「벌곡조(伐谷鳥)」와 단가(短歌) 2수(二首)를 창작(創作)하였다
하나, 왕(王)이 김락(金樂)·신숭겸(申崇謙) 양장(兩將)을 추도(追悼)하여
불렀다는 「도이장가(悼二將歌)」(西1120) 1수(一首)만이 전(傳)하여 온다.
이것은 원작(原作) 그대로 그 당시(當時) 사용(使用)의 관례(慣例)에 의
(依)하여 표기(表記)되었다고 보이는 이두(吏讀)로 되어, 시가사상(詩歌
史上) 중요(重要)한 존재(存在)다. 그 원문(原文)[9]을 적출(摘出)하여 보면,

일(一)	일(一)
主乙完乎白乎	니믈 오올오솔본
心聞際天乙及昆	ᄆᆞᅀᆞᆷ 갓하늘 밋곤
魂是去賜矣中	넉시 가사더
三烏賜敎職麻又欲	사ᄆᆞ샨 벼슬마 쏘하져

---

9 여기에서는 「도이장가(悼二將歌)」를 4구체 2연으로 파악하여 원문을 제시하고 있으
   나, 향찰로 표기된 8구체 작품으로 보는 것이 정설이다. 인용문에서 (1), (2) 등의
   표식은 원문의 집필자가 가필한 것이며, 이 작품은 고려가요 「정과정」과 더불어 고려
   시대의 '잔존형 향가'로 보기도 한다.

이(二)	이(二)
望彌阿里刺	바라며 아리라
及彼可二功臣良	그쁴 두공신(功臣)여
久乃直隱	오라나 고돈
跡烏隱現乎賜丁	자최는 나토샨뎌

와 같으니, 일견(一見)하여 이두(吏讀)임을 알 수 있다. 이것으로서 우리는 이두(吏讀)의 시가사상(詩歌史上) 사용(使用)이 급속적(急速的)으로 그 자취를 감춘 것이 아니고, 점진적(漸進的)으로 그 사용(使用)이 쇠퇴(衰退)하여 간 것을 알 수 있으며, 또 예종(睿宗) 당시(當時)에 아즉 이와 같은 표기법(表記法)이 오히려 유지(維持)되어 있었음을 알 수 있다.

「정과정곡(鄭瓜亭曲)」

「정과정곡(鄭瓜亭曲)」[10](西1151~1170間에 成立)은 『악학궤범(樂學軌範)』에 전(傳)하여 있으나, 이것은 『익재집(益齋集)』의 「소악부(小樂府)」에 번역(飜譯)되어 있는 것을 보더라도 고려(高麗) 그 당시(當時)에 구전(口傳)하여 왔던 것이 사실(事實)이며, 또 그 형식(形式)이 향가(鄕歌)의 10구체가(十句體歌)에 근사(近似)하다는 것을 보아, 신라 계통(新羅系統)의 시가문학(詩歌文學)이 고려시대(高麗時代)에 들어와 전연(全然) 그 발달(發達)을 정지(停止)하지 않았다는 것을 알 수 있다.

「정과정곡(鄭瓜亭曲)」은 『악학궤범(樂學軌範)』에 실이어 있다.

---

10 이 작품의 명칭을 「정과정(鄭瓜亭)」이라고 일컫기도 한다.

내님믈 그리ᄉᆞ와 우니다니
산(山)졉동새 난 이슷ᄒᆞ요이다
아니시며 거츠르신돌 아으
잔월효성(殘月曉星)이 아라시리이다
넉시라도 님은 ᄒᆞᆫ더 녀져라 아으
벼기더시니 뉘러시니잇가
과(過)도 허믈도 천만(千萬) 업소이다
ᄆᆞᆯ힛마러신뎌 ᄉᆞᆯ읏브뎌
니미 나ᄅᆞᆯ ᄒᆞ마 니ᄌᆞ시니잇가
아소 님하 도람 드르샤 괴오쇼

　이것은 내시랑(內侍郞) 과정(瓜亭) 정서(鄭敍)의 작(作)이다. 그 형식
(形式)은 10구체가(十句體歌)[11]로 되어 있어 이것을 향가(鄕歌)의 10구체
가(十句體歌)와 비교(比較)하여 보면, 향가(鄕歌)의 10구체가(十句體歌)
는 '전절 8구(前節八句)'·'후절 2구(後節二句)'로 분단(分段)되어, 전절(前
節)에서 대체(大體)의 의미(意味)의 일단락자(一段落字)를 짓고 후절(後
節)에서 총괄적(總括的)으로 혹(惑)은 결론적(決論的)으로 재창(再唱)하
는 형식(形式)인데, 「정과정곡(鄭瓜亭曲)」은 그렇게까지 분단(分段)되어
있지 않지만, 그래도 후2구(後二句)가 미분명(未分明)하나마 향가(鄕歌)
의 후2구(後二句)에 상딩(相當)하는 늣하다. 원래(元來) 향가(鄕歌)의 후
절(後節)이란 독립(獨立)하여서 자존(自存)할 수 있는 것이 아니고 전절
(前節)에 붙어서만 있을 수 있어, 전후 양절(前後兩節)의 관계(關係)가

11　『악장가사』에 수록된 원문은 '(삼엽: 三葉)말힛 마리신뎌 / (사엽: 四葉)ᄉᆞᆯ읏브뎌 아
　으'로 되어있어, 전체 11행으로 구분될 수 있다. 여기에서는 '10구체'에 맞추기 위해
　두 행을 하나로 합쳐 표기한 것으로 파악된다.

긴밀(緊密)하면 할수록 그 지위(地位)가 보존(保存)되기 어려워, 자칫하면 전절(前節)에 휩쓸려 들어가 버릴 가능성(可能性)이 충분(充分)히 내포(內包)되어 있으니, 그렇게 되면 향가(鄕歌)의 10구체가(十句體歌)도 전후 양절(前後兩節)의 분단(分段) 없이 단순(單純)한 10구체가(十句體歌)가 되고 말 것이니, 「정과정곡(鄭瓜亭曲)」도 그리하여 발달(發達)된 것으로 보인다.

경기하여가(景幾何如歌)

「정과정곡(鄭瓜亭曲)」은 고려시대(高麗時代)의 작품(作品)이라 하지만, 고려시대(高麗時代)를 대표(代表)하여 그 특색(特色)을 나타냈다고는 하지 못한다. 고려시가(高麗詩歌)를 대표(代表)하며 그 특색(特色)을 나타낸 것은 아마도 장가 형식(長歌形式)의 시가(詩歌)일 것이다. 향가식(鄕歌式) 기사 방법(記寫方法)이 발명(發明)되어 비로소 우리의 시가(詩歌)는 문자상(文字上)에 정착(定着)되고 정형시(定型詩)로 발달(發達)하여 왔지만, 그 기사 방법(記寫方法)이 쇠퇴(衰退)하면서부터 우리의 시가(詩歌)도 또 다시 문자(文字)에서 유리(遊離)되어 유동(流動)하지 않으면 아니 되었다. 「정과정곡(鄭瓜亭曲)」이 신라(新羅)의 전통(傳統)을 이었다 할지라도, 집 잃은 방랑객(放浪客) 같이 유동(流動)하지 않을 수 없게 되었다. 그러나 시가(詩歌)가 민요(民謠)가 안인 이상(以上) 어떠한 방법(方法)으로라도 문자(文字)에 정착(定着)하고자 한 것이나, 고려시대(高麗時代)의 문자(文字)라면 한자(漢字)와 약간(若干)의 이두(吏讀)가 있을 뿐이니, 다시 말하면 이러한 좋지 못한 조건(條件) 하(下)에 그 생명(生命)을 발휘(發揮)하고 문자(文字)에 정착(定着)하지 않으면 아니 되었다. 여기에 소위(所謂) '경기하여가(景幾何如歌)'[12]가 발생(發生)한 것인데,

'경기하여가(景幾何如歌)'란 이 노래 말미(末尾)에 "경(景)ㅅ긔 엇더ᄒᆞ니
잇고"라는 문구(文句)로부터 명명(命名)한 것이다. 이 종류(種類)의 작품
(作品)으로는 「한림별곡(翰林別曲)」·「관동별곡(關東別曲)」·「죽계별곡(竹
溪別曲)」이 있다.

「한림별곡(翰林別曲). 「한림별곡(翰林別曲)」(1214~1259間 成立)은 고종
조(高宗朝) 제유(諸儒)의 소찬(所撰)이다. 내용(內容)은 전8장(全八章), 각
장(各章)에 일경(一景)을 배(配)하였는데 팔경(八景)은 '시부(詩賦)'·'서
적(書籍)'·'명필(名筆)'·'명주(名酒)'·'화훼(花卉)'·'음악(音樂)'·'누각(樓
閣)'·'추천(鞦韆)'의 순서(順序)로 되었다. 특히 제1장(第一章) '시부(詩
賦)', 제6장(第六章) '음악(音樂)'에는 당대(當代) 명류(名流)의 문장(文章)
과 악인(樂人)·명기(名妓)를 열거(列擧)하였다. 어느 장(章)이나 호화찬
란(豪華燦爛)한 생활상(生活相)과 극단(極端)으로 음악적(音樂的)인 생활
정조(生活情調)를 나타내고 있다.

그 중 제1장(第一章)·제6장(第六章)을, 예(例)로 든다.

> 원순문(元淳文) 인로시(仁老詩) 공로사륙(公老四六)
> 이정언(李正言) 진한림(陳翰林) 쌍운주필(雙韻走筆)
> 충기대책(沖基對策) 광균경의(光鈞經義) 양경시부(良鏡詩賦)
> 위 시장(試場)ㅅ경(景) 긔엇더ᄒᆞ니잇고
> (엽; 葉)금학사(琴學士)의 옥순문생(玉笋門生) 금학사(琴學士)의 옥순
> 문생(玉笋門生)
> 위 날조차 몃부니잇고(제일장;第一章)

---

12 '경기체가(景幾體歌)'라는 갈래를 달리 일컫는 명칭으로, 국문학 연구 초창기에는
'경기하여가'나 '경기하여체가' 등으로도 지칭되었다.

아양금(阿陽琴) 문탁적(文卓笛) 종무중금(宗武中琴)

대어향(帶御香) 옥기향(玉肌香) 쌍가야(雙伽倻)ㅅ고

금선비파(金善琵琶) 종지혜금(宗智嵇琴) 설원장고(薛原杖鼓)

위 과야(過夜)ㅅ경(景) 긔엇더ㅎ니잇고

(엽; 葉)일지홍(一枝紅)의 빗근 취적(吹笛) 일지홍(一枝紅)의 빗근 취
적(吹笛)

위 듣고아 줌드러지라(제육장;第六章)

「관동별곡(關東別曲)」과 「죽계별곡(竹溪別曲)」은 근재(謹齋) 안축(安
軸; 西1282~1345)의 작(作)으로, 「관동별곡(關東別曲)」은 그가 제27대(第
二十七代) 충숙왕(忠肅王) 17년(十七年; 西1330)에 강릉도(江陵道) 순무사
(巡撫使)로 있다가 돌아오는 길에 관동(關東)의 절승(絶勝)을 읊은 것이
며, 「죽계별곡(竹溪別曲)」은 그의 관향(貫鄕)인 '순흥(順興)'의 승경(勝景)
을 노래한 것으로, 전자(前者)는 '8장(八章)' 후자(後者)는 '5장(五章)'으로
모두 약간(若干) 이두문(吏讀文)이 혼용(混用)되어 있다.

「관동별곡(關東別曲)」·「죽계별곡(竹溪別曲)」의 각(各) 1절(一節)을 들
어둔다.

총석정(叢石亭) 금란굴(金幱窟) 기암괴석(奇岩怪石)

전도암(顚倒岩) 사모봉(四慕峰) 창태고갈(蒼苔古碣)

아야족(我也足) 석암회(石岩回) 수형이상(殊形異狀)

위(爲) 사해천하(四海天下) 무두사질다(無豆舍叱多)

옥잠주리(玉簪珠履) 삼천도객(三千徒客)

위(爲) 우래실하노일시고(又來悉何奴日是古)

「관동별곡(關東別曲)」

죽령남(竹嶺南) 영가북(永嘉北) 소백산전(小白山前)

천재흥망(千載興亡) 일양풍류(一樣風流) 순정성리(順政城裏)

타대무은(他代無隱) 취화봉(翠華峯) 천자장태(天子藏胎)

위(爲) 양작중흥(釀作中興) 경기하여(景幾何如)

청풍두각(淸風杜閣) 양국두함(兩國頭啣)

위(爲) 산수고(山水高) 경기하여(景幾何如)

「죽계별곡(竹溪別曲)」

「관동별곡(關東別曲)」・「죽계별곡(竹溪別曲)」은 「도이장가(悼二將歌)」보다 약(約) 300년(三百年) 뒤떨어지는 만큼, 이두(吏讀)의 사용(使用)이 줄어들어 한문(漢文) 사이로 겨우 그 흔적(痕跡)을 볼 따름이다. 「보현시원가(普賢十願歌)」・「도이장가(悼二將歌)」・「관동별곡(關東別曲)」 셋을 두고 보면 각각(各各) 시대적(時代的)으로 간격(間隔)이 있다 하고라도, 대강(大綱) 고려 일대(高麗一代)의 시가 표기법(詩歌表記法)의 역사적(歷史的) 변천(變遷)을 알 수 있다. 삼국시대(三國時代)로부터 계속적(繼續的)으로 들어온 국초(國初)의 외래문화(外來文化)가 상당(相當)히 농후(濃厚)하였다 하여도, 아즉 고유문화(固有文化)를 굽힐 수 없었지마는 점점(漸漸) 외래문화(外來文化)가 득세(得勢)하여, 중엽(中葉) 이후(以後) 말엽(末葉)에 가서는 도로혀 우세(優勢)한 지위(地位)에 설 뿐 아니라, 마침내 우리 고유문화(固有文化)를 압두(壓頭)하고 말았다는 것을 증명(證明)하는 것이다. 따라서 시가(詩歌)의 표면적(表面的) 표기(表記)는 그것이 단순(單純)한 외부(外部)의 형식적(形式的) 현상(現象)에 그치지 않고, 내부(內部)의 반영(反映)이라 하여도 과언(過言)은 아니다.

이 '경기하여가(景幾何如歌)'의 형식(形式)은 독특(獨特)한 운율(韻律)과 구법(句法)으로 되어 있다. 그 음수율(音數律)[13]은 다음과 같다.

3(三)·3(三)·4(四)

3(三)·3(三)·4(四)

4(四)·4(四)·4(四)

위 3(三)·3(三)·4(四)

(엽; 葉)4(四)·4(四)·4(四)·4(四)

위 3(三)·3(三)·4(四)

이 '3(三)·3(三)·4(四)'조(調)는 고려(高麗) 뿐 아니라, 한양조(漢陽朝) 중엽(中葉)에까지 미쳐 유가(儒家)들의 많은 모방작(模倣作)을 내었다. 이것은 아마도 한학자(漢學者)가 한시(漢詩) 아닌 우리 시가(詩歌)를 지어보랴고 고심초사(苦心焦思)한 긑에 한문(漢文)의 '사육체(四六體)'[14]를 모방(模倣)하여 맨들어 낸 듯 생각되나, 그 형식(形式)이 우리 시가(詩歌)와는 거리가 멀고, 또 한문(漢文)을 빌려 우리의 시가(詩歌)를 짓자니까 자연(自然)히 한문(漢文)의 냄새를 제거(除去)할 수 없어 이 같은 기형적(畸形的)인 시가(詩歌)가 발생(發生)하였다. 이 시가(詩歌)는 오로지 한학자(漢學者) 간(間)에서 낳고 또 자라나 일보(一步)도 다른 사회(社會)에 벗어나지 못하였으니, 그야말로 일부(一部) 한학자(漢學者)라는 특수 계급(特殊階級)의 문학(文學)이다.

---

13 한국 시가의 율격은 음절 수로 헤아리는 '음수율'이 아니라, '소리마디(음보: 音步)'를 기준으로 삼는 '음보율'로 파악해야만 한다. 그러나 국문학 연구 초창기에는 '음수율'만이 적용되어, 이 책에는 모든 시가 율격을 음절 수를 헤아리는 음수율이 적용되어 현재의 시각에서는 유효하지 않은 설명이라고 할 수 있다. 그래서 우리 시가를 음수율로 파악하는 이 책의 관점은 더 이상 유효하지 않고, 다만 연구사적인 의미만을 지니고 있다고 하겠다.

14 한시(漢詩) 양식의 하나인 '사륙변려문(四六駢儷文)'의 형식을 일컫는데, 대체로 각 시행이 4자와 6자가 기본이 되어 서로 대구(對句)를 이루는 작품들을 일컫는다.

고려속요(高麗俗謠)

고려문학(高麗文學)은 특수 계급(特殊階級)의 문학(文學)과 평민문학(平民文學)과에 양분(兩分)되었다. 다시 말하면 가학자(歌學者) 간(間)에서만 애용(愛用)되는 문학(文學)이 발생(發生)되어, 전래(傳來)의 문학(文學) 즉(卽) 평민문학(平民文學)과 대립(對立)하게 되었다. 전래(傳來)의 문학(文學)은 문자상(文字上)에 정착(定着)되어야만 할 문학(文學)이 문자(文字)에 정착(定着)되지 못하고 유동(流動)하게 되니, 자연(自然) 구구상전(口口相傳)하는 수밖에 없어 소위(所謂) '속가(俗歌)'라는 형식(形式)으로 발전(發展)하게 되었다. 한양조(漢陽朝) 중엽(中葉)에 편찬(編纂)된『악학궤범(樂學軌範)』·『악장가사(樂章歌詞)』에 소재(所載)되어 있는「쌍화점(雙花店)」·「동동(動動)」·「서경별곡(西京別曲)」·「청산별곡(靑山別曲)」·「만전춘(滿殿春)」·「이상곡(履霜曲)」·「정석곡(鄭石曲)」·「사모곡(思母曲)」·「가시리」·「처용가(處容歌)」 등(等)은 다 그러한 시가(詩歌)라 볼 수 있으나, 이들은 역(亦) 장가(長歌)의 형식(形式)을 취(取)하여 모두 수 절(數節)로 분단(分段)되어 있다.

그 중(中)「서경별곡(西京別曲)」과「청산별곡(靑山別曲)」·「가시리」를 들어보면

「서경별곡(西京別曲; 一部)」
대동강(大同江) 아즐가 너븐디 몰라서
　　위 두어렁셩 두어렁셩 다링디리 비내여 아즐가
비내여 노흔다 샤공아
　　위 두어렁셩 두어렁셩 다링지리 네가시 아즐가
네가 시럼난디 몰라서
　　위 두어렁셩 두어렁셩 다링디리 널비에 아즐가

널비에 연즌다 샤공아
　　위 두어렁셩 두어렁셩 다링디리 대동강(大同江) 아즐가
대동강(大同江) 건너 편 고슬여
　　위 두어렁셩 두어렁셩 다링디리 비타들면 아즐가
비타들면 것고리이다 나는
　　위 두어렁셩 두어렁셩 다링디리

「청산별곡(靑山別曲; 一部)」
살어리 살어리 랏다
청산(靑山)애 살어리 랏다
멀위랑 드래랑 먹고
청산(靑山)애 살어리 랏다
　　얄리얄리 얄랑셩 얄라리 얄라

우러라 우러라 새여
자고니려 우러라 새여
널라와 시름한 나도
자고니려 우니노라
　　얄리얄리 얄랑셩 얄라리 얄라

「가시리」
가시리 가시리잇고
나는 보리고 가시리잇고
나는 위 증즐가 태평성대(太平盛代)

날러는 엇디 살라호고
바리고 가시리잇고
나는 위 증즐가 태평성대(太平盛代)

잡스와 두어리 마ㄴ는
선흐면 아니올셰라
나는 위 증즐가 태평성대(太平盛代)

셜온님 보내옵노니
나는 가시는듯 도서오쇼셔
나는 위 증즐가 태평성대(太平盛代)

　이에서도 보는 바와 같이 수 절(數節)로 분단(分段)되어, 각 절(各節)에
는 후렴구(後斂句)가 붙었다. 이것이 소위(所謂) 고려(高麗)의 '속악(俗
樂)'이라 하는 것인데, 전술(前述)한 '경기하여가(景幾何如歌)'와는 전연
(全然) 성질(性質)이 다르다. '경기하여가(景幾何如歌)'를 귀족적(貴族的)
이라 하면 이것은 평민적(平民的)이라 하겠으며, 그 내용(內容)은 대체
(大體)가 한양조(漢陽朝) 학자(學者)들이 말하는 '남녀상열지사(男女相悅
之詞)'로, 인생(人生)의 참된 일면(一面)을 속임 없이 발로(發露)하였다.
「가시리」가 대표적(代表的) 작품(作品)이라는 것은 아니지마는 그 표현
(表現)의 소박미(素朴美)와 함축미(含蓄味), 절절(切切)한 애원(哀怨), 그
면면(綿綿)한 정한(情恨), 은근한 맛이 있어, 고려(高麗) '속가(俗歌)'의
진면목(眞面目)을 여실(如實)히 나타냈다 하겠다. '경기하여가(景幾何如
歌)'가 특(特)한 운율(韻律)에 미사려구(美辭麗句)를 나열(羅列)하여, 가
(可)히 우리의 '사육변려문(四六騈儷文)'이라 하겠고 화려(華麗)하고 점잖
한 풍도(風度)를 나타냈다. 하겠지마는 고려(高麗) '속악(俗樂)'은 속임
없는 우리의 민족적(民族的) 정서(情緖)를 그대로 나타냈다. 여하(如何)
튼 고려(高麗)에 와서 귀족문학(貴族文學)과 평민문학(平民文學)으로 양
분(兩分)되어 각각(各各) 그 특색(特色)을 발휘(發揮)하고, 한문학(漢文學)

이 발달(發達)하여 가는 그늘에서 자못 끈기 있게 국문학(國文學)의 전통
(傳統)을 유지(維持)하여 갔다.

제3절(第三節), 시조(時調)의 발생(發生)

시조(時調)의 기원(起源)

시조(時調)는 우리 시가(詩歌)의 대표적(代表的) 작품(作品)이라 할 수
있다. 고래(古來) 시가사상(詩歌史上)에 여러 가지 시가(詩歌)가 있어 왔
으나, 시조(時調)는 그 자태(姿態)를 나타낸 이후(以後) 쇠(衰)할 줄 모르
고, 갈수록 그 광채(光彩)를 발휘(發揮)하였다. 이것은 시조(時調)가 어느
시가(詩歌)보다도 가장 우리 민족(民族)의 문학적(文學的) 기호(嗜好)에
적합(適合)한 시형(詩形)을 가지고 있기 때문일까. 어떠한 시가(詩歌)든
지 그 민족성(民族性)에 적합(適合)치 않은 시형(詩形)은 그 민족(民族)에
용납(容納)되지 못하고, 어느 기회(機會)에 자연(自然)히 도태(淘汰)되고
마는 것이니, 시가(詩歌)와 민족성(民族性)은 실(實)로 미묘(微妙)한 관계
(關係)를 가지고 있다고 할 것이다. 그러면 시조(時調)는 어느 때부터
발생(發生)한 것인가. 그 기원(起源)에 대(對)하여서는, 신라(新羅) 향가
(鄕歌) 중(中)에 벌써 시조 형식(時調形式)에 유사(類似)한 것이 있었느니,
또는 불가(佛歌)에서, 또는 한시(漢詩)의 번역(飜譯) 중(中)에서 발견(發
見)한 시형(詩形)이니 하는 여러 가지 설(說)이 있다.

그러나 대저(大低) 시조(時調)가 다른 시가(詩歌)와 구별(區別)되는 근
본 조건(根本條件)은 그 형식(形式)에 있는 것이다. 따라서 시조(時調)의
기원 문제(起源問題)는 필연적(必然的)으로 그 형식(形式)의 발달 문제
(發達問題)에 귀착(歸着)되고 말 것이다. 현금(現今) 우리가 가지고 있는

시조(時調)의 기본 형식(基本形式; 平時調)은 초장(初章)은 초·중·종(初中終) 3장(三章)으로 나누이고, 각 장(各章)은 다시 4구(四句)로 구분(區分)되어 그 기준 형식(基準形式)[15]은,

초장(初章) 3434(4) 三四三四(四)
중장(中章) 3434(4) 三四三四(四)
종장(終章) 3543   三五四三

으로 되었다. 이 형식(形式)은 악곡상(樂曲上)의 선율(旋律)과 밀접(密接)한 관계(關係)가 있다. 시(詩)의 시(詩)된 주요 조건(主要條件)은 언어(言語)의 율동(律動)에 있는 것이다. 이 율동(律動)은 어음(語音)의 장단(長短)과 강약(强弱) 또는 음수(音數)로 결정(決定)되는데, 이것은 언어 성질(言語性質)에 따라서 다르다. 예(例)컨대 영국(英國)의 시(詩)는 '강약음(强弱音)'을 주(主)로 하고, 한시(漢詩)는 '4성(四聲)'을 주(主)로 하나, 우리 시조(時調)는 '음수율(音數律)'을 위주(爲主)로 한다. 다시 말하면 시조(時調)의 격조(格調)를 이루는 가장 중요(重要)한 조건(條件)은 '음철 수(音綴數)'다. 즉(卽) 시조(時調)의 자수(字數)는 통계상(統計上) 45자(四十五字) 전후(前後)가 기준(基準)이 되어있는데 45자(四十五字)를 대단위(大單位)로 하고, 그를 다시 내분(內分)하여 3장(三章)으로 나노아, 15자(十五

---

15 조윤제의 「시조(時調) 자수고(字數考)」에서 이러한 형식이 제시된 이후 광범위하게 받아들여졌으나, 한국 시가 율격의 정형으로 '음보율'이 채택되면서 자수율에 입각한 시조의 정형은 더 이상 사용되지 않고 있다. 일반적으로 "시조의 정형적 틀은 네 개의 소리마디(音步)가 결합하여 한 행을 이루고 그것이 세 번 중첩되어 한 수를 이루는 '4음보격 3행시의 구조'로 규정"되고 있다.(김흥규, 『한국문학의 이해』, 민음사, 1986, 44면 참조)

字)가 일장(一章)을 형성(形成)하고 있다. 일장(一章) 15자(十五字)는 다시 나노아져서 '내구(內句) 7자(七字)'·'외구(外句) 8자(八字)'로 되어있으니, 즉(卽) '내7·외8(內七外八)'을 반복(反覆)하여 3장(三章)을 맨든 것이다. 백제(百濟) 노래라고 전(傳)하는 「정읍사(井邑詞)」가 '3장6구(三章六句)'며, 「서경별곡(西京別曲)」도 3장(三章)으로 되어있으니, 시조(時調)의 '3장 조직(三章組織)'도 이것들에서 유래(由來)한 것이 아닐까 생각도 드나, 이것은 막연(漠然)한 추측(推測)에 지나지 않는다.

시조(時調)의 성립(成立)

시조(時調)가 작품(作品)으로 나타난 것은 극(極)히 막연(漠然)하여, 언제부터인가 판단(判斷)하기 곤란(困難)하다. 우선(于先) 작품(作品)으로 본다면 이여(爾餘)의 국문학(國文學) 작품(作品)이 대개(大槪) 그러한 것과 같이 그 작품(作品)이 원형(原形) 그대로를 보존(保存)하지 못하고, 시간(時間)의 경과(經過)에 따라 후대인(後代人)에게 개변(改變)되어 온 것이다. 그러므로 시조(時調)에 있어서도 고구려(高句麗)의 을파소(乙巴素)니, 백제(百濟)의 성충(成忠)이니, 고려(高麗)의 최충(崔沖)이니, 곽여(郭輿)의 작품(作品)이라 하여 전(傳)해 있지만 역시(亦是) 믿기 어렵다. 그러면 시조(時調)가 어느 때부터 있었는가. 정포은(鄭圃隱)의 「단심가(丹心歌)」 태종(太宗)의 「하여가(何如歌)」가 한역(漢譯)되어 있는 것을 보면, 그것이 확실(確實)히 시조(時調)의 번역(飜譯)인 것을 미루어 알 수 있으니, 고려 말(高麗末)에 시조(時調)가 있었던 것은 확실(確實)하다.

그러나 그 시대(時代)의 작품(作品)이라고 전(傳)해 오는 것은 불과(不過) 10수 수(十數首)에 지나지 못하고, 게다가 원형(原形)이 그대로 보존(保存)되어 오지 못한 듯하여 그 시대(時代)의 문학적(文學的) 정서

(情緒)와 표현(表現)을 맛보기 어려울 것이다. 아래에 그 작품(作品)을 대강(大綱) 소개(紹介)하겠다.

우탁(禹倬, 西1266~1342). 자(字)는 탁보(卓甫), 호(號)는 역동(易東), 관(官)은 충선왕(忠宣王) 때에 좨주(祭酒)에 이르렀다. 주역(周易)을 원(元)나라에서 처음으로 수입(輸入)해 온 당대(當代)의 석학(碩學)이다. 그의 작(作)으로는 2수(二首)가 전(傳)하니, 그 중 1수(一首)를 든다.

> 한 손에 막대 들고 또 두 손에 가시를 쥐어
> 늙는 길 가시로 막고 오는 백발(白髮)을 매로 치렷더니
> 백발(白髮)이 저 먼저 알고 주럼길로 오매라.

이조년(李兆年, 西1268~1342). 자(字)는 원로(元老), 호(號)는 백화헌(百花軒), 관(官)은 충혜왕(忠惠王) 조(朝)의 정당문학(政堂文學)이었다. 그가 지었다는 시조(時調)로는

> 이화(梨花)에 월백(月白)하고 은한(銀漢)이 삼경(三更)인제
> 일지춘심(一枝春心)을 자규(子規)야 알야마는
> 다정(多情)도 병(病)인양 하야 잠 못 드러 하노라

이존오(李存吾, 西1341~1371). 자(字)는 순경(順卿), 호(號)는 백탄(百灘) 혹(或)은 고산(孤山)이라 한다. 그의 시조(時調)에

> 구름이 무심(無心)탄 말이 아마도 허랑(虛浪)ㅎ다
> 중천(中天)에 떠 이셔 임의(任意)로 단이면서
> 굿타여 광명(光明)한 날빗츨 덮퍼 무슴ㅎ리요

이색(李穡, 西1328~1395). 자(字)는 영숙(潁叔), 호(號)는 목은(牧隱). 이규보(李奎報)와 같이 고려(高麗)의 대문호(大文豪)이다. 그의 작품(作品)은 1수(一首) 뿐이다.

> 백설(白雪)이 즈츠진 곧에 구름이 머흐매라
> 반가운 매화(梅花)는 어늬 곳듸 피었는고
> 석양(夕陽)에 홀노 서셔 갈 곳 몰나 하노라

정몽주(鄭夢周, 西1320~1392). 자(字)는 달가(達可), 호(號)는 포은(圃隱)이니, 그는 여말(麗末)에 이씨(李氏)의 세력(勢力)에 대항(對抗)하여 고려(高麗)의 사직(社稷)을 지키고자 하던 문관(文官)의 수령(首領)이다. 어느 날 태종(太宗)이 포은(圃隱)의 의사(意思)를 떠보려고 주연(酒宴)을 베풀고 권주(勸酒)하다가

> 이런들 엇더ᄒ며 저러흔들 엇더ᄒ리
> 만수산(萬壽山) 드렁츩이 얽어진들 엇더ᄒ리
> 우리도 이 ᄀ치 얽어러저 백년(百年)가지 ᄒ리라.

하였다. 포은(圃隱)은 서슴치 않고

> 이몸이 죽고 죽어 일백번(一百番) 곳처 죽어
> 백골(白骨)이 진토(塵土)되여 넉시라도 잇고 업고
> 님 향(向)한 일편단심(一片丹心)이야 가실 줄이 이시랴

하였다. 태종(太宗)은 포은(圃隱)의 굳은 절개(節槪)를 굽히지 못함을

깨닫고 선죽교(善竹橋)에서 그의 생명(生命)을 뺐고 말았다. 그리하여 만고(萬古)의 충신(忠臣)은 가고 그가 남긴 「단심가(丹心歌)」는 영원(永遠)히 살어간다.

원천석(元天錫). 호(號)는 운곡(耘谷)이니, 여조(麗朝) 유신(遺臣)으로 나라가 망(亡)한 후(後) 고향(故鄉)에 돌아가 다시 나오지 않았다. 그 시조(時調)에

> 홍망(興亡)이 유수(有數)ᄒ니 만월대(滿月臺)도 추초(秋草)로다
> 오백년(五百年) 왕업(王業)이 목적(牧笛)에 부쳐시니
> 석양(夕陽)에 지나는 객(客)이 눈물게워 ᄒ노라

이것은 운곡(耘谷)이 '전조 회고(前朝懷古)'의 마음을 금(禁)치 못하고, 송경(松京)을 심방(尋訪)하여 「맥수가(麥秀歌)」[16]의 여향(餘響)을 노래에 붙인 것이다.

이 밖에 최영(崔瑩)·길재(吉再)·성여완(成汝完)·서견(徐甄) 들의 시조(時調)라고 일커르는 노래 한 수(首) 씩이 전(傳)하여 나려온다.

제4절(第四節), 한문학(漢文學)에 포섭(包攝)된 고려 문학(高麗文學)

한역가(漢譯歌)

조선 시가(朝鮮詩歌)를 한문(漢文)으로 번역(飜譯)하게 된 것은 고려(高麗)에 와서 시작(始作)된 것이 아니라 그 이전(以前)에도 당연(當然)

---

16 『사기(史記)』에 수록되어 전하는 작품으로, 기자(箕子)가 은(殷)나라의 도읍을 지나며 폐허가 된 궁궐에 대해 탄식했다는 내용이다. 여기에서 고국의 멸망을 한탄한다는 의미의 '맥수지탄(麥秀之嘆)'이라는 고사가 유래했다.

히 있었을 것이며, 이후(以後) 한양 조(漢陽朝)에서도 끊임 없이 계속 (繼續)되여 왔다. 그러나 고려(高麗) 이전(以前)이라 하면 신라(新羅)의 이두문(吏讀文)이 시가 표현(詩歌表現)의 수단(手段)이 되었고, 또 한양 조(漢陽朝)에 와서는 훈민정음(訓民正音)이 반포(頒布)된 고(故)로 우리 글로 표현(表現)하게 되었지마는, 고려시대(高麗時代)에는 한문학(漢文 學)의 힘에 눌려 우리 문학(文學)을 생산(生産)할 의욕(意欲)이 없었다. 겨우 한문(漢文)의 힘을 빌려서 그 당시(當時)의 항간(巷間)의 노래를 한시(漢詩)로나마 번역(飜譯)한 것을 지금(至今) 우리가 볼 수 있는 것 은 다행(多幸)이다.

고려(高麗) 한역가(漢譯歌)는 오늘날에 남은 것은 그다지 많치 않고, 익재(益齋)의 「소악부(小樂府)」, 기타(其他) 문헌(文獻)에 산재(散在)하여 있다.

익재(益齋)의 「소악부(小樂府)」란 것은 그의 문집(文集) 『익재난고(益 齋亂藁)』 제4(第四) 시편(詩篇) 중(中)의 일 제목(一題目)이다.

『익재난고(益齋亂藁)』의 저자(著者) 이제현(李齊賢, 西1287~1367)은 고 려(高麗)의 위대(偉大)한 시인(詩人)으로, 중국 학자(中國學者)들과 가장 많이 교유(交遊)하고 명성(名聲)을 중국(中國)에 날리던 사람이다. 「소 악부(小樂府)」는 익재(益齋)가 당시(當時) 유행(流行)하던 우리 노래를 한시형(漢詩形)으로 번역(飜譯)한 것이라. 물론(勿論) 형식(形式)에 있 어, 전연(全然) 다른 것을 한시(漢詩)에 번역(飜譯)한 것이매 원가(原歌) 의 모습을 이 한역가(漢譯歌)에서 지금 우리가 추단(推斷)키는 어려우 나, 그 대의(大意)나마 짐작할 수 있는 것은 반가운 일이다. 그것은 전 부(全部) 11수(十一首)로, '7언절구(七言絶句)'의 형식(形式)을 취(取)하였 다. 그 중(中) 수 수(數首)를 들면,

「사리화(沙裏花)」

黃雀何方來去飛(황작하방래거비)

一年農事不曾知(일년농사부증지)

鰥翁獨自耕耘了(환옹독자경운료)

耗盡田中禾黍爲(모진전중화서위)

백성(百姓)들이 부렴(賦斂)은 번중(繁重)하고 호강(豪强)은 양탈(攘奪)하매, 그 곤상(困傷)에 견디지 못하여 황작(黃雀)이 탁속(啄粟)하는데 의탁(依託)하여 원망(怨望)한 노래이니, 아마 당시(當時) 유행(流行)의 민요(民謠)일 것이다.

憶君無日不霑衣(억군무일부점의)

政似春山蜀子規(정사춘산촉자규)

爲是爲非人莫問(위시위비인막문)

只應殘月曉星知(지응잔월효성지)

이것은 「정과정곡(鄭瓜亭曲)」의 일부(一部)를 의역(意譯)한 것이다.

설화문학(說話文學)의 발전(發展)

상고(上古) 삼국시대(三國時代)에 유동(流動)하던 설화문학(說話文學)은 대부분(大部分) 『삼국유사(三國遺事)』·『삼국사기(三國史記)』에 실려, 고대인(古代人)의 생활(生活)과 신앙(信仰)과 풍습(風習) 등(等)을 엿볼 수 있으며, 중세(中世)에 들어와서는 다시 일단(一段) 발전(發展)되어 한 개의 광의(廣義)의 문학(文學)을 형성(形成)하였다고 하겠다. 『삼국유사(三國遺事)』와 『삼국사기(三國史記)』가 고려시대(高麗時代)의 편저

(編著)이니, 삼국시대(三國時代)에 기원(起源)된 설화(說話)가 고려시대 (高麗時代)에 와서 설화문학(說話文學)으로서 일단(一旦) 문자(文字; 漢字) 로 정착(定着)되었다 할 것이다.

당대 문학(唐代文學)의 영향(影響)을 많이 받아, 그를 숭상(崇尙)한 고 려(高麗)에서도 이와 같은 종류(種類)의 문학(文學; 傳奇文學)이 대두(擡 頭)할 충분(充分)한 기운(氣運)이 양성(釀成)되었던 것이다. 이 방면(方面) 의 문학 작품(文學作品)은 벌써 문종(文宗) 때 박인량(朴寅亮)의 『수이전 (殊異傳)』이 있었다. 이 책(冊)은 이미 일서(佚書)가 되어 그 본체(本體)를 정확(正確)히 알 수 없으나, 다행(多幸)히도 그 일문(逸文)이 『해동고승 전(海東高僧傳)』·『삼국유사(三國遺事)』·『필원잡기(筆苑雜記)』·『태평통 재(太評通載)』·『대동운부군옥(大東韻府群玉)』 등(等)에 전(傳)하여 있어, 대강(大綱) 이 책이 설화문학서(說話文學書)임을 알 수 있다. 지금 제서 (諸書)에 채록(採錄)되어 있는 그 일문(逸文)의 제목(題目)만이라도 들어 보면,

> 월광욕사전(月光浴師傳)[17]: 『해동고승전(海東高僧傳)』 급(及) 『삼국유 사(三國遺事)』
>
> 아도전(阿道傳): 『해동고승전(海東高僧傳)』
>
> 수삽석경(首揷石耕)[18]: 『대동운부군옥(大東韻府群玉)』
>
> 죽통미녀(竹筒美女): 동상(同上)
>
> 노옹화구(老翁化狗): 『태평통재(太評通載)』, 『대동운부군옥(大東韻 府群玉)』

---

17 「원광법사전(圓光法師傳)」의 오기(誤記)로 파악된다.
18 「수삽석남(首揷石枏)」의 오기(誤記)로 파악된다.

　　호원(虎願): 『대동운부군옥(大東韻府群玉)』

　　연오랑 세오녀(延烏郎細烏女): 『필원잡기(筆苑雜記)』, 『삼국유사(三國
　遺事)』

　　심화요탑(心火繞塔): 『대동운부군옥(大東韻府群玉)』

　이상(以上) 9편(九篇)이 현재(現在) 전(傳)하여 있다. 이것은 원문(原
文) 그대로인지 의심(疑心)되나, 하여간(何如間) 『유사(遺事)』·『사기(史
記)』와 아울러 설화문학(說話文學)의 발전(發展)임을 엿볼 수 있다.

패관문학(稗官文學)

　패관(稗官)이라는 것은 한대(漢代)의 관명(官名)으로 항간(巷間)의 세
언(細言)을 채집(採集)하여, 왕자(王者)의 정도(政道)의 참고(參考)에 자
(資)하는 직분(職分)이었던 것이다. 즉(卽) 항간(巷間)에 돌아다니면서
견문(見聞)이 미치는 대로 이야기를 채집(採集)하여 왕자(王者)로 하여
금 정치(政治)의 득실(得失)을 알게 하였던 것이니, 그 채록(採錄)된 것
은 곧 『수이전(殊異傳)』 등(等)에 있는 것과 같은 것으로, 그 내용(內容)
은 속임 없는 민중(民衆)의 생활(生活)이다. 처음에는 채집자(採集者)가
충실(忠實)하게 사실(事實) 그대로 채록(採錄)하였지마는, 점점(漸漸) 개
인 창의(個人創意)가 움지기어 이야기 자체(自體)에 어떤 흥미(興味)를
부치고자 하였을 것이니, 이리해서 후대(後代)의 소설(小說)로 발전(發
展)하였다 할 것이다.

　패관문학(稗官文學)이 이렇게 흥미 본위(興味本位)로 변(變)하고 보
면, 그것은 곧 문인(文人)들의 '소견지자(消遣之資)'가 되어 한문학(漢文
學)이 발달(發達)하여 가는 그늘에서 설화문학(說話文學)으로 자라나게

될 것이다. 이리하여 『수이전(殊異傳)』과 『유사(遺事)』 등(等)이 맨들어
진 것이다.

이 패관문학(稗官文學)은 고려(高麗) 중엽(中葉)에 있어서 고려 문화(高
麗文化)의 황금기(黃金期)를 이룬 고종시대(高宗時代)를 중심(中心)으로
발족(發足)한 것 같다. 패관문학(稗官文學)이 발달(發達)된 원인(原因)은
여러 가지로 볼 수 있으나,

1(一), 송·원(宋元) 문화(文化)의 수입(輸入)을 쫓아 송·원(宋元)의 수
필(隨筆) 혹(或)은 설화집(說話集)인 『태평광기(太平廣記)』·『열녀전(列
女傳)』 등(等)이 조고자(操觚者) 간(間)에 널리 유행(流行)되므로, 그 영향
(影響)을 받아 국내(國內)의 풍부(豊富)한 자료(資料)를 필단(筆端)에 붙
인 것.

2(二), 신라(新羅)에서 구비(口碑)로 전(傳)해 온 전통적(傳統的) 설화
(說話)를 후세(後世)에 남겨두고자 하는 의도(意圖)에서 나온 것.

3(三), 정치적(政治的) 권능(權能)을 잃은 문신(文臣)들이 심심풀이와
분(憤)풀이로 생각나는 대로 문담(文談)을 기술(記述)한 것 등(等)이다.

이러한 원인(原因)으로 일어난 패관문학(稗官文學)은 점차(漸次) 그 범
위(範圍)가 확대(擴大)되어, 시화류(詩話類)도 패관문학(稗官文學)의 중요
(重要)한 일 부문(一部門)을 이루게 되었다.

이규보(李奎報): 『백운소설(白雲小說)』
이인로(李仁老): 『파한집(破閑集)』
최자(崔滋): 『보한집(補閑集)』
이제현(李齊賢): 『역옹패설(櫟翁稗說)』

이런 것이 여조(麗朝) 패관문학(稗官文學)의 주요(主要)한 문헌(文獻)들인데, 그 내용(內容)은 편자(編者)의 견문(見聞)이 미치는 대로 필재(筆才)에 맡겨 기록(記錄)한 것으로, 시화(詩話)·소화(笑話) 혹(或)은 항간(巷間)에 돌아다니는 전설(傳說)·설화(說話)·외담(猥談) 등(等)이다.

패관문학(稗官文學)이 한문학 세력(漢文學勢力)에 이끌이어 시화류(詩話類)로 쓸려갔다고 하지만, 그것은 패관문학(稗官文學)의 정상적(正常的) 발달(發達)이 아니고, 패관문학(稗官文學)이 소설(小說)로 발달(發達)하여 가는 것이 정당(正當)한 발전 과정(發展過程)이라 하겠다. 중국(中國)을 말하더라도 당(唐)의 '지괴 전기문(志怪傳奇文)'은 이미 지나 송(宋)의 '화본(話本)'이 유행(流行)하던 때이니까, 우리 문학(文學)이 항상(恒常) 중국(中國)에 비(比)하여 한 시대(時代) 떠러져 그들의 문학(文學)을 수입(輸入)했든 것이 사실(事實)이드라도 이때 벌써 소설(小說)이 수입되었을 것이니, 그렇다면 당연(當然)히 어떠한 영향(影響)을 받았을 것이며, 따라서 고려(高麗)의 패관문학(稗官文學)도 어느 정도(程度) 진전(進展)하였을 것이다.

> 임춘(林椿): 「국순전(麴醇傳)」, 「공유전(孔有傳)」[19]
> 이규보(李奎報): 「국선생전(麴先生傳)」, 「청강사자현부전(淸江使者玄夫傳)」
> 이곡(李穀): 「죽부인전(竹夫人傳)」
> 이첨(李詹): 「저생전(楮生傳)」
> 석 식영암(釋息影庵): 「정시자전(丁侍者傳)」

---

19 「공방전(孔方傳)」의 오기(誤記)로 파악된다.

등(等)은 패관문학(稗官文學)의 발전(發展)한 작품(作品)인데,「정시자전
(丁侍者傳)」을 제(除)하고는 모다 물건(物件)을 의인화(擬人化)하여 쓴 가
전적(假傳的) 필법(筆法)으로 계세징인(戒世懲人)을 목적(目的)으로 한 작
품(作品)이며,「정시자전(丁侍者傳)」은 작자(作者)의 환각(幻覺)에 맡겨
그려낸 것이다. 이상(以上)의 작품(作品)들 그대로 소설(小說)이라고 부
르기는 어려우나 전기(前記)『수이전(殊異傳)』에 비(比)하면 순전(純全)
히 작자(作者)의 창의(創意)에서 나와 소설문학(小說文學)을 일보 전진(一
步前進)시켰다고 볼 것이다.

제5절(第五節), 나례(儺禮)와 「처용가(處容歌)」

나례(儺禮)

나례(儺禮)라 하는 것은 춘하추동(春夏秋冬) 어느 때나 행(行)한 형적
(形跡)이 있으나, 대체(大體)로는 음력(陰曆) 12월(十二月) 제야(除夜)에
악귀(惡鬼)를 쫓아내려고 궁중(宮中)에서 거행(擧行)하든 일종(一種)의
의식(儀式)이며, 1년(一年) 중(中)의 재앙(災殃)·질병(疾病) 등(等)의 악귀
(惡鬼)를 모조리 구축(驅逐)하고 질겁게 신년(新年)을 마지하려고, 1년
(一年)의 마지막 날에 무서운 가면(假面)을 쓰고 소위(所謂) '구나(驅儺)'
를 했든 것이다.

이 나례(儺禮)가 언제부터 있었는지 확실(確實)치는 못하나 고려 초
(高麗初)에 있었던 것은 사실(事實)이며, 일방(一方)으로는 나례(儺禮)
가 극적(劇的) 색채(色彩)를 띤 것이니, 즉(卽)『대동운부군옥(大東韻府
群玉)』에,

麗初諸王及宦者等(여초제왕급환자등), 分宮儺(분궁나), 爲左右以求勝
(위좌우이구승), 倡優雜戱遠近坌集(창우잡회원근분집), 旌旗充斥禁中(정
기충척금중), 睿宗亦爲之(예종역위지), 諫官等(간관등), 扣閣極諫不聽
(구각극간불청)

이라는 것을 보아, '나례 의식(儺禮儀式)' 외(外)에 승부(勝負)를 다투고
창우 잡회(倡優雜戱)까지 분집(坌集)한 것은 악귀(惡鬼)를 쫓어내는 의식
(儀式)에서 탈선(脫線)하여 일종(一種) 유희(遊戱) 비슷하게 된 것을 말하
는 것이다. 그리고 여말(麗末)에 가서는 순 중국식(純中國式)을 떠나서
화관(花冠)을 쓴 '처용무(處容舞)'까지 들어있었다. 이것은 외래(外來)의
구나 의식(驅儺儀式)에 만족(滿足)치 않고, 다시 우리 고래(古來)의 구역
(驅疫)의 전설(傳說)을 가지고 있는 '처용무(處容舞)'·「처용가(處容歌)」가
중국(中國) 전래(傳來)의 나례(儺禮)의 우리 의식화(儀式化)한 것과 혼연
(渾然) 한 덩어리가 된 것이다.

「처용가(處容歌)」

「처용가(處容歌)」의 나대(羅代) 형식(形式)은 당초(當初)엔 "동경(東京)
불군 다래"부터 "둘흔 뉘해어니오"까지의 일단(一段) 뿐이었으나, 그
후(後) '처용희(處容戱)'와 구나 의식(驅儺儀式)에 사용(使用)되든 '처용
무(處容舞)'의 발전(發展)과 아울러 가사(歌詞)는 다시 원가(原歌) 전·후
부(前後部)에 허다(許多)한 부연(敷衍)이 생겨, 일종(一種) 극시적(劇詩的)
형식(形式)의 사설(辭說)로 대(代)한 것이다. 다음에 「처용가(處容歌)」의
일부(一部)를 든다.

머자 외야자 녹리(綠李)야

샬리나 내신고홀 미야라

아니옷 미시면 나리어다 머즌말

동경(東京) 불긘 두래 새도록 노니다가

드러 내자리롤 보니 가르리 네히로세라

아으 둘혼 내해어니와 둘혼 뉘해어니오

이런저긔 처용(處容)아비옷 보시면

열병신(熱病神)이아 회(膾)ㅅ가시로다

천금(千金)을 주리여 처용(處容)아바

칠보(七寶)를 주리여 처용(處容)아바

천금(千金) 칠보(七寶)도 말오

열병신(熱病神)를 날자바 주쇼서

산(山)이여 미히여 천리외(千里外)예

처용(處容)아비룰 어여려거져

아으 열병대신(熱病大神)의 발원(發願)이샷다

제6절(第六節), 한양 조(漢陽朝) 초기(初期)의 문학(文學)

시대(時代)의 개관(槪觀)

정권(政權)이 바뀌면 정책(政策)도 바뀌는 것은 고금상례(古今常例)이거니와, 이씨 조선(李氏朝鮮)은 개국 시초(開國始初)에 대개혁(大改革)을 문화상(文化上)에도 단행(斷行)했다. 즉(卽) 천유여년(千有餘年) 간(間) 민족(民族)의 신앙(信仰)을 지배(支配)하고 고려(高麗)에 들어와서는 국교(國敎)이든 불교(佛敎)를 방축(放逐)하고, 유교(儒敎)로서 국시(國是)를 삼어 정치(政治)의 조직(組織)·사회(社會)의 제도(制度)·민족(民族)의 생활(生活)은 오로지 일로 통일(統一)하여 버렸다. 이에는 여러 가지 이유(理由)가 있겠으나, 첫째로 새로운 정책(政策)을 써서 민심(民心)을 수람(收

攬할 의도(意圖)도 있겠지만은, 불교(佛敎) 자체(自體)로 보더라도 여말
(麗末)에는 심(甚)히 타락(墮落)하여 민속(民俗)을 퇴패(頹敗)케 하여 정치
상(政治上)·사회상(社會上) 다대(多大)한 폐해(弊害)를 끼치고 있었다. 이
것은 이 태조(李太祖)가 고려(高麗)에 화관(化官)하면서 목도(目睹)한 바
이다. 이로서는 도저(到底)히 국가(國家) 인민(人民)을 지배(支配)키 어려
운 것을 그는 깨닫고, 개국 시초(開國始初)부터 '척불존유(斥佛尊儒)'의
국책(國策)을 세워 일대 개혁(一大改革)을 감행(敢行)하였던 것이다.

이로써 불교(佛敎)는 몰락(沒落)하고, 유교(儒敎)는 위대(偉大)한 세
력(勢力)으로 국내(國內)의 사상계(思想界)를 장악(掌握)하였다.

따라서 고려(高麗)의 문화(文化)를 불교문화(佛敎文化)라 한다면, 이조
문화(李朝文化)는 유교문화(儒敎文化)라 하겠다. 한양 조(漢陽朝) 초기(初
期)에 있어 문화상(文化上)으로 보아 가장 중대(重大)한 사실(事實)은, 절
세(絶世)의 성군(聖君) 세종대왕(世宗大王)이 조선(朝鮮)의 국자(國字)를
제정(制定)한 것이 조선(朝鮮)의 문학(文學)은 이로써 비로소 안정(安定)
된 지반(地盤)을 얻게 되었으며, 진정(眞正)한 의미(意味)의 국문학(國文
學)은 이로부터 시작(始作)된다고 하여도 좋은 것이다.

고려(高麗)에 와서 온전히 외래문화(外來文化)에 극복(克服)되어 그
말엽(末葉)에는 명맥(命脈)조차 없어지랴 했던 것이 사실(事實)인데, 훈
민정음(訓民正音)의 출현(出現)으로 새로운 생명수(生命水)를 얻었다 할
것이다. 그러나 유교(儒敎)는 배전(倍前)의 힘으로 우리 고유문화(固有
文化)를 압박(壓迫)했다.

송영가(頌詠歌)

국가 창업기(國家創業期)라 신흥 기분(新興氣分)은 약동(躍動)하고 제

반 문화(諸般文化)의 기초 공작(基礎工作)에 열중(熱中)되어 있으나, 문학(文學) 방면(方面)을 조장(助長)시킬만한 조건(條件)은 되지 못하여 문학계(文學界)는 쓸쓸하였다. 다만 창업(創業)을 송영(頌詠)하는 노래가 있을 뿐이다.

정도전(鄭道傳)의 「신도가(新都歌)」·「정동방곡(靖東方曲)」·「납씨곡(納氏曲)」·「문덕곡(文德曲)」과 권근(權近)의 「상대별곡(霜臺別曲)」, 기타(其他) 「성덕가(聖德歌)」·「축성수(祝聖壽)」의 '송영가(頌詠歌)'와 고려 유신(高麗遺臣)의 시조(時調)가 약간(若干) 있다.

「신도가(新都歌)」. 「신도가(新都歌)」는 한양 조(漢陽朝) 창업 공신(創業功臣)이며, 영상(領相)이든 정도전(鄭道傳)의 작품(作品)이다.

> 녜는 양주(陽州) ㅣ 쑈을히여
> 디위예 신도형승(新都形勝)이샷다
> 개국성왕(開國聖王)이 성대(聖代)를 이르어샷다
> 잣다온뎌 당금경(當今景) 잣다온뎌
> 성수만년(聖壽萬年)ᄒ샤 만민(萬民)이 함락(咸樂)이샷다 아으 다롱지리
> 알폰 한강수(漢江水)여 뒤흔 삼각산(三角山)이여
> 덕중(德重)하신 강산(江山) 즈으매 만세(萬歲)를 누리소셔

「상대별곡(霜臺別曲)」. 권근(權近; 西1352~1409)의 작(作)으로, 전부(全部) 5장(五章)으로 되어있는 고려(高麗) '경기하여가(景幾何如歌)'의 잔류(殘流)이다. 그 중 제1장(第一章)과 제5장(第五章)을 들어둔다.

화산남(華山南) 한수북(漢水北) 천년승지(千年勝地)

광통교(廣通橋) 운종가(雲鍾街) 건너드러

낙락장송(落落長松) 정정고백(亭亭古柏) 추상오부(秋霜烏府)

위 만고청풍팔경(萬古淸風八景) 긔엇더ᄒ니잇고

(엽; 葉)영웅호걸(英雄豪傑) 일시인재(一時人才) 영웅호걸(英雄豪傑)

일시인재(一時人才)

위 날조차 몃분니잇고 (제1장: 第一章)

초택성음(楚澤醒吟)아 녀는됴ᄒ녀 녹문생왕(鹿門生往)이아, 너는됴ᄒ
녀 명량상우(明良相遇), 하청성대(河淸盛代)예 사마회집(駟馬會集)이아,
난됴하이다 (제5장: 第五章)

제4장(第四章), 근세문학(近世文學)

제1절(第一節), 훈민정음(訓民正音) 반포(頒布)와 국문학(國文學)

훈민정음(訓民正音)의 국문학사적(國文學史的) 의의(意義)

말은 글월의 형식(形式)을 빌어 보전(保全)되고 존속(存續)되며, 글월은 문화(文化)의 인위적(人爲的) 소산(所産)인 문자(文字)로 고정(固定)된 것이다. 원래(元來) 국문학(國文學)을 규정(規定)하는 기준(基準)이 국어(國語)라면, 국문학(國文學)은 그 민족(民族)의 생활감정(生活感情)을 예술적(藝術的)으로 표현(表現)한 국어(國語)로의 기록(記錄)이라 하겠다. 이런 뜻에서 문학(文學)은 그 나라의 국자(國字)로 기록(記錄)함으로써 바야흐로 국문학(國文學)의 이름에 해당(該當)하리라는 견해(見解)를 가질 수 있는 만큼, 국자(國字)의 제정(制定)은 작품(作品)을 낳을 수 있으며, 작품(作品)이 나옴으로서 국문학(國文學)은 진정(眞正)한 발족(發足)을 할 수 있다고 말하겠다.

대저 세종(世宗)께서 성삼문(成三問)·신숙주(申叔舟)·정인지(鄭麟趾)·최항(崔恒) 들의 협찬을 받아, 세종(世宗) 25년(二十五年) 12월(十二月)에 '훈민정음(訓民正音)'을 지으시고 28년(二八年; 西1446) 9월(九月)에 반포(頒布)하여 거룩한 큰 업을 만세(萬世)에 드리웠다.

국자(國字) 제정(制定) 이전(以前)에는 이두문자(吏讀文字)로 전(傳)한 약간(若干)의 노래가 있고, 그 이외(以外)에 전(專)혀 한문(漢文)으로 번역(飜譯)된 것이 있고, 구전(口傳)한 것을 국자(國字)가 나온 뒤에 우리 글자로 적어놓은 것이 남아 있다. 그런 고(故)로 문예(文藝)는 국자(國字)가 나온 뒤에야 정로(正路)를 걷게 되어, 소위(所謂) 작품(作品)이란 것도

차차 나오기 시작하였다. '훈민정음(訓民正音)'이 나온 직후에는 번역(飜
譯)이 성행(盛行)하여 문화(文化)에 이바지하였으니, 『석보상절(釋譜詳
節)』·『삼강행실(參綱行實)』·『동자습(童子習)』[20]들과 '사서(四書)'·『법화경
(法華經)』·『능엄경(楞嚴慶)』·『금강경(金剛經)』·『원각경(圓覺經)』 들의 번
역(飜譯) 언해(諺解)가 인행(印行)되었으며, 성종(成宗) 때에는 『두시언해
(杜詩諺解)』·『악학궤범(樂學軌範)』 들이 나오고, 14년(一四年)에 서거정
(徐居正) 들이 명(命)을 받들어 『연주시격(聯珠詩格)』·『황산곡시집(黃山
谷詩集)』 들을 번역하였다. 중종(中宗) 때에 이르러서는 『열녀전(烈女傳)』
같은 소설(小說)이 번역되어 일반(一般)에 읽혔으니, 이 업이 문화상(文
化上)에 끼친 바는 이토록 큰 것이 있다. 이 중에 국문학(國文學)은 세조
(世祖)·성종(成宗) 때에 지어지기 시작하여, 중종(中宗) 때에는 작가(作
家)의 창작 활동(創作活動)이 활발(活潑)하여졌고, 다시 송강(松江)·노계
(蘆溪)·고산(孤山) 들의 거장(巨匠)은 율문 문학(律文文學)을 대성(大成)하
였으나, 다음 시절에는 서민문화(庶民文化)가 발전(發展)되어 시가(詩
歌)·소설(小說)에는 큰 변천(變遷)과 발전(發展)이 있었으니, 이는 오로
지 국자(國字)에 의(依)한 문예(文藝)의 보편화(普遍化)에 말미암은 것이
라 하겠다.

악제(樂制)의 정리(整理)

한양 조(漢陽朝)의 아악(雅樂)은 세종(世宗)이 지었고, 다시 세조(世祖)
가 증보(增補)한 것이다. 대저 궁중악(宮中樂)에는 당악(唐樂)과 향악(鄕
樂)의 두 종류(種類)가 있으니, 고려(高麗) 예종(睿宗) 9년(九年)에 송(宋)

---

20 『동몽선습(童蒙先習)』을 지칭하는 것으로 추정됨.

에서 '대성악(大晟樂)'이 들어왔다. 원래(元來) 신라(新羅)에 당악(唐樂)이 없을 리(理) 없으나, 중국(中國)의 궁중악(宮中樂)처럼 정비(整備)된 것이 못 되어 다시 완전(完全)한 아악제(雅樂制)를 고르랴 하였던 것일 게다. 그 후 누차(屢次) 아악(雅樂)이 들어왔으나, 세종(世宗)에 이르러서도 오히려 미비(未備)하므로 박연(朴堧)을 중용(重用)하여 '관습도감(慣習都鑑)'을 두고 악제(樂制)·악기(樂器)를 다스리기에 힘을 기울였다. 12년(一二年; 西1430)에는 벌써 『아악보(雅樂譜)』가 찬정(纂定)되었다.

『아악보(雅樂譜)』에는 「봉황음(鳳凰吟)」·「용비어천가(龍飛御天歌)」들의 노래가 국자(國字)로 정착(定着)하였으니, 그 문예(文藝)가 바야흐로 작품(作品)으로 나타나게 되었던 것이다.

요(要)컨대 이 업이 큰 일이므로 보조(補助)한 이들이 많은 중에 동포(東浦) 맹사성(孟思誠; 西1360~1431)도 있다. 그는 「강호사시가(江湖四時歌)」를 지어 '강호 연군(江湖戀君)'의 뜻을 읊었다 하니, 이 노래의 한 귀에 "강호(江湖)에 여름이 드니 초당(草堂)에 일이 업다. 유신(有信)흔 강파(江波)는 보내느니 브람이로다. 이 몸이 서늘히옴도 역군은(亦君恩)이샷다"라고 읊었다. 이 노래는 강호 한객(江湖閑客)의 노래지만, 시세(時勢)에 따르는 맹사성(孟思誠)의 충정(忠情)일지도 알 수 없다. '청간단중(淸簡端重)'한 동포(東浦)는 아악 발전(雅樂發展)의 훌륭한 공로자(功勞者)이다.

「용비어천가(龍飛御天歌)」와 「월인천강지곡(月印千江之曲)」

세종(世宗) 27년(二七年; 西1445)에 권제(權踶)·정인지(鄭麟趾)·안지(安止) 들이 「용비어천가(龍飛御天歌)」 10권(十卷)을 진상(進上)하였으니, 이 노래는 '한양 조기(漢陽肇基)의 성적(聖蹟)'을 송영(頌詠)한 궁중악(宮

中樂)으로, 중국(中國)의 역대 제왕(歷代帝王)의 사적(事蹟)을 읊은 노래
와 그 노래의 짝으로 4조(四祖)[21] · 태조(太祖) · 태종(太宗)의 성적(聖蹟)을
송(頌)한 노래를 합(合)하여 2절(二節)로써 1장(一章)을 지어, 수장(首章)
과 종장(終章)은 따로 한 노래로 한 도합(都合) 125장(一百二十五章)의
긴 노래이다. 이 노래는 궁정(宮庭)의 공사 연향(公私燕享)에 사용(使用)
되는 「여민락보(與民樂譜)」·「치화평보(致和平譜)」·「취풍형보(醉豊亨譜)」에
서 쓰이었다. 원래(元來) 「용비어천가(龍飛御天歌)」는 지금까지 보지 못
하던 새로운 형식(形式)의 노래로서 4구(四句)로 구성(構成)된 것이다.

> 덕망(德望)이 뎌러ᄒ실쎠
> 가다가 도라옳 군사(軍士)
> ᄌ걋긔
> 황포(黃袍) 니피ᅌ 봋니 (25장: 二五章)

> 시미 기픈 므른
> ᄀᄆ래 아니그칠쎠
> 내히 이러
> 바ᄅ래 가ᄂ니 (2장: 二章)

이 노래들은 아악조(雅樂調)에 의(依)하여 전아(典雅)한 멜로디로 연
주(演奏)되었다. 이것이 문학적(文學的) 작품(作品)으로 얼마나 가치(價
値)가 있느냐 하는데 대(對)해서는 아직 두고라도, 확실(確實)히 훈민

---

21 조선을 건국한 이성계의 조상인 목조(穆祖) · 익조(翼祖) · 도조(度祖) · 환조(桓祖)를
   가리킴.

정음(訓民正音) 시대(時代)의 고전(古典)으로 어학(語學)에서는 더할 수 없는 귀중(貴重)한 자료(資料)일 것이다.

이「용비어천가(龍飛御天歌)」와 체재(體裁)가 같은 노래에「월인천강지곡(月印千江之曲)」이 있다. 한양 조(漢陽朝)가 서자 중국(中國)에서 소위(所謂) '각칭가곡(各稱歌曲)'이란 불곡(佛曲)이 누차(屢次) 들어왔다. 한양 조(漢陽朝)는 그 창건 초(創建初)부터 척불(斥佛)의 정책(政策)을 베풀어 왔으나, 궁정(宮庭)의 사생활(私生活)에는 아직 불교(佛敎)에서 온 행사(行事)가 남어 있었다. 나대(羅代)부터 젖은 관습(慣習)과 신앙(信仰)은 일조(一朝)에 씻을 수 없는 까닭이다. '각칭가곡(各稱歌曲)'이 환영(歡迎)된 것도 대저 이 때문이니,「월인천강지곡(月印千江之曲)」도 이런 신앙(信仰)에서 나온 것이다. 세종(世宗) 28년(二八年; 西1446)에 세종 왕비(世宗王妃) 소헌왕후(昭憲王后)가 승하(昇遐)하니 세종(世宗)께서 수양대군(首陽大君)에게 그 추천(追薦)을 위(爲)하여 '석보(釋譜)'를 만들게 하였으니, 대군(大君)은 승우(僧祐)·도선(道宣) 두 율사(律師)가 지은 두 보(譜)를 아울러서『석보상절(釋譜詳節)』을 만들어 진상(進上)하매, 왕(王)이 국문(國文)으로 찬송(讚頌)을 지어「월인천강지곡(月印千江之曲)」이라 이름하였다. 대저 석가(釋迦)의 불적(佛蹟)을 가영(歌詠)한 것이니『상절(詳節)』이 완성(完成)된 것은 세종(世宗) 29년(二九年; 西1447)의 일이고, 세조(世祖) 원년(元年)에는 신미(信眉) 들에게 명(命)하여 첨삭(添削)하여 '간경도감(刊經都監)'에서 상재(上梓)하게 한 것이다.「용가(龍歌)」와 같은 의미(意味)에서『월인석보(月印釋譜)』도 어학 문헌(語學文獻)으로도 큰 가치(價値)를 가지고 있다.

세존(世尊)ㅅ일 술보리니 만리외(萬里外)ㅅ일시나

눈에보논가 너기ㅅ봋쇼셔 (기이:其二)

『악학궤범(樂學軌範)』과 『악장가사(樂章歌詞)』

국초(國初) 이래(以來) 궁중(宮中)에서 사용(使用)되는 모든 악(樂)과 그 제도 이론(制度理論)을 진술(陳述) 편찬(編纂)한 책에 「동동(動動)」·「정읍사(井邑詞)」·「처용가(處容歌)」·「봉황음(鳳凰吟)」·「북전(北殿)」·「문덕곡(文德曲)」·「납씨가(納氏歌)」·「정동방지곡(靖東方之曲)」 들의 노래가 국자(國字)로 정착(定着)되어 실리어 있는 책이 『악학궤범(樂學軌範)』이다. 성종(成宗) 21년(二一年; 西1490)에 임원준(任元濬)·유자광(柳子光)·어세겸(魚世謙)·성현(成俔) 들에게 「쌍화점(雙花店)」·「이상곡(履霜曲)」·「북전(北殿)」에서 음설(淫褻)한 말을 덜어 고치게 하였다. 원래(元來) 성종(成宗) 때는 악(樂)이 일단(一段) 완성(完成)되었으므로 가사(歌詞)·악곡(樂曲)들을 심찰 반성(尋察反省)할 때이니, 그 결과(結果) 성현(成俔)·유자광(柳子光) 들이 '의궤(儀軌)'·'악보(樂譜)'를 수교(讐校)하여 9권 3책(九卷三冊)으로 지어 24년(二四年; 西1493)에 초간(初刊)한 것이 『악학궤범(樂學軌範)』이다.

또 연대(年代)는 불명(不明)하지만 대략(大略) 중종(中宗)·명종(明宗) 때에 되었으리라고 생각되는 『악장가사(樂章歌詞)』는 박준(朴浚)의 작(作)이라 하나, 확실(確實)치 않다. 이 책에는 「청산별곡(靑山別曲)」·「이상곡(履霜曲)」·「서경별곡(西京別曲)」·「쌍화점(雙花店)」·「가시리」·「사모곡(思母曲)」·「정석가(鄭石歌)」·「처용가(處容歌)」·「보허자(步虛子)」·「풍입송(風入松)」·「능엄찬(楞嚴讚)」·「야심사(夜深詞)」·「어부가(漁父歌)」·「만전춘(滿殿春)」·「상대별곡(霜臺別曲)」·「연형제가(宴兄弟歌)」·「오륜가(五

倫歌)」·「양주가(楊州歌)」들의 옛노래가 실려 있다. 이들 노래는 아마 국자(國字)가 제정(制定)된 뒤에 정착(定着)된 것이라 생각되니, 여대(麗代)·국초(國初)의 노래를 살필 수 있는 두 귀(貴)여운 책들이다. 이상(以上) 말한 바에 의(依)하여 다음과 같이 논단(論斷)할 수 있다. 자기(自己) 말을 적을 수 있는 문자(文字)로 작품(作品)을 창작(創作)하거나, 적어도 민족(民族)의 문예적(文藝的) 유산(遺産)들을 기록(記錄)할 수 있음으로서 문학(文學)은 성립(成立)된다. 국자(國字)는 분명(分明)히 국문학(國文學)의 기호(記號)로 언어(言語)를 고정(固定)시켜 보존(保存)시키는 매개재(媒介材)다. '훈민정음(訓民正音)'이 국자(國字)로서 제정(制定)된 일은 문화사상(文化史上) 획기적(劃期的) 사실(事實)일 뿐더러, 국문학 건설(國文學建設)의 기본적(基本的)인 자산(資産)을 획득(獲得)한 것이다.

제2절(第二節), 시가(詩歌)의 발전(發展)

경기하여가(景幾何如歌)의 잔류(殘流)

「한림별곡(翰林別曲)」은 독특(獨特)한 노래의 형식(形式)이다. 이 형태(形態)의 노래는 점차(漸次)로 표현적(表現的)인 수법(手法)에 있어 많이 변(變)하여저 가고, 드디어 주세붕(周世鵬)의 「도동곡(道東曲)」들과 권호문(權好文)의 「독락팔곡(獨樂八曲)」에 이르러 그 후는 자연(自然) 자취를 감추게 되었다. 그 형태(形態)의 변화·파괴(變化破壞)를 나타내게 된 것은 국자 제정(國字制定) 후(後)가 더욱 현저(顯著)하다.

안축(安軸; 西1282~1348)의 「관동별곡(關東別曲)」·「죽계별곡(竹溪別曲)」은 「한림별곡(翰林別曲)」과 아울러 고려(高麗)의 '경기하여가(景幾何如歌)'이다. 이 노래는 3언·4언(三言四言)이 글월의 중핵(中核)이 되고,

중간중간 우리말로 미붕한 노래이다. 한양 조(漢陽朝)에 와서는 국자(國字)가 생겼으므로 표현(表現)이 자유(自由)롭게 되었으니, 종래(從來)의 딱딱한 '경기하여가(景幾何如歌)'에 대(對)하여 무관심(無關心)하게 되었고, 따라서 짓지도 않았다. 자암(自庵) 김구(金絿; 西1488~1575)의 「화전별곡(花田別曲)」에

> 천지애(天之涯) 지지두(地之頭) 일점선도(一點仙島)
> 좌망운(左望雲) 우금산(右錦山) 봉내고내
> 산천기수(山川奇秀) 종생호걸(鍾生豪傑) 인물번성(人物繁盛)
> 위 천남승지경(天南勝地景) 긔 엇더ᄒ니잇고
> 풍류주색(風流酒色) 일시인걸(一時人傑) (재창; 再唱)
> 위 날조차 몃분이신고

의 형식(形式)은 그 전(前) 노래보다는 국어적(國語的) 표현(表現)으로 흐르고 있고, 그 율성(律性)에도 많은 변화(變化)가 있었다고 본다. 「도동곡(道東曲)」에

> 복희신농(伏羲神農) 황제요순(黃帝堯舜) (재창;再唱)
> 애 계천입극경(繼天立極景) 기(幾) 어쩌하니잇고 (1장:一章)

「엄연곡(儼然曲)」에

> 노프나 노프신눌해 두터우나 두터우신짜히
> 발가신 일월(日月)에 춘하추동(春夏秋冬)은 눌로 하야 흘러 가는고
> 위 일원순환(一元循環) 유구경(悠久景) 기(幾) 어쩌하니잇고

에 이르러서는 변화(變化)가 매우 심(甚)하여젓스니, 그 결과(結果)는
이러하다.

① 경기하여가체(景幾何如歌體)가 점차(漸次) '엽(葉)'을 사용(使用)치
　않는 일
② 경기하여가(景幾何如歌)는 한자적(漢字的) 표현(表現)이었던 것이
　국문적(國文的) 표현(表現)으로 변(變)한 일
③ '위경기하여(景幾何如)'란 구(句)를 쓰지 않는 구(句)가 섞이게
　된 일

이 세 가지 변화(變化)를 볼 수 있으니, 이리하여 경기하여체(景幾何如
體)는 점차(漸次) 가사(歌詞)에로 접근(接近)하였다. 국초(國初)에 「유림
가(儒林歌)」·「오륜가(五倫歌)」와 헌부(憲府) '소미연(燒尾宴)'에 진상(進
上)한 권근(權近)의 「상대별곡(霜臺別曲)」, 양궁 자효(兩宮慈孝)를 가영(歌
詠)하였다는 변계량(卞季良)의 「화산별곡(華山別曲)」, 예조(禮曹)가 올린
「가성덕(歌聖德)」·「축성수(祝聖壽)」 들이 모두 이 부문(部門)의 노래이
니, 기사법(記寫法)이 자유(自由)롭지 못하고 아울러 한학(漢學)의 문화
적(文化的) 구속(拘束)을 감수(甘受)하던 시대의 산물(産物)이다.

「어부가(漁父歌)」

어부(漁夫)의 '한적 청일(閑適淸逸)'한 생활(生活)을 사모하여 '피세 고
거(避世高擧)'하는 생각은 비현실적(非現實的)이나, 동양문화(東洋文化)
에 흐르는 사조(思潮)이다. 고려 중엽(高麗中葉) 이후(以後)에도 「어부가
(漁父歌)」라는 가사(歌詞)가 있었고, 세종(世宗) 때에는 김자순(金子恂)의
「어부가(漁父歌)」가 있다는 기록(記錄)이 있다. 그 시절의 노래가 후세(後

世)에 말하는 「어부사(漁父詞)」라고는 말하기 어렵다. 원래(元來) 「어부가(漁父歌)」는 전(前)부터 전(傳)하여 내려온 것이니, 박준(朴浚)이 모은 책에 있던 것을 이현보(李賢輔)가 개산(改刪)하였다는 것이 지금 전(傳)하고 있다. 퇴계(退溪)가 지은 「어부가(漁父歌)」가 있다고 하나 볼 수 없고, 후세(後世) 가집(歌集)에 전(傳)하는 것도 있으나 신용(信用)할 수는 없다. 「어부가(漁父歌)」의 본의(本意)에 의(依)하여 윤선도(尹善道)가 「어부사시사(漁父四時詞)」를 고쳐 지어 '어부가(漁父歌)'를 완성(完成)하였다.

이현보(李賢輔)의 노래는 집고식(集古式)인 것이고, 윤선도(尹善道)의 「사시사(四時詞)」는 첩구(疊句)를 제거(除去)하면 순조(順調)로운 시조(時調)를 구성(構成)할 수 있도록 된 자연(自然)스러운 국어적(國語的) 표현(表現)이다. 『해동가요(海東歌謠)』에 '어부사시조(漁父四時調)'가 전(傳)한다.

① 청고엽상(靑菰葉上)에 양풍기(凉風起)하니 홍료화변(紅蓼花邊) 백로한(白鷺閑)이라
　닫드러라 닫드러라
　동정호리(洞庭湖裏) 가귀풍(駕歸風)하리라
　지국총(至匊愡) 지국총(至匊愡) 어사와(於思臥)ㅎ니
　범급전산(帆急前山) 홀후산(忽後山) 이로다. (어부가;漁父歌)

② 동풍(東風)이 걷든 부니 믉결이 고이난다
　돋ᄃ라라 돋ᄃ라라
　동호(東湖)롤 도라보며 서호(西湖)로 가자스라
　지곡총지곡총어사와
　압뫼히 다디나고 뒨뫼이 나아온다. (어부사시사; 漁父四時詞)

③ 구즌비 멋저가고 시냇물이 묽아온다

동호(東湖)롤 도라보며 서호(西湖)로 가자스라

압뫼히 물러가고 뒷뫼히 나아오는고야. (어부사시조; 漁父四時調)

이 세 노래는 그 시대적(時代的)인 분화·변천(分化變遷)을 나타내고 있다. '돋다라라'·'지곡총'의 첩구(疊句)[22]는 '어부가(漁父歌)'의 특색(特色)이나, '어부가(漁父歌)'의 고형(古形)은 점차(漸次) 새로워저서 시조(時調)의 형식(形式)에 가까워 감을 짐작할 수 있다.

육신(六臣)의 시조(時調)

국초(國初)에도 여러 가지로 풍파(風波)가 많았다. 그 중(中)에는 비가(悲歌)를 울리는 길재(吉再)·원천석(元天錫) 들도 있고, 태평 일세(太平逸世)의 군은(君恩)을 감축(感祝)하며 향락(享樂)하는 이도 있다. 말하자면

치천하(治天下) 오십년(五十年)에 부지(不知) 왜라 천하사(天下事)를

억조창생(億兆蒼生)이 대기(戴己)를 원(願)ㅎ느냐

강구(康衢)에 문동요(聞童謠)ㅎ니 태평(太平)인가 ㅎ노라.

(변계량; 卞季良)

들의 송덕가(頌德歌)들이 나오기 시작하였고, 그 외(外)에 정도전(鄭道傳; 西1398)·성석린(成石璘; 西1315)·조준(趙浚; 西1346~1402)·이지란(李芝蘭; 西1331~1402)·이직(李稷; 西1402)·황희(黃喜; 西1363~1452) 들이 각

---

22 '첩구(疊句)'는 매 작품마다 반복되는 구절이라는 의미로, '후렴구' 혹은 '반복구'라고 도 한다.

기(各其) 한 수(首)씩을 전(傳)하고 있다.

> 술을 대취(大醉)하고 오다가 공산(空山)에 지니
> 뉘 날을 씨오리 천지(天地) 즉(卽) 금침(衾枕)이로다
> 동풍(東風)이 세우(細雨)를 모라다가 좀든 나롤 씨도다. (조준; 趙浚)

'병자정난(丙子靖難)'에는 여대(麗代)의 유신(遺臣)들보다 쓰라린 참변(慘變)을 체험(體驗)하던 사람이 많았다. 이 상서롭지 못한 변혁(變革)에 처음으로 희생(犧牲)된 분의 하나가 곧 절재(節齋) 김종서(金宗瑞; 西1390~1453)이니, '북변 진무(北邊鎭撫)'의 큰 공(功)을 이룬 지용겸전(智勇兼全)의 재상(宰相)이다. 그 노래 두 수(首) 중에

> 삭풍(朔風)은 나모 긋터 불고 명월(明月)은 눈 속에 춘듸
> 만리변성(萬里邊城)에 일장검(一長劍) 집고 서서
> 긴 포람 큰 한소리에 거칠 것이 업세라

라 읊은 것은 장부(丈夫)의 호기(豪氣)를 나타낸 노래다. '장릉애사(莊陵哀史)'를 둘러싸는 '사육신(死六臣)'은 성삼문(成三問; 西1418~1456)·이개(李塏)·하위지(河緯地)·유성원(柳誠源)·박팽년(朴彭年)·유응부(兪應孚)들이다. 『연려실기술(練藜室記述)』에 "세조(世祖)가 김질(金礩)을 시켜 술을 가지고 옥중(獄中)에 가서 태종(太宗)의 노래 '이런들 엇더하며'로 시험하니 삼문(三問)은 포은(圃隱)의 노래로 대답하고, 팽년(彭年)과 개(塏)는 다 스스로 단가(短歌)를 지어 대답하였다." 하니, 박팽년(朴彭年)·이개(李塏)의 노래가 있었던 것을 알 수 있다. '사육신(死六臣)'들의 시조(時調)가 한 두 수(首)씩 전(傳)하나, 다들 애상(哀傷)한 노래들이다. 아마

형장(刑場)에 끌려가며 듣는 북소리는 지는 해를 재촉하는 듯이 들렸다.

> 수양산(首陽山) 바라보며 이제(夷齊)를 한(恨)ㅎ노라
> 주려 죽을진정 채미(採薇)도 ㅎ는것가
> 아무리 푸시엿거신들 긔 뉘 짜희 나더니 (성삼문;成三問)

> 가마귀 눈 비 마자 희는 듯 검노매라
> 야광월명(夜光月明)이야 밤인들 어두으랴
> 님 향(向)흔 일편단심(一片丹心)이야 변(變)홀 줄이 이시랴
> (박팽년; 朴彭年)

단종(端宗)을 영월(寧越)로 모셔간 왕방연(王邦衍)도 이 정상을 마음 아피 생각하였든지, 서강(西江) 청랭포(淸冷浦)에 앉아 다음과 같이 읊었다.

> 천만리(千萬里) 머나먼 길에 고운님 여희옵고
> 늬 무음 둘 듸 업서 냇フ의 안즈이다
> 저 물도 늬안 フ흐여 우러 밤길 녜놋다.

차마 못할 일을 하고 발이 떠러지지를 안엇든 모양이다.

정극인(丁克仁)

정극인(丁克仁; 西1401~1488)은 대체로 성종(成宗; 西1470~1494) 때 사람이니, 호(號)를 불우헌(不憂軒)이라 한다. 그 노래는 그 문집(文集)에 수록(收錄)되어 전(傳)하는데, 성종(成宗) 8년(八年)에 지은 것이라 한다. 대저 성종(成宗) 시절 사람들이 노래를 좋아한 듯하여, 이 시대에 '여악

(女樂)'·'창우잡희(倡優雜戲)'가 성(盛)하였다. 성종(成宗)도 또한 상문(尚文)하던 분으로, 시조(時調)를 전(傳)하고 있다.

> 이시렴 브듸 갈다 아니 가든 못홀소냐
> 므더니 슬타냐 남의 권을 드럿는다
> 그려도 하 애닯고나 가는 뜻을 일러라

유호인(俞好仁)이 남중(南中)하고저 할 새 석별(惜別)의 정(情)을 읊은 것이라 한다.

정극인(丁克仁)은 고향(故鄉) 태인(泰仁)에서 한가러운 세월(歲月)을 보내면서, 때로는 「상춘가(賞春歌)」도 짓고 「불우헌곡(不憂軒曲)」·「불우헌가(不憂軒歌)」들도 지어 "삼품 교관(三品教官)의 가자(加資)를 배명(拜命)하고 천은(天恩)의 망극(罔極)함을 이기지 못하여 천수(天壽)를 신축(申祝)하였다" 한다.

> 뵈고시라 불우헌옹(不憂軒翁) 뵈고시라
> 시정혜양(時政惠養)[23]하신 구지어미(口之於味) 뵈고시라
> 뵈고시라 삼품의장(三品儀章) 뵈고시라
> 광피성세(光被聖世)[24] 하신 마수요간(馬首腰間) 뵈고시라

「불우헌곡(不憂軒曲)」은 '경기하여가(景幾何如歌)'이지만, 「상춘곡(賞春曲)」은 우리말로 쓰인 가사(歌詞)로 송강(松江) 이전(以前)의 작품(作品)

---

23 '시치혜양(時致惠養)'의 오기(誤記)로 파악된다.
24 '광피성은(光被聖恩)'의 오기(誤記)로 파악된다.

중(中)에서는 단연(斷然) 뛰어난 작품(作品)이라 생각된다.

> 도리 행화(桃李杏花)는 석양 리(夕陽裏)에 피여 잇고
> 녹양 방초(綠楊芳草)는 세우 중(細雨中)에 프르도다
> 칼로 몰아낸가 붓으로 그려낸가
> 조화 신공(造化神功)이 물물(物物)마다 헌스롭다

또는

> 화풍(和風)이 건듯 부러 결수(結水)[25]를 건너오니
> 청향(淸香)은 잔에 지고 낙화(落花)는 옷새 진다

그 묘사(描寫)의 교묘(巧妙)·정사(情思)의 섬세(纖細)함을 알 수 있으니, 이것은 정(正)히 「관동별곡(關東別曲)」들의 선행적(先行的)인 작품(作品)이며, 여대(麗代)부터의 가사(歌詞)와 『송강가사(松江歌詞)』를 연락(連絡)하는 중대(重大)한 존재 위치(存在位置)를 차지하고 있다. 실(實)로 송강(松江)의 '3별곡(三別曲)'들과 백중(伯仲)할 수 있는 작품(作品)이라 말할 수 있다.

정극인(丁克仁)도 '경기하여가(景幾何如歌)'를 지었지마는, 이 가체(歌體)로 가장 이름 높은 이는 역시(亦是) 주세붕(周世鵬; 西1468~1554)이다. 주세붕(周世鵬)은 '백운동서원(白雲洞書院)'을 건립(建立)하고, 그가 지은 「도동곡(道東曲)」과 「죽계별곡(竹溪別曲)」을 그 제식(祭式)에 사용(使用)하였다. 그는 오로지 성현(聖賢)의 지선 지약(至善至約)의 지(旨)를 가영

---

25 '녹수(綠水)'의 오기(誤記)로 파악된다.

(歌詠)하였으며, 그 노래들이 모두 다 수신 제가(修身齊家)의 뜻에서 나온 것이다. 「육현가(六賢歌)」·「엄연곡(儼然曲)」·「태평곡(太平曲)」·「도동곡(道東曲)」들은 '경기하여가'체(景幾何如歌體)의 노래요, 「군자가(君子歌)」·「학이가(學而歌)」·「문진가(問津歌)」·「춘풍가(春風歌)」·「지선가(至善歌)」·「효제가(孝悌歌)」·「정양음(靜養吟)」·「동찰음(動察吟)」들은 단가체(短歌體)이다. 그 외(外)에 황해도 감사(黃海道監司) 시(時; 明宗四年)에 지은 「오륜가(五倫歌)」가 있어, 노래로는 상당(相當)한 양(量)에 달한다. 그러나 성정(性情)을 영발(咏發)하는 것이 시가(詩歌)일진대, 이들 시가(詩歌)의 문학적(文學的) 가치(價値)를 운위(云爲)하기는 어렵다. 「도동곡(道東曲)」9장(九章)에

삼한(三韓) 천만세(千萬世)애 진유(眞儒)를 나리오시니
소백(小白)이 여산(廬山)이오 죽계(竹溪) 염수(濂水)로다
학술 가도(學術街道)는 소분(小分)네 이러어니와
존례 회암(尊禮晦庵)이 그 공(功)이 크샷다
애 오도동래경(吾道東來景) 기(幾)어쩌하니잇고

「정양음(靜養吟)」에

양하고 양ᄒ쇼셔 졍시에 양ᄒ소셔
계산의 탁탁홈과 얄묘도 우으오니
둔는것 안보ᄒ여 여흐디롤 마ᄅ소셔

라 함은 시조형(時調形)의 노래다.

시조 형태(時調形態)의 발전(發展)에 있어서는, 주세붕(周世鵬)의 단

가(短歌)가 가진 존재(存在)도 적지 않다. '경기하여가(景幾何如歌)'는 이 때에 이르러 전적(全的)으로 발전 변화(發展變化)하여 가사(歌詞)와의 거리(距離)가 가까워진 느낌이 있다.

신재(愼齋) 주세붕(周世鵬)보다는 다소(多少) 후배(後輩)인 자암(自庵) 김구(金絿; 西1488~1525)도 약간(若干)의 노래를 읊었다. 그가 남해(南海)에 귀양갔을 때에 그 땅에서 「화전별곡(花田別曲)」을 지었고, 또 옥당(玉堂)에서 숙직(宿直)할 때 중종(中宗)이 순회(巡回)하다가 들어와서 짓게 된 노래 2수(二首), 타(他) 3수(三首)의 시조(時調)를 전(傳)하고 있으니, 고조 의연(古調依然)하다.

> 나온댜 금일(今日)이야 즐거온댜 오놀이야
> 고왕 금래(古往今來)예 유(類)업슨 금일(今日)이여
> 매일(每日)의 오늘 곷튼면 므슴 셩이 가시리

「화전별곡(花田別曲)」은 '경기하여가(景幾何如歌)'로 화전 생활(花田生活)을 그린 것이다.

이현보(李賢輔)

「어부가(漁父歌)」로 유명(有名)한 농암(聾巖) 이현보(李賢輔; 西1468~1555)는 '하세 고거(遐世高擧)'의 뜻을 품고, 가정(嘉靖) 임인(壬寅; 西1542)에 예안(禮安) 구거(舊居)를 찾아 기구(崎嶇)한 반생(半生)을 고요히 독서 생활(讀書生活)로 보내었다.

귀거래(歸去來) 귀거래(歸去來) 말 쑨이오 가 니 업싀
전원(田園)이 장무(將蕪)ᄒ니 아니 가고 엇뎰고
초당(草堂)에 청풍명월(淸風明月)은 나명들명 기드리ᄂ니

명농당(明農堂)을 택변(宅邊)에 얽고 연명(淵明)의 '귀거래도(歸去來
圖)'를 그렸다는 그의 뜻이 이 노래에 여전하다. 분천리(汾川里)에 결려
(結廬)하며 농암(聾岩)에 애일당(愛日堂)을 지었다.

농암(聾巖)에 올라 보니 노안(老眼)이 유명(猶明)이로다
인사(人事)이 변(變)ᄒ둘 산천(山川)이쏜 가실가
암전(巖前)에 모수 모구(某水某邱)이 어제 본 듯 ᄒ예라.

고향(故鄕)에 대(對)한 친근성(親近性)과 무상감(無常感)이다. 그는 홍
이청(洪以淸)·이황(李滉) 들과 때로 수작(酬酌)도 하며 또는 애일당(愛日
堂)에서 독서(讀書)도 하였다. 그가 지은 「어부사(漁父詞)」는 이미 말한
바와 같이 옛날 것을 개산(改刪)한 것이지만, 시가사상(詩歌史上)에 큰
족적(足跡)을 인(印)한 작(作)이라 하겠다. 원가(原歌) 2편(二篇) 중(中) 1
편(一篇) 12장(十二章)을 9장(九章)으로, 1편(一篇) 10장(十章)을 단가(短
歌) 5결(五闋)로 고쳐 장가(長歌)의 엽(葉)으로 하여 일부(一部) 신곡(新曲)
을 지었다. 『동번집(東樊集)』에 '어부가(漁父歌)가 이선악가(離船樂歌)로
쓰인다'고 말하였다. 「어부가(漁父歌)」가 한문(漢文)에 토(吐)를 단 노래
이나, 긴 세월에 걸쳐 영발(咏發)되었던 것이고, 농암(聾巖)의 정적(情的)
생활(生活)과 상부(相符)됨으로서 뜻에 맞도록 개산(改刪)한 것이다.

진일범주(盡日泛舟) 연리심(煙裏心)하니
유시요도(有時搖棹) 월중환(月中還)이라
이어라 이어라
아심수처(我心隨處) 자망기(自忘機)라
지국총(至匊恩) 지국총(至匊恩) 어사와(於思臥)하니
고설승류(鼓枻乘流) 무정기(無定期)라

퇴계(退溪)에게는 선배(先輩)요, 농암(聾巖)에게는 후배(後輩)인 면앙
정(俛仰亭) 송순(宋純; 西1493~1592)은 우수(優秀)한 작가(作家)다. 송순(宋
純)의 지은 바 「면앙정가(俛仰亭歌)」는 겨우 한역(漢譯)된 것이 남아 있으
나, 이 노래는 매우 유명(有名)하여, 역대(歷代) 문헌(文獻)에 간곡히 설
명되어 있다. 이 노래는 면앙정(俛仰亭)의 '산수지승(山水之勝)'과 '유상
지락(遊賞之樂)'을 읊조린 노래라 한다. 그는 담양(潭陽) 석림정사(石林精
舍)에 기거(起居)하며, 그 부근(附近)에 면앙정(俛仰亭)을 짓고, 사시 조
모(四時朝暮)의 경(景)을 그린 것이다. 그는 극(極)히 노래를 잘 짓기로
당시(當時)에 이름이 있었고, 그뿐 아니라 스스로 음곡(音曲)을 즐긴 분
이다. 강호 죽림(江湖竹林)에 누워 오로지 접객 독서(接客讀書)에 소일(消
日)하던 그는 남도 가풍(南道歌風)을 이룩하는데 큰 도움이 된 것은 부인
(否認)할 수 없다. 명종(明宗)이 어원(御苑)에서 황국(黃菊)을 꺾어 옥당
(玉堂)에게 주며 노래를 지으라 할 때에, 그 옥당(玉堂)이 능(能)히 이를
짓지 못할 새 이에 송공(宋公)이 차작(借作)한 노래가 있으니

풍상(風霜)이 섯거친 날에 ㅈ 피온 황국화(黃菊花)를
금분(金盆)에 가득 담아 옥당(玉堂)에 보내오니
도화(桃花)야 곳이온양 마라 님의 뜻을 알괘라

송공(宋公)에게는 「무등가(無等歌)」의 작(作)이 있었다고도 한다.

면앙정(俛仰亭)은 정극인(丁克仁) 뒤에 살던 분으로, 송강(松江)에게
도 많은 영향(影響)을 주었으리라고 생각된다.

중종 시대(中宗時代)의 여류 작가(女流作家)로서의 황진이(黃眞伊)는
상당(相當)히 많은 여류 문사(女流文士) 중(中)에서도 특색(特色)있는 시
조 작가(時調作家)라 하겠다. 종실(宗室) 벽계수(碧溪守)를 희롱(戲弄)한
노래라 전(傳)하는 것에

> 청산리(靑山裏) 벽계수(碧溪水)야 수이 감을 자랑마라
> 일도창해(一到滄海)하면 다시 오기 어려웨라
> 명월(明月)이 만공산(滿空山)ᄒ니 쉬어간들 엇더리

이는 재치로운 비유(比喩)라 하겠지만,

> 동지(冬至)둘 기나긴 밤을 한 허리를 두레 내야
> 춘풍(春風) 니블 알에 설이설이 너헛다가
> 어른님 오신 날 밤드란 굽이굽이 펴리라

라는 노래는 얼마나 간곡하고 다정(多情)한 노래인가.

기타(其他) 여류(女流)로서 시조(時調)를 남긴 자(者)는 소춘풍(笑春風)·
매화(梅花)·소백주(小柏舟)·한우(寒雨)·구지(求之)·명옥(明玉)·다복(多
福)·홍랑(洪娘)·계랑(桂娘)·계생(桂生) 들이니, 시조(時調) 한 두 수(首)
씩을 남겼다.

성종(成宗) 때 있던, 소춘풍(笑春風)의 노래를 들으면

제(齊)도 대국(大國)이오 초(楚)도 대국(大國)이라
조고만 등국(藤國)이 간어제초(間於齊楚) 하엿시니
두어라 하사비군(何事非君)가 사제사초(事齊事楚) ㅎ리라

송강(松江)과 동시(同時)라는 송이(松伊)는

솔이라 솔이라 ㅎ니 무슨 솔만 여기난다
천인 절벽(千仞絶壁)에 낙락장송(落落長松) 닉 그로다
길 아릭 초동(樵童)의 겹낫시야 거러볼 줄이 이시랴

대저 여성(女性)의 사회성(社會性)이 거부(拒否)되엿던 시대(時代)인지
라. 가장 유력(有力)한 사회적(社會的) 존재(存在)엿던 기생(妓生)은 시가
음곡(詩歌音曲)을 그 직업 수단(職業手段)으로 가창(歌唱)하던 만큼 시가
문학(詩歌文學)과는 떠날 수 없는 존재(存在)엿다. 가사(歌詞)·시조(時調)
는 원래(元來) 귀족문화(貴族文化)이엿지만, 기생(妓生)이 그의 온상(溫
床)이 되고 보존자(保存者)가 되엿다. 생각하면 여류문학(女流文學)의 진
정(眞正)한 것은 내방가사(內房歌詞)·부요(婦謠) 들에서 볼 수 있으나,
아마 극근세(極近世)의 일일 것이다.

이황(李滉)과 이이(李珥)

퇴계(退溪) 이황(李滉; 西1501~1570)과 율곡(栗谷) 이이(李珥; 西1536~
1584)는 한양 조(漢陽朝)의 2대 도학자(二大道學者)니, 그들이 지은 「도산
육곡(陶山六曲)」과 「고산구곡(高山九曲)」도 형식(形式)과 정사(情思)에 있
어서, 또는 그 노래 지은 동기(動機)에 있어서도 상통(相通)되는 유사점
(類似點)이 있다.

이황(李滉)은 확실(確實)히 사문(斯文)의 군자(君子)다. 그 문(門)에 집지(執贄)한 이만도 유희춘(柳希春)·노수신(盧守愼)·정구(鄭逑)·유성룡(柳成龍) 들 300여인(三百餘人)이나 되었다. '을사사화(乙巳士禍)'에 형님 해(瀣)가 죽으니 '세리분화(勢利芬華)'를 초개(草芥) 같이 버리고, 예안(禮安)에 돌아가 수석(水石) 사이에 소요(逍遙)하면서 성정(性情)을 음영(吟咏)하고 이로써 '숙산지흥(肅散之興)'을 부쳤다. '도산십이곡발(陶山十二曲跋)'에 의(衣)하면 '이가(李歌)'에 본받아「도산육곡(陶山六曲)」전·후곡(前後曲)을 지었다 하니, 그 하나는 뜻을, 또 하나는 학(學)을 말하였다. '이가(李歌)'는 장육당(藏六堂) 이별(李鼈)의 가사(歌詞) 6장(六章)이 이것이다. 이것이 세상(世上)에 행(行)하였던 것은『패관잡기(稗官雜記)』에 쓰여 있다. '육가(六歌)'은 김시습(金時習)이 문천상(文天祥)의 노래에 번받아서 지은 일이 있으니, 원래(元來) 중국(中國)에 있던 시체(詩體)의 이름이다. '도산십이곡발(陶山十二曲跋)'은 가정(嘉靖) 44년(四四年; 明宗20年; 西1565)에 되었으니, 이 노래는 이전(以前)에 창작(創作)되었을 것이다. 심 방백(沈方伯)에 올리는 글월에 "은거구지(隱居求志)하는 선배들이 … 마침내 많이들 세상(世上)의 효경(囂競)을 실려하고 관한(寬閒)한 들, 적막(寂寞)한 물가에 도망(逃亡)할 것을 생각하여 써 선왕(先王)의 길을 가영(歌詠)한다. 고요히 있어 천하(天下)의 의리(義理)을 열(閱)하여 써 그 덕(德)을 축(蓄)하고 써 그 인(仁)을 숙(熟)하니 이로써 낙(樂)을 삼는다"고 말하였다. 그가 일상 생각던 것을 말한데 지나지 못한다.

이런들 엇더ᄒ며 져런들 엇더ᄒ료
초야 우생(草野愚生)이 이러타 엇더ᄒ론
ᄒ물며 천석고황(泉石膏肓)을 고쳐 무슴ᄒ료

　　천운대(天雲臺) 도라들어 완락재(玩樂齋) 소쇄(瀟灑)흔듸

　　만권 생애(萬卷生涯)로 낙사 무궁(樂事無窮) 흐여라

　　이 중(中)에 왕래풍류(往來風流)를 닐러 무슴홀고

라 함은 공(公)의 생활(生活)에서 늣긴 바를 솔직(率直)히 읊을 것이다.
'완락재(玩樂齋)'는 공(公)의 서재(書齋)다. '도산십이곡발(陶山十二曲跋)'
에 "금시(今詩)는 읊을 수는 있으나 노래할 수 없다. 만일 노래코저 하면
반다시 우리의 말로써 한다. 대개 국속(國俗)의 음절(音節)이 그러치 아
니치 못하는 바라"고 말한 것은, 퇴계(退溪)가 우리나라 음률(音律)에
조예(造詣)가 깊고 따러 시가(詩歌)에 대(對)한 이해(理解)가 있었던 것을
말하는 것이다. 생각하면 퇴계(退溪)가 노래를 지었다는 것, 그 자신(自
身)이 후세 학자(後世學者)로 하여금 국문학(國文學) 특(特)히 율문(律文)
에 대(對)한 관심(關心)을 환기(喚起)하는 도선(導線)이 되었던 것도 사실
(事實)이다. 「환산별곡(還山別曲)」·「백구사(白鷗詞)」·「상저가(相杵歌)」·「낙
빈가(樂貧歌)」 들은 퇴계(退溪)의 작(作)이라고 전(傳)하고 있다.

　　퇴계(退溪)와 견주어 볼만한 대유(大儒) 이이(李珥; 西1536~1584)도
맛참내 해주 석담(海州石潭)에 물러갔다. 일시(一時) 퇴계(退溪)에게 사
사(師事)한 일도 있고, 성혼(成渾)·조식(曹植)·기대승(奇大升) 들로 벗
이 되어 새로운 학설(學說)을 세웠다. 그의 지은 바 「고산구곡가(高山
九曲歌)」는 주자(朱子)의 「무이도가(武夷棹歌)」를 본뜬 것이다. 물론 조
신(曺伸) 같은 이로 「가야구곡가(伽倻九曲歌)」을 읽은 일도 있어 한시
(漢詩)로는 처음 일이 아니나, 국문시가(國文詩歌)로의 첫 시험이다. 이
노래는 넓히 광포 송영(廣布誦詠)되여 송시열(宋時烈; 尤庵)·권상하(權
尙夏; 遂庵)·김수항(金壽恒; 文谷)·김수증(金壽增; 谷雲)·김창흡(金昌翕;

三淵)・송규렴(宋奎濂; 霽月堂) 들의 한역시(漢譯詩)가 있다. 최립(崔岦)의
'고산구곡담기(高山九曲潭記)'에 자세(仔細)히 관암(冠巖)・화암(花巖)・취
병(翠屛)・송애(松崖)・은병(隱屛)・조협(釣峽)・풍암(楓巖)・금탄(琴灘)・문
산(文山) 들에 대한 설명(說明)이 있다.

> 고산구곡담(高山九曲潭)을 사롬이 몰으든이
> 주모 복거(誅茅卜居)ᄒ니 벗님네 다오신다
> 어즙어 무이(武夷)를 상상(想像)ᄒ고 학주자(學朱子)를 ᄒ리라
> (수장; 首章)

라 읊은 율곡(栗谷)에는 이곳에서 강학 수도(講學修道)코저 한 뜻이 보
인다.

> 육곡(六曲)은 어듸미고 조협(釣峽)에 물이 넙다
> 나와 고기와 뉘야 더욱 즑이는고
> 황혼(黃昏)에 낙대를 매고 대월귀(帶月歸)를 ᄒ노라

돈독(敦篤)한 군자(君子)의 소일(消日)은 이러하다. 9장(九章)의 시조
(時調)는 각각(各各) 분립(分立)하였다기보다 합(合)하여 일편(一篇)의 노
래를 이르니, 장별(章別)로 된 「이부사(漁父詞)」와 같은 노래의 변화 과
정(變化過程)에서 발전(發展)된 것이라 본다. 원래(元來) 고려의 「청산별
곡(靑山別曲)」・「정석가(鄭石歌)」 들의 장별 가사(章別歌詞)들이 없섯던
것은 아니니, 「도산육곡(陶山六曲)」 들의 발전(發展)과 「어부사」・'경기
하여가(景幾何如歌)'의 변화 과정(變化過程)과의 관계(關係)는 물론(勿論)
이지만, 이들 가사(歌詞)와의 관계(關係)는 시가 발전(詩歌發展)의 중요

(重要)한 의의(意義)를 가진 것으로 생각한다.

개암(介庵) 강익(姜翼; 西1523~1567)은 퇴계(退溪)의 후배(後輩)로서, 송강(松江)과는 동배(同輩)로 은거(隱居)의 낙(樂)을 읊은 노래를 남겼다.

시비(柴扉)에 개 즛는다 이 산촌(山村)의 긔 뉘오리
댓닙 푸른 디 봄ㅅ새울 소리로다
아희야 날 추심(推尋) 오나든 채미(採薇)가다 ㅎ여라

"지란(芝蘭)을 갓고랴 하야 호미를 두레매고" 다니는 개암(介庵)은 고일(高逸)한 선비다.

또 퇴계(退溪)의 후진(後進)인 청련(青蓮) 이후백(李後白; 西1523~1578)은 「소상팔경(瀟湘八景)」과 「증문백련(贈文白蓮)」 1수(一首)가 있으니, 그 한 수(首)에

평사(平沙)의 낙안(落雁)ㅎ니 강촌(江村)의 일모(日暮)ㅣ로다
어선(漁船)은 이귀(已歸)ㅎ고 백구(白鷗)ㅣ 다 잠든 밤의
어듸셔 수성 장적(數聲長笛)이 잠든 날을 씨오는고

라 하니, 이들 노래는 유아(幽雅)한 품이 농암(聾岩) 「어부가(漁父歌)」의 아류(亞流)요. 그 형식(形式)은 '육곡(六曲)'에 흡사(恰似)하다.

송암(松巖) 권호문(權好文; 西1531~1587)은 일즉 청성산(青城山) 하(下)에 숨었던 선비니, 퇴계(退溪)의 문인(門人)이다. '경기하여가(景幾何如歌)'로 쓴 「독락팔곡(獨樂八曲)」과 시조(時調)로 된 「한거십팔곡(閑居十八曲)」은 문학사상(文學史上)에 끼친 한 떨기 유산(遺産)이라 하겠다. 원래(元來) 창지 양성(暢志養性)을 위주(爲主)한 송암(松巖)은 '소쇄산림

지풍(瀟灑山林之風)'이 있는 강호(江湖)의 유로(遺老)였다. 그가 쓴 노래
는 모두가 이러한 생활(生活) 사이에서 지어진 것이다.

> 태평성대(太平聖代) 전야일민(田野逸民) (재창;再唱)
> 경운록(耕雲麓) 조연강(釣烟江)이 이밧긔 일이업다
> 궁달(窮達)이 재천(在天)ᄒ니 빈천(貧賤)을 시름ᄒ랴
> 옥당금마(玉堂金馬)는 내의 원(願)이 아니로다
> 천석(泉石)이 수역(壽域)이오 초옥(草屋)이 춘대(春臺)라
> 어사와(於思臥) 어사면(於斯眠)
> 부앙우주(俯仰宇宙) 관품물(觀品物)ᄒ야
> 거거연(居居然) 호호연(浩浩然) 개금독작(開襟獨酌)
> 안책장소경(岸幘長嘯景) 긔 엇다ᄒ니잇고

이 「독락팔곡(獨樂八曲)」은 「어부사(漁父詞)」의 여향(餘響)을 받은 경
기하여가체(景幾何如歌體)로, 이제껏 따로 흐르던 '어부사(漁父詞)·경기
하여가(景幾何如歌)'의 혼효(混淆)를 의미(意味)하는 것이라 할 수 있다.
「한거십팔곡(閑居十八曲)」의 한 예(例)를 들으면

> ᄇᆞ람은 절로 묽고 달은 절로 볼짜
> 죽정(竹庭) 송함(松檻)애 일점진(一點塵)도 업스니
> 일장금(一張琴) 만축서(萬軸書) 더욱 소쇄(瀟灑)ᄒ다

들이다. 「독락팔곡(獨樂八曲)」은 '경기하여가(景幾何如歌)'의 귀취(歸趣)
를 명백(明白)히 한 노래이라고 생각하니, '경기하여가(景幾何如歌)'의
파괴(破壞)된 형태(形態)이라.

정철(鄭澈)

송강(松江) 정철(鄭澈; 西1536~1593)은 이 시대(時代) 많은 작가(作家)들 가운데서 군계(群鷄)의 일학(一鶴)의 위대(偉大)한 작가(作家)로, 장가(長歌)에 있어서는 그 완성(完成)을 보았다. 송강(松江)은 청간(淸簡)한 문인(文人)으로 매우 쾌활(快活)하고 호방(豪放)한 성격(性格)을 가진 분이오, 관로(官路)에 선 지 30년(三十年) 동안 당쟁(黨爭)에 의(衣)하야 귀양사리도 많이 하였다. 김인후(金麟厚)·기대승(奇大升)에게 집지(執贄)하고, 또 율곡(栗谷) 이이(李珥) 들과도 사귀어 웅혼(雄渾)한 글을 쓰든 문인(文人)이나, 송강(松江)은 실(實)로 우리말로의 가사(歌詞)를 읊었기로 투철히 일음 높은 존재(存在)가 되였다. 경진(庚辰) 8년(八年; 西1580)에 '이수(李銖)의 옥사(獄事)'로 말미아마 휴관(休官)되였다가, 강원도 관찰사(江原道觀察使)로 갔섰을 지음에 「관동별곡(關東別曲)」·「훈민가(訓民歌)」 들을 지었고, 을축(乙丑; 西1565)년 그가 52세(五十二歲)로 상부(相府)에 드러 두 해를 지나 강계(江界)로 귀양 하였을 때에 「사미인곡(思美人曲)」·「속사미인곡(續思美人曲)」 들을 지었다. 대개 그의 작품(作品)은 장편(長篇) 5편(五篇)·단가(短歌) 79수(七十九首)로서, 특(特)히 장편(長篇)에 장(長)하였다. 『서포만필(西浦漫筆)』에도 송강(松江)의 「관동별곡(關東別曲)」·전후(前後) 「사미인곡(思美人曲)」 들을 '동방(東方)의 이소(離騷)'라 하였으며, '이것은 천기(天機)의 스스로 발(發)함이오. 이속(夷俗)의 비리(鄙俚)함이 없어 예로부터 좌해(左海)의 진문장(眞文章)은 이 세 편(篇) 뿐이라'고 극찬(極讚)하였다. 원래(元來) 「관동별곡(關東別曲)」은 '관동 산수지미(關東山水之美)'를 읊은 것이요. 「사미인곡(思美人曲)」은 '우시 연군(憂時戀君)의 의(意)'를 말한 것이니, 그 뜻의 미진(未盡)한 것을 다시 말한 것이 「후사미인곡(後思美人曲)」[26]이다. 「성산별곡(星山別曲)」은 성산 구거(星山舊居)에 있을 때에 지은 것으로 조어 (造語)의 묘(妙) 사지(詞旨)의 상(爽)이 그 특색(特色)이며, 그 중(中)「장 진주(將進酒)」²⁷는 일종(一種)의 권주가(勸酒歌)이다.

> 창계(滄溪) 흰 물결이 정자(亭子) 알퇴 둘러시니
> 천손운금(天孫雲錦)을 뉘라서 벼혀내여
> 닛는 듯 피티는 듯 헌亽토 헌亽할샤
> 산중(山中)의 책력(冊曆) 업서 사시(四時)를 모로더니
> 눈 아래 헤틴 경(景)이 철철이 절로 나니
> 듯거니 보거니 일마다 선간(仙間)이다. (성산별곡;星山別曲)

> 어와 조화옹(造化翁)이 헌亽토 헌亽홀샤
> 놉거든 뛰디 마나 섯거든 솟디 마나
> 부용(芙蓉)을 쏘잣는 듯 백옥(白玉)을 믓것는 듯
> 동명(東溟)을 박차는 듯 북극(北極)을 괴왓는 듯
> 놉홀시고 망고대(望高臺) 외로울사 혈망봉(穴望峯)
> 하늘의 추미러 므亽 일을 亽로리라
> 천만겁(千萬劫) 디나도록 구필 줄 모르ᄂ다
> 어와 너에이고 너 ᄀᄐ 니 쏘 잇는가 (관동별곡;關東別曲)

「사미인곡(思美人曲)」에 대(對)하여 많은 절찬(絶讚)이 있으니, 혹(或) 은 '영중(郢中)의 백설(白雪)과 같다'고 하였고, 김만중(金萬重)·김춘택 (金春澤) 들도 전후(前後)「사미인곡(思美人曲)」은 '송강가사(松江歌詞)' 중

---

26 「속미인곡(續美人曲)」을 달리 표현한 것이다.
27 「장진주사(將進酒辭)」를 달리 표현한 것이다.

(中) 최승(最勝)한 것이라 하였다. 김상헌(金尙憲)은 비자(婢子)들에까지 오이게 하였다고 한다. 동악(東岳) 이안눌(李安訥)에는 '고주낙월시(孤 舟落月時)'에 '미인사(美人詞)'를 듣고 부른 시(詩)가 있으니, 당시(當時) 유명(有名)하여져서 넓히 광포(廣布)되였던 것을 알겠다. 「관동별곡(關 東別曲)」도 뛰어난 작(作)이니 청완(淸婉)하고 위곡(委曲)한 이 노래는 듣는 사람으로서 신왕(神旺)케 한다고 하며, 송준길(宋浚吉)은 송강(松 江)의 「관동별곡(關東別曲)」은 또한 절조(絶調)라 하여 찬사(讚辭)를 앗 기지 않었다.

정 송강(鄭松江)의 노래는 확실(確實)히 문학적(文學的)으로 보아 중요 (重要)한 소산(所産)이며, 수일(秀逸)한 작품(作品)이다. 원래(元來) 가사 (歌詞)란 시조(時調)보다도 귀족문화적(貴族文化的)임으로서 일즉 무너 저 갓지만, 그 유래(由來)는 멀다 할 수 있다. 단편적(斷片的)인 자료(資 料)만이 남어있는 이제, 사소(些少)한 문화사(文化史)의 유산(遺産)만이 가치 판단(價値判斷)의 자산(資産)과 기준(基準)을 줄 것이다. 송강(松江) 이전(以前)에 있엇든 가사(歌詞)의 형식(形式)이 송강(松江)에 이르러 정 비(整備)되였으며, 일층(一層) 진전(進展)되였다. 「상춘곡(賞春曲)」은 우 수(優秀)한 작(作)이다. 이 작(作)은 고려가사(高麗歌詞)와 송강(松江)의 가사(歌詞)의 중계적(中繼的) 존재(存在)라 하겠다. 그 뒤를 받는 '송강가 사(松江歌詞)'는 형태론(形態論)으로서도 완비(完備)된 작(作)이라고 볼 수 있다. 그 시사·정서(詩思情緖)에 있어, 또는 구상(構想)에 있어서 「성 산별곡(星山別曲)」의 거리낌 없는 자연(自然)에서 나온 정성(情性)은 도 학적(道學的)으로 수식(修飾)된 「사미인곡(思美人曲)」들과 다른 점(點) 이 있다. 정사(情思)가 또한 절실(切實)하고 묘사(描寫)가 아름다우며 구 상(構想)도 또한 적절(適切)하다는 점(點)으로, 「성산별곡(星山別曲)」·「관

동별곡(關東別曲)」은 전후(前後) 「사미인곡(思美人曲)」에버더 훨신 수일
(秀逸)하다고 생각한다. 송강(松江)은 음률 가곡(音律歌曲)에 조예(造詣)
가 깊고 이해(理解)가 있었음으로 많은 작(作)을 지어냈으니, 그 노래의
가치(價値)는 시가사적(詩歌史的)으로도 적지 않다. 그러나 가사(歌詞)는
송강(松江)에 극(極)하여 많이 짓게 되였으나, 점차(漸次)로 창작(創作)보
다 가창(歌唱)으로 흘러 선인(先人)들의 옛노래를 듣는 것이 유행(流行)
되였다. 다시 말하면 송강(松江) 이후(以後)의 가사 창작(歌詞創作)의 길
은 쇠퇴(衰退)하여 서민문화 시대(庶民文化時代)의 새로운 문화 진전(文
化進展)의 전초적(前哨的)인 작업(作業)이 계속(繼續)되고 있었다고 볼 수
있다. 『송남잡지(松南雜識)』에는 그 시대(時代)에 불리웠던 노래가 실려
있다. 정철(鄭澈)의 「장진주사(將進酒辭)」·「관동별곡」·전후(前後) 「사미
인곡」, 김덕령(金德齡)의 「취시가(醉時歌)」, 이현보(李賢輔)의 「춘면곡(春
眠曲)」, 이원익(李元翼)의 「고공가(雇工歌)」, 허곤(許坤)의 「고공답가(雇工
答歌)」[28], 진복창(陳復昌)의 「역대가(歷代歌)」, 조식(曺植)의 「권선지로가
(勸善指路歌)」, 홍섬(洪暹)의 「원분가(寃憤歌)」, 송순(宋純)의 「면앙정가
(俛仰亭歌)」, 백광훈(白光勳)의 「관서별곡(關西別曲)」, 조찬한(趙纘韓)의 「유
민탄(流民歎)」, 임유후(任有後)의 「목동가(牧童歌)」, 궁녀(宮女)의 「오동
송(梧桐松)」, 향랑(香娘)의 「산유화(山有花)」와 아울러 「황계타령(黃鷄打
詠)」·「춘양타령(春陽打詠)」 들에 대(對)한 설명(說明)이 있다. 대저 가사
(歌詞)는 국자 제정(國字制定) 후(後)에 바야으로 문자(文字)로 고정(固定)
되여 전(傳)하였으며, 그들 음조(音調)도 심(甚)히 고전적(古典的)이어서
그 음조(音調)는 보급(普及)과 아울러 점차(漸次) 변천(變遷)이 있게 되였

---

28 작자는 '허전(許塤)'이며, 정확한 작품명은 「고공답주인가(雇工答主人歌)」이다.

으니, 한양 조(漢陽朝) 후기(後期) 아마도 숙·영(肅英) 이후(以後)에는 잡가(雜歌)·타령조(打令調)가 발생(發生)되었었던 것 같으니, 이것들의 성행(盛行)이 가사(歌詞)의 자연(自然) 쇠미(衰微)를 가저오게 된 것으로 간주(看做)한다. 「한양가(漢陽歌)」의 일절(一節)에

　　우조(羽調)라 계면(界面)이며 춘면곡(春眠曲) 처사가(處士歌)며
　　소용(騷聳) 편락(編樂)이며 어부사(漁父詞) 상사별곡(相思別曲)
　　황계타령(黃鷄打令) 잡가(雜歌) 시조(時調) 듯기 좃타

　근세(近世)에 행(行)하던 가곡(歌曲)의 대세(大勢)를 짐작(斟酌)할 수 있다.

　이를 요(要)컨대 송강(松江)은 가사(歌詞)의 대가(大家)이며, 또 완성자(完成者)라 하겠다. 가사(歌詞)는 송강(松江)에 의(依)하여 이르렀고, 송강(松江)에 의(依)하여 발전(發展)한 자(者)라고 불러도 좋다. 그러나 또한 그 시조(時調)에도 수품(秀品)이 적지 않다.

　　유령(劉伶)은 언제 사룸고 진(晋) 적의 고사(高士)로다
　　계함(季涵)은 긔 뉘러니 당시(當時)의 광생(狂生)이라
　　두어라 고사 광생(高士狂生)을 무러 무슴하리

　　잘 새는 나라들고 새 둘은 도다
　　외나모 다리에 혼자 자는 뎌 듕아
　　네 뎔아 언마나 흐관디 먼 북소리 드리느니

박인로(朴仁老)

송강의 뒤를 받고 윤선도(尹善道)에 이르기까지에 나타난 가도(歌道)의 중진(重鎭)은 박인로(朴仁老; 西1561~1641)이라 하겠다.

노계(蘆溪) 박인로(朴仁老)는 임란(壬亂)에 잇어서 이덕형(李德馨)에 딸어 병마(兵馬) 사이에 치주(馳走)하든 무인(武人)으로, 웅건(雄建)한 노래를 남겼다. 노계가 임진란(壬辰亂)이 끗나든 무술(戊戌)에 부산(釜山)에 남었던 왜병(倭兵)이 분궤(奔潰)하였다는 소문을 듣고 지었다는 「태평사(太平詞)」와 신해(辛亥)년에 용진(龍津) 동사제(東莎堤)에 있는 이덕형(李德馨)의 강정(江亭)을 방문(訪問)하였을 때에 지은 「사제곡(莎堤曲)」과, 누항(陋巷)에 있어 낙도(樂道)함을 읊은 「누항사(陋巷詞)」와 을사(乙巳)년에 주사(舟師)를 통솔(統率)하고 부산(釜山)에 부방(赴防)할 지음 읊은 「선상탄(船上歎)」과 회재(晦齋) 이언적(李彦迪)의 구거(舊居)를 찾을 때 읊은 「독락당가(獨樂堂歌)」, 기타(其他) 「조홍시가(早紅柿歌)」·「영남가(嶺南歌)」·「노계가(蘆溪歌)」 들과 아울러 향리 풍경(鄕里風景)을 읊은 30수(三十首)와 「오륜가(五倫歌)」 25장(二十五章), 잡(雜) 5수(五首)가 이것이다. 한음(漢陰) 이덕형(李德馨)의 막하(幕下)에서 선전관(宣傳官)을 지내고, 조라포 만호(助羅浦萬戶)가 되였다가, 광해군(光海君) 때에 영천(永川)에 물러가서 학구 생활(學究生活)을 보냈다. 그는 정구(鄭逑)·장유(張維) 들과도 친교(親交)가 있어서, 신유(辛酉)에는 한강(寒岡) 정구(鄭逑)와 초정(椒井)을 방문(訪問)하여 다음과 같치 읊었다.

신농씨(神農氏) 모론 약(藥)을 이 초정(椒井)의 숨겻던가
추양(秋陽)이 쬐오는디 물속의 잠겨시니
증점(曾點)의 욕기기상(浴沂氣像)을 오늘 다시 본 덧하다

장유(張維)를 따러 영양(永陽)의 북(北)쪽에 있는 입암(立嚴)에 놀 때
에 지엇다는 노래도 세 수(首) 있다.

> 기두(磯頭)에 누엇다가 씨드라니 돌이 볼다
> 청려장(靑藜杖) 빗기 잡고 옥교(玉橋)를 건너오니
> 옥교(玉橋)애 근 소리를 자는 새만 아놋다

그의 장가(長歌) 「태평사(太平詞)」에는

> 화산(華山)이 어디오 이 말을 보내고
> 천산(天山)이 어디오 이 활을 노피 거쟈
> 이제 하올 일이 충효 일사(忠孝一事) 쑨이로다
> 영중(營中)에 일이 업셔 긴 줌 드러 누워시니
> 뭇노라 이날이 어느 적고 희황시(羲皇時)를 다시 본가 너기로라

란 구(句)들이니 이 노래는 난(亂)이 평정(平定)된, 기쁜 개가(凱歌)라
하겠다.

박인로(朴仁老)의 노래가 전고적(典故的)인 사실(事實)을 많이 인용
(引用)한 것은 불가피(不可避)한 일이지만, 그 표현(表現)에는 현실감(現
實感)이 숨어 있다. 여하(如何)튼 노계(蘆溪)의 작(作)에서는 전아(典雅)
하기보다 규규무부(赳赳武夫)의 소박(素樸)한 씩씩한 진실감(眞實感)을
느낄 수 있다.

임란(壬亂)부터서 병자(丙子)에 이르기까지는 율문적(律文的)인 귀족
문예(貴族文藝)가 가장 융성(隆盛)하였으나, 병란(丙亂)을 치르니 문화
(文化)에는 많은 움즉임이 보이게 되었다. 임란(壬亂) 치른 박인로(朴仁

老)는 확실(確實)히 무부(武夫)로서의 빛나는 시가(詩歌)를 남겨 주었다
고 말할 것이다.

신흠(申欽), 기타(其他)의 시조 작가(時調作家)

'병자호란(丙子胡亂; 西1636)'은 민족적(民族的)인 굴욕(屈辱)이며, 시
대적(時代的)인 비극(悲劇)이다. 물론(勿論) 모든 문예(文藝)의 신문예적
(新文藝的) 기운(機運)이 움직이고 있는 뒤에라도 여류(餘流)가 남는 것
이지만, 주동적(主動的)인 무대(舞臺)와 역할(役割)은 '임·병란(壬丙亂)'
을 계기(契機)로 바뀌어 젓다고라도 말할 수가 있다. 병자(丙子) 이전
(以前)에 권호문(權好文; 西1532~1587)·장경세(張經世; 西1547~1617)·신
흠(申欽; 西1566~1628)·이항복(李恒福; 西1556~1618)·이순신(李舜臣; 西
1545~1598)·김상용(金尙容; 西1561~1657)·조존성(趙存性; ?)·이원익(李
元翼; 西1547~1634)·김광욱(金光煜; 西1580~1658)·백광훈(白光勳; 西1537~
1564)·조찬한(趙纘韓; 西1573~1599)·채유후(蔡裕後; 西1599~1660)·장만
(張晚; 西1566~1629) 들 작가(作家)가 많이 나왔으나, 대개는 전통(傳統)
의 계승(繼承)에 끗첫다.

'내홍 외침(內訌外侵)'이 다소(多少) 있다 하여도 비교적(比較的) 정익
(靜謐)하게 지냈고, 당쟁·당의(黨爭黨議)의 번뇌(煩惱)에서 학자·문인
(學者文人)으로 하여금 공리적(功利的)인 실천(實踐)을 버리고 정사적(靜
思的) 생활(生活)로 옮겨지게 한 때라. 학구 생활(學究生活)을 하게 되었
으나, 이 시대(時代)의 작(作)은 전 시대(前時代)의 작풍(作風)을 답습(踏
襲)하여서 별로 큰 변동(變動)이 없다. 박인로(朴仁老)의 가풍(歌風)이 다
소(多少) 이채적(異彩的)이엇고, 신흠(申欽)의 조예(造詣)가 깊었으며, 윤
선도(尹善道)에 이르러 이러한 귀족문화(貴族文化)는 시조(時調)의 신성

(新聲)을 영발(咏發)하면서 정점(頂點)에 극(極)하였다.

광해조(光海朝)의 군상(群像) 중에 장경세(張經世; 西1547~1617)가 있다. 그는 퇴계(退溪)의 문인(門人)으로 「도산육곡(陶山六曲)」이 병화(兵火)에 타 없어진 것을 유감(遺憾)히 생각하여 「도산육곡(陶山六曲)」을 본받아 「강호연군가(江湖戀君歌)」를 지었다. 일(一)은 애군 우국(愛君憂國)의 정성(精誠)을 기(寄)하고, 일(一)은 성현 학문(聖賢學門)의 정(正)을 발(發)하여 자기(自己) 뜻을 말한 것으로 그 귀취(歸趣)를 말한 것이다.

> 홍진(紅塵)의 꿈 찌연지 이십년(二十年)이 어제로다
> 녹양방초(綠楊芳草)애 절로 노힌 모리 되어
> 시시(時時)히 고개를 들어 님자 그려 우노라

광해군(光海君) 시절은 북인(北人)들의 농권(弄權)도 있었지만, '폐모의(廢母議)'로 말성이 많았다. 폐모(廢母)의 불가(不可)를 간(諫)하다가 북청(北靑)으로 귀양 간 백사(白沙) 이항복(李恒福)이 북청(北靑) 가는 길에

> 철령(鐵嶺) 노픈 재에 자고 가는 뎌 구롬아
> 고신 원루(孤臣寃淚)을 비 삼아 씌여다가
> 님군 겨신 구중궁궐(九重宮闕)의 쓰려본 들 어더히리 (쇄편:鎖編)

라 읊었다.

이들 중의 투철한 존재(存在)는 상촌(象村) 신흠(申欽)이라 하겠다. 일즉 나히 17(十七)에 이수광(李晬光)과 종남산(終南山)에서 동탑(同榻)하며 독서(讀書)하다가 노래를 지었다고 하니, 젊어서부터 가곡(歌曲)

에 능(能)한 것을 알 것이다. 세고(世故)를 끈고 전원 생활(田園生活)을 하면서 한시(漢詩)로서 부족(不足)한 때에는 우리말로 노래를 지었다고 자술(自述)한 바와 같치, 그는 늘 시가(詩歌)에 힘을 썼다. 물론(勿論) 그는 이 시대(時代)를 대표(代表)하는 고문(古文)의 사가(四家)로 한시·한문(漢詩漢文)에 능달(能達)하였지만, 국문학(國文學)에도 기여(寄與)한 바가 있다.

> 산촌(山村)에 눈이 오니 돌길이 무첫세라
> 시비(柴扉)를 여지 마라 날 츠즐 이 뉘 잇시리
> 밤중(中)만 일편명월(一片明月)이 긔 벗인가 ᄒ노라

그의 시조(時調) 20수(二十首)가 『해동가요(海東歌謠)』에 전(傳)한다. '서지봉조천록가사(書芝峯朝天錄歌詞)'에 "우리나라는 번음(藩音)에 발(發)하야 문어(文語)에 협(協)하는 것이니 이는 비록 중국(中國)과 다르지마는 그 정경(情境)은 궁상(宮商)에 해화(諧和)하야 사람으로 하여금 영탄 음일(詠嘆洇佚)하면 수무 족도(手舞足蹈)하는 것은 한가지라." 이에 국문(國文)의 우수성(優秀性)을 자각(自覺)한 신흠(申欽)은 그 작(作) 20수(二十首)가 비록 획기적(劃期的) 작품(作品)이 못 되드래도, 그의 시가 문학관(詩歌文學觀)은 영향(影響)하는 바 컸다.

끝으로 정곡(鼎谷) 조존성(趙存性)의 「호아곡(呼兒曲)」과 죽소(竹所) 김광욱(金光煜)의 「율리유곡(栗里遺曲)」14수(十四首) 및 김상용(金尙容)의 「오륜가(五倫歌)」5수(五首), 「훈계자손가(訓戒子孫歌)」9수(九首) 들은 시대적(時代的) 정세(情勢)로 흐르는 물결에서 나온 작품(作品)인 것을 말하여 둔다.

병란(丙亂)과 비분가(悲憤歌)

'병란(丙亂)'에 강화(江華)에 호종(扈從)하여 절사(節死)한 선원(仙源) 김상용(金尙容; 西1570~1652)이 병란(丙亂) 중 중책(重責)을 가로 맡았으니, 잠이 올 리가 없다.

    사랑이 거즛말이 님 날 스랑 거즛말이
    꿈에 와 뵈단 말이 긔 더욱 거즛말이
    날 가치 줌 아니오면 어늬 꿈에 뵈오리

이 잠 못 이르렀던 선원(仙源)도 화약부(火藥府) 우에서 자진(自盡)하고, 우리나라 사람들은 항복(降服)의 굴욕(屈辱)을 삼전도(三田渡)에서 받게 된 것이다.

효종(孝宗)이 봉림대군(鳳林大君) 시절(時節)에 심양(瀋陽)에 수계(囚繫)되였으니

    청석령(靑石嶺) 지나거다 초하구(草河溝) 어드미오
    호풍(胡風)도 차도 찰사 구즌 비는 므스 일고
    뉘라서 내 행색(行色) 그려내야 님 계신 듸 드릴고

    앗기야 사름 되야 온 몸에 짓치 돗쳐
    구만리(九萬里) 장천(長天)에 프드득 소사올라
    님 계신 구중궁궐(九重宮闕)에 굽여 볼가 ᄒᆞ노라

지통(至痛)한 마음을 살필 수 있는 노래다.

선원(仙源)의 아우 청음(淸陰) 김상헌(金尙憲; 西1570~1652)은 척화신

(斥和臣)으로 심양(瀋陽)에 갔었다. 그 노래에

　가노라 삼각산(三角山)아 다시 보자 한강수(漢江水)야
　고국산천(故國山川)을 떠나고자 ᄒ랴마는
　시절(時節)이 하 수상(殊常)ᄒ니 올동말동 ᄒ여라

　남팔(南八)아 남아사의(男兒死矣)언정 불가이불의굴의(不可以不義屈
矣)어다
　웃고 대답하되 공(公)이 유언 감불사(有言敢不死)아
　천고(千古)에 눈물 진 영웅(英雄)이 몃몃친 줄 아리오

　백주(白洲) 이명한(李明漢; 西1547~1645)은 문인(文人)으로 이름이 있
다. 그 시조(時調)

　초강(楚江) 어부(漁夫)들아 고기 낙가 삼지 마라
　굴삼려(屈三閭) 충혼(忠魂)이 어복리(魚腹裡)에 들엇느니
　아모리 정확(鼎鑊)에 살문들 닉을 줄이 이시랴

　학곡(鶴谷) 홍서봉(洪瑞鳳; 西1572~1645)도 이름 있는 재상(宰相)이다.

　님 이별(離別)ᄒ든 날이 피눈물 난지 만지
　압록강(鴨綠江) 느린 물이 푸른 빗 전(全)혀 업니
　비 우에 백발사공(白髮沙工)이 처음 본다 ᄒ더라

　'병자란(丙子亂)'의 비가(悲歌)는 송암(松巖) 이정환(李廷煥; 西1633~
1673)에 있어 가장 많이 표현(表現)되였다. 그 「비가(悲歌)」 10수(十數)가

있으니 그 중(中)

> 풍설 섯거친 날에 북래 사자(北來使者)아
> 소해(小海) 용안(容顔)이 언마나 치오신고
> 고국(故國)의 못 죽는 고신(孤臣)이 눈물계워 하노라

라 부르짓던 송암(松巖)은 정(正)히

> 박제상(朴堤上) 죽은 후에 님의 실랑 일이 업다
> 이역 춘궁(異域春宮)을 뉘라서 뫼셔오리
> 지금(至今)에 치술령(鵄述嶺) 귀혼(歸魂)을 못니 슬허 ㅎ노라

라 읊었다. 그는 박제상(朴堤上)의 충렬(忠烈)을 본받어, 심양(瀋陽)에
간 이들을 모셔 오고도 싶었을 것이었다.

　이 난리에 의(依)하여 그 시절 사람들이 품고 있던 자존심(自尊心)과
정의감(正義感)이 불붙어 척화(斥和)의 비분(悲憤)으로도 나타났고, 또
다시 이 비극적(悲劇的) 장면(場面)의 전개(展開)는 문화상(文化上)에 여
러 가지로 그것이 나타나게 되였다.

윤선도(尹善道)

　고산(孤山) 윤선도(尹善道; 西1587~1671)는 효종(孝宗)·인평대군(麟坪
大君)의 사부(師傅)이다. 효종에 6수(六首)의 시조(時調)가 있고, 인평대
군도 3수(三首)의 노래를 전(傳)하고 있다. 그리고 종실(宗室)로는 최락
당(最樂堂) 이간(李偘; 西1640~1701)의 작(作)이 있다. 낭원군(朗原君)이라
불르는 분으로 「영언(永言)」이라는 가집(歌集)이 있었다. 이 책은 전(傳)

치는 않으나 그의 시조(時調)는 「월상독작(月上獨酌)」·「종친연회선온사악(宗親宴會宣醞賜樂)」·「어조대봉화(漁釣臺奉和)」·「효종어제(孝宗御製)」 등(等) 여섯 수(首)가 남아 있다.

> 둘은 언제 남여 시름은 뉘 생긴고
> 유령(劉伶)이 없쓴 후(後)에 이백(李白)이도 간 데 업다
> 아마도 물을 데 없으니 홀로 취(醉)코 놀리라

윤선도(尹善道)는 효종(孝宗) 때 사람만이 아니다. 광해(光海) 4년(四年)에 벌서 진사 급제(進士及第)한 사람이니, 그의 창작 활동(創作活動)은 병진년(丙辰年; 西1616) 경원(慶源)에 귀양함으로서 나타나기 시작하였다. 대저 송강(松江)도 그러하거니와, 시조(時調)·소설(小說) 들의 문예적(文藝的) 작품(作品)은 그들이 불우(不遇)한 때에 나타나게 된 것이 많다. 이러한 창작(創作)은 또는 정신적(精神的) 생활(生活)의 전환(轉換)이 있을 지음에 나온 것이다.

고산(孤山) 윤선도(尹善道)는 명수(明粹)한 모양과 준정(峻整)한 기국(器局)을 타고났다. 어떠한 경우든지 자기(自己)의 주장(主張)을 버리지 않아, 여러 번 귀양사리도 했다. 이미 말한 바와 같치 병진(丙辰; 1616) 12월(十二月)에 이이첨(李爾瞻)의 전권(專權)을 분격(憤激)하여 상서(上書)하고 경원(慶源)에 귀양 갔다가, 이듬 해 3월(三月)에 경원(慶源)에 도착(到着)하여 두문 독서(杜門讀書)로 소견(消遣)하고, 무오(戊午; 西1618)에는 이곳에서 「견회요(遣懷謠)」 5편(五篇)을 지었다. 계해(癸亥; 西1623) 3월(三月)에 '인조반정(仁祖反正)'에 금오랑(金吾郎)으로 불려, 무진(戊辰) 봄에 봉림·인평대군(鳳林麟坪大君)의 사부(師傅)가 되엿으며, 계유년(癸

酉年)에는 집을 잇글고 해남(海南)에 도라갔다가 성주목(星州牧)이 되였었다. 병자년(丙子年; 西1636)에 남해(南海)에서 통영 주사(統營舟師)를 독솔(督率)하여 구(救)하려 하였으나 기(機)를 잃어 이루지 못하고, 제주(濟州)에 가는 도중(道中)에 보길도(甫吉島)에 들렸다. 이 섬 부용동(芙蓉洞) 격자봉(格紫峯) 하(下)에 실(室)을 얽고 '낙서재(樂書齋)'라 하여 종로(終老)의 계(計)를 삼았다. 수군(水軍)의 독솔(督率)이 문제(問題)가 되여 을묘(乙卯; 西1639)년에 영덕(盈德)에 귀양 갔다가, 다음 해 풀려 수정동(水晶洞)에 복축(卜築)하고 문소 · 금쇄지간(聞簫金鎖之間)에 소요(逍遙)하였다. 이곳에서 「산중신곡(山中新曲)」을, 을묘(乙卯; 西1645)년에 「산중속신곡(山中續新曲)」을 지었다. 효종(孝宗) 기축년(己丑年; 西1649)에 예조참의(禮曹叅議)로 불리었다가 그 겨울 귀향(歸鄕)하여, 신묘(辛卯; 西1651)에 74세(七十四歲)로 부용동(芙蓉洞)에서 「어부사시사(漁父四時詞)」를 지었으며, 익년(翌年) 서울에 와서 고산 별서(孤山別墅)에 와병(臥病)하여 「몽천요(夢天謠)」를 지었고, 현종(顯宗) 12년(十二年; 西1671)에 부용동(芙蓉洞) 낙서재(樂書齋)에서 영면(永眠)하였다. 그간(間) '경자예송(庚子禮訟; 西1660)'으로 삼수(三水) · 광양(光陽)으로 귀양타가, 정미(丁未; 西1667)에 풀려 부용동(芙蓉洞)에 가 있었던 것이다.

그의 작품 목(作品目)은 다음과 같다.

「산중신곡(山中新曲)」 18수(十八首): 「만흥(漫興)」 6수(六首), 「조무요(朝霧謠)」 1수(一首), 「하우요(夏雨謠)」 2수(二首), 「일모요(日暮謠)」 1수(一首), 「야심요(夜深謠)」 1수(一首), 「기세탄(饑歲歎)」 1수(一首), 「오우가(五友歌)」 수(水) · 석(石) · 송(松) · 죽(竹) · 월(月) 각(各) 1장(一章) 급(及) 서가(序歌) 합(合) 6수(六首)

「산중속신곡(山中續新曲)」 3장(三章): 「고금영(古琴詠)」 1수(一首),
「추야조(秋夜操)」 1수(一首), 「춘효음(春曉吟)」 1수(一首)[29]

「어부사시사(漁父四時詞)」 40수(四十首)

「증반금(贈伴琴)」 1수(一首): 을유(乙酉;西1645) 작(作)

「초연곡(初筵曲)」 2장(二章)

「파연곡(罷筵曲)」 2장(二章)

「몽천요(夢天謠)」 3장(三章): 임진(壬辰; 西1652) 고산 시(孤山時)
작(作)

「견회요(遣懷謠)」 5편(五篇)

「우후요(雨後謠)」 1수(一首)

윤선도(尹善道)는 특(特)히 단가(短歌)에 장(長)하여, '탈구 청고(脫垢
淸高)해서 만장(萬丈)의 봉오리에 오르는 듯한 취향(趣向)이 있다'는 평
(評)이 있다. 그 노래는 자연(自然)에 취재(取材)하였고, 또 그 영발(咏
發)하는 바 자유자재(自由自在)하여 청아(淸雅)한 느낌을 주고 있다. 그
표현(表現)이 고은 것은 국어적(國語的) 표현(表現)에 능숙(能熟)한 것에
있다.

　　내 버디 몇치나 ᄒ니 수석(水石)과 송죽(松竹)이라
　　동산(東山)의 둘 오르니 긔 더욱 반갑고야
　　이 다ᄉᆞᆺ 밧긔 ᄯᅩ 더ᄒᆞ야 어엇하리 (오우가; 五友歌)

「견회요(遣懷謠)」 5편(五篇)은 '모군 사친(慕君事親)'의 성의(誠意)를

29　『고산유고(孤山遺稿)』의 편제에는, 「산중속신곡(山中續新曲)」이 「추야조」와 「춘효
　　음」 각 1수 씩 모두 2수로 구성되어 있음을 확인할 수 있다.

나타낸 노래니, 그 한 수(首)에

> 추성(楸城) 진호루(鎭胡樓) 밧긔 우러 녜는 뎌 시내야
> 므음 호리라 주야(晝夜)의 흐르는다
> 님 향(向)흔 내 뜻을 조차 그칠 뉘를 므르는다

고답적(高踏的) 감정(感情)은 실생활(實生活)과 유리(遊離)된 동양적(東洋的)인 귀족문화(貴族文化)가 가져온 감정(感情)이다. 생활고(生活苦)·사회고(社會苦)에서 나온 진실성(眞實性)있는 개성적(個性的)인 작(作)은 생활 태세(生活態勢)의 전환 변경(轉換變更)을 강박(强迫) 당(當)함으로 나타날 수가 있다. 귀양사리의 아픈 마음에 숨은 감정(感情)이 이 노래에 움즉이고 있다. 그 묘사(描寫)는 동양문화적(東洋文化的)인 은유(隱喩)에서 나왔다. 그러나 그 뜻은 진실(眞實)하다. 고산(孤山)에는 여러 노래가 있으나, 그 중 특기(特記)할 것은 「어부사시사(漁父四時詞)」이다. 이 노래를 지은 동기(動機)는 대강 이러하다.

> "동방(東方)에 어부사(漁父詞)가 있었으나 누가 지은 것인지 알 수는 없으나, 고시(古詩)를 모아 강(腔)을 지은 자(者)라. 읊으면 강(江)바람과 바닷비가 두 아협(牙頬) 사이에 생겨 사람으로 하여금 표표연(飄飄然)히 유세독립(遺世獨立)의 뜻을 갖게 된다. 이로써 농암 선생(聾岩先生)이 좋아하여 마지않고, 퇴계 부자(退溪夫子) 탄상(歎賞)하여 마지않았다. 그러나 음향(音響)이 서로 응(應)치 않고 말뜻이 심(甚)히 가추지 못하니 대개 집고(集古)에 구속(拘束)되어 국축(局促)의 결(缺)을 면(免)치 못한다. 내(孤山) 그 뜻을 불려 이어(俚語)를 써서 「어부사(漁父詞)」 사시(四時) 각(各) 10장(十章)을 짓노라"

고 말한 것은, 고산(孤山)이 시가(詩歌)와 언어(言語)의 상련성(相連性)을 도파(道破)한 것이다. 「어부사시사(漁父四時詞)」의 개작(改作)에 이르기까지의 경로(徑路)는 위에 말한 바와 같거니와, 고산(孤山)의 「어부사시사(漁父四時詞)」는 첩구(疊句)[30]들을 제거(除去)한다고 하면 시조형(時調形)을 형성(形成)할 수 있을 것이라는데 고산(孤山)의 「사시사(四時詞)」의 특이성(特異性)이 있고, 그뿐 아니라 '어부가(漁父歌)' 발전(發展)의 자연적(自然的)이고 필연적(必然的)인 단계(段階)를 맺인 것이라 하겠다. 집고적(集古的)에서 사실적(寫實的)으로, 한문적(漢文的) 표현(表現)에서 국어적(國語的) 표현(表現)으로 발전(發展)한 「어부사시사(漁父四時詞)」는 농암(聾岩)의 「어부가(漁父歌)」를 새로운 시가관(詩歌觀)에 입각(立脚)하여 개작(改作)한 것이다. 퇴계(退溪)가 부르고 상촌(象村)이 응(應)하고 고산(孤山)이 도파(道破)한 시가관(詩歌觀)은 북헌(北軒)·서포(西浦) 들에 이르러 힘차게 고조(高調)되고 있었다.

> 묽フ의 외로온 솔 혼자 어이 싁싁ᄒᆞ고
> 빗 미여라 빗 미여라
> 머흔 구름 한(恨)치 마라 세상(世上)을 지리온다
> 지국총(至匊恩) 지국총(至匊恩) 어사와(於思臥)
> 파랑성(波浪聲)을 염(厭)티 마라 진훤(塵喧)을 막는또다

이를 요(要)컨대 고산(孤山)은 자연 풍경(自然風景)을 그리엇고, 그가 극(極)히 적절하고 또한 순순하게 국어(國語)의 특성(特性)을 살리어 그

---

30 '첩구(疊句)'는 '작품마다 반복되는 구'라는 의미로 흔히 후렴구를 달리 지칭하는 표현이다.

의 마음과 느낌을 나타내고자 하였다. '어부사(漁父詞)'들의 장가 형식
(長歌形式)의 귀착점(歸着點)을 암시(暗示)한 고산(孤山)은 장가(長歌)의
작자(作者)가 아니고, 단가(短歌) 곧 시조(時調)의 작가(作家)다. 긴 시가
사상(詩歌史上)에서 보면 시가(詩歌)의 작품(作品)은 정극인(丁克仁)·주
세붕(周世鵬)·이현보(李賢輔)·이황(李滉)·이이(李珥) 들의 봉오리를 넘
어 송강(松江)·노계(蘆溪)·고산(孤山)에 극(極)하였으니, 실(實)로 고산
(孤山)은 율문 문학(律文文學)의 절정(絶頂)이라 하겠다.

고산(孤山)의 뒤에는 서민(庶民)과 부녀(婦女)가 문예적(文藝的)으로
진출(進出)하여, 형식주의적(形式主義的)이고 공론적(空論的)이던 무능
(無能)한 문사 정객(文士政客)들의 손에서 문예(文藝)는 서민문학(庶民文
學)으로서 주동(主動)하게 되었다. 가사(歌詞) 대신에 잡가(雜歌)·타령
(打令)으로 올마가고, 시조(時調)도 무명 작가(無名作家)의 작품(作品)이
느러가며, 종래(從來) 격조(格調)에 맞지 않은 장시조(長時調)로 분화(分
化)를 하여 간 자(者)도 많어졌다.

'소용(騷聳)·편(編)·농(弄)' 등(等)의 창법(唱法)이 생긴 것도, 시가(詩
歌)의 전아(典雅)하던 창법에 새로운 변혁(變革)과 반성(反省)을 던진 것
이라 하겠다. 특(特)히 소설(小說)이 서민(庶民)·부녀(婦女)를 상대(相
對)로서 지어진 것이니 이것은 서민문학(庶民文學)에 새로운 발전(發展)
이겠고, 또한 시가(詩歌)도 창극(唱劇)으로서 발전(發展)됨으로서 새로
운 단계(段階)를 지었다. 다시 말하면 송강은 섬염(纖艶)한 글로 가사
(歌詞)를 이루웠고, 노계(蘆溪)는 웅건(雄建)한 정사(情思)로 시가(詩歌)
를 일신(一新)하며, 다시 고산(孤山)은 자유(自由)로운 표현(表現)으로
단가(短歌)를 대성(大成)하여 당상(堂上)에 저회(低徊)하던 옛노래는 다
음 시대의 가창(歌唱)·편찬(編纂)을 기다리게 되었다.

제3절(第三節), 소설(小說)의 발족(發足)과 연극(演劇)의 전통(傳統)

소설(小說)의 발족(發足)

중국(中國)에서는 여항(閭巷)의 일사 기문(逸事奇聞)을 수집(蒐集)코
저 패관(稗官)을 세운 시대(時代)도 있었다. 패관(稗官)이 민간(民間)에
유포(流布)된 영세(零細)한 이야기를 쓴 것을 『한서(漢書)』 '예문지(藝文
志)'이니, 장형(張衡)의 지은 「서경부(西京賦)」에 소설(小說)이란 명칭(名
稱)을 사용(使用)하였다. 그러나 우리들이 패관문학(稗官文學)이라는
것은 『매산잡지(梅山雜識)』에 이른바 "자조가(自朝家)로 엄금언패(嚴禁
諺稗)하라"에 쓰여 있는, 소위(所謂) '언패(諺稗)'에 대(對)하여 한문(漢
文)으로 고정(固定)하여 논 작품(作品)을 말한다. 패관문학적(稗官文學
的) 소재(素材)가 국문(國文)으로 묘사(描寫)되였으면 소설(小說)이라고
말할 수도 있다. 이상(以上)과 같은 관점(觀點)에서 볼진댄, 우리 소설
(小說)이 설화문학(說話文學)·패관문학(稗官文學)에서 발족(發足)된 것
이라 말할 수 있다. 대저 우리나라의 소설(小說)들은 중국 소설(中國小
說)을 분본(紛本)으로 한 것으로, 이야기 줄거리·구상(構想)·수법(手法)
각(各) 방면(方面)으로 모작(模作)하였던 것이다. 우리 조상(祖上)들이
일찍부터 서적(書籍)을 중국(中國)에서 구매(購買)한 것이 사실(事實)이
다. 그들의 독서열(讀書熱)은 경학(經學) 뿐만 아니라 연문학(軟文學)·
역대소설(歷代小說)·패사(稗史) 들의 수입(輸入)도 심(甚)하였으니, 나대
(羅代)에는 『산해경(山海經)』이 들어왔고, 여대(麗代)에는 『수신기(搜神
記)』·『열녀전(烈女傳)』 들이 들어왔다는 사실(史實)이 있다. 당(唐)나라
때에 전기(傳奇)도 드러왔겠고, 송(宋)의 '혼사(渾詞)'는 물론(勿論) '원
곡(元曲)'·'명·청 소설(明淸小說)'이 성(盛)히 드러왔었으리라고 말할 수
있다. 설화(說話)에서 창작(創作)되였던 「수호전(水滸傳)」, '사적(史籍)'

에서 부연(敷衍)된 「삼국연의(三國衍義)」·「서유기(西遊記)」·「금병매(金
瓶梅)」들의 '4대 기서(四大奇書)'는 명·청(明淸)의 저작(著作)으로, 우리
나라에 들어와서 직접(直接)·간접(間接)으로의 소설 발흥(小說勃興)에
큰 도움이 된 것이다.

　소설(小說)의 이름에 해당(該當)할 수 있는 작품(作品)은 숙종(肅宗)
때의 김만중(金萬重)·김춘택(金春澤)에서부터라고 하겠으니, 그에 이
르기까지는 소설 창작(小說創作)에 이르기까지의 예비적(豫備的) 단계
(段階)라 할 수 있다.

　김시습(金時習; 西1455~1493)의 「금오신화(金鰲新話)」는 확실(確實)히
조선(朝鮮)이 나은 한문 소설(漢文小說)로서 중대(重大)한 것이나, 국문
(國文)으로 쓰여진 소설(小說)과는 근본적(根本的)인 상위점(相違點)을
가지고 있다.

　물론(勿論) 패관문학(稗官文學)은 멀리 삼국(三國)으로부터 여대(麗代)
에 이르렀고, 여대(麗代)에서 성(盛)하던 것을 전승(傳承)하여 한양 조(漢
陽朝)의 융성(隆盛)을 보이게 되었다. 『필원잡기(筆苑雜記)』에 의(依)하면
다음과 같은 책이름이 적혀 있다. 대저 강희안(姜希顔)의 『양화소록(養
花小錄)』, 서거정(徐居正)의 『태평한화골계전(太平閑話滑稽傳)』·『필원잡
기(筆苑雜記)』·『동인시화(東人詩話)』, 강희맹(姜希孟)의 『촌담해이(村談
解頤)』, 김시습(金時習)의 『금오신화(金鰲新話)』, 남효온(南孝溫)의 『육신
전(六臣傳)』·『추강냉화(秋江冷話)』, 조위(曺偉)의 『총화(叢話)』, 최부(崔
溥)의 『표해기(漂海記)』, 정미수(鄭眉壽)의 『한중계치(閑中啓齒)』, 김정(金
淨)의 『제주풍토록(濟州風土錄)』, 조신(曺伸)의 『소문쇄록(謏聞瑣錄)』들
이 명종(明宗) 때에 행(行)하였다 한다. 이것들은 시화(詩話)·전기(傳記)·
설화(說話)·수필(隨筆) 들을 문자(文字)로 고정(固定)한 것이니, 이른바

패관문학(稗官文學)들이다.

이들 중에 있는 이야기 중(中)에는 전기문학(傳奇文學)다운 것도 있으나, 진실로 소설(小說)의 효시(嚆矢)는 광해군(光海君) 때 피주(被誅)된 허균(許筠; 西1618)의 「홍길동전(洪吉童傳)」에서라고도 말할 수 있다. 이때는 「삼국연의(三國衍義)」·「수호전(水滸傳)」 들이 우리나라에 들어와 있었으니, 「수호전(水滸傳)」을 탐독(耽讀)한 허균(許筠)이 「홍길동전」을 지은 것이 우연(偶然)한 일이 아니다. 「홍길동전」이 원래(元來) 국문본(國文本)이냐 아니었더냐는 판단(判斷)키 어렵다. 그러나 김만중(金萬重)의 국문소설(國文小說)에 이르러는, 확실(確實)히 국문(國文)으로 된 진정(眞正)한 의미(意味)의 소설(小說)이라 할 수 있다. 대저 소설(小說)은 읽는 문학(文學)이니, 읽은 사람이 주(主)로 서민·부녀(庶民婦女)들이었다. 특(特)히 이 문예(文藝)의 대중적(大衆的) 성격(性格)은 그것이 국문(國文)으로 쓰인 이야기책인 까닭이니, 문학(文學)은 오로지 국어(國語)의 힘에 의(依)하여 보급(普及)됨을 알 것이다.

연희(演戲)의 전통(傳統)

「용비어천가(龍飛御天歌)」를 공사(公私)의 연향·조참(燕享朝叅)들에 통용(通用)하도록 하자는 말이 있던 일이 있다. 주(主)로 연향(燕享)들에 행(行)하는 행사(行事)가 '봉황의(鳳凰儀)'니, '봉황의'에는 「치화평(致和平)」·「취풍형(醉豊亨)」·「여민락(與民樂)」의 세 보(譜)가 있다. '봉래의(鳳來儀)'는 일종(一種)의 가무(歌舞)로서, 「용비어천가(龍飛御天歌)」를 부르며 춤추는 것이다. '처용무(處容舞)'는 오랜 전설(傳說)을 가지고 있는 춤이다. '처용무'는 「처용가(處容歌)」·「봉황음(鳳凰吟)」·「삼진작(三眞勺)」·「북전(北殿)」·「미타찬(彌陀讚)」·「본사찬(本師讚)」·「관음찬(觀音

讚)」들을 노래하며 춤을 추는 것이니, 대개 '나례(儺禮)' 후(後)에 행(行)하는 것이 상례(常例)이다. 원래(元來) '처용무'는 예술적(藝術的) 근원(根源)에서 나온 것이다. 이 춤이 '산대극(山臺劇)'·'망성중' 들과는 일관(一貫)된 불교적(佛敎的)인 색형(色形)과 살만교적(薩滿敎的)³¹ 요소(要素)가 숨어 있는 것을 부인(否認)할 수 없다. '처용무(處容舞)'는 흔히 '나례(儺禮)'가 끝난 후에 두 번 행(行)한다. 이 '나례(儺禮)'는 고려(高麗) 정종(靖宗) 때도 있었던 것 같으니, 여말(麗末)에는 물론(勿論) 행(行)하여 있었다. 나례(儺禮)는 사나운 '귓것'을 쫓기 위(爲)하여 12월(十二月) 그믐날에 행(行)하는 것이다.

「처용가(處容歌)」는 사실(事實) 옛과 오늘을 일관(一貫)할 수 있는 설화문학(說話文學)이요 또 민족(民族)의 신앙(信仰)이니, 여대(麗代)의 노래를 국초(國初) 때에서도 불러 나려와 그 시가(詩歌)를 보존(保存)케 한 것은 국문학상(國文學上) 중요(重要)한 사실(事實)이다. 담화극(談話劇)으로 나려온 '산대극(山臺劇)'·'꼭두깍씨'·'망석중' 들이 다 구전(口傳)하여 나려왔다. 이들 연극(演劇)에 흔히 파계승(破戒僧)을 매욕(罵辱)하고, 무당(巫堂)을 모욕하며, 양반(兩班)을 조소(嘲笑)하는 것은 서민(庶民)의 연극(演劇)인 까닭이다. 탈을 쓰는 '산대극(山臺劇)', 인형(人形)을 쓰는 '꼭두깍씨'는 광대(廣大)에 의(依)하여 행(行)하여지나니, 이 광대(廣大)의 기원(起源)은 멀리 고려(高麗)에 찾을 수 있다. 또 사당패라는 남녀 혼합(男女混合)의 극단(劇團)이 방랑(放浪)하며 연희(演戱)하니, 세조(世祖) 때의 '원각사 연화(圓覺寺緣化)'라 하였든 사장(社長)이란 것이 사당의 전신(前身)이다.

---

31 살만교(薩滿敎)는 샤머니즘(shamanism)을 지칭한 표현이다.

이들은 연극(演劇)의 초보(初步)인 단계(段階)이요, 영·정(英正) 이후
(以後)에 창극(唱劇)[32]이 발생(發生)함으로부터 새로운 발전(發展)이 있
었으니, 창극(唱劇)의 발족(發足)은 연극사상(演劇史上) 커다란 의의(意
義)를 가진 것이다. 그 후(後) 연극(演劇)의 대본(臺本)은 문자(文字)로
정착(定着)되여 전(傳)하게까지 되였다.

제4절(第四節), 영·정시대(英正時代)를 중심(中心)으로 한 소설(小說)의 발흥(勃興)

조선소설(朝鮮小說)의 모태(母胎)

조선소설(朝鮮小說)의 남상(濫觴)은 멀리 상고시대(上古時代)의 민족
설화(民族說話)에 있다 할 것이다. 그것은 아마 노래보다는 뒤에 시작
(始作)된 것일지나, 사람이 조리(條理)있게 이야기를 할 수 있고 또 남
의 이야기를 듣기를 즐길 줄 안 시대(時代)부터, 이미 우리 민족(民族)
은 소설적(小說的)인 것을 그 생활(生活)의 중요(重要)한 일부면(一部面)
으로서 가지고 있었던 것이라 하겠다.

이러한 이야기들은 대대(代代)로 전(傳)해 내려왔었을 것이나 삼국
시대(三國時代) 이전(以前) 것은 도모지 알 길이 없고, 신라(新羅) 때에
와서 김대문(金大問)·최치원(崔致遠) 같은 당(唐)나라 유학생(留學生)들
이 비로소 당(唐)나라에서 된 책(冊)을 모방(模倣)해서 한문(漢文)으로
우리 전래(傳來)의 이야기를 적어 두었다는 기록(記錄)이 있으나, 이

---

32 이 책에서 지칭하는 '창극(唱劇)'은 일관되게 판소리를 일컫는다. 국문학의 갈래로서
의 '창극'은 '1인창으로 불리던 판소리가 다수 창자들의 배역 분담과 행동적 실연(實
演)에 의해 무대에 올려지면서 판소리와는 별도의 예술로 파생된 창악(唱樂) 연극'을
지칭한다.(김흥규, 『한국문학의 이해』, 민음사, 1986, 105면 참조)

역(亦) 지금은 볼 수 없다. 그밖에도 삼국시대(三國時代)의 각(各) 나라에서는 각각(各各) 그 나라의 역사(歷史)를 맨들었다 하니, 그 속에도 상당(相當)히 자미있는 이야기가 들어 있었을 것이나, 이것 또한 인멸(湮滅)하고 말었다.

우리가 지금 볼 수 있는 최고(最古)의 설화(說話)의 기록(記錄)도 결국(結局) 『삼국사기(三國史記)』와 『삼국유사(三國遺事)』이니, 『사기(史記)』 '열전(列傳)'에 실려 있는 화랑 관창(花郎官昌)의 무용담(武勇談)이라던가, 『유사(遺事)』의 태종 춘추공(太宗春秋公)과 문희(文姬)와의 로맨스라던가 하는 것은 그 일례(一例)이다.

고려시대(高麗時代)로 들어오면 이야기만을 적은 한문 문헌(漢文文獻)이 보이니, 이인로(李仁老)의 『파한집(破閑集)』, 최자(崔滋)의 『보한집(補閑集)』, 이제현(李齊賢)의 『역옹패설(櫟翁稗說)』 등(等)이 그것이다. 이것들은 소위(所謂) '패관문학(稗官文學)'이라 일컬은 한문학(漢文學)의 아류(亞流)인대, 일면(一面)에 있어서는 수필문학(隨筆文學)이기도 하고, 또 원시적(原始的)이나마 평론문학(評論文學)이기도 한 잡연(雜然)한 단문집(短文集)인 것이다.

한양 조(漢陽朝)에 들어서면 패관문학(稗官文學)의 범위(範圍)는 더욱 확대(擴大)되어, 거의 경서(經書) 이외(以外)의 모든 한문(漢文)으로 된 산문(散文)을 포섭(包攝)하게 된다. 그 가장 저명(著名)한 것을 약간(若干)들면, 서거정(徐居正)의 『골계전(滑稽傳)』, 김시습(金時習)의 『금오신화(金鰲新話)』, 성현(成俔)의 『용제총화(慵齋叢話)』, 유몽인(柳夢寅)의 『어우야담(於于野談)』, 작자 미상(作者未詳)의 『청구야담(靑邱野談)』, 이희준(李羲準)의 『계서야담(溪西野談)』, 이수광(李晬光)의 『지봉유설(芝峰類說)』, 이익(李瀷)의 『성호사설(星湖僿說)』 등(等)이다. 그 중(中) 패관문학(稗官文

學)으로서 가장 뛰어난 작품(作品)은 세종(世宗) 17년(十七年; 西1435年)에 명(明)나라 「전등신화(剪燈新話)」를 모방(模倣)하여 지은 전기소설(傳奇 小說) 「금오신화(金鰲新話)」일 것이다.

그러나 패관문학(稗官文學)은 결국(結局) 중국(中國)의 당·송·원·명 (唐宋元明) 등(等)의 문학상(文學上) 조류(潮流)에서 영향(影響)받은 중국 (中國) 산문문학(散文文學)의 일 방계(一傍系)에 불과(不過)하고, 기껏해 야 조선 소설(朝鮮小說)의 모태(母胎)로서의 의의(意義)를 가질 뿐이다. 그보다도 패관문학(稗官文學)이 조선 소설(朝鮮小說)의 권외(圈外)로 방 축(放逐)되는 가장 근본적(根本的)인 이유(理由)는 그것이 한문(漢文) 즉 (卽) 중국어(中國語)로 쓰여졌다는 데 있으니, 본격적(本格的)인 소설(小 說)이 국자 제정(國字制定) 후(後)에야 비로소 기대(期待)되는 이유(理由) 도 역시(亦是) 여기에 있는 것이다.

국자 제정(國字制定)과 소설(小說)

15세기(十五世紀) 중엽(中葉)에 제정(制定)된 국자(國字)의 보급(普及) 은 소설(小說)에 있어서도 결정적(決定的)인 역사적(歷史的) 사실(事實) 이 아닐 수 없다. 그러나 국자(國字)가 제정(制定)된 뒤 상당(相當)히 오 랫동안 국문소설(國文小說)은 나타나지 않았다. 시조(時調)·가사(歌辭) 등(等) 시가문학(詩歌文學)에 있어서는 위정자(爲政者)의 계획적(計劃的) 인 정책(政策)으로서 맨들어진 「용비어천가(龍飛御天歌)」, 기타(其他)의 궁정 문학(宮廷文學)과 거의 동시(同時)에 시작(始作)하여, 정극인(丁克 仁)·김구(金絿)·주세붕(周世鵬)·이현보(李賢輔)·송순(宋純)·이황(李滉)· 권호문(權好文)·정철(鄭澈)·박인로(朴仁老)·윤선도(尹善道) 등(等)의 많 은 작가(作家)가 배출(輩出)하여 중세기문학(中世紀文學)의 황금시대(黃

金時代)를 이루었으나, 소설(小說)은 국자(國字)가 제정(制定)되었다 해
도 그것을 계기(契機)로 즉시(卽時) 성(盛)하지를 못했다. 중종(中宗) 38
년(三十八年; 西1543年)의 『열녀전(列女傳)』의 번역(飜譯)이 후대(後代)의
번역(飜譯)·번안(飜案)의 선편(先鞭)이 되어있음을 볼 뿐이다.

아무나 쉽게 배울 수 있는 국자(國字)의 제정(制定)은 확실(確實)히
소설(小說)이 일어날 가장 기본적(基本的)인 조건(條件)이기는 하나, 그
것만으로 소설(小說)이 일어나지는 못하는 것이니, 서구(西歐)에 있어
그들 각(各) 민족(民族)은 모다 우리보다 대개(大槪) 앞서 제 글자를 가졌
음에도 불구(不拘)하고 18세기(十八世紀)까지는 진정(眞正)한 소설(小說)
은 발달(發達)하지 못했든 사실(事實)을 우리는 여기서 상기(想起)하게
된다.

소설(小說)은 서민(庶民)의 문학(文學)

국자(國字)가 제정(制定)되었다 해도 그걸 계기(契機)로 소설(小說)이
일어나지 못했던 그 주요(主要)한 이유(理由)는, 소설(小說)이란 문학(文
學)이 근본적(根本的)으로 서민(庶民)의 문학(文學)이기 때문이다. 운율
문학(韻律文學)의 정신(精神)은 대체(大體)로 말하면 추상적(抽象的)·관
념적(觀念的)이며, 그 형식(形式)은 고정(固定)되어 유동성(流動性)이 없
다. 시조 문학(時調文學)은 이러한 중세기문학(中世紀文學)의 전형적(典
型的)인 자(者)로서, 주자학(朱子學)을 노래하고 강호 시정(江湖詩情)을
읊으고 군주(君主)를 찬송(讚頌)함에 가장 적당(適當)한 문학(文學)의 종
류(種類)였든 것이다.

16세기(十六世紀) 말(末)에서 시작되어 17세기(十七世紀) 초엽(初葉)에
걸쳐 일어난 임진(壬辰)·병자(丙子) 양란(兩亂)에서 양반계급(兩班階級)

의 무력(無力)이 여지(餘地)없이 폭로(暴露)된 결과(結果), 점차(漸次) 일어나기 시작한 평민계급(平民階級)이 그들의 문학(文學)으로서 그러한 시조(時調)를 즐겨하지 않았을 것은 의당(宜當)한 일이다. 그들은 시조(時調)가 그들의 생활 감정(生活感情)과는 인연(因緣)이 먼 것임을 느꼈으며, 또 군색한 형식(形式)의 질곡(桎梏)을 견디기 어려웠다. 그들은 구체적(具體的)인 이야기를 좋아했고, 또 아무런 구속(拘束)도 없는 새 그릇을 찾았다. 그것은 중국 소설(中國小說)에서 영향(影響)을 받아서 발달(發達)해 온 패관문학(稗官文學)을 우리말로 맨들므로써 용이(容易)히 발견(發見)되었다. 소위(所謂) '언패(諺稗)'가 곧 그것이다. 여기에 진정(眞正)한 우리 소설(小說)의 탄생(誕生)이 있는 것이다.

「임진록(壬辰錄)」

우리의 손으로 이루어지고 우리의 생각을 담은 우리말로 씨어진 최초(最初)의 소설(小說)은 정치적(政治的) 사실(事實)로서만 미루어 단정(斷定)한다면, 아마 「임진록(壬辰錄)」일 것이다. 「임진록(壬辰錄)」은 임진란(壬辰亂) 후(後) 얼마 않되어 성립(成立)된 듯한 작자 불명(作者不明)의 일종(一種)의 역사소설(歷史小說)이다. 그러나 이것은 '임진왜란(壬辰倭亂)'이란 사실(史實)에 충실(忠實)하기보다는, 임진란(壬辰亂)의 패전(敗戰)에 내(對)한 정신적(精神的) 복수(復讐)의 기록(記錄)이다. 따라서 「임진록(壬辰錄)」 속에서는, 조중봉(趙重峰)·이충무(李忠武)·서산대사(西山大師)·사명당(四溟堂) 등(等) 임진란(壬辰亂)에서 실지(實地)로 활약(活躍)한 인물(人物)들이 초인간적(超人間的)인 힘을 가지고 통쾌(痛快)하게 일본(日本)을 정복(征服)하는 것이다. 특(特)히 사명당(四溟堂)이 단신(單身) 일본(日本)으로 건너가 신출귀몰(神出鬼沒)한 활약(活躍)을 거듭하여,

드디어 항서(降書)를 받아오는 대목은 일본 제국주의(日本帝國主義) 치하(治下)의 방방곡곡(坊坊曲曲)에서 오히려 정신적(精神的) 복수(復讐)의 기능(機能)을 다한 것이다.

서민(庶民)의 문학(文學)은 본질적(本質的)으로 반봉건 문학(反封建文學)이며, 반봉건 문학(反封建文學)은 민족문학(民族文學)이다. 이러한 의미(意味)에 있어「임진록(壬辰錄)」이 봉건제도(封建制度) 붕괴기(崩壞期)에 있어서의 전 민족적(全民族的)인 일본(日本)에 대(對)한 복수 문학(復讐文學)이란 것은 문학사적(文學史的)으로 간과(看過)치 못할 중요(重要)한 사실(事實)이다.

또 소설(小說)의 황당무계성(荒唐無稽性)은 비과학적(非科學的)인 중세기문학(中世紀文學)의 공통성(共通性)의 하나이기는 하나, 이는 일면(一面) 약(弱)한 자(者)의 꿈이며 역사(歷史)의 전진(前進)에 대(對)한 막연(漠然)한 희망(希望)이다.「임진록(壬辰錄)」이 일본 통치(日本統治) 하(下)에서 몰래 탐독(耽讀)되었다는 사실(事實)은 이를 여실(如實)히 증명(證明)하는 것이며,「홍길동전(洪吉童傳)」의 통쾌미(痛快味)도 그러한 꿈이며 환상(幻想)인 것이다.

여하간(如何間) 중국(中國)의「삼국연의(三國衍義)」의 영향(影響)을 받은 듯한「임진록(壬辰錄)」은 처음 16세기 말(十六世紀末)에서 17세기 초(十七世紀初)에 된 듯한 군담(軍談)으로서 많은 한문본(漢文本) 유사 작품(類似作品)보다 뛰어난 이야기책이고, 또「유충열전(劉忠烈傳)」·「조웅전(趙雄傳)」·「소대성전(蘇大成傳)」 등(等)과 병자란(丙子亂) 후(後)의「임경업전(林慶業傳)」·「병자호남창의록(丙子湖南倡義錄)」·「강도일기(江都日記)」 등(等) 많은 모방 작품(模倣作品)을 낸 선구적(先驅的)인 소설(小說)이다. 특(特)히 그것이 완전(完全)한 산문작품(散文作品)이란 것은 유의

(留意)할 바다. 이밖에 군담소설(軍談小說)로 지목(指目)되는 것 중 유명
(有名)한 것으로는 「장풍운전(張豊雲傳)」·「장국진전(張國鎭傳)」·「곽해룡전
(郭海龍傳)」 등(等)이다.

허균(許筠)과 「홍길동전(洪吉童傳)」

「홍길동전(洪吉童傳)」의 작자(作者) 허균(許筠; ?~西1618)은 당시(當時)
지식계급(知識階級)으로서, 그보다 좀 뒤진 김만중(金萬重)과 더부러 소
설(小說)의 작자(作者)로서 똑똑히 이름이 알려진 희귀(稀貴)한 작가(作
家)다. 그러므로 「홍길동전(洪吉童傳)」에 이르러, 처음부터 국문(國文)으
로 씨어진 것이냐 여부(與否)는 다소(多少) 의문(疑問)이라 할지라도, 비
로소 어느 정도(程度) 신빙(信憑)할만 하고 고정성(固定性)이 있는 소설
(小說)을 보게 되는 세음이다. 「홍길동전(洪吉童傳)」의 저작 연대(著作年
代)는 대체(大體)로 광해왕 대(光海王代) 즉(卽) 17세기(十七世紀) 초엽(初
葉)이라 볼 것이다.

「홍길동전(洪吉童傳)」은 시대(時代)를 세종(世宗) 때에 두고, 정승(政
丞)의 서자(庶子) 홍길동(洪吉童)이 서자(庶子)로 태어난 가정적(家庭的)
고난(苦難)에서 탈출(脫出)하여 사방(四方)으로 방랑(放浪)하다가 드디
어 도적(盜賊)의 괴수(魁首)가 되고, 다시 활빈당(活貧黨)을 조직(組織)
하여 팔도 수령(八道守令)의 불의(不義)의 재물(財物)을 빼앗어 빈민(貧
民)을 구제(救濟)하니, 왕(王)이 팔도(八道)에 영(令)을 내려 잡으려 하나
비상(非常)한 초인간적(超人間的) 능력(能力)을 가진 길동(吉童)을 잡을
수 없어 병조판서(兵曹判書)를 주기로 하여 길동(吉童)을 회유(懷柔)한
다. 그러나 이윽고 그는 고국(故國)을 떠나 남경(南京)으로 향(向)하다
가 망탕산(芒碭山)의 요괴(妖怪)를 퇴치(退治)하고, 거기에 율도국(硉島

國)이란 말하자면 일종(一種)의 '유우토피어'를 건설(建設)하는 이야기를 서술(敍述)한 소설(小說)이다.

작중 인물(作中人物)이 도술(道術)을 부리는 것은 이와 동시대(同時代)에 된 듯한 「전우치전(田禹治傳)」·「서화담전(徐花潭傳)」에서도 볼 수 있지만, 「홍길동전(洪吉童傳)」은 단순(單純)한 도술 소설(道術小說)이 아니다. 이는 곧 임란 후(壬亂後)의 처참(悽慘)한 봉건 조선(封建朝鮮)의 현실(現實)에 대(對)한 항의(抗議)이다. 양반(兩班)의 토색(討索)과 토지 겸병(土地兼倂)은 더욱 심(甚)해 가고 정치(政治)의 주권(主權)은 무력(無力)해지고 민생(民生)은 도탄(塗炭)에 빠진 당시(當時)에 있어, 서적 차별(庶嫡差別)이란 계급적(階級的) 질곡(桎梏)에 억매여 자란 홍길동(洪吉童)이란 인물(人物)의 힘으로 감행(敢行)된 혁명적(革命的) 행동(行動)을 그린 문학(文學)이다.

더구나 허균(許筠) 자신(自身)이 실지(實地)로 서출 집단(庶出集團)에 가담(加擔)하여 작품(作品)의 내용(內容)과 같은 활동(活動)을 꾀하다가 드디어 반역죄(反逆罪)로 처형(處刑)되었음에 이르러, 작품(作品)은 바야흐로 작자(作者)의 자서전적(自敍傳的) 성격(性格)을 띠게 되나니, 여기에서 우리는 붓과 실천(實踐)을 아울러 가진 정치문학(政治文學)의 선구(先驅)를 보는 것이다. 「홍길동전(洪吉童傳)」 역시(亦是) 「수호전(水滸傳)」에 그 남본(藍本)을 구(求)할 수 있기는 하나, 당시(當時) 조선(朝鮮)의 현실(現實)을 대담(大膽)하게 공격(攻擊)한 점(點)에 있어 훌륭한 독자(獨自)의 가치(價値)를 가진 것이다.

김만중(金萬重)과 그의 작품(作品)

서포(西浦) 김만중(金萬重; 西1637~1692)은 숙종시대(肅宗時代) 작가(作

家)다. 소설(小說)은 김만중(金萬重)에 이르러 문학적(文學的)으로 완성(完成)했다고 볼 것이니, 첫째 그는 우리말의 가치(價値)에 대(對)한 확호(確乎)한 견해(見解)를 가졌었고, 둘째 문학(文學)의 인간 생활(人間生活)에 있어서의 필요성(必要性)을 명확(明確)히 인식(認識)하고 있었다. 그뿐 아니라 작품(作品)으로서의 구성(構成)이나 문체(文體)로 볼지라도 조금도 소홀(疎忽)한 데가 없고 또 저작(著作)에 관(關)한 증거(證據)도 충분(充分)하여, 처음부터 그가 국문(國文)으로 소설(小說)을 썼다는 것이 조금도 의심(疑心)할 여지(餘地)가 없다. 한문본(漢文本) 「구운몽(九雲夢)」과 「남정기(南征記)」는 서포(西浦)의 종손(從孫) 김춘택(金春澤)이 국문본(國文本)에서 번역(飜譯)한 것이다.

그의 작품(作品)은 「구운몽(九雲夢)」과 「사씨남정기(謝氏南征記)」인데, 「구운몽(九雲夢)」의 줄거리는 다음과 같다.

형산(衡山) 연화봉(蓮花峰)에 숨어 있는 육관대사(六觀大師)의 제자(弟子) 성진(性眞)이는 사(師)의 명(命)으로 동정 용왕(洞庭龍王)에게 사자(使者)로 가다가 도중(途中)에 팔선녀(八仙女)를 만나 정(情)을 통(通)하고 돌아온 후(後)로 선불(禪佛)의 학(學)이 진취(進就)되지 않으매, 대사(大師)가 대로(大怒)하여 성진(性眞)과 팔선녀(八仙女)를 지옥(地獄)에 보냈다. 염왕(閻王)은 이들을 불상히 여겨 극락(極樂)으로 보냈다. 성진(性眞)은 그날 회양(淮陽) 양처사(楊處士) 부인(夫人)의 임산(臨産)에 당(當)하여 재기환발(才氣煥發)한 양소유(楊少游)로 환생(換生)하여, 팔선녀(八仙女)의 후신(後身)으로 태어난 8가인(八佳人)을 취(娶)하고 소년(少年)에 장원급제(壯元及第)해서 갖은 영화(榮華)를 누리다가, 다시 호승(胡僧)의 설법(說法)에 돈오(頓悟)하여 소유(少游)와 팔부인(八夫人)은 옛날로 돌아가 극락세계(極樂世界)로 간다.

「구운몽(九雲夢)」은 동양적(東洋的)인 중세기(中世紀) 생활 양상(生活樣相)을 여실(如實)히 그린, 상당(相當)히 스케일이 큰 문학(文學)이다. 일부다처주의(一夫多妻主義)의 교묘(巧妙)한 합리화(合理化), 유·불·선(儒佛仙) 삼교(三教)의 혼연(渾然)한 일치경(一致境), 그리고 대단(大端)히 낙천적(樂天的)인 인생향락사상(人生享樂思想) – 이런 것들이 훌륭히 그려져 있다. 이는 일면(一面) 현실도피적(現實逃避的)인 방향(方向)이기도 하나, 하여간(何如間) 꿈일지라도 이만큼 면밀(綿密)하게 그려져 있으면 우리 소설(小說)의 자랑꺼리가 아닐 수 없다.

「구운몽(九雲夢)」이 출현(出現)하자 「옥루몽(玉樓夢)」·「옥련몽(玉蓮夢)」·「옥린몽(玉麟夢)」 등(等) 수다(數多)한 작품(作品)들이 그 뒤를 이었으니 가(可)히 그 문학적(文學的) 세력(勢力)을 짐작할 수 있으며, 또 후대(後代)까지도 성진(性眞)이가 팔선녀(八仙女)를 희롱(戲弄)한다는 말이 노래와 소설(小說)에 빈번(頻繁)히 인용(引用)되는 것으로 가장 널리 읽힌 작품(作品)임을 알겠다.

이에 반(反)하여 「사씨남정기(謝氏南征記)」는 중국(中國)을 무대(舞臺)로 하여 일견(一見) 번안 소설(翻案小說) 같은 느낌을 주나, 사실(事實)은 그가 생존(生存)하던 숙종시대(肅宗時代)의 궁정 비극(宮廷悲劇)을 측면(側面)에서 공격(攻擊)한 풍자소설(諷刺小說)이다. 그것은 정조(正祖) 때쯤 성립(成立)된 듯한 「인현왕후전(仁顯王后傳)」과 「남정기(南征記)」를 비교(比較)해 보면 짐작이 갈 뿐 아니라, 기록(記錄)에도 「남정기(南征記)」가 숙종(肅宗)의 마음을 돌이켜 일단(一旦) 폐출(廢出)한 인현왕후(仁顯王后)를 복위(復位)시키고 요빈(妖嬪) 장씨(張氏)를 방축(放逐)하였단 말이 보이는 바다. 그렇다면 「남정기(南征記)」는 결국(結局) 처음부터 뚜렷한 단일 목적(單一目的)을 가진 '권선징악(勸善懲惡)'의 문학(文學)이며, 따라서 「구운몽(九雲夢)」과는 대척적(對蹠的)인 목적소설(目的小說)이다. 그 이야기는 다음과 같다.

명(明)나라 가정 연간(嘉靖年間), 순천부(順天府) 유 한림(劉翰林)의 정실(正室) 사씨(謝氏)는 재덕겸비(才德兼備)의 현부인(賢夫人)이었으나, 출가(出嫁) 9년(九年)만에도 자녀(子女)가 없으므로 한림(翰林)에게 권(勸)하여 교씨(喬氏)와 성례(成禮)케 하였다. 교씨(喬氏)는 음흉무쌍(淫凶無雙)하여 문객(門客)을 사축(私蓄)하고 문객(門客)과 공모(共謀)하여 사씨(謝氏)를 무실(無實)한 죄(罪)로 내쫓으니, 사씨(謝氏)는 남(南)으로 한(限)없는 유랑(流浪)의 길을 떠난다. 그러나 드디어 교녀(喬女)의 흉계(凶計)가 일시(一時)에 탄로(綻露)되자 교씨(喬氏)와 문객(門客) 등(等) 흉도(凶徒)는 패(敗)하고, 유 한림(劉翰林)은 전과(前過)를 깊이 뉘우쳐 다시 사씨(謝氏)로 더부러 영화(榮華)를 누린다.

숙종 조(肅宗朝) 소설(小說)로서 또한 잊지 못할 것에 「박씨부인전(朴氏夫人傳)」이 있다. 이는 「임진록(壬辰錄)」의 무용(武勇)과 「홍길동전(洪吉童傳)」의 도술(道術)이 교착(交錯)된 것이며, 특히 주인공(主人公)이 여자(女子)라는데 여성 사회(女性社會)에 대(對)한 소설(小說)의 침투(浸透)를 짐작케 하는 것이다.

「장화홍련전(薔花紅蓮傳)」, 기타(其他)의 공안소설(公案小說)

우리 소설(小說)에는 대개(大槪) 국문본(國文本)과 한문본(漢文本)의 2종(二種)이 있어, 그 성립(成立)의 선후(先後)를 따지기 어려운 예(例)가 허다(許多)하다. 그러한 중 「장화홍련전(薔花紅蓮傳)」은 확실(確實)히 숙·영 간(肅英間)에 박경수(朴慶壽)의 손으로 한문본(漢文本)이 먼저 되고,

그것이 국문(國文)으로 역술(譯述)된 것은 훨씬 후대(後代)인 것이다. 그러나 한문본(漢文本)이 먼저라는 것은 국문본(國文本)이 국문본(國文本)으로서 뚜렷한 가치(價値)를 가지고 있는 한(限), 그 국문본(國文本)은 순수 국문학(純粹國文學)으로서 하등(何等) 가치(價値)가 손상(損傷)될 것이 없는 것이다. 더구나 이들 국문본(國文本)은 「장화홍련전」처럼, 대개(大槪)는 문학적(文學的) 가치(價値)를 더한 결과(結果)를 낳았으니, 우리는 국문본(國文本)이 있는 이상(以上) 그 국문본(國文本)만을 진정(眞正)한 고전(古典)으로 숭상(崇尙)하는 것이다.

「장화홍련전(薔花紅蓮傳)」은 300여년(三百餘年) 전(前) 철산(鐵山)서 일어난 계모(繼母)의 전실 여식(前室女息) 살해 사건(殺害事件)을 재료(材料)로 한 권선징악(勸善懲惡)의 계모 소설(繼母小說)이다. 사건(事件)은 원혼(怨魂)이 부사(府使)의 공청(公廳)에 나타나 신원(伸寃)을 호소(呼訴)함으로 말미암아, 역대 부사(歷代府使)가 모다 기절(氣絶)하야 죽는 데서 해결(解決)의 실마리가 풀리는 계기(契機)가 지어진다. 발탁(拔擢)된 명 부사(名府使) '정동호'는 드디어 원혼(怨魂)의 말에 좇아 계모(繼母)의 흉계(凶計)를 척결(剔抉)하고, 뒤는 판에 박은 듯한 행복(幸福)한 결말(結末)에 도달(到達)한다.

여기에 나오는 명 부사(名府使) '정동호'는 실재 인물(實在人物) 김동홀(金東屹)이라는 것이 대개(大槪) 틀림없다. 이 소설(小說)은 법정(法廷)에서 자라난 실화 소설(實話小說)로서, 이밖에도 「옥낭자전(玉娘子傳)」·「진대방전(陳大方傳)」 등(等)의 많은 유사 작품(類似作品)을 낳았다. 이런 소설(小說)들은 공안소설(公案小說)이란 이름으로 일괄(一括)할 수 있을 것이다.

또 계모소설(繼母小說)로는 「정을선전(鄭乙善傳)」·장풍운전(張豊雲傳)」·

「어룡전(魚龍傳)」·「콩쥐팥쥐」 등(等)이 있다.

「춘향전(春香傳)」

「춘향전(春香傳)」은 우리들 뿐만 아니라, 외국인(外國人)에게까지 널리 알려진 대표적(代表的)인 조선 고대소설(朝鮮古代小說)이다. 그러나 작자(作者)와 저작 연대(著作年代)는 똑똑히 알 수 없으며, 또 내용(內容)도 한문본(漢文本)·국문본(國文本)에 따라 다르고, 국문본(國文本)만 치드라도 목판본(木版本)·사본(寫本) 그러고 근대(近代)에 와서 개작(改作)된 「옥중화(獄中花)」·「일설 춘향전(一說春香傳)」 등(等)까지 있어 일정(一定)치 않다.

대체(大體)로 말하자면 영·정 간(英正間)에 어느 재자(才子)의 손으로 된 것 같고, 확실(確實)한 증거(證據)는 없으되, 국문본(國文本)·한문본(漢文本)·창극본(唱劇本)[33]의 순서(順序)로 발달(發達)해 왔으며, 국문본(國文本) 이전에 이미 전설적(傳說的) 설화(說話)가 전(傳)해 내려오던 것이 아닐까 생각된다.

「춘향전(春香傳)」에 이르러 우리는 조선 봉건(朝鮮封建) 서민문학(庶民文學)이 궤도(軌道)에 오른 것을 본다. 그 이전(以前)의 작품(作品)들은 그것이 설령(設令) 걸작(傑作)이라 할지라도, 거개(擧皆) 그 남본(藍本)을 중국 소설(中國小說)에서 구(求)할 수 있는 것은 부인(否認)할 수 없는 엄연(嚴然)한 사실(事實)이다. 예(例)컨댄 15세기(十五世紀) 초엽(初葉)에 된 김시습(金時習)의 「금오신화(金鰲新話)」는 국자(國字)가 없든 시대(時代)의 한문소설(漢文小說)로서 뛰어난 자(者)이지만, 그것은 명

---

33 '창극본(唱劇本)'은 곧 판소리 사설본을 의미한다.

초(明初)의 중국 소설집(中國小說集) 「전등신화(剪燈新話)」의 아류(亞流)임이 틀림없고, 임란 후(壬亂後) 16세기(十六世紀) 말경(末頃)에 되었다고 믿어지는 국문본(國文本) 「임진록(壬辰錄)」은 「삼국연의(三國衍義)」에서 그 수법(手法)을 배웠고, 17세기(十七世紀) 말엽(末葉)에 된 김만중(金萬重)의 「구운몽(九雲夢)」은 확실(確實)히 「수호전(水滸傳)」의 모방작(模倣作)인 것이다. 즉(卽) 「춘향전(春香傳)」 이전(以前)의 소설(小說)들은 그것이 민족적(民族的) 군담(軍談)이건 불선(佛仙)의 문학(文學)이건 또는 권선징악(勸善懲惡)의 소설(小說)이건 간(間)에, 그 속에 그려진 사실(事實)은 우리나라에서 빚여진 현실(現實)의 여실(如實)한 반영(反映)이 아니오, 더욱 봉건 서민(封建庶民)의 생활 감정(生活感情)과는 동떨어진 것이라 아니 할 수 없다.

「춘향전(春香傳)」도 그 성립(成立) 당초(當初)에는 단순(單純)한 염정소설(艶情小說)이며, 일종(一種)의 '열녀전(烈女傳)'이었을 지도 모른다. 그러나 창극화(唱劇化)하여 민중(民衆)의 갈채(喝采)를 받기 시작한 「춘향전(春香傳)」은 강렬(强烈)한 휴맨니즘의 문학(文學)이며, 반봉건적(反封建的)인 문학(文學)이라고 규정(規定)하는 것이 이 작품(作品)을 정당(正當)하게 이해(理解)하는 길일 것이다. 「춘향전(春香傳)」의 강렬(强烈)한 휴매니즘은, 변학도(卞學徒)가 권력(權力)으로 여성(女性)의 생명(生命)을 박탈(剝奪)하려고 춘향(春香)을 매질할 때, "유부 겁탈(有夫劫奪)하는 것은 죄(罪) 아니고 무엇이오."라고 항변(抗辯)하는 춘향(春香)의 정신(精神)에 단적(端的)으로 나타나 있고, 봉건 관료(封建官僚)의 부패상(腐敗相)의 폭로(暴露)는, 변 부사(卞府使)의 생일연(生日宴)에 거지로 변장(變裝)한 암행어사(暗行御史) 이몽룡(李夢龍)의 '금준미주천인혈(金樽美酒千人血) ……'의 시구(詩句)로써 통쾌(痛快)하게 수행(遂行)되고 있다.

이와 동시(同時)에 또한 간과(看過)해서 안될 것은 「춘향전(春香傳)」
전반(前半)을 차지하고 있는 남녀 주인공(男女主人公)의 교정(交情)이니,
이는 「구운몽(九雲夢)」에서 보는 향락주의(享樂主義)와는 아조 다른 엄
숙(嚴肅)하고도 인간적(人間的)인, 주자학(朱子學)으로부터의 해방(解放)
이다. 대저(大低) 형식주의적(形式主義的)인 중세기(中世紀)의 암흑(暗黑)
에서 벗어나려 할 때, 어느 민족(民族)의 문학(文學)을 막론(莫論)하고
그 첫 단계(段階)는 자유(自由)로운 인간(人間) 상정(常情)의 발로(發露)인
것이니, 「춘향전(春香傳)」에서 우리는 그 뚜렷한 모습을 보는 것이다.

「춘향전(春香傳)」의 영향(影響)은 영·정(英正) 이후(以後)에 된 듯한 「숙
향전(淑香傳)」·「숙영낭자전(淑英娘子傳)」·「옥단춘전(玉丹春傳)」 기타(其
他)에서 볼 수 있으나, 원래(元來) 영·정(英正) 이후(以後)는 문학(文學)의
침체기(沈滯期)이므로 그 가치(價値)에 있어 문제(問題)꺼리가 되지 않는
다. 이 밖에 영·정(英正) 이후(以後)의 작품으로는 「소운전(蘇雲傳)」·「옥
숙전(玉肅傳)」[34]·「금방울전(傳)」·「금산사몽유록(金山寺夢遊錄)」·「채봉
감별곡(彩鳳感別曲)」 등(等)이 있으나, 이러한 군소 작품(群小作品)들은
엄밀(嚴密)하게 말하면 고대소설(古代小說)이기는 하나 고전(古典)은 되
지 못할 것이다.

박지원(朴趾源)과 그의 한문소설(漢文小說)

영·정 시대(英正時代)의 소설을 논(論)함에 있어, 묵살(默殺)하지 못
할 인물(人物)은 연암(燕巖) 박지원(朴趾源; 西1737~1805)이다. 그는 일종
(一種)의 봉건체제 개혁이론(封建體制改革理論)인 실학(實學)의 중진(重

---

34 「옥소전(玉簫傳)」의 오기(誤記)로 파악된다.

鎭)의 하나이며, 종형(從兄) 명원(明源)이 '입연정사(入燕正使)'로 중국(中國)에 들어갔을 때, 형(兄)을 따라 연경(燕京)에 가 몸소 청조(淸朝)의 문물(文物)을 목도(目睹)했다.

그 보고문(報告文)이라 할 『열하일기(熱河日記)』는 자자구구(字字句句) 우국 개세(憂國慨世)의 문자(文字) 아님이 없으되, 당시(當時)의 부유(腐儒)들은 패관문장(稗官文章)이라고 조소(嘲笑)했다.

그가 소설사(小說史)에서 문제(問題)가 되는 것은 『열하일기(熱河日記)』 중(中) 「옥갑야화(玉匣夜話)」와 「연암외전(燕岩外傳)」에 실린 한문 단편소설(漢文短篇小說) 「허생원전(許生員傳)」[35]·「호질(虎叱)」·「양반(兩班)」·「민옹(閔翁)」·「광문(廣文)」·「마장(馬駔)」 기타(其他)를 남긴 때문이다. 대체(大體)로는 한문소설(漢文小說)은 한시(漢詩)나 산문 한문(散文漢文)과 마찬가지로 우리 문학(文學)의 일부문(一部門)이라기보다는, 중국문학(中國文學)의 일 방계(一傍系)로 밖에 간주(看做)되지 않는다. 「금오신화(金鰲新話)」나 「화사(花史)」나, 한문본(漢文本) 「옥루몽(玉樓夢)」이나 「창선감의록(彰善感義錄)」 등(等)은 그러한 이유(理由)로 우리 문학 행세(文學行勢)를 못하는 것이다.

그러면 왜 유독(唯獨)히 박지원(朴趾源)의 소설(小說)만이 우리 문학(文學)일 수 있는가. 그것은 그의 작품(作品)이 언어(言語)가 중국어(中國語)라는 단(單) 한 개의 조건(條件)을 제(除)하고는 국문소설(國文小說) 이상(以上)으로 절실(切實)한 당시(當時) 현실(現實)의 반영(反映)인 까닭이며, 나아가서는 역사(歷史)의 앞길에 대(對)한 예리(銳利)한 눈을 가졌기 때문이다.

---

35 「허생전(許生傳)」을 달리 부르는 명칭이다.

「허생원전(許生員傳)」은 장사를 하면 누만금(累萬金)을 벌 수 있고, 시사(時事)를 논(論)하면 정승(政丞) 이상(以上)의 경륜(經綸)으로 사람을 놀라게 하는, 탁월(卓越)하고 능동적(能動的)인 전설적(傳說的) 인물(人物)의 기행(奇行)을 그려 후세(後世)에까지 여러 가지 각도(角度)로 문제시(問題視)되는 가장 걸출(傑出)한 작품(作品)이오, 「호질(虎叱)」은 학덕(學德)의 명성(名聲)이 일국(一國)에 높은 북곽 선생(北郭先生)과 이 역(亦) 굳은 절개(節介)가 천자(天子)에게까지 알려진 청상과부(靑孀寡婦) 동성자(東星子)와의 추행(醜行)을 그려, 국책(國策)으로서의 유교 도덕(儒敎道德)의 가면(假面)을 벗겨 양반계급(兩班階級)의 생활 이면(生活裏面)을 여지(餘地)없이 폭로(暴露)한 것이오, 「양반전(兩班傳)」은 빈궁(貧窮)에 쪼들린 양반(兩班)으로부터 양반(兩班)을 사려던 천부(賤富)가 양반(兩班)의 인간(人間)답지 않은, 부자유(不自由)한 허위(虛僞)에 찬 생활상(生活相)을 알고는 아예 양반(兩班)될 생각을 버렸단 이야기다. 모두가 양반사회(兩班社會)의 부패(腐敗)와 무력(無力)과 기만성(欺瞞性)을 척결(剔抉)하고, 인간적(人間的)이고 능동적(能動的)인 신흥 서민세력(新興庶民勢力)에 미래(未來)의 희망(希望)을 의탁(依託)한 내용(內容)이다.

「흥부전(興夫傳)」, 기타(其他)의 설화소설(說話小說)

민간(民間)에서 전승(傳承)되어 오던 설화(說話)가 어느 시기(時期)에 어떤 재사(才士)의 손으로 소설(小說)로 고정(固定)된 것을 일괄(一括)하여 설화소설(說話小說)이라 부르기로 한다.

설화(說話)의 원 줄거리는 대개(大槪) 동양 일대(東洋一帶)에 공통적(共通的)으로 유포(流布)되어 있어 이 점(點)으로는 대단(大端)히 민족적(民族的) 개성(個性)이 희박(稀薄)한 듯하나, 그러나 그 이야기가 오랫동

안 전(傳)해 내려오는 과정(過程)에 우리 민족(民族)의 풍속(風俗)·관습
(慣習)·신앙(信仰) 등(等)과, 그러고 특(特)히 언어(言語)에 깊이 물들어
가장 조선적(朝鮮的)인 문학(文學)을 이루고 있는 것을 보는 것이다. 이
는 시조문학(時調文學)에 대(對)한 민요(民謠)와도 같은 속성(屬性)을 가
진 소설(小說)들이다.

　설화소설(說話小說)의 최대 특징(最大特徵)은 풍부(豊富)한 해학성(諧
謔性)과 그 거진 전부(全部)가 창극화(唱劇化)[36]한데 있다. 서양문학(西
洋文學)에 있어서도 비극(悲劇)과 희극(喜劇)은 그 등장인물(登場人物)이
귀족(貴族)이냐 평민(平民)이냐 하는 데서 구별(區別)되어 왔고, 근대극
(近代劇)은 실(實)로 평민(平民)이 무대(舞臺)에 서는 것으로 시작되었다
고 하거니와, 하여간(何如間) 대중(大衆)이 웃음을 좋아하는 것은 동서
고금(東西古今)을 통(通)한 보편적(普遍的) 사실(事實)이다. 다음으로 숙·
영·정(肅英正) 이후(以後)로 창극(唱劇)[37]이 전성(全盛)한 것은 그 주 원
인(主原因)이, 말하자면 진보적(進步的)인 양반 지식계급(兩班知識階級)
에 의(依)해서 열린 소설문학(小說文學)이 그것을 계승(繼承)할 교양(教
養)을 쌓을 여가(餘暇)를 갖지 못했던 평민(平民)의 손에 떨어졌기 때문
에, 아즉 새로 소설(小說)이 평민(平民)의 손으로 생산(生産)되지 못하
고 대개(大概) 전(傳)해 내려온 소설(小說)이 성(盛)하게 낭독(朗讀)되다
가, 드디어 광대(廣大)의 창극(唱劇)으로 발전(發展)한데 있는 것이라
볼 것인 즉, 소설(小說)이 창극화(唱劇化)함에 있어서는 평민계급(平民
階級)에게 가장 가까운 설화문학(說話文學)이 주(主)가 될 것은 당연(當

36　'창극화(唱劇化)'는 판소리로 연창(演唱)이 되었음을 의미한다.
37　이 책에서는 판소리를 일관되게 '창극(唱劇)'이라 지칭하고 있다.

然)타 할 것이다.

설화소설(說話小說)의 성립 시기(成立時期)는 단정(斷定)키 극난(極難)하다. 그 중 「심청전(沈淸傳)」은 그 성격(性格)에 있어 이여(爾餘)의 설화소설(說話小說)과는 좀 달러 「춘향전(春香傳)」 비슷한 고전적(古典的) 무게를 가지고 있으며, 또 저작 연대(著作年代)도 약간(若干) 상고(商考)할 길이 있는 듯하나, 이것 또한 영·정 시대(英正時代) 전후(前後)란 것 외(外)에 아직껏 명확(明確)치 못하다.

대범(大凡)하게 설화소설(說話小說)도 영·정(英正) 중심(中心)의 소산(所産)이라 생각하고저 하나, 문제(問題)는 헌종 말(憲宗末) 19세기(十九世紀) 초(初)에 신재효(申在孝)가 산정(刪定)한 창극(唱劇)과 소설(小說)로서의 설화(說話)와의 관계(關係)에 있으며, 또 현존(現存) 설화소설(說話小說)이 그 어느 것인가가 의문(疑問)이다.

「흥부전(興夫傳)」은 책(冊)에 따라 다소(多少) 다르나, 전반(前半) 흥부(興夫)가 형(兄) 놀부의 집에서 쫓겨나 갖은 고생(苦生)을 다하는 이야기와 후반(後半) 보은(報恩)박과 보수(報讎)박 이야기로 대분(大分)된다. 후반(後半)은 동양 일대(東洋一帶)에 유포(流布)된 동화(童話)로서, 조선(朝鮮) 특유(特有)의 것이 아니다. 「흥부전(興夫傳)」의 가치(價値)는 흥부(興夫)가 놀부집에 구걸(求乞)하러 갔다가 매를 맞고 놀아오는 장면(場面)이라든가, 돈 30냥(三十兩)을 받기로 하고 김 부자(金富者) 대신(代身) 매를 맞으러 하루 170리(一百七十里) 씩 걸어 몇 일만에 영문(營門)에 갔다가 갑자기 사(赦)가 내려 실망(失望)하고 돌아오는 삽화(揷話)라든가로 엮어진 전반(前半)에 있는 것이다. 거기에는 선량(善良)하고 무력(無力)한 몰락(沒落)한 선비의 고난(苦難)과, 악독(惡毒)한 재물욕(財物慾)에 인간윤리(人間倫理)를 짓밟고도 부끄러할 줄을 모르는 수전노(守錢奴)와의 대조(對照)가, 가장 조선적(朝鮮的)인 풍부(豊富)한 휴머에 뒤섞여 교묘(巧妙)하게 그려져 있는 것이다.

「흥부전(興夫傳)」은 비참(悲慘)한 현실(現實)을 웃음으로 들려주는 중세기(中世紀) 설화문학(說話文學)의 백미(白眉)이다.

「심청전(沈淸傳)」은 「흥부전(興夫傳)」이 보여주는 것과 같은 비현실적(非現實的)인 동양 공통(東洋共通)의 설화(說話)에다 조선적(朝鮮的)인 휴머를 교착(交錯)시킨 걸출(傑出)한 설화문학(說話文學)인 동시(同時)에, 「춘향전(春香傳)」과 견줄만한 대작(大作)으로서의 간연(間然)할 바 없는 구성(構成)을 구비(具備)한 소설이다.

「심청전(沈淸傳)」의 주제(主題)는 물론(勿論) '효(孝)'에 있다. 그러나 문학비평(文學批評)의 관점(觀點)에서 본다면 심학규(沈鶴圭)의 성격 묘사(性格描寫) 성공(成功)에 유의(留意)치 않을 수 없으니, 몽운사(夢運寺) 화주승(化主僧)의 '권선장(勸善章)'에 300석(三百石)을 적는 무모(無謀)라든가, 뺑덕어미에 혹(惑)하는 주책없는 심정(心情)이라든가, 이 역(亦) 몰락(沒落)한 맹인 양반(盲人兩班)의 얌체 없고 믿음성(性) 없는 행지(行止)가 교묘(巧妙)하게 그려져 있는 것이다. 이 점(點)에 있어 「흥부전(興夫傳)」과 아울러 고대소설(古代小說)의 쌍벽(雙璧)이라 할 것이다.

「흥부전(興夫傳)」과 「심청전(沈淸傳)」의 현실(現實)은 그 비참(悲慘)하고 가련(可憐)한 전반(前半) 뿐이다. 후반(後半)은 그 비참(悲慘)하고 가련(可憐)한 현실(現實)을 그대로 내버려 둘 수 없는 민중(民衆)의 염원(念願)의 달성(達成)인 것이다. 여기에도 약(弱)한 자(者)의, 정신(精神)으로라도 현실(現實)을 바로잡으려는 꿈이 있는 것이다. 이것을 단순(單純)히 권선징악(勸善懲惡)이라고 보아 치워버려서는 중세기문학(中世紀文學)을 바로 보는 소이(所以)가 아닐 것이다.

이 외(外)에도 설화소설(說話小說)로 지칭(指稱)될 만한 작품(作品)은, 「토끼전(傳)」·「쟁끼전(傳)」[38]·「콩쥐팥쥐」·「서동지전(鼠同知傳)」·「두껍전(傳)」·「삼설기(三說記)」·「적성의전(翟成義傳)」·「김태자전(金太子傳)」 등(等) 많이 있다. 그 대부분(大部分)은 말하자면 동화(童話)에 속(屬)하는 것이오, 또 우리 문학(文學)으로서의 특성(特性)에서 벗어난 것도 있다.

「한중만록」, 기타(其他)의 전기소설(傳記小說)

사람 이름에 전자(傳字)가 붙은 소설(小說)은 고대소설(古代小說)의 대부분(大部分)을 차지하고 있다. 그 중(中)에는 물론(勿論) 순수(純粹)한 소설(小說)도 있지만, 양적(量的)으로 보면 역사소설(歷史小說) 내지(乃至) 전기소설(傳記小說)이 압도적(壓倒的)이다. 그러한 가운데 있어 서민문학(庶民文學)으로서의 소설(小說)의 권외(圈外)에 선, 내간체 산문(內簡體散文)으로 기사(記寫)된 궁정소설(宮廷小說)로서 특이(特異)한 가치(價值)를 가지고 있는 규수 작품(閨秀作品)으로 「한중만록」[39]과 「인현왕후전(仁顯王后傳)」을 잊을 수 없다.

「한중만록」은, 영조(英祖)의 둘째 아들 사도세자(思悼世子)의 빈궁(嬪宮) 혜경궁 홍씨(惠慶宮洪氏)가 그 회갑(回甲; 英祖末年 西1795年)에 시작(始作)하여 사도세자(思悼世子)의 기구(崎嶇)한 운명(運命)의 동반자(同伴者)로서의 자기 일생(自己一生)을 회고(回顧)하야 적은 자서전(自敍傳)이며, 「인현왕후전(仁顯王后傳)」은 숙종(肅宗)의 계비(繼妃) 인현왕후

---

38 장끼의 죽음과 까투리의 재가(再嫁) 문제를 다룬 「장끼전」을 가리킨다.
39 「한중록(恨中錄)」을 달리 부르는 명칭이다.

(仁顯王后)가 왕손(王孫)을 이을 세자(世子)를 얻기 위(爲)하야 후궁(後宮)에 들이기로 한 장희빈(張禧嬪)의 농간(弄奸)으로 불우(不遇)한 경지(境地)에 떨어졌다가, 숙종(肅宗)의 회심(悔心)으로 다시 복위(復位)됨에 이르는 궁정비극(宮廷悲劇)을 후일(後日; 아마 英祖 때 쯤) 어떤 궁인(宮人)이 기록(記錄)한 전기(傳記)다.

「한중만록」과 「인현왕후전(仁顯王后傳)」은 시가(詩歌)에 있어서의 「용비어천가(龍飛御天歌)」와 더불어, 가장 전아(典雅)한 문학작품(文學作品)으로서 후세(後世)에 가치 남을 것이다.

영·정(英正) 이후(以後)의 소설(小說)과 창극(唱劇)

이상(以上)과 같이 소설(小說)은, 국자 제정(國字制定) 후(後) 개화기(開花期)에 들어 정철(鄭澈)·박인로(朴仁老)·윤선도(尹善道)를 정점(頂點)으로 하는 중세기(中世紀) 율문 문학(律文文學)의 뒤를 이어, 서민(庶民)과 부녀자(婦女子)의 애호(愛護) 속에서 자라나 영·정 시대(英正時代)에 이르러 백화요란(百花繚亂)의 전성시대(全盛時代)를 마지한다. 그러나 그 작품(作品)들은 거개(擧皆)가 민족적(民族的) 각성(覺醒)을 가진 상층 지식계급(上層知識階級)의 손에서 나온 것이오, 서민계급(庶民階級)의 대부분(大部分)은 제작(製作)은 고사(姑捨)하고 자신(自身)이 읽기조차 군색했다. 그들은 남이 읽는 것을 듣고 좋아했다. 소설 문장(小說文章)이 가사체(歌辭體) 낭독조(朗讀調)로 된 것의 주원인(主原因)은 여기에 있는 것이며, 영·정(英正) 이후(以後)에 보잘만한 작품(作品)이 나오지 않은 이유(理由)도 여기에 있는 것이다. 또 여기서부터, 그들이 이에 만족(滿足)하지 않고 낭독자(朗讀者)를 무대(舞臺)에 세우고 낭독(朗讀)되어 온 소설(小說)에 다소(多少) 희곡적(戲曲的) 요소(要素)를 가미

(加味)해서, 이를 창극(唱劇)⁴⁰으로 발전(發展)시킨 필연적(必然的) 과정(過程)을 우리는 용이(容易)히 이해(理解)할 수 있는 것이다.

그런데 소설(小說)의 창극화(唱劇化) 과정(過程)에 있어 처음부터 창극적(唱劇的) 의식(意識)으로써 창작(創作)된 소설(小說)도 있으니, 이는 「춘향가(春香歌)」·「박타령」·「토끼타령」·「심청가(沈淸歌)」 등(等)을 개작(改作)하여 창극화(唱劇化)한 신재효(申在孝; 西1812~?)의 「변강쇠타령」(一名 「가로지기」 또는 「횡부가; 橫負歌」)이다. 이는 처음부터 창극조(唱劇調)로 창작(創作)된 작품(作品)인만치 서민소설(庶民小說)로서의 해학성(諧謔性)·사실성(寫實性) 등(等)을 마음대로 발휘(發揮)한 것으로서 기억(記憶)될 작품(作品)이다. 그리고 여기에서 명확(明確)히 인식(認識)해야 할 것은, 「변강쇠타령」과 이여(爾餘)의 소설(小說)이 하등(何等) 구별(區別)될 형식(形式)을 갖지 않았다는 사실(事實)이다. 낭독조(朗讀調)나 창극조(唱劇調)나, 그 사이에 아무런 형식적(形式的) 비약(飛躍)이 있는 것이 아니기 때문이다. 고대소설(古代小說)의 작품 행동화(作品行動化)는, 오늘날처럼 활자(活字)로 인쇄(印刷)되어 개인(個人)의 손에서 묵독(默讀)되는 것과는 달러, 사랑(舍廊)에서 규방(閨房)에서 낭독(朗讀)될 때 비로소 달성(達成)되었던 것이다. 사본(寫本)이 맨들어지는 것은 현대(現代)에 비긴다면 인쇄 과정(印刷過程)에 속(屬)할 따름이다. 창극(唱劇)은 낭독(朗讀)의 변형(變形)에 불과(不過)한 것이다.

창극 전성시대(唱劇全盛時代)는 바로 '갑오경장(甲午更張)' 이후(以後)의 신소설(新小說)에 연결(連結)된다. 신소설(新小說)과 고대소설(古代小說)과의 연관성(聯關性)에 대(對)해서는 뒤에서 논의(論議)될 것이므로

---

40 이 책에서 '창극(唱劇)'은 모두 '판소리'를 지칭한다.

언급(言及)치 않는다.

제5절(第五節), 가집편찬(歌集編纂)과 영·정(英正) 이후(以後)의 시가 (詩歌)

『청구영언(靑丘永言)』 성립(成立)까지

조선 시가(朝鮮詩歌)는 윤선도(尹善道)에 이르러 정점(頂點)에 달(達)하고, 임진(壬辰)·병자(丙子) 양란(兩亂)을 계기(契機)로 양반사회(兩班社會)가 점차(漸次) 무력(無力)하게 됨을 따라 쇠잔(衰殘)해 갔다. 숙종 조(肅宗朝)에 송시열(宋時烈)·남구만(南九萬)·김성최(金聲最) 등(等)을 헤일 수 있고, 영조 조(英祖朝)에 들어 주의식(朱義植)·김삼현(金三賢)·조명리(趙明履)·이정복(李鼎福)[41]·김유기(金裕器)·김성기(金聖器) 등(等)의 시조 작가(時調作家)가 있으나 모다 「청구영언(靑丘永言)」·「해동가요(海東歌謠)」 등(等)에 약간 수(若干首)를 남겼을 뿐, 그 중(中) 이정복(李鼎福)은 양(量)으로는 상당(相當)하나 아무런 신국면(新局面)을 타개(打開)하지 못했다. 영·정(英正) 이후(以後)의 가단(歌壇)은 오로지 전대 시가(前代詩歌)의 수집·정리(蒐集整理)와 그 가창(歌唱)으로써 시가사(詩歌史)를 이어온 것이라 해도 과언(過言)이 아니다.

가집 편찬(歌集編纂)의 시초(始初)는 평민 출신(平民出身) 가객(歌客) 남파(南坡) 김천택(金天澤)에 의한 『청구영언(靑丘永言)』이다. 이는 영조(英祖) 3년(三年; 西1727年)에 최초(最初)의 성립(成立)이 된 것이란 것이 거의 의심(疑心)없는 것으로, 수 종(數種)의 이본(異本)이 있으나 그 가장 방대(尨大)한 것은 여말(麗末) 이래(以來)의 가사(歌辭) 17수(十七首)

---

41 '이정보(李鼎輔)'의 오기(誤記)로 파악된다.

와 장·단시조(長短時調) 근(近) 천수(千首), 도합(都合) 천십여수(千十餘首)[42]를 곡조별(曲調別)로 편찬(編纂)한 것인데, 문학적(文學的)으로 유의(留意)할 것은 그것이 이미 일종(一種)의 가곡본(歌曲本)이라는 것과 그 속에 다량(多量)으로 들어 있는 무명씨작(無名氏作)의 장시조(長時調)이다.

시조(時調)와 가사(歌辭)가 직업적(職業的)으로 가창(歌唱)되기 시작한 것은 벌써 숙종 조(肅宗朝)의 일인 듯하고, 이것은 또한 소설(小說)의 창극화(唱劇化)를 촉진(促進)시켰던 것이다. 이리하야 소설(小說)은 점차(漸次) 민중(民衆)의 기호(嗜好)를 좇아 반양반적(反兩班的)·해학적(諧謔的)·사실적(寫實的) 요소(要素)를 더해갔으며, 시가(詩歌)는 평시조(平時調)의 정형(定型)을 깨트리고 가사(歌辭)·민요(民謠) 등(等) 모든 이여(爾餘)의 율문(律文)이 가졌든 정서(情緖)와 운율(韻律)이 잡연(雜然)히 뒤섞인 특이(特異)한 장형시조(長形時調)를 형성(形成)했으니, 이들 장시조(長時調)[43]는 오직 그 종장(終章)의 시조 형식(時調形式)에 의(依)해서만 간신히 시조(時調)라고 부를 수 있게 되어버린 것도 많다.

김천택(金天澤)의 시조(時調)는 『해동가요(海東歌謠)』에 50여 수(五十餘首)가 전(傳)하는데, 이는 편자(編者) 김수장(金壽長)의 부즈럽은 선택(選擇)에 의(依)하여 이 장시조 작가(長時調作家)로서의 귀중(貴重)한 일면(一面)이 거세(去勢)되어 있으나, 김천택(金天澤)이 편찬한 『청구영언

---

42 김천택이 편찬한 『청구영언』은 이른바 진본(조선진서간행회본)으로, 최근 국립한글박물관에서 영인된 바 있다.(『청구영언』(영인편), 김천택 편, 국립한글박물관, 2017) 이 책에 소개된 정보는 김천택이 편찬한 가집이 아닌, 19세기에 편찬된 최남선 소장의 『청구영언』(육당본)에 해당한다.

43 '사설시조(辭說時調)'를 달리 부르는 명칭이다.

『청구영언(靑丘永言)』속에는 작자(作者)를 명기(明記)치 않은 수(數)많은 장시조(長時調)가 들어있다.

『청구영언(靑丘永言)』은 최초(最初)의 가집(歌集)인 동시(同時)에, 양적(量的)으로 가장 방대(尨大)한 훌륭한 문학 유산(文學遺産)임에 틀림없다.

『해동가요(海東歌謠)』와 창곡가(唱曲家)들

『청구영언(靑丘永言)』이 성립(成立)된 지 36년(三十六年) 후(後)인 영조(英祖) 39년(三十九年; 西1763年)에는, 또 『해동가요(海東歌謠)』가 역시(亦是) 평민 가객(平民歌客) 노가재(老歌齋) 김수장(金壽長; 西1690~?)에 의(依)해서 이루어졌다. 『해동가요(海東歌謠)』는 양적(量的)으로는 900수(九百首) 미만(未滿)이어서 『청구영언(靑丘永言)』에 미치지 못하나, 작자(作者)의 약전(略傳)과 후서(後序)가 붙어 있어 귀중(貴重)한 가집(歌集)이다.

김수장(金壽長)의 작품(作品)은 여기에 장·단가(長短歌) 100여 수(百餘首)를 수록(收錄)했는데, 평시조(平時調)에 있어서는 선인(先人)을 뛰어넘을 작품(作品)은 없고, 장시조(長時調)가 차라리 문학사적(文學史的) 의의(意義)를 가지고 있다 볼 것이다.

김천택(金天澤)과 김수장(金壽長)은 평민 출신(平民出身)의 가객(歌客)으로서, 이미 양반(兩班)들이 거의 완전(完全)히 문학(文學)을 내던진 영조 조(英祖朝) 가단(歌壇)을 독왕 독보(獨往獨步)했다. 그들은 시인(詩人)인 동시(同時)에 창곡가(唱曲家)[44]였으며, 그들을 위요(圍繞)한 탁주

---

44 '창곡가(唱曲家)'는 시조를 전문적으로 가창(歌唱)하는 가객(歌客) 혹은 가창자(歌唱

한(卓桂漢) · 김유기(金裕器) · 김우규(金友奎) · 김태석(金兌錫) · 박문욱(朴文郁) · 김묵수(金默壽) 등(等)도 그러하였다. 이들은 그러나 순 · 철 조(純哲朝) 때 창극가(唱劇家)[45]인 고소관(高素寬)[46] · 송홍록(宋興祿) · 염계량(廉季良)[47] · 모홍갑(牟興甲) 등(等)과는 달랐으니, 그것은 이들이 부단(不斷)히 종래(從來)의 시조 형식(時調形式)을 빌려 자기(自己)네들의 생활감정(生活感情)을 노래하고저 하는 의욕(意慾)을 가진 작가(作家)였음으로서 이며, 그 성과(成果)가 오늘날 우리가 보는 장시조(長時調)인 것이다. 새로운 형식(形式)을 세우지 못하고, 다만 전일(前日)의 기성 형식(旣成形式)에 구애(拘碍)된 그들이 남긴 장시조(長時調)는 말하자면 실패(失敗)의 문학(文學)이다. 그러나 그 중(中)에는 고전적(古典的)인 완성미(完成美)를 보여주는 작품(作品)들도 가끔 있으며, 그렇지 않드라도 이는 문학사적(文學史的)으로는 의미(意味)있는 유산(遺産)이다.

「일동장유가(日東壯遊歌)」와 내방가사(內房歌辭)

가사(歌辭)라는 문학(文學)은 시조(時調)에 비(比)하여 성립(成立)도 앞서고, 또 쇠망(衰亡)도 빨랐다. 그것은 가사(歌辭)가 시조(時調)보다 더 귀족적(貴族的)이오, 한학적(漢學的)인 까닭일 것이다. 정철(鄭澈) · 박인로(朴仁老) 뒤에는 이렇다 할 작품(作品)이 나지 않았고, 숙 · 영(肅英) 이후(以後)로는 시조(時調)와 아울러 오로지 가창(歌唱)되는 동안 「몽유가(夢遊歌)」 · 「안빈낙도가(安貧樂道歌)」 · 「노처녀가(老處女歌)」 · 「규수상사

者)를 달리 지칭하는 명칭이다.
45 '창극가(唱劇家)'는 '판소리 창자'를 달리 이르는 명칭이다.
46 '고수관(高壽寬)'의 오기(誤記)로 파악된다.
47 '염계달(廉季達)'의 오기(誤記)로 파악된다.

곡(閨秀相思曲)」 등(等) 몇몇 작자 불명(作者不明)의 작품(作品)이 항간(巷
間)에 유포(流布)되기는 했으나, 가사(歌辭)의 주류(主流)는 일종(一種) 중
간적(中間的)인 내방가사(內房歌辭)에 떨어져 버렸다.

　이러한 시기(時期)에 있어 특이(特異)한 것은 「일동장유가(日東壯遊
歌)」다. 이것은 이인겸(李仁謙)[48]의 작품(作品)으로, 그가 통신정사(通信
正使)로 조엄(趙儼)을 따라 일본(日本) 강호(江戶)에 갔다 온 견문(見聞)
을 기록(記錄)한 영조(英祖) 40년(四十年; 西1764年)에 된 장편 기행가사
(長篇紀行歌辭)이다. 광의(廣義)로 생각하면 창극화(唱劇化)한 소설(小說)
들도 모다 일종(一種)의 장편 서사시(長篇敍事詩)겠지만, 「일동장유가
(日東壯遊歌)」야말로 그 뚜렷한 자(者)이다.

　내방가사(內房歌辭)[49]는 이조 말엽(李朝末葉)에 주(主)로 영남 부녀자
(嶺南婦女子) 사이에서 발달(發達)된 가사(歌辭)와 민요(民謠)의 중간 형
식(中間形式)이다. 성립(成立)과 유포(流布)에 있어 그러하며, 내용(內容)
과 격조(格調)에 있어 또한 그러하다. 이는 항간(巷間)에 가창(歌唱)되
던 가사(歌辭)가 속화(俗化)되고 또 민요(民謠)와 섞갈려, 가사(歌辭)·잡
가(雜歌)·속가(俗歌)·민요(民謠) 등(等)이 혼란(混亂)을 이르켜 갈피를
잡을 수 없게 된 가운데서 양반 지식계층(兩班知識階層) 여성(女性)들이
맨들어낸 특수(特殊)한 노래다.

　내방가사(內房歌辭)는 「계녀가(誡女歌)」처럼 당당(堂堂) 수백 행(數百
行)에 궁(亘)한 유교적(儒敎的)인 교훈서(敎訓書)도 있고, 「춘유가(春遊
歌)」와 같은 경개(景槪) 노래도 있지만, 모든 노래에 공통(共通)된 것은

48　‘김인겸(金仁謙)’의 오기(誤記)로 파악된다.
49　‘규방가사(閨房歌詞)’를 달리 지칭하는 명칭이다.

여성(女性) 특유(特有)의 정서(情緒)와 생활감정(生活感情)이 흐르고 있는 점(點)이다. 그것은 「시집살이노래」나 「여탄가(女歎歌)」에 잘 나타나 있는데, 이러한 방향(方向)으로 들어가면 그것은 곧 민요(民謠)의 부요(婦謠)와 구별(區別)키 어렵게 되어버리는 것이다. 그러나 한 편(便)으로는 민요(民謠) 중(中)에는 내방가사(內房歌辭)가 민요화(民謠化)한 흔적(痕跡)이 명확(明確)한 노래들이 많이 보인다. 그 특징(特徵)은 가사(歌辭)의 그 유식(有識)한 한문구(漢文句)와 엄청나는 길이 때문에 와전(訛傳)·탈락(脫落)이 심(甚)하여, 그 일부분(一部分)만이 훨씬 쉽게 진솔(眞率)하게 개변(改變)되어 있는 점(點)에 있다. 이로 보면 역시 내방가사(內房歌辭)는 양반(兩班)의 문학(文學)으로서, 민요(民謠) 사이에 일선(一線)을 획(劃)하는 것이라 아니 할 수 없다.

『고금가곡(古今歌曲)』, 기타(其他)의 가집(歌集)

『청구영언(靑丘永言)』·『해동가요(海東歌謠)』와 전후(前後)하여 편찬(編纂)된 듯한 송계연월옹(松桂烟月翁)의 가집(歌集) 『고금가곡(古今歌曲)』은 중국(中國)의 '사·부가(辭賦歌)'와 가사(歌辭)·시조(時調) 등(等) 300여 편(三百餘篇)을 모은 편자(編者)의 애송 가집(愛誦歌集)인데, 편자 자신(編者自身)의 작(作)도 단가(短歌)[50] 14수(十四首)가 들어있지만 뛰어난 것은 없고, 다만 단가 분류(短歌分類)에 있어 인륜(人倫)·권계(勸戒)·송축(頌祝)·정조(貞操)·연군(戀君)·개세(慨世) 등(等) 20목(二十目)을 설정(設定)한데 가집 편찬자(歌集編纂者)로서의 창의(創意)를 보는 것이다.

『동가선(東歌選)』은 230여 수(二百三十餘首)를 수록(收錄)한 편자(編者)

---

50 '평시조(平時調)'를 지칭한다.

급(及) 성립 연대(成立年代) 불명(不明)의 가집(歌集)인데, 악조(樂調)·작
자(作者)·내용(內容)의 세 가지를 다 고려(考慮)하여 분류(分類)하려는데
신기축(新機軸)이 엿보이나 그도 철저(徹底)치 못할 뿐 아니라, 수록(收
錄)된 노래들은 전부(全部) 상술 가집(上述歌集)에 보이는 것들 뿐이다.

『남훈태평가(南薰太平歌)』는 순·철 간(純哲間)에 된 듯한 편자 불명
(編者不明)의 순 가곡본(純歌曲本)으로, 시조(時調)·잡가(雜歌)·가사(歌
辭)로 나누어 약(約) 230수(二百三十首)를 실었는데, 그 특이(特異)한 점
(點)은 전부(全部) 국문(國文)으로 기사(記寫)된 것, 시조 종장(時調終章)
제4구(第四句)를 떼어버린 것 등(等)이다.

이밖에 가집(歌集)으로는 『단가초집(短歌抄集)』·『여창가요록(女唱歌
謠錄)』·『협률대성(協律大成)』·『해동악장(海東樂章)』·『객악보(客樂譜)』·
『가집(歌集)』·『대동풍아(大東風雅)』 등(等)과, 개인 단행본(個人單行本)
으로『삼죽사류(三竹詞流)』·『금옥총부(金玉叢部)』 등(等)이 아직 사본(寫
本)으로 개인 서재(個人書齋) 또는 공청(公廳)에 감추어져 있으나, 그다
지 큰 문제(問題)가 될 만한 것은 없는 듯하다.

『가곡원류(歌曲源流)』와 전대 시가(前代詩歌)의 종언(終焉)

영·정(英正) 이후(以後)의 가단(歌壇)은 장시조(長時調)의 개척(開拓)
외(外)에는 창작 부진(創作不振)의 연속(連續)이었으나, 『가곡원류(歌曲源
流)』의 편자(編者) 박효관(朴孝寬)과 그 고제(高第) 안민영(安玟英)의 존재
(存在)로 하여간(何如間) 끝까지 작품(作品)을 이어온 셈이라 할 것이다.

박효관(朴孝寬)은 철종·고종(哲宗高宗) 때의 가객(歌客)으로 대원군
(大院君)의 총애(寵愛)를 받았으며, 그의 시조(時調)는 자편(自編)『가곡
원류(歌曲源流)』에 13수(十三首)가 전(傳)하고, 안민영(安玟英)은 26수(二

十六首)를 남겼으나 별(別)로 새로운 맛은 없고, 그것보다도 중요(重要)
한 것은 그들이 맨든 『가곡원류(歌曲源流)』다.

『가곡원류(歌曲源流)』는 남창(男唱)·여창 부(女唱部)로 나누어 결국
(結局) 8백수십 수(八百數十首)의 시조(時調)와 가사(歌辭)를 모았는데,
편자(編者) 외에 수인(數人)의 근세 작품(近世作品)이 첨가(添加)되었을
뿐 모다 전대 가집(前代歌集)에서 뺀 것이며, 분류(分類)도 곡조 분류(曲
調分類)이어서 별(別)로 신기(新奇)할 것이 없으나, 최후(最後)에 된 것
인만치 대단(大端)히 정연(整然)하고 정확(正確)한 것으로 값이 있다 할
것이다. 그밖에 이 책은 가곡본(歌曲本)의 특징(特徵)으로 창조(唱調)의
부호(符號)를 단 것이 가끔 있다.

이상(以上)과 같이 우리 고대문학(古代文學)의 종언(終焉)은, 말하자
면 대체(大體)로 '4·4조(四四調)로 노래하는 특이(特異)한 혼성 문학(渾
成文學)'이라 할 수 있다. 소설(小說)이 그러하고, 가사(歌辭)가 그러하
고, 시조(時調)가 또한 그러하다. 문학(文學)이 이렇게 되는데 있어서
는, 지금(至今)까지 문화(文化)의 밑둥에서 농촌(農村) 필부·필부(匹夫
匹婦)의 애호(愛護) 속에 자라오던 민요(民謠)의 힘을 무시(無視)할 수
없을 것이니, 그러한 의미(意味)에 있어서는 구전 민속문학(口傳民俗文
學)까지도 한데 합류(合流)했다 할 것이다.

갑오경장(甲午更張) 후(後) 서구(西歐) '데모크라씨' 사상(思想)이 이 땅
에 미만(彌漫)했을 때, 4·4조(四四調)에 의한 전 민족(全民族)의 합창(合
唱)은, '창가(唱歌)'에 그대로 계승(繼承)되어 신시(新詩)로 발전(發展)되
었던 반면(反面), 소설(小說)은 진정(眞正)한 산문(散文)의 세계(世界)를
개척(開拓)하여 시민문학(市民文學)의 주체(主體)가 되었다. 그리하여 고

대문학(古代文學)의 총 결산(總決算)이라 할 창극(唱劇)[51]은 본래(本來)의 연극(演劇)으로 분리(分離)되어 신극(新劇)[52]과 병행(並行)케 되었다. 창극 (唱劇)이 현재(現在) 또는 장래(將來)에 있어 서구(西歐) 오페라와 같이 신장(新裝)되어 화려(華麗)하게 무대(舞臺)에 서게 되느냐 여부(與否)는 조선 고대문학(朝鮮古代文學)의 유산 계승(遺産繼承)의 한 시금석(試金石) 이라 할 것이다.

제6절(第六節), 문학(文學)으로서의 민요(民謠)

고전문학(古典文學)과 민요(民謠)

근대(近代)에 있어서는, 특정(特定)한 개인(個人)에 의(依)하여 문자(文字)로 고정(固定)되고, 일단(一旦) 고정(固定)된 이상(以上)에는 타인(他人)의 자의(恣意)로 개변(改變)됨을 용허(容許)치 않는 것이, 문학(文學)이 될 수 있는 한 중요(重要)한 조건(條件)인 것이다. 근대문학(近代文學)은 철저(徹底)한 개인주의(個人主義)의 소산(所産)인 까닭이다.

그러나 고전문학(古典文學)-특히 우리의 고전문학(古典文學)에 있어서는 원시 단계(原始段階)를 지나 문학(文學)이 상당(相當)한 수준(水準)에 도달(到達)한 뒤까지도 문학(文學)과 민요(民謠)는 밀접(密接)한 교호 작용(交互作用)을 가졌을 뿐 아니라 또한 혼동(混同)되어 왔으며, 한양 조(漢陽朝) 말엽(末葉) 가까워서는 도로혀 민요적(民謠的)인 세력(勢力)이 문학(文學)을 지배(支配)하게 된다. 민요(民謠)가 문학(文學)에서 떨어져 농촌(農村)에 국척(跼蹐)한 시기(時期)는 중세기문학(中世紀文學)의

---

51 '창극(唱劇)'은 판소리를 지칭하는 표현이다.
52 '신극(新劇)'은 '현대극(現代劇)'을 지칭하는 표현이다.

전성시대(全盛時代), 즉(卽) 국자 제정(國字制定) 후(後) 정극인(丁克仁)에서 윤선도(尹善道)에 이르는 약(約) 3세기(三世紀) 동안에 불과(不過)한 것이다.

그러므로 옛 기록(記錄)에 만약 민요(民謠)가 많이 남었드면, 원래(元來) 민요적(民謠的) 속성(屬性)을 다분(多分)히 가진 조선 고전(朝鮮古典)인지라, 그 속에 섞인 그러한 민요(民謠)는 그대로 당당(堂堂)히 고전문학(古典文學)의 행세(行勢)를 할 것이다. 그러나 불행(不幸)히도 옛 기록(記錄)에서 민요(民謠)를 찾기는 대단(大端) 힘든다. 현재(現在) 우리가 직접(直接) 농촌(農村)에 가서 민요(民謠)를 채집(採集)해서 얻어볼 수 있는 이외(以外)로는, 수삼(數三) 3.1운동(三一運動) 이후(以後)에 수집(蒐輯)되어 편찬(編纂)된 민요집(民謠集)에, 동요(童謠)를 합해서 근근(僅僅) 2~3천 수(二三千首)가 있을 뿐인대, 이러한 민요(民謠)의 연령(年齡)이란 기껏해야 100년(百年)을 넘지 못하는 것이다.

시대적(時代的)으로 최근(最近)에 속(屬)하는 이러한 소위(所謂) '문명(文明) 속에 남은 잔존물(殘存物)'인 민요(民謠)는 원칙상(原則上) 문학(文學)이라기보다 민속학(民俗學)의 대상(對象)이다. 그러나 다시 도리켜 생각해 볼 때, 고전문학(古典文學) 중(中)의, 예컨댄, 소설(小說)과 이러한 민요(民謠) 사이에는 얼마나 한 차이(差異)가 있을 것인가.

소설(小說)의 대부분(大部分)은 처음에는 확실(確實)히 개인(個人)에 의(依)해서 씨워지고 연대(年代)도 대중을 잡을 수 있고, 또 단순(單純)히 읽혀지기 위(爲)한 것이라고 할지나, 그것이 시간(時間)의 경과(經過)에 따라 수다(數多)한 후대인(後代人)의 기호(嗜好)로 개작(改作)되고 드디어는 창극(唱劇)으로 발전(發展)해 왔다고 하면, 작자 불명(作者不明)·형성 시대 불명(形成時代不明)·부단(不斷)의 개변(改變) 급(及) 타(他) 예술(藝

術)과의 결합(結合) – 이러한 속성(屬性)에 있어 본질적(本質的)으로 민요(民謠)와 하등(何等) 구별(區別)될 것이 없지 않은가. 하나는 이야기를 가진 장편 서사시(長篇敍事詩)고 하나는 서정시(抒情詩)라는 구별(區別) 밖에 할 수 없는 것이 아닌가.

여기에 현존 민요(現存民謠)가, 그것을 소설(小說)과 마찬가지로 음악적(音樂的)·동작적(動作的) 요소(要素)로부터 추상(抽象)하여 그 언어적(言語的) 요소(要素)만을 문제(問題)의 대상(對象)으로 삼을 때, 문학(文學)이 될 수 있다는 근거(根據)가 성립(成立)되는 것이다.

이상(以上)과 같은 의미(意味)에 있어 민요(民謠)는 고전문학(古典文學)의 일부문(一部門)인 것이 명백(明白)한 것이다.

사적(史的) 별견(瞥見)

삼한(三韓) 이전(以前)의 전 부락민(全部落民)의 정치적(政治的)·종교적(宗敎的) 집단 가무(集團歌舞)인 '영고(迎鼓)'·'무천(舞天)'·'동맹(東盟)' 등(等)의 의식(儀式)은 문학사적(文學史的)으로 보면, 문학(文學)의 맹아(萌芽)로서의 민요(民謠)의 세계(世界)로서 중요(重要)하나, 노래 자체(自體)를 얻어 볼 수 있는 것은 삼국시대(三國時代)에 들어서다.

『삼국유사(三國遺事)』에서 보는 「영군신가(迎君神歌)」[53]·「해가사(海歌詞)」는 무적(巫的) 민요(民謠)의 한역가(漢譯歌)이고, 소위(所謂) 향가(鄕歌) 속에 휩쓸려 들어 있는 「풍요(風謠)」·「서동요(薯童謠)」·「처용가(處容歌)」 등(等)은 우리가 볼 수 있는 최고(最古)의 민요(民謠)에 틀림없다. 신라(新羅) 삼통(三統) 후(後)에도 민요(民謠)와 문학(文學)은 절연(截然)히

---

53 「구지가(龜旨歌)」를 달리 이르는 명칭이다.

구별(區別)되어 의식(意識)되지 않은 것이 사실(事實)이다. 만약(萬若) 『삼대목(三代目)』이 남았드면, 『시경(詩經)』에서 보는 것 같은 많은 민요(民謠)를 발견(發見)할 것이다.

여조(麗朝)에 들어서는 『익재난고(益齋亂藁)』 「소악부(小樂府)」에 그 시대(時代) 민요(民謠)의 귀중(貴重)한 한역가(漢譯歌)가 몇 수(首) 보이고, 『동국통감(東國通鑑)』 · 『문헌비고(文獻備考)』 등(等)에서도 한역가(漢譯歌)를 찾을 수 있으나, 그보다도 이조(李朝)에 이르러 문자(文字)로 고정(固定)된 여조(麗朝) 노래로 추정(推定)되는 노래들 중(中), 「동동(動動)」 · 「사모곡(思母曲)」 · 「가시리」 · 「쌍화점(雙花店)」 등(等)과, 별곡(別曲) 중(中)에서도 「서경별곡(西京別曲)」 · 「청산별곡(靑山別曲)」 등(等)은 모다 민요적(民謠的)인 작품(作品)들이라 할 것이다.

이조(李朝) 봉건제도(封建制度) 난숙기(爛熟期)에 처음으로 민요(民謠)는 상류 문학(上流文學)에서 절연(截然)히 구별(區別)되었으니, 『이조실록(李朝實錄)』에는 중국(中國)의 본을 받어 '왕정득실(王政得失)'과 '풍속융체(風俗隆替)'를 알기 위한 수집 기도(蒐集企圖)가 기록(記錄)되어 있으며, 야사(野史) 중에 한역가(漢譯歌)가 산재(散在)해 있음을 볼 뿐이다.

문학(文學) 속에 민요 정신(民謠精神)이 철저(徹底)히 침투(浸透)한 것은 영 · 정(英正) 이후(以後)의 소설(小說)과 장시조(長時調)에 있어서다. 이것은 구라파(歐羅巴)의 '로맨틱 리바이발'에 있어서의 민요(民謠)의 작용(作用)과도 흡사(恰似)하다. 창극(唱劇)과 장시조(長時調)의 4 · 4조(四四調), 그리고 문학(文學)의 가창 전성(歌唱全盛)은 민요(民謠)의 영향(影響)을 무시(無視)하고는 충분(充分)히 구명(究明)할 수 없는 사실(事實)이다.

민요(民謠)의 가치(價值)와 민요 수집(民謠蒐集) 사업(事業)

민요(民謠)는 무지(無智)한 농촌(農村) 사람들 사이에서 자라난 노래이므로, 고도(高度)의 문학적(文學的) 가치(價值)를 기대(期待)할 수는 없다.

그러나 거기에는 상류 문학(上流文學)에서 찾을 수 없는 면면(綿綿)한 민족적(民族的) 생활 전통(生活傳統)이 흐르고 있으며, 남의 밑에서 살던 서민(庶民)과 부녀자(婦女子)의 진솔(眞率)한 감정(感情)이 깃들고 있다. 특히 부요(婦謠)는, 중국 시가(中國詩歌)를 모방(模倣)한 귀족(貴族)·관료(官僚)의 아류(亞流)인 몇몇 규수 한시인(閨秀漢詩人)의 작품(作品)에 비겨, 양적(量的)으로는 물론, 그 문학적(文學的) 가치(價值)에 있어서도 결(決)코 뒤떨어지지 않을 뿐 아니라 그들을 능가(凌駕)하는 것이다.

현대문학(現代文學)에 있어 시(詩)는 이미 쇠망 과정(衰亡過程)에 든 것이 사실(事實)이라면, 그런 중(中)에도 기계문명(機械文明) 속에, 그나마 농촌 노구(農村老嫗)의 입에 남아 있는 우리 민요(民謠)야말로 풍전등화(風前燈火)다. 민요적(民謠的) 자유시(自由詩)나 신민요(新民謠)의 제작(製作)도 좋은 일이나, 그보다도 화급(火急)한 것은 이 방대(尨大)한 문학 유산(文學遺産)인 민요(民謠)의 수집(蒐集)이다. 민요 수집(民謠蒐集)이야말로 국문학도(國文學徒)·민속학도(民俗學徒)·방언학도(方言學徒)·음악학도(音樂學徒) 들에게 부하(負荷)된 중대(重大)한 사명(使命)의 하나라 할 것이다.

제5장(第五章), 현대문학(現代文學)

그 성격(性格)과 시대 구분(時代區分)

국문학사(國文學史)의 시대 구분(時代區分)은 문예(文藝)의 표현 수단 (表現手段)인 언어·문자(言語文字)만을 중심(中心)으로 하여 볼 때에, 훈 민정음(訓民正音) 제정(制定; 西1443) 이전(以前)과, 그 이후(以後)로부터 갑오경장(甲午更張; 西1894)까지와, 및 갑오(甲午) 이후(以後)로부터 현재 (現在)에 이르기까지와의 3기(三期)로 나눌 수도 있을 것이다. 그 첫 시기(時期)에도 이두(吏讀)로써 우리말을 표현(表現)하여 향가문학(鄉歌 文學) 등(等)이 없는 배 아니나, 역시(亦是) 국자(國字)가 없었기 때문에 구송 문학(口誦文學)이 주(主)요 한문학(漢文學)에 오히려 매력(魅力)을 느꼈던 시대(時代)요, 둘째 시기(時期)에는 비록 훈민정음(訓民正音)이 제정(制定)되기는 하였으나 그 국자(國字)의 진가(眞價)를 문예 창작(文藝 創作)에 완전(完全)히는 발휘(發揮)시키지 못하고 역시 한문학(漢文學)이 주류(主流)를 이루었고, 국어(國語)·국자(國字)로써 표현(表現)된 문학 (文學)도 많은 한어(漢語)가 혼용(混用)되고, 그 수법(手法)과 내용(內容) 에 있어서 중국문학(中國文學)의 아류(亞流)임을 전적(全的)으로는 부인 (否認)하기 어렵다. 그런데 이에 대(對)하여 갑오(甲午) 이후(以後)는 국 어(國語)·국자(國字)의 중요성(重要性)을 인식(認識)했고, 언문일치(言文 一致) 문예(文藝)가 생성(生成)한 것이다.

특(特)히 갑오경장(甲午更張)을 계기(契機)로 하여서, 그 이전(以前)과 그 이후(以後)에 창작 의식(創作意識)·문예사조(文藝思潮)·묘사 방법(描 寫方法) 등(等)이 판이(判異)해지고 있다. 즉 전자(前者; 古典文學)는 대체 (大體)로 유희적(遊戲的)·취미적(趣味的)이요, 문학(文學)을 하나의 완롱

물(玩弄物)로 간주(看做)했고, 인생(人生)을 상대(相對)로 하기보다는 자연(自然)을 대상(對象)으로 했고, 이른바 음풍농월적(吟風弄月的)인 동양적(東洋的) 풍류관(風流觀)에 지배(支配)되어 있었으며, 현실 인간(現實人間)의 실생활(實生活)에 대(對)하여서는 방관적(傍觀的)·소극적(消極的)이었다. 이와 반대(反對)로 후자(後者; 現代文學)는 자연(自然)을 상대(相對)로 하기보다는 인간(人間)의 실생활(實生活)과 긴밀(緊密)한 관계(關係)를 맺었고, 화조월석(花朝月夕)을 질겨 노래하기보다는 그날그날 싸우며 살아가고 있는 인생(人生)의 사회생활(社會生活)을 그려내고 탐구(探求)하랴 한다. 전자(前者)는 묘사(描寫)에 있어서 우연성(偶然性)이 많고 비현실적(非現實的)이요, 따라서 우리가 현재(現在) 뜻하는 바 문학(文學)의 정의(定義)에 비치어 너무도 진정(眞正)한 문학(文學)과의 상거(相距)가 멀다 아니 할 수 없다.

서상(敍上)의 이유(理由)로써 진정(眞正)한 국문학사(國文學史)는 갑오(甲午) 이후(以後)에 비롯한다고도 하여 지나친 독단(獨斷)은 아니라 하겠다.

그러나 갑오(甲午) 이후(以後) 지금까지 겨우 50여 년(五十餘年) 밖에는 안 되나니, 이러한 최근세(最近世) 짧은 기간(期間)의 문학(文學)은 그 작가(作家)·시인(詩人)이 역사적(歷史的) 인물(人物)이 아니고 장래성(將來性) 있고 아직 살아있는 사람이 대부분(大部分)으로서, 따라서 평론가(評論家)의 평론 대상(評論對象)으론 될지언정 이것을 문학사적(文學史的)으로 체계(體系) 세운다는 것은 시기(時期)가 상조(尙早)할 뿐더러, 극(極)히 곤란(困難)한 일이다. 그러나 우리나라에 있어서는 이 짧은 동안에 정치적(政治的)으로 외국(外國)에서는 그 유례(類例)를 볼 수 없으리만큼 명확(明確)히 금 글 수 있는 기복(起伏)과 발전(發展)을 했고,

이것이 문학 상(文學上)에도 그대로 반영(反映)되었을 뿐 아니라 문예사 조사적(文藝思潮史的)으로도 선진 각국(先進各國)의 문학사 상(文學史上)에서 수백 년(數百年)에 걸쳐 변천·발전(變遷發展)한 과정(過程)을 이 짧은 기간(期間) 사이에 압축(壓軸)하여 경험(經驗)해 나왔기 때문에, 문학적(文學的) 시기(時期)를 확실(確實)히 구획(區劃)할 수 있는 특수성(特殊性)을 가지고 있다.

이러한 의미(意味)에서 현대문학(現代文學)을 다음과 같은 5기(五期)로 나눈다.

제1기(第一期): 서력(西曆) 1894년(一八九四年; 甲午更張) ~서력(西曆) 1919년(一九一九年; 己未運動) … 신문학(新文學) 태동(胎動), 발흥기(勃興期) -26년 간(二十六年間)

제2기(第二期): 서력(西曆) 1920년(一九二〇年) ~서력(西曆) 1935년(一九三五年) … 기성 문단(旣成文壇)과 신흥 문단(新興文壇) 대립기(對立期) -16년 간(十六年間)

제3기(第三期): 서력(西曆) 1936년(一九三六年) ~서력(西曆) 1941년(一九四一年; 太平洋戰爭 勃發) … 순수문학기(純粹文學期) -6년 간(六年間)

제4기(第四期): 서력(西曆) 1942년(一九四二年) ~서력(西曆) 1945년(一九四五年) 8월(八月) … 암흑기(暗黑期) -4년 간(四年間)

제5기(第五期): 서력(西曆) 1945년(一九四五年) 8월(八月) ~서력(西曆) 1948년(一九四八年) 현재(現在) … 신출발기(新出發期)

제1절(第一節), 제1기(第一期)-신문학 태동(新文學胎動), 발흥기(勃興期)

시기(時期)의 개관(槪觀)

이른바 '양요(洋擾)' 이후(以後) 일어난 '동학란(東學亂)'을 진압(鎭壓)하기 위하여 정부(政府)는 청병(淸兵)을 청(請)했고, 이것을 구실(口實)로 하여 일본(日本)이 우리나라에 출병(出兵)하게 되고, 이에 일본(日本)의 세력(勢力)을 빌어서 개혁(改革)을 단행(斷行)하고자 하는 개화당(開化黨)이 생겼으니, 이 개화당(開化黨)은 '청일전쟁(淸日戰爭)'이 일어나자 신정부(新政府)를 수립(樹立)하고 서력(西曆) 1894년(一八九四年) 갑오(甲午)에 모든 구습(舊習)을 개혁(改革)할 것을 결의(決議)하였다. 이것이 곧 '갑오개화(甲午開化)' 또는 '갑오경장(甲午更張)'이라 이르는 바다. 이것은 그대로 곧 실시(實施)되지는 못하였으나, 이 개화 정신(開化精神)은 청일전쟁(淸日戰爭) 후(後) '대한제국(大韓帝國)'으로 신발족(新發足)한 우리나라로 하여금 문화적(文化的) 개혁(改革)·서양 신문명(西洋新文明)의 끊임없는 수입(輸入)을 하기에 이르게 하였다. '독립협회(獨立協會)'가 생겨 「독립신문(獨立新聞)」을 내어 개화주의(開化主義)를 부르짖은 것은 마침 이때이다. 아라사(俄羅斯; 露西亞)와 일본(日本)과의 전쟁(戰爭)이 일어나고, 이러한 국제 정세(國際情勢) 밑에 외국(外國)의 압력(壓力)으로 말미암아 풍전(風前)의 등화(燈火)와도 같이 흔들리는 우리나라의 국정(國情)을 근심하여 구국운동(救國運動)이 일어났으니, 그 최대 목표(最大目標)는 교육 보급(敎育普及)에 있었다. 곳곳에 학교(學校)와 많은 학술연구 기관(學術硏究機關)과 및 언론 기관(言論機關)이 생겼으니, 이것은 문화 형태(文化形態)가 그 이전(以前)의 전통(傳統)을 버리고 새로운 문명운동(文明運動)·계몽운동(啓蒙運動)이 힘 있게 일어나서, 문예사상

(文藝思想)에 있어서도 획시기적(劃時期的)인 전환(轉換)을 하고 희망(希望)에 넘치는 문예 개혁(文藝改革)이 싹트게 하는 계기(契機)가 되었다.

이러는 사이에 '아일전쟁(俄日戰爭)'[54]은 서력(西曆) 1905년(一九〇五年) 일본(日本)의 승리(勝利)로 돌아가게 되고, 아일 양국(俄日兩國)은 '포-쓰마쓰'에서 강화 담변(講和談辨)을 체결(締結)하였으니, 그 '조약(條約)' 제2조(第二條)에서 '일본(日本)이 한국(韓國)에서 정치상(政治上)·군사상(軍事上)·경제상(經濟上)의 특수 이권(特殊利權)을 가진다'는 것을, 아라사(俄羅斯)는 승인(承認)하였다. 일본(日本)이 여기에 이르기까지에는 우리나라의 독립(獨立)을 옹호(擁護)한다고 장담(壯談)하였으나, 전쟁(戰爭) 이후(以後) 차차 우리나라의 외교권(外交權)을 박탈(剝奪)하고 통감부(統監府)를 두어, 드디어 서력(西曆) 1910년(一九一〇年) 8월 21일(八月二十一日) '한일합병(韓日合併)'은 이루어졌다.

정치적(政治的)으로 더할 수 없는 비운(悲運)에 빠졌으나, 전술(前述)한 바와 같은 교육 보급 운동(敎育普及運動)에 따라 이인직(李人稙)의 신소설(新小說)로써 태동(胎動)하기 시작한 신문학(新文學)은 이 '한일합병(韓日合併)' 이후(以後) 서력(西曆) 1919년(一九一九年) '기미운동(己未運動)'에 이르는 사이에 더욱 더 그 발전(發展)이 활발(活潑)하였던 것이니, 이것은 정치운동(政治運動)이 억압(抑壓) 당(當)하는 반면(反面)에 모든 정력(精力)을 오로지 문학 방면(文學方面)에만 쏟아 넣을 수 있었던 까닭이리라. 의리(義理)와 배움을 찾는 시대 정신(時代精神)은 젊은이들로 하여금 일본(日本)·미국(美國) 등(等) 선진 각국(先進各國)으로 유학(留學)의 길을 떠나게 했고, 외국 유학(外國留學)에서 돌아온 젊은이들은 계몽

---

54 러시아와 일본과의 전쟁인 '러일전쟁'을 달리 일컫는 표현이다.

적(啓蒙的)인 문예운동(文藝運動)에 힘쓰는 사람이 많았다. 이에 민족주의적(民族主義的)이요 이상주의적(理想主義的)·예술지상주의적(藝術至上主義的)·인도주의적(人道主義的)인 문예사조(文藝思潮)가 고조(高潮)되어 봉건적(封建的) 가족 제도(家族制度)의 타파(打破)를 부르짖고, 새로운 서구적(西歐的) 의미(意味)의 문예(文藝)가 창작(創作)되기 시작하였다.

조국(祖國)의 광복(光復)을 최후(最後)의 목표(目標)로 한 이러한 민족주의적(民族主義的) 문예운동(文藝運動)은 민족의식(民族意識)을 고취(鼓吹)하여, 간접적(間接的)이긴 하나 「기미독립선언(己未獨立宣言)」을 부르짖게 한 원동력(原動力)이 되었다고도 할 수 있겠다.

이인직(李人稙)과 신소설(新小說)

갑오(甲午) 이후(以後)의 교육(教育)·언론(言論)·학술 연구기관(學術研究機關)의 보급(普及)과 발전(發展)은 우리나라의 새로운 문학(文學)의 보금자리가 되었던 것이니, 이러한 정세(情勢) 밑에 울연(蔚然)히 새로운 문학 창건(文學創建)을 맡고 나타난 사람이 국초(菊初) 이인직(李人稙)이다.

그는 일본 유학(日本留學)으로부터 돌아온 후(後) 서력(西曆) 1909년(一九〇九年) 경(頃)부터 「귀(鬼)의 성(聲)」·「치악산(雉岳山)」·「혈(血)의 누(淚)」 등(等)의 소설(小說)을 쓰며, 한편 「설중매(雪中梅)」·「은세계(銀世界)」·「김옥균 사건(金玉均事件)」 등(等)을 각색(脚色)하여 연출(演出)하였다. 그는 실(實)로 신문학(新文學)의 비조(鼻祖)라고 하겠으니, 그의 소설(小說)은 「춘향전(春香傳)」·「사씨남정기(謝氏南征記)」 등(等)의 고대소설(古代小說)과 비교(比較)하여 볼 때에, 현실적(現實的) 사실 파악(事實把握)에 유의(留意)한 점(點), 인생관(人生觀)·사회관(社會觀)에 대(對)한 열정(熱情)과 비판(批判)을 꾀하고 있는 점(點), 고대소설(古代小說)이 설화 형식(說話形式)을 취(取)하였음에 대(對)하여 묘사 형식(描寫形式)을 취(取)하고 있는 점(點), 비교적(比較的) 어문 일치(語文一致)의 문장(文章)을 쓰고 있는 점(點) 등(等)으로써 훨씬 현대소설(現代小說)에 가까워지고 있다. 그러나 이것을 현대소설(現代小說)과 비교(比較)한다면 또한 고대소설(古代小說)이 가지고 있는 구투(舊套)의 잔재(殘滓)가 많이 남아 있으니, 요(要)컨대 국초(菊初)의 소설(小說)은 고대소설(古代小說)과 현대소설(現代小說)과의 사이에 개재(介在)하여 있는 중간적(中間的) 존재(存在)라고 하겠다. 우리는 이것을 고대소설(古代小說)에 대하여 신소설(新小說)이라 하고, 춘원(春園) 이후(以後)의 현대소설(現代小說)을 그대로 소설(小說)이라 하여 구별(區別)한다. 거듭 말하면 국초(菊初)를 대표작가(代表作家)로 한 대략(大略) 갑오 후(甲午後) 20년(二十年) 쯤 동안에 많이 발표(發表)됐고, 현대소설(現代小說; 小說)과 고대소설(古代小說) 사이에 있는 과도기(過渡期)의 소설(小說)을 '신소설(新小說)'이라 하여 구별(區別)하는 것이다. 말하자면 춘원(春園) 이후(以後)의 창작 수법(創作手法)이 전(全)혀 서구 문학사조(西歐文學思潮)를 수입(輸入)하고 모방(模倣)한 데서만 나온 것이 아니라, 고대소설(古代小說)과 신소설(新小說) 작가(作家)들의 끊임없는 노력(努力)의 성과(成果)가 쌓이고 쌓인 토대(土臺) 위에 과거(過去)의 문학 유산(文學遺産)·과거(過去)의 전통(傳統)을 토대(土臺)로 해서, 비로소 현대(現代)의 문학적(文學的) 세계(世界)의 건설(建設)은 성공(成功)된 것이라고 하겠다. 이와 같이 생각해 볼 때에 국초(菊初)는 고대소설(古代小說)에서 현대적(現代的)인 소설(小說)로 옮겨지는 사이에 다리를 놓아 준 사람이라 하겠다.

국초(菊初) 이후(以後)에도 신소설 작가(新小說作家)로는 이해조(李海

朝; 牛山居士·悅齋)·최찬식(崔瓚植)·김교제(金敎濟) 등(等)이 있으니, 열재(悅齋)는 서력(西曆) 1910년(一九一〇年)에 여자 해방(女子解放)을 표방(標榜)한 신소설(新小說)「자유종(自由鐘)」을 비롯하여「모란병(牧丹屛)」등(等) 30여 종(三十餘種)의 신소설(新小說)을, 최(崔)는「안(雁)의 성(聲)」·「춘몽(春夢)」등(等)을, 김(金)은「경중화(鏡中花)」등(等)을 발표(發表)하였다. 이 외(外)에도 외국 소설(外國小說)을 번안(飜案)한 것, 우리나라 영웅(英雄)·위인(偉人) 또는 가상 인물(假想人物)을 소설화(小說化)한 것 등(等) 무명씨(無名氏)들의 다정 다한(多情多恨)한 작품(作品)이 많이 있다.

육당(六堂)과 신시(新詩)

최남선(崔南善)이 서력(西曆) 1909년(一九〇九年)에 잡지(雜誌)『소년(少年)』에「해(海)에게 소년(少年)에게」란 신시(新詩)[55]를 발표(發表)함으로써, 진정(眞正)한 의미(意味)로서의 새로운 문학(文學)은 발족(發足)하였다 하겠다. 뒤이어 새로 발간(發刊)된『동명(東明)』·『시대일보(時代日報)』·『청춘(靑春)』등(等)의 문예지(文藝誌)와 신문(新聞)에 그는 춘원(春園)과 더부러 서양문학(西洋文學)의 윤곽(輪廓)을 소개(紹介)하고,「가을 뜻」·「경부철도가(京釜鐵道歌)」·「꽃 두고」와 같은 신시(新詩)를 연속(連續) 발표(發表)하였으니, 이것들은 4·4조(四四調)의 전형적(典型的)인 재래(在來)의 우리나라 시가 형태(詩歌形態)를 벗어나서 8·5조(八五調) 7·5조(七五調)로 발전(發展)했고, 다시 서양시(西洋詩)·일본 신체시(日

---

[55] 전통적 형식으로부터 탈피한 실험적 시 형태로 최남선에 의해 창작된 '신체시(新體詩)'를 달리 지칭한 표현이다.

本新體詩)의 영향(影響)을 받아서 자유시(自由詩)·산문시(散文詩)로 발전 (發展)한 것들이니, 말하자면 우리나라 신시사상(新詩史上) 중요(重要)한 것들이라 하겠다.

춘원(春園)의 문학(文學)

육당(六堂)은 초창기(初創期)에 신시(新詩)를 쓰다가, 그 후 사학(史學)·문학 연구(文學研究) 등(等)의 학문 연구(學問研究)의 길로 옮아 가 버리고 창작(創作)에서는 손을 떼어 버렸거니와, 그와 달라서 이광수 (李光洙; 春園, 長白山人, 외배)는 시종일관(始終一貫) 창작(創作)에 그 전 력(全力)을 경주(傾注)한 작가(作家)다. 그는 국초(菊初)보다 약(約) 10년 (十年) 쯤 뒤늦게 일본 유학(日本留學) 당시(當時)부터 문예사상(文藝思 想)의 선전(宣傳)과 보급(普及)에 힘썼으니, 「금경(金鏡)」·「소년(少年)의 비애(悲哀)」 등(等) 많은 단편(短篇)을 발표(發表)했고, 장편(長篇)으로서 는 맨 처음에 「무정(無情)」을 뒤이어 「개척자(開拓者)」를 『매일신보(每 日申報)』에 연재(連載)하였다. 그때 신문지상(新聞紙上)에는 이상협(李相 協; 何夢)이 역재(譯載)한 「해왕성(海王星)」이라든지 민태원(閔泰瑗; 牛 步)이 역재(譯載)한 「부평초(浮萍草)」·「무쇠탈」 등(等)과 같은 서양(西 洋) 또는 일본소설(日本小說)에서 번역(飜譯) 또는 번안(飜案)한 것이 연 재(連載)되었었거니와, 이러한 번역(飜譯) 또는 번안문학(飜案文學)과 및 신소설(新小說)에 저으기 권태(倦怠)와 불만(不滿)을 느끼기 시작했 던 독자(讀者)는 마치 목마른 자(者)가 청량제(淸凉劑)를 구(求)하듯 「무 정(無情)」·「개척자(開拓者)」 등(等)을 애독(愛讀)하였나.

그는 형식적(形式的)으로는 국초(菊初)가 신소설(新小說)에서 시험(試 驗)한 소설 형식(小說形式)의 계통(系統)을 계승(繼承)하였으나, 그러나 거기 남아 있는 고대소설적(古代小說的)인 요소(要素)를 극복(克服)하고 뛰어넘었으며, 또 내용적(內容的)으로는 종래(從來)의 천편일률적(千篇一律的)인 권선징악(勸善懲惡)의 세계(世界)에서 벗어나서 봉건사상(封建思想)의 타파(打破)를 부르짖고 개인주의사상(個人主義思想)을 문학(文學) 속에 확립(確立)하였다.

이러한 의미(意味)에서 춘원(春園)이 국문학사상(國文學史上)에 끼친 바 공로(功勞)는 크다고 아니 할 수 없다.

대저 '한일합병(韓日合併)' 이후(以後) 우리 겨레는 독립(獨立)에 대한 동경(憧憬)과 이상(理想)에 끓어 서구(西歐)의 과학문명(科學文明)·물질문명(物質文明)은 조수(潮水)와 같이 수입(輸入)되고, 봉건적(封建的) 가족제도(家族制度)를 격파(擊破)하고 새로운 개인주의 사상(個人主義思想)이 고취(鼓吹)되어 자유 연애(自由戀愛)·자유 결혼(自由結婚)·여성 해방(女性解放)이 굳게 주장(主張)됨에 이르렀으니, 이러한 시대 정신(時代精神)이 문학(文學)에 반영(反映)된 것이 곧 춘원(春園)의 문학(文學)이다.

그는 그 후 『동아일보(東亞日報)』에 「재생(再生)」을 발표(發表)하고, 뒤이어 「선도자(先導者)」·「혈서(血書)」·「거룩한 죽음」·「무명(無明)」·「그의 자서전(自敍傳)」 등(等)의 단편(短篇)·중편(中篇)과 「허생전(許生傳)」·「마의태자(麻衣太子)」·「군상(群像)」·「단종애사(端宗哀史)」·「삼봉이네 집」·「이차돈(異次頓)의 사(死)」·「이순신(李舜臣)」·「혁명가(革命家)의 안해」·「흙」·「사랑」·「그 여자(女子)의 일생(一生)」·「유정(有情)」 등(等)의 수(數)많은 장편(長篇)을 제2기(第二期)·제3기(第三期)에 걸쳐서 끊임없이 발표(發表)했다. 그러나 그의 작품(作品)은 「무정(無情)」·「개척자(開拓者)」 등(等) 초기 작품(初期作品)이 오히려 좋았고, 후기(後期)의 작품(作品)에는 대체(大體)로 시대(時代)에 대(對)한 지도 이념(指導理念)을 점차(漸次) 상실(喪失)하고 이상주의(理想主義)·민족주의(民族主義)에서 인도주의(人道主義) 또는 회고주의(懷古主義)로 전락(顚落)되고 말았다고 하겠다.

그는 물론(物論) 제2기(第二期)·제3기(第三期)를 통(通)하여서도 민족 진영 문단(民族陣營文壇)의 거성(巨星)임을 잃지 않았으나, 그러나 벌써 현역 작가(現役作家)로서보다 역사적(歷史的) 존재(存在)로서의 작가(作家)로 또는 대중작가(大衆作家)로 전락(顚落)됨을 면(免)치 못했던 것이니, 제3기(第三期)·제4기(第四期)에서는 「무명(無明)」 등(等)의 몇 가작(佳作)을 남겼을 뿐 문학사적(文學史的)으로는 이렇다 할 공적(功績)을 남기지 못했다 할 것이다.

그는 해방(解放) 이후(以後)에도 최근(最近)에 「꿈」·「나」·「원효대사(元曉大師)」·「돌벼개」 등(等) 장편(長篇) 또는 수필집(隨筆集)을 단행본(單行本)으로 발표(發表)하기는 했다.

제2절(第二節), 제2기(第二期) - 기성 문단(旣成文壇)과 신흥 문단(新興文壇) 대립기(對立期)

시기(時期)의 개관(槪觀)

서력(西曆) 1914년(一九一四年)에 일어났던 '제1차 세계대전(第一次世界大戰)'은 서력(西曆) 1918년(一九一八年)에 연합국 측(聯合國側)의 승리(勝利)로 끝을 막았거니와, 이때 미국 대통령(美國大統領) '윌손'은 강화 기초조건(講和基礎條件)으로 '14개 원칙(十四個原則)'을 발표(發表)한 중(中)에 "각(各) 민족(民族)은 각자(各自)의 운명(運命)을 자결(自決)할 것이라"는 민족자결주의(民族自決主義)의 일 항목(一項目)이 있었다. 이것을 가장 예민(銳敏)하게 감수(感受)한 우리 민족(民族)은 서력(西曆) 1919

년(一九一九年) 3월 1일(三月一日)을 기(期)해서 민족 대표(民族代表) 33인(三十三人)의 이름으로써 「독립선언서(獨立宣言書)」를 발포(發布)하고, 국내(國內) 서울과 지방(地方)은 물론(勿論) 해외(海外)에 있는 동포(同胞)들까지도 호응(呼應)하게 되어, 우리 겨레의 독립 정신(獨立精神)은 굳게 세계(世界)에 인상(印象)되었다. 이것이 곧 '기미운동(己未運動)' 또는 '3.1운동(三一運動)'이라 불리워지거니와, 그러나 그 후에 변동(變動)한 국제 정세(國際情勢)와 일제(日帝)의 탄압 모략(彈壓謀略)으로 실패(失敗)로 돌아갔던 것이니, 자주독립 일념(自主獨立一念) 하(下)에 희망(希望)과 정열(情熱)에 넘쳐 있던 민중(民衆)은 실망(失望)의 구렁텅이로 빠지게 되었다. 정의(正義)와 인도(人道)와 자유·평등(自由平等)을 부르짖던 민중(民衆)은 회의(懷疑)·절망(絶望)·퇴폐(頹廢)로 변(變)하기 시작하였던 것이다.

그러나 돌이켜 생각해 볼 때에 이 '3.1봉기(三一蜂起)'는 우리 문학사상(文學史上)에서는 잊을 수 없는 중요(重要)한 계기(契機)가 되었으니, 즉(卽) 이것을 계기(契機)로 지금까지의 무단 압박정치(武斷壓迫政治)에서 다소(多少) 완화(緩和)된 이른바 '문화정책(文化政策)'으로 들어간 것이다. 그리하여 문단(文壇)은 오히려 활기(活氣)를 띠게 되었거니와, '기미운동(己未運動)' 이후(以後) 수년 간(數年間)의 문학(文學)은 그때의 사회 정세(社會情勢)·시대성(時代性)을 반영(反映)한 문학(文學)을 낳게 되었으니, 지난날의 낭만주의(浪漫主義)·이상주의적(理想主義的)인 문학(文學)에서 차차 회의주의(懷疑主義)·허무주의(虛無主義)·현실주의적(現實主義的)인 문학(文學)으로 전환(轉換)하게 되었다. 그때의 창작 상(創作上)의 중심 문제(中心問題)는 사회악(社會惡)·인간악(人間惡)을 해부(解剖)·지적(指摘)하는 것이었다. 춘원(春園)의 문학(文學)이 민족사상(民族

思想)·개인주의사상(個人主義思想)의 고취(鼓吹)에 힘썼던 반면(反面)에, '기미운동(己未運動)' 직후(直後)의 문학(文學)은 대체(大體)로 예술지상주의적(藝術至上主義的) 색채(色彩)가 농후(濃厚)하여졌다.

때마침 경제적(經濟的) 불경기(不景氣)가 세계적(世界的)으로 심(甚)해져서 세계 각국(世界各國)은 산업 긴축(産業緊縮)을 단행(斷行)했으니, 이러한 정세(情勢) 밑에 사회주의(社會主義)·공산주의사상(共産主義思想)이 팽창(膨脹)하게 되니, 우리나라에도 그 태풍(颱風)은 불기 시작하였다. 문예 상(文藝上)에 있어서도 서력(西曆) 1920년대(一九二〇年代)로부터 김기진(金基鎭)·박영희(朴英熙) 등(等)을 중심(中心)으로 하여 이른바 경향문학(傾向文學)·푸로레타리아문학(文學)이 발생(發生)하게 되고, 서력(西曆) 1925년(一九二五年)에는 '조선(朝鮮)푸로레타리아예술연맹(藝術聯盟)'이 조직(組織)되었고, 이것은 뒤이어 연합적(聯合的) 조직으로부터 단일적(單一的) 조직(組織)으로 개편(改編)되어 '조선(朝鮮)푸로레타리아예술동맹(藝術聯盟)'으로 되고, 이것을 '캅푸(KAPF)'라 약칭(略稱)했다. 이 '캅푸'의 탄생(誕生)에 따라 '캅푸' 문단(文壇)을 신흥 문단(新興文壇)이라 부르고, '캅푸'에서 이른바 부르조아 문단(文壇)을 기성 문단(既成文壇)이라 부르게 되었으니, 이러한 대립 상태(對立狀態)는 서력(西曆) 1935년(一九三五年) '캅푸' 해산(解散)까지 계속(繼續)되었다.

창조파(創造派)·폐허파(閉墟派)·백조파(白潮派)

본기(本期)는 서력(西曆) 1919년(一九一九年) 정월(正月)에 일본(日本) 동경(東京)서 그때 유학생(留學生)이던 김동인(金東仁)·주요한(朱耀翰)·전영택(田榮澤) 들이 동인(同人)이 되어 내어놓은 『창조(創造)』란 문예지(文藝誌)의 창간(創刊)으로부터 시작된다. 그들은 춘원(春園)이 그때까지도 약간(若干) 가지고 있던 형식적(形式的) 및 내용적(內容的)인 구태(舊態)를 아주 초탈(超脫)하랴 했고, 초탈(超脫)할 수 있었다는 점(點)에 있어서 신문학사상(新文學史上)에 끼친 바 공적(功蹟)이 적지 않다 하겠다.

뒤이어 『폐허(廢墟)』·『백조(白潮)』·『개벽(開闢)』·『서광(曙光)』·『공제(共濟)』·『신생활(新生活)』·『신천지(新天地)』·『장미촌(薔薇村)』·『조선문단(朝鮮文壇)』·『루네싼스』·『금성(金星)』과 같은 잡지(雜誌)가 많이 나왔거니와, 이 중에서도 『창조(創造)』·『폐허(廢墟)』·『백조(白潮)』·『개벽(開闢)』·『조선문단(朝鮮文壇)』 등(等)은 문인(文人)의 문단(文壇)에서 등용문(登龍門)이 되었었다. 특(特)히 전 3자(前三者)를 싸돌고 세 파(派)로 나뉘었으니, '창조파(創造派)'에 김동인(金東仁)·주요한(朱耀翰)·김억(金億)·이광수(李光洙) 등(等)이, '폐허파(閉墟派)'로서 염상섭(廉尙燮)·황석우(黃錫禹)·남궁벽(南宮璧)·오상순(吳相淳)·변영로(卞榮魯) 등(等)이, '백조파(白潮派)'로서는 현진건(玄鎭健)·나빈(羅彬)·홍사용(洪思容)·박종화(朴鍾和)·김기진(金基鎭)·박영희(朴英熙)·노자영(盧子泳) 등(等)이 활약(活躍)하고 있어서, 각각(各各) 특수(特殊)한 이채(異彩)를 나타내랴고 했다.

이와 같이 분파(分派)는 되었으나, 그러나 춘원(春園)의 창작 이념(創作理念)에 비(比)해서 현실적(現實的)·회의적(懷疑的)이란 점(點)에서 공통적(共通的)인 것을 가지고 있었다. 염상섭(廉尙燮)이 그 창작(創作) 제2집(第二輯)인 『견우화(牽牛花)』의 자서(自序)에서 소설(小說)의 기본적(基本的) 조건(條件)이 "사람은 어찌하여 어떻게 얼마나 고민(苦悶)하는가 또는 그 고민(苦悶)이 어떻게 전개(展開)되며 어떻게 처리(處理)되는가를 묘사(描寫)함에 있다"고 하였거니와, 이것은 그 당시(當時) 작가(作家)·시인(詩人)이 가지고 있던 공통적(共通的) 이념(理念)이라 하겠다.

김동인(金東仁)은 서력(西曆) 1919년(一九一九年)에 처녀작(處女作)「약(弱)한 자(者)의 슬픔」을 발표(發表)하니, 단편(短篇)다운 단편(短篇)의 효시(嚆矢)라 하겠다. 그 후「배따라기」·「목숨」·「감자」·「태형(笞刑)」·「유서(遺書)」·「황(黃)서방」등(等) 간결(簡潔)한 단편(短篇)을 발표(發表)했고, 중편(中篇)으로는「여인(女人)」, 장편(長篇)으로는「운현궁(雲峴宮)의 봄」등(等)을 현재(現在)에 이르기까지 끊임없이 발표(發表)하고 있다.

염상섭(廉尙燮; 想涉)은 출세작(出世作)「표본실(標本室)의 청(靑)개고리」이후(以後)「제야(除夜)」·「금반지」·「전화(電話)」·「초련(初戀)」·「윤전기(輪轉機)」등(等) 단편(短篇)에서 무게 있는 현실주의적(現實主義的)인 필치(筆致)를 보여주고 있다. 그 외(外)「이심(二心)」·무화과(無花果)」·「삼대(三代)」·「사랑과 죄(罪)」등(等) 장편(長篇)도 많다.

현진건(玄鎭健; 憑虛)은 서력(西曆) 1926년(一九二六年)에『조선(朝鮮)의 얼골』이란 단편집(短篇集)을 발간(發刊)했거니와, 그 속에 수재(收載)되어 있는「B사감(舍監)과 러부레타」·「사립정신병원장(私立精神病院長)」·「불」·「할머니의 죽음」등(等)에서 심리 묘사(心理描寫)에 원숙(圓熟)한 솜씨를 보여주고, 그 후에도「지새는 안개」·「타락자(墮落者)」등(等)의 단편(短篇)과「적도(赤道)」·「무영탑(無影塔)」과 같은 장편(長篇)을 발표(發表)했다.

끝으로 나빈(羅彬; 稻香)은 25세(二十五歲)에 요절(夭折)했거니와, 20전후(二十前後)에 벌써 문명(文名)을 드날린 천재 작가(天才作家)다.「별을 안거든 울지나 말걸」·「옛날 꿈은 창백(蒼白)하더라」·「새집 하인」·「전차 차장일기(電車車掌日記)」·「물레방아」·「벙어리 삼룡(三龍)이」등(等)의 단편(短篇)과「환희(幻戱)」·「어머니」·「청춘(靑春)」등(等)에서 감상주의(感傷主義)에 철저(徹底)했다. 전기(前記) 3파 소속(三派所屬)의 문단인(文壇人) 중(中)에서 주로 소설(小說)을 쓴 동인(東仁)·상섭(想涉)·빙허(憑虛)·도향(稻香)을 제외(除外)한 사람들은, 그 대부분(大部分)이 김동환(金東煥; 巴人)·김정식(金廷湜; 素月)·양주동(梁柱東; 無涯) 등(等)과 더불어 시단(詩壇)의 융성기(隆盛期)를 이루게 한 시인(詩人)들이다.

경향파(傾向派), '캅푸'파(派)

서력(西曆) 1925년(一九二五年) '푸로예맹(藝盟)'이 조직(組織)되기 전(前)에 이른바 경향파 문학(傾向派文學)이 대두(擡頭)하고 그 기관지(機關紙)로 『염군(焰群)』이 발간(發刊)되었으니, 경향파 문학(傾向派文學)이란 사회적(社會的) 불안(不安)에서 출현(出現)되는 농부(農夫)·노동자(勞動者)·무산자(無産者)의 울분(鬱憤)과 고민(苦悶)을 묘사(描寫)하는 문학(文學)을 가르키나니, 박영희(朴英熙)·이익상(李益相)·이기영(李箕永)·최학송(崔鶴松)·김기진(金基鎭) 등(等)이 활약(活躍)했다. 특(特)히 최학송(崔鶴松; 曙海)이 그 대표 작가(代表作家)로서, 그의 「탈출기(脫出記)」·「홍염(紅焰)」·「갈등(葛藤)」 등(等) 단편(短篇)은 모두 빈곤(貧困)·기아(飢餓)·살인(殺人) 등이 중심(中心) 테-마였다.

이 경향파 문학(傾向派文學)에서 싹트기 시작한 '푸로 문학(文學)'은 서력(西曆) 1925년(一九二五年) 8월(八月)에 박영희(朴英熙)·이익상(李益相)·김기진(金基鎭)·이상화(李相和)·송영(宋影) 등(等)을 발기인(發起人)으로 하여 '푸로예술동맹(藝術同盟)'을 조직(組織)하기에 이르렀으니, 그들은 춘원(春園)의 문학(文學)을 감상주의적(感傷主義的) 문예(文藝), 다음 상섭(想涉)·동인(東仁)을 대표(代表)로 한 시기(時期)의 문학(文學)을 속정적(俗情的)·회의적(懷疑的) 문예(文藝)라 하고, 기생(妓生)·불량

자(不良者) 또는 남·녀 학생(男女學生)의 문명적(文明的) 연애(戀愛)의 야화(夜話)에 지나지 않는다 했고, 또 조선 사회(朝鮮社會)는 "예술(藝術)을 위한 예술(藝術) 혹은 예술적(藝術的)·자연주의(自然主義) 아류적(亞流的) 문예(文藝)"를 요구(要求)하지 않고, 어디까지나 "유물사관(唯物史觀)에 근거(根據)를 둔 무산계급적(無産者階級的)·창조적(創造的) 문예(文藝)"를 요구(要求)하고 있으니, 의식(意識)된 합목적성(合目的性)의 생산(生産)이어야 한다고 주장(主張)하였다.

여기 대(對)하여 춘원(春園)·동인(同人) 등(等) 제장(諸將)들은 "조선(朝鮮)의 문예(文藝)는 사회주의적(社會主義的)이기 전(前)에 민족주의적(民族主義的)이어야 한다", 또는 "문예(文藝)에서 순수정신적(純粹精神的)인 것·비합리적(非合理的)인 것·시인(詩人)의 천재적(天才的) 상상(想像)과 같은 관념(觀念)을 배제(排除)할 수는 없는 것이라"고 하여 논박(論駁)하였으니, 이에 문단(文壇)은 기성 문단(旣成文壇)과 신흥 문단(新興文壇)으로 나뉘어져서 각자(各自)의 문학활동(文學活動)을 시작하게 되고, 그 대립(對立)이 첨예화(尖銳化)하였다.

어쨌든 '캅푸'파(派)의 작가(作家)로서 활동(活動)한 것은 박영희(朴英熙; 懷月)·이기영(李箕永; 民村)·이익상(李益相; 星海)·한병도(韓秉道; 雪野)·조명희(趙明熙; 抱石)·엄흥섭(嚴興燮)·이북명(李北鳴)·윤기정(尹基鼎)·김남천(金南天) 등(等)이고, 희곡작가(戲曲作家)로는 송영(宋影) 등(等), 시인(詩人)으로선 임화(林和)·유완희(柳完熙; 赤驅)·권환(權煥)·김대준(金大駿; 海剛) 등(等), 평론가(評論家)로서 김기진(金基鎭)·임화(林和)·김남천(金南天) 등(等)이 있었다.

특(特)히 박영희(朴英熙)는 '캅푸' 초기(初期)의 대표 작가(代表作家)로서, 백조파 시인(白潮派詩人)에서 나와서 「정순(貞順)이의 서름」·「산양

개」·「지옥순례(地獄巡禮)」·「출가자(出家者)의 편지」 등(等)을 발표(發表)하였다.

그러나 역시(亦是) '캅푸'가 낳은 최대 작가(最大作家)는 이기영(李箕永)이라 할 것이니, 사실주의적(寫實主義的) 필치(筆致)·평담(平淡)하고 자연(自然)스러운 기교(技巧)로써 '캅푸'파(派) 작가(作家)가 가지는 공식주의(公式主義)를 극복(克服)했다 하겠다. 「가난한 사람들」·「쥐이야기」·「민촌(民村)」·「원보(元甫)」·「인정(人情)」·「돌쇠(乭釗)」·「외교원(外交員)과 전도부인(傳道婦人)」 등(等) 많은 단편(短篇)이 있거니와, 그러나 그의 최대 걸작(最大傑作)은 농촌(農村)의 현실(現實)을 그린 장편(長篇) 「고향(故鄕)」일 것이다.

그 외(外)에 임화(林和)의 시(詩) 「현해탄(玄海灘)」·「네거리의 순이(順伊)」 등(等)과 김남천(金南天)의 장편(長篇) 「대하(大河)」 등(等)이 호평(好評)을 받았었다.

'캅푸'는 『캅푸작가(作家) 7인집(七人集)』·『캅푸시인집(詩人集)』 혹(或)은 기관지(機關紙) 『집단(集團)』 등(等)을 내다가, 서력(西曆) 1931~2년경(一九三一~二年頃)부터는 일제 경찰(日帝警察)의 탄압(彈壓)이 심(甚)해지고, 서력(西曆) 1935년(一九三五年) 유월(六月)에 해산(解散)하였다.

기타(其他)의 작가(作家)

신흥 문단(新興文壇)이 '캅푸' 기치(旗幟) 밑에 통일(統一)된 전선(戰線)을 펼치고 있었음에 대(對)하여, 기성 문단(旣成文壇)은 혹(或)은 민족주의파(民族主義派), 혹(或)은 해외문학파(海外文學派), 혹(或)은 역사파(歷史派), 혹(或)은 순수예술파(純粹藝術派), 혹(或)은 계급민족주의파(階級

民族主義派), 혹(或)은 범인도주의파(凡人道主義派), 혹(或)은 사회민주주의파(社會民主主義派) 등(等) 각색(各色)으로 분파(分派)되어 각각(各各) 활동(活動)하였으니, 작가(作家)로서 춘원(春園)·상섭(想涉)·동인(同人) 등(等) 대가(大家)를 비롯하여, 이태준(李泰俊; 尙虛)·유진오(兪鎭午; 玄民)·이효석(李孝石)·채만식(蔡萬植)·전무길(全武吉)·심훈(沈熏)·방인근(方仁根)·안회남(安懷南)·함대훈(咸大勳)·박태원(朴泰遠)·이무영(李無影)·최상덕(崔象德; 獨鵑)·박계주(朴啓周)·이상(李箱)·김유정(金裕貞)·한인택(韓仁澤)·최명익(崔明翊)·이석훈(李石薰) 등(等) 중견(中堅)·신진(新進)들이 활약(活躍)하였다.

이 중(中)에 유진오(兪鎭午)·이효석(李孝石) 두 작가(作家)는 그 초기(初期)에 있어서는 '캅푸'의 동반작가(同伴作家)였으니, 특(特)히 지식청년(知識靑年)의 애독(愛讀)을 받았다. 현민(玄民)은 처녀작(處女作)「스리」를 발표(發表)한 후「김강사(金講師)와 T교수(敎授)」·「창랑정기(滄浪亭記)」·「넥타이의 침전(沈澱)」·「나비」 등(等) 많은 지성적(知性的)인 단편(短篇)을 발표(發表)했고, 이효석(李孝石)은「도시(都市)와 유령(幽靈)」·「노령근해(露領近海)」 등(等) 경향적(傾向的)인 작품(作品)을 발표(發表)하고, 그 후(後)엔「돈(豚)」·「임금(林檎)」·「로맨티시즘」·「모밀꽃 필 무렵」 등 박력(迫力)있는 묘사(描寫)·간결(簡潔)한 서술(敍述)·정돈(整頓)된 형식(形式)으로써 낭만(浪漫)과 사실(寫實)에서 높은 수준(水準)에 도달(到達)했다.

상허(尙虛)는 제3기(第三期)에 발간(發刊)된 문예지(文藝誌)『문장(文章)』의 주간(主幹)으로서, 그것을 통(通)하여 우리 문학사(文學史)에 끼친 바 공적(功蹟)이 컸거니와, 특(特)히 조탁(彫琢)된 문장(文章)·세련(洗練)된 언어 구사(言語驅使)에 있어서 뛰어났다.「오몽녀(五夢女)」·「복덕방

「복덕방(福德房)」·「돌다리」·「영월영감(寧越令監)」 등(等) 많은 단편(短篇)과, 「제이(第二)의 운명(運命)」·「불멸(不滅)의 함성(喊聲)」·「화관(花冠)」·「딸 삼형제」·「청춘무성(靑春茂盛)」 등(等) 재미있는 장편(長篇)이 많다.

채만식(蔡萬植)·박태원(朴泰遠)은 세태소설 작가(世態小說作家)로서, 채(蔡)는 「탁류(濁流)」 등(等), 박(朴)은 「소설가(小說家) 구보씨(仇甫氏)의 일일(一日)」·「천변풍경(川邊風景)」 등(等)에서 세태소설(世態小說)로서의 높은 수준(水準)에 올랐다.

다음 홍명희(洪命憙; 碧初)는 문단인(文壇人)은 아니나, 그가 서력(西曆) 1928년(一九二八年) 11월(十一月)로부터 서력(西曆) 1939년(一九三九年) 6월(六月)까지 실(實)로 10여년(十餘年)에 걸쳐 『조선일보(朝鮮日報)』에 연재 발표(連載發表)한 「임꺽정(林巨正)」은 방대(尨大)하기로나, 풍부(豊富)한 어휘(語彙)로나, 문학적(文學的) 가치(價値)로나 장편(長篇) 중(中)의 웅편(雄篇)이라 하겠다.

시인(詩人)으로는 한용운(韓龍雲)·정지용(鄭芝溶)·김기림(金起林)·김동명(金東鳴)·박용철(朴龍喆)·김윤식(金允植)·임학수(林學洙)·조중흡(趙重洽)·백석(白石)·윤곤강(尹崑崗)·이찬(李燦)·김광균(金光均)·신석정(辛夕汀) 등(等)이, 희곡작가(戱曲作家)로 유치진(柳致眞), 평론가(評論家)로는 이원조(李源朝)·백철(白鐵)·김광섭(金珖燮)·이헌구(李軒求)·정노봉(鄭蘆鳳) 등(等)이, 수필가(隨筆家)로 김진섭(金晉燮)·안재홍(安在鴻)·문일평(文一平) 등(等)이, 시조 작가(時調作家)로 이은상(李殷相)·이병기(李秉岐)·정인보(鄭寅普) 등(等)이, 동화(童話)·동요(童謠)·소년소설 작가(少年小說作家)로 방정환(方定煥; 小派)을 비롯하여 마해송(馬海松)·윤석중(尹石重)·윤복진(尹福鎭)·현덕(玄德)·최병화(崔秉和) 등(等)이 활약(活躍)하였다.

여류작가(女流作家)

서력(西曆) 1930년(一九三〇年) 이전(以前)에는 여류(女流)로서 남자작가(男子作家)와 대등(對等)한 지위(地位)에 오른 사람은 없고, 다만 김명순(金明淳)·김일엽(金一葉)·허영숙(許英肅) 등(等)이 겨우 문단(文壇)에 알려졌으나, 작가(作家)·시인(詩人)다운 여류(女流)가 나온 것은 역시(亦是) 서력(西曆) 1930년(一九三〇年) 이후(以後)라 하겠으니, 작가(作家)로서 백신애(白信愛)·이선희(李善熙)·강경애(姜敬愛)·최정희(崔貞熙)·김말봉(金末峰)·박화성(朴花城)·장덕조(張德祚)·임옥인(林玉仁)·지하련(池河連) 등(等)이, 시인(詩人)으로 모윤숙(毛允淑)·김오남(金午南)·주수원(朱壽元)·노천명(盧天命)이 있다.

박화성(朴花城)은 「하수도공사(下水道工事)」·「백화(白花)」·「단명기(短命記)」 등(等), 장덕조(張德祚)는 「자장가」·「해바라기」 등(等), 강경애(姜敬愛)는 「지하촌(地下村)」·「소금」·「인간문제(人間問題)」 등(等), 이선희(李善熙)는 「계산서(計算書)」·「여인명령(女人命令)」 등(等), 최정희(崔貞熙)는 「흉가(凶家)」·「산제(山祭)」·「천맥(天脈)」 등(等), 김말봉(金末峰)은 「고행기(苦行記)」·「찔레꽃」·「밀림(密林)」 등(等), 백신애(白信愛)는 「어머니」·「적빈(赤貧)」 등(等)으로 각각(各各) 문단(文壇)에 나타났다.

제3절(第三節), 제3기(第三期) - 순수문학기(純粹文學期)

일제(日帝)는 점차(漸次) 그 독아(毒牙)를 동양 전반(東洋全般)에 뻗히게 되어 서력(西曆) 1932년(一九三二年)에는 만주국(滿洲國)이란 괴뢰정권(傀儡政權)이 수립(樹立)되고, 서력(西曆) 1935년(一九三五年) '캅푸' 해산(解散)과 함께 민족주의사상(民族主義思想)은 물론(勿論) 사회주의(社會

主義)·공산주의사상(共産主義思想)에 대(對)하여 탄압(彈壓)을 강화(强化)
하니, 문예(文藝)에 있어서의 사상성(思想性)은 일체(一切) 거세(去勢)되
어 버리고 말았다.

이에 제1(第一)·제2기(第二期)를 통(通)해서 민족주의적(民族主義的)
혹(或)은 사회주의적(社會主義的)인 색채(色彩)를 가졌던 시인(詩人)·작
가(作家)들도 약속(約束)이나 한 듯이 순수문학(純粹文學)을 쳐들고 나오
게 되었다. 이 시기(時期)에 문단(文壇)에 나온 신인(新人)들도 물론(勿論)
그러했거니와, 그들은『동아일보(東亞日報)』·『조선일보(朝鮮日報)』·『중
앙일보(中央日報)』 등(等)의 신문(新聞) '신춘현상문예(新春懸賞文藝)'에
당선(當選)됐거나, 문예지(文藝誌)『문장(文章)』에서 추천(推薦)받은 사
람들이니, 전자(前者)로서는 현덕(玄德)·정비석(鄭飛石)·허준(許俊)·김
소엽(金沼葉)·김정한(金廷漢)·차자명(車自鳴)·김동리(金東里)·계용묵
(桂鎔默)·현경준(玄卿駿)·박노갑(朴魯甲)·박영준(朴榮濬)·함세덕(咸世
德)·김영수(金永壽) 등(等)이, 후자(後者)로서는 이태준(李泰俊)·백철(白
鐵)·정지용(鄭芝溶) 등(等)이 추천(推薦)한 곽하신(郭夏信)·최태응(崔泰
應)·임옥인(林玉仁)·지하련(池河連) 등(等)의 작가(作家)와 박두진(朴斗
鎭)·박목월(朴木月)·조지훈(趙芝薰)·김종한(金鐘漢) 등(等)의 시인(詩人)
들이 있다.

말기(末期)의 문예지(文藝誌)로는『문장(文章)』 외(外)에, 최재서(崔載
瑞) 주간(主幹)인『인문평론(人文評論)』이 있었다.

제4절(第四節), 제4기(第四期) - 암흑기(暗黑期)

제3기 말(第三期末) '중일전쟁(中日戰爭)'이 장기화(長期化)되자, 일제

(日帝)는 우리 민족정신(民族精神)을 완전(完全)히 거세(去勢)하려고 사상 (思想)과 문화(文化)의 통제(統制)를 더욱 강화(强化)시켰으니, 오랜 동안 의 역사(歷史)를 가진 『동아일보(東亞日報)』와 『조선일보(朝鮮日報)』의 2 대 신문(二大新聞)은 서력(西曆) 1940년(一九四〇年) 8월 10일(八月十日)로 써 폐간(廢刊) 당(當)했고, 2대 문예지(二大文藝誌)이던 『문장(文章)』과 『인문평론(人文評論)』도 서력(西曆) 1941년(一九四一年) 4월(四月)로써 폐 간(廢刊) 당(當)하였다.

이에 서력(西曆) 1941년(一九四一年) 12월(十二月)에는 '태평양전쟁(太 平洋戰爭)'이 발발(勃發)되었으니, 이 전쟁(戰爭) 중(中) 우리에게 대(對) 한 일제(日帝)의 압박(壓迫)은 더욱 심(甚)해졌고, 그들의 극악(極惡)한 문화 정책(文化政策)은 우리에게서 민족성(民族性)을 뺐고 이른바 '황국 신민화(皇國臣民化)'하는데 갖인 수단(手段)을 다 쓰게 되어, 마침내 우 리글·우리말을 말살(抹殺)하랴는 간악 무쌍(奸惡無雙)한 언어정책(言語 政策)을 썼다. 일본어(日本語)·일본 문자(日本文字)로써의 문학 활동(文 學活動)을 우리 문인(文人)에게 강요(强要)하였다. 이때 뜻있는 문인(文 人)들은 깨끗이 문필(文筆)을 던져버렸으나, 일부 문인(一部文人)들로 써 서력(西曆) 1939년(一九三九年)에 결성(結成)됐던 '조선문인협회(朝鮮 文人協會)'는 서력(西曆) 1943년(一九四三年)에는 '조선문인보국회(朝鮮 文人報國會)'라는 이름으로 변(變)하고, 점점(漸漸) 매신적(賣身的) 민족 반역(民族叛逆)을 감행(敢行)하는 문인(文人)도 나왔다. 『인문평론(人文 評論)』의 후신(後身)으로 『국민문학(國民文學)』·『국민시가(國民詩歌)』란 문예지(文藝誌)가 나와서, 일제(日帝)의 요구(要求)에 응(應)하여 일본어 (日本語)·일본문(日本文)으로 된 이른바 일본 정신(日本精神)에 입각(立 脚)한 작품(作品)을 실었으니 치욕(恥辱)의 기념(紀念)이 될 잡지(雜誌)였고, 이리하여 실(實)로 본기(本期)는 짧기는 하나 전무(前無)하고 후절(後絶)해야 할 암흑기(暗黑期)를 이루게 된 것이다.

제5절(第五節), 제5기(第五期) - 신출발기(新出發期)

서력(西曆) 1945년(一九四五年) 8월 15일(八月十五日) 해방(解放)을 계기(契機)로 하여 우리 문학사(文學史)는 새로운 발전(發展)으로의 첫 걸음을 발족(發足)했다고 하겠으나, 불행(不幸)히도 '38선(三八線)'의 굳은 장벽(障壁)이 금 그어지고, 일부(一部) 작가(作家)와 평론가(評論家)들은 38 이북(三八以北)으로 넘어갔다. 본기(本期)에서는 38 이남(三八以南)과 38 이북(三八以北)의 문단(文壇)으로 분단(分斷)되었으니, 그것은 각각(各各) 살펴보아야 할 것이나 이북(以北) 현황(現況)은 명확(明確)히 알 수 없어, 여기선 다만 38 이남(三八以南)의 표면(表面)에 나타난 문단현황(文壇現況)만을 약술(略述)함으로써 끝을 맺는다.

해방 직후(解放直後) '조선문화건설협의회(朝鮮文化建設協議會; 議長-林和, 書記長-金南天)'가 조직(組織)됐고, 그 '중앙협의회(中央協議會)'에 소속(所屬)된 것으로 '문학건설본부(文學建設本部)'가 위원장(委員長)으로 이태준(李泰俊), 서기장(書記長)으로 이원조(李源朝)를 추대(推戴)했다. 그러자 여기 대립(對立)하여 권환(權煥)·윤기정(尹基鼎)·홍효민(洪曉民)·박세영(朴世永)·박아지(朴芽枝) 등(等)이 중심(中心)이 되어 '푸로예술연맹(藝術聯盟)' 산하(傘下)의 '푸로레타리아문학동맹(文學同盟)'이 조직(組織)되었다. 이 두 단체(團體)는 서력(西曆) 1945년 말(一九四五年末)에 이르러 '문학가동맹(文學家同盟)'으로 단합(團合)되었다.

그러자 서력(西曆) 1946년(一九四六年) 3월(三月)에는 이 '문학가동맹(文學家同盟)'에 대립적(對立的)으로, 박종화(朴鍾和)·김광섭(金珖燮)·이

헌구(李軒求)·이하윤(異河潤) 등(等)이 중심(中心)이 되어 '문필가협회(文筆家協會)'를 조직(組織)했다. 그리고 광범(廣汎)한 범위(範圍)에서 문필가 전체(文筆家全體)를 망라(網羅)한 이 '문필가협회(文筆家協會)' 산하(傘下)에 '전국청년문학가협회(全國靑年文學家協會)'가 문필가(文筆家) 중(中)에서도 청년 문학가(靑年文學家)만을 중심(中心)으로 하여, 김동리(金東里)·조지훈(趙芝薰)·최태응(崔泰應)·김달진(金達鎭)·박두진(朴斗鎭) 등(等) 신진(新進) 작가(作家)·시인(詩人)이 중심(中心)이 되어 "문학(文學)의 정당(政黨)에의 예속(隷屬)을 배격(排擊)하고 순수(純粹)한 문학정신(文學精神)을 옹호(擁護)하자"는 강령(綱領)을 내걸고 조직(組織)되었다.

'청년문학가협회(靑年文學家協會)'와 '문필가협회(文筆家協會)'에선 『문화(文化)』·『백민(白民)』 등(等)의 문예지(文藝誌)를 발간(發刊)하고, '문학가동맹(文學家同盟)'은 김남천(金南天)·임화(林和)·설정식(薛貞植)·김동석(金東錫) 등(等)이 중심(中心)이 되어 있으며, 『문학(文學)』이란 기관지(機關誌) 등(等)을 발간(發刊)하고 있거니와, 해방(解放) 후(後) 지금까지 정치·경제적(政治經濟的) 혼란(混亂) 때문에 이렇다 할 문학(文學)의 질적(質的) 발전(發展)을 보여주지 못하고 있음은 부인(否認)할 수 없는 사실(事實)이다.

그러나 바야흐로 정치적(政治的) 진전(進展)과 더부러, 문예상(文藝上)의 진정(眞正)한 신출발(新出發)은 앞으로 힘차게 벅차게 이루어질 것이리라고 기대(期待)하고 믿는다.

색인(索引)

범례(凡例)

1(一), 배열순서(排列順序)는 ㄱㄴㄷ순(順)에 의(依)하다.

1(一), 한자음(漢字音)의 'ㄷ'·'ㄹ'·'ㄴ'음(音)을 그대로 쓴다.

1(一), 숫자(數字)는 혈수(頁數)를 말함이다.

---

[56] 한자인 '丁'과 '鄭'은 현재의 음가로는 '정'이지만 당시에는 '뎡'으로 발음해 'ㄷ'항에 배치된 것으로 파악된다. 이하 항목의 한자 표기도 동일함.

[57] 한자인 '李'는 현재의 음가로는 '이'이지만, 당시에는 두음법칙이 적용되지 않아 '리'로 발음해 'ㄹ'항에 배치된 것으로 파악된다. 이하 항목의 한자 표기도 동일함.

이조년(李兆年)

이색(李穡)

이이(李珥)

이인겸(李仁謙)

이인로(李仁老)

이인직(李人稙)

이제현(李齊賢)

이존오(李存吾)

이현보(李賢輔)

이황(李滉)

이후백(李後白)

ㅂ

박연(朴堧)

박인량(朴寅亮)

박인로(朴仁老)

박지원(朴趾源)

박팽년(朴彭年)

박효관(朴孝寬)

ㅅ

설총(薛聰)

성삼문(成三問)

소춘풍(笑春風)

송순(宋純)

송이(松伊)

신재효(申在孝)

신흠(申欽)

ㅇ

안민영(安玫英)

안축(安軸)

옥보고(玉寶高)

우탁(禹倬)

우륵(于勒)

원천석(元天錫)

윤선도(尹善道)

일연(一然)

ㅈ

주세붕(周世鵬)

ㅊ

최남선(崔南善)

최자(崔滋)

최치원(崔致遠)

ㅎ

허균(許筠)

2(二), 서명(書名)

ㄱ

가곡원류(歌曲源流)

고금가곡(古今歌曲)

구운몽(九雲夢)

ㄴ
남훈태평가(南薰太平歌)

ㄷ
대장경(大藏經)
동가선(東歌選)

ㄹ
양반전(兩班傳)[58]
용비어천가(龍飛御天歌)

ㅂ
변강쇠타령

ㅅ
삼국사기(三國史記)
삼국유사(三國遺事)
삼대목(三代目)
사씨남정기(謝氏南征記)
심청전(沈淸傳)

ㅇ
아악보(雅樂譜)
악장가사(樂章歌詞)
악학궤범(樂學軌範)
월인천강지곡(月印千江之曲)
인현왕후전(仁顯王后傳)
일동장유가(日東壯遊歌)
임진록(壬辰錄)

ㅈ
장화홍련전(薔花紅蓮傳)

ㅊ
청구영언(靑丘永言)
춘향전(春香傳)

ㅎ
한중만록
해동가요(海東歌謠)
허생원전(許生員傳)
홍길동전(洪吉童傳)
훈민정음(訓民正音)
흥부전(興夫傳)

---

58 한자인 '兩'과 '龍'의 현재 음가는 '양'
과 '용'이지만, 당시에는 두음법칙이
적용되지 않아 '량'과 '룡'으로 발음해
'ㄹ'항에 배치된 것으로 파악된다.

3(三). 건명(件名)

ㄱ

경기하여가(景幾何如歌)

고산구곡(高山九曲)

과거제도(科擧制度)

관동별곡(關東別曲)

ㄴ

나례(儺禮)

내방가사(內房歌辭)

ㄷ

대악(碓樂)

정과정곡(鄭瓜亭曲)[59]

도동곡(道東曲)

도산육곡(陶山六曲)

도솔가(兜率歌)

도이장가(悼二將歌)

동맹(東盟)

죽계별곡(竹溪別曲)

ㄹ

난생설화(卵生說話)[60]

양반전(兩班傳)

예경제불가(禮敬諸佛歌)

이도(吏道)

이두(吏讀)

이두(吏頭)

ㅁ

모죽지랑가(慕竹旨郞歌)

무애가(無㝵歌)

무천(儛天)

무축(巫祝)

문덕곡(文德曲)

물계자가(勿稽子歌)

민요(民謠)

민요무용(民謠舞踊)

ㅂ

변강쇠타령

---

59 한자인 '鄭'과 '竹'의 현재 음가는 '정'과 '죽'이지만, 당시에는 '뎡'과 '듁'으로 발음해 'ㄷ'항에 배치된 것으로 파악된다.

60 한자인 '卵'·'兩'·'禮'·'吏' 등은 현재의 음가는 '난'·'양'·'예'·'이' 등이지만, 당시에는 두음법칙이 적용되지 않아 '란'·'량'·'례'·'리' 등으로 발음해 'ㄹ'항에 배치된 것으로 파악된다.

ㅅ

사리화(沙裏花)

사자기(獅子伎)

삼대목(三代目)

샤마니즘

상대별곡(霜臺別曲)

상춘곡(賞春曲)

서경별곡(西京別曲)

서동요(薯童謠)

성산별곡(星山別曲)

소설(小說)

시조(時調)

신도가(新都歌)

실혜가(實兮歌)

ㅇ

안민가(安民歌)

어부가(漁父歌)

영고(迎鼓)

영신가(迎神歌)

우식곡(憂息曲)

우적가(遇賊歌)

원사(怨詞)

원수가(怨樹歌)

원왕생가(願往生歌)

일동장유가(日東壯遊歌)

ㅈ

정양음(靜養吟)

정읍사(井邑詞)

제망매가(祭亡妹歌)

ㅊ

차사사뇌격(嗟辭詞腦格)

찬기파랑가(讚耆婆郎歌)

처용가(處容歌)

천수대비가(千手大悲歌)

청산별곡(靑山別曲)

ㅍ

풍요(風謠)

ㅎ

한림별곡(翰林別曲)

향가(鄕歌)

해가사(海歌詞)

헌화가(獻花歌)

혜성가(彗星歌)

화전별곡(花田別曲)

화랑(花郎)

황조가(黃鳥歌)

훈민정음(訓民正音)

김용찬

전라북도 군산 출생. 고려대학교 국어국문학과를 졸업하고, 같은 대학의 대학원에서 석사학위와 박사학위를 받았다. 박사학위 논문의 제목은 「18세기 가집 편찬과 시조문학의 전개양상」이다. 한중대학교 국문과 교수를 거쳐, 현재 순천대학교 사범대학 국어교육과 교수로 재직하고 있다. 고전시가를 전공하고 있지만, 고전문학과 현대문학을 포함한 한국문학 전반에 걸쳐 관심을 가지고 연구와 교육에 종사하고 있다. 최근에는 전공 분야의 연구 논문을 쓰는 것과 함께, 고전문학 작품을 일반 독자들에게 쉽게 풀어서 전달할 수 있도록 하는 내용의 책을 만들려고 노력하고 있다.

주요 저서: 『18세기의 시조문학과 예술사적 위상』(월인, 1999), 『교주 병와가곡집』(월인, 2001), 『조선 후기 시가 문학의 지형도』(보고사, 2002), 『시로 읽는 세상』(이슈투데이, 2002), 『교주 고장시조선주』(보고사, 2005), 『조선 후기 시조문학의 지평』(월인, 2007), 『조선의 영혼을 훔친 노래들』(인물과사상, 2008/ 개정판: 한티재, 2019), 『옛 노래의 숲을 거닐다』(리더스가이드, 2013), 『100인의 책마을』(공저, 리더스가이드, 2010), 『고시조대전』(공저, 고려대학교 민족문화연구원, 2012), 『고시조 문헌해제』(공저, 고려대학교 민족문화연구원, 2012), 『윤선도시조집』(지만지, 2016), 『조선 후기 시조사의 지형과 탐색』(태학사, 2016), 『가사, 조선의 마음을 담은 노래』(휴머니스트, 2020), 『다시, 시로 읽는 세상』(휴머니스트, 2021) 등.

고정옥과 우리어문학회

2022년 12월 14일 초판 1쇄 펴냄

지은이 김용찬
펴낸이 김흥국
펴낸곳 도서출판 보고사

책임편집 이순민
표지디자인 김규범

등록 1990년 12월 13일 제6-0429호
주소 경기도 파주시 회동길 337-15 2층
전화 031-955-9797(대표)
　　　02-922-5120~1(편집), 02-922-2246(영업)
팩스 02-922-6990
메일 kanapub3@naver.com / bogosabooks@naver.com
http://www.bogosabooks.co.kr

ISBN 979-11-6587-385-1　93810
ⓒ 김용찬, 2022

정가 33,000원

〈순천대학교 교연비 사업에 의하여 연구되었음.〉